Friedrich Rückert

Gesammelte poetische Werke

Erster Band

SALZWASSER
VERLAG

Friedrich Rückert

Gesammelte poetische Werke

Erster Band

Unveränderter Nachdruck der Originalausgabe von 1868.

1. Auflage 2022 | ISBN: 978-3-37505-341-3

Verlag: Salzwasser Verlag GmbH, Zeilweg 44, 60439 Frankfurt, Deutschland
Vertretungsberechtigt: E. Roepke, Zeilweg 44, 60439 Frankfurt, Deutschland
Druck: Books on Demand GmbH, In de Tarpen 42, 22848 Norderstedt, Deutschland

Friedrich Rückert's

gesammelte

Poetische Werke

in zwölf Bänden.

—————

Erster Band.

Frankfurt a. M.

J. D. Sauerländer's Verlag.

(R. Sauerländer.)

1868.

Vorwort.

Das Unternehmen, die poetischen Schöpfungen Fr. Rückert's
in einer Gesammtausgabe zu vereinen, rechtfertigt sich wohl
durch sich selbst. Der Dichter hat sich zu verschiedenen Zeiten
mit dem Plane einer solchen Sammlung beschäftigt, ohne ihn
zur Ausführung zu bringen. Was er selbst dabei beabsichtigte,
seiner Nation nicht bloß bruchstückweise, sondern in seiner To-
talität näher zu treten, ist auch der leitende Gedanke Derer
gewesen, die an seiner Stelle die übernommene Aufgabe zu lösen
versuchten. Daraus ergab sich die Ausdehnung und die Be-
schränkung derselben mit innerer Nothwendigkeit. Es mußte hier
alles das geboten werden, was der Dichter selbst während seines
Lebens nach und nach unter den verschiedensten Stimmungen des
Publicums in die Oeffentlichkeit gebracht hatte, aber auch nicht
mehr. Die reichen Vorräthe ungedruckter, großen Theils in
vollendeter Form hinterlassener Poesien durften hier nicht berührt werden, wenn der eigentliche Plan der Sammlung nicht
gestört werden sollte. Nur die im vorigen Jahre publicirten
Lieder und Sprüche sind herangezogen worden, dagegen wurde
manches Lyrische übergangen, was nach dem Abschlusse der ge-
sammelten Gedichte in 6 Bänden zerstreut, meist in periodischen
Schriften aller Art, erschienen ist, weil es sich innerlich und
äußerlich schwer anfügen ließ.

Ausgeschlossen blieben ferner alle jene Nachbildungen fremder Originale, die neben ihrer eigentlich poetischen Tendenz auch noch eine specifisch wissenschaftliche haben. Deshalb konnte weder Amrilkais noch Hamasa berücksichtigt werden, obwohl Beide vor einer großen Anzahl anderer, im Wesen damit identischer Arbeiten bei dem deutschen Publicum Verbreitung gefunden haben.

Da es sich hier zunächst nicht um gelehrte Zwecke und Gesichtspunkte handeln konnte, da vielmehr alles darauf ankommt, daß dem deutschen Volke ein möglichst bequemer Zugang zu einem reichen Schatze der Poesie eröffnet werde, der ihm bis jetzt noch großen Theils unbekannt geblieben war, so mußte bei der Anordnung des Ganzen und Einzelnen nur die innere Zusammengehörigkeit entscheiden, aber nicht die Chronologie. In wie weit nun diese Aufgabe wirklich ihre entsprechende Lösung gefunden habe, möge die öffentliche Stimme entscheiden, jedenfalls wird man wenigstens die subjective Berechtigung des hier gebotenen Versuches nicht verkennen. Es sei noch bemerkt, daß dem Unterzeichneten der Beistand des Hrn. Dr. David Sauerländer in Frankfurt am Main, eines umfassenden und tief eindringenden Kenners der Poesie Fr. Rückert's, von großem Werthe und in vielen Fällen maßgebend gewesen ist.

Breslau, im October 1867.

Heinrich Rückert.

Inhalt.

Erste Abtheilung. Lyrische Gedichte.

Erstes Buch. Vaterland.

Erstes Kapitel. Geharnischte Sonette.

Zweites Kapitel. Zeitgedichte. 1814. 1815.

Drittes Kapitel. Zeitgedichte. 1816. 1817.

Viertes Kapitel. Kriegerische Spott- und Ehrenlieder.

Fünftes Kapitel. Nach den Freiheitsjahren.

Zweites Buch. Liebesfrühling.

Vorfrühling. I. Amaryllis.

Sonette 1—76.

II. Agnes.

Liebesfrühling. Erster Strauß. Erwacht.

Zweiter Strauß. Geschieden.

Dritter Strauß. Gemieden.

Vierter Strauß. Entfremdet.

Fünfter Strauß. Wiedergewonnen.

Sechster Strauß. Verbunden.

Lyrische Gedichte

in 6 Büchern.

Erstes Buch: „Vaterland."

Erstes Kapitel.

Geharnischte Sonette.

Vorklänge.

1.

Der Gipfel von dem Helikon ist hoch
Erhaben über dem Gebiet der Grüfte;
Doch, wie sein Haupt frei trinket Himmelslüfte,
Mit Füßen steht er auf der Erde doch.

Ich wollte mich entziehn der Erde Joch,
Mich bergend in die höchste seiner Klüfte;
Doch als die Erde schütterte, da prüfte
Ich auch den Stoß dort, wo ich mich verkroch.

Drum will ich länger nicht gleich einem Diebe
Verborgen hier (schon that ich's allzulang)
Umnebeln mich mit geisterhafter Liebe.

Ich will hinunter in des Lebens Drang,
Eingreifen in das irdische Getriebe,
Wo nicht durch Thaten, doch durch irdischen Gesang.

2.

Könnt' ich der Zukunft ihren Schleier lüpfen,
  Zu sehn dahinter einen, der geboren
  Einst werden wird und vom Geschick erkoren,
Des Vaterlandes Fesseln abzustrüpfen!

Wie Geister seinen Lebensfaden knüpfen,
  Und seinen Ruhm sich raunen in die Ohren;
  Ein Mutterschooß in noch geschloffnen Thoren
Fühlt ungestüm den künft'gen Helden hüpfen!

Gesegnet sei die Brust, die einst ihn säuget,
  Die Wiege glückgeschaukelt, die ihn fasset,
  Das Auge selig, das ihn siehet lebend!

Noch eh du wardst, hat dich mein Gruß bezeuget;
  Und bin ich, wann du wurdest, längst erblasset,
  So grüß' ich dich, ein Geist, auf Wolken schwebend.

3.

Des tröst' ich mich, daß zwar, wenn zu den Thoren
  Des Todes fuhr der Mensch, der einzle, nieder,
  Er dann sowenig, als die Blume wieder
Heraufgebracht kann sein vom Tanz der Horen;

Daß aber wohl, gleichso wie kahlgeschoren
  Ein Baum von neuem treibet seine Glieder,
  Ein Vogel treibt von neuem sein Gefieder,
So auch ein Volk kann werden neugeboren.

Du Volk der Deutschen: Phönix sonder gleichen,
  Du bist mit Ruhm gealtert ein Jahrtausend,
  Doch niemand soll mit Hohn sehn deine Leichen.

Besteig den Holzstoß, nicht vorm Tode grausend!
  In Flammen soll dir Schwäch' und Alter weichen,
  Und du hervorgehn, neu in Jugend brausend!

4.

Du blühetest die schönste aller Eichen,
 Germania, im tiefsten Kern gesunde;
 Als dir der Römer gegenüberstunde,
Konnt' an die Aeste dir sein Speer nicht reichen.

Da schlug ein andrer Feind mit listigen Streichen
 Dir von der Westseit' eine schwere Wunde,
 Hieb von den Aesten manche dir zum Grunde,
Und zimmerte daraus sich Siegeszeichen.

Nun will er gar den ganzen Stamm zerhauen,
 Und tröstet dich: „Ich will euch wilde Aeste
 Zu einem wohlgefugten Haus verbauen."

Er baue dich zum schönsten der Paläste,
 Doch wird dir kein lebendiger Lenz mehr thauen,
 Nicht rauschen wirst du mehr im freien Weste.

5.

Ihr Deutschen von dem Fluthenbett des Rheines,
 Bis wo die Elbe sich in's Nordmeer gießet,
 Die ihr vordem ein Volk, ein großes, hießet,
Was habt ihr denn, um noch zu heißen eines?

Was habt ihr denn noch großes allgemeines?
 Welch Band, das euch als Volk zusammenschließet?
 Seit ihr den Kaiserscepter brechen ließet,
Und euer Reich zerspalten, habt ihr keines.

Nur noch ein einziges Band ist euch geblieben,
 Das ist die Sprache, die ihr sonst verachtet;
 Jetzt müßt ihr sie als euer einziges lieben.

Sie ist noch eu'r, ihr selber seid verpachtet;
 Sie haltet fest, wenn alles wird zerrieben,
 Daß ihr doch klagen könnt, wie ihr verschmachtet.

6.

Ihr, die der Himmel hat bestellt, als Lichter
　Zu leuchten denen, die im Finstern klimmen,
　Wie habt ihr also euer Amt zum schlimmen
Mißbraucht, ihr Lehrer, Denker, Forscher, Dichter!

Den Schlaf der Trägheit, aller Kraft Vernichter,
　Drin aufgelöst ihr euer Volk seht schwimmen,
　Statt es zu wecken draus mit euren Stimmen,
Wiegt ihr's noch mehr in eitle Traumgesichter.

Eins ist uns Noth! Wach sein zum Kampfgewitter.
　Wollt ihr nicht mehren selbst der Kämpfer Summe,
　Schmelzt sie nur nicht durch's Klimpern eurer Zither.

Hört wohl ein Gott eu'r loses Wortgesumme?
　Er hört's, daß er die Lei'r euch schlag' in Splitter,
　Und euch schlag' auf den Mund, daß er verstumme.

7.

Du Sprachbegabter, o Erzeugter Maias,
　Und all' ihr, im Olympos Kronenträger,
　Du o Alkid, Herakles, Löwenjäger,
All' ihr Heroen Gräcias und Achaias!

Und ihr Erlesene vom Volk Judaias,
　O Moses, steinernen Gesetzes Präger,
　O David, auf dem Thron ein Harfenschläger.
Und du, in Nacht ein Gottesblitz, Jesaias!

Und hohe Namen aus Thuiskons Hainen,
　Ihr Lieder eurer Barden, o Hermanne,
　Ihr Flammen eurer Krieger, o Thusnelden!

Euch alle ruf' ich, daß ihr sollt erscheinen,
　Damit mein Volk zu Helden sich ermanne,
　Und ich, daß ich ein Sänger sei der Helden.

1.

Der Mann ist wacker, der, sein Pfund benutzend,
  Zum Dienst des Vaterlands kehrt seine Kräfte:
  Nun denn, mein Geist, geh auch an dein Geschäfte,
Den Arm mit den dir eignen Waffen putzend.

Wie kühne Krieger jetzt, mit Gluthblick trutzend,
  In Reihn sich stellend, heben ihre Schäfte;
  So stell' auch Krieger, zwar nur nachgeäffte,
Geharnischter Sonette ein paar Dutzend.

Auf denn, die ihr aus meines Busens Ader
  Aufquellt, wie Riesen aus des Stromes Bette,
  Stellt euch in eure rauschenden Geschwader!

Schließt eure Glieder zu vereinter Kette,
  Und ruft, mithadernd in den großen Hader,
Erst: Waffen! Waffen! und dann: Rette! Rette!

2.

O daß ich stünd' auf einem hohen Thurme,
  Weit sichtbar rings in allen deutschen Reichen,
  Mit einer Stimme, Donnern zu vergleichen,
Zu rufen in den Sturm mit mehr als Sturme:

Wie lang willst du dich winden gleich dem Wurme,
  Krumm unter deines Feinds Triumphrads Speichen?
  Hat er die harte Haut noch nicht mit Streichen
Dir g'nug gerieben, daß dich's endlich wurme?

Die Berge, wenn sie könnten, würden rufen:
  Wir selber fühlten mit fühllosem Rücken
  Lang g'nug den Druck von eures Feindes Hufen.

Des Steins Geduld bricht endlich auch in Stücken,
  Den Götter zum Getretensein doch schufen —
Volk mehr als Stein, wielang' darf man dich drücken?

3.

Was schmiedst du, Schmied? „Wir schmieden Ketten, Ketten!"
Ach, in die Ketten seid ihr selbst geschlagen.
Was pflügst du, Baur? „Das Feld soll Früchte tragen!"
Ja für den Feind die Saat, für dich die Kletten.

Was zielst du, Schütze? „Tod dem Hirsch, dem fetten."
Gleich Hirsch und Reh wird man euch selber jagen.
Was strickst du, Fischer? „Netz dem Fisch, dem zagen."
Aus eurem Todesnetz wer kann euch retten?

Was wiegest du, schlaflose Mutter? „Knaben."
Ja, daß sie wachsen und dem Vaterlande,
Im Dienst des Feindes, Wunden schlagen sollen?

Was schreibest Dichter du? „In Gluthbuchstaben
Einschreib' ich mein und meines Volkes Schande,
Das seine Freiheit nicht darf denken wollen."

4.

Ihr, die ihr klebt an eurem Werkgerüste,
Um Holz und Stein nach eurem Maß zu hauen,
Damit nur jeder laß' ein Werklein schauen,
Sich jeder nur als kleiner Schöpfer brüste!

Wann lasset ihr das thörichte Gelüste,
Ein grundlos Nichts auf eurem Sand zu bauen?
Ihr bauet Hüttlein, und es sinkt mit Grauen
Indeß die Veste, Vaterland, in's Wüste.

O sammelt, sammelt euch, zerstreute Haufen,
Legt euer kleines Werkgeräth bei Seiten,
Wollt nicht euch um die Mörtelsteine raufen!

Erst gilt's den Mittelpunkt euch zu erstreiten,
Der Freiheit Grundstein erst gilt's zu erkaufen
Mit Blut; dann baut drauf eure Einzelheiten.

5.

Ihr, ernsthaft tummelnd eure Steckenpferde,
  Ihr, streitend in der Spiegelfechter Trosse,
  Ihr, zielend mit nie treffendem Geschosse,
  Ihr, Streiche führend mit papiernem Schwerte!

Und ihr, die ihr euch von der sichern Erde
  Auf eurer Musen fabelhaftem Rosse
  Gen Himmel spornt, ihr treibt die ärgste Posse,
  Ihr seid die räudigsten der ganzen Heerde.

Werft von euch eurer Thorheit bunte Wappen,
  Womit ihr prunkt, und greift zu wahren Waffen,
  Statt eurer Steckenpferde zäumet Rappen;

Setzt Helme auf statt eurer Narrenkappen,
  Seid wahre Männer statt der Götter Affen,
  Und, wenn ihr nicht könnt Ritter sein, seid Knappen!

6.

Ihr Ritter, die ihr haus't in euren Forsten,
  Ist euch der Helmbusch von dem Haupt gefallen?
  Versteht ihr nicht den Panzer mehr zu schnallen?
  Ist ganz die Rüstung eures Muth's zerborsten?

Was sitzet ihr daheim in euren Horsten,
  Ihr alten Adler, habt ihr keine Krallen?
  Hört ihr nicht dorther die Verwüstung schallen?
  Seht ihr das Unthier nicht mit seinen Borsten?

Schwingt eure Keulen! denn es ist ein Keuler;
  Er wühlt, er droht, voll Gier nach schnödem Futter
  Stürzt er den Stamm, nicht blos des Stammes Blätter.

Es ist ein Wolf, ein nimmersatter Heuler,
  Er frißt das Lamm, er frißt des Lammes Mutter;
  Helft, Ritter, wenn ihr Ritter seid, seid Retter!

7.

Wenn nicht ein Zaubrer mit Medeas Künsten
Das matte Haupt euch schneidet ab vom Rumpfe,
Eh es in Alterschwäche gar verschrumpfe,
Und neu es füllt mit jungen Lebensdünsten!

Wenn nicht ein Alchymist mit Feuersbrünsten
Ganz eu'r Geschlecht einschmelzt mit Stiel und Stumpfe;
So wächst euch nie aus eurem todten Sumpfe
Die Kraft! denn faul von euch sind selbst die grünsten.

O daß ein schlagender Gewitterfunken,
Vom Einfluß schwanger aller Kraftgestirne,
Euch träfe, die ihr kraftlos seid versunken,

Euch zuckte so durch euer schlaff Gehirne,
Daß ihr neulebend stündet, oder trunken
Ganz niedertaumeltet mit todter Stirne!

8.

Sprengt eure Pforten auf, ihr Kaukasusse,
Und speiet Waffen! brecht durch eure Dämme,
Ihr Wolgaströme, macht aus Felsen Schwämme,
Braus't über Deutschland hin in Siegsergusse! – –

Was will auf deinen Feldern denn der Russe,
Deutschland? dir beistehn! Hast du keine Stämme
Im eignen Wald mehr, dich zu stützen? Memme,
Daß du nicht stehn kannst, als auf fremdem Fuße.

Du, die du liegst am Boden ausgestrecket,
Du stehst nicht auf in kräft'ger Selbstaufraffung,
Ein fremder Retter hat dich aufgeschrecket.

Wird er durch seines nord'schen Armes Straffung
Dein Siechthum kräft'gen, oder angestecket
Auch selbst von dir heimtragen die Erschlaffung?

9.

Du kalte Jungfrau mit der Brust von Schnee,
    Auf, Russia, schüttle deine starren Röcke,
    Daß Frost davon stieb' auf die Bienenstöcke
Dort und ertränke sie in kaltem See!

Und du, Hispania, Schäf'rin Galatee,
    Treib aus zur Trift den kühnsten deiner Böcke
    Durch's Thor der Pyrenäen, daß er blöcke
Und sich ersätt'ge dort im fetten Klee!

Fruchtgarten Gallien, blühendstes Hesperien,
    Wähl', willst du unter ungeheuren Flocken
Sein eingeschneit? die sendet dir Siberien.

Wähl', willst du von versengenden Siroccen
    Sein ausgedorrt? die sendet dir Iberien.
    Frost oder Gluth, was wählst du? Beid's macht trocken.

10.

Vom Himmel laut ruft Remesis Urania:
    Auf, denn heut soll die Löwenjagd beginnen;
    Das Frühroth blutet! Auf, ihr Jägerinnen,
Auf, erste Schützin meines Hains, Germania!

Auf, Russia! auf, Borussia! auf, Hispania!
    Doch nein, euch ruf' ich nicht, ihr steht schon drinnen;
    Du Austria, schau nicht müßig von den Zinnen!
Was säumst du, Suecia? was entweichst du, Dania?

Auf, Jägerinnen, in vereintem Heere!
    Der Löw', der meine Heerden frißt, soll bluten;
    Mischt euer Feldgeschrei, mischt eure Speere!

Fortgeißeln sollen heut ihn eure Ruthen
    Vom festen Land, und will er fliehn zum Meere,
    So treff' ihn Albions Dreizack aus den Fluthen.

11.

Seejungfrau, spielende mit Aeols Schlauche,
   Die du des Continents gethürmte Flotten
   Von deines Meeres Antlitz wegzuspotten
Vermagst mit einem deiner stolzen Hauche;

Dein Odem schürt, wie unterm Kesselbauche,
   Von Heklas Klüften bis zu Aetnas Grotten,
   Ein Feu'r, das siedet, wie noch keins gesotten,
Und du, zusehend, freuest dich am Rauche.

Denn du bist sicher zwischen Felsenzacken,
   Nicht sorgend, daß durch deine Ozeane
   Des Feuers Gluth ein Haar dir seng' am Nacken.

Nur zu! Rühr' mit dem ungeheuren Spane
   Den Kessel um! Blas' drein mit vollen Backen!
   Wirf Holz in unsern Brand aus deinem Kahne!

12.

Der blutdurchwirkte Vorhang ist gehoben,
   Das Schicksal geht an seine Trauerspiele;
   Der ernsten Spieler sind berufen viele,
Vielfach an Art und bunt an Garderoben.

Denkt ihr, den Kämpfern auf der Bühne droben
   So zuzusehn von eurer niedern Diele?
   Mit Stirn und Händen ohne Schweiß und Schwiele
So zuzusehn, zu tadeln und zu loben?

Mitnichten! Ihr seid auch zum Spiel berufen;
   Wer Arme hat, hinauf, sie drein zu mischen!
   Braucht ihr Zuschauer? die auch sind gerufen.

Der Väter Geister schauen aus den Nischen
   Walhalla's drein, und werden Beifall rufen
   Dem braven Spieler, und dem schlechten zischen.

13.

Es steigt ein Geist, umhüllt von blankem Stahle,
　Des Friedrichs Geist, der in der Jahre sieben
　Einst that die Wunder, die er selbst beschrieben,
　Er steigt empor aus seines Grabes Male,

Und spricht: „Es schwankt in dunkler Hand die Schale,
　Die Reiche wägt, und meins ward schnell zerrieben.
　Seit ich entschlief, war Niemand wach geblieben;
　Und Roßbachs Ruhm ging unter in der Saale.

„Wer weckt mich heut und will mir Rach' erstreiten?
　Ich sehe Helden, daß mich's will gemahnen,
　Als säh' ich meine alten Ziethen reiten.

„Auf, meine Preußen, unter ihre Fahnen!
　In Wetternacht will ich voran euch schreiten,
　Und ihr sollt größer sein als eure Ahnen.“

14.

Nennt es, so lang's euch gut dünkt, nennt's Verschwörung,
　Wenn Männer schwören, Männer sein zu wollen;
　Wenn Liegende, was sie längst hätten sollen,
　Empor sich endlich raffen, nennt's Empörung!

Ich nenn's an euch die tiefste Selbstbethörung,
　Die tollste Tollheit nenn' ich's aller Tollen,
　Daß ihr könnt eurem eignen Volke grollen,
　Das sich und euch will ziehn aus der Zerstörung.

Euch müsse funkeln weder Stern noch Sonnen,
　Des Himmels Flamme leck' euch weg wie Mücken,
　Der Abgrund schling euch ein in seine Tonnen.

Krumm geht auf ewig mit dem knecht'schen Rücken,
　Und hat eu'r Volk sein Diadem gewonnen,
　Soll's eure Stirn mit einem Brandmal schmücken.

15.

Nicht schelt' ich sie, die mit dem fremden Degen
  Zerfleischen meines Busens Eingeweide;
  Denn Feinde sind's, geschaffen uns zum Leide,
Wenn sie uns tödten, wissen sie weswegen.

Allein was sucht denn ihr auf diesen Wegen?
  Was hofft denn ihr für glänzend Ruhmgeschmeide,
  Ihr Zwitterfeinde, die ihr eure Schneide,
Statt für das Vaterland, sie hebt dagegen!

Ihr Franken und ihr Bayern und ihr Schwaben!
  Ihr, Fremdlingen Verdungene zu Knechten!
  Was wollt ihr Lohns für eure Knechtheit haben?

Eu'r Adler kann vielleicht noch Ruhm erfechten,
  Doch sicher ihr, sein Raubgefolg', ihr Raben,
  Erfechtet Schmach bei kommenden Geschlechten.

16.

Bei Gott! Wenn euch nicht ganz die Sinne blenden,
  Nicht Mord und Gier das Aug' euch ganz umfloren;
  So thut es auf, seht, wo ihr steht, ihr Thoren,
Und wendet euch, weil's noch ist Zeit zu wenden.

Nach wem wollt ihr die gift'gen Pfeile senden?
  Wen wollt ihr mit dem blut'gen Schwert durchbohren?
  Uns! Welche Mutter hat denn uns geboren,
Und welche trug denn euch in ihren Lenden?

Nicht Eine? Wollt ihr Bruderblut verspritzen?
  O haltet ein, seht unsre Arme offen,
  Seht euch sich senken unsrer Schwerter Spitzen.

Trefft nicht, wo's euch muß reun, wenn ihr getroffen!
  O wollt ihr treffen, trefft mit uns gleich Blitzen
  Dort die, von deren Fall ihr Ruhm könnt hoffen.

17.

Ihr Knaben, die ihr könnt auf Bäume klettern,
   Freiheit ist Baum, deß Kranz ihr sollt erringen;
   Ihr Buben, die ihr könnet Dirnen zwingen,
Freiheit ist Braut, erzwingt sie euch in Wettern.

Macht Schild' aus eurer Hütten morschen Brettern,
   Aus eurer Wände Nägeln machet Klingen,
   Nehmt Glocken, die zum Festtag wollen klingen,
Und lehret sie als Feuerschlünde schmettern.

Ihr Säuglinge in eurer stummen Wiege,
   Lernt rufen, eh' sich euch gelöst die Zungen,
   Und euer erster Ruf sei: Siege! Siege!

Ruft drein ihr Todten mit lebend'gen Lungen
   Aus eurer Gruft: Nur dem, wer fällt im Kriege,
   Sei, wenn er kommt, von uns Willkomm gesungen.

18.

Habt ihr gehört von jenem Pfahl der Schande,
   (Hast, ihn zu stürzen, Himmel, keine Blitze?)
   Den euer Feind in seines Babels Sitze
Hat aufgerichtet an der Seine Strande?

Von jenem Obelisk, an dessen Rande,
   Vom Fußgestell bis hoch an seine Spitze,
   In stein'ren Feldern alle Austerlitze
Stehn, alle Schmachen eurem Vaterlande?

Auf, Deutsche, auf, aus allen euren Gauen!
   Was säumet ihr, mit wüthendem Geheule
   Zu stürmen, mit verzweifeltem Vertrauen?

Schwingt wie die alten Väter eure Keule,
   Und schlagt, daß sie kein Gott kann wieder bauen,
   In Stücken eure Schmach und ihre Säule!

19.

Dich möcht' ich sehn, der du in dumpfem Zorne
Jetzt, alter Rhein, ziehst deine Fluthenbahnen
Meerniederwärts, da dich zum Unterthanen
Dem Fremdling zwang das Schicksal, das verworrne;

Dich möcht' ich sehn, wann über deinem Borne
Du einst des ersten deutschen Heerzugs Fahnen
Siehst wieder flattern, und im Freiheitsahnen
Dich richtest auf mit neugewachs'nem Horne;

Und rufst mit lautem Ruf aus deinem Schilfe
Den Deinen zu, ein weitvernommner Rufer:
Auf, ihr Tritonen, auf, ihr Knechtschaftsdulder!

Herbei ihr alle zu vereinter Hilfe!
Siegjauchzend tragt mir an das linke Ufer
Das erste deutsche Schiff auf eurer Schulter!

20.

Es stieg ein trüber Nebelwind vom Rheine,
Auf dessen Fitt'gen kam herangeflogen
Ein Nachtgewölk am deutschen Himmelsbogen,
Darob verfinstert wurden alle Haine.

Die Freiheit, die im Maiensonnenscheine
Lustwandeln ging an den krystallnen Wogen,
Sah's und erschrak, und flüchtete betrogen
Zur tiefsten Grotte, daß sie einsam weine.

Nun hat ein starker Nordwind sich erhoben,
Und hat mit scharfem Grimm das nebelgraue
Gewölk zurück vom Horizont geschnoben.

Nun auf, o Freiheit, deutsche Jungfrau, schaue
Getrost du wieder, wie vordem, nach oben,
Aus blauem Aug' empor zum Himmelsblaue.

21.

Frau'n Preußens, nehmt für eure Opfergaben
Das Opfer an des Lieds, das ich euch bringe,
Ihr, die ihr gabt vom Finger eure Ringe,
So wie ihr gabt vom Busen eure Knaben

Dem Vaterland! in Erzschrift sei gegraben
Eu'r Preis, daß ihn kein Mund der Zeit bezwinge!
Des Ruhms, den eurer Männer blut'ge Klinge
Erfechten wird, sollt ihr die Hälfte haben.

Denn wenn sie selbst, im Sturm des Feindes, Wunden
Erbeuteten, so habt ihr mit dem Kleide
Von euren Schultern ihnen sie verbunden;

Und wenn der Freiheit Tempel aus dem Leide
Neu steigt durch sie, so soll's die Welt erkunden,
Daß, ihn zu schmücken, ihr gabt eu'r Geschmeide.

22.

Nicht mehr das Gold und Silber will ich preisen:
Das Gold und Silber sank herab zum Tande,
Weil würdiglich vom ernsten Vaterlande
Statt Golds und Silbers ward erhöht das Eisen.

Wer Kraft im Arm hat, geh', sie zu beweisen,
Ein Eisenschwert zu schwingen ohne Schande,
Es heim zu tragen mit zerhaunem Rande,
Und dafür zu empfahn ein Kreuz von Eisen.

Ihr goldnen, silbren Ordenszeichen alle,
Brecht vor dem stärkeren Metall in Splitter,
Fallt, denn ihr rettetet uns nicht vom Falle;

Nur ihr, zukünft'ge neue Eisenritter,
Macht euch hinfort zu einem Eisenwalle
Dem Vaterland, das Kern jetzt sucht statt Flitter.

23.

Wir schlingen unsre Händ' in einen Knoten,
   Zum Himmel heben wir die Blick' und schwören;
   Ihr alle, die ihr lebet, sollt es hören,
Und wenn ihr wollt, so hört auch ihr's, ihr Todten.

Wir schwören: Stehn zu wollen den Geboten
   Des Lands, deß Mark wir tragen in den Röhren;
   Und diese Schwerter, die wir hier empören,
Nicht eh'r zu senken, als vom Feind zerschroten.

Wir schwören, daß kein Vater nach dem Sohne
   Soll fragen, und nach seinem Weib kein Gatte,
   Kein Krieger fragen soll nach seinem Lohne,

Noch heimgehn, eh der Krieg, der nimmersatte,
   Ihn selbst entläßt mit einer blut'gen Krone,
   Daß man ihn heile, oder ihn bestatte!

24.

„Der ich gebot von Jericho den Mauern:
   Stürzt ein! und sie gedachten nicht zu stehen;
   Meint ihr, wenn meines Odems Stürme wehen,
Die Burgen eurer Feinde werden dauern?

„Der ich ließ über den erstaunten Schauern
   Die Sonne Gibeons nicht untergehen;
   Kann ich nicht auch sie lassen auferstehen
Für euch aus eurer Nacht verzagtem Trauern?

„Der ich das Riesenhaupt der Philistäer
   Traf in die Stirn, als meiner Rache Schleudern
   Ich in die Hand gab einem Hirtenknaben; —

„Je höh'r ein Haupt, je meinen Blitzen näher!
   Ich will aus meinen Wolken so sie schleudern,
   Daß fällt, was soll, und ihr sollt Friede haben.

25.

Der du noch jüngst durch deines Ruhms Posaunen
 Ausrufen ließest vor Europa's Ohre:
 „Gehört nun haben Asia's Felsenthore
Meines Geschützes Donner auch mit Staunen!"

Nun da du dein Geschütz mit abgehau'nen
 Gesträngen lässest stehn in Eis und Moore,
 Dein Donnerwerkzeug bricht gleich schwachem Rohre;
Statt Donners blitze nun mit Augenbraunen.

Du hast gedacht die Erde zu erschüttern,
 Wie Zeus den Himmel, wenn er regt die Locken;
 Ich aber will es sagen deutschen Müttern,

Daß sie, wenn sie sich setzen an den Rocken,
 Es sagen, oder wenn sie Kinder füttern:
 Der große Donnrer ist nun auch erschrocken.

26.

Ich muß, um eure Mattigkeit zu stählen,
 Weil ihr schon wieder an zu zagen fanget,
 Euch nur vom Feind, vor dessen Stahl ihr banget,
Eins von den Wundern, die er that, erzählen.

Welch's denn soll ich von seinen Wundern wählen?
 Weil ihr so gern an dem, was neu ist, hanget,
 Wähl' ich sein neustes, das so herrlich pranget,
Daß er drob heut noch mag dem Himmel schmälen.

Euch in eu'r kurz Gedächtniß will ich rufen
 Den Wunderzug des Heeres jener Stolzen,
 Das siegreich zog gen Norden, unberufen,

Bis an ein Ziel, wo, nach verschoss'nen Bolzen,
 Es wieder heimging, mit erfrornen Hufen,
 Die schmählich, bis es kam zum Süden, schmolzen.

27.

Hoch auf des Nordens schneebedeckten Wachten,
   Im altergrauen Reich der Moskowitter,
   Stand ein Fantom, der Ruhm, der seine Flitter
Dir hielt entgegen, die dich lüstern machten;

Daß du, gewohnt, nicht Widerstand zu achten,
   Aufbietend deines Heeres Ungewitter,
   Dorthin dich spornend, brachest durch die Gitter
Der Feinde, die für jetzt zu weichen dachten;

Aus Leichen bauend deine Siegesbrücke,
   Von Stadt zu Stadt fort und von Strom zu Strome,
   Nur vorwärts schauend immer, nie zurücke;

Umnebelt immer von dem Trugfantome;
   Bis es schwand plötzlich, und des Schicksals Tücke
   Hell vor dir stand im Brand von Moskows Dome.

28.

Seht her, ihr ew'ger Knechtschaft Unterlieger,
   Zu Moskows ungeheuren Flammenscheiten,
   Und lernt, ihr Deutschen, wie ihr müsset streiten,
   Wenn ihr wollt werden auch des Siegers Sieger.

Ihr, die ihr, Menschen bleibend auch als Krieger,
   Die Kriege noch wollt führen wie vorzeiten,
   Und nicht bedenkt, daß da die Menschlichkeiten
   Nicht sind am Platze, wo der Feind ist Tiger.

Geschrieben stand's, daß die Barbarenheere,
   Die euch mit ungestraftem Fuß zertraten,
   Nur fallen sollten vom Barbarenspeere.

Ihr aber, laßt vom Beispiel euch berathen,
   Euch, wenn nicht mehr will fruchten and're Wehre,
   Zu wehren durch großart'ge Greuelthaten.

29.

Von Moskow' nach Paris ist manche Meile,
  Wie viele? mögt ihr zählen und mir sagen;
  Dann sag' ich euch auch, in wie wenig Tagen
  Den Weg man macht, wenn man ihn macht in Eile,

Wie der Gewalt'ge, der gleich einem Pfeile
  Vom Glück geschnellt, auf seinem Siegeswagen
  Ihn erst hinein macht', und zurückgeschlagen
  Dann ihn heraus macht' in noch kürzrer Weile.

Denn statt im Wagen, macht' er ihn im Schlitten,
  Der unterweges ihm wär' angefroren,
  Wenn er nicht wäre gar so schnell geglitten.

So kam er dann zu seiner Hauptstadt Thoren,
  Um selbst allda in seines Rathes Mitten
  Es kund zu thun, wie er sein Heer verloren.

30.

Habt ihr mit Vorbedacht von eurem Rheine,
  Da ihr euch rüstetet zum Siegeszuge,
  Nächst Schwert und Blei noch mitgeführt als kluge
  Erobrer Pflug und Mühl' in Rußlands Haine?

Als dächtet ihr in dauerndem Vereine
  Zu siedeln zwischen Moskow und Kaluge?
  Geht nun und pflügt Eisschollen mit dem Pfluge!
  Geht nun und mahlt mit euren Mühlen Steine!

Habt ihr das Feld nicht g'nug mit eurem Blute
  Gedüngt daß es euch Erndte könnte tragen?
  Es trägt euch Erndt' auch, aber keine gute;

Das Elend trägt es euch, daß es zu Klagen
  Selbst Feinde zwingt, und ihm, daß eh'rne Ruthe
  Dazu euch treibt, trägt's was? Ich wills nicht sagen.

31.

Auf, ihr „verachtungswürd'gen" Reutereien,
　Kosacken, laßt nicht stocken eure Gaule,
　Daß euer Feind, der nicht im Laufen faule,
　Nicht sage jetzt, daß eure Roß' es seien.

Auf, rollt durch eure weiten Wüsteneien
　Euch wachsend fort gleich einem Flockenknaule,
　Um ihn, der schon verschneit ist bis zum Maule,
　Mit euren Hufen vollends einzuschneien.

Du alter Graukopf, dem statt Stab und Krücke,
　Die Schenkel deines Rosses dienen müssen;
　Wenn du nach Warschau kommst zur Weichselbrücke,

Da schüttl' einmal den Staub dir von den Füßen,
　Dann ch'r nicht wieder, bis in einem Stücke
　Du vor Paris hältst an der Seine Flüssen.

32.

Ihr Flüchtlinge mit bleicher Hungerbläue
　Im Angesicht, lebend'ge gleich den Todten,
　Die, wenn ihr habt dem Winter Trotz geboten,
　Am Sommer doch noch welken müßt gleich Heue.

Geht heim in euer Land, daß es sich freue,
　Wenn es ankommen sieht die Jammerboten;
　Sagt ihm: die alten sind nun aufgeschroten,
　So förd're dich, und sende dafür neue!

Und hast du keine Männer mehr zu senden,
　So sende denn die Weiber von der Spule,
　Und Knaben mit noch unbehaarten Lenden,

Daß sie frühzeitig in des Elend's Schule
　Geh'n und vergeh'n, wozu? daß, Blut an Händen,
　Ein Korse sitz' auf Frankreichs Königsstuhle.

33.

Weit g'nug hat der Kosack' und der Baschkire,
  Durch einen Jagdstrich, einen ungeheuern,
  Gejagt den Feind, den scheuen, immer scheuern,
  Ihr Preußen, bis in euere Reviere.

Laßt ihn absatteln nun die müden Thiere,
  Und gebt den Jägern Ruh an euren Feuern,
  Bringt euer letztes Korn aus euren Scheuern,
  Holt aus den Ställen eure letzten Stiere,

Und schlachtet sie, daß sie einmal sich laben,
  Dann schnell aufsitzen, ihres Wegs zu reiten,
  Den Feinden nach, die kurzen Vorsprung haben.

Und seid ihr selbst noch Schützen, wie vorzeiten,
  So stoßt zu ihnen, und, könnt ihr nicht traben
  Wie sie zu Roß, mögt ihr zu Fuß nur schreiten.

34.

Horch auf, Berlin, horch auf mit deinen Ohren,
  Die lang schon hörten keine Freudenkunde;
  Ein andrer Tag bringt eine andre Stunde,
  Die Freudenbotschaft steht vor deinen Thoren.

Wer sie dir bringt, ist fern von dir geboren,
  Doch, wenn du's willst, ist er mit dir im Bunde.
  Horch! hören könntest du schon in der Runde
  Sein Sporngeklirr, ritt' er nicht ohne Sporen.

So kannst du hören doch sein Roßgewieher,
  Und wenn dein Aug' ihn noch, den Freund, nicht sähe,
  So kann es doch schon sehn den Feind, den Flieher.

Auf, feiert betend höchster Rettung Nähe!
  Sie kommt, und macht euch, staubgebückte Knieer,
  Zu Stehern unter Waff' und auf Trophäe.

35.

Wir haben lang mit stummem Schmacherröthen
　Geblickt auf uns und unsres Landes Schande,
　Zu dir aufhebend unsres Armes Bande!
　Wie lang, Herr, willst du sie noch fester löthen?

Jetzt willst du dich, o Retter in den Röthen,
　Erbarmen wieder über deinem Lande;
　Die Rettung kommt, sie kommt im Städtebrande
　Von dir, sie kommt in blut'gen Morgenröthen.

O Herr, vom Schweren kann nur Schweres lösen,
　Und wir sind schwergebückt in unserm Staube;
　O eile du die Kraft uns einzuflößen

Zum Auferstehn! Laß nicht dem Sturm zum Raube
　Uns werden in der Rettung Sturmgetösen;
　Panier sei Hoffnung, unser Schild dein Glaube!

36.

Borussia! gelegt in schwere Stricke
　Wardst du, als dich der Herr im Zorn gerichtet;
　Jetzt hat er seinen Zorn mit dir geschlichtet,
　Und deine Bande schlottern am Genicke.

Borussia! in diesem Augenblicke
　Ist Deutschlands ganzes Aug' auf dich gerichtet;
　Denn nicht ist zwischen dir und ihm vernichtet
　Das alte Blutband, deins ist sein Geschicke.

Borussia! du hast einst deutschen Ländern
　Ein Beispiel selbst verschuld'ten Unterliegens
　Gegeben, preisgegeben dich den Schändern.

Jetzt gib ein Beispiel Fallens oder Siegens;
　Auf, und greif nach des Kriegsglücks dunklen Pfändern
　Keck mit dem Wahlspruch: Gottes Hände wiegen's!

37.

Der Himmel schlägt die Feinde selbst mit Blindheit,
 Daß sie mit blödem Auge nicht erkennen,
 Wie bald gereift sein wird für blut'ge Tennen
Die Saat, die jetzt noch sproßt in stiller Kindheit.

Wie bald ein Feu'r, das jetzt noch mit Gelindheit
 In Asche glimmt, wird offnen Muthes brennen,
 Sich spannen werden schon gezuckte Sennen
In furchtbar einverstandner Gleichgesinntheit.

Es wühlt im Dunkeln, wie's gewühlt schon lange,
 Es gährt gewaltig, wie's noch nie gegohren,
 Und bis zum hellen Ausbruch ist's nicht lange.

Das Kind des Schreckens ruft, noch ungeboren,
 Aus Mutterleib: Ich bin bereit zum Gange!
 Wer ist's, wer bringt mich zu des Lebens Thoren?

38.

Der alte Fritz saß drunten in den Nächten,
 Auf einem Thron aus Thatenglanz gewoben,
 Und dachte, weil den Busen Seufzer hoben,
An sein einst freies Volk, das ward zu Knechten.

Da kam, solange von des Schicksals Mächten
 Im ird'schen Stand des Lebens aufgehoben,
 Sein alter Bruder kam jetzt her von droben,
Den sah er und hub an: Will Preußen fechten?

Der aber sprach mit Siegesglanz im Blicke:
 Ich komme dir als Bote, daß erschienen
 Nun ist die Stunde, wo es bricht die Stricke.

Da sprang der alte König auf mit Mienen,
 Als ob er selbst zu neuem Kampf sich schicke,
 Und sprach: „Jetzt will ich wieder sein mit ihnen."

39.

„Das Schwert, das Schwert, das ich in meinen Tagen
    Geschwungen, ich vergaß in wieviel Schlachten,
    Das Schwert, ob dessen Klang nicht Feinde lachten,
    Als sie bei Roßbach und bei Lissa lagen!

„Das Schwert! Wer nahm's von meinen Sarkophagen?
    Weß sind die Hände, die so keck sich machten,
    Daß sie von dort zu seiner Schmach es brachten
    Dahin, wo Niemand ist, der es kann tragen?

„Ihr Söhne Preußens aus dem West und Oste!
    Wieviel der Schwerter könnt ihr aus dem Frieden
    Noch ziehn, die nicht gefressen sind vom Roste?

„Und könnt ihr Schwerter eilig g'nug nicht schmieden,
    So nehmt nur Hack' und Sens', und, was es koste,
    Holt mir mein Schwert her von den Invaliden!"

40.

Es ist vor uns in einer ungeheuern
    Geburt der Zeit ein Werk emporgesprossen,
    Ein Riese gleich dem rhodischen Kolossen,
    Durch dessen Füß' einst Schiffe konnten steuern.

Wir haben wohl gesehn, bei welchen Feuern
    Das Erz geschmelzt, das Bildnis ward gegossen;
    Doch ist sein Wuchs so hoch emporgeschossen,
    Daß seinen Blick ihr nicht erreicht mit euern.

Wir sind, im Schiff der Gegenwart befangen,
    Noch eingeschlossen zwischen seinen Beinen,
    Stets sorgend, daß uns nicht der Ries' erdrücke.

Wird erst das Schiff ein Weilchen sein gegangen,
    Dann aus der Ferne wird es recht erscheinen,
    Welch hohes Wunder diesen Schauplatz schmücke.

41.

Ihr deutschen Wälder rauscht in euren Frischen;
  Und schüttelt eure Locken unverwirret;
  Die Taub' ist's, die in euren Schatten girret;
  Der Geier, der sie scheucht, hat ausgetrischen,

Und ihr, o deutsche Ströme, braust duzwischen;
  Ihr dürft die Silbergleise ungeirret
  Nun wieder ziehn; die Rosse sind entschirret,
  Die streitig machten eure Fluth den Fischen.

Ihr deutschen Auen, künftig unzertreten,
  Ihr sollt jetzt Schaaren tragen dichter Aehren,
  Nicht starre Saaten mehr von Speer und Spießen;

Und nicht der Tod als Schnitter sei gebeten,
  Und nicht die Ernte soll von Blut und Zähren,
  Vom Thau des Friedens soll sie überfließen.

42.

Hast du gedacht im alten Reich der Czaren,
  Weil lang kein Czar dort saß auf seinem Throne,
  Selbst darauf sitzend, dich zu ihrem Lohne
  In neuer Pracht zu zeigen deinen Schaaren?

Die aber dachten dir den Gang zu sparen,
  Die, da du Scepter, Purpurkleid und Krone
  Schon richtetest, anzündeten zum Hohne
  Die eigne Stadt, dafür sind sie Barbaren!

Ihr mögt nur schelten ihre Barbareien;
  Ich weiß nicht, ob euch selbst wohl klein mag deuchten,
  Was groß euch traf, doch will ich prophezeien:

Brandstätten kann der Himmel wieder feuchten,
  Doch Moskau's Brand, Flammbeispiel allen Freien,
  Wird fort durch alle Weltgeschichten leuchten.

43.

Ja freilich nicht allein vom Menschenwitze
  Ist solches Machtwerk ausgeführet worden;
  Ja anzurichten solch ein großes Morden,
  Hat nicht genüget ird'scher Krieger Spitze.

Es hat der Herr von seines Himmels Sitze
  Selbst seinen Grimm herabgesandt zum Norden
  Der dort durch Kälte fressen mußte Horden,
  Wie er ein andersmal es muß durch Hitze.

Lobsingt, ihr Steppen, menschenblutgeröthet!
  Ihr, die gedrängte Feindesleichen stopfen,
  In euren Röhren, Berezinen, flötet!

Laß, Russia, höher deine Schneebrust klopfen,
  Und zähl', wie viel der Feinde du getödtet,
  An deiner weißen Kleider rothen Tropfen.

44.

Wer sind die Jünglinge, die mit unwill'gen
  Gluthblicken über ihren Feind, den Buben,
  Von ihren Sitzen plötzlich sich erhuben,
  Dem Vaterland sich bietend zu Freiwill'gen?

Sie kommen, o ein Tausch jetzt hoch zu bill'gen,
  Sie kommen aus der Musen stillen Stuben,
  Wo sie in ernster Weisheit Schachten gruben,
  Und wollen jetzt im Feld sich pflücken Lil'gen.

O würd'ges Schauspiel, o erhabene Scenen,
  O wahrhaft feierliche Katastrophe,
  Wie nur sie sah das Land einst der Hellenen!

Mit in die Reihn gestellt gehn Philosophen,
  Und vor den Reihn, trunken von Hippokrenen,
  Gehn auch die Dichter her, und wirbeln Strophen.

45.

Bei Gott! Kein Nichts ist's, des ihr euch verwegnet,
   Ein Etwas ist's, wofür den Arm ihr hobet,
   Ein Etwas, das die Welt und Nachwelt lobet,
   Ein Etwas, dem der Himmel Gnade regnet.

Drum eh ihr auszieht und dem Feind begegnet,
   Steht erst vor dem, deß Aug' die Herzen probet,
   Nicht eh'r zieht, als dem Höchsten anverlobet,
   Nicht eh'r zieht, als vom Priester eingesegnet.

Der Feinde Lanzen müssen vor euch splittern,
   Und seine Donner müssen ihm versagen,
   Wenn für euch selbst Gott spricht aus den Gewittern.

Ja, Gottes Flügel, um euch hergeschlagen,
   Muß, ob ihr fallet, selbst den Tod entbittern,
   Daß ihr sein Antlitz sehn könnt ohne Zagen.

46.

O welche Männer steigen im Vereine,
   Wie Heldengeister aus der Grüfte Wasen,
   Mein Vaterland, empor aus dir, und rasen
   Im Sturm um ihre Freiheit und um deine.

Zwei aber sind's, vor allen, die ich meine,
   Zwei sind's, von denen in des Volkes Nasen
   Zumeist solch edler Sturm ward angeblasen,
   Von einem Hardenberg und einem Steine.

Auf diesem Felsstein, diesem Harten Berge,
   Soll sein das neue Vaterland gegründet,
   D'rauf groß gleich Riesen sollen steh'n selbst Zwerge.

Und hoch darüber soll von Lust entzündet
   Aufschweben mein Gesang als Himmelslerche,
   Die über'm Berg den rothen Morgen kündet.

47.

Gleichwie die Juden, die in's Joch gebeugten,
   Ausziehend aus Aegypti Knechtschaftstande,
   Nicht selbst anlangten im verheißnen Lande,
Sondern nur erst von ihnen die Erzeugten;

So lasse sich auch dies Geschlecht nicht deuchten,
   Freiheit zu finden, weil es bricht die Bande;
   Es muß verbrennen in dem Läutrungsbrande,
Das reine Licht wird erst den Enkeln leuchten.

O dürft' ich nur, wie du Mann Gottes, Mose,
   Dort, da du von Sinai's Wolkenspitze
   Das Land, das du auch durftest nicht betreten,

Von ferne sahest, so im dunklen Schoose
   Der Zukunft ich, hell von profetischem Blitze,
   Sehn deutscher Freiheit Land, und stumm anbeten.

48.

Welch wundersam verschlungenes Gewebe
   Vielfältig sich durchkreuzender Gewalten
   Läuft von des Harzes bis zu Böhmens Spalten,
Und Niemand noch kann sagen, was es gebe.

Germania, die du es siehest, bebe
   Du nicht, noch sorge, wie sich's soll entfalten;
   Ich, spricht der HErr, ich, dessen Händ' es halten,
Gut machen will ich es, sowahr ich lebe.

Nicht ein Gewirr ist's, angelegt im Wahne,
   Ich sehe jeden einzlen Faden schlagen,
   Ich höre gehen jede einzle Spule.

Und alles geht nach einem großen Plane,
   Daß, wenn das Werk ist fertig, ihr sollt sagen:
   Das ward gewirkt auf Gottes Weberstuhle.

49.

Ja, ja, gelingen muß, ja ist gelungen,
  Was so, als wie aus Eines Herzens Mitte,
  In alle Glieder und in alle Tritte
  Von Einem Geist des Lebens ist durchdrungen;

Daß fremde Völker, von so fremden Zungen,
  So fremder Abkunft und so fremder Sitte,
  Doch so verkittet sind von Einer Kitte,
  Doch so in Einem Einklang sind erklungen.

O Wunder! Nein! kein Wunder; denn wir alle
  Wir beten ja zu Einem Gott im Himmel,
  Der alle unsre Sprachen kann vereinen,

Der gibt den Geist der Eintracht unsrem Schwalle,
  Daß so in Freuden unser bunt Gewimmel
  Zusammenwirkt, noch besser, als wir's meinen.

50.

Die Hand des HErren müsse dich verstocken,
  Tirann, wie einst dem Farao geschehen,
  Als er das Volk nicht ließ in Frieden gehen,
  Vor dessen Fuß das Meer des Bluts ward trocken.

Die Hand des HErren müsse dich verstocken,
  Daß du nicht hörest unser Friedensflehen,
  Auf daß an dir du müssest Wunder sehen
  Noch größre, als die du schon sahst erschrocken.

Der HErr müss' einen Moses dir erwecken,
  Zu schlagen dich mit allen sieben Plagen,
  Zu treffen dich mit allen sieben Schrecken.

Wenn deines Landes Erstgeburt erschlagen,
  Dein Reich gefressen sein wird von Heuschrecken;
  Dann soll man dich, ob du willst Friede? fragen!

51.

Du denkst nur, das sind noch die alten Schaaren
Die alten Völker sind es, deren Schwiele
Noch zeugt, wie ich sie geißelte zum Spiele;
Nein! neue sind es, und du sollst's gewahren.

Es ist vom Himmel aus ein Geist gefahren,
Der hat an's Firmament mit einem Kiele
Geschrieben flammend, was schon lasen viele,
Und all die andern werden's auch erfahren.

Ein Wort des Glaubens, das im hohen Norden
Vom Mund des HErrn zuerst ward ausgesprochen,
Ist jetzt gehört in allen Himmelsstrichen.

Die Blindheit unsres Augs ist sehend worden,
Der Helm des Wahns auf deinem Haupt zerbrochen,
Und deine Schrecken sind von dir gewichen.

52.

„O ihr drei Herrscher in dem Reich der Lüfte,
In angestammter Hoheit Machtbesitze,
Ihr Aare, jeglicher aus seinem Sitze
Versammelt hier in Böhmens Felsenklüfte!

Der Herr, der eurer Fitt'ge Schwungkraft prüfte,
Und stark befunden eure Flügelspitze,
Gab euch in eure Krallen seine Blitze,
Gab seine Donner euch auf eure Hüfte.

O ihr lebend'gen wahren Gottesaare,
Die ihr auf Flügeln tragt das Weltgeschicke,
Fliegt aus in eures Kampfs vereinten Wettern!

Und jeder Adler eures Feinds erfahre,
Daß er ist Erz, das schmilzt vor eurem Blicke,
Ihr aber lebt und könnt den Tod zerschmettern."

53.

Des Tages, wo du deines Schlachtviehs Herde
Zusammen treiben wirst mit ehrnem Stabe,
Müss' über dir vom Hochgericht ein Rabe
Herkrächzen, daß es dir ein Schauder werde.

Zur Stunde, wann du zürnend deinem Pferde
Den Sporn willst geben, daß zur Schlacht es trabe;
Müss' es hinstrauchelnd über einem Grabe,
Und keuchend stürzen unter dir zur Erde.

Dein Schlachtschwert müssest du, vor Wuth erbittert,
Statt in die Scheid', in Gottes Boden stecken,
Und wenn du's ausziehst, müss' es sein zersplittert.

Dann müsse kommen über dich ein Schrecken,
Und müssest sein von Ahnungen durchzittert,
Und einer Niederlage Vorschmack schmecken.

54.

Nun, Deutschland, horch mit hunderttausend Ohren,
Nun schau mit hunderttausendfachem Blicke
Hierher, wo gegenwärtig dein Geschicke
Im Kampfe blut'ger Wehen wird geboren.

Tritt hier hervor aus den verschlossnen Thoren
Ein Kind des Siegs, so schüttle dein Genicke,
Denn du bist frei; ja! doch zur Knechtschaft schicke
Auf ewig dich, geht die Geburt verloren.

Wirf nieder in den Staub all deine Glieder,
All deine Kinder, Väter, Mütter, Bräute,
Und zwing' Erhörung von dem Himmel nieder.

Denn deines Lebens Loose wirft man heute!
Knie, und steh' auf vom Staub nicht eher wieder,
Als bis du tönen hörst Siegsgeläute.

55.

Tritt auf, Gigant, mein Lied, und schlage Saiten,
  Daß Deutschlands Busen jauchzend wiederklinge,
  Denn es sind ausgeführet worden Dinge,
  Dergleichen niemals sahen Ort noch Zeiten.

Europa's Weltleib hat aus allen Weiten
  Geschwellt die Adern, daß ihr Blutstrom springe
  In Deutschlands großes Herz, und es durchdringe
  Mit neuem Leben aus des Todes Streiten.

Spiel' auf, o Herz, in hellen Melodieen
  Der Rettung Dank, daß du bist neugeboren
  Durch tausend, tausend, die ihr Blut dir liehen.

Ruf, daß du lebst, laut in des Himmels Ohren,
  Und bleich vor deinem Antlitz müsse fliehen
  Der Fürst des Tod's, in Korsika geboren.

56.

Laßt, Himmel, tönen eure Morgensterne,
  Thu deinen Mund auf, Erd', und juble Lieder,
  Daß es erschalle bis zum Abgrund nieder,
  Und ihn erzittern mach' in seinem Kerne;

Daß er des großen Sieg's Bedeutung lerne,
  Wie Gottes Kraft der nachtentstammten Hyder
  Durch diesen Schlag zerschmettert hat die Glieder,
  Und für ihr Haupt ist auch der Schlag nicht ferne.

Ihr Engel singt's, daß es der Himmel wisse!
  Wie Nacht und Tag im Anfang einst gerungen,
  So rangen heute Licht und Finsternisse.

Hör's, Himmel, daß den Sieg das Licht errungen!
  Und daß die Erde nicht die Kunde misse,
  Sag's ein Tedeum ihr in tausend Zungen.

57.

Weh, Leipzig, dir! So weit die Blicke reichen,
   Die du von deinen öden Zinnen schickest,
   Ist alles, was du in der Rund erblickest,
   Ein großes Feld voll Trümmern und voll Leichen.

Man kommt herein und bringt die Siegeszeichen,
   Daß du an ihrem Anblick dich erquickest;
   Du aber siehst sie seufzend an, erschrickest,
   Todtwund noch von den kaum empfangnen Streichen;

Denn durch des großen Weltgeschicks Verkettung
   Ist unser Glück für dein Weh eingetauschet,
   Du bist für uns zur Märtyrin geworden;

Sodaß, derweil im Freudenwein der Rettung
   Sich ringsum jubelnd eine Welt berauschet,
   Du Blut dir schöpfst von deiner Pleiße Borden.

58.

Du Volk des Zorns, das du hast unterm Beile
   Erst lassen deinen eignen König bluten,
   Dann deine Heilande, die unbeschuhten,
   Ausgehen über uns wie gift'ge Pfeile.

Wir mußten's fühlen eine feine Weile,
   Wie du kannst zücht'gen, und mit was für Ruthen:
   Doch nimmer konnten wir uns des vermuthen,
   Daß werden sollt' uns diese Zucht zum Heile.

Verkündet hast du zwar von Anbeginne,
   Daß du berufen seist uns zu beglücken,
   Wir aber sahn's nur nicht mit dumpfem Sinne.

Ja, ja, berufen warst du, zu zerdrücken
   Die schlaffe Zeit, damit sie Kraft gewinne
   Durch Druck, zu stehn von neuem ohne Krücken.

59.

Gepriesen sei der HErr in seinem Zorne,
 Der ausgesendet hat ein fressend Feuer
 All über mich, der ich ein ungetreuer
Saatacker wucherte mit taubem Korne.

Das Feuer hat die Disteln und die Dorne
 Verzehrt, die nicht sind für des HErren Scheuer,
 Und jetzo hat der HErr, dem ich bin theuer,
Es ausgelöscht mit seinem Gnadenborne.

Jetzt will ich wieder tüchtig sein und wacker,
 Ein gutes Feld, und tragen gute Saaten,
 Denn du, o HErr, sollst selber mich besaamen.

Doch nun umfried', o HErr, auch deinen Acker,
 Vor'm argen Feuer meiner Uebelthaten,
 Und schließ es ein im ew'gen Abgrund, Amen!

60.

Ich, die bin frei nach aller Welt Berichten,
 Nichts über mich erkennend, das mich zwinge,
 Ward hier im wunderbaren Lauf der Dinge
Zur Magd, und schäme dessen mich mitnichten;

Ja rechne mir zum Ruhm die Dienstespflichten,
 Der Herrin wegen, welcher ich sie bringe,
 Die werth ist, daß ein Gott sich ihr verdinge,
Und Geister ihr Gebot gehn auszurichten.

Politik heißt, die ich zur Herrin wähle,
 Für die ich will durch Markt und Straßen laufen,
 Bestellend alles, was sie mir befiehlet;

Nur daß zu streng sie mit der Magd nicht schmäle,
 Wenn ich irr geh' einmal im wilden Haufen,
 Und etwas anders treff', als sie gezielet.

61.

Der Friede sprach: Warum willst du mich höhnen?
  Du kommst zu meiner Wieg' und bringst mir Lieder,
  Nur krieg'rische, und krieg'rische nur wieder;
  Willst du mich mit Gewalt mit Dornen krönen?

Ich sprach: Du wardst geboren unter Stöhnen,
  Und unter Krämpfen wuchsen dir die Glieder:
  Mein Kind, zum Luftflug fehlt dir noch Gefieder,
  Man kann noch nicht der Mühsal dich entwöhnen.

Nimm an, was ich dir singe, nicht zum Schlummer!
  Bis du aus harter Wieg' ins Brautbett steigest
  Als Mann, und deine Braut, die Freiheit, freiest;

Dann will ich Honigseim ohn' allen Kummer
  Zum Hochzeitlied dir singen, daß du schweigest;
  Jetzt sing' ich Wermuth dir, ob du auch schreiest.

62.

O daß mit meiner Hand ich könnt' erheben,
  Zum Himmel hoch, aus lauter Demantstücken,
  Siegsbogen, um mit ungebeugtem Rücken,
  Ihr Helden, Einlaß d'runter euch zu geben!

O daß ich fügen könnte gleich daneben
  Ein Joch der Schmach, gebaut aus zweien Krücken,
  Darunter euer Feind sich müßte bücken,
  Um nie hinfort in Hochmuth aufzustreben!

O daß ihr selbst nicht ihn durch Ehrenpforten
  Zu eurer Schmach noch immer ließet schreiten,
  Und duldetet das Joch auf eurem Rumpfe!

Dann säng' ich laut'ren Sieg in reinen Worten;
  Doch jetzt, wie Brauch sonst war in Römerzeiten,
  Mischt sich das Spottlied unter die Triumphe.

63.

Die Geister der gefall'nen Freiheitshelden,
  Laut rufen sie hernieder aus Walhalle:
  „Viel Sänger sind auf Erden, die mit Schalle
  Von uns'rem Preis den Nachgeblieb'nen melden.

Auf, holt von ihnen zu des Himmels Felden
  Herauf uns Einen, der uns sei für alle,
  Daß er uns singe, was uns wohlgefalle,
  Beim Mahle zwischen Hermann und Thusnelden."

Da sank im Kampfgewühl ein Held vom Rosse,
  Den hoben auf das ihre zwei Walküren,
  Und führten ihn empor sammt Schwert und Leier.

Nun sitzt er droben im kryftall'nen Schlosse,
  Wo ich ihn sehe goldne Saiten rühren,
  Wenn Geister mir vom Auge zieh'n den Schleier.

64.

O Märtyrer, der Herr des Himmels schreibe
  In's Buch des Lebens dich nächst dem Johannes,
  Der kühn einst sprach in's Antlitz des Tyrannes:
  „Nicht recht ist's, daß du diese hast zum Weibe."

Er, der dir nichts ließ außer deinem Leibe,
  Wenn er auch den dir nehmen will, er kann es;
  Doch brechen kann er nicht den Strahl des Bannes,
  Der zielt und zielt, und endlich trifft die Scheibe.

Das heil'ge Oel, das du auf's Haupt ihm gossest,
  Wird unter'm Fluch zum Strom von Feuergluthen,
  Und sengt ihm die Besinnung aus dem Hirne,

Die Krone, die du um die Stirn ihm schlossest,
  Zerschlagen wird sie von des Himmels Ruthen,
  Und sammt der Krone die gefluchte Stirne.

65.

Die ihr vom Morgen bis zur Abendröthe
Lang habt geführet eure bunten Reigen,
Hoboen! Clarinetten! Zimbeln! Geigen!
Schallmeien! Laute! Zither! Leier! Flöte!

Ich, heut zu eurer Herrscherin erhöhte,
Gebiet' euch jetzo, daß ihr sollet schweigen;
Nur mir allein ist heut das Feld hier eigen,
Und auf dem Felde ruf' ich: Tödte! Tödte!

Mir zu Gesellen wähl' ich Pauk' und Trummeln,
Her vor mir ziehe des Geschützes Donner,
Und Siegsgeschrei mir nach auf meinen Pfaden,

Den Krieg nun will ich, bis er satt ist, tummeln;
Bricht aus dem Sturm dann Friede, der Besonner,
Dann seid mir schön zum Siegsfest eingeladen!

66.

Viktoria, Schiedsrichterin der Kriege,
Du auf Berlin einst als Thorhüt'rin prangend;
Hast du, zur Fremdlingstadt hieher gelangend,
Treulos vergessen uns und deine Wiege?

Viktoria, wenn du hast Flügel, fliege!
Horch! Waffenschall! Es hört Paris erbangend,
Du aber höre freudig, lustverlangend,
Denn was du hörst, sind deine eignen Siege.

Viktoria! es naht dein Bundsgenosse;
Kennst du die Stimmen nicht in deinem Ohre?
Mit deinem Auge nicht die Fahnentücher?

Laß nach dem Rheine wiehern deine Rosse!
Denn dorther kommt, zum Brandenburger Thore
Dich heimzuholen, den du kennst, dein Blücher.

67.

O ungeſtorb'ner Kaiſer Barbaroſſe,
  Den ich mit Heldenſang von Sieg zu Siege
  Geleiten wollte durch die heil'gen Kriege
  Bis zu der Ruh' im unterird'ſchen Schloſſe:

Sieh', wie der Ernſt wird ſchamroth vor der Poſſe
  Des Kriegs, in dem ich mit mir ſelber liege,
  Wo Blindheit mich nicht finden läßt die Stiege
  Zu dir, zu ſeh'n, wie dort dein Bart dir ſproſſe.

Doch, hielt dich vor den ernſten Kriegswelthändeln
  Selbſt eine Lieb' umwunden, eine zärte,
  Die du verewigt in der Burg Gelnhauſen;

So zürne nicht, wenn auch des Liedes Tändeln
  Spielt, eh's gelangt zu deinem Flammenbarte,
  Ein Weilchen noch um Locken, die ſich krauſen.

Zweites Kapitel.

—————

Zeitgedichte. 1814. 1815.

Kriegsruf.

Du Ackermanns-Geschlechte,
   Willst du nicht lassen den Pflug?
Du hast dich zum Knechte
   Geackert lang genug.
Nimm deinen Pflug,
   Schmiede Schwerter klug,
   Pflüg' deinem Feinde, dem Wicht,
   Furchen in's Angesicht.
Laßt euren Stab, ihr Hirten;
   Eure Lämmer, die verirrten,
   Suchet sie nicht, dazu ist Zeit,
   Wann ihr selbst erst geborgen seid.
Theurer als das Eigenthum
   Ist Seel' und Leib;
   Theurer ist Kind und Weib,
   Und theurer noch ist der Ruhm.
Seht ihr eure alten Tannen,
   Wie sie noch steh'n so hoch?
   Wo seid ihr doch,
   Ihr alten Mannen?

Der Feind ist im Lande,
  Euer Weib ist die Schande,
  Der Bastard euer Sohn;
  Blut tilgt Hohn.
Das Land zu verjüngen,
  Das ausgesaugte, ist gut;
  Auf, es zu düngen,
  Mit Feindesblut!

Freiheitslied.

Zittr', o Erde, dunkle Macht,
  Bis zum Abgrund nieder;
  Der Gedank' ist aufgewacht,
  Schüttelt sein Gefieder,
  Will geflügelt dir entflieh'n,
  Wenn du nicht wirst fesseln ihn;
  Sprich, ob du's wirst können!
Wie des Kerkers Fuge kracht,
  Wenn von einem Blitze
  Dem, der drinnen liegt in Nacht,
  Wird gezeigt die Ritze;
  Wie das Haupt die Hoffnung hebt,
  Und der Geist zur Freiheit strebt,
  Und entfleugt den Mauern,
Wie im Arm der Buhlerinn
  Einer liegt versunken,
  Ihm durch den berauschten Sinn
  Plötzlich zuckt ein Funken,
  Daß er dort, wo Engel geh'n,
  Sieht die reine Liebe steh'n,
  Die ihm aufwärts winket:
Zittr' o Erde, dunkle Macht,
  Bis zum Abgrund nieder;
  Der Gedank' ist aufgewacht,
  Schüttelt sein Gefieder,

Will geflügelt dir entflieh'n,
Wenn du nicht willst fesseln ihn;
Sprich, ob du's wirst können!

Ode.

Brünstige Nachtigall,
Die du aus schwangerer Seele
Deinen Sohn, den Schall,
Gebierst, o Liederkehle!
Deine Lieder sind schön,
Wenn ihr schwellend Getön,
Ein in Liebe getauchet,
Um sich Liebe verhauchet:
Ich beneide sie nicht;
Denn mit anderen Zungen
Soll mein ernstes Gedicht
Reden, höher entschwungen.
Denn die Lieb' ist wohl gut,
Wenn zu zweien sie ruht,
Unter'm Dache der Myrten,
Die Hirtin bei dem Hirten:
Edeler ist ein Band,
Welches viele umschlinget,
Wenn ein geistiger Brand
Tausend Herzen durchdringet;
Wenn in einen Leib,
Gleich wie Mann und Weib,
Unter der Eintracht Schatten
Ganze Völker sich gatten.
D'rum segn' ich mein Geschick,
Daß es nicht hat in Wehen
Mir geschlossen den Blick,
Bevor ich solches gesehen;
Daß ich ohne Neid
Darf mustern jegliche Zeit,

Weil in hellestem Scheine
Vor jeder strahlt die meine.
Denn Deutschlands Völkerstamm
War groß von Anbeginne.
Erst der Freiheit Damm,
Dann der Herrschaft Zinne;
Endlich durch Himmelsgunst
Zum Gipfel jeglicher Kunst
Ist es empor gestiegen,
Um auch durch Geist zu siegen.
Aber wenn der Geist
Seine Schwingen entfaltet,
Sinkt der Leib zumeist
Nieder, und erkaltet.
Derweil mein Volk mit Fleiß
Alles erkennt und weiß,
Hat es eines vergessen,
Was es hätte sollen ermessen:
Daß ein Volk es ist!
Daher ist es gekommen,
Daß in kürzester Frist
Der Fremde die Macht genommen:
Die Glieder und das Haupt
Waren einander geraubt;
So konnte das nicht sehen,
Und die nicht widerstehen.
Wie war dein Fall so tief!
Aber als entthöret
Dein Herz zum Himmel rief,
Hat er dich gehöret;
Jetzt singest du Triumpf!
Des Feindes Kling' ist stumpf,
Und sich in Eingeweiden
Fühlt er die deine schneiden.
Schön in einiger Kraft
Fügt nicht fest und fester
Eine Völkerschaft
Sich zur andern als Schwester?

Soweit Himmelsthau
Fällt auf deutsche Au,
Seh' ich, kampfentzündet,
Alle Herzen verbündet.
Riesenhaftig groß
Wächst meines Volkes Jugend,
Ein eherner Koloß
Gliederstark sich fugend;
An des Krieges Gluth
Wird zu Stahl sein Muth,
Stets inniger sich verschmelzend,
Tod auf die Feinde wälzend.
Doch nicht blos im Kampf
Sei der Eintracht Dauer,
Wo zuckt im Arme der Krampf,
Im Herzen fiebrischer Schauer;
Wann, Gesundheit-gleich,
Kehrt des Friedens Reich,
Dann erst soll in Reinheit
Sich recht bewähren die Einheit.
Denn nicht mit Speeren allein
Wird der Feind geschlagen;
Und nicht kann es gedeih'n,
Von den Gränzen ihn jagen.
Aber wenn in der Brust
Bleibt wohnen krieg'rische Lust,
Um auch im Frieden zu streiten,
Das schlägt ihn auf ewige Zeiten.
Darum, wer sich als Mann
Zu Deutschlands Ruhm will gesellen,
Soll stets für sich fortan
Dies Paar von Kämpfern stellen:
Einen gewaltigen Haß,
Kriegend ohn' Unterlaß,
Und eine mächtige Liebe
Von nie ruhendem Triebe.
Künftig sollen vereint
Stehen alle die Hasse

Als Gränzhut gegen den Feind,
Daß er davor erblaffe;
Aber die Lieben all
Sollen in buntem Schwall
Auf heimiſchen Gefilden
Ein Volk von Brüdern bilden.
Wie in der alten Zeit
Patriarchengeſchlechte,
In großer Einigkeit,
Herr, Weib, Kinder und Knechte,
Nur von Geſetzen regiert,
Die die Natur gebiert,
Wohnten gleich ihren Heerden:
So ſoll es wieder werden.
Die von Urſprung aus
Einer Mutter entſtammen,
Als ein großes Haus
Sollen ſie wohnen beiſammen;
Als Bruder ſoll ein Stand
Reichen dem andern die Hand,
Und der Fürſt ſei der Vater,
Des Hauſes Oberberather.
Die ihr Scepter führt,
Wiſſet, daß ihr Kinder
Beherrſchet, welchen gebührt
Gehorſam, doch nicht blinder:
Mündig iſt das Geſchlecht,
Darf fragen nach ſeinem Recht;
Rechnet's ihm nicht zum Verbrechen,
Wenn's mit d'rein will ſprechen.
Ihr Völker aber bedenkt,
Daß, wenn nicht die Zäume
Ein feſter Arm euch lenkt,
Ihr ſchweift in irre Räume:
Volksherrſchaft iſt nicht gut,
Schlimm Herrſcher aus fremdem Blut;
Am beſten vor Fürſten, gezeuget
Aus eigenem Stamm, ſich gebeuget.

In dem großen Verband,
 Welcher Staat sich nennet,
Zu achten ist jeglicher Stand,
 Der seine Pflicht erkennet.
 Du Pflüger, der du zu tiefst
 Stehst und von Schweiße triefst,
 Du streust in aller Namen
 Der Wohlfahrt ersten Samen.
Du nimmst zuerst aus dem Grund
 Die Frucht und reichst sie weiter,
 Die bis zu des Königes Mund
 Aufsteigt auf langer Leiter;
 Dir unter den Händen reift
 Der rohe Stoff; dann greift
 Ihn an mit Zangen die Gilde,
 Daß sie ihn mannichfach bilde.
Es wird der Edelstein
 Veredelt unter'm Schliffe,
 Und köstliche Spezerei'n
 Werden verführt vom Schiffe:
 Zuletzt läuft alles Gut,
 Das kreist auf irdischer Flut,
 Ein in den Hafen des Geistes,
 Und sein Eigenthum heißt es.
Denn was jegliche Zunft
 Hat geschafft und gewonnen,
 Wird von des Denkers Vernunft
 In geistige Fäden gesponnen:
 All andres ist Hand und Fuß,
 Das rühren und regen sich muß;
 Er in seiner Stirne
 Trägt des Volkes Gehirne.
Es ist gut und ist recht,
 Daß verschiedene Kräfte
 Im großen Staatsgeflecht
 Sind, jede für eigne Geschäfte,
 Wie an einem Haus
 Zum Behuf des Bau's

Mannichfache Gewerke
Prüfen ihre Stärke.
Jedem hat Gott zur Hand
Gegeben ein Handwerksgeräthe,
Wenn mit Geschick und Verstand
Er stets den Dienst nur thäte:
Jeder soll führen seins
Wo's Noth thut, alle eins,
Des Staatbau's grünblichsten Hebel,
Den Degen oder den Säbel.
Nicht nur wer obenauf
Setzt des Baues Zinnen,
Oder der Säulen Knauf,
Soll Lob und Preis gewinnen;
Gelobt soll jeder sein,
Wer da, groß oder klein,
Arbeitet im tiefsten Gemache,
Oder auf höchstem Dache.
Denn wenn der nicht käme mit Sand,
Und nicht jener mit Kalke,
So stünde nicht diese Wand,
Und läge nicht jener Balke:
Aus dem kleinsten setzt
Sich großes zusammen zuletzt,
Und keins darf fehlen von allen,
Wenn nicht das Ganze soll fallen.

Gott und die Fürsten.

Napoleon, von Kaiserthronen
Gestürzt auf Elba's nackten Sand!
Seht her, der Erde Nationen,
Seht, und erkennet Gottes Hand.
Ihn hat der Herr im Zorn gerichtet,
D'rum liegt er so in Schmach vernichtet.
Der große Bund der Fürsten kämpfte
Wohl mit dem Argen brav und gut;

Allein der Thau der Großmuth dämpfte
Der Rache so gerechte Gluth.
Sie dachten's friedlich zu entschürzen;
Doch Gott gedacht' ihn ganz zu stürzen.
„Du bist gekehrt von Moskows Brande,
Von argen Niederlagen wund;
Da steh'n die Völker aller Lande
In niegeseh'nem Rachebund;
Doch komm, wir wollen Frieden schließen,
Dabei dir noch soll Lorbeer sprießen."
Das war das erste Wort der Fürsten,
Doch ihn umflocht der Gotteswahn,
Es trieb ihn seines Hochmuths Dürsten
Noch einmal auf die blut'ge Bahn;
Denn im Verhängniß stand's geschrieben:
Er soll noch besser sein zerrieben.
„Du siehest, wie bei Leipzig deine
Gewalt die letzte Schwinge brach;
Du fliehst gelähmet nach dem Rheine,
Und unsre Schaaren folgen nach;
Doch komm, und mache mit uns Frieden,
Ein rühmlicher sei dir beschieden."
Das war das zweite Wort der Fürsten.
Doch ihn umflocht der Gotteswahn,
Es trieb ihn seines Hochmuths Dürsten
Noch einmal auf die blut'ge Bahn;
Denn im Verhängniß stand's geschrieben:
Er soll noch besser sein zerrieben.
„Du hast in deinem eignen Lande
Empfunden unsres Zornes Gluth;
Brienne, deine Wieg', im Brande!
Laß ab von der bethörten Wuth;
Wir wollen dir noch Friede gönnen,
Bei welchem du sollst herrschen können."
Das war das dritte Wort der Fürsten.
Doch ihn umflocht der Gotteswahn,
Es trieb ihn seines Hochmuths Dürsten
Noch einmal auf die blut'ge Bahn;

Doch im Verhängniß stand's geschrieben:
Jetzt soll er völlig sein zerrieben.
Ihr Fürsten, zeiget ihr noch weiter
Anstatt des Schwert's den Heroldstab?
Führt in die Feldschlacht eure Streiter,
Und ruft die Friedensboten ab!
Ich fürchte, daß der Herr euch grollet,
Wenn ihr noch länger schonen wollet.
Den Frevler vor dem Sturz zu warnen,
Gibt Gott, der Herr, dreimal'ge Frist;
Da muß der Wahnsinn ihn umgarnen,
Bis sie umsonst verlaufen ist;
Dann faßt ihn an ein plötzlich Zagen,
Wann er hört seine Stunde schlagen.
Und also ist es denn geschehen,
Daß wie von einem Wetterschlag,
Eh' man die Hand hat zucken sehen,
Der, den sie traf, am Boden lag;
Und wir bekennen laut und offen:
Es ist der Herr, der ihn getroffen.
Der Herr hat ihn gefaßt beim Schopfe,
Geschleudert ihn vom goldnen Stuhl,
Gleich einem stauberzeugten Tropfe,
Nicht in den Staub, nein, in den Pfuhl.
Verloren hat er Ehr' und Kronen;
Nun, seines Lebens mögt ihr schonen.

Der grüne Zweig.

Deutscher General.

Ihr deutschen Grenadier',
Weil ihr nunmehr seid in Frankreich,
So schmückt das Haupt euch allzugleich
Mit grüner Zweige Zier;
Brecht sie euch ab allhier.

Deutscher Grenadier.

Ihr Brüder, eilt euch doch,
Brech' jeder sich den grünen Zweig,

Und schmückt euch rechten Siegern gleich;
Ruft alle: Deutschland hoch!
Und hoch der grüne Zweig!

Der Franzos.

Mein deutscher Herr Gen'ral!
Es tragen eure Leut' zum Putz
Viel grüne Zweig' auf ihrem Mutz;
Mein deutscher Herr Gen'ral,
Geschieht uns das zum Trutz?

Deutscher General.

Mein bester Herr Franzos!
Nein gar nicht euch zum Trutz geschichts;
Die grünen Zweig' bedeuten nichts,
Es sind Feldzeichen blos,
Nicht Siegeszeichen groß.

Deutscher Grenadier.

Hört ihr des Feldherrn Wort?
Ihr lieben deutschen Grenadier',
Werft ab von euch die eitle Zier;
Die Zweige sind verdorrt
Durch dieses einz'ge Wort.

Der Franzos.

Ihr Deutschen, euer Glück
Ist dieses, daß ihr selber thut
Die grünen Zweig' von eurem Hut.
Wir rissen sonst in Stück'
Die Zweig' euch sammt dem Hut.

Deutscher Grenadier.

Franzosen, euer Glück
Ist dies, daß man's uns nicht erlaubt;
Eh' ihr die Zweig' uns riß't vom Haupt,
Rissen wir euch in Stück',
Wenn es uns wär' erlaubt.

Deutscher General.

Damit nicht einen Strauß
Es mit dem grünen Zweig noch setzt;
Soldaten, macht euch fertig jetzt,

Wir zieh'n nunmehr nach Haus,
Weil doch der Krieg ist aus.
Tambur.
Weil wir nun ziehen heim,
So rühr' ich meine Trommel gleich;
Ihr Brüder, von dem grünen Zweig
Singt heimwärts einen Reim;
Ich schlag' den Takt zugleich.
Die Soldaten.
Als Sieger in Frankreich
Sind wir gezogen, hocherfreut,
Wir freuten uns auf reiche Beut';
Was ist die Beut' nun gleich?
Nicht mal ein grüner Zweig.
Als Sieger in Frankreich
Sind wir gezogen stolz und kühn,
Umlaubt vom Zweig der Hoffnung grün;
Wo ist der Stolz nun gleich?
Wo ist der grüne Zweig?
Als Sieger aus Frankreich
Zieh'n wir nach Haus, doch bringen wir
Kein' grünen Zweig, o Deutschland, dir;
O liebes deutsches Reich,
Kommst auf kein' grünen Zweig.

———

Des heimkehrenden Kriegers Schmachlied.

Sechs Monat ist's, seit ich die Fluth
Des Rheinstroms überschritt,
Und bracht' auf Jahr lang Grimm und Wuth
Hieher aus Deutschland mit.
Eh' ich den Vorrath aufgebraucht,
Ist schon der Friede da;
So muß der Grimm nun unverraucht
Zurück nach Deutschland ja.
Wohlan, hier ist die Scheidewand,
Tritt sanfter auf, mein Fuß:

Ich grüße dich, mein Vaterland,
Froh, obgleich mit Verdruß.
Aus deinem Schooß den ersten Stein
Nehm' ich, und schleud're frei
Von hier nach Frankreich ihn hinein,
Daß er mein Denkmal sei.
Und wenn sein Fall auf welschem Grund
Noch einen Halm zerknickt,
So sag' ich es mit lautem Mund,
Daß es mein Herz erquickt.
Dir aber, o mein Vaterland,
Dir sag' ich's zürnend an,
Was Schmach im fremden Land ich fand,
Was Schmach mir ward gethan. —
Daß zwanzig Jahr der Uebermuth
Des fremden Volks mit Spott
Dich trat, und sog dein Herzensblut;
Das weißt du selbst und Gott.
Hast's, Mutter, nicht gefühlt mit Gluth
In deiner kalten Brust?
Und ich, dein Kind, hab' heißes Blut,
Zwiefach ich's fühlen mußt.
D'rum als in Flammen-Morgenroth
Der Tag der Rach' anbrach;
Da zog ich aus zu Kampf und Tod,
Zu rächen jene Schmach.
Mir stand vor'm Blick als letztes Ziel
Der doppelte Triumph:
Das Räubernest der Flamme Spiel!
Des Räubers Haupt vom Rumpf!
Wer hat verrückt mir dieses Ziel?
Geraubt mir den Triumph?
Darob in Staub mein Siegsmuth fiel,
Und meine Kling ward stumpf.
Hoch stand ich an der Raubstadt Thor,
Die Fackel schwang ich dräu'nd;
Da zog man einen Vorhang vor,
Und ich stand da als Freund.

Wie soll ich denn dein Freund nun sein,
  Du Franzmann, voll von List?
  Und fühl' ich's doch durch Mark und Bein,
  Daß du mein Erbfeind bist.
Rühr' ich die neue Freundesschwell',
  Und tret' als Gast in's Haus;
  So guckt aus allen Winkeln hell
  Der Haß als Wirth heraus.
Den Becher, den zum Trunk er reicht,
  Hat er mir selbst geraubt;
  Und die er beut, die Hand, vielleicht
  Schlug meines Vaters Haupt.
Setz' auf die Straß' ich meinen Tritt,
  Weicht da der Haß wohl? Nein!
  Er folgt, und stößt bei jedem Schritt
  Den Fuß an einen Stein.
Was ist das für ein Säulen-Thurm?
  Und d'ran steht Austerlitz!
  Wird denn mein Odem nicht ein Sturm?
  Und nicht mein Blick ein Blitz?
Und diese Brück' auf welschem Fluß,
  Nach deutscher Stadt genannt!
  Kann sie zerstampfen nicht dein Fuß?
  Zerbröckeln deine Hand?
Nennt ihr noch Namen meiner Schmach,
  Und zeigt darauf mit Hohn?
  Ihr seid ja wohl, wie vor so nach,
  Die große Nation!
Sie wollen noch besiegt nicht sein,
  Und sind auch nicht besiegt;
  Sie sind's nicht, bis zerrieben klein
  Ein Staub ganz Frankreich liegt.
Doch, Großmuth du, mit deiner Mild'
  Und Schonung hast's gemeint
  Zu thun! Ja, Großmuth, wo es gilt!
  Was Großmuth solchem Feind?
Der Feind ist nicht gedämpft, und nicht
  Das Vaterland versöhnt.

Es zürnt', und er in's Angesicht,
   O seht, wie er euch höhnt.
Hat er nicht Friedrichs Degen dir,
   O Preuß', in Wuth zerstückt?
   Nicht dir, o Oestreichs Grenadier,
   Den Zweig am Hut zerpflückt?
Weil ihm das Geld im Seckel blieb,
   Das er dem Deutschen stahl;
   Gab er wohl seinem Gast, der Dieb,
   Dafür ein Abschiedsmahl?
Zum Abschied zuckt' er einen Dolch,
   Und sang ein Spottlied nach;
   Und ihr ruft Schonung nur dem Molch
   Und eurem Volk nur Schmach.
„Um ihn zu schonen, soll durch's Land
   Eilfertig zieh'n das Heer!
   Wann es zur Gränze kommt, hält's Stand,
   Und zieht dann langsamer!"
  O Schmach, und durch die Dörfer muß
   Geschlossen zieh'n der Zug;
   Wenn einer fehlt, nie fehlt der Schluß,
   Daß ihn ein Bau'r erschlug.
Wird unser Siegszug denn zur Flucht?
   Ganz Frankreich höhnt uns nach;
   Und, Elsaß, du entdeutschte Zucht,
   Höhnst auch, o letzte Schmach!
Fühlst, Mutter, du's durchzucken nicht
   Dein steinernes Gebein?
   Dem Grimm, der aus dem Sohn hier spricht,
   Kannst du ihm zürnen? Nein!
Doch zürnst du ihm, so schleuß dein Ohr,
   Und höre nicht mein Wort;
   Doch ich zu meiner Hütte Thor
   Trag' meinen Grimm mit fort;
Und ruf' es jeden Tag mir zu,
   Nachts ruft der Traum es nach:
   In Frankreich, deutsches Herz, hast du
   Noch ungeroch'ne Schmach.

————

Wo Feldmusik und Küraß her?

Wo habt ihr her die Feldmusik,
  So klingend überaus?
  Ihr seid doch ohne die Musik
  Von hier gezogen aus.
Wo habt ihr her die Küraß' auch,
  So glänzend überaus?
  Ihr seid doch ohne Küraß' auch
  Gezogen aus dem Haus.

Ja, ohne Küraß zogen wir,
  Und ohne Klang und Spiel;
  Denn diesmal galt's nicht blanke Zier,
  Es galt diesmal kein Spiel.
Der Muth, der uns're Brust gestählt,
  War unser Küraß frei;
  Und: Gott mit uns! Kein Feind gezählt!
  War unser Feldgeschrei.

So zogen wir durch Deutschland hin,
  Und so in Frankreich ein;
  Und selber kam's uns nicht in Sinn,
  Daß es sollt' anders sein.
Doch wann einmal geschlagen wahr,
  Und Ruh' ein Augenblick;
  Da nahmen wir der Muße war,
  Und lernten Kriegsmusik.

Und wenn der Feind zu Haufen lag,
  Und Küraß' hatt' am Bauch;
  So nahmen wir sie ihm sonach,
  Und hatten Küraß' auch.
Der Küraß saß nicht minder gut,
  Weil man vom Feind ihn nahm;
  Und die Musik klang noch so gut,
  Weil sie von selber kam.

Ob wohl, wenn uns der König sieht,
  Er uns noch kennen wird,
  Wenn er uns so verwandelt sieht,
  Von Glanz und Klang umklirrt?

Ich denke, einen Augenblick
   Stutzt er, dann fraget er:
Ihr Kinder, wo die Feldmusik,
   Wo denn die Küraff' her?
Mein König, dieses ist nicht schwer;
   All beides von dem Feind! —
Dann, denk' ich, Brüder, lächelt er
   Vor Freuden, oder weint.

Das Glücksroß.

Es will zu seinem Haufen
   Der Jäger zieh'n in's Feld:
Allein ein Roß zu kaufen,
   Hat er gar wenig Geld.
Vor'm Thore steht ein Fahler,
   Der wäre gut genug;
Allein für fünfzig Thaler
   Kriegt man ihn nicht mit Fug.
Da sprengt auf schönem Thiere
   Ein fremder Mann heran:
„Nimm das hier und probiere,
   Ob es dir stehet an.“
„Was hilft's? für fünfzig Thaler
   Kauft man kein solches Pferd.
Das Pferd für den Bezahler
   Ist ja fünfhundert werth.“
„So kannst du's doch probieren!“
   Da steigt der Jäger auf;
Auf zweien und auf vieren
   Probt er's zu Sprung und Lauf.
Es spricht der Mann: „Schön passen
   Zusammen Roß und Held;
Ich will das Roß dir lassen.“
   „Wie? für das Lumpengeld?“
„Nein! Mir zum Angedenken.“
   Das Roß, das bäumt sich sehr;

Wie jener es will schwenken,
Sieht er den Mann nicht mehr.
Nun, Rößlein ohne Mängel,
Geschwind mit mir zur Schlacht!
Dich hat gewiß ein Engel
Vom Himmel mitgebracht.

———

Auch ein Held.

Wir kleine freiwillige Schützenschaar,
Wir haben auch unsern Helden fürwahr,
So gut als wie die großen,
Die uns wie nichts verstoßen.
Wir kleine freiwillige Schützenschaar,
Wir haben auch 'nen Helden und das ist wahr,
Der läßt sich nicht verdrießen,
Dem Feind in die Scheibe zu schießen.
Wir freien Schützen, wir standen vor Mainz,
Wir standen aber davor nicht alleins;
Es standen aus vielen Landen
Viel andere noch, wo wir standen.
Wir freien Schützen, da steh'n wir vor Mainz,
Hier ist kein Ruhm zu gewinnen, scheint's;
Es wird kein Blut nicht vergossen,
Es wird nicht gehau'n noch geschossen.
Ihr freien Schützen, und ob's euch verdrießt,
Ich sag's euch, daß mir keiner schießt;
Das Schießen ist verboten
Mit Kugeln und auch mit Schroten.
Da stand wohl unser Schützenheld
Auf einem Posten postirt im Feld,
Ihm stand in langer Hose
Gegenüber ein Franzose.
Da kam dem Herrn Franzosen es an,
Mit Hohn zu begegnen dem deutschen Mann;
Er zieht die Hosen vom Leibe,
Und zeigt ihm die nackende Scheibe.

O freier Schütze, es ist nicht Noth,
  Daß du jetzt haltest das Gebot;
  O laß dich's nicht verdrießen,
  Keck in die Scheibe zu schießen.
Den freien Schützen, da faßt ihn der Grimm,
  Da geht es dem Herren Franzosen schlimm;
  Er schießt ihm keck in die Scheibe,
  Daß er nicht Hohn mehr treibe.
Der Franzmann hinkt mit Schmach nach Haus,
  Der freie Schütz' ist stolz garaus;
  Gar über sein Verhoffen
  Hat ihn solch Glück betroffen.
O freier Schütze, dir ist es geglückt,
  Daß du die Büchse hast abgedrückt,
  Und nach solch einem Ziele,
  Wie außer dir wohl nicht viele.
O freier Schütze, dir ist es geglückt,
  Daß du allein dich mit Ruhm hast geschmückt;
  Wir alle müssen, wir andern,
  Nach Hause ruhmlos wandern.
O freier Schütze, wir bitten darum,
  Mit deinen Kam'raden theile den Ruhm,
  Damit wir, mit Ehre zu melden,
  Doch haben auch einen Helden.
Du Schütze, du Held im ersten Glied,
  Wir singen auf dich dies Heldenlied,
  Doch machen wir's zum Bedinge,
  Daß es kein and'rer uns singe,

Johanna Stegen.

In den Lüneburger Thoren
  Ward ein selt'ner Kampf geseh'n;
  Daß der Kampf nicht ging verloren,
  Ist durch Mädchendienst gescheh'n.
Bürger griffen zu den Waffen,
  Der Franzosen arge Brut

Aus der Stadt hinauszuschaffen,
  Weil sie d'rin gehaust nicht gut.
Wie sie gegenüber standen,
  Schossen sie nun hin und her,
  Bis die städt'schen Schützen fanden
  Ihre Taschen pulverleer.
Aber seht, es ist ein Engel
  Unterwegs mit schnellem Fuß,
  Zu ersetzen eure Mängel
  Von des Feindes Ueberfluß.
Ein französcher Pulverwagen
  Lag gestürzt an fernem Ort,
  Und verstreut am Boden lagen
  Haufen von Patronen dort.
Dieses ward ein Mädchen inne,
  Die Johanna Stegen hieß,
  Die es mit entschloss'nem Sinne
  Nicht zu nutzen unterließ.
In die aufgefaßte Schürze
  Raffte sie behendlich ein,
  Trug die köstlich theure Würze
  Ihnen in das Glied hinein.
Schnell geleeret ward die Schürze
  Und verschossen auf den Feind,
  Dem die eigne gute Würze
  Uebel zu bekommen scheint.
Schnell geleeret war die Schürze,
  Und Johanna schnell zu Fuß
  Wieder fort, und in der Kürze
  Wieder da mit Ueberfluß.
Ob auch mancher Schütze stürze
  In der Nähe dort und da,
  Immer mit der vollen Schürze
  Ist Johanna Stegen nah.
Wie auch dichter Kugelregen
  Von dem Feinde rings geschah,
  Immer ist Johanna Stegen
  Mit der vollen Schürze nah.

Und so ist zuletzt geschehen,
   Was da zu vermuthen war,
   Daß der Feind nicht länger stehen
   Konnte vor der Bürgerschaar.
Denn sie sagen, jeder Jäger
   War im Laden so geschwind,
   Wie natürlich, wo die Träger
   Der Patronen Mädchen sind.
Und ein Schuß so gut geladen
   Mußte treffen so an's Ziel,
   Daß von jedem ohne Gnaden
   Immer ein Franzose fiel,

Der Unteroffizier Auguste Friederike Krüger.

Dieser Unteroffizier,
   Mädchen, wie gefällt er dir?
   Seine Farben steh'n ihm gut,
   Und sein kriegerischer Hut;
   Und er schaut so muthig d'rein:
   Mädchen, hast ihn Lust zu frei'n?
   Mädchen, laß es bleiben.
Dieser Unteroffizier,
   Wie ein Mann steht er allhier;
   Wenn er seinen Rock zieht aus,
   Wird, o weh, ein Mädchen d'raus;
   Und wer irgend ihn will frei'n,
   Darf fürwahr kein Mädchen sein.
   Das sind Wunder Gottes.
Dieser Unteroffizier
   War ein Mädchen, so wie ihr;
   Aber als der Krieg begann,
   Macht' es sich zu einem Mann;
   Weil's die Schneiderei verstand,
   Macht' es sich ein Mannsgewand,
   Zog als Mann zu Felde.

Dieser Unteroffizier
Focht mit rechter Mannsbegier,
Hat erfochten Wunden viel
Und ein eisern Kreuz am Ziel,
Andern Brautschatz auch, der klingt,
Den zum Heirathsgut sie bringt
Dem, der sie will freien.
Dieser Unteroffizier,
Wer ihn frei'n will, glaubet mir,
Muß ein tücht'ger Hauptmann sein,
Wenn der Handel soll gedeih'n.
Ei, ein Hauptmann bringt ihn schon
Zur Subordination,
Trotz dem Kreuz am Halse.

Braut Lenore.

Ein schön französisch Mägdlein schaut
Des Nachts im Mondenscheine:
Hier lieg' ich arme junge Braut
In kalter Nacht alleine;
Mein Bräutigam, der mich betrog,
Von hier in's kalte Rußland zog.
Hast du die Lieb' erfroren
Zu Moskow vor den Thoren?
Da tritt es an ihr Bett heran,
Und spricht in dumpfen Tönen:
Thu' auf, daß ich mich wärmen kann!
Da wird's so weh der Schönen.
O weh, wo ist die Rechte dein?
Wo ist dein Arm? wo ist dein Bein?
Du bringst die süßen Glieder
Mir nicht zur Brautnacht wieder.
Mein rechter Arm der liegt im Schnee,
Mein linker Fuß im Eise.
Fein's Liebchen, auf vom Bette steh',
Und schicke dich zur Reise.

Wir reiten, eh' der Hahn erwacht,
Wir reiten hin in einer Nacht;
Du sollst mir meine Knochen
Im Schnee zusammen suchen.
O weh, ich weiß die Wege nicht,
Laß deine Knochen liegen,
Ich reite nicht im Mondenlicht,
Du wirst sie selbst schon kriegen.
Geh, und wenn du sie wieder hast,
So such' zu Nacht dir and're Rast,
Kalt ist's im Mondenscheine,
Ich schlafe gern alleine.

Der deutsche Großvater.

Hör' zu, mein lieber Enkel,
Und häng' dein hölzern Schwert
Derweil an seinen Henkel;
Die Sach' ist redenswerth.
Gezogen ist dein Vater
Von hier zum Feind hinaus,
Begierig wie der Kater
Auf seinen Raub, die Maus;
Und ließ uns zwei bei'n Knechten
Daheim im Hinterhalt,
Weil du zu jung zum Fechten
Und, leider, ich zu alt.
Die Zeit uns zu vertreiben,
Komm, setz dich auf mein Knie,
Und laß uns durch die Scheiben
Seh'n auf die Gass' — o sieh!
Was zieht für ein Gewimmel
Von Volk das Haus vorbei;
Wohl Niemand als der Himmel
Weiß, wer ein Jeder sei.

Man sieht's an den Gewändern
Und an der Waffenart,
Daß sie aus gar viel Ländern
Zusammen sind geschaart.
Ich kenne wohl die Preußen,
Die Schweden auch zur Noth,
Das aber sind die Reußen
In Dunkelgrün und Roth.
Der mit dem großen Spieße
Auf seinem kleinen Gaul,
Wenn der das Reiten ließe!
Doch scheint das Thier nicht faul.
Das nennt man die Kosacken,
Die dort, den Bart voraus,
Den Fitschepfeil im Nacken,
Seh'n wahrhaft heidnisch aus.
Anstatt zur Musik reiten
Im Takt sie zum Gesang;
Es klingt recht sanft von weiten,
Nah macht's doch fast mir bang.
Sie rufen durcheinander
Ganz unverständlich hohl:
Da klang's wie Alexander!
Das ist ihr Abgott wohl.
So zieh'n sie, fremden Schalles,
Und ihres Seins und Thuns
Ist nichts wie hier, und alles
Ganz anders als bei uns.
Am Karren selbst drei Rosse
Zieh'n nebeneinander gar,
Und hinten erst beim Trosse
Kommt wunderliche Schaar.
Kind, wenn du glaubst zu wissen,
Was ganz ich selbst nicht weiß,
Sag' mir, was hat gerissen
Die all' aus ihrem Gleis?
Der Vogel, ungescheuchet,
Bleibt gern in seinem Nest;

Nicht springt das Reh und keuchet,
　　Wenn man in Ruh' es läßt.
Es ruhen Stier und Kälber,
　　Wenn nichts sie treibt in's Joch;
　　Die gift'ge Otter selber
　　Bleibt, ungereizt, im Loch.
Was hat denn diese Völker
　　In ihrer Ruh' verstört,
　　Daß sie als wie Gewölke
　　Sich drängen unerhört?
Hast du noch keinen Geier
　　Geseh'n, der sich entschwingt
　　Vor einem Haufen Schreier,
　　Der folgend ihn umringt?
Die Elstern allenthalben,
　　Die Dohlen zieh'n heran,
　　Sogar die frommen Schwalben
　　Auch nehmen Theil daran.
Die lärmenden Betäuber
　　Umschwärmen ihn mit Braus,
　　Und rupfen ihrem Räuber
　　Im Flug die Federn aus.
Er hat sie lang gereizet
　　Durch seinen Uebermuth,
　　Bis daß sie sich gespreizet,
　　Zu wehren seiner Wuth. —
Die Vögel unter'm Himmel,
　　Mein Sohn, sie sind ein Bild
　　Von diesem Volksgewimmel,
　　Das unaufhörlich schwillt.
Die auch von einem großen
　　Würggeier and'rer Art
　　Aus ihrem Nest gestoßen,
　　Zieh'n gegen ihn geschaart.
Er rüttelte mit Pochen
　　An einem Wespenschwarm,
　　Der jetzt ist ausgebrochen,
　　Und bohrt in seinen Arm.

Gewachsen ift den Mücken
  Ein Stachel kühn und dreift;
Auf scheuer Tauben Rücken
  Fährt her ein heil'ger Geift.
Es speien Wuth und Flammen
  Die Vöglein klein und kraus,
Und wachsen all' zusammen
  Zu einem Vogel Strauß.
Der regt sein Kampfgefieder
  Weit über alle Welt,
Dazu sich haben Glieder
  Aus jedem Volk geftellt.
Dazu von der Welt Enden
  Sind hergekommen die
Mit rauhgeftruppten Lenden,
  Und suchen and're hie.
Von diesem großen Straußze
  Zu sein ein kleines Glied,
Du weißt, aus diesem Hause
  Daß auch dein Vater schied.
Die Zeit scheint jung zu werden
  Und ich bin alt genug;
Lang sah ich geh'n auf Erden
  In gleichem Gleis den Pflug.
Daß nun in neuem Gleise
  Der Pflug zum Schwerte wird,
Hat in der alten Weise
  Mich Alten faft verwirrt.
Ich sah in meinen Tagen
  Den großen Friedrich auch;
Der Feind ward auch geschlagen,
  Allein nach ander'm Brauch.
Es galt die alte Regel:
  Soldat in's Feu'r hinein,
Der Bauer mit dem Flegel
  Sieht zu, und läßt es sein.
Die Regel schien zu fruchten
  Nicht gegen diesen Feind,

Bis and'res sie versuchten,
  Das anzuschlagen scheint.
Der Landsturm rief den Bauer,
  Der schnell ein Kriegsmann ward;
Und künftig soll auf Dauer
  Die Sitte sein bewahrt.
Mein Kind, ich selber lerne
  Das neue Handwerk nicht;
Du aber lernst es gerne,
  Mir sagt es dein Gesicht.
Ich schalt, wenn du mit Bolzen
  Geschossen in die Thür,
Bleiklumpen eingeschmolzen,
  Und wußtest nicht, wofür.
Ich will dir stören, Bube,
  Nicht mehr dein krieg'risch Spiel,
Wähl' in der warmen Stube
  Dem jungen Muth ein Ziel.
Geh, nimm das Schwert vom Nagel,
  Und dort, der alte Tisch,
Darauf laß einen Hagel
  Von Hieben regnen frisch.
Du kannst Franzos ihn taufen;
  Spalt ihm's Gedärm im Bauch.
Er wird dir nicht entlaufen,
  Und dich nicht fressen auch.
Kind, bitte Gott mit Mächten,
  Daß er den Vater schützt,
Der jetzt in ernsten Schlachten
  Vielleicht sein Blut verspritzt.

———

Landsturmliedchen.

Wer warst du? Ein Schneider,
  Ich flickte französische Kleider.
Wer warst du? Ein Schuster,
  Schnitt Schuh nach französischem Muster.

Nun denn, ihr beiden,
Was wollt ihr jetzt schneiden?
Mit Scheeren und mit Pfriemen
Französische Häute zu Riemen;
Solch' Handwerk will jetzt uns geziemen.
Wer warst du? Ein Bauer,
Ich pflügte meinen Acker,
Der Franzmann machte mir's sauer,
Hieß mich Hund und Racker.
Wie denkst du mit Glimpfe
Dich zu rächen am Schimpfe?
Der Ernte mußt' ich entrathen,
Die mir die Feinde zertraten:
Mäh'n will ich sie selber wie Saaten.
Mein Rock hat nicht viel Taschen;
In einer hier hab' ich mein Brot.
Sagt mir, in welche Taschen
Steck' ich das Blei, das mir Noth?
Steck's in Gottes Namen
In Eine Tasche zusammen.
Mög' es wohl behagen!
Dein Brot in deinem Magen,
Dein Blei dem Feind in den Kragen!
Der Feind hat Achselbänder,
Und geht in Golde pur;
Wir haben nicht schöne Gewänder,
Wir haben gar keine Montur.
Will das euch verdrießen?
Hinan mit den Spießen!
Stecht Feinde todt, mit ihren
Kleidern dann sollt ihr euch zieren
Gleich lauter Offizieren.

Unter Hauptmann Wasmer.
(Für die Koburgischen Freiwilligen.)

Ein Ruf ist erklungen
  In freudigem Klang,
  Von Alten und Jungen
  Erwartet schon lang:
  Es sollen frische Gesellen
  Zu freien Jägern sich stellen
  Unter Hauptmann Wasmer.

Der Wasmer, wer ist er?
  Ich kenne ihn nicht.
  Ein Biedermann ist er,
  Wie Jedermann spricht.
  Wir haben's alle vernommen,
  Wir werden alle kommen
  Unter Hauptmann Wasmer.

Ich habe schon Namen
  Gelesen genug
  Von denen, die kamen
  Zu folgen dem Zug;
  Sie sind gedruckt erschienen:
  Wollt ihr nicht steh'n bei ihnen?
  Unter Hauptmann Wasmer.

Sonst schaut man verwundert
  In's Blättlein und spricht:
  Da fehlen noch hundert,
  Was kommen die nicht?
  Ei, ihr müßt euch schämen,
  Wollt ihr Dienst nicht nehmen
  Unter Hauptmann Wasmer.

Der Herzog, der hohe,
  Von Rußland ein Freund,
  Ruft selber in's frohe
  Gefecht mit dem Feind,
  Will selber zieh'n mit den Fahnen;
  Wir zieh'n auf seinen Bahnen
  Unter Hauptmann Wasmer.

Auf, Brüder, zu heben
   Die Arme vereint:
   Der Herzog soll leben,
   Und wer's mit ihm meint.
   Und wer's mit ihm will meinen,
   Der soll zum Kampf erscheinen
   Unter Hauptmann Wasmer.

Unser's Hauptmann Wasmer's Tod.

Süß ist es, im Schwertertanze,
   In des Pulverdampfes Grau'n,
   Fallend vor des Feindes Lanze,
   Sterbend Sieg und Rache schau'n:
   Solcher Tod im Himmelslicht,
   Unser Hauptmann, ward dir nicht.
Süß ist es vielleicht nicht minder,
   Auf der heim'schen Lagerstatt,
   Um sich habend Weib und Kinder,
   Wo der Tod kein Schreckniß hat,
   Sterben, Fried' im Angesicht:
   Solcher Tod auch ward dir nicht.
Ach, ein schleichender Verräther,
   Fieber mit der kalten Hand,
   Hat dich, fern der Gruft der Väter,
   Hier gestreckt auf fremdes Land,
   Wo den letzten Kranz dir flicht,
   Liebe nicht und Ruhm auch nicht.
Wie zum Kampfe mit dem Leuen
   Einer in das Feld auszieht;
   Nicht schreckt ihn des Löwen Dräuen,
   Wie er muthig vorwärts sieht,
   Rückwärts eine Schlang' ihn sticht,
   Und zum Löwen kommt er nicht.

Die Sachsen bei Miltenberg.

Bei Miltenberg am Maine,
  Wo die Sachsen ertranken,
  Da geh'n im nächtlichen Scheine
  Irrlichter, wo sie versanken.
Bei Miltenberg am Maine,
  Wo man begrub die Sachsen,
  Da sind um die Grabsteine
  Schöne Blumen gewachsen.
Bei Miltenberg am Maine
  Sah man den sächsischen Banner,
  Gegen den Feind am Rheine
  Hinabzuzieh'n begann er.
Bei Miltenberg am Maine,
  Mit Waffen schön geschliffen
  Wollten sie im Vereine
  Ueber den Strom sich schiffen.
Bei Miltenberg am Maine,
  Da sie schwebten in Schiffen
  Allmitten auf dem Maine,
  Hat sie der Strom ergriffen.
Bei Miltenberg am Maine
  Sie haben Schiffbruch gelitten,
  Sie sind versunken im Maine,
  Sie haben am Rhein nicht gestritten.
Bei Miltenberg am Maine,
  Die da versanken, die blieben,
  Die ander'n zogen zum Rheine,
  Und ließen zurück die Lieben.
Bei Miltenberg am Maine,
  Da hat man aus dem Sande
  Gelesen ihre Gebeine,
  Und sie begraben am Strande.
Bei Miltenberg am Maine,
  Und die man da nicht gefunden,
  Die waren geschwommen zum Rheine,
  Wo ihre Brüder stunden.

Die Gräber zu Ottensen.

Erstes Grab.

Zu Ottensen auf der Wiese
  Ist eine gemeinsame Gruft;
  So traurig ist keine wie diese
  Wohl unter des Himmels Luft.

Darinnen liegt begraben
  Ein ganzes Volksgeschlecht,
  Väter, Mütter, Brüder, Töchter, Kinder, Knaben,
  Zusammen Herr und Knecht.

Die rufen Weh zum Himmel
  Aus ihrer stummen Gruft,
  Und werden's rufen zum Himmel,
  Wenn die Trommet' einst ruft.

Wir haben gewohnt in Frieden
  Zu Hamburg in der Stadt,
  Bis uns daraus vertrieben
  Ein fremder Wüthrich hat.

Er hat uns ausgestoßen
  Im Winter zur Stadt hinaus,
  Die hungernden, nackenden, bloßen,
  Wo finden wir Dach und Haus?

Wo finden wir Kost und Kleider,
  Wir zwanzigtausend an Zahl? —
  Die ander'n schleppten sich weiter,
  Wir blieben hier zumal.

Die ander'n nahmen die Britten
  Und and're die Dänen auf;
  Wir brachten mit müden Schritten
  Bis hieher uns'ren Lauf.

Wir konnten nicht weiter keuchen,
  Erschöpft war unsere Kraft;
  Frost, Hunger, Elend und Seuchen,
  Sie haben uns hingerafft.

Ein ungeheuerer Knäuel,
   Zwölfhundert oder mehr;
   Es zieht sich über den Gräuel
   Ein dünner Rasen her.
Der deckt nun uns're Blöße,
   Ein Obdach er uns gab;
   Man merkt des Jammers Größe
   Nicht an dem kleinen Grab.

Zweites Grab.

Zu Ottensen an der Mauer
   Der Kirch' ist noch ein Grab,
   Darin des Lebens Trauer
   Ein Held gelegt hat ab.
Geschrieben ist der Namen
   Nicht auf den Leichenstein;
   Doch er sammt seinem Samen
   Wird nie vergessen sein.
Von Braunschweig ist's der Alte,
   Karl Wilhelm Ferdinand,
   Der vor des Hirnes Spalte
   Hier Ruh' im Grabe fand.
Der Lorbeerkranz entblättert,
   Den auf dem Haupt er trug,
   Die Stirn vom Schlag zerschmettert,
   Der ihn bei Jena schlug;
Nicht, wo er war geboren,
   Hat dürfen sterben er:
   Von seines Braunschweigs Thoren
   Kam irrend er hieher;
Umirrend mit den Scherben
   Des Haupt's von Land zu Land,
   Das, eh' es konnte sterben,
   Erst allen Schmerz empfand;
Das erst noch mußte denken
   Der Zukunft lange Noth,
   Eh' es sich durfte senken
   Beschwichtigt in den Tod.

Jetzt hat sich's hier gesenket,
　Doch hebt sich's, wie man glaubt,
　Noch aus der Gruft, und denket,
　Das alte Feldherrnhaupt.
Da sieht es die Befreiung
　Nun wohl auf deutscher Flur,
　Doch auch von der Entweihung
　Die unvertilgte Spur.
Da sieht es der Zwölfhundert
　Grabstätte sich so nah,
　Und ruft wohl aus verwundert:
　Ein Feldherr ward ich ja.
O Feldherrnamt wie grausend!
　Um mich den Feldherrn her
　Gelagert sind die Tausend,
　Ein großes Schmerzensheer.
Euch hat auf ander'n Pfaden,
　Und doch aus gleichem Grund,
　Der Tod hieher geladen,
　Ihr seid mit mir im Bund.
Daß ohne Todtenhemde
　Ihr auf den Gräbern sitzt,
　Das schmerzt mich, weil der Fremde
　Noch geht in Purpur itzt.
Ist keiner mehr am Leben,
　Den Purpur auszuzieh'n
　Dem Fremden, und zu geben
　Euch nackten Todten ihn?
Mit seinen dunklen Schützen
　Der Oels, mein wackrer Sohn,
　Der könnte wohl euch nützen;
　Doch fiel auch der nun schon.
Jetzt kann ich keinen nennen,
　Da ihn der Tod geraubt;
　Und schmerzlich fühl' ich brennen
　Die Spalt' in meinem Haupt.

Drittes Grab.

Zu Ottensen, von Linden
  Beschattet auf dem Plan,
  Ist noch ein Grab zu finden,
  Dem soll, wer trauert, nah'n.
Dort in der Linden Schauer
  Soll lesen er am Stein
  Die Inschrift, daß die Trauer
  Ihm mag gelindert sein.
Mit seiner Gattin lieget
  Und ihrem Sohne dort
  Ein Sänger, der besieget
  Den Tod hat durch ein Wort.
Es ist der fromme Sänger,
  Der sang des Heiland's Sieg,
  Zu dem er, ein Empfänger
  Der Palm', im Tod entstieg.
Es ist derselbe Sänger,
  Der auch die Hermannsschlacht
  Sang, eh vom neuen Dränger
  Geknickt ward Deutschlands Macht.
Ich hoffe, daß in Frieden
  Er ruht' indeß in Gott,
  Nicht sah bei uns hienieden
  Des Feind's Gewalt und Spott.
Und so auch ruht' im Grabe
  Sein unverstört' Gebein,
  Als ob geschirmt es habe
  Ein Engel vor'm Entweih'n.
Es sind der Jahre zehen
  Voll Druck und Tyrannei,
  Voll ungestümer Wehen,
  Gegangen d'ran vorbei.
Sie haben nicht die Linden
  Gebrochen, die noch weh'n,
  Und nicht gemacht erblinden,
  Die Schrift, die noch zu seh'n.

Wohl hat, als dumpfer Brodem
　Der Knechtschaft uns umgab,
Ein leiser Freiheitsodem
　Geweht von diesem Grab.
Wohl ist, als hier den Flügel
　Die Freiheit wieder schwang,
O Klopstock, deinem Hügel
　Enttönt ein Freudenklang.
Und wenn ein sinn'ger Waller
　Umher die Gräber jetzt
Beschaut, tret' er nach aller
　Beschau'n an dies zuletzt.
Wenn dort ein trübes Stöhnen
　Den Busen hat geschwellt,
So ist als zum Versöhnen
　Dies Grab hieher gestellt.
Die Thränen der Vertrieb'nen,
　Des Feldherrn dumpfe Gruft,
Verschwinden vor'm beschrieb'nen
　Stein unter'm Lindenduft;
Wo wie in gold'nen Streifen
　Das Wort des Sängers steht:
Saat von Gott gesä't,
　Dem Tag der Garben zu reifen.

Allgemeines Grablied.

Saat von Gott gesäet, zu reifen
　Auf der Garben großen Tag!
Wie viel Sicheln sind zu schleifen
　Für so reichen Erntertrag,
Als in allen deutschen Gauen
　Hat der Tod gesä't mit Grauen.
Saat sie all', und alle Garben
　Werden sie dereinstmal sein,
Alle die im Kampfe starben,
　Ruh' in Frieden ihr Gebein,

All' die große Volksgemeinde,
Und mit Freunden selbst die Feinde.
Wenn des Lebens Stürme brausen,
Feinden sich die Menschen an,
Können nicht zusammen hausen,
Friedlich geh'n auf einer Bahn!
Wenn des Odems Hauch entwichen,
Ist der Hader ausgeglichen.
Die einander mußten morden,
Von des Lebens Drang verwirrt,
Ruh'n in stiller Eintracht Orden
In den Gräbern ungeirrt;
Einst vor Gottes Richterschranken
Werden sie sich auch nicht zanken.
Blumen nicht die blutigrothen
Werden nur der Gruft entblüh'n,
Sondern Lieb'= und Friedensboten,
Weiß und blau und stilles Grün;
Wenn dazwischen Lüfte stöhnen,
Wird's nicht wie ein Kriegslied tönen.

Körner's Geist.

Bedeckt von Moos und Schorfe,
Ein Eichbaum hoch und stark,
Steht bei Wöbblin, dem Dorfe,
In Mecklenburger Mark.
Darunter ist von Steine
Ein neues Grab gemacht,
D'raus steigt im Mondenscheine
Ein Geist um Mitternacht.
Er richtet auf die Rinden
Des Baum's den Blick, und liest
Den Namen, der zu finden
Dort eingegraben ist.

Dann sucht er mit den Händen
  Ein Schwert, das liegt am Ort,
  Und gürtet um die Lenden
  Sich dieses Schwert sofort.
Langt dann nach einer Leier,
  Nimmt sie vom Ast herab,
  Und setzt in stiller Feier
  Sich singend auf sein Grab:
Ich war in Jugendbrause
  Ein rascher Reitersmann,
  Bis hier im dunklen Hause
  Ich Ruh und Rast gewann.
Ich war ein freier Jäger
  In Lützow's wilder Schaar,
  Und auch ein Zitterschläger,
  Mein Schwertlied klang so klar.
Nun reiten die Genossen
  Allein auf ihrer Fahrt,
  Da ich vom Roß geschossen,
  Und hier begraben ward.
Ihr mögt nur weiter traben,
  Bis daß Ihr kommt an's Ziel,
  Ihr habet mich begraben,
  Wie es mir wohlgefiel.
Es sind die beiden Lieben,
  Die mir im Leben werth,
  Im Tode mir geblieben,
  Die Leier und das Schwert.
Ich seh' auch meinen Namen,
  Daß er unsterblich sei,
  Geschnitten in den Rahmen
  Der Eiche schön und frei.
Es sind die schönsten Kränze
  Gegeben meiner Gruft,
  Die sich in jedem Lenze
  Erneu'n mit frischem Duft.
Die Eich' ob meiner Scheitel,
  Wie ist der Kranz so groß;

Mein Ringen war nicht eitel,
Ich ruh' in ihrem Schooß.
Man hat in Fürstengrüften
Bestatten mich gewollt;
Hier in den frischen Düften
Ihr ruh'n mich lassen sollt.
Hier sei noch oft mit Kräuseln
Der Eiche Laub bewegt,
Wenn in des Windes Säuseln
Mein Geist die Saiten schlägt.

Vorreiter Schill.

Ihr kühnen Lützow'schen Jäger,
Die ihr reitet im Mondenlicht,
Ihr kühnen Lützow'schen Jäger,
Vergeßt doch eu'ren Vorreiter nicht.
Ihr kühnen Lützow'schen Jäger,
Wo reitet Ihr hin im Mondenlicht?
Ihr kühnen Lützow'schen Jäger,
Kennt ihr eueren Vorreiter nicht?
Ich bin vor euch her geritten,
Ich hab' im Stillen euch Bahn gemacht;
Ich bin vor euch hergeritten,
Vier Jahre schon vor der Lützener Schlacht.
Ich bin vor Euch her geritten,
Und hätten alle wie ich es gemacht,
So wäre die Freiheit erstritten,
Und hätte bedurft nicht der Lützener Schlacht.
Ich bin vor euch her geritten,
Mit kleinerem Häuflein als ihr noch seid,
Freihin durch Deutschlands Mitten,
Es war gar nicht vor den Feinden mir leid.
Ich bin hindurch geritten,
Es hat mich gefangen kein Franzenheer,

Ich habe mich durchgestritten,
Und bin geritten bis an das Meer.
Ich habe mich durchgestritten,
  Ich bin geritten bis nach Stralsund;
  Da wollt' ich hinüber zum Britten,
  Da hat mich gebissen ein franzischer Hund.
Er hat mich in'n Schenkel gebissen,
  Daß ich von meinem Schimmel fiel;
  Er hat mir den Kopf abgerissen,
  Und hat damit getrieben sein Spiel.
Ihr kühnen Lützow'schen Jäger,
  Nehmt Euch vor den franzischen Hunden in Acht,
  Daß sie's nicht euch machen, ihr Jäger,
  Wie sie's eurem Vorreiter gemacht.
Ihr kühnen Lützow'schen Jäger,
  Die ihr reitet im Mondenlicht,
  Ihr schwarzen Gewandes Träger,
  Ihr Rächer, vergeßt euer'n Vorreiter nicht.
Ihr kühnen Lützow'schen Jäger,
  Wo reitet ihr hin im Mondenschein?
  Ich bin nur ein Geist, doch kein träger,
  Ich kann noch jetzt euer Vorreiter sein.
Ihr kühnen Lützow'schen Jäger,
  Laßt mich euer'n Vorreiter sein;
  Ihr deutscher Rache Träger,
  Mir nach! Ich reit' euch voran zum Rhein.

Körner's Schwester.

An den Bruder.

Verklungen ist der Kampfestos,
  Und Lützow's wilde Jagd;
  Und du einst, Bruder, ihr Genoß,
  Ruh'st schweigend in der Nacht.
Verklungen ist die Jagd, verweht,
  Gleich ihrer Hörner Klang,

Und nur allein ihr Abglanz steht
　　Noch hell in deinem Sang.
Ich sahe, wie mit trunk'nem Muth
　　Du rittst begeist'rungsvoll,
　　Mir zu von ferne, daß von Gluth
　　Das Herz mir höher schwoll.
Ich hörte, wie dein Nam', o Held,
　　Scholl durch die Gau'n in Fei'r,
　　Und was du hast auf deutschem Feld
　　Gethan mit Schwert und Lei'r.
Vor tausend Kriegsgestirnen klar
　　Warst du der Jugend Stern;
　　Wer wär' gewesen, was ich war,
　　Nicht deine Schwester gern?
Und als von seiner Höh' darauf
　　Der Stern schoß in die Nacht;
　　Da war mit deinem Flammenlauf
　　Der meine still vollbracht.
Eh', Bruder, ich zu deinem Grab
　　Nun geh', bei dir zu ruh'n,
　　Ist eins nur noch, das hier ich hab',
　　Und das für dich, zu thun.
Du hast dein eig'nes Ehrenmal
　　Gesetzt im deutschen Hain;
　　Aus Leiergold und Schwertesstahl,
　　Wird's unvergänglich sein.
Du hast gemalt dein eig'nes Bild
　　Zu deiner Lieder Hauch;
　　Mit Kunst der Farben hell und mild
　　Will ich's nun malen auch.
Schön wie du warst im Leben einst
　　In Jugend=Morgenroth,
　　Und wie du schöner noch erscheinst
　　Mir jetzt im Heldentod;
Will ich dich malen, Zug für Zug,
　　Daß es der Welt erklärt:
　　So war er, der die Leier schlug,
　　Und schwang dazu das Schwert.

Weil ich mein Liebeswerk vollbracht,
  So öffne du dein Haus,
  Daß deine Schwester, Held der Schlacht,
  Dir ruh' zur Seiten aus.
Du hast hier keine Braut bei dir,
  Als deine Eisenbraut;
  Nicht eifersüchtig wehrt sie's mir,
  Daß mich der Tod dir traut.
Ich habe keinen Bräutigam;
  Hätt' ich ihn, den Verlust
  Verschmerzt' ich doch, und ohne Gram
  Ruht' ich an deiner Brust.
Auf ew'gem Ruhmesfittig zieht
  Dein Name durch die Welt;
  Und ewig bleibet deinem Lied
  Das Bild von mir gesellt.
Und wer vernimmt des Liedes Hauch,
  Sieht auch das Bild, das strahlt,
  Und denkt bei'm Bild des Bruders auch
  Der Schwester, die's gemalt.

Braunschweigs Preis.

Bürger Braunschweigs, die ihr heute
  Den verehrten Fürstensohn,
  Dessen Ruhm die Welt erfreute,
  Rückempfangt auf euern Thron!
Der, beraubt einst seiner Lande
  Von des fremden Siegers Streich,
  Doch nie auf sich lud die Schande,
  Zu entsagen seinem Reich;
Der mit seinen kühnen Schaaren,
  Deren Sinnbild war der Tod,
  Frei durch Deutschland hingefahren,
  Rings von Uebermacht umdroht;
Der den einen klug entschlüpfte,
  Andre keck begegnend schlug,

Bis das Meer entgegenhüpfte
Jauchzend seinem Wunderzug;
Als die stolze Brittenflotte
Salutirend ihn empfing,
Und geehrt gleich einem Gotte
Er nach Englands Haupstadt ging.

Damals hat der Damen Mode
Dort sich ihm bequemt sogar,
Daß sie ihren Putz vom Tode
Lieh, wie er und seine Schaar.

O wie war bei Mann und Frauen
Damals unser deutscher Held
Hochgeehrt in Englands Gauen,
Hochgeehrt in aller Welt.

Aber wie im Spiele Knaben
In der eig'nen Vaterstadt
Damals ihn geehret haben,
Hört, wie man's erzählt mir hat!

Als auf seinem kühnen Zuge
Er aus Böhmen brach hervor,
Streift' er im Vorüberfluge
Bis an seines Braunschweigs Thor.

Schnell mit seiner Handvoll Reiter
Schlug er ein westphälisch Heer,
Und dann zog er eilends weiter,
Seinem Ziele zu, dem Meer.

Ach, er zog gewiß mit Schmerzen,
Wie mit Schmerz man zieh'n ihn sah;
Doch in seiner Bürger Herzen
Blieb sein Angedenken da.

Und die Knaben, die vernahmen
Von des Herzogs Thaten viel,
Wenn sie auf den Marktplatz kamen,
Ahmten nach den Kampf im Spiel.

Ein Theil sich Westphalen nannte,
Braunschweiger der andre Theil;
Wenn dann ihre Schlacht entbrannte,
Blieb die Haut nicht immer heil.

Doch man sagt, daß die Westphalen,
　Wenn auch stärker an der Zahl,
Theu'r den Namen mußten zahlen
　Den Braunschweigern jedesmal.
Und der kind'sche Kampf bewegte
　Die Gemüther so mit Macht,
Daß die Polizei sich legte
　D'rein am Ende mit Bedacht;
Ließ die jugendlichen Kämpfer
　Greifen, und der Prügel ward
Ihres Schlachteneifers Dämpfer,
　Aber auf besond're Art.
Denn gestraft ward nicht mit gleicher
　Zahl von Prügeln dort wie hier;
Es bekam acht der Braunschweiger,
　Der Westphälinger nur vier.
Hat die Polizei, die wälsche,
　Nicht dadurch gar schön erklärt,
Halb soviel sei der westphäl'sche
　Ruhm, als der Braunschweig'sche, werth?
So auch dachte wohl ein Knabe,
　Der stets ein Braunschweiger war,
Welcher einst des Büttels Stabe
　Heimfiel mit der andern Schaar.
Als es kam an's Ausbezahlen,
　Maß der Büttel unbedacht,
Zählend ihn zu den Westphalen,
　Ihm der Prügel vier statt acht.
Meint ihr, wird der kleine Brave
　Lassen sich mit gutem Glimpf
G'nügen die gering're Strafe,
　Oder hält er sich's zum Schimpf?
Mit gewalt'gen Zorns Entlodern
　Tritt er vor den Büttel hin:
Ich muß noch vier Prügel fodern,
　Weil ich ein Braunschweiger bin.
Und als jener seinem Rücken
　Vier der allerstärksten mißt,

Darf er weder schrei'n noch zücken,
Weil er ein Braunschweiger ist.
Bürger Braunschweigs, die ihr heute
Den verehrten Fürstensohn,
Dessen Ruhm die Welt erfreute,
Rückempfangt auf euern Thron!
Geht, und holt doch jenen Knaben,
Der vielleicht jetzt ist ein Mann,
Daß der edle Herzog laben
Sich an seinem Anblick kann.

Braunschweigs Fall.

Der Herzog Wilhelm von Braunschweig,
Der Braunschweig Oels genannt,
Bei diesem Ehrennamen
In aller Welt bekannt.
Der Herzog Wilhelm von Braunschweig,
Ein Held besond'rer Art,
Schneeweiß von Augenbraunen,
Braun von Gesicht und Bart.
Der Herzog Wilhelm von Braunschweig,
Der einst den Todtenkopf
Zum Schmuck trug an der Mütze,
Oft faßt' ihm der Tod nach dem Schopf.
Der Herzog Wilhelm von Braunschweig,
Mit seinem starken Arm
Hielt er den Tod sich vom Leibe,
Er that ihm keinen Harm.
Der Herzog Wilhelm von Braunschweig,
Als er den Todtenkopf
Nicht mehr trug vorn auf der Mütze,
Da faßte der Tod ihn beim Schopf.
Der Herzog Wilhelm von Braunschweig,
Als er in Bunt und Roth
Auszog zum neuen Kriege,
Da faßt' ihn der bleiche Tod.

Der Herzog Wilhelm von Braunschweig,
  Jenseit dem deutschen Fluß
  Getroffen von zwei Kugeln
  Aus einem Kartätschenschuß.
Der Herzog Wilhelm von Braunschweig,
  Fiel fern auf fremdem Grund,
  Doch um sein Grab in Braunschweig,
  Bellt kein französischer Hund.

Prinz Karl.

Prinz Karl, du theurer Held,
  Mein Herz ist dir gewogen;
  Ziehst du nicht mehr zu Feld,
  Wie du zu Feld gezogen?
Als ich ein Knabe war,
  Sah ich Kriegsfeuer brennen;
  Da in demselben Jahr
  Hört' ich zuerst dich nennen.
Es war in Frankenland
  Im Jahre sechs und neunzig;
  Damals mit blut'ger Hand
  Dort schlugen Feind und Freund sich.
Zurück zog Oestreichs Heer,
  Nach die Franzosen kamen,
  Gar mächtig rings umher
  Das ganze Land einnahmen.
Sie standen dort und hie,
  An allen Ort und Ecken;
  Bis plötzlich über sie
  Auf einmal kam ein Schrecken.
Ich habe wol geseh'n
  Die einz'len flücht'gen Haufen,
  Und konnt' es nicht versteh'n,
  Warum sie mochten laufen.
Da hat man mir's gesagt,
  Das mochte mir behagen:

Prinz Karl hat sie gejagt,
    Prinz Karl hat sie geschlagen.
Tief aus der obern Pfalz
    Floh'n sie durch Franken nieder,
Recht über Kopf und Hals,
    Und kamen dies Jahr nicht wieder.
Du hast sie sonder Fehl
    Bei Würzburg abgeschnitten,
Und dann die Festung Kehl
    Berannt in Winters Mitten.
Prinz Karl, du theurer Held,
    Mein Herz ist dir gewogen;
Ziehst du nicht mehr zu Feld,
    Wie Du zu Feld gezogen?
Drauf als ich größer ward,
    Und Künste mußte lernen,
Hört' ich auf manche Art
    Dich preisen aus den Fernen.
In jedem neuen Krieg
    Warst du der Held der Schlachten,
Und zwangst durch manchen Sieg
    Den Feind noch, dich zu achten.
Mein armes Deutschland fällt,
    Erdrückt von Unheils Wetter;
Doch, wo du stehst, o Held,
    Da bist du noch ein Retter.
O könntest du zugleich
    Nur steh'n auf allen Seiten,
So müßte nicht das Reich
    In diesen Abgrund gleiten.
Wir sah'n von nah und fern
    Im Todesungewitter
Auf dich, den letzten Stern,
    Schon aus der Knechtschaft Gitter.
Und achtzehnhundert neun,
    Als nach dem deutschen Reiche
Des Feindes grimmes Dräu'n
    Führte die letzten Streiche;

Da haſt du noch die Schlacht,
  Die große Schlacht geſchlagen;
  Die Schlacht bei Aſpern macht,
  Daß wir nicht gar verzagen.
Prinz Karl, du theurer Held,
  Mein Herz iſt dir gewogen;
  Ziehſt du nicht mehr zu Feld,
  Wie du zu Feld gezogen?
Erſtehſt du, Held, nicht auch?
  Es iſt dein Volk erſtanden,
  Da ihm mit einem Hauch
  Gott hat gelöſt die Banden.
Biſt du nicht auch erwacht,
  (Du warſt ja nie in Schlummer)
  Da Gott aus langer Nacht
  Erweckt hat unſern Kummer?
Führſt du dein Volk nicht aus?
  Es hat dich nicht vergeſſen,
  Und du in deinem Haus
  Vergaßt es nicht indeſſen.
Dir hat's an keinem Stück
  Als an dem Glück gefehlet;
  Und jetzt hat ſich das Glück
  Den unſern zugezählet.
Biſt du der ſtarke Thurm
  Im Unglück nur alleine?
  Ein Obdach nur im Sturm,
  Nicht Fahn' im Sonnenſcheine?
Den Siegesdornenkranz
  Haſt du nur wollen finden?
  Der friſche Lorbeer=Glanz
  Soll and'rer Haupt umwinden?
Ziehſt du nicht mehr zu Feld,
  Wie du zu Feld gezogen?
  Prinz Karl, du theurer Held,
  Mein Herz bleibt dir gewogen.

Prinz Koburg.

Prinz Koburg, Friederich,
  Feldmarschall der Oestreicher,
  Ein Feldherr dem kein gleicher
In seinen Tagen glich.
Er hat die Feldherrnkraft
  Im Feld wohl lassen wirken;
  Es sprechen noch die Türken
Von seiner Feldherrnschaft.
D'rauf siegreich lang genug
  Hat schlagend er bestanden
  Den Feind in Niederlanden,
  Bis daß der Feind ihn schlug.
Gedenk, o alter Aar,
  Du hast es ganz indessen
  Vor lauter Kampf vergessen,
  Wie nah' dein sechzigst' Jahr.
Steck ein dein Feldherrnschwert,
  Und trag' es ohne Schande
  Heim zu dem Vaterlande,
  Und bau' des Friedens Herd.
Da baut er sich ein Haus,
  Zu Koburg auf dem Graben,
  Um Rast daselbst zu haben,
  Und zieht nicht mehr hinaus.
Am Haus ein schöner Gruß,
  In goldenen Buchstaben
  D'ran ausgeprägt erhaben:
Actis laboribus.
Das heißt: Nach Kriegsthat Ruh!
  Das hat er sich erkrieget.
  Jetzt, junge Aare, flieget,
  Der alte steht euch zu.
Laßt doch in Deutschlands Herz
  Nicht ein die Geier dringen,
  Und rupfen eure Schwingen!
  Dem alten Aar macht's Schmerz.

Es war ein and'rer Brauch
   Zu seiner Zeit im Kriege;
   Nicht gab's wohl lauter Siege,
   Wohl Schlappen gab es auch.
Doch Sieg und Schlappe nahm
   Man in Feindslanden ferne;
   Daß so's in Deutschlands Kerne
   Jetzt geht, das macht ihm Gram.
Doch als man endlich frei
   Den Feind hinausgeschlagen,
   Da war, ich kann's euch sagen,
   Der Feldmarschall dabei.
Es hat als wie im Krampf
   Die alte Faust gezucket,
   Das Schwert hat sich gerucket,
   Als wollt's nochmal in Kampf.
Bleib' nur in deinem Haus,
   Und wollst dich nicht beklagen;
   Bleib' nur, und ich will sagen,
   Wie du mit zieh'n sollst aus.
Du hast der Neffen drei;
   Die heldengleichen Neffen,
   Die schick' hinaus in's Treffen,
   So bist du selbst dabei.
Und als der Held der Schlacht,
   Der Blücher drang, der Vater,
   In Frankreich ein, da hat er
   Des Feldmarschalls gedacht.
Er schrieb ihm einen Brief:
   Du bist in Niederlanden
   Vordem, o Held, gestanden,
   Hineingedrungen tief.
So schicke mir, o Held,
   Was davon aufgeschrieben
   Dir auf Papier geblieben,
   Daß ich's benutz' im Feld.
Das freut den Feldmarschall;
   Dem alten Vater Blücher

Schickt er die Tagebücher
Aus seinem Feldzug all.
Sieh'st du, o alter Held,
Das Glück ist dir gewogen;
Du bist nicht ausgezogen,
Und stehst nun doch im Feld.
Im Feld, wo Blücher steht,
Stehst du mit deinen Planen;
Er sieht nach deinen Bahnen,
Wenn er die seinen geht.
Und ob's unmöglich scheint?
Als Blüchers Kampfgefährte
Schlägt jetzt mit Blüchers Schwerte
Vielleicht dein Plan den Feind.
So soll es seh'n die Welt,
Und soll's geschrieben lesen:
Wer einst ein Held gewesen,
Ist immerdar ein Held. —
So hab' ich recht mit Lust
Geschrieben und mit Liebe;
Doch dem, für den ich's schriebe,
Ist's blieben unbewußt.
Als er sich hatte satt
Gefreut der deutschen Siege,
Ging er dorthin, wo Kriege
Nicht weiter haben Statt.
Wohin er nicht mit trug
Die Feldmarschallamtsbürden,
Und doch in and'ren Würden
Wird strahlen hell genug.
Ihm war der Lorbeerzweig
Nicht Noth, den ich geboten;
Sein Staub ruht bei den Todten
Auch ohn' ihn sanft und weich.
Allein der schöne Gruß,
Der über'm Eingang thronte
Des Hauses, wo er wohnte
Bis zu des Lebens Schluß;

Es soll der schöne Gruß
　　Dort sein hinweggenommen,
　　Weil er nicht mehr kann frommen,
　　Wo jetzt weilt and'rer Fuß:
Es soll der schöne Gruß
　　Mit goldenen Buchstaben
　　Sein auf sein Grab gegraben:
　　Actis laboribus.

Hofer, Commandant von Tyrol.

Aus Mantua von dem Walle
　　Komm' ich geschritten her,
　　Wo noch von meinem Falle
　　Ein Fleck ist blutig sehr;
　　Die Augen unverschlossen,
　　Von der Franzosen Hand,
　　Ward ich allda erschossen,
　　Ich Tyrols Commandant.
Im Jahre, da man setzte
　　In Insurrection
　　Tyrol, das Schwerter wetzte
　　Für Oestreichs Kaiserthron,
　　War ich es, den erkannten
　　Die Häupter der Partei
　　Als Tyrols Commandanten,
　　Daß ich's für Oestreich sei.
O Oesterreich, ich habe
　　Die Commandantenschaft
　　Bewahret bis zum Grabe
　　Für dich mit treuer Kraft;
　　Es hat mich nicht verdrossen,
　　Daß als Verräther ich
　　Vom Feinde ward erschossen,
　　Weil ich es ward für dich.

O Oesterreich, ich habe
  Die Commandantenschaft
Bewahret auch im Grabe
  Für dich mit treuer Kraft;
Mußt' auch mein Blut zerstieben
  Auf fremden Mauern wohl,
Im Tod bin ich geblieben
  Commandant von Tyrol.
Ich hab' als treuer Hüter,
  Nachdem ich längst erblich,
Behütet die Gemüther,
  O Oesterreich für dich.
Als Geist bin ich geschritten
  Stets dies mein Land hindurch,
Und habe unbestritten
  Bewahrt dir deine Burg.
Nun heut', da unser Hoffen
  Gekommen ist zum Ziel,
Daß Tyrol frei und offen
  Zurück an Oestreich fiel;
Hier von mir eingehändigt
  Nimm hin das theure Pfand:
Heut' ist mein Amt geendigt
  Als Tyrols Commandant.
Nimm hin dies Land der Treue,
  Das dein von Anfang war,
Das dein jetzt ist auf's neue,
  Und dein sei immerdar.
Aus meiner Hand ich thue
  Den Commandantenstab,
Und gehe so zur Ruhe
  Zufrieden in mein Grab.

————

Der Kapuziner Haspinger.

Der Kapuziner Haspinger
  Mit seinem rothen Bart,
  Der einst in dem Tyrolerkrieg
  Beim Land zu hohen Ehren stieg,
  Sein Name sei bewahrt.

Der Kapuziner Haspinger
  Mit seinem rothen Bart;
  Er hieß sich selbst den Rothbart gern,
  Der Rothbart war ein rother Stern,
  Der'm Feinde furchtbar ward.

Der Kapuziner Haspinger
  Mit seinem rothen Bart;
  Beim Angriff ging er uns voran,
  Daß wir auf seinen Bart nur sah'n,
  Wie nach Blutfahnen Art.

Der Kapuziner Haspinger
  Mit seinem weißen Stab,
  Ging einstmals wieder uns voran,
  Und zeigt uns auf den Feind die Bahn,
  Der auf uns Salven gab.

Der Kapuziner Haspinger
  Scheut keine Kugelsaat;
  Da springt ein Baier auf ihn her,
  Der ihn von vorn mit dem Gewehr
  Lust zu durchstoßen hat.

Der Kapuziner Haspinger,
  Der Pater ist in Noth!
  Springt ein Tyroler Schütz' heran,
  Legt auf des Paters Schultern an,
  Und schießt den Baier todt.

Der Kapuziner Haspinger,
  Das rettet ihn vom Tod.
  Der Schuß hat ihm den Bart versengt;
  Der Bart, der sonst war roth gesprengt,
  Ist jetzt zündfeuerroth.

————

Spekbacher.

Der Spekbacher, der Spekbacher!
 Wenn der die Schützen rief;
 Der Tag und Nacht, und Nacht und Tag,
 Den Feinden auf der Fährte lag,
 Und gar des Nachts nicht schlief.
Zum Schlafen nahm er nie sich Zeit,
 Als wenn er Nachts wo ritt;
 Wenn dann das Pferd des Wegs fort lief,
 So saß der Held darauf, und schlief,
 Und kam vom Fleck damit.
Und wenn wo kam ein Scheideweg,
 So stand der kluge Gaul;
 Aufwacht der Held, und wohlgemuth,
 Als hätt' er recht die Nacht geruht,
 War er den Tag nicht faul.
Der Spekbacher, der Spekbacher!
 Als er vor Kufstein lag,
 Ging er auf Kundschaft selbst zur Stadt,
 Zu seh'n, ob sie noch Vorrath hat,
 Und sich noch halten mag.
Und als auf ihn Verdacht gefaßt
 Der Festung Commandant,
 Ließ er ihn hin in's Zimmer steh'n,
 Von Leuten ihn beim Licht beseh'n,
 Die ihn sonst wohl gekannt.
Da sah der Held so muthig d'rein,
 So seltsam ganz und gar,
 Daß er von keinem ward erkannt,
 Und ihn entließ der Commandant
 Hinaus zu seiner Schaar.
Der Spekbacher, der Spekbacher!
 Wenn er zum Kampf zog aus,
 Da lief sein kleiner Bub' ihm nach,
 Und was der Vater droht' und sprach,
 Er blieb doch nicht zu Haus.

In das Gewehrfeu'r lief. er 'nein,
  Da wies man ihn hinaus;
  Da macht' sich seitwärts hin der Bub',
  Wo Kugeln schlugen ein, die grub
  Er mit dem Messer aus.

Und wie er sieht, den Schützen fehlt
  Es an Munition;
  Läuft er damit hinein in's Glied,
  Und bringt, daß es sein Vater sieht,
  Sein Hütlein voll davon.

Der Spekbacher, der Spelbacher!
  Als es nun lang' gewährt,
  Der Held nun geh'n mußt auf die Flucht,
  Ward er von Reitern aufgesucht,
  Für vogelfrei erklärt.

Im Winter tief im Schneegebirg'
  Mußt' er umirren geh'n;
  Als er sich in das Wetterloch
  In seiner höchsten Noth verkroch,
  Hatt' er viel auszusteh'n.

Im Muthe der Verzweifelung
  Trieb's ihn zuletzt heraus;
  Er wagt's, in's Thal hinabzugeh'n,
  Sein treues Weib einmal zu seh'n,
  Schlich er sich in sein Haus.

Da fängt sein treuer Knecht ihn auf:
  Im Haus kein Flecklein ist,
  Die Reiter liegen überall;
  Er muß den Herrn im Pferdestall
  Eingraben unter'm Mist.

Der Knecht trägt ihm das Essen zu
  In seinem schlimmen Bett;
  Da liegt er mit begrab'nem Leib,
  Und darf nicht einmal seh'n sein Weib,
  So gern gethan er's hätt'.

Da lag er einen Monat lang,
  Und etwa länger noch;

Da mußt' er auch von da nun fort;
   Sein treues Weib wollt' er am Ort
   Zuletzt nur sprechen doch.
Da weinete das edle Weib
   In ungestillter Qual,
   Daß ihr vor Schmerz das Herz zerbrach,
   Weil liegen mußt in solcher Schmach
   Ihr edeler Gemahl.

An Habsburgs Adler.

Adler, der du hast geniftet,
   Lang auf deutscher Eiche Stamm,
   Bis von Schlangen überliftet
   Du heruntersankst zum Schlamm:
   Willst nicht in den alten Kronen,
   Alter Adler, wieder wohnen?
Warum blickst du ungeduldig,
   Deutscher Adler, südwärts nur,
   Wo dir Früchte fremd und guldig
   Winken auf ital'scher Flur?
   Willst in Wäldern von Citronen,
   Deutscher Eichenadler, wohnen?
In den süßen Blüthendüften
   Findest du dich nicht zu Haus,
   Von den weichen, welschen Lüften
   Gehen dir die Federn aus.
   Willst nicht in den heim'schen Zonen,
   Wo du groß geworden, wohnen?
Nicht die fremde Pomeranze
   Ist's, die dir gehört zunächst,
   Der Reichsapfel, der im Glanze
   Hier an deutscher Eiche wächst.
   Willst bei Apfel, Stab und Kronen
   Nicht auf unsrer Eiche wohnen?

Willst du einen andern lassen
    Auf der deutschen Eiche bau'n?
    Oder soll sie gar verlassen
    Bleiben, ohne Schirm und Zaun?
    Willst nicht in den alten Kronen
    Alter Adler, wieder wohnen?

Sieben und zwanzig Franzosen in einer fränkischen Schmiede.

Sieben und zwanzig Franzosen
    In einer fränkischen Schmieden;
    Der Schmied soll die Säbel fegen,
    Sie lassen ihm keinen Frieden.
Sieben und zwanzig Franzosen,
    Sie haben anderthalb Säbel,
    Die andern hat ihnen genommen
    Ein russischer Feldwebel.
Sieben und zwanzig Franzosen,
    Der Schmied ist voll Verdruß,
    Er deutet auf sein rußiges Schurzfell,
    Und schreit: Ruß! Ruß! Ruß!
Sieben und zwanzig Franzosen,
    Da fangen sie an zu zappeln,
    Sie denken, Russen sind draußen,
    Sie hören die Pferde schon trappeln.
Sieben und zwanzig Franzosen,
    Zur Thür hinaus und fort,
    Und lassen zu seinem Lohn dem Schmied
    Die anderthalb Säbel noch dort.
Sieben und zwanzig Franzosen,
    Die Säbel behält der Schmied,
    Und schmiedet auf die Franzosen
    Beim Feierabend dies Lied.

Leipzigs Ehrenname.

Im Jahr tausend acht hundert
  Sechs, sprach Napoleon,
  Daß man drob war verwundert,
  Wie mit prophet'schem Ton:
  Die Stadt hier, scheinend Freundin,
  Ist Frankreichs größte Feindin.
Es währt der Jahre sieben,
  Das Wort begriff man nicht,
  Bis man dreizehn geschrieben,
  Da trat's uns vor's Gesicht,
  Als er hier ward geschlagen
  In den Octobertagen.
Vom großen Lügengeiste
  Ward vieles prophezeit,
  Wovon das allermeiste
  Blieb unerfüllt zur Zeit.
  Das ein' ist eingetroffen,
  Wohl gegen sein Verhoffen.
O Leipzig, unsre Freundin,
  O auserwählter Ort,
  Sei Frankreichs größte Feindin
  Ewig genannt hinfort,
  Zur Ehr' der Prophezeihung,
  Und unserer Befreiung.

———

Auf Ostermann's Becher.

Dem Ostermann, der, Böhmens Thor
Vertheidigend, einen Arm verlor,
Weiht diesen Becher das Land Böhmen,
Gefüllt mit seines Dankes Strömen.
Leicht ist der Becher, daß ein Mann
Mit einer Hand ihn halten kann.

———

Scharnhorst's Grabschrift.

Scharnhorst, der edle Horst der Schaaren,
Der unermüdet seit fünf Jahren
Ein Preußenheer im Stillen schuf;
Als er das Heer in's Feld geführet,
Und sah', es hielt sich, wie's gebühret.
Starb er: erfüllt war sein Beruf.

———

Blücher und Gneisenau.

Der Blücher hat die Macht,
    Der Gneisenau den Bedacht,
    D'rum hat's Gott wohl gemacht,
    Der sie zusammen gebracht;
    D'rum sei den beiden,
    Den beiden
    Ein Lebehoch gebracht!
Der Gneisenau in der Nacht
    Hat guten Plan erdacht,
    Der Blücher am Tage der Schlacht
    Hat's d'rauf noch besser gemacht;
    D'rum sei den beiden,
    Den beiden
    Ein Lebehoch gebracht!

———

Auf einen Pfeifenkopf mit Blücher's Bild.

Füll' mich mit edlen Blättern an,
    Weil Blücher's Bild hier steht,
    Und zünde sie als Opfer an,
    Daß ihn der Rauch umweht.
Der alte Held, von Pulverrauch,
    Gebräunt in manchem Kampf,
    Bleibt hier bei seinem alten Brauch,
    Und glüht, umwallt von Dampf.

———

Deutscher Spruch auf den deutschen Stein.

Das ist der deutsche Stein,
    Von Trug und Falsch entblößt;
    Wer an den Stein sich stößt,
    Der kann kein Deutscher sein.
Das ist der deutsche Stein,
    Mit Treu' und Muth betraut;
    Wer auf den Stein nicht· baut,
    Das muß kein Deutscher sein.
Das ist der deutsche Stein,
    In Noth und Tod erprobt;
    Und wer den Stein nicht lobt,
    Das muß ein Welscher sein.

An die Widersacher des deutschen Steins.

Ihr seid gewiß nicht ächtes deutsches Gold,
    Und scheut euch vor der Probe,
    Weil ihr davon durchaus nichts hören wollt,
    Daß man den Prüfstein lobe.
Den, der den Busen hat voll Eisenerzen,
    Zieht der Magnetstein an;
    Ihr habt gewiß nur Koth in euren Herzen,
    Weil er nicht zieh'n euch kann.

Cur der Undeutschen.

Ihr Zwitterdeutsche, trächtig
    Von selbstischen Entwürfen;
    Ihr scheint, dem Arzt verdächtig,
    Der Cur noch zu bedürfen:
    Was ordnen wir euch nur
    Geschwind für eine Cur?

Ich seh's an bösen Flecken:
  Es sind des Franzthum's Seuchen
  Die noch im Blut euch stecken.
  Wenn ihr sie wollt verscheuchen,
  So braucht zu eurer Cur
  Den rheinischen Merkur.

———

Die vier Namen.

Vier Namen flecht' ich in den Sang,
  Wie ich's vermag, auf's beste,
  Daß man darauf mit Becherklang
  Anstoßen kann beim Feste.
  Ihr lieben Namen alle vier,
  Ich hoffe doch, ihr werdet hier
  Euch miteinander vertragen.
Der erste Nam', und das ist Arndt,
  Der hat zu allen Zeiten
  Vor'm fremden Wesen streng gewarnt,
  Und ließ nie ab vom Streiten;
  Er stellt' als unverdroß'ner Scherg
  Sich vor den welschen Venusberg,
  Der wahre treue Eckart.
Der zweite Nam', und das ist Jahn,
  Der unser Volksthum geschrieben,
  Von dem, da es fraß Feuerszahn,
  Die Ueberschriften uns blieben;
  D'rauf hat er noch mit gutem Stift
  Geschrieben eine Runenschrift,
  Der nordische Runenmeister.
Der dritte Nam' an dieser Statt
  Das ist der begeisterte Görres,
  Der auch ein Blatt beschrieben hat,
  Ein grünendes, kein dörres;
  Darauf mit dem Merkuriusstab
  Er hoch und tiefe Deutung gab,
  Der Himmelszeichendeuter.

Den vierten Namen nenn' ich stracks,
  Und werde gern sein Preiser,
Das ist von Schenkendorf der Max,
  Der sang von Reich und Kaiser:
Der ließ die Sehnsucht rufen so laut,
Daß Deutschland ihn, die verlass'ne Braut,
  Nennt ihren Kaiserherold.
Das sind die Namen, deren Klang
  Ich war bemüht auf's Beste
Zu flechten hier in meinen Sang,
  Sie herzubringen zum Feste;
Und sind euch lieb, wie mir, die vier,
So stoßt die Becher an mit mir
  Auf mein vierblätt'riges Kleeblatt.

Zusatz.

Was hilft's, daß Eckart-Arndt
  Vor'm Bösen treulich warnt,
Wenn doch die wilden Haufen
Zum Venusberge laufen?
Was hilft's, daß Meister Jahn
  In Runen zeigt die Bahn,
Wenn man auf Eiderdunen
Verschlafen will die Runen?
Was hilft's, daß der Merkur
  Uns aufwärts weist die Spur,
Wenn man den Götterboten
Hinab bannt zu den Todten?
Was hilft's, daß in die Gruft
  Der Kaiserherold ruft,
Wenn d'raus kein Kaiser steiget,
Und seinem Volk sich zeiget?

Troſt der Deutſchheit.

Wo willſt du hin, o ed'les Weib,
 Und wie biſt du genannt?
 Du trägſt fürwahr an deinem Leib
 Gar ſeltſames Gewand.
„Die Deutſchheit zubenannt ich bin,
 Und altdeutſch iſt dies Kleid;
 Daß dir es däucht in deinem Sinn
 So ſeltſam, thut mir leid.“
Und wo denn willſt du hin ſo ſchnell?
 Berichte du mich deß.
 „Wie du mich ſiehſt, geh' ich zur Stell'
 Nach Wien jetzt zum Congreß.“
Wohl freilich ja, es handelt ſich
 Daſelbſt um dich auch mit;
 Doch welchen Sprecher haſt du, ſprich,
 Der dich dabei vertritt?
„Ich brauche keinen Sprecher nicht,
 Die Sprech'rin ſelbſt bin ich.“
Wenn man nun dort franzöſiſch ſpricht,
 Kannſt du franzöſiſch? ſprich!
„O weh, ich arme deutſche Frau,
 Franzöſiſch kann ich nicht;
 Wo find' ich nur auf deutſcher Au
 Gleich einen, der es ſpricht.“
Oh, mehr als einer findet ſich,
 Der gut franzöſiſch ſpricht;
 Doch, ob er gut es ſpricht für dich,
 Das weiß ich freilich nicht.

Der rückkehrenden Freiheit Lied.

Ich edele Jungfraue,
 Freiheit bin ich genannt;
 Allhier auf deutſcher Aue
 War einſt mein Vaterland,

Von wo ich ward vertrieben
Mit schweren Geißelhieben.
Ich saß am Fuß der Eiche,
Und hütete mein Lamm,
Als vom Verrätherstreiche
Getroffen ward der Stamm;
Die Fäuste sah ich greifen,
An Haaren mich zu schleifen.
Da sprang ich auf und flohe
Die Länder all hindurch,
Wo vor des Wüthrichs Drohe
Ich fände sich're Burg,
Und keine war zu finden
Vor seinem Ueberwinden.
Fast hätt' er mich ergriffen,
Da kam ich noch an's Meer,
Da flog auf freien Schiffen
Die Rettung mir daher;
Aufnahm auf meine Bitte
Mich in sein Schiff der Britte.
Und führte mich willkommen
Nach England hin als Gast,
Wo ich ward aufgenommen
Im herrlichsten Palast;
Da war ich aufgehoben
Vor der Tyrannen Toben.
Daselbst hab' ich gewohnet
In Ehren frei und froh,
Bis daß der ward entthronet,
Vor dessen Grimm ich floh:
Nun kehr' ich ohne Schande
Zurück zum festen Lande.
Nicht, wie man sonst Verbannte
Aus den Exilen holt,
Durch fürstliche Gesandte,
Ward ich zurückgeholt;
Die Fürsten sind, die frommen,
Selbst dazu hergekommen.

Hinüber selbst gefahren
 Sind sie nach Albion;
Da konnten sie gewahren,
 Wie ich dort saß zu Thron,
Und sich ein Beispiel nehmen,
 Wenn sie nach Hause kämen.
Ihr Fürsten, die berufen
 Mich habt zu diesen Au'n,
Und wollt mit neuen Stufen
 Allhier ein Haus mir bau'n,
O baut doch Dach und Halle,
 Daß es mir wohlgefalle.
Ich saß, ihr wißt, auf Thronen
 An der Verbannung Strand;
Nicht schlechter will ich wohnen
 Allhier im Vaterland:
O baut mir meinen Tempel
 Nach Albions Exempel.

Deutschlands Heldenleib.

Zu welch' hohem Heldenleibe
 Einer Riesin voller Mark
Könntest du aus schwachem Weibe
 Wachsen, Deutschland, groß und stark!
Da vom Moder der Verwesung,
 Wo du lagest schwer und tief,
Gott zu plötzlicher Genesung
 Dich des neuen Lebens rief!
Wenn nur auf dem Bau der Glieder
 Gleich ein kriegerisches Haupt
Oben wollte wachsen wieder,
 Das man dir im Schlaf geraubt!
Wenn nur Glieder nicht, die kleinen,
 Statt ein Leib zu sein vereint,
Selber Leiber wollten scheinen,
 Oder gar dem Ganzen feind!

Zu welch' hohem Heldenleibe
Einer Riesin voller Mark
Könntest du aus schwachem Weibe
Wachsen, Deutschland, groß und stark!

Deutschlands Feierkleid.

Mit wie herrlich weitem Kleide
Ganz bedeckend deinen Leib,
Könntest du in Sammt und Seide
Prangen, Deutschland, edles Weib!
Da du aus dem Sack der Aschen
Standest auf nach langer Rast.
Endlich, und dein Kleid gewaschen
In dem Blut des Feindes hast!
Wenn nur in der Hand des Bösen
Deines Kleides nicht ein Stück,
Statt es ganz dir einzulösen,
Man vergessend ließ zurück!
Wenn nur jetzt nicht deine Kinder,
In nicht liebevollem Streit,
Jedes für sich einen Flinder
Riß' aus ihrer Mutter Kleid!
Mit wie herrlich weitem Kleide
Ganz bedeckend deinen Leib,
Könntest du in Sammt und Seide
Prangen, Deutschland, edles Weib!

Der Dom zu Köln.

Der hohe Dom zu Köln!
Ein Denkmal alter Zeit,
Der deutschen Herrlichkeit,
In Alter längst ergraut,
Und noch nicht ausgebaut.
Der hohe Dom zu Köln!

Der hohe Dom zu Köln!
    Der Meister, der's entwarf,
    Baut es nicht aus, und starb;
    Niemand mocht' sich getrau'n,
    Seitdem ihn auszubau'n,
    Den hohen Dom zu Köln!
Der hohe Dom zu Köln!
    Die deutsche Herrlichkeit
    Ging unter mit der Zeit;
    Wer dacht', in solchem Grau'n,
    Daran, ihn auszubau'n,
    Den hohen Dom zu Köln!
Der hohe Dom zu Köln!
    Es lag in Finsterniß
    Des Meisters Plan und Riß;
    Jüngst hat man aus der Nacht
    Den Plan an's Licht gebracht
    Vom hohen Dom zu Köln!
Der hohe Dom zu Köln!
    Umsonst ward nicht entdeckt
    Der Plan, der war versteckt.
    Der Plan sagt es uns laut:
    Jetzt soll sein ausgebaut
    Der hohe Dom zu Köln!

Barbarossa.

Der alte Barbarossa,
    Der Kaiser Friederich,
    Im unterird'schen Schlosse
    Hält er verzaubert sich.
Er ist niemals gestorben,
    Er lebt darin noch jetzt;
    Er hat im Schloß verborgen
    Zum Schlaf sich hingesetzt.

Er hat hinabgenommen
  Des Reiches Herrlichkeit,
Und wird einst wiederkommen,
  Mit ihr, zu seiner Zeit.
Der Stuhl ist elfenbeinern,
  Darauf der Kaiser sitzt:
Der Tisch ist marmelsteinern,
  Worauf sein Haupt er stützt.
Sein Bart ist nicht von Flachse,
  Er ist von Feuersglut,
Ist durch den Tisch gewachsen,
  Worauf sein Kinn ausruht.
Er nickt alswie im Traume,
  Sein Aug' halb offen zwinkt;
Und je nach langem Raume
  Er einem Knaben winkt.
Er spricht im Schlaf zum Knaben:
  Geh' hin vor's Schloß, o Zwerg,
Und sieh, ob noch die Raben
  Herfliegen um den Berg.
Und wenn die alten Raben
  Noch fliegen immerdar,
So muß ich auch noch schlafen
  Verzaubert hundert Jahr.

Ein Gleichniß

von den Hirschen, dem wilden Jäger, und was St. Hubertus
sprach, ao. 1814.

Es war ein alter Eichenwald,
Deß Ruhm in aller Welt erschallt,
Mit vielen Bäumen hoch und dicht;
Seines Gleichen war auf Erden nicht.
Es wohnt' im selben Eichenwald
Ein Volk von Wildpret mannichfalt,

Die Hirsch' von schönst- und größter Art,
Die Hindinnen recht weiblich zart.
Die gingen d'rin auf ihrer Weid',
Und thaten Niemand was zu Leid';
Sie waren gut und fromm und treu,
Mitunter etwas allzuscheu.
Sie hatten kein recht Selbstvertrau'n,
Auf ihr Geweihes Kraft zu trau'n,
Das sie gar wohl hätt' können schützen,
Wenn sie es wußten recht zu nützen.
Allein, so lang' als wird gedacht,
War's so bei ihnen hergebracht,
Daß sie zerstreut in einzeln Rudeln,
Sich ließen nach Gefallen hudeln.
Es war kein Hund so butzig klein,
Wollt' er der Hirsche Meister sein;
Es war kein noch so schlechter Jäger,
Verstört' er dieses Wildes Läger,
Bedrängt die Thiere scharf und heiß,
Kühlt seinen Muth in ihrem Schweiß.
Seit langer Zeit der Eichenwald
Von ew'gem Jagdgeschrei erschallt,
Der Boden ward gefärbt vom Blut
Der heimisch jungen Hirschenbrut,
Und sie sind oftmals schrecklich worden
Gehetzt von fremden Jägerhorden.
Doch was von ihnen übrig blieb,
Nach altem Brauch es weiter trieb:
Sucht jeder sich in seiner Eck'
Für seine Haut nur ein Versteck,
Und wenn sie hatten ihre Weid,
Nicht dachten an der Brüder Leid.
Und so noch trieben sie's wohl jetzt,
Doch gar zu arg kam es zuletzt.
Ein wilder Höllenjäger kam,
Der gar nicht Schonung kannt' noch Scham;
Dem zu der Hetzjagd selbst der leid'sche
Teufel gab in die Hand die Peitsche.

Der mit entsetzlich blut'ger Spur
D'rauf in den Wald der Hirschen fuhr,
Mit seines Jagdzugs tollen Koppeln
Den ganzen Wald zertrat zu Stoppeln.
Zuvor in seinen Sold er nahm
'ne Hunderasse, die sonst zahm,
Jetzt aber völlig war verwildet,
Recht zu Bluthunden ausgebildet;
Die alle Sitte hatt' vergessen,
Den eig'nen Herren aufgefressen,
Und aller Greuel sich erfrecht:
Die waren jenem just so recht.
Die Hunde auch als neuen Herrn
Erkannten ihn, und folgten gern;
Und also zog mit seiner Meute
Er durch den Forst zu Blut und Beute.
Die Hunde recht mit Zähneknirschen
Ausrissen Fleisch den armen Hirschen;
Ihr Schütz' konnt' gar nicht satt sich birschen.
Als er sie eben wollt' zertreten,
Huben die Hirschlein an zu beten.
St. Hubertus, der Jagdpatron,
Im Himmel hört' den Jammerton,
Sah seiner Hirsche Blut verspritzen,
Und fuhr hernieder, sie zu schützen.
Sein Augenmerk ließ er vor allen
Auf einen Sechzehnender fallen,
So schön im ganzen Forst war keiner,
Und keiner war von Flecken reiner;
Der König einer großen Schaar
Der argbedrängten Hirsche war.
Der böse Feind mit argem Hohn
Wollt' reißen ihm vom Haupt die Kron'.
Hubertus stand auf einer Eichen,
Macht' über ihn ein heilig's Zeichen,
Ein flammend Kreuze sichtbarlich
Zeigt über jenes Haupte sich;
Und siehe, das erhob'ne Kreuz,

Dem Volk der Hirsche Rettung beut's.
Die Hirsche sammeln sich mit Muth
In ihres Kronenträgers Hut,
Und brennen ganz in Wunderflammen;
Die Schaar der Hunde schreckt zusammen,
Und der bestürzte Jäger flieht,
Wie er das Kreuz erhoben sieht.
Doch damit war es nicht gethan:
Hubertus faßt beim Schopf ihn an,
Und unter gellendem Gewinsel
Schleudert ihn fern auf eine Insel;
Daß seine Hunde staunend stehn,
Die plötzlich sich verlassen seh'n.
Auf ihn nicht mehr sie können pochen,
Da sind sie schnell zu Kreuz gekrochen.
Hubertus schritt davon in Glanz,
Und stellt es frei den Hirschen ganz,
Selbst an den Hunden sich zu rächen,
Das Urtheil über sie zu sprechen.
Das Urtheil d'rauf nach Hirschenart
Von ihnen so gesprochen ward:
Die Hirsche sollen frei allein
In ihrem Walde wieder sein,
Die Hund in ihrem Hundeloch,
Und stehen unter'm alten Joch
Des Stammesherrn, des Erben dessen,
Den sie zur Ungebühr gefressen.
Sie sollen richten ihren Zahn
Nicht mehr auf ihren Herrn fortan;
Sie sollen auch auf Gass' und Straßen
Die Leute sonst in Ruhe lassen,
Und mit den Hirschen Friedschaft halten,
Im übrigen bleibt es beim Alten.
Die Hirsche, da sie's so erdacht,
Meinten, sie hätten's gut gemacht,
Gingen in ihres Waldes Aeste
Zurück, und hielten Friedensfeste.
Da sprach aus eines Eichbaum's Ast

Hubertus zornig rauschend fast:
Ihr, freilich Hirsche, keine Leuen,
Fast sollte mich der Schutz gereuen,
Den ich so treu an euch gethan,
Weil ihr so schlecht ihn wendet an.
Meint ihr, daß Art von Art so schnell
Wird lassen, und weil sein Gebell
Er laut nicht lassen hören darf,
Des Hund's Gebiß sei minder scharf?
Sie haben euer Mark gefressen,
Und auf dem Nacken euch gesessen:
Das können sie noch nicht vergessen.
Sie wollen kaum den Maulkorb dulden
Von ihres neuen Herren Hulden;
Sie sehen noch sich grimmig stumm
Nach ihrem blut'gen Treiber um,
Der sie das Handwerk hat gelehrt,
Das sie gemacht hat so geehrt.
Sie hoffen allweg, daß der Böse
Den Maulkorb ihnen wieder löse.
Ihr neuer Herr darf kaum sich rühren,
Sie thun's ihm zu Gemüthe führen:
Wir fraßen ja schon einen auf;
Wenn du uns nun nicht freien Lauf
Willst lassen, merk' dir unsern Brauch,
So fressen wir dich eben auch.
Er nennt umsonst sie Freund' und Kinder;
Die Hund' nur folgen desto minder.
Er darf nur seine Sorg' verdoppeln,
Sonst reißen ihn die argen Koppeln
Mit sich selbst wider Willen hin,
Auf neue Hetzjagd auszuzieh'n,
Ihr Hirsche, seht, so ist's gekommen,
Weil ihr die Zeit schlecht wahrgenommen.
Warum habt ihr zur rechten Zeit
Sie nicht gelähmt auf Ewigkeit?
Zerschlagen sie bis auf die Knochen,
Die Zähne ihnen ausgebrochen?

Denn and're Eintracht wird gefunden
Niemalen zwischen Hirsch und Hunden.
Habt ihr's nicht noch zuletzt geseh'n,
Als ihr nach Hause wolltet geh'n,
Wie sie den Aerger schlecht verkappten,
Zum Abschied heimlich nach euch schnappten?
Ihr ließ't von ihnen an euch pissen,
War't froh, daß sie euch nicht zerrissen.
Das nun nicht mehr zu ändern steht;
Doch jetzt, ihr Hirsche, hört und seht:
Gebt acht, wie ihr euch sicher stellt
In eurem grünen Laubgezelt;
Daß ihr dem Eichwald Ehre macht,
Wenn euer Erbfeind neu erwacht.
Gott gab auf's Haupt euch gute Hörner,
Und euern Forsten scharfe Dörner;
Gott geb' euch seinen guten Geist,
Daß ihr zusammen stehet dreist,
In wohlgegründeter Verfassung,
Euch selbst zu schützen ohn' Ablassung;
Daß ihr nicht kehrt mit Unvernunft
Gegen euch selber eure Brunst,
Mit euren Zacken euch zerreißt,
Statt daß ihr sie den Feinden weis't.
Gott geb' euch einen edlen Herrn
Aus eures Eichwalds festem Kern,
Der als ein Forstherr klug und stark,
Zäun' um euch her solch' einen Park,
Daß ihr darin könnt ruhig hecken,
Kein fremder Schnapphahn euch darf schrecken;
Ein Herr, der euch zur Lust bei'm Fest
Im Grünen um sich spielen läßt,
Nicht sich mit wildem Sinn ergetzt,
Wenn euch ein Vogt mit Peitschen hetzt:
Wünscht St. Hubertus euch zuletzt.

Drittes Kapitel.

Zeitgedichte. 1816. 1817.

Zum Neujahr 1816.
(Stuttgart.)

Im Schooß der Mitternacht geboren,
 Worin, das Kind bewußtlos lag,
Erwacht, zum Leben jetzt erkoren,
 Das Jahr am ernsten Glockenschlag.
An seiner Wieg' ein Engel sitzet,
 Dem vom zwiefachen Angesicht
Zwiefacher Glanz des Lebens blitzet,
 Hier Abendroth, dort Morgenlicht.
Hier mit dem abendrothen Blicke
 Schaut er nach Westen hin, und sinnt
Zusammenfassend die Geschicke
 Der Jahre, die vorüber sind:
Dort mit dem Morgenantlitz wendet
 Er sich erwartungsvoll zum Ost,
Dem, was von dort die Zukunft sendet,
 Entgegenblickend still getrost.
Dann, während in des Engels Mienen,
 Das Abendroth stets matter glüht,
Und immer heller ist erschienen
 Auf ihnen, was wie Morgen sprüht;

Nimmt er das Kind aus seiner Wiegen,
Und aus des Engels Auge bricht
Die Thräne, die darein gestiegen,
Indeß sein Mund zum Kindlein spricht:
O du, der jüngste jetzt der Söhne,
Die uns're Mutter Zeit gebar,
Sei mir in deiner Unschuld Schöne,
Sei mir gegrüßt, du junges Jahr!
Schon manches hab' ich aus der Wiege
Genommen, und zu Grab gelegt,
Damit an's Licht ein and'res stiege,
Und süße Hoffnung stets gehegt:
Die Hoffnung aller Welt und meine,
Die jedem Jahr entgegentönt,
Ob endlich einmal das erscheine,
Von welchem sei das Werk gekrönt,
Ob endlich das sei angebrochen,
Von welchem uns erfüllet sei,
Was von den Vor'gen ward versprochen?
Wenn du das bist, so sag' mir's frei.
Ich kann durch meiner Rührung Zähren
Nicht deine Züge deutlich seh'n;
Ein Lächeln scheint sie zu verklären:
Sprich, soll durch dich uns Heil gescheh'n?
Willst du nicht wieder täuschend schwinden,
Wie vor dir deiner Brüder g'nug,
Daß wir den Glauben wieder finden,
Den uns geraubt der Zeiten Lug?
Willst du den bangen Knäul entwirren,
Der um der Menschheit Brust sich schlang,
Und lösen ird'scher Zwietracht Klirren
Auf in harmon'schen Sphärenklang?
Aufführen aus bewegten Stoffen
Den Bau, der auf sich selbst kann ruh'n?
Kurz, was wir wünschen, was wir hoffen,
Ja, was wir fordern, willst du's thun?
O seligstes der Zeitenkinder,
Wenn das Geschick das Amt dir beut,

Zu sein der Ernte Garbenbinder,
Die jene vor dir ausgestreut!
So wünsch' ich dir vom Himmel heuer
Den besten Sonnenschein, der frommt,
Daß in die große Völkerscheuer
Der Weizen unberegnet kommt.
So wünsch' ich, daß ein neues Leben
Der alten Erde Mark durchdringt,
Daß aus des nächsten Herbstes Reben
Uns gold'nes Heil entgegen springt;
Daß bei des Jahres Brod und Weine
Frei unter off'nem Himmelssaal
Die Völker feiern im Vereine
Das große Bundesabendmahl.

Im Mai 1816.

(Ebendaselbst.)

Der Frühling, eh' er sonst ist eingetroffen,
  Pflegt seine Boten doch voraus zu schicken,
Damit es wissen die, so auf ihn hoffen,
  Und zum Empfang sich ziemend können schicken,
Daß Vögel ihre Kehlen halten offen,
  Und Knospen von den Zweigen wartend blicken,
Damit, wenn er nun aufführt seine Schöne,
Fein alles ihm entgegen blüh' und töne.
Du aber, o erhab'ner Fürstensohn!
  Wie lange zwar in Land und Stadt und Schlosse
Erwartung dir entgegenblickte schon,
  Bist doch, gleich unerwartetem Geschosse,
Das eh'r am Ziel ist, als der Senne Ton
  Man schwirren hört, gekommen, daß der Rosse
Hufschlag allein gab Botschaft unsern Ohren,
Wie, fern geglaubt, du nahe seist den Thoren.
Das macht: Solch' eine Gottheit ist im Wagen
  Zur Seite dir gesessen, die den Zügel
Gefaßt, die, wenn uns Dichter Wahrheit sagen,
  Auch schnellen Rossen leih'n kann schnell're Flügel;

Die hat dich selb, dir unvermerkt, getragen
So rasch hieher, daß du am letzten Hügel
Nicht minder überrascht dich finden mußteft,
Als du uns hier zu überraschen wußteft.
Wir wissen noch, wie einst vor Jahresfrist,
Als in der Ferne tof'te Kampfeswetter,
(Wo ist das Herz, das jenen Tag vergißt?)
Du, als ein Held und Vaterlandesretter,
Zurückgekehrt in unf're Mauern bist,
Begrüßt von freudetrunk'nem Volksgeschmetter,
So laut begrüßt, daß, was hier damals schallte,
Rings durch' ganz Deutschland brausend widerhallte.
Heut kehreft du zum heimischen Gefilde,
Aus anderm Kampf, mit anderm Siegespreis;
Der Helm ist abgelegt, und in dem Schilde
Anstatt des Lorbers steht das Myrthenreis:
Der Stern der Kraft hat einem Stern der Milde
Sich zugewandt, verschlingend Kreis in Kreis;
Und aufgeht diese sel'ge Doppelhelle
Ob unsern Häuptern, an des Maimonds Schwelle.
O mögeft du von diesem Liebessterne,
Den dir die Wahl des Herzens zugesellt,
Jetzt sein und immerfort im tiefsten Kerne
Durchfunkelt so, von Freudenglanz durchhellt,
Daß Luft und Glück, ausstrahlend in die Ferne,
Ström' über aus dir selb auf deine Welt,
Und sich in deines Himmels Widerscheinen
Gedeihlich sonnen mögen all' die Deinen.
Denn, wie auch über alles Volk hinaus
Ein Fürstenhaupt sich himmelan mag heben,
Zuvörderft muß ihm doch im eig'nen Haus
Die Liebe wohnen und im eig'nen Leben,
Wenn vom Palaft sie in die Hütten aus
Soll geh'n und segnend über'm Lande schweben.
Das Heil ist jetzt, o Fürst, dir widerfahren;
Das wird dein Land an seinem Heil gewahren.
Der Saft ist gährend in des Baumes Zweigen,
Weil sich der Frühling in den Lüften regt;

Von Keimen, die zum Lichte wollen steigen,
Ist hoffnungsvoll des Landes Schooß bewegt.
Nun werden auch die Winterstürme schweigen,
Still wird die Blüthe sein zu Tag gelegt,
Und grünen wird der Baum durch alle Glieder
Hoch von der Krone bis zur Wurzel nieder.
Du Würtemberg, in deutscher Flur ein Garten,
An eig'nem Tranke reich und eig'ner Kost!
Die Winzer, welche deiner Reben warten,
Versichern, daß bis jetzt nichts that der Frost.
Ja, übertroffen ist ganz ihr Erwarten,
Begeistert sind sie schon vom künft'gen Most.
Der schäumen soll für dich in voller Tonne,
Gereift an Strahlen dieser Liebessonne.

Gespräch

zwischen einem Altwürtemberger und dem Freiherrn
von Wangenheim.

(Gegenstück zu Uhland's „Gespräch" in dessen Gedichten.)

(November 1816.)

„Ich bin des Alten treuer Knecht,
    Weil es ein Gutes ist."
Das Gute bessern, ist ein Recht,
    Das nur ein Knecht vergißt.
„Vom Guten hab' ich sich're Spur,
    Vom Bessern leider nicht."
Du schließest deine Augen nur,
    Sonst zeigt' ich dir das Licht.
„Ich schwör' auf keinen einz'len Mann,
    Denn Einer bin auch ich."
Wo dich das Ich nicht halten kann,
    Sprich, woran hältst du dich?
„Ich halt' es mit dem schlichten Sinn,
    Der aus dem Volke spricht."
Schlicht sinn'ges Sprechen ist Gewinn,
    Verworr'nes Schreien nicht.

„Ich lobe mir den stillen Geist,
  Der mählich wirkt und schafft."
Doch fordert jedes Werk zumeist
  Auch schöpferarmes Kraft.
„Was nicht von innen keimt hervor,
  Ist in der Wurzel schwach."
Doch einmal muß man sä'n zuvor,
  Was wurzeln soll hernach.
„Du meinst es löblich, doch du hast
  Für unser Volk kein Herz."
Für es trag' ich sammt and'rer Last
  Auch dieser Kränkung Schmerz.

Zum Neujahr 1817.

Schwer genug gerungen
  Haben Dämmerungen
  Mit dem Licht, dem jungen
  Durch das alte Jahr;
  An des Haders Stelle
  Soll des Friedens Helle
  An des Neuen Schwelle
  Jetzt aufleuchten siegreich klar.
Wer ist dumpf beklommen?
  Einen Stern entglommen
  Seh' ich, uns zum Frommen,
  Mitten aus der Nacht.
  Daß die starren Krämpfe
  Seine Milde dämpfe,
  Die verworr'nen Kämpfe
  Friedlich schlichte seine Macht!
Dieses Sternes Funkeln
  Bitt' ich, daß im Dunkeln
  So es lass' entfunkeln
  Seiner Strahlen Kraft,
  Daß, wo Frost noch lauern

Mag mit alten Schauern
Hinter Herzensmauern
Ganz er werd' hinausgeschafft!
Die verstockt in Grimmen
Selber sich verstimmen,
Die in Flammen glimmen
Trüb unlautern Scheins;
Daß sie klärend alle
Himmelslicht durchwalle,
Daß empor mit Schalle
Jubel steig' und schall' in Eins!
Vor des Sternes Blinken
Wie vor Zauberwinken
Soll die Maske sinken
Jedem, der sie trägt,
So der Groß' als Kleine,
Daß, wie er es meine,
Vor der Welt erscheine,
Jedem sei sein Recht gewägt.
Daß sich Schlechtes schäme,
Rechtes nicht sich lähme,
Gutes selbst sich zähme,
Alles wachse frei!
Daß kein wildes Schwärmen,
Und kein lautes Lärmen,
Und kein stilles Härmen
Unter uns in Zukunft sei!

Gebet des Hausvaters.

Ich stand auf hohen Zinnen
Und sah ein kleines Haus,
Ich sahe wie von drinnen
Der Vater trat heraus,
Der mit entblößtem Haupte
Der Sonn' entgegen trat,

Da er allein sich glaubte,
Und dies Gebete that:
O Herr, des Himmels Lenker,
Du Herr ob allen Herrn,
Du Gnadenlichtes Schenker
Gleich diesem deinem Stern!
Ich flehe, daß du schenkest
Auch heute mir dein Licht,
Und meine Schritte lenkest
Danach mit Zuversicht.

Ein Vater hat mit Sorgen
Dem Haushalt vorzusteh'n,
Zu ordnen, was vom Morgen
Bis Abend soll gescheh'n.
Wenn du versagst den Segen,
Ob sich die Sorge mehrt,
So geht auf allen Wegen
Der Haushalt doch verkehrt.

Das Haus, darin ich schalte,
So klein ist's im Vergleich,
Wenn ich dagegen halte
Manch and'res groß und reich.
Und sind so groß die Sorgen
Im Hause, das so klein,
Wie müssen jeden Morgen
Erst dort die Sorgen sein.

Herr, der du siehst vom Aether,
Vereint von fern und nah
Des Vaterlandes Väter
Im größten Hause da,
Beschäftigt mit Entwürfen
Zur Ordnung einer Welt,
Die höhern Raths bedürfen
Als das, was ich bestellt!

O Herr des Himmels, schließe
Auch auf die Herzen dort,
Ja all dein Licht ergieße
Du über jenen Ort.

Wenn du's nur dort verlieheſt,
 Will ich zufrieden ſein,
Ob du mir's hier entziehest
 Bis auf den letzten Schein.
Was hilft es, wenn im Dunkeln
 Das Haus, das große, ſteht,
Ob auch ein einz'les Funkeln
 Durch unſ're Hütten geht?
Wenn dort ſich werden ſchüren
 Die Flammen rein von Rauch,
So werden wir es ſpüren
 In unſern Hütten auch.
O Herr des Himmels, ſage
 Mit deines Lichtes Strahl
An jedem neuen Tage
 Es jenen dort zumal:
Es kann die rechte Haltung
 Im kleinſten Haus nicht ſein,
Bis ihr erſt zur Geſtaltung
 Das große laßt gedeih'n.

Die drei Geſellen.

Es waren drei Geſellen,
 Die ſtritten wider'n Feind,
Und thäten ſtets ſich ſtellen
 In jedem Kampf vereint.
Der Ein' ein Oeſterreicher,
 Der Andr' ein Preuße hieß,
Davon ſein Land mit gleicher
 Gewalt ein Jeder pries.
Woher war denn der Dritte?
 Nicht her von Oeſtreichs Flur,
Auch nicht von Preußens Sitte,
 Von Deutſchland war er nur.
Und als die Drei einſt wieder
 Standen im Kampf vereint,

Da warf in ihre Glieder
Kartätschensaat der Feind.
Da fielen alle Dreie
Auf einen Schlag zugleich;
Der Eine rief mit Schreie:
Hoch lebe Oesterreich!
Der And're, sich entfärbend,
Rief: Preußen lebe hoch!
Der Dritte, ruhig sterbend,
Was rief der Dritte doch?
Er rief: Deutschland soll leben!
Da hörten es die Zwei,
Wie rechts und links daneben
Sie sanken nah dabei;
Da richteten im Sinken
Sich Beide nach ihm hin,
Zur Rechten und zur Linken,
Und lehnten sich an ihn.
Da rief der in der Mitten
Noch einmal: Deutschland hoch!
Und Beide mit dem Dritten
Riefen's, und lauter noch.
Da ging ein Todesengel
Im Kampfgewühl vorbei,
Mit einem Palmenstengel,
Und liegen sah die Drei.
Er sah auf ihrem Munde
Die Spur des Wortes noch,
Wie sie im Todesbunde
Gerufen: Deutschland hoch!
Da schlug er seine Flügel
Um alle Drei zugleich,
Und trug zum höchsten Hügel
Sie auf in Gottes Reich.

Des Rheinstroms Gruß.

Als die deutschen Kriegesschaaren,
    Siegreich im Vereine,
    Von Paris zurückgefahren
    Kamen nach dem Rheine,
    Weckten ihn die hellen Töne
    Seiner kriegerischen Söhne,
    Und aus seinen Flüssen
    Stieg er, sie zu grüßen.
Eine bergkrystall'ne Schaale
    Haltend in der Linken,
    Angefüllt mit Fluthenstrahle,
    Wie mit Silberblinken;
    So in seinen Wassern stehend,
    Freudig nach den Kriegern sehend,
    Rief er den Genossen,
    Die zur Seit' ihm flossen:
Saar und Mosel, meine Kinder
    Von den linken Borden,
    Knechte einst, und frei nicht minder
    Jetzt, wie ich, geworden!
    Und ihr von der rechten Seite,
    Deutsche Ströme, mein Geleite,
    Neckar, und vor allen
    Main, mein Wohlgefallen!
Sehet euern Vater heute,
    Wie der Stolz ihn schwellet,
    Wonne ihm das stillerfreute
    Vateraug' umhellet,
    Heute steht vor mir erfüllet,
    Was ein Traum mir jüngst enthüllet,
    Meine Ströme, säumet,
    Hört, was ich geträumet!
Mir das Haupt mit Trauernesseln
    Kränzend, statt mit Schilfe,
    Weil ich aus den Sklavenfesseln
    Hoffte keine Hilfe,

Lag ich, eingewiegt vom Kummer,
Auf des feuchten Bettes Schlummer,
Und von Winterreise
Stockten meine Gleise.
Da war mir's, als ob geronnen
Plötzlich and're Wellen
Kämen, als aus euren Bronnen
Kommen, ihr Gesellen.
Alle Flüss' in deutschen Landen
Sah ich, wie sie sich verbanden,
Sendend um die Wette
Fluthen meinem Bette.

Elbe, die hervor aus Böhmen
Sucht des Nordmeers Pfosten,
Donau, die mit ihren Strömen
Weit sich zieht nach Osten;
Und die andern Ströme alle,
Mit vermischtem Fluthenschwalle,
Flossen, groß und kleine,
Nieder nach dem Rheine.
In die starren Adern flößten
Sie mir neue Säfte,
Und des Eises Bande löften
Sich durch ihre Kräfte.
Als ich sah nach ihren Fluthen
War es mir, als ob sie bluten,
Und ein Grausen machte,
Daß ich schnell erwachte.

Da sah ich im alten Gleise
Zwar die Ströme fließen,
Aber völlig neuer Weise
Völker sich ergießen,
Welche meine Stamm'sverwandten
Mir anstatt der Fluthen sandten,
Daß sie zu mir kamen
In ganz Deutschlands Namen.
Die lebend'gen Fluthen gossen
Ueber mich sich rauschend;

Ansah ich die Bund'sgenossen.
Mich mit Stolz berauschend;
Kämpfen sah ich fern und nahe,
Furchtbar kämpfen, und ich sahe,
Daß von blut'gen Wogen
Nicht mein Traum gelogen.
Doch die Völkersühnfluth schwemmte
Furchtbar hoch gewaltsam,
Was sich ihr entgegenstemmte,
Brechend unaufhaltsam,
Bis sich in freiwill'ger Hemmung
Endigt jetzt die Ueberschwemmung,
Und sie reich an Ehren
Heim in Friede kehren.
Siegerschaar! mit Stolze seh' ich
Dich an meinen Flüssen,
Und mit meiner Schaale steh' ich
Hier dich zu begrüßen.
Wie du deine Namen nennest,
Bund der Deutschen, eh du trennest
Dich von diesem Orte,
Höre meine Worte:
Habt ihr in der Sünden Pfuhle,
D'raus ihr jetzt zurücke
Kehret, habt ihr in der Schule
Des Verraths, der Tücke,
Euch verunreint? Keine Spuren
Tragt mit heim zu euren Fluren,
Hier in meine Schlünde
Werfet eure Sünde!
Wenn ihr selbst in euren Herzen
Habt nicht ganz vergessen,
Was, zum Weh euch, mir zum Schmerzen,
Euch getrennt vordessen,
Haß, der noch im Stillen grimmet,
Zwietracht, die noch heimlich glimmet;
Wascht in meinem Becken
Ab die letzten Flecken.

Dann ihr alle, so gereinigt
Von dem fremden Gräuel,
Alle ihr, nun so geeinigt
Zu der Eintracht Knäuel,
Hier zu ew'gem Bundesmahle
Reich' ich euch die volle Schaale;
Trinkt aus ihrer Tiefe,
Daß vom Mund es triefe.
Was zusammen ward gelöthet
Von des Krieges Hammer,
Was zusammen ward genöthet
Unter Druck und Jammer;
Daß die Freiheit und der Friede
Stets es mehr zusammenschmiede,
Darauf, deutsche Zecher,
Trinkt aus meinem Becher.
Wenn ihr denn als einz'le Glieder
In die Heimat fahret,
Denket zu dem Rheine nieder,
Wo ein Leib ihr waret!
Wenn ihr heim zu euren Flüssen
Kommt, sollt ihr von mir sie grüßen;
Gebt aus meinem Munde
Ihnen diese Kunde:
Deutsche Flüss', in der Gewässer
Noch so stolzer Fläche!
Einzeln seid ihr doch nicht besser
Als die Wiesenbäche;
Aber wenn ihr, deutsche Flüsse,
Strömet eure Wassergüsse
In ein Bett, in eines,
Das ist groß, ich mein' es.

Erhebung.

Ich stand auf Bergen hoch
　　Und übersah die Erde,
　　Die so gedrückt vom Joch,
　　Geschlagen so vom Schwerte.
Ich sah den blut'gen Greul,
　　Der lag auf ihren Tiefen,
　　Und hörte das Geheul
　　Der Stimmen, welche riefen.
Ich sprach: O wär ich doch
　　All dieser Noth entrücket!
　　Da ward vom Berg auf hoch
　　Ich in die Luft gezücket.
Aufschwebt' ich durch die Luft,
　　Und hört' und sah noch immer;
　　Zuletzt verschwamm in Duft
　　Das Blut und das Gewimmer.
Und als ich niedersah
　　Aus allerhöchster Ferne,
　　Da sah ich schimmern da
　　Den schönsten aller Sterne.
Was dort im hellen Licht
　　Ist das für eine Sphäre?
　　Da ward mir der Bericht,
　　Daß es die Erde wäre.
Der Engel sprach zu mir:
　　Es ist dir hier verschwunden,
　　Was einzeln drunten dir
　　Den wirren Blick umwunden.
Du hast die Höh' erreicht,
　　Wo dir erscheint das Ganze;
　　Und deine Erde weicht
　　Hier keinem Stern an Glanze.
Die Erd, in ihrem Kern
　　Von Wunden so durchwühlet,

Sieh, wie vorm Blick des Herrn
Sie sich genesen fühlet.
Der Ruf des Wehs verschwimmt;
Thu' auf dein Ohr und höre,
Wie hell ihr Loblied stimmt
In ihrer Schwestern Chöre.

Sühnung.

Es zog das Schlachtgewitter
Verwüstend durch die Welt.
Es war so fest kein Gitter,
Das nicht davor zerschellt;
So hoch war keine Stelle,
Wohin nicht schlug die Welle.
Doch hielt in den Gebirgen
Ein Plätzlein sich versteckt,
Das blieb von Graus und Würgen
Vom Greuel unbefleckt,
Das hat durch Gottes Walten
Sich völlig rein erhalten.
In diesen Felsenklüften
Erscholl kein fremder Fluch,
Es drang zu diesen Lüften
Kein Moderschlachtgeruch;
Zerknickt ward keine Blume
In diesem Heiligthume.
Es hat mit ihren Hunden
Der wilden Jagd Gebraus
Den Zugang nicht gefunden
Zu diesem stillen Haus,
Wo gleich zwei frommen Rehen
Unschuld und Friede gehen.
Hier einsam abgeschieden
Erharrten sie die Zeit,
Bis draußen sich befrieden

Würde der Erde Streit,
Um dann zu kehren beide
Hinaus zu freier Weide.
Jetzt ist des Himmels Wille,
Die Stunde ist erfüllt,
Ich tret' aus meiner Stille,
Da's draußen nicht mehr brüllt;
Auf das zur Reinheit werde
Neu eingeweiht die Erde.
Ich seh des Greuels Spuren
Noch hunderttausendfach,
Die Leichen auf den Fluren,
Das Blut in Fluß und Bach,
Und auch an Menschenhänden
Die Flecken, die sie schänden.
Hier spreng' ich reines Wasser,
Geschöpft aus einem Quell,
Der stets von Feind und Hasser
Blieb ungetrübt und hell;
Das Wasser soll die Flecken
Von Mensch und Erde lecken.
Hier trag ich reines Feuer,
In Gottes Dienst bewahrt,
Das nie zum Ungeheuer
Im Sold des Krieges ward;
Dies Feuer soll das Zünden
Des andern Feu'rs entfünden.
Es reiniget der Bronnen
Sich in sich selbst vom Gift;
Und da wo Blut geronnen,
Blühn Blumen aus der Trift:
So möge Gott dem Leben
Die Reinheit wieder geben!

Frieden im Innern.

Wie die Welt aus diesem Zwange,
　Der ihr Herzblut hemmt im Gange,
　Soll gelöst sein, weiß ich nicht;
　Doch daß sie gelöst muß werden,
　Sprechen ihre Angstgeberden,
　Wenn auch keine Zunge spricht.
Es ist eine große Spaltung
　Sichtbar in der Welthaushaltung,
　Die man klug umsonst verdeckt;
　Sie will nicht sein überhüllet,
　Sondern gründlich ausgefüllet,
　Und dazu erst aufgedeckt.
Könige und Nationen,
　In dem Staub und auf den Thronen,
　Die ihr nur umsonst euch schmückt
　Mit des Sieges Purpurlappung,
　Da ihr unter der Verkappung
　Wohl fühlt, wo der Schuh euch drückt!
Von des fremden Zwingherrn Ketten
　Konnt euch wohl ein Wunder retten,
　Doch damit ist nichts gethan,
　Fangt von den geheimen Räubern
　Eures Friedens ihr zu säubern
　Nicht den eignen Haushalt an.
Nicht die künstlich äußre Straffung
　Bei der innersten Erschlaffung,
　Die dadurch kein Heil sich schafft!
　Nicht der Glieder ekle Spannung
　Bei der schrecklichsten Entmannung,
　Die dadurch nicht kommt zu Kraft!
Fort den Trug, und fort die Lüge,
　Fort die schlauen Winkelzüge
　Deß, was Politik sich heißt,
　Die damit sich kläglich fristet,
　Niemand als sich selbst belistet,
　Nicht mehr ihren Feind, den Geist.

Nicht mit heiligen Allianzen
  Werden Fürsten sich verschanzen,
  Und mit Trotz die Völker nicht,
  Sondern wenn sie mit Vertrauen
  Auge sich in Auge schauen,
  Und zu Gott mit Zuversicht.
Bittet Gott, der Korn beschieden,
  Daß er senk' ein Körnlein Frieden
  In der Trennung offnen Spalt,
  Daß die Klaffung sich versühne,
  Unsrer Wund ein Halm entgrüne,
  Der im Licht zum Himmel wallt.
Dieser Halm, ja diese Palme,
  Mit dem schlanken Riesenhalme,
  Sei der neue Freiheitsbaum!
  Nicht mit Blut, mit Thau begossen,
  Soll er rein zum Himmel sprossen,
  Schattend über'm Erdenraum.

Die Königskerze.

Oberon der Elfenkönig
  Tanzet mit Titania;
  Grillen, Heimchen zittertönig
  Spielen auf von fern und nah.
Eine schlanke Königskerze
  Von dem Boden sproßt empor,
  Um sie dreht in leichtem Scherze.
  Tanzend sich der Elfen Chor.
Und die Elfen, aufzuhüpfen
  Mühen sie sich unter'm Tanz,
  Möchten ab der Kerze strüpfen
  Ihrer vielen Lichter Glanz.
Löschen wollen sie das Funkeln,
  Daß Titanias strenger Mann
  Ihre freien Scherz' im Dunkeln
  Ihnen nicht verheben kann.

Doch die Königskerze hebet
  Sich auf Oberons Geheiß
Höher, und zu leuchten strebet
  Sie zum Trutz dem Elfenfleiß.
Wie sich auf ein Elfe strecket
  Und ihr unten löscht ein Licht,
Ist ein neues angestecket
  Oben, und er merkt es nicht.
Wann die Morgenlüfte blasen,
  Ist verweht der Elfen Spur;
Wo sie tanzten auf dem Rasen
  Bleibt ein fahler Kringel nur.
Doch die Königskerze blühet
  Höher jetzt und zeiget an,
Wie die Elfen sich bemühet,
  Und kein Leides ihr gethan.

Der Frühling an der Grenze.

Der Frühling in einer warmen Nacht
  Kam an die —*—sche Grenze,
Nach Deutschland wollt er mit Bedacht
  Aus Welschland bringen Kränze.
  Herr Lenz! habt Acht!
  Der Grenzner wacht,
  Den Schlagbaum läßt er fallen,
  Und seine Stimm erschallen:
Wer bist du wandernder Gesell
  Im flattrigen Gewande?
  Woher des Nachts an dieser Stell?
  Wohin? aus welchem Lande?
  Wie heißt du? „Lenz!"
  Ei Pestilenz!
  Herr Lenz, den Namen lasse
  Mich sehn in deinem Passe.
„Vergessen hab ich meinen Paß,
  Ich habe den Paß verloren,

Ich hab an Päſſen keinen Spaß,
Bin ohne Paß geboren."
Ganz gut! doch muß,
Das iſt der Schluß,
Ich einen Paß viſiren,
Sonſt kannſt du nicht paſſiren.
Da iſt der Lenz des Paſſens ſatt,
Er greift in ſeine Taſche,
Und wirft ein grünes Lindenblatt
Dem Zöllner zu: „Da haſche!"
Was iſt denn das?
„Das iſt mein Paß."
Der Zöllner iſt überſichtig,
Und meint, der Paß ſei richtig.
Sag an, ich kann's im Paß nicht ſehn,
Was iſt der Zweck der Reiſe?
„Der Zweck iſt, zwecklos zu beſehn
Das Land auf meine Weiſe."
Und was iſt, zeig,
Dein Nahrungszweig?
„O, es ſind deren viele,
Auf kurzem und langem Stiele.
„Die grünen Zweig in aller Welt,
Die lieb' ich für mein Leben.
Bin auch als Gärtner angeſtellt,
Doch zieh' ich Blumen nur eben."
Du ſollteſt im Feld
Kohl ziehn für's Geld,
Und fein zu Markt ihn bringen,
Die Steuern zu erſchwingen.
„Ich war beſtändig ſteuerfrei,
Und die ſo mich belehnten
Mit meinem Gut, bedungen dabei
Sich nur von Blumen den Zehnten;
Den geb' ich gern
Auch euch, ihr Herrn.
Kohl pflanz' ich nicht, mein frommer
Vetter thut das, der Sommer.

„Doch treib' ich auch eine Handelschaft,
Ich führe hier im Täschchen
Fläschchen voll allerlei Blumensaft,
Da riech einmal dies Fläschchen!"
Der Grenzner niest,
Das ihn verdrießt:
Tabak riecht angenehmer;
Zum Teufel, Balsamskrämer!
„So habt ihr keine Freude gar
An allen lenzlichen Dingen?"
O ja! gern hätt' ich einen Staar
In meinem Käfich fingen.
Ich darf nicht 'raus
Aus meinem Haus,
Kann also keinen mir fangen.
„Da thu' ich dein Verlangen."
Der Grenzner spricht: Mein lieber Wicht,
Bist auch ein Vogelsteller?
Der Frühling spricht: Warum denn nicht?
Es fängt sie niemand schneller.
Ich fange nie
Mit Ruthen sie,
Die Böglein sind mein eigen
Auf allen grünen Zweigen.
Ich geh' frühmorgens aus in's Feld,
Und lasse den Vogelruf schallen,
Den jeder Vogel für seinen hält,
Lerchen und Nachtigallen
Lernen von mir
Ihn mit Begier,
Ich lern' ihn nicht von ihnen;
Kann ich damit dir dienen?
Er setzt' ein Pfeiflein an den Mund,
Und blies darein mit Machten;
Da thaten sich tausend Böglein kund,
Die in der Nacht erwachten.
Der Gränzner stutzt:
Herr, das benutzt!

Wenn ihr euch Müh wollt geben,
So könnt ihr davon leben.
Wir haben hier schon lange gesucht
Ein Mittel zu ersinnen,
Der Böglein ungezähmte Zucht
Für unsre Sach zu gewinnen.
Die Kunst besitzt
Ihr, seh' ich itzt,
Die Böglein dahin zu bringen
Nach eurer Pfeife zu singen.
Seid uns willkommen, tretet ein
In unsres Reiches Grenze!
Befaßt euch nicht mit Kinderein,
Werft von euch eure Kränze,
Meldet euch frei
Der Polizei,
Und wollt zum Angedenken
Mir auch das Stärlein schenken.

Die lange Sorge.

Es ist eine Stadt, eine große,
In Deutschland wohl bekannt,
Darin ist eine Gasse
Die lange Sorge genannt.
Wenn man dieselbe Gasse
Durchgeht bis an ihr End,
Kommt man zum Gottesacker,
Den man den Friedhof nennt.
Wer nun die lange Sorge
Hatt oft und lang durchrennt;
Kam doch zum Friedhof endlich,
Da hatte die Sorg ein End.
Als der Franzos, der Dränger,
Bei uns war vor'ges Jahr,
Da schien es, daß noch länger
Die lange Sorge war.

Und wenn man sich zu retten
   Gehn wollte dem Friedhof zu,
   Sich dort in Friede zu betten,
   War dort auch nicht Friede noch Ruh.
Es hatt' alswie ein Eber
   Des grimmen Feindes Zahn
   Durchwühlt sogar die Gräber,
   Und Schmach daran gethan.
Wie soll man tragen die Kette
   Der langen Sorge nun,
   Wenn an der letzten Stätte
   Man auch nicht mehr darf ruhn?
Da schaute Gott vom Himmel
   Mit seiner Einsicht drein:
   Es soll im Weltgetümmel
   Ein Ruhort wieder sein.
Seit man den Feind vertrieben,
   Ist alles im alten Gang,
   Die lange Sorg' ist geblieben,
   Doch nicht mehr überlang.
Und wenn aus der langen Sorge
   Man kommt zum Friedhof nun,
   Ist man vor Sorgen gebörgen,
   Und kann in Frieden ruhn.

Die goldne Luft.

In Mainz ist eine Straße
   Die goldne Luft genannt.
   Als einst von Gasse zu Gasse
   Die Pest die Stadt durchrannt,
   Und, was darin gewohnet,
   Hinraffte in die Gruft,
   Da blieb allein verschonet,
   Sagt man, die goldne Luft.

Und als die giftigen Lüfte
  Vertrieb der goldne Hauch,
Erheiterten die Grüfte
  Der Stadt sich wieder auch;
Ausgoß von dort allmählig
  Sich neue Bevölkerung,
Und füllte bald unzählig
  Die Stadt mit Alt und Jung.

So ward mir jüngst erzählet
  Von einem, den ich mir
Zum Führer hatt' erwählet,
  Der zeigte mir die Zier
Der Stadt, die alterthümlich
  Einst Deutschlands Schutz und Wall,
Jetzt wieder pranget rühmlich
  Nach des Tyrannen Fall.

Die Pest, die hier gehauset,
  Wem ist sie nicht bekannt?
Sie ist es, die durchgrauset
  Das ganze deutsche Land;
Verschont ist nichts geblieben
  Von ihrem Moderduft,
Bis daß sie ward vertrieben
  Von goldner Freiheit Luft.

Auf allen deutschen Fluren
  Seh' ich die Flecken noch;
So trägt wohl auch noch Spuren
  Die Stadt vom alten Joch.
Und wenn sie mehr noch trüge,
  Kein Wunder, da die Pest,
Von der uns nur die Flüge
  Berührt, hier halt' ihr Nest.

Es ist ein gutes Zeichen,
  Daß auch schon hier sogar
Sichtbar die Spuren weichen
  Des Uebels, das hier war:
Ich sah die Ueberschriften
  Verlöscht an Thür und Thor,

Die man mit welschen Schriften
Geschrieben hie zuvor.
Es treten die verwischten,
Die deutschen, neu heraus,
Die wieder aufgefrischten,
An jedes Krämers Haus;
Und dort an jener Gasse
Aus trübem Moderduft
Hebt selbst die Schrift, die blasse,
Sich wieder: goldne Luft.
Ich fasse bei dem Worte,
O goldne Luft, dich an:
Nun weh an diesem Orte,
O goldne Luft, fortan,
Daß deutscher Geist sich gießet
Hindurch so voll und rein,
Wie außen niederfließet
Der alte deutsche Rhein.

Die Straßburger Tanne.

Bei Straßburg eine Tanne,
Im Bergforst, alt und groß,
Genannt bei Jedermanne
Die große Tanne bloß,
Ein Rest aus jenen Tagen,
Als dort noch Deutschland lag;
Die ward nun abgeschlagen
An diesem Pfingstmontag.
Da kamen wie zum Feste
Zusammen fern und nah
In ganzen Schaaren Gäste,
Und sahn das Schauspiel da.
Sie jauchzeten mit Schalle,
Als niedersank ihr Kranz,
Und hielten nach dem Falle
Im Forsthaus einen Tanz.

Hat einer wohl vernommen,
Was, als die Wurzel brach,
Im Herzen tief beklommen
Zuletzt die Tanne sprach?
Ein Widerhall vernahm es,
Der trug von Ziel zu Ziel
Es weiter, und so kam es
Hier in mein Saitenspiel.

So sprach die alte Tanne:
Ich stehe nun der Zeit
Hier eine lange Spanne
In dieser Einsamkeit,
Von dieses Berges Gipfel
Mich streckend in die Luft;
Es webt um meine Wipfel
Noch der Erinnrung Duft.

Ich sah in alten Zeiten
Die Kaiser und die Herrn
Im Lande ziehn und reiten;
Wie liegt das heut so fern!
Da mocht' ich wohl mit Rauschen
Sie grüßen in der Nacht,
Und mit den Winden tauschen
Gespräch von deutscher Macht.

Dann kam die Zeit der Irrung,
Des Abfalls in das Land,
Voll schmählicher Verwirrung,
Da ich gar traurig stand;
Es klirrten fremde Waffen,
Es zuckte mir durch's Mark,
Ich sah die Zeit erschlaffen,
Und blieb kaum selber stark.

Den Himmel sah ich säumen
Ein neues Morgenroth,
Es scholl aus fernen Räumen
Der Freiheit Aufgebot;
Ich sah auf alten Bahnen
Die neuen Deutschen gehn,

Die lang entwohnten Fahnen
Vom Rheinstrom her mir wehn.
Da schüttelten die Winde
Mein altes Haupt im Sturm;
Vor Schreck entsank der Rinde,
Der sie genagt, der Wurm:
Nun werden deutsch die Gauen,
Vom Wasgau bis zur Pfalz;
Und wieder wird man bauen
Hier eine Kaiserpfalz.
Doch als das große Wetter
Eilfertig, ohne Spur,
Wie Windeshauch durch Blätter,
Dahier vorüberfuhr: —
Mein Wipfel ist geborsten,
Es wird nicht mehr der Aar
In diesen Forsten horsten,
Der meine Hoffnung war.
Lebt, Adler, wohl und Falken!
Ich fall' in Schmach und Graus,
Und gebe keinen Balken
Zu einem deutschen Haus;
Man wird hinab mich schleppen,
Und drunten aus mir nur
Versehn mit neuen Treppen
Mairie und Präfektur.
Doch, jüngre Waldgeschwister,
Ihr hauchet frischbelaubt
Theilnehmendes Geflüster
Um mein erstorbnes Haupt;
Euch alle sterbend weih' ich
Zu schönrer Zukunft ein.
Und also prophezeih' ich,
Wie fern die Zeit mag sein:
Einst einer von euch allen,
Wenn er so altergrau
Wird, wie ich falle, fallen,
Gibt Stoff zu anderm Bau,

Da wohnen wird' und wachen
Ein Fürst auf deutscher Flur;
Dann wird mein Holz noch krachen
Im Bau der Präfektur.

———

Der fünfzehnte August.
(Lied des alten Einsieblers an Mariä-Himmelfahrts-Tag.)

Hier in stiller Klause,
Von der Welt Gebrause
Und Getümmel fern;
Fand vorlängst das Alter
In Gebet und Psalter
Mich vor Gott dem Herrn.
Stets aus fernen Hallen
Hört' ich Glocken schallen,
Wenn ein Festtag war,
Und ich ließ dazwischen
Sich mein Glöcklein mischen
Freudig immerdar.
Doch im Chor der Feste
Feiert' ich auf's beste
Eins mit frommem Sinn,
Das die Väter weihten
Der gebenedeiten
Himmelskönigin.
Schöner schmückt und freier
Sich in stiller Feier
Immer die Natur,
Dich, o Tag, bekränzend,
Wo Maria glänzend
Auf zum Himmel fuhr.
Wer ist der empörte
Geist, der mir verstörte
Meines Festtags Lust;
Wer der Gottverhaßte,

Der sich dein anmaßte,
Funfzehnter August?
In der Glocken Tönen
Mischet wild sein Dröhnen
Donnerndes Metall,
Und es ist als wehte
Mitten durch Gebete
Dumpfer Flüche Schall,
Als mit Palmenstengel
Gabriel der Engel
Einst gesendet ward,
Heil'ge, dir zu künden
Aus der Erde Gründen
Deine Himmelfahrt;
Als dem Tod du nahtest,
Mutter Gottes, batest
Du nur eins zumeist,
Daß im Todeskrampfe
Dürfte dir mit Kampfe
Nahn kein böser Geist;
Daß du ungeneckt
Schiedest, ungeschreckt;
Und du wardst erhört.
Duldest du, Erlöser,
Daß nun doch ein böser
Geist die Mutter stört?
Daß ein Weltverwüster,
Deß Geburt war düster
In des Todes Nacht,
Recken Angesichtes
Sich den Tag des Lichtes
Zum Geburtstag macht?
An so heil'gem Tage
Kann der Erde Plage
Nicht geboren sein;
Er, der pflegt mit Tücken
Alles zu verrücken,
Mischt auch hier sie ein.

Gott und Welt zum Hohne
　　Raubt er dir die Krone,
　　Himmelskönigin,
　　Und an dir bestimmter
　　Heil'ger Stätte nimmt er
　　Deine Opfer hin.
Kann auch auf die Tempel
　　Ihren ehrnen Stempel
　　Drücken Thrannei?
　　Sind des Zwingherrn Sklaven
　　Auch im stillen Hafen
　　Des Gebets nicht frei?
Sünd'ge Huldigungen
　　Preßt man von den Zungen,
　　Presset vom Altar
　　Gluth entweihter Kerzen,
　　Preßt aus Menschenherzen
　　Man Gebete gar?
Roth im Festkalender
　　Fälscht ein Heilgenschänder
　　Seinen Namen ein;
　　Und um zu entstellen
　　Auch des Himmels Zellen,
　　Heißt ein Stern dort sein.
Weich' o Unglücksnamen,
　　Aus dem heil'gen Rahmen,
　　Ekle Schmeichelei!
　　Und der Schmachstern falle
　　Von des Himmels Halle,
　　Denn die Welt ist frei!
O Gebenedeite,
　　Der dein Fest entweihte
　　Und die Erde, liegt;
　　Wieder wie vor Jahren
　　Nun zum Himmel fahren
　　Kannst du unbesiegt.
Tilge seine Spuren
　　Auf der Erde Fluren,

Und aus jeder Brust;
Daß die Welt in reinem
Lichte glänz an deinem
Funfzehnten August!
Daß die weite Erde
Dir ein Tempel werde.
Neugereinigt ganz,
Und der Stern am Himmel
Glänzendes Gewimmel
Deiner Ehre Kranz!
Und da ich gesehen,
Wie aus ihren Wehen
Frei die Erde ward,
Laß mich ohne Klage
Sterben nun am Tage
Deiner Himmelfahrt.

Magdeburg.

O Magdeburg, du starke,
Des Reiches fester Halt,
Ein Riegel vor der Marke
Der preußischen Gewalt;
Du Hort, uns einst genommen
Durch unseren Verrath,
Und nun zurückgekommen
Durch Gott und unsre That!
Daß man dich recht bezeichne
Als unsern Edelstein,
Soll man dir eine eigne
Schutzheilige verleihn.
Die Königin Luise,
Die reine Himmelsmagd,
O Magdeburg, sei diese,
Warum? sei hier gesagt.
Als, mit uns Friede machend,
Von unserm Gut ein Stück

Der Sieger gab verlachend,
Dich gab er nicht zurück;
Damals nach der Befehdung,
In siegestrunknem Sinn
Begehrt' er Unterredung
Mit unsrer Königin.
So sollst du reine treue
Vor dem nun stehen itzt,
Der kaum noch ohne Scheue
Auf dich auch Gift gespritzt?
Sie wollte dies auch dulden,
Die viel geduldet schon,
Und trat in ihren Hulden
Hin vor Napoleon.
Da ward der starre Kaiser,
Getroffen von dem Strahl
Der Anmuth, zum Lobpreiser
Der Schönheit auch einmal:
„Ich hoffte eine schöne
Königin hier zu schaun,
Und finde, die ich kröne
Als schönste aller Fraun.“
Er pflückte eine Rose
Vom nahen Stocke dort,
Sie dir, o makellose,
Darreichend mit dem Wort:
„So zu verdientem Ruhme,
Zum Zeichen ihres Rechts,
Reich ich die schönste Blume
Der schönsten des Geschlechts.“
Hinnahm, ihr Herz bezähmend,
Die Königin das Pfand;
Wohl stach, die Rose nehmend,
Ein Dorn sie durch die Hand.
Daß er sie ehrend kränke,
Begehrt' er hochmuthsvoll,
Daß sie noch ein Geschenke
Von ihm erbitten soll.

Sie sprach in hohen Sitten
Mit königlichem Sinn:
Ich habe nichts zu bitten
Als Preußens Königin;
Als Mutter meiner Söhne
Thu' ich die Bitt allhie,
Zu geben mir die schöne
Stadt Magdeburg für sie.

Da stand der Mann von Eisen,
Des Scheins der Anmuth baar;
„Ihr seid, sprach er, zu preisen
Als schöne Kön'gin zwar;
Doch schöner Königinnen
Ein hundert sind zu leicht,
Wenn man sie mit den Zinnen
Von Magdeburg vergleicht."

O schönste von den schönen,
Der reinen reinste du,
So hörtest du das Höhnen,
Und schwiegest still dazu;
Du hobest in die Lüfte
Den nassen Blick hinauf,
Und wandtest über Grüfte
Bald selbst dorthin den Lauf.

Dort fandest du gelinder
Für deine Bitt' ein Ohr
Um die Burg deiner Kinder,
Die unsre Schuld verlor;
Dort hast du sie erbeten
Für uns von Gott zurück,
Und freust dich, zu vertreten
Im Himmel Preußens Glück.

Napoleons Sonnenwende.

An dem Tag der Sonnenwende,
  Wo die Sonn' am höchsten steht,
Und von dannen ihrem Ende
  Rasch entgegen niedergeht:
Trat, nicht achtend auf das Zeichen,
  Das am Himmel vor im stand,
Mit dem Heer aus hundert Reichen
  Jener an des Niemens Rand.
Franzenkaiser Bonaparte,
  Hat dir nicht der Geist gesagt,
Welches Schicksal deiner warte,
  Wenn du diesen Schritt gewagt?
An des Ruhmes letztem Rande
  Bist du eben angelangt;
Drüben wohnt für dich die Schande,
  Wenn dein Stolz danach verlangt.
Krösus in den alten Zeiten,
  Als er das Orakel frug,
Ob er übern Halys schreiten
  Sollte mit des Heeres Zug;
Hat ihn das Geschick betrogen,
  Mit zweideut'gem Göttermund,
Sprechend: Jenseit Halys Wogen
  Richtest du die Macht zu Grund.
Und als er's in's Werk gerichtet,
  Ward er es zu spät gewahr
Daß er eine Macht vernichtet,
  Doch daß es die seine war.
Wohnt ein Gott denn auch im Norden,
  Der mit dunklem Doppelsinn,
Bonapart', an Niemens Borden
  Hat berücket deinen Sinn?
Um den Hochmuth zu bethören,
  Braucht es Göttersprüche nicht;
Wollet ihr den Stolzen hören,
  Wie er selbst sein Schicksal spricht?

Zu den ungezählten Schaaren,
  Die, gehoffter Beute froh,
  Um ihn her versammelt waren,
  Sprach der Franzenkaiser so:
Krieger, hier seid ihr berufen
  Zu der großen Laufbahn Schluß;
  Denn es muß von seinen Stufen
  Steigen Rußlands Genius. —
Und umrauscht vom Waffenschalle
  Seines Heeres, hört er nicht,
  Wie ihm wird vom Widerhalle
  Nachgesprochen, was er spricht:
Ja es muß von seinen Stufen
  Steigen Rußlands Genius;
  Und ihr alle, her berufen,
  Seid es, die er schlachten muß.
Aber als mit Roß und Wagen
  Nun der ungeheure Zug
  Ueber'n Niemen war getragen,
  Der die Last mit Seufzen trug;
Richtet' er aus seinen Wogen
  Langsam sich mit Schütteln auf;
  Und derweil sie vorwärts zögen,
  Ueberzählt' er ihren Lauf.
Und nachdem er ausgezählet,
  Sprach mit dumpfem Rauschen er:
  Hat mir nicht die Kraft gefehlet
  Um zu tragen solch ein Heer?
Sollt' ich doch auf meinem Rücken
  Tragen es zum zweiten Mal,
  Würde rettungslos zerdrücken
  Mich die ungeheure Zahl.
Solchen Schaden zu verhindern,
  Bitt ich dich, o Russenschwert,
  Diese Ueberzahl zu mindern,
  Bis sie hieher wiederkehrt.
Also sprach der Strom mit Tücke;
  Damals sah, von Ahnung schwer,

Manches Aug auf ihn zurücke,
   Das ihn lebend sah nicht mehr;
Manches Ohr auch laut und leiser
   Hörte, was sein Rauschen sprach:
Nur der taube Franzenkaiser
   Jagte seinem Sturze nach.
Und er sah den Fluß nicht wieder,
   Als bis er, von Moskows Brand,
Bettlerlumpen um die Glieder,
   Trat allein an seinen Rand;
Da, als er in schlechtem Nachen
   Ueberfuhr mit Scham und Hast,
Hört' er wohl den Flußgott lachen,
   Weil ihm ward so leicht die Last.

Die linke Hand.

Ein Räubertrupp, berauscht von Blut,
   Tritt in des Landmanns Hütten,
Und fangen an in Uebermuth,
   Den Haushalt zu zerrütten.
Sie nehmen, was zu nehmen ist,
   Und lassen nichts am Platze,
Die Kuh im Stall, den Hahn vom Mist,
   Und unterm Tisch die Katze.
Geduldig sieht's der alte Russ',
   Von seinem Platz nicht ruckend,
Und seinen schweigenden Verdruß
   Im dichten Bart verschluckend;
Da tritt ihn selber einer an,
   Läßt eine Hand sich reichen,
Und malt, als er sie hingethan,
   Ihm drein ein rothes Zeichen.
Aufthut der Russe seinen Mund,
   Und fragt' was es bedeute?
Da thut es ein Polack ihm kund,
   Der mit war von der Meute:

„Das ist des Kaisers Namenszug,
Der uns die Macht gegeben;
Und wer einmal dies Zeichen trug,
Ist eigen ihm für's Leben.
Durch dieses Zeichen bist du nun
Geworden auch sein eigen."
Der Russe läßt die Blicke ruhn
Auf seiner Hand mit Schweigen;
Dann legt er hin sie auf den Tisch,
Die Hand, es war die linke,
Und aus dem Gürtel ziehet frisch
Das Beil die rechte flinke.
Er führt den Streich, und trifft so gut,
Daß hoch das Blut aufspritzet:
„Da nehmt die Hand, bedeckt mit Blut,
Und seht, was sie euch nützet!
Nehmt hin, was eures Kaisers ist,
Und was da trägt sein Zeichen!
Ihr werdet mit Gewalt und List
Nicht euern Zweck erreichen.
Ich geb euch nur die linke Hand,
So bleibt noch mein die rechte,
Mit der ich für mein Vaterland,
Für meinen Kaiser fechte.
Und nehmt ihr auch die rechte hier,
So werd ich nicht verzagen:
Die Rechte Gottes über mir
In Wolken wird euch schlagen."
Da hob er hoch als wie zum Schwur,
Des Armes blut'gen Stümmel,
Und die es sahn, ein Schreck durchfuhr,
Sie fliehen mit Getümmel;
Es war als sähn sie aus dem Blut
Den Geist schon steigen rauchend,
Deß rechter Arm sie schlug mit Muth,
Die linke Hand nicht brauchend.

Die Erfrorenen.

Es war ein Häuflein Krieger,
    Zur Zeit der deutschen Schmach,
Die auch dem fremden Sieger
    Nach Rußland folgten nach.
Sie zogen mit und stritten,
    Nicht für Napoleon;
Es war in ihrer Mitten
    Ihr theurer Fürstensohn.
Für seinen Fürsten sterben
    Ist treuen Kriegers Brauch;
Der Ruhm war zu erwerben
    Bei fremden Fahnen auch.
Es stürmten Gottes Wetter
    In eis'ger Winternacht,
Davon wie welke Blätter
    Zerstäubte Frankreichs Macht.
Es fühlten den Vernichter
    Die Deutschen auch und flohn,
Und drängten sich nur dichter
    Um ihren Fürstensohn.
Sie hatten, ihn zu schützen,
    Nicht ihre Waffen mehr;
Da drängten sie als Stützen
    Sich selber um ihn her.
Aus ihren Leibern schlossen
    Sie einen Ring um ihn,
Daß vor des Frosts Geschossen
    Er könnte sicher ziehn.
Und wo vor ihren Treibern
    Sie ruhten aus bei Nacht,
Ward warm aus ihren Leibern
    Ein Wall um ihn gemacht.
Sie boten alles Feuer
    In ihren Adern auf;
Die Liebe hielt mit treuer
    Gewalt ihr Blut im Lauf.

So zogen ohne Sorgen
  Sie bis zum letzten Ort;
Da, als es wurde Morgen,
  Zogen sie nicht mehr fort.

Ihr junges Herz erwachte,
  Der Fürst, der warm geruht,
Und seinen Dank er brachte
  Für Gottes treue Hut.

Da sah er die Genossen,
  So früh sonst munter doch,
Die lagen eng geschlossen
  Um ihn im Kreise noch.

Und als er hinsah wieder,
  Sah er mit stummem Schmerz:
Es waren alle Glieder
  Gestorben für das Herz.

Da fuhr ein kaltes Schaudern
  Durch's warme Fürstenherz;
Er durfte doch nicht zaudern,
  Er schied und rief mit Schmerz:

Schlaft wohl und euch begrabe
  Mit sanften Flocken Gott,
Damit kein gier'ger Rabe
  Mit euch hier treibe Spott!

Und wenn die Flocken schmelzen,
  Send' er der Wogen Heer,
Daß sie gelind euch wälzen
  Hinab in's heil'ge Meer.

Dort ruhet sanft gebettet,
  Wie ich bei euch geruht,
Da sterbend ihr gerettet
  Mir habt des Lebens Gluth.

Doch unvergeßlich bleibe
  Dies Bild mir eingeprägt,
Solang in seinem Leibe
  Durch euch mein Herz nun schlägt.

Die ihr gelehrt mich habet,
  Mit welcher treuen Gluth

Ist innerlich begabet
Der deutschen Glieder Muth.
Wenn sie in fremdem Lande
So starke Funken sprühn,
Wie erst wenn sie im Brande
Der eignen Freiheit glühn!
Dann sollen diese Funken
Noch wuchern, die ich sog,
Wann ich einst freudetrunken
Dies Schwert für Deutschland zog.

Der ewige Nordschein.

Am Himmel ist ein Flammenroth,
Es ist nicht Abendröthe,
Es ist auch nicht das Morgenroth,
Was ist's für eine Röthe?
Die tief herauf aus Norden bricht,
Und fort und fort verlischet nicht,
Wie gestern so noch heute;
Wer ist der es mir deute?
Da sprach der Geist, der bei mir stand,
Und deutete, wo's sprühte,
Zum Himmel auf mit seiner Hand,
Daß dran der Finger glühte;
Hast du vernommen von der Stadt,
Die sich gemacht zum Phönix hat,
Um aus der Flamme Wehen
Verjüngt hervor zu gehen?
Ein Jahr ist, seit sie ausgebrannt,
Doch steht des Scheines Helle
Noch leuchtend über allem Land,
Und auf derselben Stelle.
Vergehn wird noch ein ander Jahr,
Und stehn der Schein wird immerdar,
Vergehn noch viele Jahre,
Und stehn der Schein, der klare.

Solang als Gottes Odem weht,
Und Himmelsströme feuchten,
Wird dieser Schein, der nie vergeht,
Dem, der ihn sehn kann, leuchten.
Weit über Raum und über Zeit,
Ein Zeugniß seiner Herrlichkeit
Wird Gott ihn lassen funkeln;
Wer will den Schein verdunkeln?

Ottoberfeuer.

Als am achtzehnten Ottober,
Jahrestag der Leipz'ger Schlacht,
Wo der große Weltdurchtober
Ward besiegt zur Ruh gebracht,
Sich aus allen deutschen Herzen
Hell des Dankes Flamme wand,
Und in tausend Feuerterzen
Sichtbar auf den Bergen stand;
Da gieng solch ein starker Odem
Von dem Brand der Freiheit aus,
Daß er mich vom irb'schen Bodem
Riß empor mit Windesbraus.
Schwebend auf des Geistes Flügel
Sah ich, wie mein deutsches Land,
All ein Tempel, alle Hügel
Zu Altären habend, stand.
Droben war der Himmel offen,
Und die Engel sahen drein,
Und der Glaube und das Hoffen
Standen hell mit in den Reih'n.
Aber rings, nach Veterweise,
Traten zwischen Erd' und Luft,
Stehend in dreifachem Kreise,
Deutsche Geister aus dem Duft.
Die gewaltigen Germanen,
Welche in der alten Zeit,

Ungeschreckt von Römerfahnen,
Sich dem Freiheitstod geweiht,
Hermann und die Schaar der Seinen,
Feiernd ihrer Enkel Preis,
In der Flamme Widerscheinen
Standen sie als erster Kreis.
Die erlauchten minder alten,
Mittelalters Blum' und Stern,
Ritterliche Kriegsgestalten,
Sänger, Kaiser, Fürsten, Herrn,
Deutschen Reiches Herrlichkeiten,
Bildeten in hohem Rath
Um die Gluth den Kreis, den zweiten,
Stolz auf ihrer Söhne That.
Endlich all die jung' und neuen
Helden aus dem großen Jahr,
Was für's Vaterland in Treuen
In der Schlacht gefallen war:
Die, für die man Feuer schürte,
Standen als der nächste Kranz
Um die Feuer, wie's gebührte,
Und am hellsten war ihr Glanz.
Da in solchem Festgepränge
Rings die Welt der Geister stand,
Und dazwischen Menschenmenge
Schürte ihrer Feuer Brand;
Sah ich einen Cherub schreiten
Durch die Nacht hin, wunderbar,
Der, wie ich nach allen Seiten
Sah, zugleich auf allen war.
Ueber aller Berge Pfosten
Setzt' er seinen Gluthentritt,
Und aus Süden, Nord und Osten
Nahm er Rauch und Flammen mit.
Endlich hell mir gegenüber
Auf des höchsten Berges Thron
Setzt' er sich; da war's als hüb' er
Also seiner Rede Ton:

Von den Engeln, die als Gäste
Droben sitzen, zuzusehn,
Als der Wirth bei diesem Feste
Bin ich heute ausersehn.
Die ihr meine Feuerflammen
So geschäftig dort umkreist,
Höret, Menschen allzusammen,
Denn ich bin der Feuergeist.
Vor dem Antlitz Gottes steh' ich,
Erster Diener seiner Schaar,
Und von ihm als Bote geh' ich,
Ausgesendet immerdar,
Strahlen seines Angesichtes
Tragend in die dunkle Welt,
Sonnen= oder Sternenlichtes,
Wie dem Herrn es wohlgefällt;
Daß, wo in den trägen Stoffen
Ew'ges schlummert in der Nacht,
Es, vom Himmelsstrahl getroffen,
Sei zum Leben angefacht;
Daß sich Funken in dem Steine,
Gluthen regen in der Brust,
Und die ganze Erd als eine
Bunte Flamme blüh' in Lust.
Aber wenn in Finsternisse
Sich der Tod im Abgrund hüllt,
Und, daß Gott von ihm nichts wisse,
Seinen Schlund mit Dampf erfüllt;
Wenn er ganz den Quell des Lebens
Hat verstockt in faulen Sumpf,
Und nach Trostes Licht vergebens
Blickt die Menschheit starr und dumpf:
Dann anstatt der Sonnenstrahle
Giebt mir in die Hände Gott
Einen Blitz, und spricht: Bezahle
Nun dem Spötter seinen Spott!
Wie ich blitzend niederfahre,
Lodert hell ein Weltbrand auf,

Wird die Erde zum Altare,
Und der Tod das Opfer drauf.
Solch ein Rächeramt vollbringend
Mit dem gottgeliehnen Blitz
Fuhr ich neulich, flammenschwingend,
Nieder von des Himmels Sitz,
Bin ein Jahr hindurch gefahren.
Das ein Feuer Gottes war,
Und zum Schluß mit meinen Schaaren
Schür ich heut den Festaltar.
O wie schlug das Kriegesfeuer
Von der Erde himmelwärts,
O wie brennend ungeheuer
Schlugst du auf, Europas Herz!
Deutschland, o in wieviel Schlachten
Warfst du Feuer=hell und klar,
Aber nie mit solchen Mächten,
Als in der vor einem Jahr:
Als die einzlen Siegesstrahlen,
Welche dort und hier gefunkt,
Strebten, Heere ohne Zahlen,
Hin in einen Mittelpunkt,
Dorthin, wo die himmelhohe
Schmach, seit Jahren aufgehäuft,
In dreitagelanger Lohe
Ward von Sühnungsgluth ersäuft.
Damals haben in den Flammen
Tausend Herzen so geglüht,
Daß in Asche sie zusammen
Sind versunken und versprüht.
Aber seht ihr? Dort im Kreise
Stehn sie um die Gluth herum,
Und es soll auf diese Weise
Brennen fort und fort ihr Ruhm.

Die Erscheinung.

Ich wollt' auf hohen Bergen
　In dieser Festnacht stehn,
Um weitum die aus Särgen
　Erstandne Welt zu sehn.
Und als ich hatt' erstiegen
　Die höchste Schweizeralp,
Da sah ich vor mir liegen
　Die Reiche beiderhalb.
Ich konnte links im Dunkeln
　Ganz Frankreich liegen schaun,
Und rechts ein Freudenfunkeln
　Durch alle deutsche Gaun.
Zum Himmel sah ich schlagen
　Den allgemeinen Brand,
Da wollt' ich bei auch tragen
　Dazu mit meiner Hand.
Ich wählt' aus Fichtenschüssen
　Mir einen Fackelbrand,
Und schwang ihn hoch, zu grüßen
　Mein brennend Vaterland.
Da trat aus Felsenspalten
　Ein Mann zu mir und sprach,
Daß mir zum Fackelhalten
　Hinfort der Muth gebrach:
Wohl meinen Namen kennen
　Wirst du aus altem Lied,
Wenn ich mich werde nennen,
　Ich bin Struth Winkelried,
Der Struth, der einen Drachen
　In diesem Land einst schlug,
Der viel zuvor der Schwachen
　In seinem Rachen trug.
Ich aber war der Starke,
　Von Gottes Kraft geweiht,
Durch welchen diese Marke
　Vom Drachen ward befreit.

Anstatt dafür zu loben
Den Herrn mit stillem Sinn,
Hab ich mich überhoben,
Mir selb zum Ungewinn.
Das Schwert, das blutbefleckte,
Das Schwert, mit welchem ich
Den Drachen todt hin streckte,
Hoch schwang ich's über mich,
Davon auf's Haupt vom Schwerte
Ein Tropfen Bluts mir fiel;
Viel Tropfen trank die Erde,
Der eine war zuviel.

Der Tropfen von dem Schwerte,
Geschwungen ohne Noth,
Er streckte mich zur Erde,
Er brachte mir den Tod.
Seitdem hat Gott zum Wächter
Mich in der Nacht bestellt,
Wenn irdische Geschlechter
Ein gleicher Siegsmuth schwellt.

Ich seh', daß einen Drachen
Ihr auch erschlagen habt,
Nachdem ihr seinem Rachen
Lang euch zu fressen gabt.
Es schwingen eure Hände
Kein Schwert mit Drachenblut,
Ihr schwinget Feuerbrände
In hoher Siegesgluth.

Gebt Gott allein die Ehre,
Und schwingt nicht stolzen Brand,
Damit er nicht versehre
Die siegestrunkne Hand.
Ist todt das Ungeheuer,
So strecket ein das Schwert,
Und schürt des Friedens Feuer
Daheim am stillen Herd.

_____

Nachtgesicht.

Fern abwärts vom Klang und vom Glanze der Nacht,
  Bei trübem verqualmendem Feuer,
Was sitzen, entstiegen dem höllischen Schacht,
  Beisammen für drei Ungeheuer?
Sie kenn' ich, soweit es erkennen sich läßt:
Das dort ist der Hunger, das hier ist die Pest;
  Verzweiflung ist dieses, die dritte,
  Stumm in der zwei anderen Mitte.

Der Hunger so hager, so scheußlich die Pest,
  Verzweiflung so schrecklich erblassend,
Sie feiern im Stillen ihr eigenes Fest,
  Einträchtig zum Tanz sich umfassend;
Sie tanzen, umwirbelt von Qualm und von Rauch,
Berauschend sich eins an des anderen Hauch,
  So drehn sie sich schwindelnd im Kreise,
  Und heulen zusammen die Weise:

Ein Flammen ist wach in der Nacht ein Getön,
  Es läßt uns in Ruhe nicht schlafen;
Sie schüren und rühren die Feuer auf den Höhn,
  Daß Blitz' in die Augen uns trafen.
So lasset uns feiern die Feier der Nacht,
Mitfeiern die mächtige Feier mit Macht;
  Und laßt uns hier unten ermessen,
  Was jene dort oben vergessen.

Sie singen und klingen von Krieg und von Sieg,
  Vom Sieg, den die Welt sich erfochten,
Deß Flamme, wie einmal zum Himmel sie stieg,
  Soll steigen in ewigen Dochten.
Und stiege sie ewig und stiege sie hoch,
Viel höher gestiegen auf ewig ist doch
  Der, welchen jetzt niemand will kennen;
  Wir wollen ihn preisen und nennen.

Napoleon, dem sich die Welt hat gebeugt,
  Napoleon, unser Berather,
Napoleon, der du mit Blut uns gesäugt,
  Napoleon, Pfleger und Vater;

Napoleon, dein in der klingenden Nacht
Wird deiner von keinem in Ehren gedacht,
   Wenn wir es nicht thäten in Treuen?
   Es müsse die Treue dich freuen.
Napoleon, als du vom Weste zum Ost
   Ausfuhrst auf zerschmetterndem Wagen,
   Da hatten wir Futter, da hatten wir Kost
   An Leichen, die hinter ihm lagen.
   Satt fühlte der Hunger und Pest sich gesund,
   Verzweifelung pries dich mit lachendem Mund,
   Nun da du vom Wagen gefallen,
   Soll unsere Klage nicht schallen?
Und bist du geworden den Völkern ein Spott,
   Und willst du nicht wieder dich heben;
   Doch bleibst du, wie du uns gewesen ein Gott,
   Ein Gott uns, so lange wir leben.
   Was jauchzen sie droben in trunkenem Wahn?
   Ihr Schwestern wohlauf, und das Beste gethan!
   Geheul soll den Klang übertäuben,
   Daß ihnen die Haare sich sträuben.
O weh, dort am Feuer, am äußersten, steht
   Ein Cherub mit flammendem Schwerte,
   Er winkt, daß im Winde das Heulen verweht,
   Und dräuet mit ernster Geberde.
   Wir sollen, wir dürfen zu dort nicht hinan;
   So rufen von hier wir, so rufen wir dann:
   Ist keiner von droben den Gästen,
   Der nahn hier will unseren Festen?
Ist keiner dort oben, dem still noch im Sinn
   Napoleon lebt und im Herzen?
   Ist keiner, deß Auge zum Dunkel sich hin
   Gern kehrt, weil die Feuer es schmerzen?
   Dort seid ihr fürwahr nicht am schicklichen Ort;
   So macht euch hernieder, so machet euch fort!
   Dort werden sie gern euch entlassen,
   Und hier wir mit Lust euch umfassen.
Ihr Schwestern! den Ruf hat wol mancher gehört;
   Zu kommen will keiner doch wagen.

Sie eifern geschickt, wie das Herz sich empört,
Den Jubel zur Schau doch zu tragen.
Es treffe die Feigen ein schmählicher Tod,
Sie sind uns zu unserem Feste nicht noth;
Laßt, rühmlichen Tod zu erwerben,
In enger Umarmung uns sterben!
Da faßte die beiden im Tanze so fest
Verzweiflung mit wilden Gelüften;
Sie drückte den Hunger, sie drückte die Pest
Zusammen, daß beide sich küßten.
Sie starben, das ein' an des anderen Kuß:
Da faßte Verzweiflung sich selber zum Schluß,
Sich sammt den Gesellen zerfleischend,
Und stürzt' in das Feuer sich kreischend.
Aufflackerte von der Verzweifelung Hauch
Das Feuer, den Raub zu verzehren,
Sich selbst und die Leichen verhüllend mit Rauch,
Dem Himmel den Anblick zu wehren.
Und als nun ein Lufthauch vertrieben den Dunst.
Da sah ich verschwunden die scheußliche Brunst,
Und hoch auf den Höhen die Flammen,
Die heiter in's Blaue verschwammen.

Die Gottesmauer.

O Mutter, wie stürmen die Flocken vom Himmel,
Es wird uns in Schnee noch begraben,
Und mehr noch als Flocken im Dorf ein Gewimmel
Von Reutern, die reiten und traben.
Hätten wir nur Brot im Haus,
Macht' ich mir so viel nicht draus,
Im Quartier ein Paar Reuter zu haben."
„„Es nachtet, o Kind, und die Winde sie wüthen,
Geh schließe die Thür und die Laden,
Gott wird vor dem Sturme der Nacht uns behüten
Und auch vor den Feinden in Gnaden.

Kind, ich bete, bete mit:
Wenn uns Gott der Herr vertritt,
So vermag uns der Feind nicht zu schaden.""
„O Mutter, was soll nun das Beten und Bitten?
Es kann vor den Reutern nicht helfen.
Horcht, Mutter, die Reuter, sie kommen geritten,
O hört, wie die Hündelein belfen.
Geht zur Küch und rüstet ihr,
Wenn sie kommen in's Quartier,
Euch, so gut es will gehn, zu behelfen."

Die Mutter sitzet und geht nicht vom Orte,
Der Keller ist leer und die Kuche;
Sie hält sich am letzten, am einzigen Horte,
Sie betet beim Lämplein im Buche:
Eine Mauer um uns bau,
Daß davor den Feinden grau'.
Sie erlabt sich am tröstlichen Spruche.
„O Mutter, den Reutern zu Rosse zu wehren,
Wer wird da die Mauer uns bauen?
Sich lassen die Reuter, wohin sie begehren,
Vor Wällen und Mauern nicht grauen."
„„Kind, bedenk als guter Christ:
Gott kein Ding unmöglich ist,
Wenn der Mensch nicht verliert das Vertrauen.""

Es betet die Mutter, es lachet der Knabe,
Er horcht an verschlossener Pforte,
Er höret die Reuter, sie reiten im Trabe,
Es rennen die Bauern im Orte.
Thüren krachen dort und hie.
„Jetzt gewiß, jetzt kommen sie
Auch an unsre, der Mutter zum Torte."
Nichts kommt an die Thür, als des Windes Gebrause,
Ein Wehen und Weben und Wogen,
Die Reuter, vertheilet von Hause zu Hause,
Vor diesem vorüber gezogen.
Stiller wird es dort und hier.
„Alle, scheint's, sind im Quartier,
Und wir sind um die Gäste betrogen."

„„Kind, möge dich Gott für den Frevel nicht strafen,
Daß glaube dein Herz nicht bewohnet,
Mit Reue bitt' ab ihm, und lege dich schlafen;
Er hat mein Vertrauen belohnet.""
„Ei, der Vetter Schultheiß hat
Wohl, wie er schon manchmal that,
Aus besonderer Gunst uns verschonet."
Einschlummert der Knabe mit weniger Ruhe,
Die Mutter mit vollem Vertrauen.
Drauf ist er schon wiederum auf in der Frühe,
Den Abzug der Reuter zu schauen.
Wie er auf das Thürlein zieht,
Sieht er, staunt, und staunt und sieht,
Daß der Himmel doch Mauern kann bauen.
Das hat nicht der Vetter, der Schultheiß, gerichtet;
Die Diener des Himmels, die Winde,
Sie haben im Stillen die Mauern geschichtet
Statt Steinen aus Flocken gelinde,
Eine Mau'r ums Häuslein ganz
Steht gebaut aus schnee'gem Glanz,
Zum Beweis dem ungläubigen Kinde.
Da muß es der Mutter nun sagen der Knabe,
Er weckt sie vom Schlaf mit der Kunde.
Da hört er die Reuter, sie ziehen im Trabe,
Und möchte sie sehen zur Stunde.
Doch zur Straf es ihm geschieht,
Daß er nicht die Reuter sieht,
Denn die Mauer sie steht in die Runde.
Da macht es die Mutter zur Strafe dem Knaben,
Den Weg durch die Mauer zu brechen.
Da muß er nun schaufeln, da muß er nun graben;
Und als er mit Hauen und Stechen
Durch ist, sind die Reuter fort,
Und die Nachbarn stehn am Ort,
Die sich über das Wunder besprechen.

Der Siegesbogen.

Es war ein deutscher Krieger,
Ein junger Hanseat,
Der in Paris als Sieger
Zum zweitenmal eintrat.
Er war durch Siegesbogen,
Erbaut zu Deutschlands Schmach,
Das erstemal gezogen,
Daß es das Herz ihm brach.
Nun dacht' er, es hat indessen
Der Deutschen Helden Kraft,
Als sie die Stadt besessen,
Den Bogen weggeschafft.
Doch als er eingezogen
Zum zweitenmale kam,
Da sah er sich betrogen,
Da stand noch ohne Scham,
Da stand der Siegesbogen
So hoch und höher noch;
Sein Schwert hat er gezogen,
Stillstehend unter'm Joch,
Es sich in's Herz gestochen,
Daß hoch das Blut aufsprang,
Und sterbend so gesprochen,
Daß der Siegsbogen klang:
Ihr Helden deutscher Lande,
Ihr Helden voll Geduld,
Am Bogen eurer Schande,
Am Denkmal eurer Schuld!
Ist nicht die Schuld vernichtet
Durch Gottes Macht und Huld?
Warum steht aufgerichtet
Das Denkmal noch der Schuld?
Das Maal, um welches schwebet
Der Knechtschaft Seufzerhauch,
Das Maal, an welchem klebet
Der Freiheit Blut nun auch;

Wie dürft ihr frei euch nennen,
Wo ihr dies Brandmaal seht?
Und heimlich wird's euch brennen,
Wenn ihr nach Hause geht.

Gottes Zorn.

Ich der Herr bin groß zu schonen,
Und dem schonenden zu lohnen,
Aber auch zu zürnen groß;
Und ich denk' es dieser Rotte,
Daß sie mich gemacht zum Spotte,
Als sie meine Tempel schloß:
Als der Uebermuth sie schwellte,
Und auf den Altar sie stellte
Ihre eigene Vernunft.
Ihr, die ihr auf diese Schwellen
Jetzt wollt eure Großmuth stellen,
Seid mir auch Abgötterzunft.
Die ihr meine Herden weidet,
Höret recht und unterscheidet,
Wollt ihr thun nach meinem Sinn!
Um zu führen meine Sache,
Hab' ich meine Dienrin Rache,
Schonung meine Dienerin.
Wie ich, sichtbar eurem Blicke,
Diese hier, dort jene schicke,
Laßt sie gehn und hemmt sie nicht!
Schonet da wo ich nicht schlage,
Schonet nicht am falschen Tage,
Wo ich halt' ein Strafgericht.
Saul, als die Amalekiter
Er verschonte, zahlt' es bitter.
Da ich ihm die Krone nahm.
Und mir einen Hirten wählte,
Den ich mir zum Kriegsmann stählte,
Der die Feinde machte zahm.

Die ihr meine Herden weidet,
Höret recht und unterscheidet,
Wollt ihr stehn auf euerm Stand!
Daß ich nicht den Saul verwerfe,
Und mein Schwert mit seiner Schärfe
Geb' in eines David's Hand!

Gottes Ruthe.

Ihr, die ihr schauend in die Luft
Erkennet Gottes Finger,
Der heut hat in des Meeres Gruft
Gelegt den Weltbezwinger;
Die ihr jetzt jauchzt, wie ihr gebebt;
Daß nicht eu'r Stolz sich überhebt,
Hört, es ist Gott, der redet.
So spricht der Herr: Von bösem Stamm
Auf eines Eilands Grunde,
Gesäugt von giftig bösem Schlamm,
Schnitt ich zur bösen Stunde
Ein Reis, das ich zur Ruthe band,
Zu züchtigen das feste Land,
Ihr Völker habt's empfunden.
Ihr traget noch der Narben Spur,
Als ich die Geißel führte,
Doch sahet ihr den Stecken nur,
Den Arm nicht, der ihn führte;
Sich selber hielt das dürre Holz
Für Gottes Arm in seinem Stolz,
Fast habt ihr's angebetet.
Jetzt ist das Aug' euch aufgethan,
Ihr seht den nackten Stecken,
Und wendet euch von euerm Wahn
Zum wahren Gott der Schrecken;
So thu' ich mich des Schreckens ab,
Und werf' ins Meer den ehrnen Stab,
Daß ihr nicht mehr sollt bluten.

Doch merken will ich mir den Ort,
  Wo ich ihn hingeleget,
Um ihn zurückzufordern dort
  Vom Eiland, das ihn heget,
Ihr Völker beugt euch zitternd stumm,
Daß ich der Herr nicht wiederum
  Muß nach der Ruthe greifen.

Der Götter Rath.

Die hohen Götter halten Rath,
  Bestürzung ist im Himmel;
  Denn schwirrend von der Erde naht
  Von Stimmen ein Gewimmel,
  Die Stimmen rufen all so laut,
  Daß fast davor den Göttern graut,
  Sie rufen: Seid ihr droben,
  So schaut jetzt her von oben!
Wir meineten, daß ihr's gethan,
  Und wollten Dank euch sagen,
  Als wir den Zwingherrn fallen sahn,
  Auf's blut'ge Haupt geschlagen.
  Er war in euerer Gewalt;
  Zu einem sichern Aufenthalt
  Verspracht ihr ihn zu bringen;
  Was laßt ihr ihn entspringen?
War keine Hölle fest und groß
  Genug für diese Hiber?
  Ihr aber setzt im sanften Schooß
  Ihn eines Eilands nieder,
  Von welchem er herüberschnaubt;
  Da hofft auf ihn, wer an ihn glaubt,
  Und Schwachheit bebt beklommen
  Vor seinem Wiederkommen.
Man sah ihn auf der Insel stehn,
  Umwölkt von Nachtentwürfen,

Die, um an's feste Land zu wehn,
Nur eines Hauchs bedürfen;
Und eh wir selbst es uns versahn,
Hat er den Riesensprung gethan,
Und steht auf unsern Küsten
Mit neuem Blutgelüsten.
Weß Schuld ist, daß die Fesseln bricht
Der alte blut'ge Schlächter?
Und welche blinde Zuversicht
Bethörte seine Wächter?
Wielang und bis zu welchem Ziel
Ist euch die Ruh der Welt ein Spiel?
Fast müssen wir, o Götter,
Euch leugnen gleich dem Spötter. —
Sie hörten, und ein Schauder fuhr
Durch ihre Göttergliebre;
Sie sendeten den Gott Merkur
Vom hohen Himmel nieder;
Hinflog der Gott, und war bereit
Mit goldener Beredtsamkeit
Den Aufruhr zu beschwichten,
Die Völker aufzurichten.
Da ward die Iris auch gesandt
Auf einem Regenbogen,
Die, zu des Nereus Reich gewandt,
Ihn fand auf seinen Wogen,
Wo er im Muschelwagen schlief;
Aufwacht er, als die Göttin rief,
Ihn nach der Götter Ordern
Zur Rechenschaft zu fordern.
Und als er stand vor Jovis Thron,
Zu führen seine Sache,
Warum aus seiner Haft entflohn
Der ihm vertraute Drache;
Nicht weiß ich, wie vor'm Götterrath
Der Meergott sich entschuldigt hat;
Ich blickt' indeß zur Erde,
Zu sehn, was dort nun werde.

Zusammen treten sah ich da
Zwei mächtige Titanen,
Und alles Volk von fern und nah
Sich sammeln zu den Fahnen,
Die zu des Drachen Wiederfang,
Der aus der Götter Hut entsprang,
Ihr Herzblut nicht zu sparen
Noch einmal willig waren.
Mit ungeheuern Strömen Blut
Ist ihnen es gelungen;
Der Drache wieder war in Hut;
Und denen er entsprungen,
Die Götter nahmen wieder ihn,
Nach Haus sah ich die Völker ziehn;
Da sprach der Götter Vater
Im Kreis der Weltberather:
Das Volk der Erd' ist treu und gut,
Das hat es nun bewiesen,
Da wieder es sein Herzensblut
Verspritzt für uns und diesen.
Den geb ich, Schiffer Nereus, hier
Noch einmal in Verwahrung dir;
Doch sieh nun, daß du besser
Verwahrst den Völkerfresser.
Der Drache soll zur Hölle nicht,
Weil er auf einem Throne
Gesessen; es ist Götterpflicht,
Zu ehren jede Krone.
Doch bringe du zum fernsten Port
Des Meeres ihn, und fessl' ihn dort
Mit diamantner Kette,
Daß keine Höll ihn rette!

Der Papagei.

Das war die Schlacht von Waterloo,
　Die Schlacht von Bellalliance,
　Die klang so laut, die klang so froh,
　So ungestümen Klangs.

Das war die Schlacht von Waterloo,
　Die Schlacht von Bellalliance;
　Da klang's doch nur dem Britten froh,
　Nur froh dem Deutschen klang's.

Es wohnt' ein Franzmann nah dabei,
　Dem klingt es noch im Ohr.
　Der hatt' auch einen Papagei,
　Der sprach so laut zuvor.

Der Papagei sprach mancherlei,
　Französisch Tag und Nacht.
　So laut noch sprach der Papagei
　Am Tage vor der Schlacht.

Und als die Schlacht so laut nun sprach,
　Da schwieg der Papagei;
　Und als er wieder sprach hernach,
　Sprach er nur einerlei.

Der Franzmann sprach: Bon jour, mein Matz;
　Der Papagei sprach: Bum!
　Der Franzmann sprach: Bon soir, mein Schatz;
　Der Papagei sprach: Bum!

Und weißt du weiter nichts als Bum,
　So bleibe lieber stumm!
　Der Papagei blieb doch nicht stumm,
　Der Papagei sprach: Bum.

Und sagst du mir noch einmal Bum,
　Den Hals dreh ich dir um.
　Bum! da dreht' er den Hals ihm um,
　Und er sprach sterbend: Bum!

Nun ist der Franzmann doch nicht frei;
　Noch ruft in jeder Nacht
　Ihm sein erwürgter Papagei
　Den Nachhall von der Schlacht.

———

Blücher.

1.

Als Blücher auf dem Feld der Schlacht
　　Gewaltig disputiret,
Wo Gott der Herr mit seiner Macht
　　Ihm selber präsidiret;
　　Hat England ihn dafür
　　Nach Recht und nach Gebühr
　　Gemacht zum Doctor juris.

Doctor von ächtem Ritterrang,
　　Das Schwert ist deine Feder,
Die Streitsach ist ein Waffengang,
　　Das Schlachtfeld der Katheder;
　　Da trittst du mit Gewicht
　　Dem Feind vor's Angesicht,
　　Als rechter Doctor juris.

Fahr nur in dem Prozesse fort,
　　Den du mit ihm begonnen,
Führ mit Kanonenschall dein Wort,
　　Bis daß du hast gewonnen.
　　Lehr unser deutsches Recht
　　Dem Franzmann im Gefecht,
　　Held Blücher, Doctor juris!

2.

Als Blücher der Held und Wellington
　　Als Sieger zusammen traten,
Die beiden, die sich lange schon
　　Gekannt aus ihren Thaten;
　　Da sprach zu Wellington Blücher bald:
　　Du Held, so jung von Jahren,
　　An Klugheit und Bedacht so alt,
　　Wie ich mit grauen Haaren!

Da sprach zu Blücher Wellington:
　　Du Held von starker Tugend,
　　Von Locken so gealtert schon,
　　Das Herz so frisch von Jugend!

Da stand der Jüngling und der Greis,
Sie gaben sich die Hände,
Und fragten, ob auf dem Erdenkreis
Noch so ein Paar sich fände.

3.

Als von Frankreich Blücher der Held
Nach England überfuhr,
Ward er geehrt wie auf der Welt
Man ehrt in England nur.
Als nah das Schiff der Küste war,
Das Deutschlands Helden trug,
Jauchzt' ihm vom Strand der Britten Schaar
Entgegen laut genug.
Ein Kerl, stark wie ein Felsenriff,
Springt in die See vom Strand,
Und watet durch bis an das Schiff,
Hält's an mit seiner Hand.
Er langt hinein mit einem Griff,
Eh er sich's recht besehn,
Und zieht hervor aus Blücher's Schiff
Mit beiden Armen wen?
Der da zuvorderst steht im Schiff,
Das muß der Blücher sein;
Drum nach dem vorderſten er griff;
Das muß der Blücher sein!
Er setzt ihn auf, durch's Meer ihn trägt;
Da von den Schultern spricht,
Der drauf sitzt und die Ehr' erwägt:
Ich bin der Blücher nicht.
„Und wenn du nicht der Blücher bist,
So mußt du in die Fluth."
Wenn der ein guter Schwimmer ist,
So ist es für ihn gut.
Der Kerl noch einmal hin an's Schiff,
Und greift noch einmal drein,
Doch jetzt er nach dem größten griff:
Das muß der Blücher sein!

Die Lieb ist blind, die sich vergriff;
   Seht! der ist Blücher, der!
Der größt' und vorderst nicht im Schiff,
   Und doch der Blücher er!
Nun setzt ihn nur auf Schultern hoch,
   Tragt ihn vor allen her!
So ist er nun der größte doch,
   Der vorderste doch er.

4.

Als Blücher durch die Straßen
   Londons im Wagen fuhr,
Drängte sich ohne Maßen
   Das Volk auf seine Spur.
Sie wollten all ihn grüßen;
   Da hielt er aus dem Schlag,
Weil man sie wollte küssen,
   Die Hand den ganzen Tag.
Sie küßten auf und nieder,
   Wo jeder kam dazu,
Die Hand durch alle Glieder,
   Die Hand und ihren Schuh.
Da sprach der alte Streiter
   Still zu sich mit Verstand:
Wenn das so fortgeht weiter,
   So komm' ich um die Hand.
Man wird sie ab mir küssen;
   Und ja nicht weiß ich doch,
Ob ich sie werde müssen
   Nicht brauchen irgend noch.
Drauf eine Hand von Leder
   Setzt' er an jener Statt:
Da küsse nun sich jeder
   Nach Lust am Leder satt.
Sie sahn am Wagen baumeln
   Die Hand, die schlapp genug;
Sie küßten sie mit Taumeln,
   Und merkten nicht den Trug.

Auffiel ihr welk Geschlotter
  Doch einem von der Schaar,
Der von Pudding und Potter
  Genährt am besten war.
Goddam! sprach er verwegen:
  Wie konnte diese Hand
Nur führen jenen Degen,
  Der Frankreich überwand?

5.

Da kamen, von dem Namen
  Des deutschen Feldmarschalls
Gelockt, die britt'schen Damen
  Herbei nun ebenfalls.
Begehrten von den Haaren
  Des alten Feldmarschalls,
Als Schmuck sie zu bewahren
  Am Busen, um den Hals.
Da zog er ohne Stocken
  Den Hut vom Haupte fein,
Und zeigte, daß die Locken
  Ihm ausgegangen sei'n.
Verzeihung, schöne Damen,
  Daß ich mit solchem Flor
Nicht dienen kann, es kamen
  Euch andre schon zuvor;
Die mir die Locken nahmen,
  Und stritten drum zumal;
Die Jahre, schöne Damen,
  Sind's, die mich machten kahl.
Die kriegerischen Jahre,
  Sie nahmen alles schier,
Und diesen Rest nur spare
  Ich noch für Deutschland hier:
Daß, wenn mir altem Tropfe
  Wird dort mein Lorbeerkranz,
Er auf dem kahlen Kopfe
  Sei ohne Halt nicht ganz.

6.

Der König Wilhelm Friederich
  Sprach sanft zu seinem Helden:
  Ihr spielt, und zwar nicht niedrig,
  Wie ich mir höre melden.
Ich bitt' euch, lieber alter Held,
  Des bösen Beispiels wegen,
  Stellt ein das Spiel um hohes Geld.
  Da sprach der alte Degen:
Ich habe niedrig nie gespielt,
  Seit ich das Spiel begonnen;
  Und wo dem Feind die Bank ich hielt,
  Da habt ihr stets gewonnen.
So laßt, Herr König, also mich
  Fortspielen, weil ich lebe.
  Doch will ich nicht dadurch, daß ich
  Ein böses Beispiel gebe.
Nicht viel verlieren darf, wer noch
  Gewonnen keine Schlachten;
  Wer sie gewinnt, spielt nie zu hoch,
  Das mögen sie beachten.
Und sollt' ich auch mein Fürstenthum
  Im hohen Spiel verlieren,
  Verlier' ich nie doch meinen Ruhm,
  Noch meiner Preußen ihren.

7.

„Bei Gott, ich muß mich zum Empfang
  Des alten Helden schicken,
  Den ich verfolgt hab' oft und lang
  Von hier mit meinen Blicken.
„Ich hab' gesehn in mancher Schlacht
  Wohl seine Blitzesschnelle,
  Und jetzund, eh ich es gedacht,
  Ist er auch hier zur Stelle.
„Weit drüben, dacht' ich, sei er noch,
  Dazwischen weite Klüfte,

Er aber ist hin drüber hoch
  Gesprungen durch die Lüfte.
„Alsob im Dampf er vor sich hab'
  Den Graben einer Schanze,
Ist er gesprungen über's Grab,
  Und ist schon nah im Glanze."
Im Himmel sprach's der alte Fritz,
  Und hob des Blüchers wegen
Sich von dem hohen Heldensitz,
  Und ging ihm stracks entgegen.
Der Blücher kam ihm doch zuvor,
  Eintrat er gleich dem Blitze,
Und senkte, schreitend durch das Thor,
  Vor ihm des Degens Spitze.
Vorbei schritt er dem alten Fritz,
  Und trat, ohn umzuschauen,
Hin, wo er sah auf ihrem Sitz
  Die Königin der Frauen.
Da bracht' er seinen ersten Gruß
  Der preußischen Luise,
Und beugte vor ihr seinen Fuß,
  Daß er ihr Ehr' erwiese.
Worauf er den Bericht ihr gab
  Von Grüßen, die ihr Gatte,
Sein König, für sie über's Grab
  Ihm anbefohlen hatte.
Sie dankt' ihm mit Holdseligkeit;
  Und so, nach abgethanen
Geschäften, trat er dienstbereit
  Zu seines Königs Ahnen.

Die heimkehrenden Götter.

Die der Griechen Kunst erschaffen,
Und der Franze mit den Waffen
Schleppte nach der Seine Strand,
Die befreiten Götter leeren
Ihr Gefängniß jetzt, und kehren
In ihr altes Vaterland.

Als die Kunde war erschollen,
Daß, die sie erlösen sollen,
Kommen über'n deutschen Rhein,
Zweifelten die Götterschaaren,
Ob die nordischen Barbaren
Könnten ihre Retter sein?

Aber als sie nun die nahen
Helden selbst vor Augen sahen,
Zweifelten sie auch nicht mehr,
Sondern schnell mit Dankesregung
Setzte freudig in Bewegung
Sich das ganze Götterheer.

Zeus, der große Göttervater,
Mit dem Haupt ein Nicken that er,
Zündete die Blitze an;
So auf seines Adlers Flügeln
Schwebt' er nach den sieben Hügeln
Aus Lutetia voran.

Und die andern Götter alle,
Wie sie einst mit ihm die Halle
Auf dem Kapitol getheilt,
Alle, wie sie ihn begleitet
In's Exil, ein jeder schreitet
Jetzo nach ihm unverweilt.

Juno, mit der königlichen
Stirne, der ihr Stolz entwichen
Nicht in der Gefangenschaft;
Und die kriegrische Minerve,
Die mit unerschlaffter Nerve
Hält in starker Hand den Schaft.

Ceres mit den goldnen Garben,
  Die im Kerker fast verdarben,
  Die sie froh dem Licht enthüllt.
  Mehr als einst, da Persephone
  Sie gefunden, die entflohne,
  Ist sie jetzt mit Lust erfüllt.
Vesta mit dem keuschen Schleier
  Kommt hervor in stiller Feier
  Mit des Feuers heil'ger Gluth;
  In der Stadt unheil'gem Schlamme
  Wäre fast verlöscht die Flamme,
  Trotz der Göttin treuer Hut.
Wie, von Grazien umfächelt,
  Von Eroten angelächelt,
  Venus sich Urania freut,
  Der Kloake zu entrinnen,
  Wo ihr feiler Priesterinnen
  Schwarm unreines Opfer streut.
Amor auch und Psyche kommen
  Ihrer Mutter nachgeschwommen;
  O wie bebt die zarte Braut,
  Daß versöhnt ist das Verhängniß,
  Sie entnommen dem Gefängniß,
  Neu dem Gatten angetraut.
Wie Diana leicht sich schwinget,
  Und ihr Reh vor Freude springet,
  Das mit ihr zur Freiheit eilt.
  Um nach ihrem Bruder blickt sie,
  Und den Chor der Nymphen schickt sie
  Aus, zu sehn, wo er noch weilt.
Doch Merkur, der leichtgefußte
  Naht, es naht der weichgebuste
  Bacchus, dem die Hüfte schwillt.
  Will Latonas Kind er haschen?
  Oder ist es nur der raschen
  Nymphen eine, der es gilt?
Warum fehlt der Esser Komus?
  Und warum der Spötter Momus?

Sind sie nicht von unserm Zug?
Haben die pariser Küche
Und der Hauptstadt witz'ge Sprüche
Sie noch nicht studirt genug?
Doch die Satyrn und die Faunen
Sind mit ihren besten Launen
Da, in schönster Wohlgestalt;
Und Silen auf seinem Esel •—
Schreit das Thier nicht, daß von Wesel
Bis Paris es widerhallt!

Seht die ungezähmten Bacchen,
Wie sie scherzen, wie sie lachen.
Gibt's ein römisch Carneval?
Gibt es griechische Mysterien?
Macht der süße Nam' Hesperien
Euch im Voraus trunken all?

Doch Apoll mit seinen Neunen,
Der nicht gern sich ließ umzäunen
Vom französischen Parnaß,
Schließt den Zug mit deutschen Tönen,
Hemmt der Freude wildes Dröhnen
Mit der Leier ernstem Maß.

Er in aller Götter Namen
Dankt den Siegern, welche kamen,
Um die Götter zu befrein:
Dafür von den Göttern allen,
Die zu ihrer Heimath wallen,
Sollet ihr gesegnet sein.

Euch verschonen Jovis Blitze,
Und von seinem Wolkensitze
Träufle Regen eurer Flur.
Euere Gebärerinnen
Lasse Juno Kraft gewinnen,
Daß sie bringen Helden nur.

Mit dem Schilde der Medusen
Leihe Pallas eurem Busen
Rechten Sinn zu Rath und That.
Ceres pflanz' euch selb die Aehre,

Daß das Land den Frieden nähre,
Das des Krieges Roß zertrat.
Vesta habe stets in treuer
Obhut euer heil'ges Feuer,
Daß es nie erlösch' hinfort;
Und des Liebesternes Funkeln
Lasse Venus nie verdunkeln
Ueber euch am Himmel dort.
Artemis in euern Forsten
Lasse Königsadler horsten,
Und das Wild vom Zaun umkreist.
Hermes Fleiß sei beim Gewerbe,
Und in jeder vollen Scherbe
Sei des Vater Bacchus Geist.
Aber ich mit meinen Tönen,
Mit den Gaben der Kamönen,
Bleib' im Geiste bei euch hier.
Seit die griech'sche ging in Splitter,
Tönte niemals eine Zither
Lieber als die deutsche mir.
Deutsche, frei vom fremden Dränger,
Haben sollt ihr deutsche Sänger,
Jetzt und stets fortan von jetzt,
Sänger, die, was deutsche Helden
Deutsch vollbringen, deutsch auch melden,
Selb den Helden gleichgesetzt.
Und nun sei es uns beschieden,
Daß wir uns den Platz in Frieden
Nehmen neben Peters Dom.
Und im Schmuck der Lorberreiser
Sei uns bald ein deutscher Kaiser
Dort gegrüßt als Vogt von Rom.
Mit der Hoffnung auf den Wegen,
Lassen sammt der andern Segen
Wir euch selbst zwei Götter da:
Blücher euren Gott des Krieges,
Und auf seiner Hand, des Sieges
Unterpfand, Vittoria.

—◆—

Die preußische Viktoria.

Himmlische Kriegerin,
  Göttliche Siegerin,
    Bist du zurück zu den Deinen gekehrt!
  Du uns geraubete,
  Todt uns geglaubete,
    Haft du uns unseres Irrthums belehrt,
  Aus den Umnachtungen
  Deiner Verachtungen
    Unsern Betrachtungen wieder bescheert!
Preußens Viktorie,
  Unsere Glorie,
    Konnten wir's dulden, als man dich geraubt?
  Als man dich rüttelte,
  Heilige, schüttelte
    Sich nicht vor Unmuth dein ehernes Haupt?
  Als der Gebrüstete
  Nach dir gelüstete,
    Haft du, Entrüstete, Gluthen geschnaubt.
Himmlische Siegerin,
  Göttliche Kriegerin,
    Rühre dich heute, dein Elend ist aus.
  Nicht mehr gezügelte,
  Wieder geflügelte,
    Werde lebendig und fahre nach Haus,
  Frei mit den schwebenden
  Selber sich hebenden
    Himmelanstrebenden Rossen voll Braus!
Unsere Glorie,
  Preußens Viktorie,
    Suche zum vorigen Sitze die Bahn,
  Und zur Vergütigung
  Deiner Demüthigung
    Fahr um zwei Stufen noch höher hinan,
  Und zur Erwiederung
  Deiner Erniederung
    Sei dir Bestederung golden fortan!

Zum Empfang der rückkehrenden Preußen.

(Hildburghausen im Juli 1814.)

Nordischer Gäste
  Buntefte Schaar
  Wurden auf's Befte
  Längft wir gewahr,
  Welche gezogen
  Kamen in Wogen
  Siegreich vom Wefte,
  Lorbeer im Haar.

Aber was bringet
  Heut das Getön,
  Das fich erschwinget
  Kriegerifch schön?
  Klingender reden
  Diefe Drometen,
  Daß es durchbringet
  Tiefen und Höhn.

Heimifche Töne
  Treffen mein Ohr,
  Nicht ein Gedröhne
  Fremd wie zuvor.
  Vaterlandskrieger,
  Preußifche Sieger,
  Deutfchefte Söhne —
  Oeffne dich, Thor!

Niemals durchritten
  Hat dich ein Heer,
  Milder von Sitten,
  Tapfrer von Speer.
  Wer in den Mienen
  Liefet es ihnen,
  Daß fie geftritten
  Blutig fo fehr?

Weil fie vor allen
  Immer voraus
  Waren mit Schallen
  Erfte im Straus,

Darum mit Rechte
Nach dem Gefechte
Müssen sie wallen
Letzte nach Haus.
Traget die Knaben,
Mütter, heran,
Daß sie sich graben
Ein, was sie sahn;
Lehrt sie's verstehen:
Was nur geschehen
Großes ist, haben
Diese gethan.
Das sind die Spitzen,
Das ist der Schaft,
Welche gleich Blitzen
Feinde gerafft,
Das sind die Kreuze,
Die, mit dem Reize
Sie zu besitzen,
Arme gestrafft.
Das sind die Narben,
Seht wie sie stehn,
Die sie erwarben
Kämpfend für wen?
Kämpfend für alle,
Die wir im Falle
Knechtisch erstarben,
Frei nun erstehn.
Darum gepriesen
Seien sie fein;
Holet zu diesen
Pforten sie ein!
Kommet, ihr hehren,
Was euch von Ehren
Hier ist erwiesen,
Mög' es euch freun!
Seht ihr, vom Schlosse
Reiten euch zwei

Fürsten zu Rosse
Grüßend herbei.
Kund schon am Rheine
Ward euch der eine,
Euch als Genosse
Grüßt er so frei.
Aber hernieder
Dort vom Balkon,
Euerer Glieder
Kriegrischem Ton,
Horchet die hohe
Fürstin, die frohe;
Seht ihr sie wieder?
Kennt ihr sie schon? —
Ist doch mit Schmerzen,
Ist doch mit Lust
Euerem Herzen
Jene bewußt,
Welche von Thronen
Höherer Zonen
Hell euch wie Kerzen
Blickt in die Brust,
Eure Luise,
Die euch zur Schlacht
Vom Paradiese
Lenkte mit Macht!
Denkt ihr der Theuern?
Sehet, der Euern
Schwester ist diese;
Naht mit Bedacht!
All ihr, uns heute
Gastlich genaht,
Unsere Beute,
Kommt und empfaht,
Was die verehrte
Fürstin bescherte,
Und die erfreute
Fürstliche Stadt!

Die Hungerjahre.

1.

Bei Bamberg in Franken da ackert ein Bauer,
  Er ackert und strenget die Kräfte,
  Es wird ihm so schwer und es wird ihm so sauer,
  Er stocket in seinem Geschäfte,
  Er sucht in den Taschen ein Krümelein Brot
Und sei es kein Pfund, so sei es ein Loth,
  O drückende Noth!
  Und als sich kein Krümlein dem suchenden bot,
  Da ackert er weiter den Acker,
  Verackert den Hunger sich wacker.
Da denkt er beim Ackern: Wie lange wird's währen?
  Nun bin ich Gottlob! doch beim Pflügen;
  Und streu' ich den Saamen, so sprossen die Aehren
  Dann muß mir die Hoffnung genügen;
  Und wenn sie kein Regen zerstört und kein Frost,
  Kein Hagel, kein Reif, kein Brand und kein Rost,
  So ernt' ich getrost,
  Dann bring' ich zu Müller und Bäcker die Kost,
  Und wenn mich die zwei nicht betrügen,
  So eff' ich, jetzt muß ich nur pflügen.
So pflügt er und ackert und hungert, da kollert
  Ein Laib aus der Furch' ihm entgegen,
  Ein Brotlaib, gebacken und fertig; er tollert
  Begierig und hascht nach dem Segen.
  Er greift nach dem Messer, und schneidet hinein;
  Da springt aus dem Laibe, von Fleisch und von Bein
  Ein Männlein so klein,
  Den Bauer verwandelt das Staunen zu Stein;
  Drei Münzen auch siehet er rollen,
  Hervor aus dem Laibe gequollen.
Die eine von Gold und von Silber die zweite,
  So blank auf die Erde gefallen,
  Die dritte, den glänzenden dunkler zur Seite,
  Von Kupfer, die Kleinste von allen.

Die filberne dünkt ihm von mittlerem Schlag,
Die goldne so groß, so schwer von Betrag,
Dergleichen er mag
Nie haben gesehn bis zum heutigen Tag.
Das Männlein mit spitzigen Fingern
Berührt sie, und redet beim Klingern:
Ihr Leute, so theuer, so theuer ist's heuer,
Doch wird es noch theurer auf Erden.
Ein Laiblein so groß als wie dieses, so theuer
Bezahlet mit Gold wird es werden;
Dann wird man es geben, noch einmal so groß,
Nicht theuerer als um den Silberling blos,
O glückliches Loos!
Dann wirft man um's Kupfer den Laib in den Schooß.
Zwar wenige werden's erleben,
Die aber genießen es eben.
So redet das Männlein, und neigt sich und schweigt,
Und schlüpft in den Boden zurücke;
Der Bauer ist gar nicht zum Essen geneigt,
Doch nimmt er von Geld die drei Stücke,
Und trägt sie zur Stadt, und das Laiblein dabei,
Anzeigt er's, damit es kein Schaden ihm sei,
Der Stadtpolizei;
Die sieht es, da ist's mit dem Zauber vorbei:
Das Geld und das Brot ist verschwunden,
Schlimm lauten im Lande die Kunden.

2.

Zu Stuttgart im Jahr tausend achthundert siebenzehn
Hat man erzählt ein Wunder, wie keines je geschehn.
Zu Tübingen, wo blühet die Universität,
Hat es sich zugetragen, wie's hier geschrieben steht:
Ein Weib kam mit drei Kindern in Wochen auf einmal,
Die sprachen, wie geboren sie wurden, nach der Zahl,
Das erste: Bauet Scheuern! das zweite: Keller baut!
Das dritte: Bauet Särge! So furchtbar war der Laut.
So schön klingt: Bauet Scheuern! Das Jahr wird fruchtbar sein.
So schön auch: Bauet Keller! zum Brot geräth der Wein.

Was hilft's, wenn „Bauet Särge!" so dumpf dazwischen klingt,
Den Doppelerntesegen ein großes Grab verschlingt?
Das war mein Freund, Herr Uhland, als er das Wort vernahm,
Es dünkt' ihm so bedeutsam, er sprach in finsterm Gram:
„Und wenn das erst' und zweite nicht wird erfüllet sein,
So mag um desto sicherer das letzte treffen ein." —
Ich bitte Gott vom Himmel, daß er es anders kehrt,
Und besser seine Kinder auf ihn vertrauen lehrt;
Daß er uns lasse Scheuern und lasse Keller baun,
Und lasse vor den Särgen dahinter uns nicht graun.
Die Scheuern für die Körner, die Keller für den Wein,
Und soll der Sarg nicht fehlen, so soll ein Sarg es sein,
Darin der Mensch versarge den Unmuth und den Wahn,
Daß Brot und Wein uns labe, dem Trauern abgethan.

3.

Man hat mir einen Schwank gesagt,
Ich sag' ihn euch, wenn's euch behagt.
Zwei Bauern in der Schenke saßen,
Und wuchrisch ihren Schatz ermaßen,
Die Körnerfrucht in ihrer Scheuer,
Wiewohl der Kern schon wäre theuer,
Müßt' er viel höher noch hinauf,
Bevor sie schritten zum Verkauf;
Da sprach der eine im Verlauf:
Nicht eh'r verkauf' ich meinen Tröbel,
Bis einen Gulden kost't ein Knödel.
Das hat der Wirth mit angehört;
Ob ihn der Wucher hat empört,
Oder hat ihn blos der Schalk gestochen,
Genug, er hat es brav gerochen.
Denn da sich eben die Gesellen
Thäten ein Mittagsmahl bestellen,
Ließ er, sie wacker zu bedienen,
Kochen zwei Dutzend Knödel ihnen,
Die gar so wohl bereitet schienen,
Daß die zwei Bauern gar nicht stutzend
Von Knödeln jeder fraß ein Dutzend,

Drauf nach dem Mahl den Mund abputzend,
Sie nach der Zehrung fragten den Wirth.
Der sprach: Zwei Dutzend Knödel wird
Grad vierundzwanzig Gulden machen.
Da wollten erst die Bauern lachen:
Ob denn ein Knödel ein Gulden kost't?
Sprach der Wirth aber gar getrost:
Ihr habet selber ja gesagt,
Daß es nicht anders euch behagt,
Eh'r zu verkaufen euern Tröbel,
Bis einen Gulden kost' ein Knödel;
So mögt ihr nun verkaufen getrost,
Weil das Knödel ein Gulden kost't.
Da schnitten's grämliche Gesichter,
Und appellirten an den Richter;
Der aber, zu gemeinem Frommen,
Verurtheilt' auch sie zu der Summen,
Und zu den Kosten obendrein.
Da mußten sie, um quitt zu sein,
Weil sie nicht hatten baare Gulden,
Um zu tilgen die Knödelschulden,
Vom aufgesparten Körnerhaufen
Ein tüchtig Zahl und Maß verkaufen.
Soviel es eben kosten will.
Der Wirth strich ein die Gulden still,
Und sprach: Ihr könnt in Frieden gehn,
Denn euer Will' ist heut geschehn;
Doch kehrt ihr künftig bei mir ein,
Werden die Knödel wohlfeiler sein.

Erntevögelein nach den theueren Jahren 16 und 17.

Ich hört' ein Sichlein klingen, wohl klingen durch das Korn;
Ich hört' ein Vöglein singen: „Vorbei ist Gottes Zorn."
Das Sichlein klang so köstlich, das Vöglein sang so laut;
Das Sichlein klang so tröstlich, das Vöglein sang so traut.

„Ich Vöglein in den Lüften bin frei von irb'scher Noth;
Ich find in Waldesklüften wohl auch mein täglich Brot.
     Doch mehr als dunkle Wälder preis' ich an diesem Tag
Die hellen Aehrenfelder mit reifem Erntertrag.
     Ich hörte vormals klagen, als man das Korn hier schnitt,
Ich fing selbst an zu zagen, als litt' ich selbst damit.
     Ich sah sie so sich grämen; ein einzig Körnlein nur
Hätt' ich nicht mögen nehmen, da man das Korn einfuhr.
     Ich wollte, da sie draschen, und gar so wenig blieb,
Mir auch kein Körnlein haschen, um nicht zu sein ein Dieb.
     Wohl hätt' ich einem Reichern recht viel genommen gern,
Der aber hielt in Speichern verschlossen seinen Kern;
     Und wenn ein armes Knäblein stand bettelnd vor der Thür,
Reicht' er vom schwarzen Laiblein ein dünnes Stückchen für.
     Ich sah die armen Knaben drauf in die Wälder gehn,
Nach wilden Wurzeln graben, das war hart anzusehn.
     Ich konnt' es wohl ermessen, sie waren Brot gewohnt,
Und mit dem Wurzel-essen war ihnen schlimm gelohnt.
     Die Würzlein schmeckten bitter, der Hunger war der Koch,
Die Kindlein und die Mütter aßen die Würzlein doch.
     Als nun sich Beerlein streiften mit rothem Glanz im Wald
Und überroth dann reiften, da freut' ich mich alsbald
     Des armen Völkleins willen, daß Gott es nicht verließ,
Den Hunger ihm zu stillen, die Beerlein wachsen hieß.
     Da sah ich einzeln laufen auch Kindlein hie und dar,
Doch nicht in hellen Haufen, wie ich's gedacht fürwahr.
     Wie? können sie entrathen das süße Waldgericht?
Da hört' ich, daß sie's thaten aus Furcht vor einem Wicht.
     Es scheuchte sie der Jäger, daß nicht zertreten sei
Der Wald, verstört die Läger des Wildes vom Geschrei.
     Ich war vor diesem Falle dem Jäger schon nie grün,
Jetzt hätt' ich Gift und Galle gar mögen auf ihn sprühn.
     Da flog ich jeden Morgen vom Wald nun aus zu Feld,
Zu sehn, ob noch geborgen die Hoffnung sei der Welt.
     Ich zählte jede Aehre, die auf dem Acker stand,
Alsob sie selbst mir wäre des Lebens Unterpfand.
     Ich zählte alle Aehren, und überschlug im Flug,
Ob auch, das Land zu nähren, der Aehren wären gnug.

Ich sah genug der Aehren, sie wuchsen schön heran;
Doch langsam schien's zu währen, wenn Hungernde sie sahn.

Ich sah auch Blumen drunter, das mühte sonst mich nie,
Ich dacht' es würde bunter nur das Getreid durch sie;

Doch heuer hätt' ich gerne die Blumen ausgerauft,
Und einem Samenkerne ein Plätzlein mehr erkauft.

Für sanften Regenschauer sang ich sonst Gottes Lob;
Doch jetzt macht' er mir Trauer, weil er die Ernt', aufschob.

Und auch vor den Gewittern, davor mir nie ward leid,
Begann ich jetzt zu zittern für's zitternde Getreid.

Ihr denkt, daß für mein Nestlein hab' etwa mir gegraut?
Wißt, daß auf keinem Aestlein ich mir hab' eins gebaut.

Ach Gott, ich sah zerschlagen die Frucht in einem Gau,
Als man die Erntewagen schon rüstete zur Schau.

Nun, Gott sei, der im Schmettern der Wetterwolken wohnt,
Gelobt, daß er mit Wettern hat diesen Gau verschont.

Die Sicheln hör' ich klingen, so freudig ist der Klang:
Darüber soll sich schwingen zum Himmel mein Gesang.

Ihr Menschen, die ihr erntet, und dazu schweiget noch,
Ich denke, daß ihr lerntet den Werth der Halme doch!

Ihr aber seid vom Qualme der Noth noch so erstickt,
Daß ihr zum Schnitt der Halme kein Lied zum Himmel schickt.

Ja, laßt die Zunge schweigen, daß sie die Hand nicht stört;
Ich will für euch den Reigen anstimmen, daß ihr's hört.

O leset von dem Grunde die einzlen Hälmlein auf,
Und traget sie zu Bunde, und traget sie zu Hauf!

Nun sind so nah die Garben den Scheuern, körnerschwer;
Und die bis jetzt nicht starben, die sterben jetzt nicht mehr.

Laßt von des Grams Beschwerden aufathmen nur die Brust:
Ihr werdet satt nun werden, und satt werd' ich vor Lust.

Gott, dessen Gnadenleuchte am Himmel wieder wacht,
Gott, der den Hunger scheuchte durch seine Segensmacht,

Er möge nur die Seuchen, die mit dem gift'gen Hauch
Her hinter'm Hunger keuchen, nun gnädig scheuchen auch;

Daß auf dem Erdenkreise nun wieder Leben sei,
Und wenn ich ihn durchreise, ich mich kann freun dabei.

Ich hab' an diesen Orten die Ernte nun gesehn,
Nun muß ich da und dorten sie auch zu sehen gehn.

Die vollen Garben nicken, ihr habet jetzt genug;
So darf ich denn wohl picken ein Körnlein auch im Flug.
  Wollt es mir nicht versagen zu meines Singens Lohn!
Ich will's zum Opfer tragen hinauf an Gottes Thron.

Erntelied.

Windet zum Kranze die goldenen Aehren,
  Flechtet auch Blumen, die blauen, hinein.
  Blumen allein
  Können nicht nähren;
  Aber wo Aehren die Nahrung gewähren,
  Freuet der süße, der blumige Schein.
  Windet zum Kranze die goldenen Aehren,
  Flechtet auch Blumen, die blauen, hinein.
Holet die Wagen, mit Garben beladen,
  Aus dem Gefilde mit Sang und mit Klang.
  Klang und Gesang
  Kann ja nicht schaden;
  Lange genug hat in Thränen sich baden
  Kümmerniß müssen in furchtbarem Drang.
  Holet die Wagen, mit Garben beladen,
  Aus dem Gefilde mit Sang und mit Klang.
Stellet an Gottes Altäre die Garben,
  Der uns den himmlischen Segen verliehn.
  Will er entziehn,
  Müssen wir darben;
  Alle, die nicht in Verzweiflung starben,
  Leben und ernten und hoffen durch ihn.
  Stellet an Gottes Altäre die Garben,
  Der uns den himmlischen Segen verliehn.
Lobet mit hellem, mit feurigem Psalme,
  Lobet den milden Ernährer der Welt.
  Wilde im Zelt
  Nähret die Palme;
  Uns auf die leichten, die schwankenden Halme
  Hat er des Lebens Bedürfniß gestellt.
  Lobet mit hellem, mit feurigem Psalme,
  Lobet den milden Ernährer der Welt.

Beuget dem Herrn euch mit stummem Erzittern,
  Der in den Wolken, den donnernden, wohnt;
    Daß er verschont
    Mit den Gewittern,
  Daß nicht die Halme, die schwanken, zersplittern,
  Ehe den Fleiß sie des Schnitters belohnt.
  Beuget dem Herrn euch mit stummem Erzittern,
  Der in den Wolken, den donnernden, wohnt.
Lasset die Wunder des Höchsten uns preisen,
  Der da, was Noth ist, am besten bedenkt,
    Wenn er uns schenkt,
    Was uns soll speisen,
  Oben darüber mit sicheren Gleisen
  Regen und Sonne zum Segen uns lenkt.
  Lasset die Wunder des Höchsten uns preisen,
  Der da, was Noth ist, am besten bedenkt.
Laßt uns das zarte Geheimniß bedenken,
  Das aus dem nährenden Körnchen uns ruft.
    Still in die Gruft
    Muß es sich senken,
  Eh' es zum Lichte die Spitze kann lenken,
  Sprossen und reifen in himmlischer Luft.
  Laßt uns das zarte Geheimniß bedenken,
  Das aus dem nährenden Körnchen uns ruft.
Laßt uns der Arbeit Bedeutung erkennen,
  Welche das irdische Leben bedingt:
    Wie sie entringt
    Körner den Tennen,
  Und aus der Räder zermalmendem Rennen
  Endlich den Stoff, den geläuterten, bringt.
  Laßt uns der Arbeit Bedeutung erkennen,
  Welche das irdische Leben bedingt.
Bittet den Herrn, daß er gebe den Segen
  Allen Gewerken in Stadt und in Land,
    Die den Verband
    Hegen und pflegen:
  Aber den sicheren Grundstein zu legen,
  Segn' er uns zwiefach die säende Hand.

Bittet den Herrn, daß er gebe den Segen
Allen Gewerken in Stadt und in Land.
Flehet zum Herrn, daß die Herren der Erde
Gnädig von oben erleuchte sein Licht;
Daß sich die Pflicht
Und die Beschwerde,
Zwischen den Hirten und zwischen der Herde,
Theile mit rechtem gerechtem Gewicht.
Flehet zum Herrn, daß die Herren der Erde
Gnädig von oben erleuchte sein Licht.
Bittet, daß Gott, der uns Leben gegeben,
Gebe die Krone des Lebens dazu:
Friedliche Ruh,
Fröhliches Streben,
Daß, was da lebet, sich freu' auch am Leben,
Ab sich der langen Bekümmerniß thu.
Bittet, daß Gott, der uns Leben gegeben,
Gebe die Krone des Lebens dazu.
Windet zum Kranze die goldenen Aehren,
Flechtet auch Blumen, die blauen, hinein.
Blumen allein
Können nicht nähren;
Aber wo Aehren die Nahrung gewähren,
Freuet der süße, der blumige Schein.
Windet zum Kranze die goldenen Aehren,
Flechtet auch Blumen, die blauen, hinein.

Dank und Aussicht.

Der Himmel kann ersetzen,
Wo er entzogen hat;
Wo trübe Thränen netzen
Das Auge, weiß er Rath,
Daß leis' in Duft zerfließen
Der Hungerregen muß,
Und drüber sich ergießen
Des Segens Ueberfluß.
Die kalten Schauer flossen
Herab ein ganzes Jahr,

Es schien der Quell verschlossen
Des Lichtes ganz und gar.
Schaut auf, es kommt vom Himmel
Neu auf die Flur das Licht,
Wo fröhliches Gewimmel
Den Kranz der Ernte flicht.
O jubilirt in Wonne
Gleich Lerchen himmelan,
Daß Gottes Gnadensonne
Noch Aehren reifen kann.
Er setzt uns an die Aehren
Die Körner voll Gedeihn,
Die theure Zeit zu nähren,
In siebenfachen Reihn.
So werde siebenfaltig
Dem Herren Preis gezollt,
Dem Herren, der gewaltig
So segnet wie er grollt.
Zu seinem Abendmahle
Gab er uns nun das Brot;
Es ist noch eine Schale
Des Weins dazu uns Noth.
Es werden auch die Reben,
Berührt von Gottes Licht,
Uns wohl die Schale geben,
Wenn gleich die Tonne nicht.
Nun müsse seine Sonne
Sie heuer reifen gar,
Damit sie uns die Tonne
Versprechen über's Jahr.

Bleibet im Lande.

Bleibet im Lande und nähret euch redlich,
Rücket zusammen und füget euch fein.
Machte nur keiner zu breit sich und schädlich,
Wäre das Land nicht für alle zu klein.
Aber wo alle sich drängen und reiben,

Da ist für Menschen im Land nicht zu bleiben,
Flösse das Land auch von Milch und von Wein.
Ist denn nicht Schwaben ein fruchtbarer Garten,
Eine gesegnete Weide die Schweiz?
Wollen die Gärtner der Reben nicht warten,
Fasset die Hirten der Wanderschaft Reiz?
Ueber den Meeren und nahe den Polen
Will sich da Schätze die Dürftigkeit holen,
Wo sie schon längst nicht mehr findet der Geiz?
Meinet ihr, draußen sei's besser auf Erden?
Ueberall ist es auf Erden jetzt schlimm.
Nicht an dem Land, daß es besser soll werden,
Liegt es, am Menschen, es liegt nur an ihm.
Betet zu Gott, daß sein Licht hier besieget
Diese Verkehrtheit, an welcher es lieget;
Sein sei die Lenkung, nicht euer der Grimm.
Ziehet im Grimm nicht, im Unmuth, von dannen,
Wendet der Heimath den Rücken nicht zu!
Will sich das Vaterland, soll sich's ermannen,
Wahrlich bedarf es der Männer dazu.
Aus der Verworrenheit gährendem Streben
Soll sich die Klarheit, die Ordnung erheben;
Bleibet, und wartet, und wirket in Ruh.
Sehet! der Himmel im Land euch ernähren
Will er, er schenkt euch die Fülle des Korns.
Theilet euch nur in die reichlichen Aehren,
Trinkt nur verträglich begnügsam des Borns!
Daß nicht an Euch sich das Beispiel erneue,
Nicht als verworfenes Volk euch zerstreue
Rings in die Länder die Ruthe des Zorns.
Bleibet im Lande und nähret euch redlich,
Rücket zusammen und füget euch fein.
Mache nur Keiner zu breit sich und schädlich,
So ist das Land nicht für alle zu klein.
Wollet nur selbst euch nicht drängen und reiben,
So ist für Menschen im Land noch zu bleiben,
Und es wird fließen von Milch und von Wein.

Viertes Kapitel.

Kriegerische Spott= und Ehrenlieder.

An meinen Bruder.

Mein Bruder zieht in's Feld,
　Und ich soll bleiben!
Daß ich ihm bleibe gesellt,
　Will ich eins schreiben,
　Seines Muthes rauhes Erz
Gürten mit des Liedes Scherz.
Wenn du auf Frankreichs Land
　Stehst mit der Klinge,
　Nimm in die blutige Hand
Dies Blatt und singe;
　Sag' mir, wie ein deutsches Lied
Klingt auf gallischem Gebiet?
Mein Büchlein sei ein Schild,
　(Fei't es, ihr Musen!)
　Daß dran ein Schuß, der dir gilt,
Prall' ab vom Busen;
　O dann hätt' ich mehr gethan,
Als man sonst durch Lieder kann.

General Vandamme.

General Vandamme,
  Welchen Gott verdamme!
  Da er in Breslau lag,
  Trank er viel und aß er,
  Das Bezahl'n vergaß er,
  Ritt davon und sprach:
  Jetzt bezahl' ich nichts,
  Doch vielleicht geschicht's,
  Komm' ich zu euch wieder,
  Dann zahl' ich alles nach.
General Vandamme,
  Welchen Gott verdamme!
  Da er bei Kulm verlor,
  Kamen wir gegangen,
  Führten ihn gefangen
  Nach Breslau vor das Thor.
  Wie sie's drin vernommen,
  Vandamm' ist gekommen,
  Tritt der Bürgermeister
  Mit einem Zettel hervor.
General Vandamme,
  Welchen Gott verdamme!
  Exc'llenz, Herr General!
  Sie werden sich mit Hulden
  Erinnern Ihrer Schulden
  Von dem letzten Mal;
  Hier auf diesem Zettel
  Steht der ganze Bettel;
  Ob Sie's wollen bezahlen,
  Steht in ihrer Wahl.
General Vandamme,
  Welchen Gott verdamme!
  Er macht kein Hinderniß,
  Läßt Tint' und Feder kommen,
  Und stellt auf die Summen
  Einen Wechsel auf Paris.

Jetzt wollen bei den Schulden
Wir uns nicht lang gedulden;
Morgen sie einzukassiren
Gehn wir nach Paris.

Marschall Ney.

Ei, ei!
Ney, Ney!
Ei, Ney, was haft du verloren?
Deinen alten Feldherrn-Ruhm,
Und dein junges Fürstenthum
Von Moskwa, kaum geboren,
Haft du, haft du verloren!

Ei, ei!
Ney, Ney!
Ei, Ney, was haft du verloren?
Deinen schönen Marschallstab,
Den dein Kaiser selbst dir gab;
Zu Krasnoi, wo dich's gefroren,
Haft du, haft du verloren!

Ei, ei!
Ney, Ney!
Ei, Ney, was haft du verloren?
Die Königskron' von Preußen gar,
Die in Gedanken dein schon war,
So nah schon an Berlins Thoren,
Haft du, haft du verloren!

Ei, ei!
Ney, Ney!
Ei, Ney, was haft du verloren?
Die gute Schlacht bei Dennewitz,
Durch unseren und Gottes Blitz,
Der mit uns war verschworen,
Haft du, haft du verloren!

Ei, ei!
Ney, Ney!
Ei, Ney, was haft du verloren?
Deinen Muth und deinen Kopf,
Da dich Bülow hielt beim Schopf,
Da Tauenzien dich hielt bei den Ohren,
Haft du, haft du verloren!
Ei, ei!
Ney, Ney!
Ei, Ney, was haft du verloren?
Bis du, da du Reißaus nahmst,
Von Jüterbogk nach Torgau kamst,
Vor lauter Eile die Sporen
Haft du, haft du verloren!

General Wrede.

Gen'ral Wrede!
Steh' uns Rede!
Wir von fernher rufen dir.
Leipzigs große Schlacht gewonnen
Haben wir, allein entronnen
Ist der Feind zur Hälft' uns schier.
Komm mit deinem Baiernheere
Ihm bei Hanau in die Quere!
Ihm im Rücken kommen wir.
Gen'ral Wrede!
Für jedwede
Kriegesthat, die du vollbracht,
Als du für den Feind noch fochtest,
Gern uns Schaden bringen mochtest,
Liefre heut' ihm diese Schlacht;
Daß das Vor'ge sei vergessen;
Wenn, wie gegen uns vordessen,
Du heut' für uns sichst mit Macht.

Gen'ral Wrede!
Geh und rede
Deine tapfern Baiern an,
Daß in vor'gen Schlachten Narben
Sie so rühmlich nicht erwarben,
Als sie können hier empfahn;
Daß, wo sonst ihr Blut geflossen,
Keine Lorbeern konnten sprossen,
So wie hier auf dieser Bahn.

Gen'ral Wrede!
Russ' und Schwede,
Preuß' und Oesterreicher naht.
Du hast wacker zugehalten;
Neuer Bruder, mit uns alten
Zieh auf gleichem Ehrenpfad!
Hast dein eignes Blut vergossen,
Hast dich uns zum Bundsgenossen
Recht verschrieben durch die That.

Marschall Vorwärts.

Marschall Vorwärts!
Tapfrer Preuße, deinen Blücher,
Sag, wie willst du nennen ihn?
Schlag nur nicht erst nach viel Bücher,
Denn da steht nichts flücht'ges drin.
Mit dem besten Namensgruße
Hat ihn dir genannt der Russe:
Marschall Vorwärts!
Marschall Vorwärts nennt er ihn.

Marschall Vorwärts!
Guten Vorwärtsschritt erhob er
Ueber Fluß und Berg und Thal,
Von der Oder, von dem Bober,
Bis zur Elb' und bis zur Saal',

Und von dannen bis zum Rheine,
Und von dannen bis zur Seine,
Marschall-Vorwärts!
Marschall Vorwärts allzumal.
Marschall Vorwärts!
Ihr französischen Marschälle,
Warum seid ihr so verstört?
Laßt die Felder, kriecht in Wälle,
Wenn ihr diesen Namen hört?
Marschall Rückwärts! das ist euer
Name; Vorwärts! ist ein neuer,
Marschall Vorwärts!
Der dem Blücher angehört.

Held Davoust.

Der Davoust sprach: Das mich verdrießt,
Daß man hier in der Stadt
Von allen Seiten mich verschließt,
Einläßt kein Zeitungsblatt.
Held Davoust, der in Schwerin sitzt!
„Grüßt doch den Gen'ral Tettenborn,
Ob er so gut will sein,
Und läßt von Zeit zu Zeit ein Korn
Von Neuigkeit herein.
Held Davoust, der in Schwerin sitzt!
„Wollt ihr nicht, lieber Herr Gen'ral,
Mir meines Kaisers Brief
Einlassen, daß ich seh' einmal,
Wie er in Dresden schlief?
Held Davoust, der in Schwerin sitzt!
„Und wenn ihr das mir nicht vergönnt;
Nun, was mein Ehgemahl
Aus Frankreich schreibt, das, denk' ich, könnt
Ihr lassen mir einmal.“
Held Davoust, der in Schwerin sitzt!

Das jammert doch den Tettenborn;
 Als nun ein Brief einlief: —
  „Daß er mir nicht geräth in Zorn,
 So schick' ich ihm den Brief.
   Held Davoust, der in Schwerin sitzt!
„Da nimm hier diesen Brief, Kosack,
 Reit ihn dem Davoust hin."
  Mit seinem Briefe der Kosack
 Losreitet auf Schwerin.
   Held Davoust, der in Schwerin sitzt!
Da sieht der Davoust den Kosack,
 Da wird's ihm schlimm zu Sinn;
  Da bricht er auf mit Sack und Pack,
 Und läßt im Stich Schwerin.
   Held Davoust, der aus Schwerin zieht!
Der Davoust immer läuft voraus,
 Nach der Briefträger schreit:
  „Gut' Botschaft bring' ich euch von Haus." —
 Zum Hören ist keine Zeit.
   Held Davoust, der aus Schwerin zieht!
Vor seines lieben Weibes Brief
 Der Davoust läuft erschreckt,
  Bis daß er zu der Stecknitz lief,
 Dahinter er sich steckt.
   Held Davoust hinter der Stecknitz!
Hör' deines Weibes Brief doch an!
 Gar zärtlich überaus
  Sie schreibt: „Hast du, o lieber Mann
 Keine Sehnsucht denn nach Haus?
   Held Davoust hinter der Stecknitz!
„Nach Haus, wo du bist in der That
 Die Seel', die jetzt ist fort,
  Und wo man dich viel lieber hat,
 Als hier an diesem Ort."
   Held Davoust hinter der Stecknitz!
Den Davoust rührt kein Flehen nicht,
 Er hat sich recht verstockt;
  Und, was sein liebes Weib auch spricht,

Er an der Stecknitz hockt.
Held Davoust hinter der Stecknitz!
Willst wissen, o Napoleon,
  Wo denn dein Davoust itzt,
  Dein Davoust steckt, der mir geflohn,
  Steckt an der Stecknitz itzt.
  Held Davoust hinter der Stecknitz!
Willst wissen, wo dein Kaiser steckt,
  Held Davoust! So wie du,
  Hat an der Elb' er lang gesteckt,
  Dann lief er ohne Schuh.
  Held Davoust hinter der Stecknitz!
Er ist kein beßrer Held als du,
  Doch ein beßrer Ehemann;
  Er lief nach Haus der Kais'rin zu,
  Und hält an sie sich an.
  Held Davoust hinter der Stecknitz!
Thu' Schlafrock und Pantoffel an,
  Es ist dir keine Schmach:
  Sei auch ein guter Ehemann,
  Und lauf dem Kaiser nach.
  Held Davoust hinter der Stecknitz!

Die unächten Fahnen von der Hanauer Schlacht.

Kaiser Napoleon,
  Da er dem Rhein zuzog,
  Und, als er war entflohn,
  Gesiegt zu haben log;
  Ließ er von dannen
  Zwanzig Kriegsfahnen
  Tragen nach Parise
  Zur Kaiserin Marie Luise.
„Meine Frau Kaiserin,
  Die Fahnen schick' ich euch,
  Weil ich der Sieger bin;
  Sie sind von deutschem Zeug.

Weil ihr, indeſſen
Ich an der Elb' bin geſeſſen,
So gut habt hausgehalten.
Sollt ihr zum Dank ſie behalten.
Die Kaiſrin ſieht ſie an,
Spricht mit bedächt'gem Muth:
„Ach, mancher deutſche Mann
Ließ wohl daran ſein Blut.
Doch nein, ach neine,
Sie ſind ja ganz reine;
Ich ſeh' es an den Rathen,
Die ſind nicht von deutſchem Faden.
Du ſag' mir an geſchwind,
Wo ſind die Fahnen her?
Bin ſelbſt ein deutſches Kind;
Was deutſch iſt, kenn' ich eh'r."
Ach, wenn ihr nicht wollet
Zürnen, ſo ſollet
Ihr hören alles zuſammen,
Woher die Fahnen ſtammen.
Wir waren gar zu ſchnell
Auf unſrem Siegeslauf;
Kein deutſcher Kriegsgeſell
Bot uns 'ne Fahn' zum Kauf:
Da mußten die Sachen
Wir ſelber uns machen;
Wir hatten genug am flicken,
Und dachten nicht dran, ſie zu ſticken.
So ſind ſie unächt zwar,
Was dieſes anbelangt;
Doch wenn ſo ganz und gar
Nach ächten euch verlangt,
Ich bitt' unterthänig,
Verzieht nur ein wenig:
Die Preußen werden mit nächſten
Selbſt hier ſein mit den ächt'ſten.

Auf die Schlacht an der Katzbach.

Nehmt euch in Acht vor den Bächen,
Die da von Thieren sprechen,
Jetzt und hernach!
Dort bei Roßbach! dort bei Roßbach!
Dort von euren Rossen
Hat man euch einst geschossen,
Ist das Blut geflossen
In rechtem Bach.
Nehmt euch in Acht vor den Bächen,
Die da von Thieren sprechen,
Jetzt und hernach!
An der Katzbach! An der Katzbach!
Da haben wir den Katzen
Abgehau'n die Tatzen,
Daß sie nicht mehr kratzen;
Kein Hieb ging flach!

Brauttanz der Stadt Paris.

Die Stadt Paris. Ach, o weh, ich arme Frau,
Wo ich hin mit Augen schau,
Seh' ich fremde Gäste kommen,
Die ich niemals wahrgenommen,
Weiß gekleidet, grün und blau.

Die Alliirten. Wenn du's noch nicht weißt, mein Kind,
Laß dir sagen, wer wir sind:
Oesterreicher sind die weißen,
Grün die Russen, blau die Preußen;
Thu' die Thor' uns auf geschwind.

Die Stadt Paris. Wenn ihr hier in meinem Haus
Denkt zu halten einen Schmaus;
So seid ihr umsonst gegangen,
Einlaß könnt ihr nicht erlangen,
Denn mein Mann ist nicht zu Haus.

Die Alliirten.   Dein Kebsmann Napoleon
                  Traf uns unterweges schon;
                  Er hat sich von dir geschieden,
                  Wir sind von ihm her beschieden,
                  Einzunehmen seinen Thron.

Die Stadt Paris. Ach, ich weine bitterlich;
                  Läßt der Falsche mich im Stich,
                  Dem ich stets so treu gedienet?
                  Freier, die ihr hier erschienet,
                  Böse Freier, lasset mich.

Die Alliirten.   Schönste Frau, das kann nicht sein,
                  Du mußt einen neuen frei'n.
                  Wir mit hundert tausend Lanzen
                  Wollen dir den Brauttanz tanzen;
                  Komm tritt mit uns an den Reih'n.

Die Stadt Paris. Ihr habt böse Tanzmusik,
                  Kriegstrommet' und Feldgestück;
                  Und es schwingen eure Hände
                  Statt der Hochzeitsfackeln Brände:
                  Böse Tänzer, weicht zurück!

Die Alliirten.   Schönste Braut in deinem Kranz,
                  Schicke dich, du mußt zum Tanz.
                  Willst du tanzen allemanisch?
                  Engelisch, kosackisch, spanisch?
                  Wähle selber dir den Tanz.

Die Stadt Paris. Liebste Tänzer, o verschont,
                  Bin nicht fremden Tanz gewohnt,
                  Ich kann nur französisch tanzen,
                  Sonst zerreißt mein Kleid von Franzen,
                  Und das wird euch schlimm gelohnt.

Die Alliirten.   Liebste, nun so geben wir
                  Einen alten Tänzer dir,
                  Der dir nicht dein Kleid zerreißet,
                  Welcher König Ludwig heißet.
                  Liebste, wie gefällt er dir?

Die Stadt Paris. König Ludwig sei mein Mann!
                  Nimm dich deines Weibes an!
                  Komm wir tanzen hier zum Feste

Gleich den Vortanz auf das Beſte,
Den uns Niemand wehren kann.

Die Alliirten. Ihr Tanzbrüder, ſehet nur,
Wie beim Tanz ſich bläht die Hur',
Und ſcherwenzt mit ihrem Schweife!
Tanzt ſie nicht nach unſrer Pfeife?
Tanzt ſie nicht an unſrer Schnur?

Auf das Mädchen aus Potsdam, Prochaska.

Ich müßte mich ſchämen, ein Mann zu heißen,
Wenn ich nicht könnte führen das Eiſen,
Und wollte Weibern es gönnen,
Daß ſie führen es können!
Wer iſt der Geſell, ſo fein und jung?
Doch führt er das Eiſen mit gutem Schwung.
Wer ſteckt unter der Maske?
Eine Jungfrau, heißt Prochaska.
Wie merkten wir's nur nicht lange ſchon
Am glatten Kinn, am feineren Ton?
Doch unter den männlichen Thaten
Wer konnte das Weib errathen?
Aber es hat ſie getroffen ein Schuß;
Jetzt ſagt ſie's ſelber, weil ſie muß.
Wundarzt geh' bei Leibe
Nicht unſanft um mit dem Weibe!
Zum Glück traf dich die Kugel nicht eh'r,
Als biſt du dir hatteſt gnügliche Ehr'
Erſtritten in Mannesgeberden,
Jetzt kannſt du ein Weib wieder werden.
Doch ich müßte mich ſchämen, ein Mann zu heißen,
Wenn ich nicht wollte können führen das Eiſen,
Und wollte Weibern es gönnen,
Daß ſie führen es können!

Auf die Schlacht von Leipzig.

Kann denn kein Lied
　　Krachen mit Macht,
　　So laut, wie die Schlacht
　　Hat gekracht um Leipzigs Gebiet?
Drei Tag und drei Nacht,
　　Ohn' Unterlaß,
　　Und nicht zum Spaß,
　　Hat die Schlacht gekracht.
Drei Tag und drei Nacht,
　　Hat man gehalten Leipziger Messen,
　　Hat euch mit eiserner Elle gemessen,
　　Die Rechnung mit euch in's Gleiche gebracht.
Drei Nacht und drei Tag,
　　Währte der Leipziger Lerchenfang;
　　Hundert fing man auf einen Gang,
　　Tausend auf einen Schlag.
Ei, es ist gut,
　　Daß sich nicht können die Russen brüsten,
　　Daß allein sie ihre Wüsten
　　Tränken mit Feindesblut.
Nicht im kalten Rußland allein,
　　Auch in Meißen,
　　Auch bei Leipzig an der Pleißen,
　　Kann der Franzose geschlagen sein.
Die seichte Pleiß' ist von Blut geschwollen,
　　Die Ebenen haben
　　Soviel zu begraben,
　　Daß sie zu Bergen uns werden sollen.
Wenn sie uns auch zu Bergen nicht werden,
　　Wird der Ruhm
　　Zum Eigenthum
　　Auf ewig davon uns werden auf Erden.

Die verunglückten Brücken.

Doch mit meinen Brücken
Will's auch gar nicht glücken,
Gar in keinem Land.

Als ich kam zur Berezine,
Wo ich keine Brücke fand,
Harrt' ich mit des Todes Miene,
Bis sie, schlecht g'nug, endlich stand.
Ja, ich ließ es mir gelieben,
Meinen Wagen selbst zu schieben
Drüber hin mit eigner Hand.

Doch mit meinen Brücken
Will's auch gar nicht glücken,
Gar in keinem Land.

Als ich kam zur Lindenauer,
Die seit langer Zeit schon stand,
War ich drüber mit genauer
Noth, als ich es räthlich fand,
Sie zu sprengen ohne Zaudern,
Doch verbot ich's auszuplaudern,
Daß ich den Befehl gesandt.

Doch mit meinen Brücken
Will's auch gar nicht glücken,
Gar in keinem Land.

Und ich dachte doch im Ernste,
Wenn ich Rußland überwand,
Mir zu bauen eine fernste
Brück' ins freie Engeland,
Und von dannen nach Golkonde,
Und von dannen nach dem Monde;
Das verbleibt nun vor der Hand.

Denn mit meinen Brücken
Will's auch gar nicht glücken,
Gar in keinem Land.

Die neuen Schweizer.

Wo wohnen denn die Telle?
  Wo die Winkelriede?
  Deren Preis so helle
  Klingt im alten Liede.
Sie wohnen in Liedestönen,
  Nicht mehr im Schweizerlande,
  Wo die Knechte fröhnen,
  Sich freuend ihrer Schande.
Die Väter ließen sich morden
  Für Freiheit und Recht, ihre Güter;
  Die Enkel sind geworden
  Fremder Thüren Hüter.
Die aus dem Lande laufen,
  Lüstern nach Fremblingssolde,
  Jedem ihr Blut verkaufen,
  Der es aufwägt mit Golde.
Die hohen Geister der Ahnen
  Wenden sich weg mit Zürnen,
  Ziehn mit flatternden Fahnen
  Ueber die Alpen und Firnen.
Die Fahnen aufzuschlagen
  Im Lande anderer Männer,
  Wo andere Alpen ragen
  Um den tyrolischen Brenner.
Da sind die Schweizer erstanden,
  Die Winkelriede, die Telle;
  Die nicht in der Schweiz sich fanden,
  Hier fanden sie ihre Stelle.
Hier ward Blut geschenket
  Von mehr als einem Wirthe;
  Hier hat Schaaren gelenket
  Mehr als ein muthiger Hirte.
Als die Welt gelähmet
  Lag im Todeskrampfe,
  Sind sie noch ungezähmet
  Gestanden im Freiheitskampfe.

Haben sie noch gefochten,
  Die Löwen kühngemuthet,
  Und wenn sie auch siegen nicht mochten,
  So haben sie doch geblutet;
Sie haben umsonst nicht gefochten,
  Sie haben umsonst nicht geblutet;
  Von diesen Quellen und Dochten
  Stammt noch, was flammt und fluthet.
Sie sind nicht gestorben,
  Als sie den Tod gefunden;
  Sie haben im Tod erworben
  Des Ruhmes ewige Kunden.
Sie sind nicht gestorben,
  Als sie den Tod erlitten;
  Die Freiheit ist doch jetzt erworben,
  Für welche sie damals gestritten.

Der Schweizerkäs von 1814.

Es saß das Volk der Maden
  Auf seinem Schweizerkäs,
  Und thäte sich berathen,
  Wohl Zeit und Ort gemäß;
  Sie hielten Tagessatzung,
  Und wichtige Beschwatzung,
  Auf ihrem Schweizerkäs.
Sie sind ganz unverträglich,
  Ein jeder macht sich breit;
  Sie lärmen ganz unsäglich
  In ungeheurem Streit,
  Als ging's um Erd' und Himmel,
  Auf ihres Käses Schimmel,
  Wer stiftet Einigkeit?
So ging's den ganzen Frühling,
  Und so den Sommer auch
  Bis zu des Herbstes Kühling,
  Mit immergleichem Brauch.

Nun gnug, du Volk der Maden.
Jetzt sollst du dich berathen
Nach Lust in einem Bauch.
Des deutschen Hauses Mutter
Sprach: Ich hab' frisches Brot,
Ich hab' auch gute Butter,
Ein Käs dazu ist Noth.
Der Käs ist zwar voll Maden,
Sie werden mir nicht schaden,
Ich streiche sie auf's Brot.
Ich seh 'nen schwarzen Raben,
Ganz nah dem Käs' er sitzt;
Er möchte gern ihn haben,
Sehr seinen Schnabel spitzt.
Daß ich davor ihn hüte,
Will selbst ich zu Gemüthe
Den Käs mir führen itzt.
Da nahm die Frau ein Messer
Und schnitt den Käs entzwei,
Und sagte, daß nichts besser
Zu schwarzem Brote sei;
Sie strich den ganzen Schimmel,
Die Maden im Gewimmel,
Auf's Brod, und aß es frei. —
So sprach ich, halb im Traume,
Da mir der Alpen Reih'
Erschien aus fernem Raume,
Als ob's ein Käs nur sei.
Jetzt hab' ich mich bescheidet,
Daß Berg' es sind, die schneidet
Man nicht wie Käs entzwei.
So mögen denn die Berge
In Gottesnamen stehn,
Und Riesen oder Zwerge
Davon hernieder sehn;
Doch, daß auch Berge wanken,
Wenn ihre Hüter zanken,
Das sollten sie verstehn.

Des Mundes Schutzrede für die jungen Schnauz= und Backenbärte, wider den alten Zopf.

1814.

Nie ward noch einem Munde
 So seltner Auftrag nicht;
Denn nicht aus Herzensgrunde
 Kommt, was hier meiner spricht:
Zwei haben ihn gedungen,
 Weil sie nicht haben Zungen,
 Zur Schutzred' ihnen fein
 Die unsrige zu leihn.

Der Schnauzbart sprach zum Munde:
 Ich steh' in deinem Schutz,
Als Nachbar, und im Grunde
 Bin ich ja nur dein Putz;
Du müßtest, ungebeten,
 Von selbst schon mich vertreten:
 So schweige jetzt nicht still,
 Weil ich dich bitten will.

Und hier mein Spießgeselle,
 Der Junker Backenbart,
Der um des Ohres Schwelle
 Sich lagert weich und zart,
Wie könnten ihm vom Ohre
 Verschlossen sein die Thore?
 So ist ja Ohr und Mund
 Mit uns im schönsten Bund.

Es drohet zu vertreiben
 Uns zwei ein alter Feind;
Wie soll ich ihn beschreiben,
 Und sagen, was er scheint?
Wie alle Feiggesinnten
 Ist er beständig hinten,
 Und sieht nie, wo man ficht,
 Dem Feind in's Angesicht.

Ein Auswuchs, unnütz eitel,
  An einem Menschenhaupt,
  Der oft auch kahler Scheitel
  Zum Staat wird angeschraubt;
  Er scheut das klare Wasser,
  Liebt Talg und Fett, der Prasser,
  Und ist durchaus ein Tropf,
  Der alte Vetter Zopf.
Wir können ihn verachten,
  Wir haben unsern Muth
  Erprobt in manchen Schlachten,
  Wir wurden roth von Blut.
  Von unsern tapfern Streichen
  Mußt' er im Feld entweichen:
  Doch Hinterlist und Neid
  Besiegt oft Tapferkeit.
Wir haben unterdessen
  Von weitem her gehört,
  Das biedre Volk der Hessen
  Hab' er mit List bethört:
  Sie sollten sich bequemen,
  Ihn wieder anzunehmen,
  Und abzuthun dafür
  Uns selbst als Ungebühr.
Nun ruf' aus voller Lunge,
  O Mund, zu unserm Schutz:
  Nichts kleins steht auf dem Sprunge,
  Es gilt nicht bloßen Putz!
  Vom Zopf ist ausgegangen
  Die Schmach, die euch befangen;
  Und Deutschlands ganzes Heil
  Hängt ab von uns zum Theil.
Die Preußen, die mit Rechte
  Man als die ersten preist,
  Wenn man spricht vom Gefechte,
  Wo war der Preußen Geist,
  Als sie dem Zopf gefrohnet?
  Womit hat er's gelohnet?

Damit, daß Schopf und Kopf
  Draufgingen sammt dem Zopf.
Als sie bei Jena fochten,
  Hat alles nichts genutzt,
  Wie sie sich stellen mochten:
  Der Zopf war nicht gestutzt.
  Des Franzmanns Hände faßten
  Beim Zopf sie, dem verhaßten,
  Und hielten sie daran,
  Daß wenig nur entrann.
Was aber war entgangen,
  Das ward durch Schaden klug;
  Den Zopf, den allzulangen,
  Trug man nun kurz genug.
  Da ging aus der Entzöpfung
  Hervor die neue Schöpfung,
  Sie sprießt' um Mund und Ohr
  In Bartsgestalt hervor.
Das waren frische Sprossen
  Voll jungem gutem Saft,
  Nicht starr mehr und verdrossen,
  Gealtert, ohne Kraft.
  Jetzt stand das Haar am Flecke,
  Und als der Feind, der kecke,
  Dran griff, fühlt' er es dran,
  Das Haar saß auf dem Zahn.
Die Zähne waren hitzig,
  Daß Frost der Feind empfand,
  Der Bart war scharf und spitzig,
  Das Schwert ihm gleich zur Hand;
  Um nach dem Feind zu sehen,
  Braucht' er sich nicht zu drehen,
  Wie einst der Zopf gethan,
  Wenn ihn die Feinde sahn.
So hat an eurem Siege
  Der Bart sein gutes Theil;
  Und kaum ruht ihr vom Kriege,
  So ist er euch schon feil?

Und wird der Müßiggänger
Schon wieder sein Verdränger,
Der Zopf, der nichts gemacht,
Als Unheil euch gebracht?
Ich rede nicht vom Kleinen,
  Vom Großen red' ich auch;
  Wie wir's im Ganzen meinen,
  Das zeigt ein einzler Brauch.
  Oft hängt viel feines zartes
  An Haaren eines Bartes;
  Und wie es steht im Kopf,
  Sieht man auch wohl am Zopf.
Wenn ihr die jungen Sprossen
  Von euren Backen rauft,
  Und nach den alten Possen
  Von neuem wieder lauft;
  Wenn ihr die steifen Zöpfe
  Hängt wieder an die Köpfe,
  Und scheert den jungen Muth,
  So sehet, was ihr thut.

Die französischen Bauernzöpfe.

Franzosen muß man fassen
  Bei der Ambition,
  Dann kriegt man heraus mit Spaßen
  Mehr als mit allem Drohn;
  Doch den französischen Bauern
  Ihr Ehrgeiz, wo der sitzt,
  Laßt euch die Zeit nicht dauern,
  Ich will's euch melden itzt.
Ich hab' es jüngst erfahren
  Zu Heilbronn in der Stadt,
  Wie's in den letzten Jahren
  Erprobt ein Hauptmann hat;
  Der lag mit seinen Schwaben
  In Frankreich im Quartier,

Die wollten Futter haben,
Und litten Hunger schier.
Es war das Volk der Bauern
Durchaus verstockt und arg,
Redselig mit Bedauern,
Herauszurücken karg:
In Tiegeln und in Töpfen,
Im Keller und im Stall,
War nirgends Trost zu schöpfen,
Gar leer war's überall.
Da schaffte für die Seinen
Der wackre Hauptmann Rath;
Er ließ vor sich erscheinen
Die Dorfgemeind im Staat;
Da kamen sie gegangen,
Und jeder an dem Kopf
Hatt' hangen einen langen
Drei Ellen langen Zopf.
Ein Zopf, ein steifgedrehter,
Daß ist ihr Festagsputz,
Ihr Ehrgeiz, drin besteht er;
Der Hauptmann macht sich's zu Nutz;
Anstatt zu schröpfen, zu köpfen —
Wie's ihm sein Geist eingab,
Faßt er sie bei den Zöpfen,
Und spricht: die schneid' ich euch ab.
Die schneid' ich euch ab von den Köpfen,
Und halte sie in Haft,
Bis ihr uns in den Töpfen
Gehörigen Vorrath schafft;
Ich halt' es unverbrochen:
Ist nicht gleich Essen hie,
So laß' ich die Zöpfe kochen,
Und essen sollt ihr sie.
Da machten sie Grimassen,
Und sperrten sich gar sehr,
Wie sie sich so sahn fassen
Bei ihres Zopfes Ehr';

Es war den armen Tröpfen
Zu furchtbar diese Schmach,
Als man sie zu entzöpfen
Begann der Reihe nach.
Wie erst dem Bürgermeister
Genommen seiner war,
Und wo noch sonst ein feister
Sich sehn ließ in der Schaar;
Sind sie zu Kreuz gekrochen,
Und baten um den Zopf,
Da war vollauf zu kochen
Im erst so leeren Topf.
Und wo's hinfort in Töpfen
Je wieder Anstand gab,
So griff man zu den Zöpfen,
Das war der Zauberstab;
Wenn sie sich wollten sperren,
So brauchte man gelind
Sie nur am Zopf zu zerren,
So fügt' es sich geschwind.
Dann zur Verbreitung Schreckens
Und allgemeiner Scheu,
Daß es nicht Strafvollstreckens
Bedürfte stets auf's neu,
Nahm der Soldat die Zöpfe,
Die man hatt' abgethan,
Und hing sie an die Knöpfe,
Daß sie's mit Zittern sahn.
Und als in jenen Reichen
Es mit dem Krieg war aus,
Trug man als Ehrenzeichen
Die Zöpfe mit nach Haus,
Nach Heilbronn sie zu bringen,
Auf's Rathhaus, zu der Hand
Des Götz von Berlichingen,
Wo ich sie neulich fand.

Festlied.

Lasset uns zählen,
  Welch's sind unsre Bundsgenossen,
  Damit wir sehn unverdrossen,
  Ob's uns kann fehlen!
Wer ist der erste der Bundsgenossen?
  Das ist der Herr mit dem himmlischen Heere,
  Mit dem blitzenden Speere,
  Mit den donnernden Rossen.
Er ist ausgefahren
  Auf Siegeswagen,
  Hat Feinde erschlagen,
  Wer zählt die Schaaren?
Sei mit deinen Wettern
  In unserm heiligen Streite
  Auch künftig uns zur Seite,
  Und hilf uns, sie zerschmettern!
Wer ist der zweite der Bundsgenossen?
  Das ist ein Nordlands=Riese,
  Mit eisblankem Spieße,
  Mit starren Sennen, aus Eis gegossen.
Er hat sich erhoben,
  Mit dem Panzer gerasselt,
  Daß die Feinde zusammengeprasselt,
  Wie vom Nordwind auseinander gestoben.
Laß noch weiter sich wälzen
  Deine nordischen Schauer!
  Die Kraft soll kein lauer
  Südwind dir schmelzen.
Wer ist der dritte der Bundsgenossen?
  Das ist eine Heldenjungfrau in Süden;
  Sie weiß die hesperischen Aepfel zu hüten,
  Die in ihren Hainen sprossen.
Sie hat die Diebe,
  Die sie raubten, zu Boden gelegt;
  Sie hat sie aus ihrem Lande gefegt,
  Wie Spreu im Siebe.

Blicke himmelwärts
  Von deinen Pyrenäen!
  Laß deine glühenden Blicke spähen
  In Frankreichs, deiner Feindin, Herz!
Wer ist der vierte der Bundsgenossen?
  Das ist in Westen ein Drache,
  Der über die Freiheit der Welt hält Wache,
  Von seiner ewigen See umflossen.
Wenn du schlägst in die Welle,
  Tobt sie, und streckt
  Schäumende Zungen aus, und leckt
  An deiner feindlichen Nachbarin Schwelle.
Speie, mit treuer
  Kraft, zu verderben feindliche Rotten,
  Spei' aus deine goldenen Flotten,
  Und dein congrev'sches Feuer!
Wer ist der fünfte der Bundsgenossen?
  Das ist die Eintracht, die da wieder
  Deines Leibes zerfallene Glieder,
  O Deutschland, hat zusammengeschlossen.
Du warst in dir zerfallen,
  Dein Haushalt zerrüttet,
  Dein Schatz verschüttet
  Unter'm Einsturz deiner Hallen.
Laß dich's nicht kümmern!
  Dein Baumeister
  Wird der Herr mit den Schaaren der Geister,
  Der dich neu wird bau'n aus den Trümmern.
Einst saßest du hehr
  In der Mitt' auf deinem Throne,
  Und die Völker in jeder Zone
  Saßen auf ihren Sitzen umher.
In dem blinkenden Eispalast
  Saß Russia, die nordische Frau;
  Italia unter des Himmels Thau
  Hielt auf offenen Zinnen Rast.
Hispania, die Schäferin,
  Saß träumend in Orangenhainen,

Und, Britannia, du auf deinen
  Felsen mit dem Felsensinn.
Und die andern alle
  Saßen auf ihren Sitzen da,
  Und der Herr des Himmels sah
  Friedelächelnd nieder auf alle.
Wer hat die Ruh' gestört?
  Mit tollem Sinn
  Im Westen meine Nachbarin,
  Von Freiheitswahn bethört.
Warum merkt' ich's zu spät?
  Mit Händen blutigroth
  Hat sie selbst in den Koth
  Gestürzt ihre Majestät.
Und ist aufgestanden,
  Und hat die Welt durchlaufen,
  Und alles über'n Haufen
  Geworfen in allen Landen.
Sie ist über mich hergefahren,
  Da ich zu geduldig war,
  Hat mich zertreten ganz und gar,
  Und mich geschleift bei den Haaren.
Mein altes Haus
  Hat sie mir zerbrochen,
  Und hat mir versprochen,
  Mir ein besseres zu bauen daraus.
Ja! was hat sie bestellt?
  Stärker und stärker
  Baute sie, blutverkittet, zum Kerker
  Die ganze Welt.
Nur daß das Meer
  Fühlte noch nicht
  Des Kerkers Gewicht,
  Das kränkte den Kerkermeister so sehr.
Der Wehruf stieg
  Aus aller Welt
  Zum Sternenzelt,
  Deß Herr noch schwieg.

Bis Moskows Brand
   Vor die Augen ihm trat;
   Da war es sein Rath,
   Zu heben die Hand.
Der Herr, der lange drein gesehn,
   Hat endlich drein geschlagen;
   Jetzt darf ich es wagen
   Auch aufzustehn.
An Spaniens Gluth
   Hast du zuerst dir den Finger verbrannt;
   In Rußlands frostiger Hand
   Erstarrte dein Blut.
Aber der Geist,
   Der die Preußen hat angerührt,
   Der hat es vollführt,
   Der ist's, der hat dich geschlagen zumeist.
Alle die Völker der Erde zusammen
   Haben wacker gerungen;
   Aber wer dich bezwungen,
   Das sind Gottes geistige Flammen.
Und Gott der Herr sprach:
   Daß Friede dem Erdkreis werde,
   Ihr Völker der Erde,
   Hört und thuet danach.
In eh'rnes Band
   Schlagt mir die Unruhstifterin,
   Daß fürderhin
   Sie heben nicht könne die frevelnde Hand.
Dann gehet heim, und jeder auf seinem
   Sitze, wie es euch ist beschieden,
   Sitzt in Frieden,
   Und über euch will ich sitzen auf meinem.

————

Kosacken-Winterlied.

Ich bin am Don geboren,
  Wohl zwischen Schnee und Eis;
  Es hat noch nie mich gefroren,
  Denn meine Brust ist heiß.
  Da komm' ich durch Mitten
  Der Länder geritten,
  Soweit von Moskows Thoren,
  Daß, wo ich bin, ich nicht weiß.

Ich saß auf meiner Schwelle,
  Und hatte gute Zeit;
  Ich fing den Fisch aus der Welle
  Zu meinem Mahle bereit;
  Ich schoß nach dem Fuchse,
  Dem Wiesel, dem Luchse,
  Und macht' aus ihrem Felle
  Mir selbst mein Winterkleid.

Da kam von Alexander
  Ein Ruf zu mir zu Nacht:
  „Kosacken, auf, mit einander
  Zu einer andern Jagd!
  Sind reißende Thiere
  In unserm Reviere,
  Ein blutgefleckter Panther;
  Auf, auf, zu der Jagd, zu der Schlacht!"

Mein Roß, es spitzte die Ohren,
  Da ich es rief nicht leis;
  Ohne Sattel und Sporen
  Ritt ich's durch Schnee und Eis;
  Da hab' ich's durch Mitten
  Der Länder geritten,
  Soweit von Moskows Thoren,
  Daß, wo ich bin, ich nicht weiß.

Ich habe die Feinde vertrieben,
  Wohl all' aus meinem Land;
  Und die darin sind geblieben,
  Die sind in guter Hand;

Des Winters wir haben
Im Schnee sie begraben;
Wann Frühling den Schnee hat zerrieben,
Begräbt man sie in Sand.
Nun sag' mir, du Deutscher, wie lange
Hab' ich zu reiten denn noch,
Bis daß ich hingelange,
Wo ich nun hin muß doch;
Wann bin ich zur Stunde
Auf französchem Grunde,
Daß ich die feindliche Schlange
Erwürge in ihrem Loch?
Ein furchtbarer Bundesgenosse
Kommt hergeritten mit mir;
Sie haben seine Geschoße
Gefühlt schon in meinem Revier;
Sein Namen ist Winter,
Ein grimmig gesinnter,
Er reitet auf nebligem Roße,
Und folgt mir dort und hier.
Er reitet mit allen Winden,
Trägt eiserne Spieß' in der Hand;
Er streut euch zu erblinden
Den Schnee in die Augen wie Sand;
Er schlägt auf dem Rücken
Der Flüsse mir Brücken,
Daß ich und er euch kann finden
In eurem eigenen Land.
Ich habe noch nicht vergessen,
Den ihr verübtet, den Brauch,
Die Hütte mir, wo ich gesessen,
Zu wandeln in Feuer und Rauch.
Hier habt ihr auch Scheuern
Und Hütten zu feuern,
Und, eure Hütten zu fressen,
Die Fackel hab' ich auch.
Wer schilt mich, wenn ich vergelte?
Doch Alexander spricht:

„Ihr seid gewohnt der Kälte,
Des Mordbrands braucht ihr nicht;
Macht freudig die Glätte
Des Schnees euch zum Bette;
Der Himmel ist euer Gezelte,
Und eure Lampe sein Licht.
„Sie sagen von nordischen Horden
In diesem südlichen Land,
Die nichts als Raub und Morden,
Nichts bringen als Greuel und Brand.
Nun sollet ihr's zeigen,
Damit sie dann schweigen,
Was ihr mitbringt aus dem Norden,
Der euch hat ausgesandt."

Lied des lustigen Teufels.

Der Teufel und ein Reitersmann,
Wem die zwei sitzen im Nacken,
Und wenn er dem einen entrinnen kann,
So kriegt ihn der andre zu packen;
Drum hab' ich unverzagten Sinn,
Weil ich zugleich ein Reitersmann bin,
Und zugleich auch ein lustiger Teufel.
Sonst, Franzmann, hast du ganz allein
Gespielt die Teufelsrollen;
Aus ist's mit deinen Teufelei'n,
Du mußt aus Deutschland trollen.
Du warst ein Teufel schlimmer Art,
Jetzt geht's an deine Höllenfahrt,
Und ich bin's, der dich holet.
Daß ich ein guter Teufel bin,
Das sollst du heute sehen!
Da nimm den Lanzenstich nur hin,
Und geh' dann, wohin du willst gehen;
Geh' in die Höll', es ist mir gleich,
Oder geh' in das Himmelreich,
Nur darfst du nicht bleiben auf Erden.

Daß ich ein lustiger Teufel bin,
Und ein tapferer Zecher,
Das liegt noch schwer dir in dem Sinn,
Da ich aus einem Becher
Dort eins mit dir zusammen trank,
Davon du sehr bist worden krank,
Aus Auerbachs Keller zu Leipzig.
Da hat man reinen Wein geschenkt,
Und trinken euch geheißen,
Man hat euch selbst ihn eingetränkt,
So gut er wächst in Meißen;
Dort wächst eben ein herber nur,
Jetzt komm' ich her auf eure Flur,
Will kosten euren süßen.
Ich weiß nicht, ist in der Luft die Gluth,
Oder in diesem Weine,
Daß noch einmal so heiß mein Blut,
Seit ich bin über'm Rheine;
Ja, meines Rosses Odem dampft,
Seit es Frankreichs Boden stampft,
Noch einmal so stolz, und wiehert!
Ich hab' sonst viel Französisch gekonnt,
Als ich noch war in den Fernen,
Kann nicht mehr viel seit einem Mond,
Und will es ganz verlernen.
Ich weiß nicht mehr, was ist Pardon;
Aber der Franzmann versteht mich schon,
Wenn ich auf deutsch was heische.
Ich will mir nehmen nur, was mein,
Und dann heimgehn in Frieden;
Wir wollen Freunde in Zukunft sein,
Doch hübsch von einander geschieden.
Bleibt ihr fein hier und denkt an mich,
Und ich daheim, ja wohl hab' ich
Auch lang' an euch noch zu denken.

————

Das ruft so laut.

O wie ruft die Trommel so laut!
Wie die Trommel ruft in's Feld,
Hab' ich rasch mich dargestellt,
Alles andre, hoch und tief,
Nicht gehört, was sonst mich rief,
Gar danach nicht umgeschaut;
Denn die Trommel,
Denn die Trommel, sie ruft so laut.

O wie ruft die Trommel so laut!
Aus der Thüre rief mit Ach
Vater mir und Mutter nach;
Vater, Mutter, schweiget still,
Weil ich euch nicht hören will,
Weil ich höre nur einen Laut;
Denn die Trommel,
Denn die Trommel, sie ruft so laut.

O wie ruft die Trommel so laut!
An der Ecken, an dem Platz,
Wo ich sonsten bei ihr saß,
Steht die Braut, und ruft in Gram:
„Ach, o weh, mein Bräutigam!“
Kann nicht hören, süße Braut;
Denn die Trommel,
Denn die Trommel, sie ruft so laut.

O wie ruft die Trommel so laut!
Mir zur Seiten in der Schlacht
Ruft mein Bruder gute Nacht!
Drüben der Kartätschenschuß
Ruft mit lautem Todesgruß,
Doch mein Ohr ist zugebaut;
Denn die Trommel,
Denn die Trommel, sie ruft so laut.

O wie ruft die Trommel so laut!
Nichts so laut ruft in der Welt,
Als die Trommel in dem Feld
Mit dem Ruf der Ehre ruft;

Ruft sie auch zu Tod und Gruft,
Hat mich nicht davor gegraut;
Denn die Trommel,
Denn die Trommel, sie ruft so laut.

Zum Auszug der Koburgischen Freiwilligen und Landwehr.

Wir ziehen aus in kleiner Zahl,
Doch unser Land ist klein und schmal,
So ist die Zahl fast groß.
Wir sollen ja allein nicht stehn,
Zu tausend andern soll'n wir gehn,
Ihr Loos ist unser Loos.
Wir ziehen aus spät an der Zeit,
Da lange schon im Kampf und Streit
Viel deutsche Brüder stehn.
Man hat uns eh'r gerufen nicht,
Sobald uns aber rief die Pflicht,
War'n wir bereit zu gehn.
Ihr Brüder, tief schon an dem Rhein,
Und tief in Frankreich schon hinein,
Weit ziehn wir hintennach;
Doch all soviel ist Ruhm und Ehr,
Daß sie auch uns noch blühn; nur wer
Gar ausbleibt, dem blüht Schmach.
Der Herr zu seines Weinbergs Bau
Rief ein'ge früh im Morgenthau
Am ersten Sonnenstrahl;
Zu Mittag rief er andre Schaar,
Und als der Abend nah schon war,
Da rief er noch einmal.
Und als das Tagwerk war vollbracht,
Da theilt' er gleichen Lohn zu Nacht
Den erst= und letzten aus.

So, deutsche Brüder, hoffen wir,
Wir sollen sitzen gleich wie ihr,
An gleicher Ehre Schmaus.
Ihr Streiter auf dem Gottesfeld,
Nehmt auf in euer weites Zelt
Hier unsre kleine Schaar;
Es wird in euren großen Reih'n
Wohl eine kleine Lücke sein,
Da stellen wir uns dar.
Ihr seid zum Theil wohl Kampfes matt;
Laßt kämpfen uns an eurer Statt
Mit unsrem frischen Muth;
Nehmt alles nicht für euch allein!
O gönnt, die Schwerter einzuweihn,
Auch uns noch Feindesblut!

Lied eines fränkischen Mädchens. *)

Ich bin ein fränkisches Mädchen,
Gar vieles ist mir bekannt;
Ich dreh' an allerlei Rädchen,
Ich spinn' an allerlei Fädchen,
Geschickt mit Fuß und mit Hand.
Ich bin ein fränkisches Mädchen,
Alles ist mir bekannt;
Nur eins nicht kann ich verstehen,
Wie jetzt die Reden gehen
Von Freiheit und Vaterland.
Wenn ich die Nacht durch darf tanzen,
So hab' ich Freiheit genug;

---

*) Unter den vorstehenden kriegerischen Spott- und Ehren-
liedern fand sich bei ihrer ersten Erscheinung eines, dessen ungemäßigt
scharfer Ton nothwendig mißverstanden werden, und dem Dichter den
Unwillen seiner nächsten Landsleute zuziehen mußte. Es ist das durch
den ihm nachtretenden Widerruf nunmehr zurückgenommene „Lied
eines fränkischen Mädchens.“   (Bemerkung von 1836.)

Und, denk' ich wohl, mein Vater
Genug des Landes hat er
Für mehr als einen Pflug.
Es sind Aufrufe ergangen,
Freiwillig in Krieg hinaus
Soll ziehn, wer groß genug ist;
Ich aber denke, wer klug ist,
Der bleibt bei mir zu Haus.
Ich höre von Reußen und Preußen,
Daß da die Mädchen wohl auch
Gar ihrem Bräutigam rathen
Zu Krieg und blutigen Thaten;
Das ist hier nicht der Brauch.
Wozu sind Bursch' auf der Welt denn,
Als um zu tanzen mit mir?
Ich hatte versprochen mit achten
Zu tanzen auf Weihnachten;
Es blieben von achten nur vier.
Vier mußten werden Soldaten,
Ist es nicht Schade dafür,
Daß Flinten sie müssen tragen,
Und todt sich lassen schlagen,
Und wissen nicht, wofür?
Und werden hätten's müssen
Die andern vier wohl auch,
Wenn nicht mit klugen Sinnen
Sie hätten geflennt und gegrinnen
Nach gutem Soldatenbrauch.
Ei, ihr vier troßigen andern,
Was habt ihr's nicht auch so gemacht?
Ich hätte für euer Greinen
Noch einmal so gern zu meinen
Mittänzern euch gemacht.
Statt dessen mögt ihr es haben,
Daß ihr nun ein Gewehr
Statt Schaufeln und Misthacken
Müßt tragen auf euern Nacken,
Das noch einmal so schwer.

Statt deſſen mögt ihr es haben,
  Iſt es nicht klagenswerth?
Daß, ſtatt Ochſen und Farren
Einzuſpannen im Karren,
  Ihr ſitzen müßt auf dem Pferd.
Wenn ihr mit Koth beſudelt
  Heim kämt, ſo wär' es gut,
Aber ich kann's nicht ſehen,
Daß ihr ſollt vor mir ſtehen
  Roth von Franzoſenblut.
Was haben euch denn die Franzoſen
  Gethan in aller Welt?
Sie haben doch vor allen
Viel beſſer mir gefallen
  Als jetzt der Koſack mir gefällt.
Laßt ſie nur wiederkommen,
  Mich ſchlagen ſie nicht todt;
Mit ihnen auszukommen
Mach' ich zu meinem Frommen
  Eine Tugend aus der Noth.
So bin ich fränkiſches Mädchen,
  So iſt mein deutſcher Sinn;
Ich dreh' an allerlei Rädchen,
Ich ſpinn' an allerlei Fädchen,
  Doch Deutſches iſt nichts darin.
So bin ich fränkiſches Mädchen,
  Und, fränkiſcher Burſch, biſt du
Gut deutſch wie ich nicht minder,
So nimm mich, und laß Kinder
  Uns zeugen in Fried' und Ruh.
Die Kinder will ich dann ſäugen
  Mit meinem deutſchen Blut;
Damit im fränkiſchen Lande
Künftig in ihrer Schande
  Nicht ausſterbe die Brut!

Widerruf.
1815.

Ich sang aus Zorn und Liebesdrang,
  Und nicht aus eitlem Spott;
  Und daß in's Herz mein eigner Sang
  Mir schnitt, schwör' ich bei Gott.
Ich las auf manchem Angesicht
  Ob meinem Sang Verdruß;
  Das wehrt dem Trotz des Dichters nicht,
  Zu singen, was er muß.
Ich sah auf Einem Angesicht
  Der Thränen feuchten Glanz;
  Bricht das den Trotz des Dichters nicht,
  So ist er eisern ganz.
Du, deren Thräne mich verklagt,
  Dir ruf' ich knieend zu:
  Von der ich sang, das war die Magd,
  Die Herrin, das bist du.
Ich hab' von meinem Vaterhaus
  So niedrig nie gedacht,
  Als sei die Herrin Zucht daraus
  Entflohn in Einer Nacht.
Doch wähnt' ich auch die Herrin nie
  So herrlich und so nah,
  Als ich mit deinem Antlitz sie
  Mir jetzt erscheinen sah.
Die Herrin will, daß nicht allein
  Sie selbst sei makellos;
  Nicht minder soll die Magd es sein,
  Die wohnt in ihrem Schloß.
Das hat der Dichter auch gewollt,
  Drum auf den Sündenschmutz
  Der Magd im Haus hat er gegrollt,
  Die ihn noch hält für Putz.
O wehte doch durch's ganze Haus
  So deiner Anmuth Hauch,
  Daß aus den Winkeln ganz heraus
  Verschwände jeder Rauch.

Wüsch' alles erst sich um dich her
  In deiner Reinheit Born;
  Daß gar kein Stoff sich fände mehr
  Für deines Dichters Zorn.
Dann rief' ich laut in alle Welt
  Nach den vier Ecken aus:
  Wer blickt mir zwischen Rhein und Belt
  Hohn auf' mein fränk'sches Haus?
Auf jedem anderen Gefild,
  Wie hier auf meiner Flur,
  Wächst wohl ein gleiches Schmachgebild;
  Ich sah auf's nächste nur.
Doch ob so reinen Adels Spur,
  Als ich sah vor mir stehn,
  Sich sonst wo finde, glaub' ich nur,
  Wenn's meine Augen sehn.

Herr Kongreß.

Was hat Herr Kongreß in Wien gethan?
  Er hat sich hingepflanzt,
  Und hat nach einem schönen Plan
  Anstatt zu gehn getanzt;
  Frau Deutschheit war die Tänzerin,
  Umtanzen mußte sie her und hin,
  Was war ihr Gewinn?
  Im Schwung französischer Tänze
  Verlor sie vom Haupte die Kränze.
Was hat Herr Kongreß in Wien gethan?
  Er hat sich hin postirt,
  Und hat, anstatt zu gehn voran,
  Herum karussellirt.
  Frau Deutschheit karusseliren sich ließ,
  Im Kreis herum wie der Braten am Spieß,
  Was war der Ersprieß?
  Sie konnt' es nicht vertragen,
  Es ward ihr übel im Magen.

Was hat Herr Kongreß in Wien gethan?
  Er war ein Mann von Welt,
  Er hat, da es war Schlittenbahn,
  Eine Schlittenfahrt angestellt.
  Frau Deutschheit in dem Schlitten fuhr,
  Gehüllt in Zobel und Pelzwildschur,
  Wie bekam es ihr nur?
  Sie hat die Ohren erfroren,
  Den guten Ruf noch verloren.

Was hat Herr Kongreß in Wien gethan?
  Er war ein tapferer Held,
  Er hat mit Roß und Speer und Fahn
  Ein deutsch Turnier angestellt.
  Frau Deutschheit, das deutsche Turnier ihr gefiel,
  Die alte Sitt' in neuem Spiel,
  Was war das Ziel?
  Die Lanz', ihr zu Ehren gebrochen,
  Hat ihr ein Aug' ausgestochen.

Und als Herr Kongreß nun müde ward
  Von all dem Saus und Braus,
  Tanz, Karussel und Schlittenfahrt
  Und Turnier, da tournirt' er nach Haus.
  Frau Deutschheit, und wenn du's zufrieden bist,
  So lad' ich dich ein auf andere Frist,
  Wann Zeit dazu ist,
  Zu Frankfurt an dem Maine,
  Da warte, bis ich erscheine.

Du sollst mich als deutschen Bundestag
  Maskirt auftreten sehen;
  Wir wollen, wenn's Gott gefallen mag,
  Uns wieder im Kreise drehen.
  Frau Deutschheit, erhalte mir deine Huld,
  Und falle mir nicht in Ungeduld!
  Die Zeit ist schuld,
  Daß alles mit Schaugepränge
  So geht in die Breit' und die Länge.

———

Vergleichung.

Es begegneten heut' in meinem Traum sich
Die zwei Kaiser, die beide große heißen,
Karl der Groß' und Napoleon der Große.
Als nun gegeneinander beide traten,
Sich zu messen, da reichte gleich der große
Franzenkaiser dem großen Frankenkaiser
Mit der Spitze des Huts bis an den Nabel.

Fünftes Kapitel.

Nach den Freiheitsjahren.

Klage.

Da noch der Ur
　　Durch deutsche Wälder
　　Ging und der Elk,
　　Und der Arm des Jägers
　　Noch stark genug
　　War mit den starken zu ringen!
Da die Wasserfälle
　　Brausten durch schroffe Klippen,
　　Und durch zackige Tannen
　　Zog wie Sturmwind
　　Alter Schlachtgesang!
Von der Schärfe des Beiles
　　Sind die Wälder gesunken,
　　Und der Stammbaum der Kämpfer
　　Von der Sichel der Zeit.
Die Berge sind kleiner geworden,
　　Geschoren ihre freien Locken;
　　Ueber die kahlen Stirnen
　　Zieht die Furchen des Kummers
　　Der knechtische Pflug.

Die Ströme des Landes
  Sind eingetrocknet,
  Wie die Adern der Leiber;
  Die blauen Augen,
  Die heimischen Seen,
  Wo sich Himmel und Wolken
  Spiegelten, sind versumpft.
Und nichts ist geblieben,
  Als die Echo im Gebirg,
  Die mit dem alten
  Freunde, dem Nachtwind,
  Seufzend sich bespricht
  Ueber die Herrlichkeit
  Dessen, was war.

Das hölzerne Bein.

Neulich mit 'nem hölzern Beine
  Einer von den Offizieren
  Ging, und nicht im Sonnenscheine,
  Mitten durch den Park spazieren,
Sondern recht im Regenwetter,
  Als der ganze Himmel troff.
  Solch ein Vaterlandesretter
  Ist vom allerhärtsten Stoff.
Der sich oft in Blut gebadet,
  Nicht dem Manne wird es schaden;
  Aber mit den hölzern Waden
  Wenn es nur dem Bein nicht schadet!
In dem Regen blieb er stehn,
  Sich gemüthlich umzuschauen,
  Läßt auf sich den Himmel thauen,
  Und dann will er weiter gehn.
Hat den starren Fuß der Mann
  In den Lehm so fest gewühlet,
  Den der Regen aufgespület,
  Daß er nicht vom Flecke kann?

Größres Wunder ist zu sagen
   Wie noch nie der Welt war kund:
   Wurzeln in dem feuchten Grund
Hat der dürre Fuß geschlagen.
O gedeihlich Regenwetter,
   Wurzeln schlug durch dich das Bein.
   Sende nun den Sonnenschein;
Und das Bein, es treibt auch Blätter.
Wurzellos und blätterlos
   Ist sonst solch' ein hölzern Bein;
   Braucht es Sonn' und Regen blos,
Um ihm beides zu verleihn?
Scheine Sonn', und regne Regen,
   Daß ein jeder, der eins trägt,
   Blätter treibt und Wurzeln schlägt:
Deren giebt's doch allerwegen.
Uebten sie sich dann daneben,
   Auch von Sonnenschein und Regen,
   Wie die Pflanzen ganz zu leben;
Braucht' es weiter kein Verpflegen.
Und anstatt mit Pomeranzen
   Könnte man den Park verzieren
   Mit den vaterländ'schen Pflanzen,
Invaliden Offizieren.

Im Parke.

Geh' im Fürstenparke nicht spazieren,
Wo sich Büsch' und Bäume höfisch zieren;
Wo die Lüfte gehn wie Leisetreter,
Sonnenstrahlen lächeln wie Verräther;
Wo den Kopf zusammen stecken Rüstern,
Um von Staatsgeheimnissen zu flüstern,
Und Fontänen ohne Unterbrechen
Von der ew'gen Langenweile sprechen.
Nachtigall behagt sich nicht im Freien,
Wo aus Fenstern schwätzen Papageien;

Und die Turteltaube flieht den Plan,
Wo buntscheckig prunkt der Goldfasan.
Alle Blumen fühlen sich befangen.
Kleinlaut sind die Rosen aufgegangen;
Und zu präsentiren weiß sich da
Nur mit Anstand die Hortensia.

Perrücke und Brille.

Zwei Stutzer, alt' und neue Zeit,
  Geriethen mit einander in Streit;
    Der eine stieß sich an seines Nachbarn Perrücke,
    Und der an des andern modischer Nasenbrücke.
Herr Neuzeit rümpft die Brill' auf der Nase,
  Und Herr von Altzeit schüttelt die Perrücke;
    Sie thun alsob der Menschheit Glücke
    Beruh' auf falschem Haar und Augenglase.
Perrücke behauptet der neuen Brille Gefährlichkeit,
  Und Brille behauptet der alten Perrücke Beschwerlichkeit;
    Perrücke beruft sich auf eigene alte Verrehrlichkeit,
    Und Brille auf ihre nunmehrige Weltunentbehrlichkeit.

Zum Geburtstag des Herzogs.
(2. Januar 1824.)

Wann die Sonn' am tiefsten war,
  Wird sie wieder sich heben.
Nach Weihnachten um's neue Jahr
  Regt sich das neue Leben.
Ueber Fluren voll Winter=Eis
  Hört' ich die Lerche singen,
Aus der Dunkelheit will ein Reis
  Glänzend zum Lichte dringen.
Mit dem wachsenden Licht der Welt
  Wird ein Baum sich entfalten,

Schirmend über ein weites Feld
Schattige Arme halten.
Ihm soll jeder Orkan, der schnaubt,
Werden ein Zephyrsäuseln,
Das ihm diene am schönen Haupt
Nur die Locken zu kräuseln.
Um den schlanken Stamm ihm geschmiegt
Sei der flatternden Ranken
Anmuthreichste, vom Traume gewiegt
Leiser Liebesgedanken.
Wie Er Segen und Frucht wird streun
Auf die Seinen hernieder,
Soll Sie mit Blüth' und Duft ihn freun
Immer und immer wieder.
Kommt und sehet in Winternacht
Blühn den schönsten der Lenze;
Um den glänzenden Baum der Macht
Schlingt die festlichen Tänze!
Da Du selber bist Ernst genannt,
Nahn wir Dir mit den Scherzen.
Sei von Wonnen Dein Herz erbrannt
Wie der Saal von den Kerzen!
Gleich den Kleinen, die hier empor
Ihre Wünsche Dir stammeln,
Soll um Dich sich ein Freudenchor
Bunter Jahre versammeln.
In dem Chore der Stimmen hier
Wirst Du zweie erkennen,
Näher sprechend zu Herzen Dir,
Weil sie Vater Dich nennen.
Unserer Hoffnungen Kränze sind
Den zwei Knospen verschlungen;
Und den Wunsch, den Dir bringt Dein Kind,
Hörst Du von tausend Zungen.
Blicke, wie auf Dein schönes Paar,
Auf uns all nicht minder;
Denn wir stellen uns alle dar,
Vater, als Deine Kinder.

Coburgs Jugend

an ihre beiden Prinzen, am Schulfeste 21. Juni 1826

(als die Stadt fürchtete, der Herzog möchte seine Residenz nach
Gotha verlegen).

Wir wollen's uns nicht nehmen lassen,
  Das angestammte Prinzenpaar,
  Sie sollen zieh'n durch diese Straßen
  Vor ihrer künft'gen Bürger Schaar;
  Daß es der Stadt ein Freudenzeichen
  Sei ein Verheißungsunterpfand:
  Nie wird der Fürstenstamm entweichen
  Von seiner Stadt, von seinem Land.
Wir haben heut' uns umgebildet
  In die Gestalten alter Zeit.
  Behelmt, bepanzert und beschildet,
  Ein Heer von Rittern, kampfbereit.
  Die Stadt, gewiegt im Friedenschooße,
  Seh' als ein Spiel den Krieg allein:
  Es soll vom Kinderlanzenstoße
  Die Ruh' nur leicht gefährdet sein.
Doch von der Kleidung altem Schnitte
  Bleibt junges Herz nicht unberührt;
  Sei von der scherzgeborgten Sitte
  Ein Hauch des Ernsts ihm zugeführt:
  Zu treuer muth'ger Bürger-Innung
  Weihn wir uns euch auf künft'ge Zeit;
  Zu deutscher fürstlicher Gesinnung
  Seid, junge Fürsten, uns geweiht!
O stellt die besten eurer Ahnen
  Euch heut' im Geist zum Muster vor,
  Und denkt, ihr zieht auf ihren Bahnen,
  Indem ihr zieht in unserm Chor.
  Ja, wälzt des Krieges Ungewitter
  Sich jemals neu auf deutsche Flur,
  So wißt, ihr findet eure Ritter
  In allen euern Bürgern nur.

Doch heute soll uns Heitres ahnen!
O kommt, dem Festspiel vorzustehn,
Ihr sehet hier die beiden Fahnen
Von Rosenau und Coburg wehn.
Sie fordern sich zum Kampf mit Schweigen,
Die gute Stadt, die schöne Flur;
Wettstreitend wollen Liebe zeigen
Dem Fürsten Menschen und Natur.
Freund der Natur, an Deinem Blicke
Berose sich die Rosenau;
Und daß es lind Dein Herz erquicke,
Steh' jeder Rose Aug' im Thau.
Fürst, Vater Deines Volkes! wohne
In Deiner Stadt, o milder Ernst;
Und nie welk' ihre Bürgerkrone,
Weil du dich nie von ihr entfernst.
Nun kommt, ihr tapfern Rosenauer,
Und zeigt, wie ihr im Kampf es meint!
Ergießet einen Rosenschauer
Zum Angriff über euern Feind.
Und ihr, um euren jungen Fürsten,
Coburger! schwenket hochgesinnt
Die Spieße, die nach Blut nicht dürsten,
Weil sie geweiht der Freude sind.*)

---

*) Die ursprüngliche Lesart der beiden Schlußzeilen war:

Die Spieße mit den Bratewürsten,
Die unsrer Stadt Wahrzeichen sind.

Gegen diese zu freie Anspielung auf Coburgs beliebtestes Markt-
erzeugniß machten die Besteller des Gedichtes Einwendungen, und die
Nachgiebigkeit des Dichters ward auf's glänzendste, mit dem Ehren-
bürgerrecht der Stadt, belohnt.

Die deutsche Eiche.

Wie ihr zu dem Wahn gekommen,
　Deutsche, daß für euern Baum
Ihr die Eich' habt angenommen,
　Zu begreifen weiß ich's kaum.
Sie ein Bild von euerm Reiche?
　Welch ein krüpplig Jammerbild!
Denn verkümmert wie die Eiche
　Wächst kein Baum im Lenzgefild.
Warum nicht, die höher strebet,
　Buche mit dem Riesenschaft;
Oder die so zierlich schwebet,
　Birke, säuselnd geisterhaft?
Beide, die dem Blick zu Troste
　Schmückt der Lenz mit frühstem Laub,
Das nicht zittert vor dem Froste,
　Dem die Eiche wird zum Raub.
Und dann nagt der Maienkäfer
　Scharf dem Maienfroste nach;
Und dem armen deutschen Schäfer
　Bleibt ein spärlich Schattendach;
Wo im hohen Sommergrase,
　Hohes träumend, er sich streckt;
Bis im Herbstwind auf die Nase
　Fallend ihn die Eichel weckt.

―――――

Die hohle Weide.

Der Morgenthau verstreut im Thale
　Sein blitzendes Geschmeide;
Da richtet sich im ersten Strahle
　Empor am Bach die Weide.
Im Nachtthau ließ sie niederhangen
　Ihr grünendes Gefieder,
Und hebt mit Hoffnung und Verlangen
　Es nun im Frühroth wieder.

Die Weide hat seit alten Tagen
   So manchem Sturm getruzet,
Ist immer wieder ausgeschlagen,
   So oft man sie gestuzet.
Es hat sich in getrennte Glieder
   Ihr hohler Stamm zerklüftet,
Und jedes Stämmchen hat sich wieder
   Mit eigner Bork' umrüstet.
Sie weichen auseinander immer,
   Und wer sie sieht, der schwöret,
Es haben diese Stämme nimmer
   Zu einem Stamm gehöret.
Doch wie die Lüfte drüber rauschen,
   So neigen mit Geflüster
Die Zweig' einander zu, und tauschen
   Noch Grüße wie Geschwister;
Und wölben über'm hohlen Kerne
   Wohl gegen Sturmes Wüthen
Ein Obdach, unter welchem gerne
   Des Liedes Tauben brüten.
Soll ich, o Weide, dich beklagen,
   Daß du den Kern vermissest,
Da jeden Frühling auszuschlagen
   Du dennoch nie vergissest?
Du gleichest meinem Vaterlande,
   Dem tief in sich gespaltnen,
Von einem tiefern Lebensbande
   Zusammen doch gehaltnen.

Reaction.

Vor zwanzig Jahren
   Dachten wir hoch zu fahren,
   Auf eigner Bahn,
   In Saus und Braus,
   All vornen hinan.
   All oben hinaus.

Jetzt sind die Schwingen gebrochen,
Wir sind zum Kreuze gekrochen,
Bitten demüthig,
Flehmüthig, wehmüthig:
Laßt uns im Haufen
Nur auch mitlaufen!

Welt und Ich.

„Wo auf Weltverbesserung
  Wünsche kühn sich lenken,
Willst du nur auf Wässerung
  Deines Wieschens denken?
„Wenn man erst die Welt gemacht
  Ganz zum Paradiese,
Kommt's von selber über Nacht
  Auch an deine Wiese.
„Doch es muß zum großen Hort
  Bei das Kleinste tragen;
Hast du nicht ein gutes Wort
  Etwa mir zu sagen?
„Auch das Wort ist eine That,
  Wie sich mancher rühmet,
Und ein Hauch des Frühlings hat
  Stets die Welt beblümet." —
Blühe, was da blühen mag,
  Unter euern Hauchen!
Ich will meines Herzens Schlag
  Für mein Leben brauchen.
Möge jeder still beglückt
  Seiner Freuden warten!
Wenn die Rose selbst sich schmückt,
  Schmückt sie auch den Garten.

Zum Neujahrschmaus 1833.

Bedenklich hat es hier und dort gebraust,
   Und kritisch ward Europas Lage;
   Wir aber haben ruhig fort geschmaust
   An jedem neuen Monatstage.
   Und wie im Zweifel der Gefahr
   Das alte Jahr geschieden,
   Sehn wir im neuen, Paar und Paar,
   Uns hier mit uns und mit der Welt im Frieden.
Denn glücklich ist der Donnerschlund verstummt,
   Der unser Gleichgewicht bedrohte;
   Er war, wie furchtbar auch sein Mund gesummt,
   Doch ein vermummter Friedensbote,
   Der so mit seinem tecken Gruß
   Die Politik nur schreckte,
   Wie auf den Straßen Schuß um Schuß
   Die Polizei in der Neujahrsnacht neckte.
Nun geht das Jahr, und das Jahrhundert auch,
   Entwickelnd Neues aus dem Alten.
   Der Winter schauert vor dem muntern Hauch,
   Der einst den Frühling wird entfalten.
   Kein absoluter Winter bricht
   In unsern Jahresreigen;
   Und ist der Himmel licht noch nicht,
   Doch gegen Norden ist die Sonn' im Steigen.

Alte Prophezeiung.

   Es steht auf einem Feld
     Des Reiches dürrer Baum,
   Und wartet bis der Held
     Erwacht aus seinem Traum.
   Wenn der aufhänget kühn
     Am Baume seinen Schild,
   Dann wird der dürre grün,
     Dann blüht das Reichsgefild.

Zersplitterung.

Jeder singt auf seine Weise,
    Oder schreit aus seinem Ton;
Jeder fährt im eignen Gleise
    Oder ohne Gleis davon.
Wären wir in größern Dingen
    Eins und einverstanden nur;
Möchten wir zwiespältig singen
    Wie die Vögel auf der Flur!
Aber da euch ward zunichte,
    Deutsche, jedes andre Band;
• Weh, daß ihr selbst im Gedichte
    Habt kein ein'ges Vaterland!

Freiheit.

Schmücket euch nicht mit Violen,
    Rosen oder grünem Strauß!
Denn man legt sie zu Symbolen
    Euerer Gesinnung aus.
Habt ihr sie nicht abgebrochen
    Draußen auf der freien Flur?
Allem sei der Stab gebrochen,
    Was nach Freiheit riechet nur!

Das Völkereintrachtshaus.

Bau' dir eine kleine Welt,
    Wie's am besten dir gefällt!
Laß beiseit die große, die
    Selbst sich baut, ich weiß nicht wie,

Oder von, ich weiß nicht wem,
Bau'n sich läßt nach dem System,
Das nicht jedem ist bequem.
Wär' ich reich, o Freund, wie du,
Baut' ich Haus und Hof mir zu,
Und den Garten hinter'm Haus
Mit der Aussicht feldhinaus,
Auf der Höh ein Panoram,
Abzuspiegeln wild und zahm,
Was da in die Nähe kam.
Da ich arm als Dichter bin,
Möge mir Baumeisterin
Muse helfen bau'n ein neu
Wunderbares Versgebäu,
Ganz mit Spiegeln ausgelegt,
Drin natürlich sich bewegt,
Was die Schöpfung schönes hegt.
Ein Gewächshaus bau' ich auch,
Aufzunehmen jeden Strauch,
Der aus fremden Zonen stammt,
Jede Blume, die entflammt
Ist von heißer Sonnen Macht,
Die des Tages Glanz verlacht,
Und als Lamp' erhellt die Nacht.
Sei ein Vogelhaus dabei,
Dessen Netz unsichtbar sei,
Daß sich schaukeln wie im Freien
Die gefangnen Papageien,
Pickend nach der goldnen Frucht,
Die, aus Purpurblüthenwucht
Rings die Luft zu würzen sucht.
Muse, bau' mit Zauberton
Mir ein deutsches Pantheon!
Eng dagegen soll und klein
Regensburgs Walhalla sein,
Aus dem allgemeinen Schatz
Werde jedem sein Ersatz,
Und mir selbst mein Ehrenplatz.

Bau' das Völkereintrachtshaus,
  Drin beim Weltenfriedenschmaus,
  Sitze jedes Volk der Welt
  Durch Gesandte vorgestellt.
  Lächle, daß sie freundlich sehn;
  Und daß alle sich verstehn,
  Laß mich bei als Dolmetsch gehn.
Bau' ein Schloß aus Edelstein,
  Das sich spiegl' im deutschen Rhein,
  Wo auf neuem Fürstenthron
  Sieht ihr Haupt die Nation.
  Königsnamen ist verbannt,
  Kaiser ist er nicht genannt,
  Wie er heißt, ist dir bekannt.

Politik.

„Gib Achtung! eh' du dich's versiehst
  Bist wieder du betrogen,
  Von der Politik, die du fliehst,
  Zurück in's Netz gezogen.
„Ich seh' in's reine Blau der Luft
  Sich schon was Trübes mischen,
  Und heimlich unter'm Blumenduft
  Die alten Schlangen zischen." —
Wenn du nicht falsch gesehen hast,
  Es könnte mich erschrecken;
  Und wirklich muß ich selber fast
  Was ähnliches entdecken.
Doch eins giebt mir Beruhigung;
  Sonst hielt ich, mitzusprechen,
  Mich klug genug, weil jung genung;
  Sollt' Einsicht mir gebrechen?
Nun merk' ich, daß man etwas doch
  Verstehn muß von der Sache;
  Und sollt' ich gar studiren noch,
  Eh' ich ein Verschen mache?

Herbstgefühl.

Wie ein herbstdurchschütterter Strauch
   Ist das zagende Vaterland;
   Wo in Blättern sich regt ein Hauch,
   Löst er einem das Lebensband.
Wie das sterbende Blatt sich schmückt,
   Küßt es weinend der Sonnenstrahl;
   Frühlingstäuschung, die mich beglückt,
   Ach du lächelst zum letzten Mal.
Vögel fühlen den Winter vor;
   Wie die wandern im Nebelduft,
   Senken die sich in Schilf und Rohr,
   Die zum Schlafen in Fels und Kluft.
Glücklich sind die schlafen, und die
   Sind beglückter, die wandern aus.
   Die da wachen und bleiben hie,
   Klagen in Frost und Wintergraus.

Der Lebensstrom.

Das Bestehende ist die Natur,
   Und Alles kehrt zur Natur zurücke;
   Die Geschicht' ist ein Wandel nur
   Ueber des Daseins schwankender Brücke.
Wie die Knospen im Frühlingshauch
   Sich entfalten und umgestalten,
   Wachsen Völkergeschlechter auch
   Um zu reifen und zu veralten.
Wie, gefället, des Waldes Strauch
   Wieder wächst auf den alten Strecken,
   So erneuen sich Völker auch,
   Deren Wurzeln im Boden stecken.
Wie ihr kommet und wie ihr geht,
   Was voran hier, ist dort dahinter;
   Wie die Erd' um die Sonne dreht,
   Kommt sie immer zu Lenz und Winter.

Lenz und Winter, wie Nacht und Tag,
Zeitenwechsel vorüberbrausend,
Ob gezählet nach Glockenschlag,
Oder gemessen nach Jahrtausend.
Strom des Lebens, o ströme nur!
Mich auch trägst du mit dir davon.
Rings umufert dich die Natur,
Und jetzt im Hafen ruh' ich schon.

Beschränkungen.

Meinem Vater hat seiner gesagt:
Mein Vater hat noch Hasen gejagt,
Das ist dann eingegangen.
Ich habe noch Fische gefangen,
Nun sind die Teiche zugesetzt.
Du selbst, mein Sohn, fängst Vögel jetzt;
Deinem zukünftigen Sohne
Wird verpönet die Dohne.
Auszulassen den Jagetrieb,
Darf er noch fangen den Molkendieb;
Lebt einst dein Enkel auf Erden,
Wird das auch verboten werden.

Regal.

Der Himmel sprach: „der Armuth wegen
Soll heute regnen goldner Regen."
Ja, regn' er und reg' all
Die Schöpfung an mit goldnem Segen!
Wem kommt gelegen
Der goldne Regen?
Man wird ihn reguliren,
Nicht uns mit regaliren,
Ihn machen zum Regal.

Der Himmel sprach: „die Noth zu legen,
Soll sich von Silberschuppen regen
Der Fischbach!" Ja, reg' Aal
Und Karpfe sich mit Silberschlägen!
Wer wird einhegen
Das Silberregen?
Man wird es reguliren,
Nicht uns mit regaliren,
Es machen zum Regal.

Die deutsche Stadt.

Eine deutsche Stadt möcht' ich erbauen,
Unter Himmel, einem ewig blauen,
Rings von einem Frühlingshain umschlossen,
Und von einem stillen Strom beflossen;
Mittelpunkt von einem weiten Reiche,
Nabe eines Rads von mancher Speiche,
Sonnenbrennpunkt, welcher seiner Strahle
Lebensregung strömt' in alle Thale.
Alles Leben seinen Kreislauf haltend,
Planetarisch ruhig sich entfaltend,
Aus der Mitte nach dem Umkreis fließend,
Aus dem Umkreis sich zur Mitt' ergießend.
Rings im Lande müßte Friede wohnen,
In der Hauptstadt Fürst, der höchste, thronen,
In sich dar des Volkes Spitze stellend,
Sich die besten seines Volks gesellend,
Wachend, daß vom großen bis zum kleinen,
Jedes leb' im großen Allgemeinen,
Jedes Glied sich freudig schließ' an's Ganze,
Jedes stolz sich fühl' ein Blatt im Kranze;
Von dem Thron ausströmend Lust und Segen,
Wie vom Himmel Sonnenschein und Regen,
Daß die Fluren jauchzten und die Hürden,
Arbeit singend trüge ihre Bürden,

Wie die Bienen ihren Fleiß zur Zelle,
Jeder jedem fördernder Geselle.
Gleich dem Strome lächelnd helle Mienen.
Heiter wie der Himmel über ihnen,
Spiegel der Zufriedenheit die Züge,
Freiheit, Ordnung, Wohlbehagen, Gnüge;
Daß der Pflüger nicht bei seinen Garben,
Hirt bei seinen Herden müßte darben,
Winzer dursten nicht bei seinen Reben,
Sondern jeder lebte sich ein Leben.
Kommen würden dann die frommen Künste,
Und auf's Leben wenden ihre Brünste,
Nicht unmuthig ihren Strahl verschließen,
Blumen gleich, die es verdrießt zu sprießen.
Nahen würden sie den städt'schen Schwellen,
Auf den Markt und um den Thron sich stellen,
Jeden einzelnen mit Lust entzückend,
Und zumeist das Allgemeine schmückend.
Nicht die Weisheit, die in Schulen brütet,
Nicht Gelahrtheit, die den Moder hütet,
Eines frohen Volkes klare Augen
Würden ihnen nur zu Richtern taugen.
Fühlend sich von ihrem Volk gehoben,
Heben würden sie ihr Volk nach oben.
Neue Tempel würden auferstehen,
Die Musik drin auf zum Himmel gehen.
Im Palaste brennend Farbenfeuer
Machte himmlisch irdisches Gemäuer.
Und die Dichter, wie die Nachtigallen,
Würden nicht in Wäldern sich gefallen,
Würden kommen zu der Stadt, und wohnen
In den Gärten, in den Laubeskronen.
Nicht in's Reich der Phantasien verschlagen,
Sondern von der Wirklichkeit getragen,
Nicht in alle Himmelstriche schwärmend,
Sich an vaterländ'scher Sonn' erwärmend,
Nicht im Bücherlabyrinth verirret,
Vom Geschrei der Thoren unverwirret,

Setzend ihre Kunst an Hirngespinnste,
Lesender Zerstreuung zum Gewinnste,
Ueberreizte Nerven überreizend,
Nach dem Lächeln stumpfer Sinne geizend,
Der Entmannung schlaffe Muskeln kitzelnd,
Heil'gen= oder Ritterbilder schnitzelnd:
Nicht ein ekles Spiel für Müßiggänger,
Singen würden ihrem Volk die Sänger.
Einer würd' herab von trag'schen Bühnen
Weltgeschick und Heldentod versühnen.
Einer leicht den kom'schen Spiegel heben,
Drin zu sehn das Volk dem Volke geben.
Einer möchte seines Liedes Aeste
Wölben über des Palastes Feste.
Und ich wollte durch die Straßen schreiten,
Trunken, unter Rebenlaub die Saiten,
Stehen bleiben, da wo Becher klängen,
Und mich in des Festes Mitte drängen,
Singen, wie Hafisens Geist mich triebe,
Frühling, Jugend, Rosen, Wein und Liebe.
Wie die Sonne kreiste rings der Becher,
Und wie Monde leuchteten die Zecher.
Vor die Thore kommt die Stadt, zu lauschen,
Sich am Lied, am Weinduft, zu berauschen.
Und ein Lied, das Freimund so gesungen,
Geht durch's Reich, und lebt auf allen Zungen.
Jetzo, solchen Liedersporn vermissend,
Wo das Reich liegt und die Stadt, nicht wissend,
Hab' ich einsam, was ich schrieb', geschrieben,
Für mich selbst und wen'ge, die mich lieben.

Sonne und Mond im Jahr 1833.

Wen wundert's, daß es Freiheit nicht
    Auf Erden giebt und Volksbeglückung?
Am Himmel sinnt das große Licht
    Nur auf des kleinen Unterdrückung.

Erst hat der beiden Mächte Macht
  So ungleich sich getheilt in's Ganze:
  Der Mond erhielt die trübe Nacht,
  Die Sonn' allein den Tag im Glanze.
Noch hat sie's nicht soweit gebracht,
  Die beiden Reiche zu vereinen;
  Doch darf in seiner eignen Nacht
  Der Mond schon manchmal gar nicht scheinen.
Und wie die Sonne führt das Jahr,
  So sollte Mond den Monat führen;
  Der Name macht es offenbar,
  Daß ihm nur kann dies Recht gebühren.
Und ist nun so dem Ursprung nicht
  Entfremdet Alles und entwendet,
  Daß man von Sonnenmonat spricht,
  Den an der Mond nicht hebt noch endet?
In diesem Jahre wunderbar
  Sich haben beide Himmelslichter
  Verglichen, das ungleiche Paar,
  Ungleich wie Philosoph und Dichter.
Sie haben beide Hand in Hand
  Getreten an den Jahresreigen;
  Des Mondes viergetheiltem Stand
  Sind die vier Monatswochen eigen.
Er wächst; so wächst der Monat mit,
  In dessen Mitte steht der volle;
  Ablaufen sie im gleichen Schritt,
  Daß gleich ein neuer Lauf entrolle.
Du magst dies Jahr ein Mondenjahr
  So gut als Sonnenjahr benennen,
  Es dient gemeinschaftlich dem Paar,
  Das keine Zwietracht scheint zu kennen.
Doch währt nicht lang die Herrlichkeit;
  Ein halbes Jahr ist kaum verstrichen,
  Und schon hat ein gelinder Streit
  Sich zwischen ihnen eingeschlichen.
Im Wettlauf mit der Sonne bleibt
  Der Mond zurück, der schwächre Reiter;

Der Mond ist um, der Monat treibt
  Sich auf's Gebot der Sonne weiter.
Vor Jahres Ende sind sie weit
  Weit auseinander schon gewichen;
Und wir erleben nicht die Zeit,
  Wo sie sich wieder ausgeglichen.

Aufklärung.

Wir graben selber uns die Grube,
  Und wissen's alle nicht,
Ein jeder, der auf seiner Stube
  Für Volksaufklärung ficht.
Ein Dichter schürt die Freiheitsbrünste,
  Es leuchtet ihm nicht ein,
Daß man ihn und die schönen Künste
  Als Brennholz wirft darein.
Es müht sich der Gelehrtenorden,
  Zu machen leicht aus schwer;
Und sind sie erst verständlich worden,
  Sind sie gelehrt nicht mehr.
Die Fürsten steigen von den Thronen,
  Die Ritterschaft vom Roß;
Und ließe man papierne Kronen
  Euch und ein Feenschloß?
Der Ruhm des wahren Bürgerthumes
  Hält es für unerlaubt
Zu dulden einen Schein des Ruhmes
  Und eines Einzlen Haupt.

Fortschritt.

Mit den Zeiten
    Fortzuschreiten
Ist wohl gut und ist wohl noth,
Oder du wirst lebendtodt
Mitten unter Jungen stehen,
Bald dich überwachsen sehen;
Drum, solang' es geht, geh' mit,
Aber mit gemeßnem Schritt!
Bist einmal der Alte nun,
    Sie sind liebe Kinder;
    Altklug sollst du zwar nicht thun,
    Aber jung noch minder.

Palast und Hütte.

Glücklich, wer den Reichspalast,
    Wann er erst wird sein gebaut,
Schmückt mit hellem Farbenglast,
    Den ein Volk bewundernd schaut.
Armer Thor, wer Kunst und Fleiß
    An ein alt und morsch Gestein
Legt, von dem er selber weiß,
    Daß es erst zerstört muß sein.
Male du mit heiterm Licht,
    Dir genug, dein kleines Haus,
Und beneide jenen nicht,
    Der einst malt das große aus.

Neugriechenland.

Die, ohne die wir waren,
    Und wären noch Barbaren,
    Und zu Barbarenherden
    Von neuem würden werden,

Wo nicht uns umgebären
Ihr Geist würd' und mit Menschheitadel nähren;
Die Enkel·find's von jenen
Hochheiligen Hellenen,
Die unter'm Joch geschlafften,
Dann unter'm Druck gestrafften,
Nun glorreich aufgerafften
Urenkel, denen
·Des Kapitals, das wir empfingen
Von ihren Vätern, wir nun spät die Zinsen bringen.
Wir bringen wieder die Kultur,
Von wo sie hergedrungen,
Zurück zur gottgeweihten Flur,
Wo sie von selbst entsprungen,
Wo ihre Spur
Verschlungen
Vom Sturz der Zeit, harrt unsres Anbaus nur.
Wir bringen Uniformen
Dazu vom neusten Schnitt
Und europäische Normen
In Menge mit.
Sie gehn hier gleich den Wilden
Natürlich nackt;
Wir kommen sie zu bilden
Gleich uns zu Menschen abgeschmackt.
Sie haben abgerissen
Die Kleider in dem Kampf mit Türken,
Die wir nun sind beflissen
Aus altem Trödel neu zu wirken.
Schämt euch vor den Gestalten,
Erinnernd an die idealen alten,
Wenn ihr wollt eure Lappen
Und Klappen an antike Rumpfe pappen,
Auf bronzne Stirnen eure knappen Kappen!
Da hätten sie behalten
Den Turban besser und des Kaftans Falten.
Schämt euch vor dieser Sonne,
Vor diesem Himmel, dieser Luft,

Die mit wehmüth'ger Wonne,
Mit goldenem Erinn'rungsduft,
Sich breiten um der Heldenschönheit Gruft.
Ihr müßt ihr Flüstern, müßt ihr Wehen,
Ihr Flehn, ihr Zürnen, wohl verstehen;
Es ruft:
Wir wollen hier nichts fremdes sehen,
Das schöne heim'sche soll verjüngt erstehen.
Südinsulaner mögen sich ergötzen
An eurer abgetragnen Bildung Fetzen;
Doch hier ist müßig das und überflüssig,
Was man bei euch schon selbst ist überdrüssig,
Und was ihr darum wohl uns gönnt,
Weil ihr es los nicht werden könnt.
Was soll der Tod von Ypern
Der meerentstiegnen Königin von Cypern?
Die Helden aus der Iliade
Zu travestiren wäre Schade.
Doch ihr seid weis' und hochbegabt,
Daß ganz ihr eurer Aufgab' Umfang fasset,
Was ihr zu thun und was zu lassen habt,
Daß ihr nicht machet, sondern wachsen lasset,
.Im Boden, den ihr schonend grabt,
Gewächs, das für ihn passet.
Von Schicksalsmächten ward ein Kind
Zum König drum erlesen,
Daß er, einathmend Griechenluft, geschwind
Vergesse, daß er ein Barbar gewesen.
Das kann Europa nicht begeistern,
Wenn es nur sieht ein Reich, dergleichen es zu Schocken
Schon aufzuweisen hat, zusammenkleistern,
Das kann auch nicht die Griechen locken.
Die Grenz' ist nicht zu eng gesteckt,
Ein Raum, der so viel Völker trug
In ihrer Größe Tagen;
Wenn ihr den Geist der Größe weckt,
Der kleine Raum ist groß genug,
Ein größtes Volk zu tragen.

Wenn es des Umzugs Mühe lohnt,
  Bald werden fünf verstreute Millionen
  Von Griechen reich im Griechenlande wohnen,
  Wo dürftig itzt die halbe wohnt,
  Und nicht bedarf's barbarischer Kolonen.
Wie einst hinaus die Kolonien
  Athen und Pelops Eiland sandten,
  So werden sie zurück nun ziehn
  Zum Herd der Mutter, alle Stammverwandten;
  Und deren, die als Brüder sich erkannten,
  Begeisterungen bauen ihn,
  Den eingesunknen ausgebrannten,
  Wie Thebens Mauer einst Amphions Melodien.
Dann wird Europas Beifall auch
  Aus seiner Dichter Mund nicht länger schweigen,
  Mit als ein Duft im Opferrauch
  Des neuen Flammenherd's empor zum Himmel steigen.

Der Vatername.

Saget nicht von Landesvätern!
  Denn ihr werdet zu Verräthern
  An dem heiligsten Gefühl,
  Wenn ihr's braucht zu Scherzen kühl.
Vater ist, der alle Kinder,
  Keines mehr und keines minder,
  Liebt, und jedes mehr als sich;
  Solche Lieb' ist väterlich.
Vater ist, der einen Bissen
  Misset eh'r als lässet missen,
  Der den Kindern theilt sein Brot,
  Und für sich behält die Noth.
Vater ist, der seine Ruthe
  Ihnen führt, nicht sich zu Gute,
  Und den Streich sich selber giebt,
  Den er dem giebt, was er liebt.

Vater ist, der alle kennet,
　Mit dem Namen jedes nennet,
　Und in seinem kleinen Reich
　Alle hält in Liebe gleich.
All das will und kann ein Vater,
　Will und kann kein andrer Rather;
　Wenn es einer will und kann,
　Nenn' er selbst sich Vater dann!
Aber die ihr eigen nennen
　So gar viel', die sie nicht kennen,
　Und nicht können alle gleich
　Halten in dem weiten Reich;
Gebt, wie sie es überkamen,
　Ihnen jeden hohen Namen
　Ihrer Würd' und unsrer Pflicht,
　Aber Vaternamen nicht!
Gebet, wenn sie es verdienen,
　Jeden höchsten Namen ihnen,
　Der von Menschengröße spricht,
　Doch den Vaternamen nicht!
Nennt sie, oder ihr seid Spötter,
　Weder Väter, weder Götter!
　Denn ein Vater allgemein
　Ist im Himmel Gott allein.

Zur Silberhochzeit des Königs von Bayern.

(Im Auftrag der Universität Erlangen. — August 1835.)

Die Musen, die am Helikone
　Ein Dichter sah im Freien gehn,
　Die dann bezogen ihre Throne
　In Musenstädten und Museen;
Soviel nun ihrer groß' und kleine
　In dieser Stadt sich eingethan,
　Zur Sprecherin erwählend eine,
　Treten sie froh die Reise an.

Die Reise, die sie angetreten,
  Ergeht zur Hauptstadt, wo ihr Chor
Nicht unwillkommen ungebeten
  Zieh' ein durch's goldne Königsthor,
Wo in der kunstgeschmückten Halle
  Der Schutzherr aller Künste wohnt,
Für ihren Dienst belohnend alle,
  Und schön von ihrem Dienst belohnt.
Wo mit wetteifernder Begierde
  Hereindrängt aller Künste Schaar,
Dem Fest zu bringen Schmuck und Zierde;
  Da vor der Thüre soll fürwahr
Nicht draußen stehn die Kunst der Musen,
  Der darum schon ihr Rang gebührt,
Weil in des Königs eignem Busen
  Sie ihre heil'gen Feuer schürt.
So reihen wir als Glied der Kette
  Uns freudig allen denen an,
Die hier mit Meißel und Palette
  Und Richtmaß sich hervorgethan,
Erhebend zu des Tages Feier
  Den Griffel ernster Wissenschaft,
Der sich zum Plektron für die Leier
  Selbst zu verwandeln hat die Kraft;
Um mit gedämpften Lyratönen,
  Vernehmlich dem geneigten Ohr,
Von Musenpriestern, Musensöhnen,
  Die Huldigung zu tragen vor,
Für Schutz zu danken, lang genossen,
  Und längern noch uns zu erflehn,
Uns und der Stadt, der wir entsprossen,
  Wo wir durch Dich in Blüthe stehn.
Doch wär' es dazu, daß wir kamen
  Mit kunstgewandtem Eigennutz?
Wir rühmen nicht den goldnen Rahmen
  Und unsrer Künste Flitterputz,
Noch auch die Kunst, viel königlicher,
  Den Staat zu ordnen und zu baun,

Daß Millionen wohnen sicher,
So mit Behagen als Vertraun.
Wie rühmen heut nur wohlgegründet
Des Königshauses Mittelpunkt,
Die heil'ge Gluth dort angezündet,
Die wärmend jedes Herz durchfunkt,
Den Bund, vor fünfundzwanzig Lenzen
Geschlossen, durch die Zeit bewährt;
Der Bund ist bündig, der die Grenzen
Des Menschenalters ausgewährt.
Der ausgewährt ein Menschenalter,
Er währ' in Lieb' ein zweites aus,
Geschirmt vom ewigen Erhalter,
Der gnadet unserm Königshaus.
Wir beten, Ludwig und Therese,
Daß, nie ertrübend, Euer Blick
In jedem treuen Auge lese
Ein Euerm Glück entsprungnes Glück.
Der Himmel segnet, hat gesegnet;
Wie reiche Kronen trägt der Baum!
Der Blüthen fernen Thronen regnet,
Und starke Sprossen zieht am Saum;
Fest soll der Nächste Wurzel schlagen,
Fest wurzeln Der am fernsten Strand,
Den wir mit Stolz sehn Krone tragen
In aller Künste Vaterland. —
Vor fünfundzwanzig Jahren weihte
Mein erstes Lied sich Eurem Bund,
Und heut mit Silberklang das zweite
Thut Eure Silberhochzeit kund;
Doch wenn nach andern fünfundzwanzig
Zu Golde wird, was Silber war,
Bring' ich in Haaren silberglanzig
Mein drittes letztes goldnes dar.

Das Feuer von 1837.

Das Feuer heißt ein blindes Element,
  Doch scheint es, daß es seine Leute kennt;
  So griff in vierer Herren Ländern heuer
  Mit Auswahl und Bedeutung zu das Feuer:
  In Rußland fraß ein Fürstenschloß der Brand,
  Und eine Börs' im reichen Engeland,
  Ein Schauspielhaus in Frankreichs tollem Treiben,
  Im frommen Belgien Klosterkirchenscheiben.
  Nur Deutschland hat es diesmal ganz verschont:
  Es wußte nicht, wo dessen Vorzug wohnt.

Die alten Neuigkeiten.

  Was giebt es Neues? schreien
    Die Neuigkeitenschreier,
  Die gakelnd prophezeien
    Stets ungelegte Eier,
  Alsob was neu's die seien;
    Ei geht mir doch zum Geier!
  Um eure Gakeleien
    Geb' ich nicht einen Dreier;
  Stets neue Litaneien,
    Und stets die alte Leier!

Tyrannen.

  Tyrannen, die sosehr nichts hassen,
    Als andern Rechte zugestehn;
  Wenn sie nicht anders können, lassen
    Sie doch das Recht als Gnad' erflehn,
  Und pflegen selbst sich so zu fassen:
    Wir lassen Gnade für Recht ergehn.

Wüßten sie was sie dadurch gewannen,
Nicht thäten also die Tyrannen,
Doch also thun sie insgemein.
Nicht blos die großen Welttyrannen,
Auch viele Tyrannen winzigklein,
Schul=, Haus= und andre Tyrannelein.

Deutschlands Anerkennung.

Europas Völker werden wie vor Zeiten
Nicht mehr mit Waffen streiten,
Von Leidenschaften blind
Wetteifern werden sie mit eblerm Eifer,
Der Völker welches reifer
An Geist sei Gottes Kind.
Ehrt unsre Nebenbuhler feste Einheit,
So rühmen wir uns frei'rer Allgemeinheit,
Im großen Ganzen vielgetheilter Kleinheit;
Und soweit müssen sie uns anerkennen,
Wenn sie die ersten nennen,
Daß wir darunter sind.

Die Schmiede.

Schmid, Schmied, Schmidt und Schmitt,
Hin und wieder
Auch ein Schmieder,
Wohl sind wir versehen damit;
Doch was rechtes zu schmieden
Ward noch keinem beschieden;
Wir müssen sie bitten,
Etwas härter zu schmitten.

Schleswig-Holstein.

1863.

1.

Verlodert ist die Jugendgluth,
Die achtzehnhundertdreizehn glühte,
Doch ist's dem Herzen heut zu Muth,
Als ob es noch ein Fünkchen hüte.
Dies Opfer sei nicht vorenthalten
Dem Weihaltar des Vaterlandes;
Nun, Junge, kommt, beschämt den Alten
Im Schüren des geweihten Brandes.

2.

O Hanseaten, habt ihr ganz vergessen
Der alten Hansa Ruhm?
Solange seid ihr müßig nun gesessen
Auf euerm Eigenthum,
Nicht müßig, sehr geschäftig, auszurüsten
Kauffahrer jeder Art,
Die nehmen ihren Curs nach allen Küsten,
Von Welt zu Welt die Fahrt.
Doch nicht mit allen Tonnen Goldes brachtet
Ihr soviel Eisen auf,
Ein Panzerschiff zu baun, zum Krieg befrachtet,
Nicht zu Verkauf und Kauf.
Ein wehrhaftes, das all soviel wehrlosen
Im Rothfall böte Schutz,
Das auch, wo nicht Engländern und Franzosen,
Doch Dänen böte Trutz.
Wenn wieder eine dänische Fregatte
Die Elb' euch sperren kann,
Gedenkt, daß einst ein Hansabürger hatte
Ganz Dänemark in Bann.

Kleinhändler freilich waren eure Ahnen,
Großhändler gegen euch;
Doch handelten sie groß auf großen Bahnen,
Ihr klein im kleinen Zeug.

3.

Hannoveraner, ihr habt es getroffen:
Nicht auf den Bundspalast steht unser Hoffen,
Denn da stehn immer Hinterpforten offen.
Auf uns allein kann unsre Hoffnung stehn:
Nicht hinterhalten, sondern vorwärts gehn,
Nach Schleswig-Holstein, nicht nach Frankfurt sehn!
Doch selbst von Frankfurt ist euch schon gegeben
Der Hebel, wenn ihr nur ihn recht wollt heben,
So werden alle Danewirke beben.
Ist commandirt die Execution
Hannoveranern nicht und Sachsen schon?
So exequirt nun, doch in anderm Ton.

4.

Pfui Oesterreich! pfui Preußen! protestiren?
Könnt ihr nicht anders euch prostituiren?
Wie werden eurer Protestation
Die Dänen lachen? Hör' ich sie nicht schon?
Nicht werth seid ihr der Krone Zier zu tragen,
Wenn ihr nicht wagt drein mit dem Schwert zu schlagen;
Doch das was ihr nicht wagt, das Volk wird's wagen.
Du Preußen brauchst dich minder zu geniren,
Du hast in Deutschland nichts mehr zu verlieren;
Doch, Oestreich, was mit soviel Künsten du
Im Reich gewannst, verlierst du nun im Nu.
Vor Kurzem bliesen bei dir andre Winde,
Da wolltest du vom Adria geschwinde
Zum Belle deine Flotte schicken gar,
Da gar so nahe die Gefahr nicht war;
Nun duckst du gar, o Aar, zweiköpfiger Aar!

5.

Jetzt, Baiernkönig, jetzt ist oder nie
Die Zeit, an Dänen deutsche Schmach zu rächen.
Den deutschen Fürsten geh' voran, daß sie
Der Herzogthümer alte Ketten brechen.
Dem Friedrich von Augustenburg verlieh
Geburt das Recht, die Erbschaft anzusprechen
Der Herrschaft; darin sei er von euch jetzt
Nicht anerkannt nur, sondern eingesetzt.

6.

Herzoge sollten herziehn vor dem Heere,
Und Fürsten Führer ihres Volkes sein;
Das Volk soll folgen, folgen wie die Heerde
Dem Hirten oder dem Leithammel folgt.
O deutsches Volk, doch deine Führer, deine
Leithammel, Leitung, Führung brauchen sie;
Führ' selbst dich an, o Volk, daß sie dir folgen!
Nur einen Herzog weiß ich, der heißt Ernst;
Ist es ihm Ernst, und ist es Ernst dir selber,
Im Norden deine Brüder zu befrein,
Und deine Grenz' an's Doppelmeer zu rücken;
So zieh' mit ihm, dem schon ein Christian
Einst leichte Beute ward bei Eckernförde,
Volksheer, mit Coburgs Herzog Ernst zieh aus!
Er hat dem neuen Reich schon seine Räthe
Geliehn, hat sie zurückgegeben ihm,
Aus dem verbannt er einst sie aufgenommen;
Er will ihm mehr noch leihen Rath und That.

7.

Nun will ich fahren in die Grube
Mit leichtem Herzen, unverzagt
Und schamfrei, da der Dänenbube
Aus Schleswig-Holstein ist gejagt.

Da wieder predigen und lehren
In Kirchen und in Schulen darf
Die deutsche Zunge, die mit Ehren
Zur Thür' hinaus die fremde warf.
Komm, dänischer Schulmeister! tunken
Laß dich in Theer und Federn ganz,
Und mit den übrigen Halunken
Heb' dich, flieg' hin als Eidergans!

8.

Der Tod hat eine Rose,
Nicht eine dornenlose,
Gepflanzt auf ein Gesicht
Ein feindlich königliches
Von dieser Ros' erblich es,
Die ward für uns ein Licht.
Nun lieber Tod, o wandre,
Und nur noch ein Paar andre
Dergleichen Rosen pflanz'
Auf ähnlichen Gesichtern,
Und flicht aus solchen Lichtern
Der Freiheit ihren Kranz!

9.

Schleswig-Holstein, eine Milchkuh und ein
Melkten hungrige Dänen brav;
Aus der Kuhmilch fette Butter brachten,
Und Schafkäse machten sie.
Käs' und Butter haben ihnen wohl schmeckt,
Haben's Maul danach geleckt;
Sprachen: Wenn das Vieh nicht Milch mehr geben thut,
Schlachten wir's und saufen Blut.
Nun die gute Speise lassen sollen sie,
Und mit Aerger trollen sie;
Denn auf ihren Inseln bleiben schmal und kahl
Heringsköpfe jetzt ihr Mahl.

10.

Schleswig-Holstein meerumschlungen
Habt ihr lang genug gesungen,
Deutsche Sängerchöre, schwingt
Jetzt das Schwert, statt daß ihr singt!
Schleswig-Holstein meerumschlungen
Sei den Dänen jetzt entrungen;
Deutsche Sängerchöre, schwingt
Hoch das Schwert, indem ihr singt!
Schleswig-Holstein meerumschlungen,
Schmach der Alten, Zorn der Jungen!
Horch, das neue Schwertlied klingt,
Das die Schmach mit Zorn verschlingt!

11.

Ich hoff', ihr habt euch Muth getrunken,
Und nicht den blassen Katzenjammer
Von patriotischer Feste Prunken
Mit heimgebracht in eure Kammer.
Jetzt sollt ihr thun, was ihr gesungen,
Jetzt leisten, was ihr habt versprochen;
Dem Schwarzrothgold, so oft geschwungen,
Ist jetzt der Kampftag angebrochen.
Jetzt laßt nicht schlapp die Flügel hängen,
Wie Schiffe die windlosen Segel;
Und könnt ihr nicht mit Schwerterklängen,
So schlagt darein mit Karst und Flegel!
Arbeiter und Handwerkergilde,
Faustkraft zu sprengen jede Klammer,
Mach' dein Schurzfell zum Freiheitsschilde,
Zum Zwingburgbrecher deinen Hammer!
Ihr Turner, streng und ernst geschulet
Zu springen nach dem Ehrenkranze,
Jetzt ringet, springet und umbuhlet
Die Siegesbraut im Waffentanze!

Der Jagdzeit Monat ist gekommen,
  Waidmänner, ziehet auf die Waide,
  Jagt bis sie euch in's Meer entschwommen,
  Die Hasen aus der Hasenhaide!
O Hannibal, verrufner Fischer,
  Mein Hildburghausen schämt sich deiner;
  Du zeigtest dich verrätherischer
  Als gegen uns der Dänen einer.
Ein Kaiser Otto, der die Dänen
  Geworfen aus des Festlands Schanze,
  Warf einst, da wo die Sunde gähnen,
  Weit in die See vor seine Lanze.
Nun ist die Zeit in's Feld zu rücken,
  Da der December vor den Thüren;
  Der Frost bau' euch krystallne Brücken,
  Die euch nach Kopenhagen führen.

Euch Britten sind wir sehr verbunden,
  Daß eure brüderliche Hand
  So gern betastet unsre Wunden,
  Und rüttelt an dem Wundverband.
Was wir für Schleswig-Holstein fühlen,
  Verspottet ihr's als kindisch toll,
  So fühlen wir's im Herzen wühlen,
  Daß doppelt uns der Kampfmuth schwoll.

12.

Frisch auf, Kameraden, auf's Pferd, auf's Pferd!
In's Feld, in die Freiheit gezogen!
Im Felde da ist doch der Mann noch was werth,
Da wird das Herz noch gewogen,
Da tritt kein anderer für ihn ein,
Auf sich selber steht er da ganz allein.
Wir stehn, doch nicht auf uns allein,
  Wir stehn auf dem Boden des Rechtes,

Auf dem Muth, den uns haucht das Vaterland ein;
  Vorfechter seines Gefechtes,
    Wir stehn auf dem Glauben, daß Gott uns lenkt,
    Und Beistand unserer Sache schenkt.
Drum vorwärts, Brüder, beherzt, beherzt,
  Nur vorwärts, nie zurücke,
    Der Feind hat Gottes Gnade verscherzt
    Durch Frevel und Bubenstücke;
    Das sei mit ihm unser erster Strauß,
    Daß wir ihn jagen aus Holstein hinaus.
Von Holstein=Schleswig der Bruderstamm
  Hat Unerhörtes erlitten,
    Das auszutilgen mit Feuerflamm',
    O Brüder, sei nun gestritten;
    Denn Schleswig=Holstein ist und es bleib'
    Ein Glied, ein edles, von Deutschlands Leib.
Von unsern Fürsten und Vätern ward
  Das Schwert einst ihnen entwunden,
    Und sie geliefert nach Schlachtviehart
    In die Hand der Dänen, gebunden;
    Von dieser Schuld sich zu befrein,
    Rückt Deutschland in Schleswig=Holstein ein.
Dumpf hat Erbitterung lang gekocht
  In aller Herzen Tiefen;
    Wir fühlten selbst uns unterjocht,
    Wann unsere Brüder riefen;
    Nun hält der Grimm sich länger nicht,
    Der Himmel selbst ruft zum Gericht.
Noch steht ihr Muth fest in Geduld,
  Und wehrt, wie er sich kann wehren,
    Mit Seelenkampf, da durch unsere Schuld
    Sie der leiblichen Waffen entbehren;
    Nun, daß der Noth ein Ende sei,
    Bringen wir ihnen die Waffen herbei.
Mag schel darein der Britte sehn,
  Und der Franzose lauern;
    Praktiken werden untergehn,
    Und ewige Rechte dauern;

Und spräche die ganze Welt darein,
Deutschland steht auf sich selbst allein.
Deutschland ist einig in einem Stück,
Uneinig noch in so vielen;
Wir fordern das Unsre vom Dänen zurück,
Und wollen um's Höchste spielen:
Denn wer nicht setzt das Leben ein,
Wie kann ihm das Leben gewonnen sein?
Nun, Unterdrückte, stehet auf
Am Anhalt, den wir euch bringen!
Und der Vorhut nach im hellen Hauf
Soll Deutschlands Nachhut dringen;
Wer heut nicht zieht, und ziehen kann,
Der ist ein Wicht, kein Deutscher Mann.

13.

Klein und groß,
    Groß und klein,
Soll hier bloß
    Eines sein.
Groß- und Klein-
    Deutsch, herbei,
Daß hier ein
    Deutschland sei.
Einig so,
    Eins im Feld,
Stehn wir froh
    Einer Welt.

14.

Wie schnell sich Haß und Groll erledigt,
Wenn ein Gefühl recht dringt in's Mark!
Seht, selber die Kreuzzeitung predigt
Den Kreuzzug gegen Dänemark.

Wir haben uns zu viel versprochen
Von der Kreuzzeitung Herzenspochen;
Sie ist, als sei ihr Kreuz gebrochen,
Schon wiederum zu Kreuz gekrochen.

15.

Auch Kämpfer ihr für's Volkes Recht,
Des Hauses todesmuthige Heroen,
· Vertagt das häusliche Gefecht,
Und geht mit denen, die den Tod euch drohen!
Nur dessen müßt ihr sicher sein,
Daß sie auch gehn, nicht wieder stehen; und irren
Und kirren darf euch ja nicht ein
Kostspielig lächerliches Säbelklirren.

16.

·Und, Preußen, willst du selbst nicht gehn,
Erlaube nur Freiwilligen zu gehen.
Nur solche mögen bei uns stehn,
Die willig ein für deutsche Freiheit stehen.

17.

Zuerst ist aufgetreten
Ein Herzog wohlbekannt,
Hat das Signal gegeben
Den andern Herrn im Land;
Es dürfen nun die Herren
Sich auch nicht länger sperren.
Zugleich hat sich aus Baden,
Von Namen ungenannt,
Gemeldet ein Freiwilliger,
Zur rechten Thür gewandt;
Es folgen, will ich meinen,
Bald Tausende dem Einen.

Der Herzog ist der erste,
　Das sei ihm zuerkannt;
　Dann sei der namenlose
　Freiwillige genannt:
Ob Feldherr, ob Gemeiner,
　Der Ehrenpreis ist einer.

18.

In Altona, das allzunah
　Dem stolzen Hamburg liegt,
　Die Dänen halten sich allda,
　Die Dänen unbesiegt.
Doch in Bereitschaft halten sie
　Eilwagen oder Dampf,
　Daß einer vor dem andern flieh',
　Sobald sich nah' der Kampf.
Sie haben, einzuspringen schnell,
　Vorübend sich versucht;
　Ruf' Schleswig! deutscher Kriegsgesell,
　So nehmen sie die Flucht.

Rückblick auf die politischen Gedichte.

Die Politik ein Herz zu rühren,
　Den sanften Liederob'rungskrieg,
　Wie hab' ich lassen mich verführen,
　Gering zu achten diesen Sieg!
Ich wollte stolz mich überheben,
　In hochbegeistertem Gesang
Hinfort nur blut'ge Lorbeern weben
　Um vaterländ'scher Waffen Klang.
Doch wie der Krieger aus dem Schalle
　Des ehrnen Feldes still zurück
Sich sehnt nach seines Hauses Halle,
　Des Lebens heimgebliebnem Glück;

So sehnt nach frühen Liebesklängen
Mein Lied sich heimwärts, lang' entfernt,
Und freut sich daß im wilden Drängen
Es nicht den Wohllaut ganz verlernt.
Auf paradiesischem Gefilde
   War Liebe bei dem ersten Paar
Viel früher, als mit Helm und Schilde
   Zum Kampfe zog die erste Schaar.
   Und in der eignen Jugend Stille,
   Von Adlers Kreischen ungemahnt, -
   Hab' ich bei'm Sommerlied der Grille
   Viel eher Lieb' als Krieg geahnt.
Nach dem verlornen Doppel=Eden
   Der Kindheit und der ersten Welt,
Kehr' ich, entsagend allen Fehden,
   Die ich der Lieb' anheim gestellt;
Und nur von Liebe will ich singen,
   Die dieser Erden ödem Raum
Wo nicht ein Paradies kann bringen,
   Doch eines Paradieses Traum.

Lyrische Gedichte

in 6 Büchern.

Zweites Buch: „Liebesfrühling."

Vorfrühling.

I. Amaryllis,

ein Sommer auf dem Lande.

1.

Wenn ich, o du mein Liebling, dich betrachte,
O Amaryllis, meiner Kunst Gebilde,
Ist's oft alsob ich fast der Dichtergilde
Anzugehören für was rechtes achte.

Denn, wenn ich dich mit in Gesellschaft brachte,
Wo seinen Rang sonst jeder führt im Schilde,
Dich, die Erzeugte ländlicher Gefilde;
Wer war's, der da dich zu verachten dachte?

Zu zweifeln schien man nicht an deinem Adel,
Schien nicht zu ahnden oder nicht zu ahnen,
Daß du gekommen seist von Hürd' und Stadel.

Wer ist's nun, der dir so ersetzt die Ahnen?
Das ist der Dichter, der drum ohne Tadel
Sich selbst wohl als ein Pfalzgraf mag gemahnen.

2.

Der Frühling kocht sich aus des Winters Reifen
Den Thau, den seine Kinder sollen trinken;
Er stimmt zu Morgenlied die muntern Zinken,
Und schmückt sein grünes Haus mit Blüthenschleifen.

Wohlauf, mein Herz, laß deine Blicke schweifen
Nach Blumen, die auf allen Fluren winken!
Landmädchen sind's, zur Rechten und zur Linken
Stehn sie geputzt; nach welcher willst du greifen?

Ach weh! statt zu ergreifen, selbst ergriffen
Bist du von einer jungen wilden Hecke,
Die scheint, sie wolle künftig Rosen tragen.

Jetzt trägt sie Dorne nur für dich geschliffen.
Ach, armes Herz, mir ahnt, es wird die kecke
Dir bitter dieses Sommers Lust zernagen.

3.

Ich wollt', daß Berge starr von Wäldern grausend,
Und Felsenhöhn von nie gesprengten Härten,
Und Sandeswüsten mir den Zugang sperrten,
Und Meeresfluthen wild im Sturme brausend;

Und Riesen wie vor Zauberschlössern hausend,
Und Drachen wie vor Hesperidengärten,
Schaarwächter mit entblößten tausend Schwertern,
Zuchthüter auch mit offnen Augen tausend:

So könnt' ich doch bei aller Noth noch hoffen,
Durch Muth, durch List, am Ende zu bemeistern
Den Trotz der einen und der andern Schlauheit;

Statt daß mir jetzo Thür' und Thor ist offen,
Und sie sitzt da, mehr als von tausend Geistern
Bewacht von nichts als ihrer eignen Rauheit.

4.

Ich seh' es wohl, was hilft mir, daß ich's sehe?
Daß Vater, Mutter, alle deine Leute,
Wohl wissend, was mein Gehn und Kommen deute,
Doch freundlich drein sehn, wenn ich komm' und gehe.

Doch seh' ich auch, o weh mir, daß ich's sehe,
Daß du, viel schlauer zwar als all die Leute,
Doch nicht willst wissen, was mein Kommen deute,
Und freundlich drein siehst stets nur wann ich gehe.

Ich wollt' ich könnt' es ihnen all erlassen,
Daß, wenn ich künftig käme, mir Willkommen
Niemand mehr rief', als du im Herzensgrunde.

Wenn du mich liebtest, möchten sie mich hassen;
Wenn du mich hassest, kann mir's wenig frommen,
Ob all die Welt mich lieb hat in die Runde.

5.

Herein von draußen in verworrnem Schwalle
Verletzt mein Ohr ein Schwirren und ein Summen,
Ein Flattern, Schnattern, Krächzen, Blöcken, Brummen,
Geflügel in dem Hofe, Vieh im Stalle.

Und innen hier die Tisch' und Bänke alle
Besetzt mit viel Gesichtern, matten, dummen,
Bepflanzt mit viel Gestalten, trägen, krummen;
Das Aug' ist mit dem Ohr im gleichen Falle.

Da tritt herein im schlankgeschnürten Mieder
Ein Mädchen, das mit einem Gruß mich kirret,
Von allen Sinnen fällt es mir wie Schuppen.

Der Wirthschaft Mislaut schmilzt in sanfte Lieder,
Sowie sie spricht; und wie sie blickt, entwirret
Sich rings der Knäul in wohlgefällige Gruppen.

6.

Theſſalierin, obgleich mit keinem Laute
    Du von Theſſalien je gehört im Traume;
    Theſſalierin! von welchem Zauberbaume,
Von welcher Zauberwurzel, Zauberkraute,

Nahm deine Hand die Stoffe, draus ſie braute
    Das bittere Getränk, in deſſen Schaume
    Verborgen iſt, was je vom Wolkenſaume
Der Mitternächte Gift'ges niederthaute?

Daß Gift es iſt, muß ich ja wohl erkennen
    Daraus, weil du aus den gefüllten Scherben,
Wie ſehr ich flehe, nicht zuvor willſt nippen.

Drum ſtatt zu löſchen macht es Durſt entbrennen,
    Und weh! wenn du nicht bald mir ſtatt des Herben
Das Süße reichſt im Becher deiner Lippen.

7.

O könnt' ich doch mit einem Schlag zerbrechen
    All das Geräthe, das zu meinem Schaden
    Erſonnen iſt, die Hacken, Hauen, Spaten,
Die Schaufeln, Gabeln, Senſen, Sicheln, Rechen,

Die plumpen, die ſich jetzt ſo oft erfrechen,
    Die Arme meines Mädchens zu beladen,
    Wo draußen Regenſtröm' ihr Haar bald baden,
Des Mittags Gluthen bald ihr Antlitz ſtechen;

Derweil ich traurig ſitze, wie im Bauer
    Der Gimpel, der entbehrt ſein täglich Futter,
Weil's Nacht wird und ich ſie noch nicht geſehen.

Und kommt ſie, ach, ſo kommt erſt meine Trauer,
    Weil ſie nun müd' und gähnend fragt die Mutter,
Ob ſie nicht gleich, weh mir, zu Bett darf gehen.

8.

Du magst doch sonst gern was besonders haben,
   Magst gerne, wenn die andern in dem Pfuhle
   Der Wirthschaft wühlen, sitzen auf dem Stuhle,
Und etwa stricken, wenn die andern graben.

Sprich, kann's denn nicht dein eitles Herzchen laben,
   Daß dir auch werde ein besondrer Buhle,
   Dem Zufall und Geschick von ihrer Spuhle
'nen feinern Rock, als hier den andern gaben?

Und ist der Rock dir so verhaßt, der feine,
   So will ich unterm Rock das Herz dir weisen;
   Nimm hin und gieb dafür ein Schäferwammes!

Ein tücht'ger Schäfer müßt' ich sein, ich meine,
   Und mit dem Blick wollt' ich den Wolf zerreißen,
   Der dein begehrte, meines einzigen Lammes.

9.

Ich kleide dich mit einem schönen Kleide,
   Darin du sollst wie eine Fürstin prangen;
   Lieb' ist das Kleid, das rings dich soll umfangen;
   Wen Liebe schmückt, bedarf der Gold und Seide?

Ich schmücke dich mit köstlichem Geschmeide,
   Das um dich soll in goldner Windung hangen;
   Das Goldgeschmeid' ist Hoffnung und Verlangen,
   Sie sind der Liebe goldne Kettlein beide.

Ich bau' dir eine sanftgewölbte Hütte,
   Verschlungen aus dem Schatten dreier Aeste,
   Die drei sind Treue, G'nügsamkeit und Sitte.

Und wenn du mit mir willst zum stillen Feste
   Einziehn und wohnen in des Hüttleins Mitte,
   So wird es uns zum schönsten der Paläste.

10.

O daß du doch nur wüßtest jene Sagen
Von Göttern, die entstiegen ihrem Reiche,
Um unterm Schatten der arkadischen Eiche
An Kronen-Statt den Schäferhut zu tragen;

Du würdest nicht den Blick so niederschlagen,
Daß einer jetzt auch — nicht vom Himmelreiche —
Zu deiner Thür' auf Liebespfaden schleiche,
Nicht würdest du halb trotzen so, halb zagen.

Geberdest du dich doch, alsob ein Sperber
Mit blut'gen Krallen ich hernieder stieße,
Dich zu zerfleischen, scheueste der Tauben,

Alsob ein nächt'ger Blitz ich, ein Verderber,
Aus Wolken zuck', und meinen Strahl nur schieße,
Um anzuzünden hier dein Dach von Schauben.

11.

Komm setz dich, laß dir 'mal in's Antlitz schauen,
Laß deine Hand 'mal friedlich ruhn in meiner;
Ich will einmal als Zimmerer und Schreiner
So gut ich kann im Geist ein Hüttchen bauen.

Ganz schlecht und recht soll's sein, nicht viel behauen,
Ganz klein von außen, innen doch viel kleiner,
Nur groß genug mir Einem und noch Einer,
Die Eine ist — was furchst du denn die Brauen?

So klein soll's Hüttchen sein, daß all vorüber
Ein jeder Wind geht, ohn' an's Dach zu hauchen,
Ein jeder Lärm zieht, ohn' an's Thor zu pochen.

Durchaus kein Platz, kein Raum im Hüttchen über,
Als nur so viel zwei jetzt zum Bette brauchen,
Ein drittes dann zur Wieg' in Jahr und Wochen.

Antwort.

12.

„Mein Vater ist ein reicher Mann im Lande,
 Und seine Aecker liegen allerorten,
 Hier steht sein Haus mit Hallen, Hof und Pforten,
 Hier kann ich wohnen, dächt' ich, ohne Schande.

Auch sonst noch hat er, nicht gebaut auf Sande,
 Ein Haus im Grund hier, eins im Grunde dorten;
 Und wär mir keiner recht von den drei Orten,
 So kommt noch leicht ein vierter Kauf zu Stande.

Und will ich in kein fertig Haus mich setzen,
 So hat er einen Wald mit manchem Baume,
 Und mancher Berg mit Steinbruch ist ihm eigen.

Dann giebt es Zimmerleut' hier und Steinmetzen,
 Die bau'n ein Haus mir mit Gelaß und Raume,
 Drin man auch tanzen kann den Hochzeitsreigen."

13.

Wo Mittagsgluthen brüten auf den Thalen,
 Und ohne Regung stehn des Berges Eichen,
 Am Weg der Kirsche Wangen roth sich malen,
 Und sanft am Abhang Sommersaaten bleichen;

Heb' ich mich hin zu meiner Liebe Reichen
 Auf alten Pfaden aber- abermalen,
 Stets hoffend auch mit meiner Inbrunst Qualen
 Mein Ziel alswie der Sommer zu erreichen.

Doch eh ich auch nur eines Keimchens Schimmer
 Entlocken kann, ist mir der Tag zeronnen,
 Kalt geh' ich mit der kalten Nacht von hinnen,

Und schwör's beim blassen Mond: Nun kehr' ich nimmer!
 Doch ach schon morgen sehn die glüh'nden Sonnen
 Den neuen Kreislauf glühend mich beginnen.

14.

Bald, wenn dein Blick mir Muth in's Herz gegossen,
    Ergießt sich meine Zung' in lust'gen Wogen;
    Bald, wenn dein Wort mir drauf den Muth entzogen,
Schließt sich das Herz, die Rede fließt verdrossen.

Bald spornt dein Zorn mich, daß gleich störigen Rossen
    Der Wiß sich bäumt in keckem Sprung und Bogen;
    Bald, wenn du wieder scheinen willst gewogen,
Schweig' ich verstockt, dir und mir selbst zum Possen.

Wohl klagst du: o der Art, nicht zu entschuld'gen!
    Wer fort und fort so schön gleich unbeständ'gem
    April sich ziert, was ist mit dem zu machen?

Doch klag' auch ich: dich selbst mußt du beschuld'gen,
    Wenn ich April bin, da du zu beständ'gem
    Mai mich, wenn du mich liebtest, könntest machen.

15.

Die tausend Schritte, die ich täglich schreite,
    Seitdem der tolle Wahn mein Herz besessen,
    Stets auf dem Weg, den ich nicht kann vergessen.
Bald in der Sonne bald des Monds Geleite;

Wenn ich im Geiste sie zusammenreihte,
    Wieviel des Landes hätt' ich wohl durchmessen,
    Wie vieles hätt' ich sehen wohl indessen
Und hören können in der Fern' und Weite!

Meinst du, daß du versammelt alle Strahlen
    Der Schönheit habest so an deinem Bette,
    Daß all die Welt dagegen leere Schalen?

Die Berge, Wälder, Ströme, Menschen, Städte!
    Womit willst du das Leben mir bezahlen,
    Das ich versiß' an deiner Liebe Kette?

16.

Wenn all die Schaar von Monden, Wochen, Tagen,
  Stund', Augenblick, Minuten und Secunde,
  Die mir durch dich verschmachteten als Wunde,
  Die mir durch dich verjammerten als Klagen:

Wenn alle sie aus ihren Sarkophagen
  Erstünden und sich stellten in die Runde
  Um dich, und hüben an aus Einem Munde,
  Als ihre Mörderin dich zu verklagen:

„Wir alle waren einst zur Lust geboren,
  Berechtigt, unser Dasein zu genießen;
  Durch dich ging Dasein uns und Lust verloren!“

Wenn so sich all die Stimmen hören ließen,
  Wer weiß, ob du dann würdest noch die Ohren
  Vor ihnen, wie vor meiner einen, schließen.

17.

Feindsel'ge Fee, die du mit Zaubertraum
  Luft, Himmel, Erd' und Fluthen hältst umsponnen,
  So daß, wie du mir zürnst, das Licht der Sonnen
  Nicht lächeln kann, und grünen nicht der Raum,

Der Wind nicht kühlen, schatten nicht der Baum,
  Der Strauch nicht duften, rauschen nicht der Bronnen;
  O hältst du, um die letzte mir der Wonnen
  Zu wehren, nun den Traumgott auch am Zaum?

Daß, so wie du dich wachend mir versagest,
  Er dich mir auch versagen muß im Schlafe,
  Mir nie dein süßes Antlitz läßt erscheinen;

Alsob du ihm gedroht: Wenn du es wagest
  Auf seinen Augen je zu ruhn, zur Strafe
  Sollst du hinfort nie ruhen mehr auf meinen.

18.

Und will's so ganz und gar denn nicht vom Platze,
  O Herz, mit deinem Flehen, Seufzen, Lallen;
  Sieh, ob das Spiel ihr besser wird gefallen,
Wenn du's versuchest aus dem Gegensatze.

Auf, sei aus Inbrunst zänkisch gleich dem Spatze,
  Es half nicht zärtlich sein gleich Nachtigallen;
  Es frommt nicht frommen Lämmern gleich zu wallen,
Versuch es denn mit scharfer Tatz' und kratze.

Sei ganz an Art und Laun' und List ein Kätzchen,
  Dräng dich an sie mit Häckeln und mit Schmeicheln,
  Lern' art'ge Ungezogenheiten treiben.

Die Katzenfreundin gönnt dir dann ein Plätzchen
  Auf ihrem Schooß, um, wo nicht dich zu streicheln,
  Doch mindestens mit Bosheit dich zu reiben.

19.

Du bist nicht schön, kann ich dir redlich sagen,
  Du bist nicht schön, ob roth gleich ist die Wange,
  Und blau das Aug' und braun das Haar, das lange,
Viel schön're sah ich schon in meinen Tagen.

Und daß ich so in Wohl- und Wehbehagen,
  Nicht zu, nicht abwärts könnend, an dir hange,
  Nicht deine Schönheit ist die goldne Spange;
Die eherne, die ich muß küssend nagen,

Dein Trotz ist es, dein starrer Sinn und steifer,
  Rauh, dornig, wild, verhöhnend die Bezwinger,
  Wie Wälder von — du kennst es nicht — Hyrkanien.

Das hält mich fest an dir mit Thoreneifer,
  Dem Knaben gleich, der klaubt mit wundem Finger
  Die Stachelfrucht des Baumes der Kastanien.

20.

Drum wenn du nun, wie du mit jedem Blicke,
  Mit jedem Laut es giebst mir zu erkennen,
  Gern dieses Handels Fäden möchtest trennen,
  So thu's, du kannst es ja im Augenblicke.

Sag' nur dem Aug' einmal, daß sanft es blicke,
  Laß deinen Mund einmal nur sanft mich nennen,
  Der Lippen Kuß nur einmal sanft mir brennen,
  So fällt das Band von selbst mir vom Genicke.

Denn da die Zauber, die mich halten, Dorne
  Nur sind des Stolzes, und des Trotzes Nesseln;
  Laß Stolz und Trotz, so fliehn die Zaubereien:

Du müßtest denn, so wie mit Groll und Zorne,
  Mit Huld und Lächeln auch verstehn zu fesseln,
  Dann kann dich weder Zorn noch Huld befreien.

21.

Amara, bittre, was du thust ist bitter,
  Wie du die Füße rührst, die Arme lenkest,
  Wie du die Augen hebst, wie du sie senkest,
  Die Lippen aufthust oder zu, ist's bitter.

Ein jeder Gruß ist, den du schenkest, bitter,
  Bitter ein jeder Kuß, den du nicht schenkest,
  Bitter ist, was du sprichst und was du denkest,
  Und was du hast, und was du bist, ist bitter.

Voraus kommt eine Bitterkeit gegangen,
  Zwo Bitterkeiten gehn dir zu den Seiten,
  Und eine folgt den Spuren deiner Füße.

O du mit Bitterkeiten rings umfangen,
  Wer dächte, daß mit all den Bitterkeiten
  Du doch mir bist im innern Kern so süße.

22.

Du stand'st in dich verhüllt gleich einem jungen
    Frühlinge, der sich selbst noch nicht empfunden;
    Ich kam und brachte deines Lenzthums Kunden
    Dir erst durch meiner Blicke Flammenzungen.

Aufwachtest du aus deinen Dämmerungen,
    Und steheft jetzt, in freier Blüth' entbunden,
    Siegathmend da. Was hab' ich Lohn gefunden,
    Daß ich zuerst den Lenz dir angesungen?

Die Lerche darf in's Saatfeld, wo sie schwirrte,
    Die Nachtigall in's Buschwerk, wo sie lockte,
    Die Schwalbe, wo sie sang, an's Dach von Moose

Ihr Nest sich baun. O du, um die ich girrte,
    Mir Dach und Busch und Saatfeld, o verstockte,
    Wo soll ich niften, als in deinem Schoose?

23.

So manchen Lufthauch haft du schon gespüret
    Im offnen Feld um Stirn und Brust und Wange,
    Daß nun kein Seufzerhauch, wie er auch bange
    Mag hauchen, Unempfindliche, dich rühret.

So mancher Stoff hat deine Hand berühret
    Mit rauhem Druck in deiner Wirthschaft Gange,
    Daß nun die Hand der Liebe Druck schon lange,
    Wie sanft er auch mag drücken, nicht mehr spüret.

So manches Täubchen haft du sonder Leide
    Schon abgewürgt, daß du nun mit Ergötzen
    Mein Taubengirren hörst, ohn' es zu fühlen;

So manches Hälmchen mit der Sichel Schneide
    Gemähet schon, daß du auch ohn' Entsetzen
    Den Stahl des Todes in mein Herz kannst wühlen.

24.

O daß doch eine Fee den bunten Flitter
  Zu tausenderlei Verwandlungen mir böte,
  Daß mich als blanken Hirt die Morgenröthe,
  Das Abendroth mich säh' als braunen Schnitter;

Daß ich als Spielmann heute mit der Zitter
  Das Land durchzög' und morgen mit der Flöte,
  Als Weidman heute meinen Speer erhöhte,
  Und morgen mich erhöht' auf's Roß als Ritter.

Ich wollte so mit wechselndem Gepränge
  Darstellen deinem Blicke mich, und ringen
  Um deine Gunst in so viel Luftgestalten,

Daß es in einer endlich mir gelänge;
  Und welcher es gelang dich zu bezwingen,
  Die hielt' ich fest; und würd' ich fest dich halten?

25.

„Ich will sonst keinen als den schönsten haben,
  (Die Liebste hat's gesprochen unverhohlen)
  Wenn nicht der schönste kommt mich heimzuholen,
  So laß' ich mich als Jungfräulein begraben.

Der schönste ganz mit allen Schönheitsgaben
  Gerüstet von der Scheitel bis zur Sohlen;
  Und daß er sei der schönste, unverstohlen
  Soll's auf der Stirn ihm stehn mit Goldbuchstaben;

Daß ich auch sicher bin, daß keiner Dirne
  Im Grunde hier und auf der ganzen Erden
  Ein schönerer zu Theil werd' als der meine.

Find' ich geschrieben das an seiner Stirne,
  So will ich mich nicht länger stolz geberden,
  Da, will ich sprechen, nimm mich, ich bin deine.‟

26.

Und weil du dich so stolzen Sinn's erhoben,
   Daß du vom schönsten nur willst sein gefreiet;
   So wünsch' ich dir, daß eigens dir geweihet
Die Englein einen bringen her von droben,

Aus allem Frühlingsduft zusammgestoben,
   Aus allem Perlenthau zusammgereihet,
   Aus allem Blüthenschnee zusammgeschneiet,
   Aus aller Herrlichkeit zusammgewoben.

Und wenn du dann die goldne Schrift entdeckest
   An seiner Stirn: Ich bin der schönste von allen,
   Und für dich schönste bin ich hergesendet;

Und wenn du dann nach ihm die Arm' ausstreckest,
   So soll der Duftmann dir in Duft zerwallen,
   Und dir die Sehnsucht bleiben, die nicht endet.

27.

O die du lebest mir mit deinem Grolle,
   Wie ich mit meiner Liebe dir, zur Plage;
   Nun geh' ich schon um dich so lange Tage,
   Und glaubst du noch nicht, daß ich wohl dir wolle?

„Wer weiß.“ Wer weiß? Ei, du sollst's wissen, Tolle!
   Nun sage das nur, ob dir's denn behage,
   Daß du mich um dich gehen siehst? „Das sage
Ich nicht.“ So sag denn, daß ich's lassen solle.

„Das sag' ich auch nicht.“ Nun, beim Flor des Sarges!
   Du tödtest mich; so sage doch nur, was du
   Denn überhaupt mir sagest? „Gar nichts sag' ich.“

Bei Gott! so wollt' ich, daß du doch recht arges
   Mir sagtest, statt so nichts zu sagen. Daß du
   So gar nichts sagend mir so viel sagst, klag' ich.

28.

Da steht sie nun, o daß ihr stehn sie sähet,
　Wie meine Hand sich fest in ihre drucket,
　Sie drüber keine Miene nur verzucket,
　Und unbekümmert ringshin horcht und spähet.

Der Hund, der draußen bellt, der Hahn, der krähet,
　Das Mäuschen, das still in der Ecke spuket,
　Der Sperling, der durch's offne Fenster gucket,
　Nichts so gering, so klein, daß sie's verschmähet.

Denn sie muß alles mit den Augen sehen,
　Denn sie muß mit den Ohren alles hören,
　Denn mit den Sinnen muß sie alles wissen.

Nur eines scheint sie stets zu übersehen,
　Nur eines stets scheint sie zu überhören,
　Nur stets von einem scheint sie nichts zu wissen.

29.

Ich bracht' ihr Blumen; als ich die nun immer
　An ihrer Brust nicht sah und drüber klagte,
　Versetzte sie getrost: Weil mir's behagte
　Recht lang sie blühn zu sehn, blühn sie im Zimmer.

Band kauft' ich ihr, und als ich das auch nimmer
　An ihrem Arm erspäht', und spitzig fragte:
　Wo blüht nun das? sprach sie: Im Schrank; ich zagte,
　Die Sonne bleich' ihm den zu feinen Schimmer.

Nun spräche Jemand, der das nicht verstünde:
　O welche Liebe, die mit solcher Treue
　Bewahrt solch ein vergänglich Angedenken.

Ich aber spreche, der ich's wohl ergründe:
　O daß den Neider solche Lieb' erfreue,
　Die, was an's Herz soll, niederlegt in Schränken.

30.

Dein Blick ist matt, wie wenn mit blöden Augen
   Die Sonne dreinsieht in die Winterstunde;
   Dein Kuß ist welk, wie wenn das todeswunde
Herbstblatt den letzten Tropfen Thau will saugen.

„Kann ich dafür, wenn Aug' und Mund nicht taugen?"
   Ach, nicht am Auge liegt es noch am Munde,
   Die sind ein todt Gefäß, wenn nicht vom Grunde
Die Seele steigt herauf in Mund und Augen.

„So werd' ich keine Seel' im Grunde haben."
   Ja wohl, entweder hast du keine Seele,
   Oder du hast zu Blick und Kuß mir keine.

Heil ihm, der einst damit dich wird begaben,
   Und daß ihn ja dann Eifersucht nicht quäle
   Auf den, der einst gekos't mit einem Steine.

31.

O Wonneschau, Lustanblick, Augenweide!
   So hab' ich sie die schönste denn gesehen
   Vor meinen Blicken so verschönert stehen,
   Wie's nur die Schönheit werden kann vom Kleide.

O schmeichelhaftes Kleid! Ich sah die Seide
   Von ihrem Busen mir entgegen wehen,
   Und sah die Blumen dort nach mir sich drehen,
   Die Seid' und Blumen, meine Gaben beide.

So sieht der Frühlingstag mit Morgenstrahlen
   Herab auf der geliebten Erde Glieder,
   Die er mit seinen Farben sieht geschmücket,

Fühlt schauend Lust, und fühlt auch schon die Qualen,
   Daß er am Abend muß vom Himmel nieder,
   Und ihm die Nacht entzieht, was ihn entzücket.

32.

Wenn ich dir könnte, wie ich möchte, geben
Die Schätz' aus meiner Liebe vollem Schreine,
So wär' auf Erden und im Himmel keine
Geschmückt wie du, o du mein süßes Leben!

„Wie war das?" Hör' es recht, mein süßes Leben!
Geschmückt in Erd' und Himmel wäre keine
Wie du, wenn dir aus meiner Liebe Schreine
Die Schätz' ich, wie ich möchte, könnte geben.

Geschmückt wärst du mit mehr als Königsglanze,
Und wenn du schöner dann zu prangen wähntest,
Würdest du schöner doch als jetzt nicht prangen. —

Das ward gesprochen Abends unter'm Tanze,
Als du, nicht tanzend, sanft dich an mich lehntest,
Und littest, daß mein Arm dich hielt umfangen.

33.

Mein Kind, ein seltsam Spiel hast du begonnen,
Hier mit dem wehrlos ausgestreckten Linnen;
Und wahrlich, wenn es hätte Menschensinnen
Müßt's ihm ein Spiel sein recht zu Weh und Wonnen;

Wie du ihm bald gebietest sich zu sonnen,
Bald kalte Fluthen drüber lässest rinnen,
Bald wieder sonnst das Fluthennaß von hinnen,
Bald wieder tilgst die Gluth mit neuen Bronnen.

Mein Kind, wenn Sonnen gleich sind deine Blicke,
Und deines Mundes Grüße gleich den Fluthen,
So weiß ich, daß ich selbst dem Linnen gleiche;

Da du mich sonnend glühst auf Augenblicke,
Dann ach, durch kaltes Wort mir kühlst die Gluthen,
So daß, wie jenes bleicht, ich selbst erbleiche.

34.

Du ziehst, nicht sag' ich's, zum wievielten Male,
 O Mond, am Himmel deine alten Kreise,
 Derweil mich selber hier im alten Gleise
 Du ziehen siehst durch diese süßen Thale.

Das Fenster aber dort, das blinkt, das schmale,
 Ist noch vergittert nach der alten Weise;
 Und kannst du, Freund, die Gitter mir nicht leise
 Zerbrechen, ach, mit einem deiner Strahle?

Kannst du, wie ohne Widerstand die Scheiben
 Du selbst durchdringst, nicht mich auch werden lassen,
 Hinein zu dringen, ganz in Licht zergangen?

Umsonst! ich muß am dunklen Boden bleiben;
 Du gehst allein, Freund, Feind, den ich muß hassen,
 Hin, wo du bleich willst ruhn auf rothen Wangen.

35.

Ich habe dir in heißer Ernte Tagen
 (Sahst du den Schweiß, der deinethalb mich näßte?)
 Die Frucht geschüttelt deiner reichen Aeste,
 Doch keine Früchte hat es mir getragen.

Ich habe dir des Flachses duftige Lagen
 Gereicht, als deine Hand sie bosselnd preßte,
 Doch wird kein Weber draus zum Fest der Feste
 Das Hochzeitkleid für mich zusammenschlagen.

Ich habe mich gegeben dir zum Knechte,
 Ich bin für dich, zum Trotz den Stundenzeigern,
 Des Tages und des Nachts gerannt, gesprungen.

Wohl einen Lohn hätt' ich verdient, ich dächte,
 Doch kannst du freilich mir den Lohn auch weigern,
 Denn (kannst du fragen): wer hat dich gedungen?

36.

So oft schon bin ich über deine Schwellen
  Geschritten und geschlichen spat und fruhe
  Daß es der Hund, ihr Hüter, sieht in Ruhe,
  Und nicht der Müh' es werth hält noch zu bellen.

Wohl hab' ich auch in Kammern und in Zellen
  Erforscht schon jeden Schrank und jede Truhe,
  Wo deine Hauben und wo deine Schuhe,
  Wo deine dunklen Tücher, deine hellen.

Nur eines hab' ich noch nicht können leider
  Mir auskundschaften, wo im Schrein verborgen
  Du aufbewahrst den Vorrath deiner Launen,

Die du viel öfter wechselst als die Kleider,
  Da ich dich oft schon zwischen heut' und morgen
  Bald in der ros'gen sah, bald in der braunen.

37.

O die du mich in deine Fesseln zwangest,
  Wie würde mir der Zwang, den ich empfinde,
  In Lust sich wandeln, wenn du stets so linde
  Die Fesseln schlängest, wie du heut sie schlangest,

Da du mir fesselnd Hand und Arm umrangest
  Mit diesem Kranz, dem letzten Spätlingskinde
  Der Sommerflur, und zu dem Angebinde
  Mit süßen Blicken redetest, nein, sangest.

Den Blick, die Rede und des Kranzes Nelken
  Will ich nach Hause tragen, und bewahren
  Den Kranz im Schrank, den Blick, die Red' im Herzen.

Und wenn der schöne Kranz wird müssen welken,
  So soll die Rede und der Blick nach Jahren
  Mir blühn und glühn noch wie zwei ew'ge Kerzen.

38.

Ich wollte, daß ich wär' — o süßes Neiden! —
Dein Spiegel mit dem blanken Angesichte;
So würd' ich doch an deines Auges Lichte
Viel öfter mich als jetzo können weiden.

Ich wollte, daß ich wär' — o bittres Leiden! —
Dein Schatten, der vor deinem Glanz zunichte
Nie wird; so würd' ich, gleich dem dunklen Wichte,
Von deinem Leibe brauchen nie zu scheiden.

Ich wollte, daß ich nur dein Lämmchen wäre,
So würd' ich doch nicht sehen, daß du bangtest
Und flöhst vor mir, wie vor dem Wolf, nicht besser.

So gäb' ich dir die Wolle, wenn die Scheere
Du führetest, und, ob du es verlangtest,
Das Leben, wenn du führetest das Messer.

39.

Ich will den Sonnstrahl mit der Hand zerbrechen,
Ich will den Lufthauch bei dem Fittig fangen,
Eh' dieser kalt dir rühren soll die Wangen,
Eh' jener heiß die Stirne dir soll stechen.

Die Vögel will ich zauberisch besprechen,
Daß sie dir singen nichts als dein Verlangen,
Die Büsche, daß sie, wo du kommst gegangen,
Zu dir von nichts als deiner Schönheit sprechen;

Die Bienen, daß sie dir auf deine Lippen
Den Honig tragen, Blumen an die Hände
Dir blühn, und Tauben brüten dir im Schooße;

Ja, daß dir sei die Erde ohne Klippen,
Der Himmel ohne Wolken, ohne Ende
Der Lenz, und ohne Dornen jede Rose.

40.

O süße Göttin von der heil'gen Myrthe,
    Wo du magst weilen unter Paphos Bäumen,
    Hieher gelenket sei an goldnen Zäumen
Dein Wagen, der von Tauben angeschirrte.

Und jeder Zephyr, der durch Blumen schwirrte,
    Soll deinen Spuren folgen ohne Säumen,
    Zu dieses Thales dir geweihten Räumen,
Wo seine Hirtin heut' umfängt ihr Hirte.

Ein Tempe sei der Wiesengrund, der feuchte,
    Pindus und Ossa jener Hügel Kette,
    Peneios Silber dieses Baches Welle;

Ein jeder Glühwurm eines Amors Leuchte,
    Ein jeder Schmetterling ein Amorette,
    Und Nymphe jede flatternde Libelle.

41.

Komm, schöne glatte kalte goldne Schlange,
    Auf die ich starker Schlangenwürger passe;
    Du hast mit buntem Spiel um meine Straße
Dich zierlich schlängelnd hergewunden lange.

Komm, schmeidige, daß ich mit eh'rnem Zwange
    Dich faß' und halt' und nicht sobald dich lasse;
    Wind' du dich nur und krümm' dich, giftig blasse,
Mir ist vor deinem süßen Gift nicht bange.

Wohlauf, mit allen deinen Schlangenkünsten,
    Unbändig um des Feindes Leib dich ringelnd,
    Mit Zähnen blinkend, sprühend mit den Zungen:

Laß sehn, wer von uns beiden hier mit Brünsten
    Das andre wird bestehn, es so umzingelnd,
    Daß es bekennen muß: ich bin bezwungen.

42.

Sieh um dich, meine schöne scheue Taube,
  Es steht der Wald in seinen bloßen Haaren,
  Läßt muthig Wind und Sonnschein drüber fahren,
  Und birgt nicht seinen Schmuck in einer Haube.

Was willst du deines Hauptes Blüthenlaube,
  Den jungen Wald im Saft von sechszehn Jahren,
  Noch unter einem andern Dach verwahren?
  Gib mir sein Dach, das Haar dem Wind zum Raube!

Ich träumte jüngst, ich sähe zartgewoben
  Als goldnes Hemde wallen dein Gelocke
  Vom Haupt zum Fuß dir hüllend alle Glieder.

Wird das zur Hälfte wahr, so will ich's loben,
  Wenn du das Haargeweb, wo nicht zum Rocke,
  Dir lässest dienen mindestens zum Mieder.

43.

Beglückt, wer wenn des Winters Stürme schnauben,
  Und Schauer durch die öden Räume zucken,
  Froh flüchten darf und heimlich unterducken
  Wohl unter eines Strohdachs warme Schauben.

Wenn näher dann in ihrem Nest die Tauben,
  Weil's draußen stürmet, an einander rucken,
  Rückt näher auch der Spinnerin, der schmucken,
  Der Knab', und sie darf sich darum nicht strauben.

Du sitzest, süßeste der Spinnerinnen,
  Wohl jetzt im Kämmerlein beim leisen Rade,
  Ziehst still die stillen Fädelein vom Rocken.

Leb wohl! du sollst hinfort nicht mehr mir spinnen
  Mein süßes Weh; es treibt auf rauhe Pfade
  Mich fort, und meines Lebens Räder stocken.

44.

Ich hab' es wohl gefühlt, daß eine Binde
  Von Amors Zaubern um mein Antlitz hange;
  Ich hab' es wohl gemerkt, daß eine Spange
Von seinen Täuschungen den Geist umwinde.

Ich aber wollte selber meine blinde
  Glückseligkeit nicht stören in dem Gange;
  Ach, dem Geschick währt bald ein Glück zu lange,
Und weise ruft es meiner Thorheit: Schwinde!

Ich hab' es ja gewußt, daß ich geträumet,
  Doch wollt' ich selbst nicht meinen Traum zerschlagen,
  Denn nur in Träumen wohnt das Glück der Erde.

Jetzt hat die Kraft des Schlaftrunks ausgeschäumet,
  Wach zieh' ich ab, und meine Seufzer fragen:
  Ob ich so süß noch einmal träumen werde?

45.

Ich schäme mich der schwachen Augenblicke,
  Wo ich mir selbst der Knechtschaft Band gesponnen,
  Wo es mir galt die höchste meiner Wonnen,
Vor ihr im Staub zu beugen mein Genicke.

Ich schäme mich, daß ich an ihre Blicke
  Gefesselt hing, als wären sie nur Sonnen,
  An ihren Kuß, als wär' nur er ein Bronnen,
An ihr Gebot, als wär' nur es Geschicke.

Ich schäme mich so mancher Thränenmienen,
  Ich schäme mich so mancher Seufzertöne,
  So manches Schmeichelworts voll Lobgebräme.

Mich schäm' ich, wie sie mir so schön geschienen,
  Daß ich nicht längst mich schäm', und noch so schöne
  Mir scheint, daß ich fast all der Scham mich schäme.

46.

Ich hatte dich in Sammet und in Seide
 Gehüllt, dich angethan mit Purpurzonen;
Ich hatte dir auf's Haupt gesetzet Kronen,
 Dir um die Brust geleget Goldgeschmeide.

Thu' von dir den geborgten Schmuck, entkleide
 Der fremden Pracht dich, steige von den Thronen
Zu denen nieder, die im Dunkel wohnen,
 Und treibe nackt die Lämmer auf die Weide.

Ich hatte dich mit Himmelsthau gewaschen,
 Ich hatte dich gesalbt mit Götterschminke,
 Ich hatte Manna dir zur Kost erlesen.

Geh', schminke wieder dich mit Staub und Aschen,
 Geh' wieder hin an deinen Bach und trinke,
 Und sag' es Niemand, daß du mein gewesen.

47.

Nicht doch! Sie steht in ihrer stillen schönen
 Gleichgült'gen Unbefangenheit noch immer!
 O lern' von ihr, nimm ohne Klagewimmer
 Den Abschied, geh', und nimm ihn ohne Höhnen.

Sprich ruhig: Uns zusammen zu gewöhnen
 Auf läng're Zeit in deinem engen Zimmer,
 Nie ging es gut, nun geht es immer schlimmer;
 Leb' wohl! und laß' die Trennung uns versöhnen.

Ich habe dir einmal ein Lied gegeben,
 Behalt's, und denk' dabei zu Zeiten meiner,
 Wenn du einst einen hast, der keine singet.

Du gabest mir nach kurzem Widerstreben
 Einst diesen Ring; gedenken will ich deiner,
 Wenn ich damit wo anstoß' und er klinget.

48.

Statt Blatt und Blüthen, die vom nackten Leibe
Der Nordwind abgeschüttelt hat den Bäumen,
Statt Blum' und Gras, die von des Rockes Säumen
Herbst hat entpflückt Natur, dem armen Weibe;

Sä't jetzt der Winter an des Fensters Scheibe
Frostblumen aus, und auf den öden Räumen
Schneeblüthen, daß damit, als blassen Träumen
Vom Lenz, ihr Spiel des Lenzes Sehnsucht treibe.

Die Sehnsucht aber sitzt bei mir im Zimmer,
Blickt aus nach dem von ihr getrennten Lenze,
Den sie dort sitzen sieht in einem Stübchen;

Dort sitzt er hell im eignen Sonnenschimmer,
Auf seinen Locken alle Liebeskränze,
Und alle Rosen um der Wange Grübchen.

49.

Ach es ist keine Kunst, wenn Wald und Heiden,
Und Berg' und Ströme, die dazwischen rollen,
Und Meeresfluthen, die, im Sturm erschwollen,
Dazwischen brausen, dich von Liebe scheiden;

Doch eine Kunst ist's, eine Kunst zu leiden
Ist's, wenn von ihr nichts als dein eignes Wollen
Dich scheidet, und die stillen Wünsche sollen
Die Scheidewand zu überspringen meiden.

Ja eine Kunst ist's, über alle Künste,
In also freigewählter Selbstverdammung,
So fern von ihr zu sein in solcher Nähe,

In solcher Nähe, daß, wenn diese Brünste
Mein Haus hier setzen könnten in Entflammung,
Ganz gut aus ihrem obern Stock sie's sähe.

50.

Du denkst vielleicht, ich habe dich vergessen,
    Weil du nicht mehr mich siehest, daß ich wanke
    Hinaus nach dem von dir kredenzten Tranke
Der Liebesthorheit, wie ich's that vordessen.

Nicht denken würdest du es, wenn ermessen
    Du könntest, wie noch täglich mein Gedanke
    Ausfliegend Kost mir holt aus deinem Schranke,
Wie Raben einst dem Seher holten Essen.

Nicht denken würdest du es, wenn du wüßtest,
    Wie oft ich nächtlich hinter deinem Rücken
    Veranstaltet mit dir Zusammenkünfte,

Ja wie du eben jetzt hier einziehn müßtest,
    Da ich, dich deinem Lager zu entrücken,
    Hab' ausgesendet meiner Geister Zünfte.

51.

Was hülf' es, ob den Maler in die Wände
    Des Kerkers sorgsam man verschlossen hätte,
    Wenn man ihm Pinsel mitgäb' und Palette,
Ja ihm auch mitgäb' Augen nur und Hände.

Ob er kein andres Werkgeräth auch fände,
    So würd' er machen seiner Steinwand Glätte
    Zur Leinwand, und zum Griffel seine Kette,
Und drauf eingraben seine Gegenstände.

Was hülf' es, daß auch ich den Kerker schlösse,
    Wenn doch ja meiner Malerkunst Geräthe
    Mir blieb', an Farben Statt, Gedank' und Töne?

Und ob kein Strahl des Tags durch's Gitter schösse;
    So wüßt' ich, daß im Dunkel vor mich träte
    Ein Bild im Lichtglanz seiner eignen Schöne.

52.

Im Sommer draußen, als durch Busch und Hecken
  Auf deinen Fußtritt meiner sich erpichte,
  Beklagt' ich deine Schönheit, daß zunichte
  Daran ein Theilchen ward durch Sommerflecken.

Jetzt wie dich die Erinnerungen wecken
  Vor meinem Geiste, staun' ich wie im Lichte
  Du dastehst mit so reinem Angesichte,
  Daß ich kein einz'ges Fleckchen kann entdecken.

Was ist das? ist es wohl der keusche Winter,
  Der mit dem Schneeglanz deine Flecken sauber
  Gemacht hat, daß du strahlst als wie die Lilien?

O nein! Ein Quell ist das, aus Himmeln rinnt er,
  Der trägt von Ewigkeit in sich den Zauber,
  Daß er kann ird'scher Schönheit Flecken tilgen.

53.

Des Sommers, als ich unter bunten Scherzen
  Dich vor mir gaukeln sah in Hütt' und Triften,
  Vergaß ich nicht ein Denkbuch mir zu stiften,
  Beschreibend manches Blatt von meinem Herzen.

Nun sitzend hier bei der Erinnerung Kerzen,
  Still blätternd in den aufgerollten Schriften;
  So wie die Biene Honig saugt aus Giften,
  Saug' ich Erquickung selbst aus meinen Schmerzen.

O hier sind wunderbar verschlungne Chiffern,
  Und Amor, der die Räthsel zu entsiegeln
  Bestellt ward, ist ein trüg'rischer Dolmetscher.

Was herb' daran ist, will er nicht entziffern,
  Das süße aber weiß er abzuspiegeln
  So lieblich, daß vor Lust zerschmölzen Gletscher.

54.

Glück, Heil und Segen dir und jeder Quelle
An dir, daraus ich sog Genusses Wogen,
Berauschung in des Armes offnem Bogen,
Entzückung aus des offnen Auges Helle.

Glück, Heil und Segen dir und jeder Stelle,
Wo du mich in dein süßes Netz gezogen,
Wo du beglückt mich, wo du mich betrogen,
Denn Trug ist ja der Liebe Spielgeselle.

Ich weiß nicht, ob ein Blick, der je in's Leben
Mir ging, aus deinem Leben sei gekommen,
Aus deinem Geist zu meinem ein Gedanken;

Ich weiß nicht, ob du etwas mir gegeben;
Doch daß ich etwas mir von dir genommen,
Das weiß ich und will dir auch dafür danken.

55.

Wann still die Nacht auf dunkeln Pfaden schreitet,
Die unter'm Mantel trägt die goldnen Sterne,
Und im Gewölk gleich heimlicher Laterne
Der Mond sein wachsend Silberlicht bereitet;

Denk' ich, und meines Auges Thräne gleitet,
Zurück in jener Nächte schöne Ferne,
Wo er mit seinem lieb'erglühten Kerne
Auf meinen Liebesgängen mich geleitet.

Wozu, o Mond, mit deinem Strahlenschimmer
Hat dich ein Gott in Lüften aufgehangen,
Als daß die Lieb' in deinem Licht soll wallen?

Die Liebe wallt in deinem Lichte nimmer,
Der Docht in deiner Lamp' ist ausgegangen,
Und deine Scherben laß vom Himmel fallen.

56.

Welch rasches Tönen wundersanfter Glocken,
  Das widerklingt in meines Herzens Mitten!
  Die Liebste kommt, verhüllt, im leichten Schlitten
  Daher geflogen durch den Tanz der Flocken.

Die stolzen Hengste schütteln ihre Locken,
  Und drehn das Haupt rückwärts mit artigen Sitten
  Zuwiehernd: Lieber als am Zügel schritten
  An einem Fädlein wir von deinem Rocken.

Hast du den Rocken lassen können, Fleißige?
  Wenn nun indeß ihn müßig sieht ein Freier?
  Doch sieh, für deine Hand spinnt eine fremde,

Der Winter selber spinnt für dich der eisige;
  Schneeweben wird er bald zum Hochzeitschleier
  Gesponnen haben und zum Hochzeithemde.

57.

Was hilft's dem Hochmuth, daß er sich verstocke?
  Die Macht der Liebe wird ihn doch erfassen;
  Und ist kein andres Mittel ihr gelassen,
  So wählt sie sich den Hammer einer Glocke.

Die Glocke draußen in dem höchsten Stocke
  Des Thurms, an dem vorbei sonst meine Straßen
  Zum Hause gingen, das ich jetzt will hassen,
  Dringt ein zu mir, daß sie mich wieder locke.

O die du nur die christliche Gemeinde
  Berufen solltest zu des Tempels Stufen,
  Hat statt der Andacht Liebe dich gedungen?

Wer schützt mich gegen so verbund'ne Feinde,
  Wenn ferne Liebe, wo ihr selbst zum Rufen
  Nicht reicht die Stimme, borgt Gebetes Zungen?

58.

Die du mir, Glocke, zuträgst deine Klänge,
　Warum denn haſt du in des Sommers Schimmer
　Bei mir dich hier vernehmen laſſen nimmer,
Und thuſt im Winter jetzt ſo weite Gänge?

„Im Sommer war vom Thurme, wo ich hänge,
　Bis hierher, wo du wohnſt im ſtillen Zimmer,
　Auf Gaſſ' und Straßen ſolch ein Leben immer,
Daß ich nicht kommen konnte durch's Gedränge.

Blumen und Gräſer waren lauter Ohren,
　An Strauch und Bäumen lauſchten alle Sproſſen,
　Und alle Felſen horchten auch, die ſchroffen.

Da ging mein Reden unterwegs verloren;
　Jetzt ſind die Ohren draußen all geſchloſſen,
　Nur dein's hier ſteht der Lieb' auch ewig offen."

59.

Wer biſt du, der du anklopfſt gar nicht leiſe
　An meine Fenſter mit dem Flügelſchlage,
　O ungeſtümer Nachtdurchwandler, ſage,
Der du die Locken mir behauchſt mit Eiſe?

„Ein Nordwind bin ich, und bin auf der Reiſe;
　Ein Gruß an dich iſt, was ich mit mir trage,
　Den mir dein Liebchen auftrug, als am Tage
Ich draußen um ihr Haus zog meine Kreiſe."

Weh' mir, das Blut erſtarrt in meinen Adern.
　Kann ſie mir keinen andern Boten ſenden,
　Als einen, deſſen rauhe Grüße morden?

„Mein Freund, da mußt du mit dem Himmel hadern,
　Der eure Häuſer legt' an ſolche Enden,
　Gen Süden dein's und ihres gegen Norden."

60.

Auf, Südwind, komm heran zu mir und schaue,
Wie hier, erblüht in schönsten Farbentinten,
Im Winterfenster stehn drei Hyazinthen,
Roth eine, eine weiß' und eine blaue.

Schüttl' ihre duft'gen Glocken und trag' laue
Gewürze hin zu meiner Kaltgesinnten,
Dort, wo sie schläft, in ihrer Kammer hinten,
Rühr' ihr bereiftes Fenster an, und thaue.

Thau' dich hinein bis hin zu ihrem Schlafe,
Und findest du ihr Herz, wie es umstricket
Ein Band von Eis, so sprenge du die Kruste,

Und hauch' ihr duftend in den Mund: zur Strafe,
Daß du ihm Winterkälte schickest, schicket
Er Odem dir aus glühendem Auguste.

61.

O Blumen, die ihr, weil der Winter schauert,
Schnee auf der Au' und Eis liegt auf dem Bronne,
An eines Ofens Wärm' anstatt der Sonne
Euch müßt erschließen, o wie ihr mich dauert;

Die ihr vergebens auf Erlösung lauert,
Wie hinter'm Klostergitter eine Nonne;
Dürft' ich euch pflücken, euch wie mir zu Wonne
An einem Busen stürbt ihr unbetrauert.

Nichts sind die Ding', es ist die Lieb' in ihnen;
Um Liebe drehen sich der Sterne Reihen,
Um Liebe wälzen sich des Himmels Achsen.

Und kann die Blume nicht der Liebe dienen,
Und kann das Herz sich nicht der Liebe weihen,
So ist so Blum' als Herz umsonst gewachsen.

62.

O du mein garzu fleiß'ges Spinnermädchen,
  Im schönen selbst gesponnenen Gewändchen,
  Die rührig mit dem Füßchen und dem Händchen
  Du sitzest Tag und Nacht am Spinnerädchen.

Wieviel gesponnen hast du feine Fädchen,
  Und ausgesponnen sie zu festen Bändchen;
  O wieviel hast du angesponnen Ständchen
  Am Thürchen oft und oft am Fensterlädchen.

O wieviel haben Vetterchen und Bäschen
  Verworrene Gespinnste dir in's Häuschen
  Getragen, mit umsponnen dich beim Tänzchen.

Dann hat sich oft aus Hälmchen und aus Gräschen
  Entsponnen zwischen uns ein Hadersträußchen,
  Doch oftmals auch gewebt ein Liebeskränzchen.

63.

Ich träumt', ich wär' ein Vögelein, und flöge
  Hinaus zu ihr mit einer Schaar von Ammern,
  Die draußen jetzt vor ihrem Fenster jammern,
  Bis sie mit Lächeln ihnen füllt die Tröge.

Und wenn der Schwarm gesättigt weiter zöge,
  Blieb' ich, um an ihr Kleid mich anzuklammern,
  Bis sie, sich mein erbarmend, in die Kammern
  Mich mit sich nähme und mich drinnen pflöge.

Dann thät' ich so erfroren und erstarret,
  Daß sie aus Mitleid in den Busen nieder
  Mit Haut und Haar mich schöb', um zu erwarmen.

Dann, wenn ich erst ein Weilchen so verharret,
  Besänn' ich mich auf meine Menschenglieder,
  Um sie, statt zu umflügeln, zu umarmen.

64.

Mir träumt', ich säße droben an der Eiche,
   Zu der ich Sommers lenkte meine Bahnen,
   Wo ich, ein König ohne Unterthanen,
   Oft blickt' in's Thal auf meine Liebesreiche.

Und plötzlich war es jetzt, als überschleiche
   Den starren Winter laues Frühlingsahnen;
   Vom Thurme drunten knatterten die Fahnen,
   Und drüben krachte dumpf das Eis vom Teiche.

Und als ich niederschaute nach dem Hause,
   Von Läden grün und rosenblaß von Wänden,
   Da stieg der dunkle Rauch vom Giebel wieder.

Anfaßt' es mich als wie mit Sturmwindsbrause;
   Am Eichstamm hielt ich mich mit beiden Händen,
   Sonst riß der Wirbel mich zum Hause nieder.

65.

Nun steht sie drinnen in der Hexenküche,
   Und bläs't mit ihres Odems falschem Hauche
   Die Kohlen an, daß von dem Zauberrauche
   Bis hieher mich umwittern die Gerüche.

Aufschichtet sie geknickte Reisigbrüche
   Am Herde kreuzweis nach gelerntem Brauche;
   Und murmelt über dem Wachholderstrauche,
   Der in der Lohe knistert, ihre Sprüche.

Sie rasselt mit dem aufgehängten Kessel,
   Sie klappert mit den aufgespülten Schalen,
   Sie rührt mit raschem Querl für mich im Topfe;

Sie rückt für mich im Kämmerchen den Sessel,
   Und weiß die Stunde schon genau in Zahlen,
   Wo ich muß kommen, und an's Thürchen klopfe.

66.

Gleichwie der Kibitz, der unbänd'ge Schreier,
 Um zu verhüten, daß nicht seine Läger
 Durch seine Schuld an den verschmitzten Jäger
Verrathen werden, oder an den Geier,

Von weitem, scheu, um den geliebten Weiher,
 Wo er sein Nest hat, streifend, zieht in schräger
 Umkreisung seinen Flug, bis in's Gehäg' er
 Sich senkt auf seine Jungen oder Eier;

So kreis't, im Zauberwirbel hingezogen,
 Mein Geist mit sehnsuchtmüden Flügelspitzen
 Um's Haus der Lieb' an stillen Wasserborden,

Stets näher rückend in stets engern Bogen,
 Bis unaufhaltsam er sich stürzt gleich Blitzen
 Heiß auf das Nest, das kaum-erst kalt geworden.

67.

Wie ich eröffne mit geheimem Schauer
 Die mir solang' entwöhnte Thür' und stöhne,
 Fällt in die Augen mir sogleich der schöne
 Kanarienvogel im geflochtnen Bauer.

Sein gelbes Hälschen recket er mit schlauer
 Bedeutsamkeit, alsob er mich verhöhne,
 Und singt, als wären's klare Menschentöne:
 „So lang ist also dieser Freiheit Dauer?

Klug ist der Vogel, und der Mensch ist thöricht,
 Ich hab' in der Gefängniß Lustgemache
 Indeß hier fortgesungen meine Lieder,

Als säß' ich frei in Teneriffas Röhricht;
 Du bist der Haft entflohn mit einem Ache,
 Und kehrst zur Haft mit einem Ach jetzt wieder."

68.

Wer bist du Knäbchen, klingend mit dem Sporne,
 Und mit dem tönereichen Horn am Munde,
 Hier ruhend auf der Liebsten Tisch? Gieb Kunde!
„Ich bin der Knabe mit dem Wunderhorne.

Hier ließest du mich ja, als du im Zorne
 Damals von hinnen gingst; und seit der Stunde
 Hat sich dein einsam Lied von Herzensgrunde
 Gar oft erquickt aus meinem Liederborne.“

So bist du also, seit ich aus gewesen,
 Geblieben, Glücklicher, am alten Platze?
 Da weißt du wohl recht viel jetzt zu erzählen.

„Ich weiß gar nichts, als daß, wenn sie was lesen
 Seit vierzehn Tagen will aus meinem Schatze,
 Sie meistens Hochzeitlieder pflegt zu wählen.“

69.

Du weiße, schöngewaschne Hemdenkrause,
 Zur Trocknung hier am Ofen aufgehangen,
 Du siehst mir eben aus, alsob zu prangen
 Du habest Lust bei einem Hochzeitschmause.

„Ja, Hochzeit gibt's auch nächstens hier im Hause.“
 Weh' mir, zum Eintritt machst du schlimm mich bangen.
„Nicht doch! der gilt's, die dich nichts angegangen;
 Die jüng're bleibt vorerst noch in der Klause.“

Weh' mir, auch so verlier' ich eine Schanze.
„Wie so das?“ Ach! vor'm wüsten Freierhaufen
 That die mir gute Dienste allerwegen

Als Außenwerk; ist das weg, wird der ganze
 Verweg'ne Schwarm mir nun an's Hauptwerk laufen.
„Da mußt du denn zwiefach in's Zeug dich legen.“

70.

Wo ist sie denn, die ich mit Blicken suche,
    Und mit des Herzens Schlägen, den geschwinden,
    Mich unterhaltend, weil sie nicht zu finden,
    Mit Bogel, Spitzenkrauf' und Liederbuche?

Wo ist sie denn, daß sie mit einem Spruche
    Nach ihrer Art nach meinem Wohlbefinden
    Frag' und sich Mühe gebe, zu verwinden
    Die Freud' an ihres spröden Gast's Besuche?

Wo ist sie denn? Ach, aus der Kammer dorten
    Tritt sie so strahlend, alsob meine Musen
    Selbst hätten ihr das Kleid mit Licht besäumet,

So wunderseltsam ach in Blick und Worten,
    Alsob sie all das wüßt' in ihrem Busen,
    Was meiner all die Zeit von ihr geträumet.

71.

Wenn jeder Stund' und jedem Augenblicke,
    Wenn jedem Fleckchen auch und jeder Stelle,
    Wo ich die Brust mit deiner Lieb' erhelle,
    Wo ich mit deinem Bild das Herz erquicke,

Wo aus nach dir ich die Gedanken schicke,
    Wo ich mit dir den Busen athmend schwelle,
    Wo ich zu meinen Träumen dich geselle,
    Wo ich in meine Lieder dich verstricke —

Wenn jedem Augenblick und jeder Stunde,
    Wenn jedem Stellchen auch und jedem Oertchen
    Gegeben wird, mit einem stillen Munde,

Verliehen ist, mit einem leisen Wörtchen,
    Zu dir zu reden; wird von süßer Kunde
    Dir nie und nirgends leer des Ohres Pförtchen.

72.

Um loszugehn der Feffeln, die mich binden,
    Muß ich noch inniger gebunden werden;
    Nur wenn sie ganz mir Leib und Seel' umwinden,
    Kann Seel' und Leib frei werden von Beschwerden.

Die Feffeln sind die reizenden Geberden,
    Die ihre Macht mich laffen stets empfinden,
    Die, ob der Abschied mich mit raschen Pferden
    Von ihnen riß, doch niemals vor mir schwinden.

Die Feffeln sind die zauberischen Töne,
    Die holden Hauche, die entflammten Blicke,
    Und alles das, dem ich mich nie entwöhne;

Der süße Reiz, der mich in taufend Stricke
    Gelegt hat, und zu dem ich stündlich stöhne,
    Daß er stets fester feffle mein Geschicke.

73.

Wenn Lieb' ein Faden ist aus Weh und Wonnen,
    Womit ein Herz sich an das andre spinnet,
    Der, wo ein Hauch der Luft, ein Strahl der Sonnen
    Zu unfanft ihn berührt, in Nichts zerrinnet;

So hab' ich recht ein thöricht Spiel begonnen,
    Das durch ein Wunder nur Bestand gewinnet:
    Daß ich mich an ein Herz hab' angesponnen,
    Von dem ich hier nie weiß, was dort es sinnet.

So viele Lüft' und Strahlen sind dazwischen,
    Die unterwegs den Faden drohn zu brechen,
    Eh' die zwei Herzen sich in ihm berühren.

Und will ich auch von meiner Seit' erfrischen
    Den leisen Zauber, muß ich immer sprechen:
    Wer weiß, ob Sie's an ihrem Ort wird spüren!

74.

Hörst du? o hör'! es schlägt die zehnte Stunde,
Die zweite vor der stillen Mitternacht,
Diejenige, die wir uns ausgemacht
Zur täglichen Erneurung unserm Bunde.

Die Liebste selber sprach mit goldnem Munde:
„Auf diese Stund', o Liebster, habe Acht;
Wann das Geschäft entschläft, die Lieb' erwacht,
Dann geben wir uns von einander Kunde.

Daß eins Gemeinschaft mit dem andern pflege,
Soll eins zum andern dann im Geist ausfliegen." —
O schnell, Gedanke, deinen Flug genommen

Zu ihr! daß sie nicht, über'm halben Wege
Entgegenkommend, sprech', uns zu besiegen:
Seht ihr? ich bin euch doch zuvorgekommen.

75.

Sie pflückt' und gab mit freundlichem Gekose
Mir eine einsam trauernde, auf Reichen
Des Todes, wo der Gräber Kreuze bleichen,
Gewachsne Spätlings=Herbst= nicht Maien=Rose.

Ich brach dagegen — wunderbare Loose! —
Ihr einen Strauß vom Busche fahler Eichen,
Wo Blätter, angerührt vom Frost, als Leichen,
Welk niederhingen nach dem feuchten Moose.

Die Rose hat wie sterbend sich gesenket,
Der Strauß geraffelt wie vom Auferstehen,
Als wir die beiden gegenseits vertauschet.

Wir haben Todeszeichen uns geschenket;
Und nicht im Tode soll die Gluth verwehen
Von dem Gefühl, das unsern Sinn berauschet.

76.

Mit einem Exemplar der Amaryllis, 1827.

Den Kopf voll Poesie aus fremden Landen,
   Das Herz voll Liebesträum' aus andrer Zone,
   Nachtwandelt' ich den Tag des Lebens, ohne
Mich zu verstehn, und ach von wem verstanden?

Was meine Blick' im engsten Kreise fanden,
   Ergriff mein Trieb und bildet' es zum Tone;
   Aus Ginster flocht' ich manche Palmenkrone,
Spinnwebe wob' ich oft zu Zauberbanden.

In einem Thal, worin vom Weltgeräusche
   Nur war des Waldstroms und der Mühle Rauschen,
   War's wo ein Landgewächs ich aufblühn sah.

Wie wenig g'nügt, daß, wer es will, sich täusche:
   Marielies mußte mir den Namen tauschen
   In Amaryllis formosissima.

Zugaben.

1.

Sage mir nur nicht Willkommen,
   Sage mir nur nicht Ade!
Laß mich kommen, wann ich komme,
   Laß mich gehen, wann ich geh.
Nicht wann du mich kommen siehest,
   Liebste, komm' ich her zu dir;
Immer schon bei dir geblieben
   Ist mein Herz von gestern hier.
Und nicht wann du gehn mich siehest,
   Geh' ich, sondern stets im Geist,
Liebste! bleib' ich dort in deiner
   Kammer, ohne daß du's weißt.

2.

Wissen möcht' ich nur, wie lange
 Ich dir spielen könnt' im Haar,
Oder streicheln an der Wange,
 Oder sehn in's Augenpaar;
Wissen möcht' ich, ob auf Erden
 Noch ein solches Spiel es gibt,
Das man, ohne müde werden,
 Treiben kann alswie man liebt.

3.

Wenn ich auch dich drin nicht finde,
 Wenn ich nur im Stübchen bin,
Wo ich dich so oft gefunden,
 Find' ich Lindrung immerhin.
Stuhl und Sessel seh' ich stehen,
 Und auf jedem sonst bei mir
Saßest du, nun in Gedanken
 Sitz' auf jedem ich bei dir.
Haub' und Mieder seh' ich hangen,
 Oft an ihnen spielt' ich schon;
Spiel' ich wieder in Gedanken,
 Und so ist die Zeit entflohn.

4.

O wie schön ist, daß du nicht
 Schön bist all und immer,
Sondern nur, wenn dein Gesicht
 Klärt des Lächelns Schimmer.
Das ist, was mir möglich macht,
 Ganz für mich zu haben,
Wenn dein Auge mir nur lacht,
 Deine Schönheitsgaben.

5.

Mein Liebchen hat das Herz sich abgeschlossen,
 Den Schlüssel drauf geworfen in die See.
Dort hängt er tief, wo die Korallen sprossen,
 Vergebens taucht nach ihm hinab mein Weh.

6.

Im Feld.

Ich bin durch Felder und Wälder gerannt,
  O trautes Mädel, um dich;
  Da hat die Sonne mich schwarz gebrannt,
  Nun magst du noch weniger mich.

7.

Auf der Wiese.

Ich sehe dich ernst, ich sehe dich froh,
  Und immer gefällst du mir, so oder so;
  Doch weißt du, wie du mir am meisten gefällst,
  Dann wenn du mir gut bist, und zornig dich stellst.

8.

In der Kirche.

Auf der Bank, wo Sie sonst sitzet,
  Sitzt ein Engelein, das blitzet
  Im Gewande lilienweiß,
  Betet vor sich hin mit Fleiß:
Herre Gott, du wollst vergönnen!
  Sie hat heut' nicht kommen können,
  Da es geht in ihrem Haus
  Gar nothwendig überaus;
Hat sie mich geschickt, mit Beten
  Ihre Stelle zu vertreten;
  Höre gnädig mein Gebet,
  Gleich alsob sie's selber thät!

9.

Triolet.

Einen Kreuzer gäb' ich hin,
  Könnt' ich in dein Herz dir sehen!
  Aber, wär' es nun geschehen,
  Und ich säh' nichts gutes drin,

Gäb' ich hundert Kreuzer hin,
Hätt' ich lieber nichts gesehen;
Darum, dir in's Herz zu sehen,
Gäb' ich keinen Kreuzer hin.

10.

Wie ein Seufzer ihr entschlüpft,
Und ich frage: wohinaus?
Spricht sie: gleich in's nächste Haus. —
O wie hat mein Herz gehüpft;
Denn sie hat es wohl gewußt,
Ihr zunächst sei meine Brust.

11.

Was mit Blick und halbem Wort
Fragest du mich fort und fort:
„Was nun soll's am Ende werden?" —
Ist denn nichts als End' auf Erden?
Ach, an's Ende statt zu denken,
Dürft' ich in das Jetzt mich senken!
Mahne mich nicht grausam dran,
Daß es so nicht dauern kann!

12.

Warum in der Ecke stehn,
Um mir einen Kuß zu gönnen?
Laß es doch die Leute sehn,
Was sie mir nicht wehren können
Laß den heißen Blick der Sonnen
Sehn darein mit Neid und Groll;
Unsre Lieb' ist solch ein Bronnen,
Der nicht dran versiegen soll.

13.

Wenn mein Geist, dich zu umschweben,
Nächtlich kommt aus fernem Raum;

Lieg' im Schlummer, süßes Leben,
Und er küsse dich im Traum.
Sei dir sanft im Schlaf entwendet
Glück, im Wachen nie gespendet.

14.

Süß muß sein, sich lieben lassen,
Süßer muß es sein, als selber lieben,
Ohne meinen Trieb zu hassen,
Fühlst du doch dich selber nicht getrieben;
Wolltest niemals mich umfassen,
Aber bist von mir umfaßt geblieben.

15.

Darf ich meinen Blicken traun?
Sie ist nah' dran, aufzuthaun.
Milder seh' ich die Geberden,
Schmelzender die Stimme werden,
Und aus ihrem Auge bricht
Es wie Frühlingsonnenlicht.
Ja so zärtlich wird ihr Kuß,
Daß ich schon befürchten muß,
Nächstens, will ich sie umschließen,
Wird sie mir im Arm zerfließen.

16.

Wie erstaunt sich möchte weisen,
Wer verwandelt sprödes Eisen
Plötzlich säh' in lautres Gold;
So erstaunt, kann ich's nicht fassen,
Wie zu Lieben ward dein Hassen;
Doch ich fühl's, du bist mir hold.

17.

Weil ich dich nicht legen kann
Unter Schloß und Riegel;
Dir zum Abschied leg' ich an
Diese sieben Siegel.

Küsse sollen Siegel sein,
 Einer auf die Lippe,
Daß am Nektarkelche kein
 Honigdieb mir nippe!
Dieses Siegel auf die Brust,
 Auf den Nacken dieses;
Fremder Wunsch sei fern der Lust
 Meines Paradieses!
Zweie noch auf Wang' und Wang',
 Und auf Aug' und Auge;
Daß kein Mund danach verlang',
 Und kein Blick hier sauge!
Liebes Kind, um deine Schuld
 Trag' die Siegel in Geduld!
Morgen wollen wir die bösen
Sieben Siegel wieder lösen.

18.

Wenn ich sterbe, werd' ich wohl
 Nun das Paradies erwerben.
Denn die Liebste sagt, ich soll
 Nur in ihren Armen sterben.

19.

Wenn ich mit meiner Liebsten zanke,
 Die Stärke der Liebe fühl' ich erst dann,
Die wohl, ohne daß sie wanke,
 Auch einen Stoß vertragen kann.

20.

Möchtest du mich auch betrügen,
 Lerntest du doch nur zu lügen,
Lügtest nicht so ohne Kunst,
 Daß man greift den Lügendunst!
Das nur ist warum ich schelte,
 Weil ich dir so wenig gelte,
Daß es immer gleich dir galt,
 Ob ich merkt' und ob ich schalt.

21.

Was ich bös sei? fragst du mich;
 Ei wie fragst du wunderlich.
 Woher weißt du denn so gar,
 Daß ich einmal gut dir war?
 Niemals war ich's, oder wenn,
 Nun so nicht mehr weiß ich's denn;
 Oder wenn ich's ja noch weiß,
 Von heut' an vergessen sei's!

22.

Lieben wollt' ich wie vordessen,
 Könnt' ich Eines nur vergessen,
 Das, wie es in mir sich rührt,
 Mir das Herz mit Eis umschnürt.
 Oft, wenn ich zum Kuß dich fasse,
 Zwingt es mich, daß ich dich lasse.
 O was hast du mir gethan,
 Daß ich dich nicht küssen kann!

23.

Freuen soll dich's, wenn du siehst,
 Wie dein Leichtsinn mich verdrießt,
 Weil du d'raus erkennen lernst,
 Daß mein Lieben ist im Ernst.
 Doch du bist ein schwankes Reis,
 Das mein Ernst zu Boden drückt;
 Weh mir, daß ich dieses weiß,
 Und mir doch der Scherz nicht glückt!

24.

Ist die Lieb' gestorben? Nein!
 Ach daß sie es könnte sein!
 Wie erstarrt in kalter Nacht
 An der Blum' ein Schmetterling,
 Und mit aufgethauter Schwing'
 An der Sonne neu erwacht;
 So mit einem Liebesblick
 Weckst du neu mein Mißgeschick.

25.

Eins hat Unrecht von uns beiden;
  Wer es hat? wer kann's entscheiden!
Oft in stillen Mitternächten,
  Wenn ich mit mir selbst will rechten,
Scheint mir, daß nicht du es hast,
Sondern ich, das würgt mich fast.
Aber komm' ich dann geschritten,
  Dir das Unrecht abzubitten,
Scherzest du so frank und frei,
Alsob nichts geschehen sei.
Wer hat Unrecht? Darf ich fragen?
Hättest du's von mir erlitten,
  Würd' es dich am Herzen nagen;
Doch mich hat's in's Herz geschnitten,
  So wirst du die Schuld wohl tragen.

26.

Wie die Katz' um den heißen Brei
  Schlich ich und durfte nicht naschen.
Kommt nun ein wildfremd Thier herbei,
  Meine Mahlzeit wegzuhaschen.
Die leckre Schüssel ich ihm gönnte,
  Wenn er sich nur das Maul verbrennte!
Aber es schmeckt ihm so gut, Gott weiß,
Ich glaube, sie war nur mir so heiß.

27.

Leugn' es nicht, du liebtest mich!
  Oder ich verachte dich,
  Daß du nicht geliebt mich habest,
  Und doch Lieb' und Kuß mir gabest.

28.

Ja, mit Worten scharf wie Erz,
  Hab' ich dir zerfleischt das Herz;
  Doch nur Liebe war es, die
  Mir die scharfen Waffen lieh.

Räche nun dich blutig scharf!
Mit dem ersten Kuß vom Mund,
Den ich wieder nehmen darf,
Werde mir die Lippe wund!

29.

Eins nur Eines möcht' ich wissen,
Ob es gibt kein Band so fest,
Womit Liebe, die zerrissen,
Wieder sich verbinden läßt.
Und noch eines möcht' ich wissen,
Wie der Liebe Band so fest,
Daß es, wenn es schon zerrissen,
Doch das Herz noch frei nicht läßt.

30.

Unbegreiflich wunderbar
Ist und bleibt es, wie ein Paar,
Zwei, die erst so fremd sich sind,
Werden so bekannt geschwind.
Unbegreiflich noch viel mehr,
Wie ein Paar, bekannt so sehr,
Dann so fremd einander grüßt,
Alsob es sich nie geküßt.

31.

Auseinander gekommen sein,
Wenn man erst nah' beieinander war,
Ist viel schlimmer, als ganz und gar
Nie beieinander gewesen sein.

32.

Ist die Liebe so verstrickt,
Oder ich so ungeschickt?
Als ich es mit ihr begonnen,
Und ihr Netz mich eingesponnen;

Wenn sie manchen Kuß mir lieh,
Ob sie liebte? wußt' ich nie.
Und nachdem das Netz zerrissen,
Schein' ich noch es nicht zu wissen,
Wenn sie einen Blick mir gibt,
Ob sie nicht noch jetzo liebt?

33.

Oft macht es mich erschrecken,
Ein plötzliches Erwachen zu entdecken,
In tiefer Brust, von einem Ton,
Von einem Blick, der längst entflohn;
Weiß nicht, wo die Erinnrung zu verstecken
Sich hat so lange Zeit gewußt,
Und was sie just erwecken
In diesem Augenblick gemußt.

34.

Weil ich nichts anders kann als nur dich lieben,
Will ich dich lieben denn soviel ich kann.
Zu hassen dich hatt' ich mir vorgeschrieben,
Mit Hasse sah das Herz die Vorschrift an.
Dich zu vergessen hatt' ich mich getrieben;
Vergessen war es, eh ich mich besann.
Da so der Haß ward von sich selbst zerrieben,
So das Vergessen in sich selbst zerrann;
So laß mich denn, soviel ich kann, dich lieben,
Weil ich nichts anders als dich lieben kann.

35.

Am Tage kann ich zügeln meine Schritte,
Mich nicht zu tragen mehr zu deiner Hütte;
Nachts kann ich es dem Traume nicht verwehren,
Noch oft daselbst, wie vormals, einzukehren.

Am Tage kann ich wenden meine Blicke,
  Daß sie kein neuer Blick von dir bestricke;
  Nachts kann ich so nicht die Gedanken zwingen,
  Daß sie dein Bild mir nicht vor Augen bringen.
Nachts kann ich nicht gebieten diesen Trieben,
  Die eigenwillig fahren fort zu lieben;
  Allein am Tage soll mein Geist sich fassen,
  Dich zu vergessen ach und dich zu lassen.

36.

Was gestern war, o laß es mich vergessen!
  Was morgen sein wird, laß mich nicht ermessen!
  Laß mich versinken in das schöne Heut!
  Laß mich einmal ganz unbefangen scheinen,
  O laß mich thun als könnt' ich niemals weinen,
  Da mir dein Blick einmal ein Lächeln beut.
  Was kümmert's mich, daß vor dem Lenz ein Winter?
  Was kümmert's mich, daß einer ist dahinter?
  Wenn zwischen=inn der kurze Lenz mich freut!

37.

Sie sprach: Man sieht so selten dich,
  Was mag die Schuld nur tragen?
  Ich sprach: Mein Trautchen, höre mich,
  Das will ich dir wohl sagen.
  Ein jeder hat der Tage viel,
  Doch nicht an jedem Tanz und Spiel;
  Er sparet gern sein Bestes
  Nur auf den Tag des Festes.
Wenn ich nun lange Tage lang
  Mich plackte und mich mühte,
  Und auf des Lebens Werkelgang
  Mir kaum ein Blümchen blühte;
  Dann flieg' ich freudig her zu dir,
  Dann ist in deinen Augen mir
  Am Ende saurer Wochen
  Der Sabbath angebrochen.

Sie sprach: Mein Freund, das läßt nicht schön;
   Wozu das glatte Schmeicheln?
Ich sprach: So will ich's denn gestehn
   Und sagen ohne Heucheln:
   Der Vogel, den die Beere fing,
   Und der der Schlinge kaum entging,
   Läßt lang von Lust sich nagen,
'   Eh' er's will wieder wagen.
Die böse Schlinge kenn' ich ja,
   Die mich so oft gefangen,
Ich flieh' und komm' ihr nicht zu nah,
   Und will nicht wieder hangen;
   Bis sich die Lust so mächtig regt,
   Daß sie die Furcht zu Boden schlägt,
   Dann zieht's zu dir hernieder
   Mich nach der Schlinge wieder.

38.

Gestern hab' ich vom Nachtbesuch beim Liebchen,
(Welch ein nagendes Liebesangedenken!)
Ach, ein Flöhchen mit heimgetragen, das nun,
Den jungfräulichen Aufenthalt vermissend,
Hüpfend, wühlend, mich quält den ganzen Tag lang,
Gegen Abend, auf meinem Sopha liegend,
Da die Stunde gekommen, wo ich dachte
Hinzugehen und das Flöhchen heimzutragen;
Wie ich höre, daß draußen Regen prasselt,
Und ich sage: nun kann ich heut nicht hingehn!
Tobt das Thierchen an mir ganz ungeheuer.

39.

Welch ein Gärtner auf Erden kann sich rühmen
Solcher glücklichen Hand wie ich! Ein schönes
Bäumchen streichelt' ich, um den jungen Wildling
Mir zu schmeidigen, täglich mit den Händen.
Unter'm Streicheln, o Wunder, sind am glatten,
Schlanken, hölzernen Stämmchen unversehens
Mir zwei Aepfelchen in die Hand gewachsen.

40.

Schlief ich neulich in der Liebsten Hause,
  Aber freilich nicht in ihrer Kammer,
  Sondern in der Gaststub' oben drüber,
  Oben ich, sie unten, und dazwischen
  Eine kalte, starre Stubendecke.
  Als sie nun zu Bette war gegangen —
  Den Pantoffel hatt' ich rauschen hören —
  Sah ich kühlungathmend aus dem Fenster.
  Keine Kühlung war da zu erathmen
  In den nächtigen Lüften; denn in ihrem
  Odem glaubt' ich einen andern Odem
  Zu empfinden; und als ich nun lauschend
  Mit dem Ohr mich neigte, hört' ich wirklich
  Aus dem Fenster unter mir vernehmlich
  Ach! das Schlummerathmen der Geliebten.
  Da ergriff mich wunderbare Sehnsucht,
  Und im Taumel, was ich that, nicht wissend,
  Warf ich Stück vor Stück aus meiner Tasche
  Münzen nieder nach der Liebsten Fenster.
  Offen stand das Fenster, ja ich hörte,
  Wie der Nachtwind mit dem Flügel spielte.
  Und ich zielte, mir mit meinen Münzen
  Einen Weg in ihren Schlaf zu bahnen.
  Doch die Münzen, eine nach der andern,
  Glitten an des Eisengitters Stäben
  (Denn ihr Fenster schirmen Eisengitter)
  Klingend ab, und fielen in das Gärtchen,
  Wo die Liebste ihre Blumen bauet.
  Und da hatt' ich diese Nachtgedanken:
  Aus dem Fenster hab' ich Geld geworfen,
  In ihr Fenster ist es nicht gekommen;
  In ihr Gärtchen hab' ich Geld gesäet,
  Aber wird es mir wohl Blumen tragen?

41.

Ist betrogen, wer es weiß,
   Daß man ihn betrügt,
Aber mit bedachtem Fleiß
   Selbst dem Trug sich fügt?
Amaryllis sagt mir vor,
   Daß sie sehr mich liebt.
Ist mein Herz darum ein Thor,
   Weil's ihr Glauben giebt?
Einmal muß geliebet sein;
   Weise bist du, Herz,
Daß du nicht aus Liebe Pein
   Machest, sondern Scherz.

II. Agnes.

Agnes' Todtenfeier.

1812.

1.

Nun aber will ich sehn, ob man mit Armen
   Der Poesie kann in die Wolken reichen,
   Und niederholen aus des Lichtes Reichen
   Trostschätze für ein Herz, das will verarmen;

Sehn will ich, ob Begeist'rung mit den warmen
   Gluthhauchen kann des Grabes Thür erweichen,
   Daß lebensfrisch daraus hervorgehn Leichen,
   Die eingesargt der Tod hat ohn' Erbarmen;

Sehn, ob aus Liebesrosen, Trauernesseln,
   Noch Kränze flechten können die Kamönen,
   Damit ein fliehend Schattenbild zu fesseln;

Ob man erbauen kann aus Zaubertönen
   Ein Demantschloß, darin auf Saphyrsesseln
   Sitz' engelgleich die Schönste aller Schönen.

2.

Wenn es noch gibt in Himmeln Sonnenstrahlen,
　Noch Blumen in des Lenzes grüner Halle,
　Noch gibt in Fluthen spiegelnde Kryſtalle,
Und Farben in des Regenbogens Schalen;

So bitt' ich ſie, daß ſie zu meinen Wahlen
　Gehorſam ſich um mich verſammeln alle,
　Auf daß ich nehmen könn' aus ihrem Schwalle,
Was nöthig iſt, ein Himmelsbild zu malen.

Und euch, ihr Muſen von dem Helikone,
　Ruf' ich zu meiner Arbeit Dienerinnen,
　Euch zu vereinen mit Cytheres Sohne!

Er ſoll aus Gluth den Grund mir ziehn auf's Linnen,
　Ihr ſollt auf's Farbenbrett in reinſtem Tone
Die Farben miſchen, und ich will beginnen.

3.

Wenn ich dies Thal durchzieh' am Wanderſtabe,
　Seh' ich drei alte Burgen rings in Stücken
　Sich von den Höhn zum Grund herniederbücken,
Und ihr Bewohner krächzt darein, der Rabe.

Dann, daß ich noch an andrem Gram mich labe,
　Steig' ich auf eines niedern Hügels Rücken,
　Und zwiſchen Bäumen, die ſich traurig ſchmücken,
Steh' ich an jüngern Trümmern, deinem Grabe.

O Doppelblick, der dem Gemüth verbittert
　Alles, was lebt, da, was gelebt, das Beſte
In Schutt und Graus liegt, dort und hier, zerſplittert:

Dort oben hoher Veſten morſche Reſte,
　Hier tief, was jener Hoheit glich, verwittert,
Du, die du warſt der Schönheit ſchönſte Veſte.

4.

Tritt sanfter auf mit deinem Flügelschlage,
O Zephyr, denn du rühreſt heilige Räume;
Es flehen dich die Blätter dieſer Bäume,
Nicht zu verwehen ihre leiſe Klage.

Senkt duftiger zu dieſem Blumenhage,
Ihr Wolken, eures Vorhangs dunkle Säume,
Daß ungeſtöret hier die Holde träume,
Die hier ſich bettete ſo früh am Tage!

Sie will nicht wachen! ſchlafen will ſie. Wache
Für Sie denn unſer Schmerz und unſre Thränen,
Und unſer Segen ſchaukle ihre Wiege.

Glückſelig, wen zu dieſem Brautgemache
Mit leiſem Arme niederzieht das Sehnen,
Daß er bei Ihr, zwar Staub bei Staub nur, liege!

5.

Du, die wir nie mit unſern Klagen wecken,
Warum ſo früh ruhſt du von deinem Gange?
War dir wohl vor des Mittags Schwülen bange?
Schuf wohl des fernen Abends Froſt dir Schrecken?

Nein! Muthig hobſt du deinen Schritt, den kecken,
In deiner Jugend vollſtem Ueberſchwange;
Dein Blick in ungeduldigem Hoffnungsdrange
Flog vorwärts nach des Lebens blum'gen Strecken.

Nicht wie ein zagend Kind, das grambeladen
Sich nach der Mutter heimſehnt in die Ferne,
Wardſt du vom Wink der Mutter heimgeladen.

Ein ſtrenger Vater rief, wo du noch gerne
Gegangen wärſt, dich ab von deinen Pfaden,
Daß Kindesſinn vor ihm ſich beugen lerne.

6.

Der Geist, wenn er im Mai vom Winterfroste
Die frische Blüthenknospe sieht gepflücket,
Fühlt sich von einer dunkeln Hand bedrücket,
Er fühlt, wie wenig ihr ein Leben koste.

Doch wenn er gar der Jugend feste Pfoste,
Von der Natur mit Lust und Kraft geschmücket,
Von ihr, der Schöpf'rin, sorglos sieht zerstücket;
Kehrt er in Unmuth gar sich ab vom Troste.

Er schauert, daß auch Menschen sind wie Blüthen;
Er möchte mit der übermächtigen schmollen,
Die so sich selbst zerstört mit blindem Wüthen.

Dann läßt er seine nicht'gen Thränen rollen,
Um, wie er kann, das Unrecht zu vergüten,
Und seufzt: du starbst, du hätteft leben sollen!

7.

Will denn kein Stern von Himmelszinnen fallen,
Zum Zeichen, daß Sie fiel, die Sternengleiche?
Willst Erde du, da deine schönste Eiche
Entwurzelt sank, nicht seufzend widerhallen?

Soll von des tauben Uhrwerks Rädern allen
Kein Rad denn stocken, brechen keine Speiche,
Daß alles fort im alten Kreislauf schleiche,
Nur Sie allein nicht dürfe weiter wallen?

Ach nur ein Herz, nichts weiter, wird zerrieben;
Ein Leben nur, nichts weiter, wird zersplittert;
Sonst alles geht, wie vor, so nachher wieder:

Und keine Spur ist sonst von Ihr geblieben,
Als daß ein armes Espenblättchen zittert,
Als sei's gerührt vom Odem meiner Lieder.

8.

Bringt her die Fackeln und das Grabgeräthe,
Die Tücher bringt, und schmücket reich die Bahre!
Wie Sie die Blüthen ihrer jungen Jahre
Sonst schmückte, schmückt Sie, als ob Sie es thäte!

Den Brautkranz, den der düft're Schnitter mähte,
Ersetz' ein Todtenkranz im üppigen Haare:
Wie wir geführt sie hätten zum Altare,
So führen wir sie heut zur letzten Stätte.

Nicht das Gepräng, das nichtige, sei gescholten!
Die Todte schmücken wir, um kundzugeben,
Wie wir sie, wenn sie lebte, schmücken wollten.

Was Ihr das Schicksal neidete am Leben,
Sei von der Liebe Ihr in's Grab vergolten,
Und neidenswerth soll Sie gen Himmel schweben.

9.

Du Rose, wenn du neidenswerth willst sterben,
So lass' frühmorgens pflücken dich vom Strauche,
Bevor sich an des Mittags Gluthenhauche
Die duftigen Schimmer deiner Wang' entfärben:

Und, Jungfrau, willst du süßen Tod erwerben,
So lass', eh' an des Alters trübem Rauche
Erst deiner Schönheit Spiegel sich verbrauche,
Den glänzenden zertrümmern rasch in Scherben! —

O du, verklärt schon sonst, doch jetzt verklärter;
Mehr schmücken Kränze dir dein Bett von Moder,
Als jemals schmückten eine Hochzeitkammer;

Daß Bräute seufzen: was ist neidenswerther,
Leben, wie du, von Lieb' umhuldigt, oder
Sterben, wie du, vergöttert gar vom Jammer?

10.

Wann alte Herrscher sonst danieder fuhren
  Vom Thron zum Grabe, stürzten nach die Sklaven,
  Daß nicht der Königsmast zum Todeshafen
Einlaufen müßte mit einsamen Spuren.

Wann waltend auf des Kampfes eh'rnen Fluren
  Der Feldherr sinkt, wetteifern seine Braven,
  Zugleich begraben von des Todes Laven
Zu sein mit ihm, zu deß Panier sie schwuren.

So sollt ihr heut in frohen Schaaren stürzen,
  Ihr Blumen, mit willfährigem Dienersinne,
  Und nicht bereuen eures Lebens Kürzen;

Da Sie heut sank von Ihrer Schönheit Zinne;
  Auf! Ihre Gruft mit eurem Tod zu würzen,
  Denn Sie war Königin im Reich der Minne.

11.

„Du, der du sonst mit liebendem Behagen
  Dich neigtest unserm sanften Glanzgestimme,
  So schonend, daß du selbst die lüsterne Imme
Abwehrtest unsern zarten Kelch zu nagen!

„Was hat verwandelt dich in diesen Tagen?
  Was deine Liebe so verkehrt zum Grimme?
  Daß dich nicht rühret unsres Sterbens Stimme,
Wenn du uns niedermähst zu ganzen Lagen?"

Ihr Blumen, hört! der Tod hat eine Krone
  Gepflückt, mit der ihr euch nicht dürft vergleichen;
  Was wollt ihr noch, daß ich der euern schone?

Blüht minder schön, wenn ihr mich wollt erweichen!
  Wenn ihr so schön blüht, brech' ich euch zum Lohne;
  Denn Sie, die allerschönste, mußt' erbleichen.

12.

„Was, leichter West, sinnst du für schwere Sachen,
  Daß du so ganz des Wehens hast vergessen?"
  O siehst du? dort im Kranze der Cypressen
Schläft Eine schöner, als sie könnte wachen.

„O dies, mein West, laß dich nicht irre machen;
  Laß du sie schlafen, weh' du keck indessen."
  Wie? Sie zu wecken dürft' ich mich vermessen?
„Ach, sorge nicht, daß Todte je erwachen."

Und ist sie todt, die so lebendig scheinet?
  So kömmt, all' ihr, wo ihr euch mögt verstecken,
  Ihr Brüder, kommt, und seufzt mit mir vereinet.

Doch seufzen wollen wir auf fernen Strecken,
  Nicht hier, wo sie so todt ist, daß man meinet,
  Sie müsse schlafen, und Geseufz sie wecken.

13.

„Maililien, ihr schüttelt eure Glocken,
  Wen wollet ihr zur Maienandacht laden?"
  Sie, die von selbst sonst ging auf diesen Pfaden,
Soll, da sie säumt, jetzt unser Läuten locken.

„Maililien, laßt eu'r Geläute stocken;
  So eben stocket Ihres Lebens Faden!"
  Ach, sieh, der Thau, in welchem wir uns baden,
Gerinnt zu Reif, so sehr sind wir erschrocken.

„Maililien, da eure Lust zur Beute
  Des Todes ward, was kann euch Trost erzeigen?"
  Daß du uns gleich von hinnen nehmest heute,

Und gebest Ihre Grabstätt' uns zu eigen,
  Daß dort Sie einwieg' unser sanft Geläute;
  Sprich, willst du? „Ja!" Wir danken dir mit Neigen.

14.

Soll ich euch sagen, daß als Morgenglocke
  Ihr Gruß der Seele schlummernd Leben regte?
  Daß Sie der Göttin Nacht glich, wann sie legte
Um's Antlitz schweigend Ihre dunkle Locke?

Soll ich euch sagen, daß vom Haupt zur Socke
  Des Wohllauts Woge Ihren Wuchs bewegte?
  Daß ihre Stirne Lilienbeete hegte?
Daß ihre Wange ward zum Rosenstocke?

Was hilft's, daß ich durch Höhn und Tiefen schweife?
  Daß ich an Sonnen meine Fackel zünde?
  Daß ich den Duft von allen Blumen streife?

Nur todte Farben häuf' ich. Wer's verstünde,
  Hindurch zu schlingen so des Lebens Schleife,
  Daß draus Ihr wahres Bild dem Blick entstünde!

15.

Sie, in des Wintereises Kern geboren,
  Als keine Blum' im Feld zu blühen wagte;
  Und, als der Frühling auf den Fluren tagte,
Vom Winterhauch des kalten Tods erfroren;

Beweis Sie, daß vor allen Blumenfloren
  Sie gleich als eine Wunderblume ragte,
  Die durch ihr Blühn und durch ihr Welken sagte:
Durch mich verkehret sich der Lauf der Horen!

Als Sie zur Blüthe sich entschloß, besonnte
  Der Winter sich an Ihrem Strahlendochte;
  Der Lenz erblich, als Sie zu fliehn begonnte.

Welch Herz war Winter g'nug, daß es nicht lochte,
  Wenn Sie es glühen wollt', und welches konnte
  Noch Frühling sein, wenn Sie ihm zürnen mochte?

16.

Sechzehnmal fuhr der Lenz von Himmelszinnen,
  Um hier ein werdend Himmelsbild zu sehen,
  Das himmlischer stets ward, und fühlte Wehen,
  Wann wieder ihn der Herbst zwang zu entrinnen.

Die siebenzehnte Fahrt wollt' er beginnen,
  Da sah statt Ihrer er ein Grabmahl stehen;
  Jetzt brauchte nicht der Herbst ihn heißen gehen,
  Schon schleunig g'nug trieb ihn sein Schmerz von hinnen;

Alsob er nie mehr Lust zu kehren habe!
  Doch weiß ich, zwingen wird ihn schon sein Lieben,
  Daß er auch künftig greift zum Wanderstabe,

Und kommt und geht mit wechselhaften Trieben,
  So wie ich selbst, zu und von Ihrem Grabe,
  Von Sehnsucht hin, von Schmerz hinweg getrieben.

17.

Die Rose sprach zur Lilie: Dich verneigen
  Mußt du vor mir, denn ich war die beglückte,
  Der Jene, die des Himmels Aug' entzückte,
  Die Beete ihrer Wangen gab zu eigen.

Die Lilie sprach: O Rose, du mußt schweigen!
  Als dich der Tod von jenen Wangen pflückte,
  War ich's, die sie mit meinen Blässen schmückte,
  Und so in's Grab auch durft' ich mit ihr steigen.

Der Dichter spricht: Ihr Schwestern, o versöhnt euch!
  Was hadert ihr, und dienet, zweigestaltig,
  Doch nur zu Eines Lichtes Schattenbildern?

Ihr Fluren, auf! mit tausend Rosen krönt euch,
  Mit tausend Lilien, um mir tausendfaltig
  Ihr Leben dort, hier Ihren Tod zu schildern.

18.

Süß ist der Sonne Blick nur, weil zu strahlen
  Er scheint so hell, als einst gestrahlt der Deine;
  Süß ist der Lüfte Hauch nur, weil ich meine,
  Daß sie von Dir den lauen Odem stahlen;

Bäume, weil sie mit Deiner Schlankheit prahlen,
  Quellen, weil sie Dir gleichen fast an Reine,
  Schatten, weil Du, mein Licht, einst hattest keine,
  Blumen, weil Du sie hattest ohne Zahlen.

Als süß kann Erde selbst und Himmel gelten,
  Nur, weil sie Dir zum Grab dient, wie ich wähne,
  Nur, weil er Dir zum Haus dient, wie ich glaube;

Und auch das Meer will ich nicht bitter schelten,
  Weil es kann scheinen eine Perlenthräne,
  Vom Himmel selbst geweinet Deinem Staube.

19.

Als ich zur dunklen Erde niederschaute,
  Zu forschen, ob wohl dort Sie möge wohnen,
  War mir's, alsob in tausend Blüthenkronen
  Sich dort ein Ihrer würdig Luftschloß baute.

Dann, als ich auffah, wo der Himmel blaute,
  War's wieder, alsob dort Sie müsse thronen,
  Alsob Ihr dort sich wöb' aus Sternenzonen
  Ein Lichtzelt, funkelnd, daß dem Blick es graute.

Drauf als ich blickt' ins eigne Herz hinunter,
  War mir's, alsob auch es Ihr zum Palaste
  Ständ' ausgeschmückt, noch strahlender und bunter.

Ja bald war's, alsob einzig hier Sie raste,
  Da Himmels und der Erde Glanz all unter
  Ging in dem Glanz, darein das Herz Sie faßte.

20.

Als Du Dein Aug' einst von der Erde Auen
  Zu dem des Himmels hieltst empor gerichtet,
  Und er das seine drüber hielt gelichtet,
  Um sonst auf nichts als Deins herabzuschauen;

Mocht' ich mich zu entscheiden nicht getrauen,
  Weß Glanz dem Glanz des andern sei verpflichtet;
  Und blickte, weil ich gern auf kein's verzichtet.
  Bald Deinem schwarzen zu, bald seinem blauen.

Jetzt, da Du Deins der Erde hast enthoben,
  Wird in der Wahl mich fürder stören keines,
  Daß ich nicht meines hübe stets nach oben;

Da mit des Himmels Auge sich nun Deines
  So hat verschmolzen und in Licht verwoben,
  Daß ich mit Freuden beid' erblick, als eines.

21.

Als Du auf Erden lebend einst gegangen,
  War alle Schönheit so in Dich zerflossen,
  Daß Stern' und Blumen gar sich nicht erschlossen,
  Als nur in Deinem Aug', auf Deinen Wangen.

Jetzt, da Du in des Todes Hauch zergangen,
  Zerstob die Schönheit, die Du hieltst umschlossen,
  Daß Blumen wieder auf der Wiese sprossen,
  Und Sterne wieder in den Lüften hangen.

Wenn ich nach Blumen nun und Sternen blicke,
  Ist's, daß ich mich an dem zerstreuten Schimmer,
  Den Ueberbleibseln Deines Lichts, erquicke.

Doch, wie nun Liebeswahn sich mühet immer,
  Daß er den Glanz zum Bild von Dir verstricke;
  Ein Bild wie Du warst, wird der Abglanz nimmer.

22.

Ihr, die einst grüßend hat Ihr Blick durchflogen,
Und Leben euch leblosen zugeblinket,
Davon euch die Erinnrung jetzt noch schminket,
Ihr Berge, Wälder, Felder, Wiesen, Wogen!

Und ihr, mit denen Freundschaft Sie gepflogen,
Frau'n, denen Sie gelacht, genickt, gewinket,
Davon, wie Wolken, wenn die Sonne sinket,
Ihr jetzt noch seid vom Nachglanz überflogen!

O lasset jetzo mich, da meinen Augen
Das Licht entrückt ist, das mir sonst geschienen,
Es, soviel möglich, aus den euern saugen;

Und zürnt nicht, blos als Spiegel mir zu dienen
Des Widerscheins von Ihr, für die zu taugen
Auch nur zum Spiegel, schon kann Neid verdienen.

23.

Wär' ich wie ihr, ihr sommerlichen Schwalben,
Ich wandert' aus von dieser öden Heide;
Ich schwör' es euch bei meines Herzens Leide,
Ihr seht's nur nicht, der Herbst ist allenthalben.

Und ihr, die ihr noch leben wollt, mit halben
Scheinleben, Birke, Buche, Lind' und Weide,
Ich rath' es euch, laßt ab vom grünen Kleide,
Und kleidet ohne Scheu euch mit dem falben.

Fragt nicht, warum? fragt nicht, was denn im Gange
Natur, die alte Mutter, plötzlich störte,
Daß Herbst kommt in den Frühling eingebrochen?

Nicht erst seit heut ist's ja, es ist seit lange;
Denn Sie, der all der Frühling angehörte,
Schläft ihren Winterschlaf schon sieben Wochen..

24.

Ich weiß nicht, süße Blumen, was ihr euern
    Duft noch verschwendet hier an ird'scher Schwelle;
    Da Sie entflohn ist zu des Himmels Helle,
    Warum ihr nicht der Herrin nach wollt steuern?

Und müsset ihr denn doch das Spiel erneuern,
    So weiß ich mindstens nicht, wie andre Stelle
    Der Erd' ihr wählen möget, als die Zelle,
    Darin der letzte Rest sich birgt der Theuern.

Ich sag' euch, wenn ihr anders schön wollt heißen,
    Was schön sonst hieß auf Erden, all entrann es
    Mit ihr, und wohnt jetzt nur in Edens Laube;

Und wenn ja etwas noch in diesen Kreisen
    Für schön will gelten, nirgend anders kann es
    Entsprießen, als aus Ihres Hügels Staube.

25.

Ein Recht um Sie zu klagen, die gefallen,
    Hast du, o Höh', wo einst Sie stand wie tagend;
    Ein Recht, o Hain du, der du Sie versagend
    Dem Blick der Welt, bargst in den schatt'gen Hallen.

Ein Recht zu klagen hast du recht vor allen,
    O Garten, du, sonst Ihren Fußtritt tragend,
    In tausend draus entsprung'nen Blumen sagend,
    Daß nur ein Engel also könne wallen.

Ein Recht zu klagen hat jedwede Stätte,
    Wo Sie vordem gewandelt jemals, oder
    Wo Sie in Zukunft je gewandelt hätte.

Und nur ein Recht zu jauchzen hat von Moder
    Ein dunkler Raum, der, seit er ward Ihr Bette,
    Hell ward von soviel Schönheit, wenn gleich todter.

26.

Ich hörte sagen, Frühling sei erschienen,
   Da ging ich aus, zu suchen, wo er wäre;
   Da fand ich auf den Fluren Blum' und Aehre,
Allein den Frühling fand ich nicht bei ihnen.

Es summten Vögel und es sangen Bienen,
   Allein sie sangen, summten düstre Mähre;
   Es rannen Quellen, doch sie wahren Zähre,
Es lachten Sonnen, doch mit trüben Mienen.

Und von dem Lenz konnt' ich nicht Kund' erlangen,
   Bis daß ich ging an meinem Wanderstabe
Dorthin, wohin ich lang nicht war gegangen;

Da fand ich ihn, den Lenz: ein schöner Knabe
   Saß er, mit nassem Auge, blassen Wangen,
Auf Deinem, als auf seiner Mutter, Grabe.

27.

Willst du als Engel schweben auf zur blauen
   Stadt Gottes, wo hochblickende Propheten,
   Patriarchen, Märtyrer, Anachoreten,
Und all die heil'ge Schaar, sich Hütten bauen?

Willst Du als Schatten wandeln zu den Auen
   Elysiums, wo hellenische Poeten,
   Epheben, Thyrsosschwinger und Athleten
All' unter Einem Lorbeer sind zu schauen?

Dort droben werden alle Heiliginnen,
   Dich Schwester grüßend, von den Thronen steigen,
   Dir Deiner Unschuld lichte Krone flechten.

Dort drüben werden alle Königinnen
   Der alten Schönheit, sich der neuen neigen,
   Und Helena, die stolze, selbst nicht rechten.

28.

Ich sehe Dich! Du fährest auf dem Wagen
   Des Himmels, stolzer seine Deichseln schwenkend;
   Ich sehe Dich, den Kahn des Mondes lenkend,
Daß Luftström' ihre Wogen sanfter schlagen;

Ich sehe Dich, wo Dich Milchstraßen tragen,
   Mit weißem Schaum des Kleides Saum Dir tränkend;
   Ich seh' Dich, wie, sich Deinem Fußtritt senkend,
Der Schlange Häupter nicht zu drohen wagen.

Dann seh' ich Dich, wie Du der goldnen Leier
   Dich naheft, wie sich ihre Saiten drängen,
   Um tönender in Deiner Hand zu rauschen.

Du bist die Muf', im Himmelszelt ist Feier,
   Und aus den Höhen triffst Du mich mit Klängen,
   An deren Nachklang Hörer sich berauschen.

29.

„Ihr, die auf meiner süßen Erd' ich lasse,
   Ihr süßesten Geschwister und Gespielen,
   Laßt g'nug nun sein der Thränen, die mir fielen,
Laßt trocknen mich eu'r Angesicht, das nasse.

„In Lieb' einander nah, fernab vom Hasse,
   Wallt fort in Eintracht nach den irdschen Zielen,
   Und nicht beklagt euch, daß ich von euch vielen
Allein schied, um zu ziehn auf höhrer Strasse.

„Nein! freut euch, daß, wenn aus dem Erdgewimmel
   Ihr euern Blick nun über Wolken hebet,
   Ihr dort auch lächeln seht bekannte Züge.

„So wird zum voraus heimisch euch der Himmel,
   Und wenn ihr selbst vollendet einst entschwebet,
   Steh' ich als Engel, lenkend eure Flüge."

30.

Gleichwie die Fürstin, die emporgehoben
　Zum hohen Thron aus niedrem Schäferstande,
　Es ihrer Hoheit rechnet nicht zur Schande,
　Mit Segensblick herabzuschaun von oben;

Doch, wie sie ringsum ihrer Milde Proben
　Theilt ungemessen über alle Lande,
　Bleibt stets der Hütt', an die sie süße Bande
　Einst ketteten, das Beste aufgehoben:

So Du, die Du vom waltenden Geschicke
　Zum Himmel, der als Kön'gin Dich bezeuget,
　Emporgerückt wardst aus der Erde Hütten,

Mögst Du, wenn Du bestrahlst mit Himmelsblicke
　Die Erde rings, dies Thal, das Dich gezeuget,
　Mit Glanz und Segen zwiefach überschütten.

31.

Ich sah! Sie stand im Ost; zur Seite standen
　Berggipfel Ihr, gleich harrendem Altare;
　Thauperlen waren Kron' in Ihrem Haare,
　Und Morgennebel floß Ihr zu Gewanden.

Auf Ihren Wangen, statt der Schminke, fanden
　Zwei Morgenröthen sich, zwei dunkelklare;
　Ihr Blicken ward zu Morgensternenpaare,
　Davor die Blick' all andrer Sterne schwanden.

Ein Gluthmeer lag zu Füßen Ihr; Sie tauchte
　Drein mit der Opferschaal', und ließ als Sonne
　Den Glanzguß auf des Berghaupts Altar glimmen.

Dann, wie Sie mit dem Odem erdwärts hauchte,
　Erwachten tausend Kehlen dort in Wonne,
　Mit mir den Morgenhymnus anzustimmen.

32.

Ich sah! Sie lag auf Pfühl der Abendröthe,
    Wandte des sanftgesunknen Hauptes Schiefe
    Zum letzten Mal mit Sonnenblick zur Tiefe,
    Alsob der Schöpfung Sie den Nachtgruß böte.

Ein Amor, knieend neben Ihr, erhöhte
    Den Abendstern als Fackel, wenn Sie schliefe;
    Und aufwärts klang, alsob Sie Schlummer triefe,
    Aus Eichenhainen Pan's gedämpfte Flöte.

Der Wolkenpfühl, auf Windesflügeln schaukelnd,
    Sank tief und tiefer, bis er war versunken,
    Mit seiner Göttin in die Nacht hinunter.

Noch einmal auf sprang Amors Fackel gaukelnd,
    Zersprühte dann in kleinrer Sterne Funken;
    Pan's Flöt' entschlief, und ich allein blieb munter.

33.

Ich sah Sie! Mitternacht war Ihre Braue,
    Indeß sich zwei, die sich sonst nie erblicken,
    Ein sterbend Spät=, ein werdend Frühroth, stricken
    Mußten als Saum um Ihr Gewand, das blaue.

Durch Schleier blickte Sie, durch silberngraue;
    Sternfunke droben war ein jedes Blicken,
    Und drunten war, die Blumen zu erquicken,
    Ein jeder Blick Thautropfen auf der Aue.

Sie neigte sanft gen Osten sich, und Ihre
    Hand hob aus seidnem Vorhang einer Wolke
    Den Mond hervor, ihn als ein Füllhorn haltend.

Draus theilte Sie an wandelnde Zephyre
    Träum' aus und sandte sie dem Erdenvolke,
    Den schönsten Traum mir selber vorbehaltend.

34.

Es träumte mir, ich steh' als eine Rebe
   In eines Grabes Boden eingesenket,
   Die Wurzel sei dem Grunde zugelenket,
Indeß die Krone nach dem Himmel strebe.

Und aus dem Grabe durch die Wurzel hebe
   Der Lebenssaft sich, der die Rebe tränket,
   Der, durch der Rebe Augen ausgeschenket,
Zu festen Thränen werdend, Trauben gebe.

Dann fliege aus vom Himmel eine Taube,
   Und von des thränenträchtigen Weinstocks Stengel
Entpflücke sie die beerenreiche Traube,

Und trage sie hinauf, da wo ein Engel
   Sie lächelnd abnimmt, und in Edens Laube
Die Thränen zählet aus dem Land der Mängel.

35.

O ständest Du nur in lebendigem Leibe,
   Und ständest auch auf aller Schönheit Zinnen;
   Ich hoffte doch ein Lied noch zu ersinnen,
Das deiner Schönheit vollen Glanz umschreibe.

Doch nun Du, nicht gleich einem Erdenweibe,
   Ein geistig Bild, dem Herzen wohnest innen;
   Wie könnt' ich Ton so geistigen gewinnen,
Daß er vom Geiste nicht besiegt noch bleibe?

Wie hoch auch meines Sanges Fittig ränge,
   So kann er nie doch solche Höh' erringen,
Daß nicht sich höher der Gedanke schwänge.

Und wie sich hoch mag der Gedank' erschwingen,
   Nie ist's so hoch, daß Liebe nicht mich dränge,
Dich höher, als Gedanken sind, zu singen.

36.

Ich wünschte, daß du reichlicher gemessen
    Mir hättest einst Dein Lächeln, Grüßen, Blicken,
    Daß ich mich hätte dürfen mehr erquicken,
Und mehr mich jetzt erquickt' Erinnrung dessen.

O nein! ich wünschte, daß Du ganz vergessen
    Mich hättest, mir geschenkt kein einzig Nicken;
    So würde des Verlustes Weh umstricken
Mich minder nun, je minder ich besessen.

Nein, dennoch wünscht' ich, daß Du mehr begnaden
    Mich hättest mögen mit den süßen Gaben,
    Obwohl sie jetzt mich so mit Weh beladen.

Ja, wünschen möcht' ich's nur, um Stoff zu haben,
    Noch mehr für Dich in Thränen mich zu baden,
    Noch mehr für Dich in Schmerz mich zu begraben.

37.

O Witz, wie kannst du dessen dich vermessen,
    Noch jetzt zu treiben deine witzigen Spiele?
    Die Liebe ging, das Leben geht zum Ziele,
Du aber spielst noch ziellos wie vordessen.

Sieh! unser Schiff, gebaut aus Grab-Cypressen,
    Verstürmt auf unsrer Thränen trübem Nile,
    Droht fast zu brechen; du, auf morschem Kiele
Brichst aus in Scherz, den Schiffbruch zu vergessen.

Ja, ginge alles, du gingst nicht in Splitter,
    Und wenn der letzte Hoffnungsmast versünke,
    Noch sinkend haschtest du nach einem Flitter.

Und wenn der Mund schon Todesfluthen trünke,
    Ertrinkend riefest du, daß dir, wie bitter
    Es sei, das Meer ein süßer Schaumtrank dünke.

38.

Wie einst Apoll in seines Himmels Saale
    Die Schimmer ließ, die sich um's Haupt ihm schmiegen,
    Um sich in irdischer Liebe Schooß zu wiegen,
    Olymps vergessend in Peneios Thale;

So komm' ich selbst auch wohl zu manchem male,
    Aus reinen Himmeln meiner Lieb' entstiegen,
    Zur Erde, die mich vorlängst sah entfliegen,
    Auf daß ich wieder den Tribut ihr zahle.

Dann laß' ich, wie Apoll, den Blick wohl streifen,
    Um von den Reizen schäferlicher Scenen
    Im Flug die kurze Labung zu ergreifen.

Doch halten können sie mich nicht, wie jenen,
    Daß ich nicht kehrte schnell vom irb'schen Schweifen
    Zurück zu Dir, o Himmlische, mit Sehnen.

39.

Ich will nicht mehr nach Blumenkelchen schielen,
    Denn von den Blumen ward ich hintergangen,
    Denn unter ihnen lauern stille Schlangen
    Der Lüsternheit, die nach dem Herzen zielen.

Ich will nicht mehr mit Kranzgeflechten spielen,
    Denn von den Kränzen ward ich auch gefangen,
    Denn sie umzingeln uns gleich Kett' und Spangen,
    Zum Staub uns niederziehend, bis wir fielen.

Ich will von Kelchen nur den einen pflücken,
    Der Wermuth, um aus seinem bittern Borne
    Statt Rausch der Lust zu trinken weise Reue.

Und nur mit einem Kranz will ich mich schmücken,
    Dem Kranz des Leibes, daß aus scharfem Dorne
    Er um das Haupt mir blutige Rosen streue.

40.

Die Nichtigkeit der Lust hab' ich erfahren,
  Wie sie entflieht, und nichts die Schwing' ihr bindet;
  Ach, daß ein Herz Bestand auch selbst nicht findet
Im Schmerz, muß ich mit Schmerzen jetzt gewahren.

Ich seh' ein Bild mit übersonnten Haaren,
  Wie's mir stets höher fliegt, stets blasser schwindet,
  Fühl' in der Brust, wie mehr und mehr sich lindet
Die Trau'r, im Lauf von Monden schon, statt Jahren!

Ihr Lieder, deren Tönen ein ich hauchte
  Empfindungen, die wahrhaft ich empfunden,
  O haltet fest die Gluth, die schnell verrauchte!

Laßt einst nachfühlen mich in leeren Stunden,
  Wie ich vordem in Weh und Lust mich tauchte,
  Ihr, süßer Lust, ach, süßen Weh's Urkunden.

41.

Nach vier Jahren, in der Fremde.

Sie haben wohl indeß daheim vergessen,
  Was sie gewohnt sonst waren, Blumengabe
  Zu bringen, süße Blume, Deinem Grabe,
Seit ihren Lauf der Jahre vier durchmessen.

Und selber, ach, vergaß ich hier indessen,
  Was ich unmöglich einst geachtet habe,
  Daß andres je als Gram um dich mich labe,
Vergaß den Gram, von todter Lust besessen.

Da muß an Dich mich dieser Sommer mahnen,
  Der, kalt und rauh, dem gleicht, in dessen Schauern
  Einst, zarte Blüthe, Du von hinnen gingest.

Die Sehnsucht kehrt, und sucht die alten Bahnen,
  Aus diesem frostigen Land zu jenem lauern,
  Wo du nun längst mit Engeln Tänze schlingest.

42.

Maiengruß an die Neugenesene.
Pfingsten 1812.

1.

Der Maienzweig spricht:

Als das Geschlecht der grünen Waldeskinder
Rathschlagte, wen es Dir zum Maigruß sende;
Ward, wie danach wetteifernd Aller Hände
Sich streckten, Ich erklärt zum Ueberwinder:

Daß, weil mich als geweihten Kränzewinder
Das Pfingstfest führt in seines Tempels Wände,
Ich, wenn Du's gönntest, auch im Zimmer stände,
Das, Dich umfangend, Tempel ist nicht minder.

So zweifle nun nicht länger, daß, durchdrungen
Von dieses Tag's Begeistrung, einst gewes'ne
Gesandten redeten in fremden Zungen;

Da ich, der zum Gesandten heut erles'ne,
In jedem Blatt hab' eine Zung' errungen,
Die Dich begrüßen will, o Neugenes'ne.

2.

Die Blumen sprechen:

Gar oft mit Bitten riefen wir zum Lenze:
Solang schon haben wir zu blühn getrachtet;
Was hältst du denn so streng uns noch umnachtet?
Wann gibst du Sonnschein denn für unsre Kränze?

Er sprach: Eh'r nicht, bis neu an Wohlsein glänze
Mein Lieblingskind, das jetzt in Krankheit schmachtet.
Was wär's denn, wenn Sie weinte, und ihr lachtet!
Sie litte, und ihr hieltet Freudentänze? —

Da flehten wir mit unfern schönften Klagen
   Die Göttin der Gefundheit an: O rette!
   Laß Sie erblühn, daß wir's auch dürfen wagen! —

Heil uns und Dir! Sie nahm dir ab die Kette;
   Nun wird der Lenz fich uns nicht mehr verfagen;
   Komm blüh' nun, Schwefter, mit uns um die Wette!

3.

Die Flur fpricht:

Nur März erft war's, doch lockend bot er Strahlen
   Mir fchon und Blüthen, deren ich mich freute;
   April, als Fieberfchauer kam; zur Beute
Sank ihm mein Schmuck, ich fank in Todesqualen.

Da trat mit der Genefung thauigen Schaalen
   Der Mai zu mir, der meine Blüth' erneute,
   Daß ich, die ich jüngft fchön war, fchöner heute
Nach Stürmen bin, die keinen Reiz mir ftahlen.

Du, Flur, wie ich! Blumbeete deine Wangen!
   Bift du nicht auch aus fchönem März durch Schauer
Aprils hindurch zu fchönerm Mai gegangen?

Und wieviel tödtlicher dein Sturm und rauher
   Als meiner war, fo blüh'nder fei dein Prangen:
Von dir befiegt zu fein bringt mir nicht Trauer.

4.

Amors Garten.

Er, der vordem geherrfcht in Paphos Hainen,
   Hält jetzt umpflanzt, als ob er fonft nichts hüte,
   Mit einem ganzen Garten eine Blüthe,
In welcher alle Blüthen fich vereinen.

Abholen wollte fie der Tod in einen,
   Der (meint' er) folcher Blume würd'ger blühte;
   Amor, der gegen ihn umfonft fich mühte
Im heißen Kampf, fiegt' endlich noch durch Weinen.

Nun rath' ich dir, o Amor, wohl! Vermähle
So Fleiß mit Kunst, und so den Garten rüste,
Daß künftighin dem Tod der Vorwand fehle;

Und daß die schöne Blum' auch selbst nicht lüste
Zu tauschen irgend gegen goldne Säle
Den Garten hier, der dann verarmen müßte.

5.
Die Minnedienstigen.

Sieh! wie, besorgt um dein neu werdend Leben,
Geschäftig rings sich regen Werkgesellen!
Die Bien' häuft linden Seim dir in die Zellen,
Die Ameis' edlen Weihrauch in die Gräben;

Das Kraut will dir heilsame Wurzeln geben,
Heilsame Tränke geben dir die Quellen,
Die Blüthe eilt, dir bald als Frucht zu schwellen,
Indessen läßt sie Düfte zu dir schweben.

Und zwischen das Gewerk tönt das Geklinge
Der Nachtigall, als mahnende Frohnglocke,
Und gibt mit frohem Schall der Arbeit Schwinge;

Damit kein Dienst von jenen säum' und stocke,
Bis daß zuletzt der schönst' ihr selbst gelinge,
Daß jubelnd sie zum neuen Tanz dich locke.

———

Die Locke der Begrabenen.

Eh ihr Sie in's Grab müßt senken,
Gebet mir die Locke nur!
Gönnet meinem Angedenken
Diese einz'ge dunkle Spur!
Dunkle Locke, du von ihren
Reizen einst der Schatten bloß;
Da sie all' ihr Licht verlieren,
O wie scheint uns deins so groß!

Von des Todes Bann gefodert
Alle müssen in die Gruft,
Du allein darfst unvermodert
Spielen in des Himmels Luft.
Du allein bist nun geblieben,
Einst so schwach, nun stark genug,
Um zu tragen all mein Lieben,
Das ein ganzer Himmel trug.
Denn wie einst an dir, o Locke,
All die süße Schönheit hing,
So zum Trotz der Sterbeglocke
Hängt sie noch an diesem Ring.
Wie den Ring ich magisch drehe,
Zieht er sie vom Grab empor
Vor mein Antlitz, und ich sehe,
Daß mein Herz sie nicht verlor.

Vorbedeutungen.

Des Tages, da zum ersten Male nah
Du kamest meinem Blicke,
War's dreierlei, worin ich mein Geschicke
Mir vorgebildet sah.
Ein Sonnenhut, als Schild vor'm Angesicht,
Bedeutete, o Sonne,
Gewehrt sein würde meinem Blick die Wonne,
Frei zu empfahn dein Licht.
Ein schneller Wagen, der dich trug im Trab,
Bedeutete, o süße,
Dein rasches Leben unaufhaltsam müsse
Zu frühem Ziel hinab.
Zuletzt ein Regenschau'r aus heit'rer Luft,
Der sich dir nach ergossen;
Was er bedeutet, ist hier längst geflossen,
Die Thrän' auf deiner Gruft.

Der Tänzerin.

All ein Tanz und all ein Flug
War dein ganzes Leben;
Keinen Tänzer flink genug
Konnte man dir geben.
Haft dein Leben schnell genung
Hingetanzt, und ruhst du
Nun am Grab und keinen Sprung
Ueber das Grab hin thust du?
Ja, es tanzt dein rascher Geist
Aufwärts mit den Winden.
Was die Hoffnung dir verheißt,
Magst du's droben finden!
Denk' ich doch, im Himmelszelt
Tanzen die Englein alle;
Sei der flinkste dir gesellt,
Daß dir's dort gefalle!

Madrigal.

Ein Lämmlein, das gegangen
Auf dieser einst, geht jetzt auf andrer Weide,
Wohin ich selbst nicht gehn kann mir zum Leide.
Das Lämmlein hatt' ich zwischen Liebesblüthen
Anstatt mit einem Stabe
Geweidet ach mit nichts als meinen Augen;
Vor einem Räuber konnt' ich es nicht hüten,
Der hinnahm meine Habe,
Wohin zu reichen nicht die Blicke taugen,
Die jetzo Thränen saugen,
Weil sie verloren ihre Augenweide,
Um deren Anblick Engel ich beneide.

Das Meer der Thräne.

Die Liebe muß wohl nicht ertrinken können
  Im bittern Meer der Thräne;
  Sonst müßte sie ertrunken sein, ich wähne.
Ich sah sie in des Schmerzes feuchte Tiefen
  So tauchen ihre Funken,
  Daß meines Herzens Hoffnungstimmen riefen:
  Sie ist gewiß ertrunken.
Auftauchte sie, schnell wie sie war versunken,
  Wie eingetauchte Schwäne,
  Wie Wellenrosse mit genetzter Mähne.
Sie ist Sirene, die auf Fluthen schwimmet
  Mit wolluftvollem Grausen,
  Und freudiger, jemehr sie sind ergrimmet,
  Auf ihnen scheint zu hausen;
  Sie läßt des Abgrunds Wirbel sich umbrausen,
  Und rudert, wie er gähne,
  Sich selbst hindurch, wie Schiffer ihre Kähne.

Wiegenlied.

  Dreimal mit dem weißen Kleide
  Nahte Mutter deinem Bette,
  Dreimal deine Schlummerstätte
  Hüllte sie mit grüner Seide,
  Sah nach dir mit stillem Leide,
  Ob ihr Kind noch immer liege?
  Und du schläfst in deiner Wiege.
Dreimal nach des Winters Tosen
  Kamen Schneeglock' und Violen,
  Aus dem Bett dich abzuholen,
  Dreimal kamen Nelk' und Rosen,
  Fragten an mit süßem Kosen,
  Ob dein Schlummer nie verfliege?
  Und du schläfst in deiner Wiege.

Dreimal zu dreihundert malen
  Kam der Mond und kam die Sonne,
  Blickte nach dir her in Wonne,
  Blickte nach dir hin in Qualen;
  Schweigend forschten ihre Strahlen,
  Ob kein Licht den Schlaf besiege?
  Und du schläfst in deiner Wiege.
Dreimal hat des Zephyrs Wehen
  Leise wiegend dich umgaukelt;
  Dreimal hat, der stärker schaukelt,
  Boreas ihn heißen gehen.
  Wer dem Amte vor soll stehen,
  Führen sie nun wieder Kriege;
  Und du schläfst in deiner Wiege.

Winterlied.

Schnaube, Winterwind, entlaube
  Nur die Zierden dieser Flur!
  Schmett're nieder und entblätt're
  Doch, was dir will trotzen noch.
  Sah ich eine Blüthe ja,
  Wie sie zog der Frühling nie,
  Auch verweht im Herbsteshauch.
Tose, Sturm, um's Haupt der Rose,
  Bis ihr Schleier ganz zerriß;
  Höhne kalt der Lilien Schöne,
  Daß sie ist so todesblaß!
  Sah ich eine Rose ja,
  Gleich der Lilie todesbleich,
  Auch verweht im Herbsteshauch.
Wüthe, Winter, in's Gemüthe
  Mir mit Grimm, ich dank' es dir.
  Raste nicht, bis hier am Aste
  Blieb kein einziger Lebenstrieb.
  Sah ich eine Blüthe ja,
  Die allein mir Schmuck verlieh,
  Auch verweht im Herbsteshauch.

Sommerlied.

Seinen Traum
  Lind wob
  Frühling kaum,
  Wind schnob,
  Seht, wie ist der Blüthentraum verweht!
Wie der Hauch
  Kalt weht,
  Wie der Strauch
  Alt steht,
  Der so jung gewesen ist vorher!
Ohne Lust
  Schlägt Herz,
  Und die Brust
  Trägt Schmerz;
  O, wie hob sie sonst sich frei und froh!
Als ich dir
  Lieb war,
  O wie mir
  Trieb klar
  Vor dem Blick ein Freudenlenz empor!
Als ich dich
  Gehn sah,
  Einsam mich
  Stehn sah;
  O, wie trug ich's, daß mein Leben floh!
Wo ist dein
  Kranz, Mai?
  Wohnt dir kein
  Glanz bei,
  Wann der Liebe Sonnenschein zerrann?
Nachtigall,
  Schwing' dich,
  Laut mit Schall
  Bring' mich
  Ab, hinab, zur Ros' hinab in's Grab!

Erinnerung.
1833.

Ewig jung zu bleiben
  Ist, wie Dichter schreiben,
  Höchstes Lebensgut.
  Willst du es erwerben,
  Mußt du frühe sterben,
  Frisches junges Blut,
  Blühend dich versenken
  In ein Angedenken,
  Wo du wohlbehut
  Sicher aufgehoben
  Ruhst unangeschnoben
  Von der Stürme Wuth!
  Wie in mir noch lebet
  Eine, die entschwebet
  Längst im Jugendmuth;
  In mich aufgenommen
  Schifft sie unverglommen
  Auf der Zeiten Fluth;
  Selbst bin ich eraltet,
  Aber unerkaltet
  Athmet ihre Gluth;
  Sie ist schöner heute
  Noch als alle Bräute,
  Die nun zwanzig Jahre
  Mir im Herzen ruht,
  Mit dem Myrthenkranz im dunklen Haare,
  Wie man Bräut' in Gräber thut.

Liebesfrühling.

Dieses Melodram der Liebe,
Ein an innern Scenen reiches,
Das aus vollem Herzenstriebe
Ein empfindungsblüthenweiches
Ich im Frühlingsduftgestiebe
Eines Erdenhimmelreiches
Schrieb, unwissend, daß ich's schriebe,
Weil' ich jedem, der ein gleiches
Auch einmal mit Lust gespielt,
Und es für kein Spielwerk hielt,
Weil es heil'gen Ernst erzielt.

Erster Strauß.
Erwacht.

1.

Unvergleichlich blüht um mich der Frühling,
In die Fenster schlagen Nachtigallen,
Heiter blickt der Himmel her, die Sonne
In das Stübchen, wo ich sitz' und dichte.
Mehr, als Blumen im Gefilde, sprossen
Lieder täglich unter meiner Feder.
Und vom Flore meiner Blätter blick' ich
Zwischenhin auf den des Frühlings draußen,
Lächl' ihm zu und seh' ihn wieder lächeln.
Jeder von uns beiden scheint zufrieden
Mit sich selbst und mit dem andern, jeder
Thut und läßt den andern thun das Seine.
Und, den Tag lang dichtend, denk ich immer
An den Abend, wo, zu süßen Tagwerks
Süßem Lohn, ich gehe zu der Guten,
Die mit treuer anspruchloser Neigung
Mich beglückt, wie ich es nie mir träumte.
Hab' ich doch allein für sie gedichtet,
Wie der Frühling sich für sie nur schmückte.

Und sie freut sich meiner Liebesblüthen,
Wie der Kränze, die der Lenz ihr bietet,
Theilt ihr Lächeln zwischen beiden Freunden,
Die einander nicht den Antheil neiden.
Lieben, dichten und den Frühling schauen,
Dichten und den Frühling schau'n und lieben —
Gibt es einen angenehmern Kreislauf,
Als in dem ich spielend mich bewege?
Und, den süßen Kelch mir scharf zu würzen,
Rascher zum Genuß mich aufzufordern,
Steht der Abschied winkend in der Ferne.
Näher treten seh' ich ihn bedeutsam,
Sprechend: Alles dieses mußt du lassen.
Wie das Leben schön ist, weil es endet,
Wie die Jugend lieblich, weil sie fliehet,
Wie die Rose reizend, weil sie welket;
So empfind' ich heut ein Glück gedoppelt,
Das mir morgen schon der Tod will rauben.
Angefangne Lieder möcht' ich enden,
Doch unendlich quellen sie im Herzen.
Rosenknospen möcht' ich noch im Garten
Sich zur Blüth' erschließen sehn und brechen.
Und die Sonne dieser tiefen Augen,
Die mit jedem Blick von Seelentreue,
Ew'ger Fülle der Empfindung sprechen,
Möcht' ich ganz noch in die Seele trinken.
Laß, o Herz, dich nicht vom Drang verwirren,
Sondern nimm, was du noch darfst, besonnen:
Diese ungebornen Lieder alle,
All die Hoffnung dieser Rosenknospen,
Diesen Frühling, diesen Liebeshimmel,
All dies Glück, o faß' es, wenn du scheidest,
In ein liebendes Gefühl zusammen,
Nimm es mit! wer kann's der Seele rauben?
Die Erinnrung wird davon sich nähren,
Wenn die Gegenwart die süße Nahrung
Dir versagt, woran dein Herz gewöhnt ist.
Phantasie und Liebe, deren Flügel

Nicht der Zeit, der Räume Trennung achtet,
Wird, wo du auf öden Steppen weilest,
Jeden Augenblick zurück dich tragen
In das Paradies, das du verlassen.

2.

Ich hab' in mich gesogen
    Den Frühling treu und lieb,
    Daß er, der Welt entflogen,
    Hier in der Brust mir blieb.
Hier sind die blauen Lüfte,
    Hier sind die grünen Au'n,
    Die Blumen hier, die Düfte,
    Der blühnde Rosenzaun.
Und hier am Busen lehnet
    Mit süßem Liebesach
    Die Liebste, die sich sehnet
    Den Frühlingswonnen nach.
Sie lehnt sich an, zu lauschen,
    Und hört in stiller Lust
    Die Frühlingsströme rauschen
    In ihres Dichters Brust.
Da quellen auf die Lieder
    Und strömen über sie
    Den vollen Frühling nieder,
    Den mir der Gott verlieh.
Und wie sie, davon trunken,
    Umblicket rings im Raum,
    Blüht auch von ihren Funken
    Die Welt, ein Frühlingstraum.

3.

Du meine Seele, du mein Herz,
    Du meine Wonn', o du mein Schmerz,
    Du meine Welt, in der ich lebe,
    Mein Himmel du, darein ich schwebe,
    O du mein Grab, in das hinab
    Ich ewig meinen Kummer gab!

Du bist die Ruh, du bist der Frieden,
Du bist der Himmel mir beschieden.
Daß du mich liebst, macht mich mir werth,
Dein Blick hat mich vor mir verklärt,
Du hebst mich liebend über mich,
Mein guter Geist, mein beßres Ich!

4.

Meinen Geist vermähl' ich deiner Seele,
  Wie die Welt vermählet Mann und Weib,
Ewig lebt das Paar, das ich vermähle;
  Sinke dann in's Grab der morsche Leib.
Eile freudig deine Braut zu schmücken,
  Dichtergeist, entflammter Bräutigam!
Theil', o Braut, des Bräutigams Entzücken,
  Und er theile deinen stillen Gram!
Geist, durch Höll' und Himmel einst verschlagen!
  Diese Kette hat dir noth gethan.
Seele du, versunken im Entsagen!
  Dieser Flügel trägt dich himmelan.
Lebet in einander, o ihr beiden,
  Geist beseelt, begeistet Seele du!
Was Gott fügte, soll der Mensch nicht scheiden,
  Und dem Bund sah Gott vom Himmel zu.

5.

O mein Stern!
  Nah und fern
War mir mancher holde Strahl erschienen;
  Doch ich fand
  Unbestand,
Und die Treu' allein in deinen Mienen.
O mein Stern,
  Den ich gern
Laß' in meines Herzens Tiefe schauen!
  Dir allein
  Meine Pein,
Dir allein will ich mein Weh vertrauen.

O mein Stern!
   Zu dem Herrn
   Fleh' ich, der mir diesen Strahl beschieden.
   Daß er mich
   Sanft durch dich
   Führ' aus meinem Kampf zu seinem Frieden.
O mein Stern,
   Der vom Herrn
   Mir an des Gemüthes Himmelsbogen
   Ward gesetzt,
   Ungenetzt
   Von dem Gischte sturmbewegter Wogen!
O mein Stern,
   Der sich gern
   Her zum Aufruhr meiner Seele neiget,
   Eine Bahn
   Diesem Kahn
   Durch die Nacht und durch die Klippen zeiget!
O mein Stern,
   Soll ich fern
   Deinen sänftigenden Strahlen schreiten?
   Doch verspricht
   Mir dein Licht,
   Mich auf allen Pfaden zu begleiten.

6.

Die Liebste sprach: Wie dankbar einen Arzt man liebt,
Der Heilung oder Hoffnung nur der Heilung giebt,
So liebt man einen Dichter auch für einen Sang,
Der wie ein Hoffnungsstrahl des Heils aus Himmeln drang,
So schlägt ihm dankbar manches Herz, das er nicht kennt,
So fühlt ihn manches, das von ihm die Ferne trennt.
Und wohl entschäd'gen muß ihn diese stille Lieb,
Ob ihm die Welt den Dank des Liedes schuldig blieb.

7.

Die Liebe sprach: In der Geliebten Blicke
   Mußt du den Himmel suchen, nicht die Erde,

Daß sich die beßre Kraft daran erquicke,
Und dir das Sternbild nicht zum Irrlicht werde.
Die Liebe sprach: In der Geliebten Auge
Mußt du das Licht dir suchen, nicht das Feuer,
Daß dir's zur Lamp' in dunkler Klause tauge,
Nicht dir verzehre deines Lebens Scheuer.
Die Liebe sprach: In der Geliebten Wonne
Mußt du die Flügel suchen, nicht die Fesseln,
Daß sie dich aufwärts tragen zu der Sonne,
Nicht niederziehn zu Rosen und zu Nesseln.

8.

Ich war ein Bettler und bin ein Reicher geworden,
Solch einen Schatz hab' ich gefunden.
Ich war ein Sklave und bin ein König geworden,
Solch einen Thron hab' ich gefunden.
Ich war ein Verlorner und bin ein Sel'ger geworden,
Solch einen Himmel hab' ich gefunden.
Der Schatz, den ich errungen habe,
Der liegt in eines Weibes Brust.
Der Thron, den ich erschwungen habe,
Ist ihres Busens reiche Lust.
Der Himmel, den ich ersungen habe,
Deß bin ich mir in ihr bewußt.

9.

Glaub' es, holdes Angesicht,
Glaub' es nur und zweifle nicht,
Daß die Schätze, deren Glanz
Dich noch blendet, dein sind ganz!
Fühl' es recht in deinem Sinn,
Daß ich ganz dein eigen bin,
Mit dem Besten, was ich habe,
Mit der reichen Liedergabe,
Die der Himmel mir gegeben
Nur zum Schmucke deinem Leben.

10.

Dein Leben war mir schmucklos vorgekommen,
   Ich glaubte mich berufen, es zu schmücken.
   Erst schien der schöne Schmuck dich zu beglücken,
Dann kam mir's vor, als mach' er dich beklommen.

So sei der Schmuck dir wieder abgenommen;
   Was soll er deinen zarten Busen drücken?
   Und unbarmherzig will ich ihn zerstücken;
Dient er dir nicht, wozu könnt' er mir frommen?

Doch du erholst dich schon von deinem Zagen,
   Du fühlst dich stark, den Himmel meiner Lieder
Nun auf dem Atlas deiner Brust zu tragen.

Die Sonnen, die Plejaden zieh' ich nieder,
   Und schmiegen will sich auch mit Wohlbehagen
Der Mond als Spang' um deine süßen Glieder.

11.

Glaub' nur, weil ich von dir gehe,
   Nicht, daß darum es geschehe,
   Weil ich such' ein schönres Glück, als hier!
Eben darum, weil ich keines
Such' im Strahl des Sonnenscheines,
   Eben darum geh' ich fort von dir.

12.

Der Himmel hat eine Thräne geweint,
   Die hat sich in's Meer zu verlieren gemeint.
   Die Muschel kam und schloß sie ein;
   Du sollst nun meine Perle sein.
   Du sollst nicht vor den Wogen zagen,
   Ich will hindurch dich ruhig tragen.
   O du mein Schmerz, du meine Lust,
   Du Himmelsthrän' in meiner Brust!
   Gib, Himmel, daß ich in reinem Gemüthe
   Den reinsten deiner Tropfen hüte!

13.

Sie sah den Liebsten schweigend an,
Sie sucht' ein Wort, auf das sie sann.
Sie dachte, und in Duft zerfloß
Des Denkens Faden, den sie spann.
Empfindung tauchte auf, alswie
Die Nymph' aus Fluthen dann und wann.
Und tauchte wieder in die Fluth,
Als ob es sie zu reu'n begann.
Die Seele war der Knospe gleich,
Die will und sich nicht aufthun kann.
Sie lächelte, als staunte sie
In sich ein holdes Räthsel an.
Sie athmete, als ob auf's Herz
Ihr drück' ein süßer Zauberbann.
Sie blickte wie nach einem Traum,
Der schwimmend nicht Gestalt gewann.
Sie flüsterte, es war kein Wort,
Ein Hauch nur, der in Duft zerrann.
Sie flüstert' ihm das Wort in's Herz:
Du bist ein sehr geliebter Mann!
Du bist ein sehr geliebtes Weib!
So sprachen sie und schwiegen dann.

14.

Warum sich zwei erwählen,
Zusammen Eins zu sein,
Untrennlich sich vermählen
Zu Leib- und Seelverein?
Sind sie dazu geboren?
Von Gott dazu erkoren?
Es ist nicht auszuzählen,
Warum es so muß sein.
Die Welt, sie stand so munter
Vor meinen Augen da;
Die ganze ging mir unter,
Da ich den Einen sah!

Es faßte mich ein Bangen,
Wie ich sie sah zergangen;
Doch schöner ging und bunter
Sie auf im Freunde ja.
Ich träumte nur von Wonnen,
Wann ich mich sonst gefreut;
Ich meinte wohl, daß Sonnen
Mir schienen auch wie heut;
Das alles war ein Schatte,
Da ich die Lust nicht hatte,
Die nun als wie ein Bronnen
Sich aus sich selbst erneut.

Es wurden die Gewalten
Der Liebe mir bewußt;
Ich fühle sich entfalten
Im Herzen eine Lust,
Mit meinen Liebesblicken
Die Schöpfung zu umstricken,
Gott, Himmel, Welt zu halten
Vereint an meiner Brust.

Kann man im Herzen tragen
Soviel zu einer Frist?
Ich will davor nicht zagen,
Weil alles Eins nur ist.
Durch Liebe will ich zeigen
Der Welt, ich sei liebeigen,
Und jeder Blum' es sagen,
Daß du mein Gatte bist.

Ich will die Liebesspenden
(O zürne nicht der Braut)
An alle Welt verschwenden,
Wie Lenz vom Himmel thaut.
Mir ist soviel geblieben:
Ich kann sie alle lieben,
Ohn' etwas zu entwenden
Dir Einem süß und traut!

15.

Gott! wie aus schwachen Weibes Brust
    Sich ein Gefühl kann heben,
So stark und freudig, kraftbewußt,
    Umfassend alles Leben.
Ein Held, der alles setzet an
    Den einzigen Gedanken!
    Du setzest an den einz'gen Mann
    Dein Alles ohne Schwanken.
Wie du, die edle Thrän' im Blick,
    Mich hieltest fest umwunden,
Hast Leben, Erd' und Weltgeschick
    Du glorreich überwunden.

16.

Deine Liebe hat mich beschlichen,
    Wie der Frühling die Erde,
Wann der Winter nun ist entwichen,
    Kaum merkt sie, daß warm es werde.
Aber der Sonne heimliche Kraft
    Hat schon das Herz ihr gerühret,
In der Wurzel regt sich der Saft,
    Noch ehe der Zweig es spüret.
Der Schnee zerschmilzt, die Wolken zergehn,
    Die erste Blüth' ist entglommen,
Dann sieht sie in voller Gluth sich stehn,
    Und weiß nicht, wie es gekommen.

17.

Rose, Meer und Sonne
    Sind ein Bild der Liebsten mein,
Die mit ihrer Wonne
    Faßt mein ganzes Leben ein.
Aller Glanz, ergossen,
    Aller Thau der Frühlingsflur,
Liegt vereint beschlossen
    In dem Kelch der Rose nur.

Alle Farben ringen,
   Alle Düft' im Lenzgefild,
   Um hervorzubringen
   Im Verein der Rose Bild.
Rose, Meer und Sonne
   Sind ein Bild der Liebsten mein,
   Die mit ihrer Wonne
   Faßt mein ganzes Leben ein.
Alle Ströme haben
   Ihren Lauf auf Erden bloß,
   Um sich zu begraben
   Sehnend in des Meeres Schooß.
Alle Quellen fließen
   In den unerschöpften Grund,
   Einen Kreis zu schließen
   Um der Erde blühndes Rund.
Rose, Meer und Sonne
   Sind ein Bild der Liebsten mein,
   Die mit ihrer Wonne
   Faßt mein ganzes Leben ein.
Alle Stern' in Lüften
   Sind ein Liebesblick der Nacht,
   In des Morgens Düften
   Sterbend, wann der Tag erwacht.
Alle Weltenflammen,
   Der zerstreute Himmelsglanz,
   Fließen hell zusammen
   In der Sonne Strahlenkranz.
Rose, Meer und Sonne
   Sind ein Bild der Liebsten mein,
   Die mit ihrer Wonne
   Faßt mein ganzes Leben ein.

18.

O Sonn', o Meer, o Rose!
   Wie wenn die Sonne triumphirend sich
   Hebt über Sterne, die am Himmel stunden,

Ein Schimmer nach dem andern leis' erblich,
Bis alle sind in Einen Glanz geschwunden;
So hab' ich, Liebste, dich
Gefunden:
Du kamst, da war, was je mein Herz empfunden,
Geschwunden
In dich.

O Sonn', o Meer, o Rose!
Wie wenn des Meeres Arme aufthun sich
Den Strömen, die nach ihnen sich gewunden,
Hinein sich diese stürzen brünstiglich,
Bis sie die Ruh im tiefen Schooß gefunden;
So, Liebste, hab' ich dich
Empfunden:
Sich hat mein Herz mit allen Sehnsuchtswunden
Entbunden
In dich.

O Sonn', o Meer, o Rose!
Wie wenn im Frühling tausendfältig sich
Ein buntes Grün hat ringend losgewunden,
Ein hadernd Volk, bis Rose, königlich
Eintretend, es zum Kranz um sich verbunden;
So, Liebste, hab' ich dich
Umwunden:
Der Kranz des Daseins muß sich blühend runden,
Gebunden
In dich.

19.

Ich frage, wer zuerst geliebt,
Ich oder sie, die mir mich giebt,
Und die von mir sich hat empfahn,
Die ich nicht unterscheiden kann
Von mir; wie soll ich unterscheiden,
Wer da zuerst geliebt von beiden?
Es war einmal die Blum' im Thal,
Und in den Lüften war der Strahl.

War für die Blume Strahl erglüht?
War Blume für den Strahl erblüht?
Zusammen waren sie geflossen,
Und die Vermählung war geschlossen.
Es war ein einz'ger Augenblick
Und bleibt ein ewiges Geschick.

20.

Zünde nur die Opferflamme
 Immer höher, heller an;
 Was an mir von Erden stamme,
 Daß ich's ganz dir opfern kann!
Du ein Blitz aus Himmelslichte,
 Glanz von reinerer Natur,
 Strahl von Gottes Angesichte,
 Und ich bin von Staube nur.
O wie kniet in tiefer Kleinheit
 Meine Liebe neben dir,
 Wie in hoher Engelsreinheit
 Schwebst du lächelnd über mir.
Hebe mich auf deine Flügel,
 Löse meinen dumpfen Traum,
 Nimm mir ab die schweren Zügel,
 Die mich niederziehn zum Raum.
Hauche doch die Sinnumdüstrung
 Mir vom Seelenspiegel fort,
 Brich mir doch die Wahnumflüstrung,
 Brich sie durch dein klares Wort.
Irdsches Feuer in den Adern,
 In den Blicken trübe Gluth,
 In der Brust verworrnes Hadern —
 Mache, daß der Aufruhr ruht!
Mache, daß mein Ich mir schwinde,
 Das mich mit mir selbst entzweit,
 Daß ich Gott und dich empfinde
 Und die Welt in Einigkeit.

21.

So wahr die Sonne scheinet,
  So wahr die Wolke weinet,
  So wahr die Flamme sprüht,
  So wahr der Frühling blüht;
  So wahr hab' ich empfunden,
  Wie ich dich halt' umwunden:
  Du liebst mich, wie ich dich,
  Dich lieb' ich, wie du mich.
Die Sonne mag verscheinen,
  Die Wolke nicht mehr weinen,
  Die Flamme mag versprühn,
  Der Frühling nicht mehr blühn!
  Wir wollen uns umwinden
  Und immer so empfinden;
  Du liebst mich, wie ich dich,
  Dich lieb' ich, wie du mich.

22.

Ich sehe, wie in einem Spiegel,
  In der Geliebten Auge mich;
  Gelöst vor mir ist jedes Siegel,
  Das mir verbarg mein eignes Ich.
Durch deinen Blick ist mir durchsichtig
  Mein Herz geworden und die Welt;
  Was in ihr wirklich und was nichtig,
  Ist vor mir ewig aufgehellt.
So wie durch meinen Busen gehet
  Hier deines Herzens stiller Schlag,
  So fühl' ich, was die Schöpfung drehet
  Vom ersten bis zum jüngsten Tag.
Die Welten drehn sich all' um Liebe,
  Lieb' ist ihr Leben, Lieb' ihr Tod;
  Und in mir wogt ein Weltgetriebe
  Von Liebeslust und Liebesnoth.

Der Schöpfung Seel' ist ew'ger Frieden,
　Ihr Lebensgeist ein steter Krieg.
Und so ist Friede mir beschieden,
　Sieg über Tod und Leben, Sieg.
Ich spreche still zur Lieb' im Herzen,
　Wie Blume zu der Sonne Schein:
Du gib mir Lust, du gib mir Schmerzen!
　Dein leb' ich und ich sterbe dein.

23.

Die Stunde sei gesegnet,
　Wo ich dir bin begegnet,
　Wenn diese Liebe Lust
　Dir weckt in stiller Brust,
　Wie Thau auf Blumen regnet!
Der Stunde sei geflucht,
　Wo ich dein Herz gesucht,
　Wenn in dir diese Liebe
　Statt milder Freudentriebe
　Soll tragen herbe Frucht! —
Gesegnet ist die Stunde,
　Sprach sie mit süßem Munde,
　Mir ist kein Weh geschehn;
　Den Himmel fühl' ich stehn
　In meines Herzens Grunde.

24.

Beseligt sein und selig tief empfinden,
　Wie du, beseliget, beseligest;
Herz, laß dir das Bewußtsein nie entwinden,
　Fest halt' es, wie im Arm die Liebste, fest!

25.

Da mir einst die Zukunft fehlte,
　Ging die Lieb' auf irrer Spur;
Zu betäuben, was mich quälte,
　Mich berauschen konnt' ich nur.

Nun ist hell die Zukunft offen,
Und mein Glück ist nicht ein Rausch;
O wie konnt' ich dieses hoffen!
Ewig währt der Seelentausch.

26.

Ein Obdach gegen Sturm und Regen
Der Winterzeit
Sucht' ich, und fand den Himmelssegen
Der Ewigkeit.
O Wort, wie du bewährt dich hast:
Wer wenig sucht, der findet viel.
Ich suchte eine Wanderrast,
Und fand mein Reiseziel.
Ein gastlich Thor nur wünscht' ich offen,
Mich zu empfahn,
Ein liebend Herz war wider Hoffen
Mir aufgethan.
O Wort, wie du bewährt dich hast:
Wer wenig sucht, der findet viel.
Ich wollte sein ihr Wintergast,
Und ward ihr Herzgespiel.

27.

Die Liebe war wie Sonnenbrand
Des Tages über mich gekommen,
Daß ich ermattet mich empfand,
Als sei ich in der Gluth verglommen.
Der Liebe Himmel, wetterschwül,
Hat sich am Abend sanft gelichtet;
Du hieltest mich im Arme kühl,
Daß ich mich wieder aufgerichtet.

28.

Liebster, deine Worte stehlen
Aus dem Busen mir das Herz.
O wie kann ich dir verhehlen
Meine Wonne, meinen Schmerz!

Liebſter, deine Töne ziehen
   Aus mir ſelber mich empor.
   Laß uns von der Erde fliehen
   Zu der ſel'gen Geiſter Chor!
Liebſter, deine Saiten tragen
   Durch die Himmel mich im Tanz.
   Laß um dich den Arm mich ſchlagen,
   Daß ich nicht verſink' im Glanz!
Liebſter, deine Lieder wanken
   Mir ein Strahlenkranz um's Haupt.
   O wie kann ich dir es danken,
   Wie du mich ſo reich umlaubt!

29.

Liebſte, ſüß iſt die Verſchwendung,
   Und Verſchwendung iſt das nicht.
   Das iſt meine Himmelsſendung:
   Um dich ſpielen im Gedicht.
Liebſte, nur in deinem Buſen,
   Auf dem goldnen Liebesthron,
   Sitzen meine Himmelsmuſen,
   Nicht auf ird'ſchem Helikon.
Liebſte, nur von dir genommen,
   Das dich blendet, iſt das Licht.
   Wie ſie hier zurück dir kommen,
   Kennſt du deine Schätze nicht.
Liebſte, mir zu tauſend Liedern,
   Schöneren, als dieſen doch,
   Unter deinen Augenlidern,
   Schlummern tauſend Blicke noch.

30.

Schön iſt das Feſt des Lenzes,
   Doch währt es nur der Tage drei.
   Haſt du ein Lieb', bekränz' es
   Mit Roſen, eh' ſie gehn vorbei!

Hast du ein Glas, kredenz' es,
O Schenk, und singe mir dabei:
Schön ist das Fest des Lenzes,
Doch währt es nur der Tage drei.

31.

Zu euch, ihr Blätter meiner Lieben,
Wo, was mein Herz empfunden hat,
Die Hand hat zitternd nachgeschrieben,
Leg' ich ein unbeschriebnes Blatt.
Es hat das schwellende Entzücken,
Das meine Brust beseligt hat,
Vermocht genügend auszudrücken
Kein einziges beschriebnes Blatt.
Du Sonnenblick in meinem Wesen!
Wenn nun dein Aug' durchlaufen hat
Die Blätter alle, soll es lesen
Auch dieses unbeschriebne Blatt.
O die du in der Seele Gründen
Mir lasest! Alles, was dir hat
Mein Schreiben können nicht verkünden,
Das lies vom unbeschriebnen Blatt!

32.

Nicht, mit Armen dich umschlingen,
Kann mir g'nügen, sondern mich
Geist mit Geist mit dir durchdringen,
Aufgehoben Du und Ich.
Immer stehn die Körperschranken,
Zweier Seelen Scheidewand;
Bis sie nicht in Staub zersanken,
Wird nicht frei der Himmelsbrand.
Liebe! diesen Leib verzehren
Müssen deine Lohen ganz;
Denn er will zwei Funken wehren
Aufzugehn in Einen Glanz.

Zitternd habet ihr, o Flammen,
 Euch berührt im Sehnekuß,
Schlaget nun in Eins zusammen,
 Daß die Welt verbrennen muß!

33.

Grün ist der Jasminenstrauch
 Abends eingeschlafen.
Als ihn mit des Morgens Hauch
 Sonnenlichter trafen,
Ist er schneeweiß aufgewacht,
 „Wie geschah mir in der Nacht?"
Seht, so geht es Bäumen,
 Die im Frühling träumen!

34.

Eine Schönheit hab' ich mir
 Aus zur Braut erlesen,
Minder schön von äußrer Zier
 Als von innrem Wesen.
Schönre hab' ich wohl gesehn,
 Die wie Blumen waren,
Konnten doch nicht widerstehn
 Räuberischen Jahren.
Aber was vom Himmel stammt,
 Kann nicht irdisch alten:
Wie die Sonn' am Himmel flammt,
 Ohne zu erkalten.
Ewig wie im Paradies
 Steht die Schönheitsblüthe,
Diese Lilie Unschuld, dies
 Rosenduft-Gemüthe.

35.

Blick' einmal mit deiner Augen Strahl
 Heiter diese trübe Luft!

Wenn du das nicht kannst, so blick' einmal
Hell in meines Herzens Gruft!
Lächle mir die Seele heiter,
Daß mich nicht bekümmre weiter
Dieses Himmels Wolkenduft.

36.

Mein schöner Stern!
Ich bitte dich,
O lasse du
Dein heitres Licht
Nicht trüben durch
Den Dampf in mir,
Vielmehr den Dampf
In mir zu Licht,
Mein schöner Stern,
Verklären hilf!
Mein schöner Stern!
Ich bitte dich,
Nicht senk' herab
Zur Erde dich,
Weil du mich noch
Hier unten stehst,
Heb' auf vielmehr
Zum Himmel mich,
Mein schöner Stern,
Wo du schon bist!

37.

Da ich der Ostwind bin,
Wie sollt' ich nicht dahin
Mit meinen Seufzern wehen,
Wo meine Rosen stehen!
Da Schmetterling ich bin,
Wie sollt' ich nicht dahin
Zum Opfer meine Schwingen,
Wo meine Kerz' ist, bringen!

Da ich die Biene bin,
  Wie sollt' ich den Gewinn
  Der Düfte dort nicht holen
  Bei Nelken und Violen!
Da Sonnenblum' ich bin,
  Wie sollt' ich nicht den Sinn
  Nach meiner Sonne wenden,
  Am Lichte süß mich blenden!
Da ich dein Liebster bin,
  Wie sollt' ich immerhin
  Nach dir zurück nicht trachten!
  O Liebste, sieh mich schmachten!

38.

Der Liebsten Herz ist aufgewacht
  Aus einer Nacht voll Sorgen;
Ich hab' ihm einen Gruß gebracht
  Zu neuem Freudenmorgen.
Der Liebsten Herz ist aufgewacht
  Aus einem Zauberschlummer,
Ein Wunder hat zunicht gemacht
  Den Bann von Gram und Kummer.
Der Liebsten Herz ist aufgewacht
  Alswie aus tiefem Traume,
Es sieht erstaunt die Frühlingspracht
  Um sich im Weltenraume.
Der Liebsten Herz ist aufgewacht
  Zu einem neuen Leben;
Ein Himmel hat es angelacht,
  Darein es will verschweben.
Der Liebsten Herz ist aufgewacht
  Alswie die Ros' am Strauche;
Die Liebe hat es angefacht
  Mit einem frischen Hauche.
Der Liebsten Herz ist aufgewacht,
  Es ringt und springt in Freuden,
Und will nun seine reiche Macht
  Der Lust an mich vergeuden.

Der Liebsten Herz ist aufgewacht,
　Ich hab' es aufgewecket,
Und wache, daß es keine Nacht
　Des Grames wieder decket.

39.

Geh und sauge Liebesäther,
　Sauge ganz dich voll und stark!
Und dann wie ein Wunderthäter
　Töne, sprich durch Bein und Mark.
Laß das Lied elektrisch funken,
　Daß die Nerven Wollust schwellt;
Singe, daß in Liebe trunken
　Selig untergeh' die Welt.

40.

Nicht verschweigen kann dir's meine Seele,
　Liebster, wie mich bange Ahnung quäle,
Daß ein Glück, so unverhofft geboren,
Unverhofft auch gehe mir verloren.
Wenn ich will das Blumorakel fragen,
　Mir, ob du mich liebst, ob nicht, zu sagen,
Immer stock' ich ach am letzten Blatte,
Wenn: er liebt nicht, ich zu sagen hatte.
Gestern ist ein Traum zu mir gekommen,
　Hat mir alle Zuversicht benommen.
Liebster, Liebster! o wem soll ich glauben,
Wenn dich mir so Träum' als Blumen rauben? —

41.

Liebste! können diese Augen,
　Schwimmend in dem Thau der Zähren,
Dir nicht mehr als Blumen taugen,
　Meine Liebe zu erklären?

Kann dein innerstes Gefühl,
Deiner Seele hellstes Wachen
Ein verworr'nes Traumgewühl
Siegreich nicht zu nichte machen?
Liebste! nicht den eitlen Schäumen
Glaube, sondern glaube mir!
Mehr als Blumen, mehr als Träumen,
Glaub' ich, Liebste, selber dir.

42.

O ihr undankbaren Blumen,
Die ihr in des Liebsten Dienst
Mir nur Süßes solltet sagen,
Und nun sagt so Schlimmes mir!
Immer wenn ich euch befrage:
Liebt er oder liebt er nicht?
Hör' ich euch: er liebt nicht, sagen;
Tödten wollt ihr mich damit.
Oder auch: er liebt ein wenig;
Damit ist mir nicht gedient.
Könnt' ihr nicht: er liebt von Herzen,
Wie du liebest, liebt er dich;
Könnt' ihr nicht: er liebt mit Schmerzen,
Sagen, lieber sagt mir nichts.
Hat mein Liebster euch gepriesen
Darum in so manchem Lied,
Daß ihr mich, sein Herz, nun quälet?
Schämet ihr vor ihm euch nicht?
Die ihr es müßt besser wissen,
Daß er mich von Herzen liebt,
Wollet mir es nur nicht sagen,
Weil ihr neidisch seid auf mich,
Wollt mich quälen, weil ihr sehet,
Daß ich bin ein schwaches Kind.

43.

Ihr Blumen müsset nie mehr Thau
  Auf euren Lippen tragen!
  Es werden eure Farben grau,
  Und niemand müss' es klagen!
Es müsse nie zu eurem Mund
  Nach Honig gehn die Imme!
  Es nag' ein Wurm das Herz euch wund,
  Und eine Spinn' im Grimme!
Weil ihr mit falschen Worten wollt
  Der Liebsten Herz vergiften.
  Hat darum euch der Frühling hold
  Gebracht zu diesen Triften?
Euch hat der Lenz hieher gestellt,
  Daß ihr, mit Lieb' im Bunde,
  Ihr Herz mit süßer Hoffnung schwellt,
  Erquickt mit froher Kunde.
Darum, weil ihr mit argem Fleiß:
  Er liebt nicht, liebt nicht! saget,
  Geb' euch der Lenz dem Herbste preis,
  Bevor ihr Samen traget.
Es müsse nie der Liebsten Hand
  Euch flechten mir zum Kranze!
  Ihr treuer Blick sei abgewandt
  Von euerm falschen Glanze!
Es müsse nie der Liebsten Fuß
  Euch nur im Fluge rühren,
  Wenn ihr nicht schnell mit holdem Gruß
  Sie sühnet nach Gebühren.
Sie will's mit euch zum letzten Mal
  Versuchen, euch zu fragen;
  Nun machet, daß der Blättlein Zahl
  Ihr müss' Erwünschtes sagen.
Sagt ihr: Er liebt! bei'm letzten Blatt.
  Das stets zu sagen wieder,
  Nie werdet, o ihr Blumen, matt,
  Nie müd', ihr meine Lieder!

44.

Eh es dich fand, geahnet
   Hat dich das Lied in mir;
Und hat mir nicht gebahnet
   Das Lied den Weg zu dir?
Da bist du mir begegnet,
   Wo ich die Laute trug;
Die Stunde sei gesegnet,
   Seit ich für dich sie schlug.
Einst mußt' ich wie im Traume
   Als Dichter kund mich thun;
Nun stehst du mir im Raume,
   Ein Seher bin ich nun.
Ich hab' in Formenschranken
   Mich dazu vorgeübt,
Um nun den Gottgedanken
   Zu spiegeln ungetrübt;
Um diesen Gottgedanken
   Der Liebe, die mich schwellt,
Aus deiner Arme Schranken
   Zu singen in die Welt.

45.

Mit dem goldnen Schlüssel des Vertrauens
   Hat ihr Herz die Liebste mir erschlossen,
O der Fülle sel'gen Wonneschauens,
   O des Anblicks, den ich da genossen!
Wie durchleuchtet sah ich, wie durchfunkelt
   Dieses Herz von ew'gen Liebessonnen,
Nichts verschattet, nicht umwölkt, verdunkelt,
   Alles rein in Licht und Glanz zerronnen.
Welche Heldenfreudigkeit der Liebe,
   Welche Stärke muthigen Entsagens,
Welche himmlisch erdentschwungnen Triebe,
   Welche Gottbegeistrung des Ertragens.

Welche Sich=Erhebung, Sich=Erniedrung,
  Sich=Entäußrung, völl'ge Hin=sich=gebung,
  Tiefe ganze innige Erwiedrung,
  Seelenaustausch, Ineinanderlebung.
Solche Bronnen des Gefühls, wie nimmer
  Noch sie rauschen hörten Dichterträume,
  Solche Schöpfungsstrahlen, Weltenschimmer,
  Wie sie niemals faßten Himmelsräume.
Kann ein solcher Abgrund sel'ger Schmerzen,
  Solch ein Ueberschwang von Himmelswonnen,
  All zusammen stehn in einem Herzen?
  Und ich hab' es, dieses All, gewonnen.
Gott! der du mir diesen Schatz gegeben!
  Kann ich je nach anderm Gut auf Erden
  Ungenügsam diesen Blick erheben,
  Mög' ich Nichts vor deinem Antlitz werden.

46.

Dein Liebesevangelium
  Zu predigen der Welt,
  Hast du mich nicht erschaffen stumm,
  Du hast mir zugesellt
Das laute freie Saitenspiel,
  Das ich so lange schlug.
  Und wenn es deinem Ohr gefiel,
  So lohnst du mir's genug.
Du hast zu Liebesanges Lohn
  Die Liebe mir verliehn,
  Und Kraft dadurch, im hellsten Ton
  Nun erst einherzuziehn.
Ich habe nur alswie im Traum
  Bisher gesungen ja
  Von Paradies und Lebensbaum,
  Die ich von ferne sah.
In Paradieses Mitte hast
  Du nun mich eingeführt,
  Zum Baum des Lebens, dessen Ast
  Nicht mehr die Schlang' umschnürt.

Du gabeſt ſelber mir die Frucht
 Zu eſſen in die Hand.
 Sie trieb mich nicht vor dir zur Flucht,
 Und nicht in's Bußgewand.
Du haſt aus übergroßer Huld
 Das Wunder mir gemacht,
 Aus dem Bewußtſein meiner Schuld
 Zur Unſchuld mich gebracht.
Ich ſing' in deiner Gnade Glanz,
 Horcht, wie die Saite tönt!
 Die Liebe hat im Sternenkranz
 Gott mit der Welt verſöhnt.

47.

Ich ſprach: Du biſt nun meine Welt.
 Sie ſprach: Wie iſt die Welt ſo klein.
 Ob ſie auf Dauer dir gefällt?
 Sie ſollte, fürcht' ich, reicher ſein.
Mein Freund! es wohnt in dieſer Welt
 Nur Liebe, Liebe, Lieb' allein;
 Und wenn dich dieſe feſt nicht hält,
 So muß die Welt verloren ſein.

48.

Geſtern ſprach der Mond zu mir,
 Als ich von der Liebſten ging,
 Wie er hell in ſtiller Zier
 Ueber dunklen Wolken hing:
Hat der Freund ſo manches Mal
 Sonſt doch nach mir aufgeſchaut,
 Und es hat mein feuchter Strahl
 Wehmuth ihm in's Herz gethaut.
Bin ich dir nicht mehr vertraut?
 Blickſt du nicht nach mir einmal?
 In Gedanken deine Braut,
 Merkſt du gar nicht meinen Strahl.

Streu' ich doch auf deinen Weg
   Meine schönsten Schimmer gern;
Dir zu zeigen Weg und Steg,
   Eifr' ich mit dem Abendstern.

Himmel schaut in deine Lust,
   Theilst du gleich sie nicht ihm mit;
Und es lenken unbewußt
   Seine Lichter deinen Schritt.

In der Morgensonne Glanz
   Gingest heut zu deinem Glück;
Und die Nacht im Sternenkranz
   Führt im Dunkel dich zurück.

Mond und Sonne siehst du nicht,
   Doch dich sehen Sonn' und Mond,
Und erquicken sich am Licht,
   Das in deinem Herzen wohnt.

Schau' nun doch mich an einmal,
   Birg es meinen Blicken nicht,
Wie der Liebe Gottesstrahl
   Klärt ein Menschenangesicht!

49.

Was soll ich dir für Namen geben?
   Mein trautes Herz! mein einz'ges Leben!
   Mein Sonnenblick! mein Seelenstrahl!
   Mein Hoffen, Sehnen und Verlangen!
   Mein Wünschen, Glauben, Zweifeln, Bangen!
   O meine süße Liebesqual!
Ich nenne dich mit allen Namen,
   Die je von Liebeslippen kamen,
   Ich grüße dich mit jedem Laut,
   Den du mir je geküßt vom Munde,
   Ich nenne dich im Herzengrunde,
   Lieb, ewig theuer, Schwester, Braut!

50.

Du, mit Strahlen mich begleitend,
    Blick', o Mond, von hier zurück!
Dort, nach mir die Arme breitend,
    Traurig steht mein süßes Glück.
Sie beneidet deine Strahlen,
    Die mit ihrem Freunde gehn.
Laß sie nicht in stummen Qualen
    Ohne Trost am Fenster stehn!
Um des Busens heißes Sehnen
    Lege du dein kühles Licht;
Die dem Freund geweinten Thränen
    Küss' ihr leis' vom Angesicht!
Warum willst an Blumen saugen
    In der öden Wiesenau?
Sprich mit ihren sanften Augen,
    Rede mit der Ros' im Thau!

51.

Lüfte, die ihr scherzet
    Auf der Sommerflur,
Gehet' hin und herzet
    Meine Rose nur!
Weil ihr Liebster säumet,
    Ist ihr schwül zu Muth.
Geht, und weil sie träumet,
    Küßt ihr ab die Gluth!

52.

Die Liebe herrscht, kein Widerstreben frommt;
    Sie herrscht, und nur sich zu ergeben frommt.
Ihr Blick demüthigt, und ihr Wort erhebt;
    Kein trotziges Sich=selbst=erheben frommt.
Ihr Joch ist sanft und ihre Last ist leicht;
    Doch Schweres auch, das sie gegeben, frommt.

Sie hat den bittern und den süßen Kelch;
Was sie zu trinken dir will geben, frommt.
Gib deinen Weinberg in des Winzers Hand,
Weil scharfes Messer wilden Reben frommt.
Ihr Liebespilger! werft den Stolz von euch,
Das Holz, das nicht zu Wanderstäben frommt.
Auf Bergen klimmt man nicht zum Himmel an;
Auf Liebesflügeln aufzuschweben frommt.
Fleug, Schmetterling! die Flügel gab ich dir,
Weil nur der Raup' am Blatt zu kleben frommt.
Du Raupe, spinne mir zum Preis dein Grab!
Auch klein Gespinnst mit Fleiß zu weben, frommt.
In Mutter=Augen sind die Kinder gleich,
Und jedem geb' ich, was zum Leben frommt.
O Freimund, dir gab ich das Saitenspiel,
Dem es in jedem Hauch zu beben frommt.

53.

Wie die Blum' in sich hinein, senke dich und schweige still!
Wie die Blum', in dich hinein denke dich und schweige still!
In der Mutter kühle Brust fühle wurzelnd dich hinein,
Liebefasernd ihr in's Herz schränke dich und schweige still!
Blume! deinen Schweigeblick will die Sonne nicht verstehn!
Kränkest du dich, zartes Herz? Kränke·dich und schweige still!
Keinen Labetropfen hat dir der Nachtthau mitgebracht;
Mit der eignen Thräne Naß tränke dich und schweige still!
Wenn du Sonnenblume bist, blicke nicht der Erde zu;
Mit dem Blick zur Sonn' empor lenke dich und schweige still!
Wo die Liebe Veilchen liest, und du dich die Rose dünkst,
Herz! zu einem Veilchen ihr schenke dich und schweige still!
Wenn zu ihres Hauptes Kranz dich der Liebe Hand verschmäht,
Küsse sterbend ihren Saum, senke dich und schweige still!

54.

Meines Liedes Stimmen riefen,
Als mein Herz im Blute stand:
Ach! in diesen Wogentiefen,
Götter! nur Ein sichres Pfand!

Wenn die Freuden all entschliefen
Oder flohen himmelwärts,
Laßt mir in des Herzens Tiefen
Unverlierbar nur den Schmerz! --
Haft du doch den Schmerz verloren,
Den du ewig nanntest, Brust?
Nein! er ward nur umgeboren
Durch die Lieb' in ew'ge Lust.

55.

O ihr herzbewegenden Augen,
Seelenbrand anregenden Augen!
Ihr in Paradiesen der Liebe
Hüteramtes pflegenden Augen!
Ihr den Leugner ewigen Lebens
Leuchtend widerlegenden Augen!
Meiner Sehnsucht Orient, meiner
Hoffnung Himmelsgegenden, Augen!
Ihr mit Mond und Sonne den Schutzbund
Lichtgerüstet begehenden Augen!
Ihr auf Seelenraub in der Brauen
Hinterhalt euch legenden Augen!
Nehmet Freimunds Seele zum Opfer,
O ihr herzbewegenden Augen!

56.

Deiner Liebe reichsten Lohn,
Den nicht ich, den du dir giebst,
Trägst in deinem Busen schon,
Im Bewußtsein, wie du liebst.
Rein sich opfernd hinzugeben,
Frei von Selbheit, höher kann
Kein Gefühl die Seele heben,
Die dadurch der Erd' entrann.
Dennoch, wie zum Lohn genügen
Selb sich deine Liebe mag,
Will ich doch dich nicht betrügen
Auch um meinen Schuldbetrag.

Alle Liebe, die ich habe,
    Nimm zu deiner mit dahin!
Meine ist die Nebengabe,
    Deine ist der Hauptgewinn.

57.

Zweifle nicht, geliebtes Leben,
    Daß dein Freund auch glücklich ist!
Denn mein Glück ist dieses eben,
    Fühlen, daß du glücklich bist.
Wie du mit dem Blick mir Kunde,
    Wie du mit dem Wort sie giebst,
Daß der Himmel dir im Grunde
    Steht der Brust, weil du mich liebst;
Ist der Himmel nur der deine,
    Da dein Alles mein doch ward?
Dieser Himmel ist der meine,
    Nur bei dir mir aufbewahrt.
Wenn mich irrt das Weltgewimmel,
    Oder wenn mein Ich mich thört,
Flücht' ich mich in diesen Himmel,
    Und die Erd' hat aufgehört.

58.

Da ich dich einmal gefunden,
    Kann ich dich nicht mehr verlieren.
Da du mich einmal umwunden,
    Mußt als Kranz mich ewig zieren.
Dich nicht ahnte mein Verlangen,
    Eh' dich mir der Himmel gab;
Da ich dich von ihm empfangen,
    Nimmt dich keine Welt mir ab.

59.

Liebster, wie bist du beglückt,
    Daß zum Alltagsleben,
Was zum Festtag andre schmückt,
    Dir hat Gott gegeben.

An der Liebe flücht'gem Strahl
  Sonnen sich die andern,
Im Vorübergehn durch's Thal,
  Wo sie mühsam wandern.
Aber du im Sonnenglanz
  Hast nicht andre Mühen,
Als zu lassen dir zum Kranz
  Alle Blumen blühen.
Anderes Geschäft der Welt
  Hast nicht zu vollbringen,
Als die Liebe, die dich schwellt,
  Freudig auszusingen.
Wenn du deine Braut geschmückt,
  Dein Gefühl ergossen,
Hast du auch die Welt entzückt,
  Und dein Werk beschlossen.

60.

Ich wüßte nicht, wenn ich's vergliche,
  Ob meins, ob deins ein größres Reich?
Es sind des Sanges Himmelsstriche
  Wohl dem Gebiet der Anmuth gleich.
Zwei Paradiese, die uns glänzen,
  Das deine mein, und meines deins,
Die gegenseitig sich begränzen,
  Und beide sind zusammen Eins.
Wo deiner Liebe Zauber endet,
  Hebt meines Liedes Glanzwelt an;
Und wo die Seele hin sich wendet,
  Ist ihr ein Himmel aufgethan.

61.

Sie sprach: O du bist gut.
  Ja, sprach ich wohlgemuth:
  Ja, gut, ich bin es dir,
  Dir gut im Herzen hier.

Ja, gut, ich bin's durch dich,
Du bist mein beßres Ich.
Wie sollt' ich gut nicht sein,
Da du bist, Gute, mein.

62.

Ein Strom der Liebe ging
Aus meiner Liebsten Herzen,
Den ich in meins empfing
Herüber ohne Schmerzen;
Der, wie er meine Brust
Durchfluthet und durchzogen,
Zurück in stiller Lust
Ergoß in Sie sein Wogen.
Sie fühlte, wie ich tief
In ihrem Frieden ruhte;
Ich fühlte, wie sie schlief,
An meinem stillen Blute.
Wir sahn uns an dazu,
Verwundert, wie auf Erden
Solch eine Himmelsruh'
Mag zweien Herzen werden.

63.

O Freund mein Schirm, mein Schutz!
O Freund, mein Schmuck, mein Putz!
Mein Stolz, mein Trost, mein Trutz!
Mein Bollwerk, o mein Schild!
Wo's einen Kampf mir gilt,
Flücht' ich zu deinem Bild.
Wenn mich in Jammerschlucht
Die Welt zu drängen sucht,
Nehm' ich zu dir die Flucht.
Ob sie mir bittres bot,
Mit bitterem mir droht,
So klag' ich dir die Noth.
Du schickest ohn' ein Wort
Des Trostes mich nicht fort,
Du bist und bleibst mein Hort.

Der Erde Weh ist Scherz,
　Hier leg' ich an dein Herz
　Mich selbst und meinen Schmerz.
　O Welt, was du mir thust,
　Ich ruh' in stiller Lust
　An meines Freundes Brust.

64.

O Liebster! nie hab' ich geahnt in Träumen,
　Daß solche reiche Lust
Platz haben könn' in allen Himmelsräumen,
　Geschweig in Menschenbrust.
O Liebster! wie ich heut in stillem Frieden
　An deinem Busen lag,
Fühlt' ich, daß einem Herzen es hienieden
　Nicht besser werden mag.

65.

Liebe, Unschuld, Inbrunst, Sitte, Ehre,
　Sind der Züge fünf, die ich verehre;
Und die fünfe hab' ich, schön verbunden,
　In der Freundin Namenszug gefunden.

66.

Hier in diesen erdbeklommnen
　Lüften, wo die Wehmuth thaut,
Hab' ich dir den unvollkommnen
　Kranz geflochten, Schwester, Braut!
Wenn uns droben aufgenommnen
　Gottes Sonn' entgegen schaut,
Wird die Liebe den vollkommnen
　Kranz uns flechten, Schwester, Braut!

67.

Ich bin auf Leben und Tod gefaßt,
　Die Liebe wird mich decken,
Daß mir das Leben keine Last,
　Der Tod mir sei kein Schrecken.

Die Bürde des Lebens wird mir leicht,
  Weil Liebe sie mir hilft tragen;
Und wenn sie vom Himmel die Hand mir reicht,
  Wie dürft' ich am Grab verzagen?

68.

Ich hab' in deinem Auge den Strahl
  Der ewigen Liebe gesehen,
Ich sah auf deinen Wangen einmal
  Die Rosen des Himmels stehen.
Und wie der Strahl im Aug' erlischt,
  Und wie die Rosen zerstieben,
Ihr Abglanz, ewig neu erfrischt,
  Ist mir im Herzen geblieben.
Und niemals werd' ich die Wange sehn,
  Und nie in's Auge dir blicken,
So werden sie mir in Rosen stehn,
  Und es den Strahl mir schicken.

69.

Der Frühling sprach zu mir:
  Ich kann nicht bleiben hier.
Ich lasse meine Lust
  In deiner treuen Brust.
Austheile sie der Welt,
  Wie es dir wohlgefällt.
Gib einen Frühlingstraum
  Dem Wald und jedem Baum,
Der Flur und jedem Strauch,
  Und deiner Liebsten auch!
Daß sie mich nicht vermißt,
  Und auch mich nicht vergißt,
Bis wieder ich allhier
  Erschein' in meiner Zier.

70.

Du bist die Rose meiner Liebe,
  Die Ros' auf meines Herzens Flur.
Es waren andre Blumentriebe
  Vorahnung meiner Rose nur.

Es kam der Flor, daß er zerstiebe,
Verschwinden mußte jede Spur,
Daß Raum für meine Rose bliebe,
Die mir zu bleiben ewig schwur.

71.

Die ganze Welt ist viel zu groß,
Sie an ein Herz zu fassen;
Dazu genügt nur Gottes Schooß,
Dem bleibt es überlassen;
Ein Menschenherz ist viel zu klein,
Um liebend sich der Welt zu weihn.
Du mußt an eine treue Brust
Insonders hin dich neigen,
Ihr alle deine Liebeslust
Ausschließlich geben eigen;
Wer so ein Herz am Herzen hält,
Der liebt in ihm die ganze Welt.

72.

„O süße Mutter,
    Ich kann nicht spinnen,
    Ich kann nicht sitzen
    Im Stüblein innen
    Im engen Haus;
    Es stockt das Rädchen,
    Es reißt das Fädchen,
    O süße Mutter,
    Ich muß hinaus.
„Der Frühling gucket
    Hell durch die Scheiben;
    Wer kann nun sitzen,
    Wer kann nun bleiben
    Und fleißig sein?
    O laß mich gehen,
    Und laß mich sehen,
    Ob ich kann fliegen
    Wie Vögelein.

„O laß mich sehen,
  O laß mich lauschen,
  Wo Lüftlein wehen,
  Wo Bächlein rauschen,
  Wo Blümlein blühn.
  Laß sie mich pflücken,
  Und schön mir schmücken
  Die braunen Locken
  Mit buntem Grün.
„Und kommen Knaben
  Im wilden Haufen;
  So will ich traben,
  So will ich laufen,
  Nicht stille stehn;
  Will hinter Hecken
  Mich hier verstecken,
  Bis sie mit Lärmen
  Vorüber gehn.
„Bringt aber Blumen
  Ein frommer Knabe,
  Die ich zum Kranze
  Just nöthig habe;
  Was soll ich thun?
  Darf ich wohl nickend,
  Ihm freundlich blickend,
  O süße Mutter,
  Zur Seit' ihm ruhn?"

73.

Hier war's, in eurer Schattennacht, ihr Linden,
  Wo sich zuerst mein Licht mir sichtbar machte;
O lasset nun mich auch die Kühlung finden
  Der Flamme, die in eurem Schooß erwachte:
Führt liebend mir in euren Laubgewinden
  Entgegen Sie, nach deren Gruß ich schmachte;
Auf daß ich rühmen kann: Von hier begonnen
Hat erst mein Weh, und dann auch meine Wonnen.

Zweiter Strauß.
Geschieden.

———

1.

Zwischen Lied und Liebe war mein Leben;
Aber, schwebend zwischen Lieb' und Liebe,
Wußt' ich nie die beiden auszugleichen.
Oftmal sang ich anders als ich liebte,
Anders liebt' ich oft als ich gesungen.
Nun ich dich gefunden, ist der Zwiespalt
Ausgeglichen, und rein in einander
Aufgegangen sind mir Lied und Liebe.
Dich nur darf ich, wie ich liebe, singen;
Dich nur kann ich, wie ich singe, lieben.
Sollt' ich je nach andrem Sang, nach andrer
Liebe greifen, wieder unstät schwanken,
Da in deinem Herzen so vereinigt
Sind die beiden Pole meines Lebens?

2.

Liebste, was kann denn uns scheiden?
   Kann's das Meiden?
   Kann uns Meiden scheiden? Nein.
   Ob wir uns zu sehn vermieden,
   Ungeschieden
   Wollen wir im Herzen sein.
   Mein und dein,
   Dein und mein,
   Wollen wir, o Liebste, sein.

Liebste, was kann denn uns scheiden?
  Wald und Haiden?
  Kann die Fern' uns scheiden? Nein.
  Unsre Lieb' ist nicht hinieden;
  Ungeschieden
  Wollen wir im Himmel sein.
  Mein und dein,
  Dein und mein,
  Wollen wir, o Liebste, sein.
Liebste, was kann denn uns scheiden?
  Glück und Leiden?
  Kann uns beides scheiden? Nein.
  Sei mir Glück, sei Weh beschieden,
  Ungeschieden
  Soll mein Loos von deinem sein.
  Mein und dein,
  Dein und mein,
  Wollen wir, o Liebste, sein.
Liebste, was kann denn uns scheiden?
  Haß und Neiden?
  Kann die Welt uns scheiden? Nein.
  Niemand störe deinen Frieden!
  Ungeschieden
  Wollen wir auf ewig sein.
  Mein und dein,
  Dein und mein,
  Wollen wir, o Liebste, sein.

3.

Liebster! Wie ich's werd' ertragen,
  Wann du nicht mehr bei mir bist,
  Kann ich jetzt mir noch nicht sagen,
  Da dein Herz an meinem ist.
  Ach es müht die Kraft des Lebens
  Sich vergebens,
  Was der Tod wird sein, zu wissen;
  Und mein Tod wird sein, dich missen,

Das wird sein der Unterschied:
Ruhe soll die Todten laben,
Und ich werde Ruh' nicht haben,
Wenn mein Leben von mir flieht.

4.

Sind dir Flügel nicht verliehn,
  Mir in's Ferne nachzuziehn?
  Sind doch Flügel mir gegeben,
  Dich aus Fernen zu umschweben.
Denke, daß mein Dichtergeist
  Ungesehn dich hier umkreist,
  Dir in diese stillen Räume
  Führend Schaaren holder Träume!
Wenn dich grüßt ein Sonnenstrahl
  Oder eine Blum' im Thal,
  Denke, — daß es dich erquicke —
  Daß der Freund den Gruß dir schicke!
Wenn es in den Lauben rauscht,
  Wo der Freund dir einst gelauscht,
  Denke, — daß es dich berausche —
  Denke, daß ich noch dir lausche!
An den Stellen lieb und traut,
  Wo in's Aug' ich dir geschaut,
  Wo du mir in's Auge schautest
  Und mir ganz dein Herz vertrautest;
Wo der Freund nicht bei dir sitzt,
  Sitzt sein Angedenken itzt.
  Laß es nicht auf Dornenspitzen,
  Sondern weich auf Rosen sitzen!
Wenn du denkest, daß im Raum
  Blüht um mich dein Liebestraum,
  Wenn du denkest, daß auf's neue
  Ich durch dich der Welt mich freue;
O so wirst du auch dich scheun,
  Anders als dich mein zu freun;
  Heiter unter Blüthenbäumen
  Wirst von deinem Dichter träumen.

5.

Klage nicht, daß ich von dir
　Gehe, denn ich bleibe hier;
　Ja, indem mein Leib verreist,
　Bleib' ich hier mit meinem Geist,
　Bleib' ich hier mit meiner Liebe,
　Ja, mit jedem Wurzeltriebe,
　Den auf ewig tief genug
　Meine Seel' in deine schlug.
　Soll der süße Trieb dir klagen —?
　Nein, er soll nur Lust — dir tragen.
　Wenn er so dich kränken wollte,
　Der dich so beglücken sollte,
　Bät' ich Gott: von ihrem Herzen
　Nimm den herben Trieb der Schmerzen!
　Doch der Himmel, der hat lassen
　So den Trieb hier Wurzel fassen,
　Wird ihn lassen nicht verwildern,
　Sondern so ihn lieblich mildern,
　Daß er trag' in deiner Brust
　Dornenlose Rosenlust.

6.

Leben, einst in andern Tagen,
　Eh' ich kannte dieses Licht,
　Hätteft können Abschied sagen,
　Dich gehalten hätt' ich nicht.
Aber in des Kummers Nächten,
　Gegen finstern Todesgraus
Stemmteft dich mit allen Mächten,
　Weichen wolltest nicht vom Haus.
Nun ein Stern ist aufgegangen,
　Der dich erst verschönen will,
Scheint es doch, du trägst Verlangen,
　Mir dich fortzuschleichen still.

Bleibe! Sieh, vor meinen Lippen
　Wie der volle Becher schwebt.
Nicht ihn leeren, nur ihn nippen
　Laß mich! mein Verlangen bebt.
Bleibe nicht um meinetwillen,
　Um der Liebsten bleibe mir!
Wer soll ihre Thränen stillen,
　Wenn wir jetzo gehn von ihr?

7.

Er ist gekommen
　In Sturm und Regen,
　Ihm schlug beklommen
　Mein Herz entgegen.
　Wie konnt' ich ahnen,
　Daß seine Bahnen
　Sich einen sollten meinen Wegen?
Er ist gekommen
　In Sturm und Regen,
　Er hat genommen
　Mein Herz verwegen.
　Nahm er das meine?
　Nahm ich das seine?
　Die beiden kamen sich entgegen.
Er ist gekommen
　In Sturm und Regen.
　Nun ist entglommen
　Des Frühlings Segen.
　Der Freund zieht weiter,
　Ich seh' es heiter,
　Denn er bleibt mein auf allen Wegen.

8.

Der Frühling ist gekommen,
　Der Freund hat Abschied genommen,
　Nun wird der Lenz auch scheiden,
　Daß mich verlassen die beiden.

Ach, wenn der Frühling bliebe,
  So flöh' auch nicht die Liebe;
Und müßte Liebe nicht ziehen,
  So müßte der Lenz nicht fliehen.
Mein Herz! wenn ewig die Liebe
  Und ewig der Frühling bliebe,
So wär' der Himmel auf Erden,
  Der uns erst dort soll werden.

9.

Solang du mich entbehren kannst,
  Wie sollt' ich dich beschränken?
Ich bleibe dein, die du gewannst;
  Geh nur! mich soll's nicht kränken.
Geliebter! aber wenn du dann
  Bedürfen meiner solltest,
Und aber als ein stolzer Mann
  Mich selbst nicht suchen wolltest;
Dann suchen will ich dich, und nein,
  Nicht lassen mich vertreiben:
Geliebter! nun bedarfst du mein,
  Nun will ich bei dir bleiben.

10.

Uns beiden ist hier die Luft zu schwer
  Im Land voll Sturmesgetose,
Mir der Nachtigall, und noch mehr
  Meiner Freundin, der Rose.
Die Ros' ist worden krank und bleich,
  Und ich bin rauh geworden.
O dürften wir wandern allzugleich
  Gen Süden aus dem Norden!
O daß ein goldbeschwingter Wind
  Uns beide nähm' auf die Flügel,
Und trüge dahin uns frühlingslind
  Zur Stadt der sieben Hügel.

Ueber die sieben Hügel dahin,
  Dort wo die Lüfte sind reiner,
Noch immer steht dahin mein Sinn,
  Zum Gebirg der Lateiner.
Dort saß ich einen Sommer so froh,
  Doch mußt' ich der Lieb' entbehren;
Wie wohl erst müßt' es mir werden, wo
  Wir dort vereinigt wären!

11.

Wie? woher, Geliebter, diese
  Weichlichkeit? ich glaub' es kaum.
Suchst du Traumesparadiese
  Nun im fernen Erdenraum?
Und ich glaubt' es wirklich deiner
  Lieder süßen Schmeichelei,
Daß dein Paradies in meiner
  Liebe dir gefunden sei.
Ist dir's nicht wie mir zu Muthe?
  Dich, Geliebter, will ich nur.
Wo ich dir in Armen ruhte,
  Fragt' ich nicht, auf welcher Flur.
Sei es unter schlanken Palmen,
  In des Osten Würzebrand,
Oder unterm Dach von Halmen,
  In des Winters Vaterland.
Unter allen Himmelszonen
  (Lehrtest du nicht selbst es mich?)
Können Menschen glücklich wohnen,
  Und mein Glück ist lieben dich.
Magst du nur dein Kind belächeln!
  Wenn ich wohnt' im heißen Land,
Muthig von der Stirne fächeln
  Wollt' ich dir den Sonnenbrand.
Da wir nun im kalten wohnen,
  O so gönne mir die Lust,
Dir gemäßigt warme Zonen
  Aufzuthun an meiner Brust.

12.

Sie sprach: Wann du von hier
Nun bist, mein Freund, gegangen,
Und meine Arm' an dir
Nichts haben zu umfangen;
So sei mir diese Hand,
Gewöhnt einst dich zu streicheln,
Auf ein Geschäft gewandt,
Das meinem Gram mag schmeicheln.
Ich sprach: Was willst du thun?
Sie sprach: Mit stillem Fleiß
Für dich arbeiten nun
Das schönste, was ich weiß.
Ich sprach: Was soll es geben?
Sie sprach: Ein Band vielleicht.
Ich sprach: Wozu, mein Leben?
Sie sprach: Der Freund entweicht.
So will ich nach ihm schicken
Ein Band, das fern von hier
Für mich ihn soll umstricken.
Ich sprach: So Wehe mir!
Und soll ich denn entbunden
Nie meiner Ketten sein?
Den Armen hier entwunden,
Holt dort das Band mich ein.

13.

Sie sprach: Nur aus dem Vaterland nicht reisen!
Ich sprach: Dein Busen ist mein Vaterland;
Und wenn du mich nicht wirst daraus verweisen,
So geh' ich nie aus meinem Vaterland.
Und ging' ich unter fremden Himmelskreisen,
Ich bleibe doch in meinem Vaterland.
Stets bleibt mein Geist, wo ich auch geh' auf Reisen,
In deinem Busen, seinem Vaterland.

14.

Ach, daß ewig hier die Liebe
 Ewig bliebe,
Oder, wenn sie wollte scheiden,
 Uns die beiden
Uns die beiden mit sich nähme,
 Daß ich käme
Mit dir dorthin, wo die Liebe
 Ewig bliebe.

15.

Sei mir nur ein einz'ger Tag beschieden,
Oder eine Reihe Jahr' hienieden:
Sei's ein Tag, so will ich ihn genießen,
Still an deinem Blick mein Auge schließen.
Seien's Jahre, will ich sie durchmessen,
Dich, mein Glück, zu fühlen nie vergessen.
Ob ich's eines Tages kurze Stunden,
Ob ich's habe Jahrelang empfunden;
Hab' ich doch empfunden deine Liebe,
Daß ich selig im Gefühl zerstiebe!

16.

O wie tröstlich ist, zu wissen
 In der Liebsten Hand,
Wenn du selbst ihr wirst entrissen,
 Einen Gegenstand,
Der ihr leiblich nah darf bleiben,
 Wie du's warest ihr.
Diese Lieder will ich schreiben,
 Daß sie bleiben hier.
Ruft der Freundin in's Gedächtniß
 Eines Freundes Schmerz,
Der ihr scheidend zum Vermächtniß
 Läßt zurück sein Herz.

Will sie mit dem Freunde sprechen,
    Blätter rührt euch dann!
Sprechet schön von euren Flächen
    Sie statt meiner an.
Wo ihr Blick ein Blatt berühren
    Wird bei Nacht und Tag,
In der Ferne werd' ich spüren
    Einen Zauberschlag.

17.

O daß zwei Herzen dürften lieben ewig!
Wie sie sich fanden, so sich blieben ewig!
O Liebste! Ew'ges ist, indem du's fühlest;
Einmal gefühlt, nie kann's zerstieben ewig.
Gefühl des Ew'gen ist in dieser Stunde,
Und wird von keiner aufgerieben ewig.
Sich hat die Ewigkeit wie eine Blume
In's Herz gepflanzt, und ist beklieben ewig.
Ein achter Himmel ist das Herz geworden,
Der wird bestehn, als wie die sieben, ewig.
Ich fühl', o Liebste, tief, daß ich dich müsse,
Wie Frühling seine Blumen, lieben ewig.
Ich weiß, o Liebste, klar, daß du mich müssest,
Wie Himmel seine Sonne, lieben ewig;
Dasselbe was im Trieb des Weltenfrühlings,
Dasselb' ist auch in unsern Trieben ewig,
Mit Blumenschrift ist und mit Sternechiffern
Die Liebe uns in's Herz geschrieben ewig.
Als Sonnenblumen blüh'n die Lieder Freimunds,
Und jedem Blatt ist eingeschrieben „ewig!"

18.

Kann heut nicht lange Lieder schreiben,
Kann heut nicht lange sitzen bleiben
An meines Mädchens Schreibepult.
Muß streifen um durch Haus und Garten;
Wo mag sie sein? wo meiner warten?
Die liebe junge Ungeduld!

Sie hat gewiß schon längst gemeinet,
  Daß ihr der Freund zu ruhig scheinet,
  Der übermorgen geht von hier.
  „Und hast du mir noch was zu sagen,
  Was soll ich's deinem Lied entfragen?
  Ei, sag' es doch mit Küssen mir!"

19.

Wann du hörest auf zu lieben,
  Laß mich nicht im Zweifel bleiben!
  Weil du mir soviel geschrieben,
  Kannst du mir auch dieses schreiben.
Schreibe nur: „Ich bin gestorben,
  Und du sollst mich nun begraben."
  Wann ich diese Kund' erworben,
  Werd' ich sie zu deuten haben:
Nämlich, daß gestorben ist,
  Was von dir mir lebt allein,
  Deine Liebe; was du bist
  Außerdem, das ist nicht mein.

20.

Du hast mir hell in's Herz geblickt,
  Daß Frühling drin entsprungen;
  Und dich hat manches Lied erquickt,
  Das ich dir so gesungen.
Verlieren werd' ich nie die Lust,
  Die du mir hast gegeben;
  Und was ich regt' in deiner Brust,
  O laß auch es da leben.
Du bleibst in deinem stillen Sein,
  Und ich muß weiter fahren.
  Laß dankbar eingedenk uns sein,
  Was wir einander waren.

21.

Ich will dich nicht beschränken,
　Geh' du nur immerhin!
Und will mich auch nicht kränken,
　Daß ich dir ferne bin,
Ich bin dir auch nicht ferne,
　Du stehst in meinem Sinn
Gleich einem lichten Sterne,
　Geh' du nur immerhin!
Du mußt die Welt beschauen,
　Weil du ein Dichter bist.
Du siehst wohl schönre Frauen,
　Als deine Freundin ist.
Du wirst wohl keine schauen,
　Die treuer sei, als ich;
Das bringt dich mit Vertrauen
　Zurück mir sicherlich.
Die Augen schickt' ich gerne
　Als Boten mit dir aus,
Daß sie als Liebesterne
　Dich leiteten nach Haus.
Es sende Gott die seinen,
　Sie sehn dich dort, mich hie.
Und wenn hier meine weinen,
　Fühl's, komm, und trockne sie!

22.

Mein Liebster geht, die Welt sich zu beschauen.
Nun zeig' in deinem Glanz dich, schöne Welt!
Im rechten Licht zeig' ihm dich unverstellt,
Daß er zu dir mag fassen ein Vertrauen!
Mein Liebster geht, die Welt sich zu beschauen
Im Spiegel, den ihm meine Liebe hält.
Entrollt euch seinen Blicken, Stadt und Feld!
Zeuch ihm vorüber, Land mit deinen Gauen!

Mein Liebster geht, die Welt sich zu beschauen,
  Wie sein erobert Land beschaut ein Held;
  Und wie es dar sich seinen Augen stellt,
  Verfügt er drüber mit dem Wink der Brauen.
Mein Liebster geht, die Welt sich zu beschauen,
  Wie ein Nomade mit dem leichten Zelt,
  Sein Haushalt ist im Augenblick bestellt,
  Wo er es aufschlägt auf den grünen Auen.
Mein Liebster geht, die Welt sich zu beschauen,
  Ihr Schatten rauschet und ihr Lüfte schwellt!
  Ihr Gärten grünet und ihr Ströme quellt!
  Laß, Himmel, Sonnenschein und Regen thauen!
Mein Liebster geht, die Welt sich zu beschauen,
  Und sie ist ganz zu seiner Wahl gestellt,
  So weit als Gottes Frühlingslicht erhellt
  Die grünen Räum' und obenher die blauen.
Mein Liebster geht, die Welt sich zu beschauen,
  Und ungesehen geh' ich ihm gesellt.
  Und wo es ihm und wo es mir gefällt,
  Da wird er sich und mir die Hütte bauen.

23.

Endlich hab' ich das errungen,
  Liebster! es zu fühlen ganz,
Daß dich eben so durchdrungen
  Hat, wie mich, der Gottesglanz.
Den Gedanken mußt' ich wälzen,
  (War es Demuth, war es Stolz?)
Ob du so mir könntest schmelzen,
  Wie dir meine Seele schmolz.
Doch nun fühl' ich, dir gehör' ich
  Mehr nicht, als du mir gehörst,
Und dir nichts im Herzen schwör' ich,
  Was du nicht entgegenschwörst.
Ob du Tagelang mich meidest,
  Ob du nicht ein Wort mir giebst,
Ob du ohne Kuß mir scheidest,
  Fühl' ich doch, daß du mich liebst.

Jetzo kann ich in der Ferne
　Ruhig, Freund, dich ziehen sehn,
Und du bleibst gleich einem Sterne
　Fest an meinem Himmel stehn.

24.

Wo zwei in Liebe weiden,
　Ein Paradies ist das;
Und da wo sie sich scheiden,
　Da welket Laub und Gras.
Wie könnt' ich nun im Frieden
　Des Paradieses ruhn!
Daß ich daraus geschieden,
　Wer zwang mich, das zu thun?
Das that mein eigner Wille,
　Auf den die Sünde fällt,
Der trieb mich aus der Stille
　Des Himmels in die Welt.
Mich trieb nicht fort die Liebe,
　Die liebt mich immer noch;
Sie wünschte, daß ich bliebe,
　Und ließ mich von sich doch.
Mein Stolz will nicht erlauben,
　Sie reuig anzuflehn;
Und sie will mir's nicht rauben,
　Nach meiner Lust zu gehn.
Sie weiß es wohl im Herzen,
　Ich muß zu ihr zurück;
Es zieht das Band der Schmerzen
　Mich heim zu meinem Glück.
Hier beugt mein Stolz sich nieder,
　Nun öffne deine Brust,
Und laß mich wohnen wieder
　In meiner Liebeslust.

⸱25.

Nun zum Abschied wünsch' ich dir
Andres nicht, als daß du mir
Bleibest fein gesund.
Glück und Liebe bleibt dir so,
Und auch aus der Ferne froh
Fühlst du unsern Bund.

26.

Liebste! mußt mich laffen ziehen,
Von dir selber muß ich fliehen,
Deinen Armen mich entwinden,
Um in mir dich zu empfinden.
Die Verwandten, die Bekannten,
Die um uns zusammen rannten,
Bräutigam und Braut uns grüßten,
Sich um unsertwillen küßten.
Mich verwirret das Gepränge,
Und mich irret das Gedränge.
Fühle mich noch ganz unmündig,
So zu lieben offenkundig.
Waren wir's doch, eh' sie's wußten;
Wohl, daß sie's erfahren mußten!
Zwar sie konnten's nicht zerreißen;
Gut doch, daß sie's gut geheißen.
Doch nun mußt du ziehn mich laffen,
Mich mit dir allein zu faffen,
Abzuwarten, bis am Hause
Dieser Sturm vorüber brause.

27.

Nur die Rose noch erwarten
Sollst du, Freund, in meinem Garten,
Und dann gehn von hier.
Denn es müßte mich verdrießen,
Wenn die Rose wollte sprießen,
Ungepflückt von dir.

Alles was ich bin und habe,
　Daß die Lieb' es dir zur Gabe,
　Alles dargebracht,
　Wollte dir's mein Herz verschweigen,
　Sollte dir der Garten zeigen
　Meiner Triebe Macht.

28.

Trübe war das Wetter,
　Und wie schlaffe Blätter
　Mir zur Erde hingen die Gedanken.
　Denn dem dumpfen Kerne
　Ist der Safttrieb ferne,
　Ferne bist du dieser Arme Ranken.
Und die Luft ward helle,
　Goldne Sonnenwelle
　Floß herab, und machte mich nicht heiter.
　Wie am Horizonte
　Weit ich blicken konnte,
　Sah ich nur den Raum der Trennung weiter.
Lieber laß mich kämpfen
　Mit den Wolkendämpfen,
　Die zu meiner Sehnsucht Schleier dienen!
　Auf den hellen Auen
　Bist du nicht zu schauen,
　Und mein Schatten wankt' nur trüb auf ihnen.
Laß zu dir mich eilen,
　Laß bei dir mich weilen,
　Daß ich fühle mein der Erden Wonne!
　Wolkennacht entstricken
　Kannst du mit den Blicken,
　Und dein Lächeln dämpft die Gluth der Sonne.

29.

Dort wo der Morgenstern hergeht,
　Und wo der Morgenwind herweht,
　Dort wohnt, nach der mein Herz hinfleht.

Der Aufgang meiner Liebesnoth,
  Sie, meiner Hoffnung Freudenroth,
  Mein süßes Leben, süßer Tod.

Es reicht dahin kein Blick von mir,
  Doch an des Himmels lichter Zier
  Seh' ich den Widerschein von ihr.

Das Morgenroth ist angefacht,
  Weil sie vom Schlummer aufgewacht
  Und hell den Himmel angelacht.

Die Luft des Aufgangs ist ihr Gruß,
  Die Morgensonn' ihr Liebeskuß,
  Der mir das Herz erschließen muß.

Sich dreh'n um's Haus, allwo sie wohnt,
  Die Sonn' am Tag und Nachts der Mond,
  Und sind, so oft sie blickt, belohnt.

Die Himmel drehn um Liebe sich,
  Und Liebe dreht sich nur um dich,
  Und zu dir liebend wend' ich mich.

Du leuchtend über Berg und Thal,
  Von Haupt zu Füßen allzumal
  Von Huld ein einz'ger Himmelstrahl!

Du meiner Freuden Rosenau,
  Dir schmeichle Lenz mit Lüften lau,
  Der Morgen dir mit Perlenthau.

Sei ewig wie der Morgen jung,
  Begrüßt, als wie der Sonne Schwung,
  Von aller Augen Huldigung.

Soviel im Grünen Blumen blühn,
  Soviel im Blauen Sterne glühn,
  Sind lauter Funken, die dir sprühn.

Im Meer, soviel sind Wogen drin,
  Soviel sind Wünsch' in meinem Sinn,
  Und jeder wogt zu dir dahin.

O Lerche, wann zum Morgenthor
  Vor ihren Blicken steigst empor,
  Sing' ihr dies Lied von Freimund vor.

30.

Die tausend Grüße,
  Die wir dir senden,
  Ostwind dir müsse
  Keinen entwenden.
Zu dir im Schwarme
  Ziehn die Gedanken.
  Könnten die Arme
  Auch dich umranken!
Du in die Lüfte
  Hauche dein Sehnen!
  Laß deine Düfte
  Küsse mich wähnen.
Schwör' es! ich hör' es:
  Daß du mir gut bist.
  Hör' es! ich schwör' es:
  Daß du mein Blut bist.
Dein war und blieb' ich,
  Dein bin und bleib' ich;
  Schon vielmal schrieb' ich's,
  Noch vielmal schreib' ich's.

31.

Die Welt mit ihrer Frühlingspracht
  Ist eine leere Scene,
  Wenn nicht mit holder Liebesmacht
  Darauf sich zeiget jene,
  Um die die Blumen sich zum Kranz
  Und sich die Sterne reihn zum Tanz,
  Die mir das Nichts zur Schöpfung macht,
  Nach der ich hier mich sehne.
Die Sonne geht am Himmel hin,
  Ich mag nach ihr nicht schauen,
  Es steht allein vor meinem Sinn
  Ein Himmelstrahl der Frauen.

Die Blumen winken auf der Flur,
Ich denke doch der Rose nur,
Der jetzt, weil ich ihr ferne bin,
Von Gram die Wangen thauen.
Wo auf der Welt zwei Herzen hie
Einander angehören,
Da sollte Gott sie scheiden nie,
Und nichts ihr Glück verstören.
Und wenn sie selber scheiden sich
Freiwilliglich, wie du und ich,
Umsonst dem Himmel klagen sie,
Wie sie sich selbst bethören.
Ich habe selber mich bethört,
Da ich von dir gegangen.
Wie könnte jetzt ich ungestört
An deinem Busen hangen!
Und komm' ich je zu dir zurück,
So mich verlasse Gott und Glück,
Laß ich noch je, was mein gehört,
Aus meiner Arm' Umfangen!

32.

Ich zog durch Berg und Thal,
An hellen Frühlingsflüssen,
Es lag im Morgenstrahl
Die Welt zu meinen Füßen.
O wie sie anders ganz
Den Blicken dar sich stellte,
Seitdem der Liebe Glanz
Mein innres Aug' erhellte!
Ich sprach: Wie bist du schön
In allen deinen Zonen!
In Tiefen, auf den Höhn,
Wo ist am schönsten wohnen?
Da saß ich still und sah
Die Welt um mich sich breiten,
Mir offen lag sie da
Nach allen ihren Seiten.

Mein Ost in Rosen stand,
　　Aus duft'gem Wolkengitter
Reicht' eine Engelshand
　　Herab mir eine Zither.

Nun thue, was du meinst!
　　Sprach sie mit sanftem Laute;
Ich bin's, mit welcher einst
　　Amphion Theben baute.

Weil du mich schwächer rührst,
　　Nicht wundr' es dich, wenn eben
Du keine Städt' aufführst,
　　Doch bau' dein eignes Leben!

Vollende deinen Gang!
　　Auf welcher dieser Auen
Willst du durch meinen Klang
　　Dein stilles Haus dir bauen?

33.

Thöricht, wer im Paradies kann wohnen,
Und will reisen gehn in andre Zonen.
Also thöricht ging ich jüngst von dir.
Wollte sehn, ob außer deiner Sphäre
Noch ein Wohnplatz mir auf Erden wäre;
Keinen fand ich, und bin wieder hier.
Warum soll ich in der Irre schweifen,
Sehn, wie andern ihre Früchte reifen,
Fern der Au, wo meine Saaten stehn?
Nimm dahin in Fesseln die Gedanken,
Laß mich ruhn in deiner Arme Schranken,
Meine Welt in deinen Augen sehn!

34.

Dieser Tag und dann der zweite,
　　Und der dritte im Geleite,
　　Und der vierte schwindet bald.
Eh' der fünfte hingegangen,
　　Wirst du zu ihr hingelangen,
　　Fliegend über Berg und Wald.

Straßen, die zur Liebsten führen,
Ihre Anmuth kann nicht rühren
Den, der nur ersehnt das Ziel.
Thöricht, so die Zeit bestehlen,
Ueber Tage hinzuzählen!
Hast du deren denn soviel?
Zwischen Hoffnung und Verlangen
Ist ein Theil dir hingegangen
Deines Lebens, ohne Lust;
Und wenn du sie wirst umwinden,
Wird der andre Theil dir schwinden
In der Wonn' an ihrer Brust.
Dennoch, Stunden, eilt von hinnen!
Ob das Leben muß verrinnen,
Und ein Traum ist, was entfloh;
Von der Liebsten Arm umwunden,
Ist das Leben auch geschwunden,
Aber schöner schwand es so.

35.

In diesem Walde möcht' ich wohnen,
Der freie Jäger möcht' ich sein,
Der in die dunklen Laubeskronen
Sich hat gepflanzt sein Haus hinein.
Der erste Strahl der Sonne schauet
Durch Tannengrün in's Schlafgemach,
Wo ihm der Schlaf im Aug' zerthauet,
In Liebchens Armen wird er wach.
Sogleich mit seinen treuen Hunden
Zieht er hinaus durch Wald und Flur,
Und hat im Morgenthau gefunden
Des Hirsches und des Rehes Spur.
Der Schütze jauchzt, die Hunde bellen,
Das scharfe Rohr gibt seinen Knall,
Und Jägerruf und Waldhorngellen
Erweckt im Forst den Widerhall.
Doch drinnen sitzt im Morgenhäubchen
Feinsliebchen, athmet Waldesduft,

Und horcht, wie Amsel, Fink und Täubchen
Den Morgengruß in's Fenster ruft.
Sie hört im Forst die Zweige flüstern,
Daß sie ein süßes Grausen spürt,
Und auf dem Herd die Flammen knistern,
Die sie mit duft'gem Kien geschürt.
Wie lange mag der Liebste säumen
Bei seiner lust'gen Jägerei?
Der stille Strom mit Silberschäumen
Fließt an des Gärtchens Zaun vorbei.
Sie schürzt sich auf als Fischermädchen
Und sitzt an Waldstroms grünem Rand;
Die Angel schwebt am leisen Fädchen,
Dann spielt der Fisch in ihrer Hand.
Und wenn der Jäger kommt nach Hause
Und bringt das Wildbrät für den Tisch,
Wird erst das Mahl zum leckern Schmause,
Den Jäger überrascht der Fisch.
Es haben sich die müden Rüden
Im hohen Gras zur Ruh gelegt,
Weil auch den Jägersmann, den müden,
Die Laub' in kühlem Schatten hegt,
Er horcht, entschlummernd, auf das Gleiten
Des Stroms, der leis' hinunter zieht.
Die Liebste schmiegt sich ihm zur Seiten
Und wiegt ihn ein mit einem Lied:
Ihr Hirsch' im grünen Wald, ihr Rehe,
Nun lagert euch an kühler Fluth,
Und sorget nicht, daß euch geschehe
Ein Leid, denn euer Schütze ruht!
Du schau' mir, hohe Mittagsonne,
Nicht durch die laub'ge Nacht herein;
Und was du spähst von unsrer Wonne,
Das laß der Welt verschwiegen sein!
Ihr Stromeswellen, die ihr rauschet
Hinaus in's Land vom grünen Wald,
Sagt's keinem, daß ihr habt belauschet
Hier unsrer Freuden Aufenthalt!

36.

O weh des Scheidens, das er that,
    Da er mich ließ im Sehnen!
O weh des Bittens, wie er bat,
    Des Weinens seiner Thränen!
Er sprach zu mir: Dein Trauern laß!
    Und schied doch selbst in Schmerzen.
Von seinen Thränen ward ich naß,
    Daß kühl mir's ward am Herzen.

37.

Wenn du um die Abendstunden
    Jenes Tages, wo von dannen
    Mich von dir die Rosse trugen,
    Deines Freunds mit Unruh dachtest;
Laß es nur für Ahnung gelten
    Der gedoppelten Gefahren,
    Die dem Freunde damals drohten
    Zwischen Fluth und Bergeshalden;
Das soll jetzt dir keinen Schrecken,
    Sondern stille Freude machen,
    Liebste! denn ja jedes Unglück
    Ist ein Glück, wenn überstanden.
Daß ich dir's hier kurz berichte,
    Was du weiter kannst erfragen,
    Wann ich selb zurück dir kehre
    Ueber heut in vierzehn Tagen!
Weißt du, wie die Wolken gossen
    In den letzten jener Tage,
    Die uns noch der Himmel gönnte,
    Uns auf's Scheiden vorzulaben?
Wie die Wolken unsren Herzen
    Ihre letzte Lust verdarben,
    Den bescheidnen Wunsch beschränkten,
    Uns noch zu ergehn im Garten,
    In den Lauben noch zu sitzen,
    Wo wir oft gesessen hatten.

Aber für des Tags gestörte
Freuden schadlos uns zu halten,
Schloß der Abend uns in's Zimmer,
Wo, beim Sonnenschein der Lampe,
Aus dem reinen Himmel deiner
Augen schönre Tropfen kamen,
Wenn sie, auf dem Freunde ruhend,
Süß im Thau der Rührung standen.
Ich vergaß des Regenwetters,
Deinen Thau auf Lippen habend,
Fand von jenem, als ich reiste,
Erst die Spur auf meinen Straßen.
Denn des Himmels losgebrochne
Schleußen, die aus jedem Bache
Einen Riesenstrom gebildet,
Weit vor meinen Augen hatten
Sie das grüne Thal der Wiesen
In ein offnes Meer verwandelt.
Als zur Stadt ich rückwärts blickte,
Wo ich dich, mein Glück, verlassen;
Die, bekrönt mit Citadellen,
Sich um blühn'de Hügel lagernd,
Jetzt in einem Wellenspiegel,
Den sie sonst entbehret hatte,
Sich beschaute, schien, o Liebste,
Mir die Stadt ein klein Neapel.
Diesen Golfo zu beschiffen,
Fehlte nur ein Wimpelnachen,
Da des Wagens ehrne Räder
Hier zu schwere Ruder waren.
Denn, wie vormals wohl nach einem
Jener reizenden Eilande,
Die am sonn'gen Horizonte
Jenes andern größeren Napels,
Fern gesehn, als duftig blaue
Berg' aus grünen Wogen ragen,
Ich hinüber schiffen mochte,
Aus Vergnügen, nicht aus Zwange;

So aus Zwang, nicht aus Vergnügen,
(Könnt' ich ohne Zwang dich lassen?)
Steuern sollt' ich jetzt aus diesem
Thal hinüber in ein andres,
Das zum Eiland die dazwischen
Ausgegoßne Fluth mir machte.
Und unschlüssig fuhr ich nieder
An des Binnenmeeres Rande,
Unten eine Furth zu finden,
Da ich leider nicht bedachte,
Daß, je mehr je weiter nieder,
Von den Bächen, die sich sammeln,
Aehnlich Schulden, die sich häufen,
Müßten die Gewässer wachsen.
Nun es galt sich zu entschließen,
Rief ich einen Rath zusammen,
Eines ganzen Dorfs Gemeinde,
Wo ich eben angelanget;
Daß nach Wissen und Gewissen,
Ob der große Schritt zu wagen,
Sie mit Ja und Nein entschieden.
Und es traf sich, daß die Alten
Alle sprachen Nein bedächtig,
Keck die Jungen Ja nur sprachen.
Weil mein Herz denn jung sich fühlte,
Folgt' ich nicht der Alten Rathe.
Liebste! sieh nun deinen Liebsten,
Der in seinem Rädernachen
Durch den Wogenaufruhr schwebet
Eines Wiesenoceanes.
Als das Schwimmens ungewohnte
Fahrzeug doch zu seltsam schwankte,
Fing mir an mit leisem Schwindel
Durch das Haupt die Furcht zu schwanken.
Doch wie einst in Sturmesnöthen
An der Felseninsel Capri
Durch ein festes Wort des Glaubens
Ich des Meeres Grausen bannte;

Durch die Kraft desselben Wortes
Schwichtet' ich hier die Gedanken,
So zu meinem Herzen sprechend:
Gott kann dich nicht sinken lassen!
Gott kann dich nicht lassen sinken
Hier in diesen schnöden Wassern,
Da du hast auf seiner schönen
Erde noch soviel zu schaffen,
Wenn es auch nur Lieder wären,
Die du ihm zum Preis entfaltest.
Gott kann dich nicht lassen sinken,
Niemals, und jetzt gar nicht aber,
Jetzo gar nicht, da der Liebsten
Du versprachst beim Abschiedsagen:
Daß du ihr zurück willst kehren
Ueber heut in vierzehn Tagen!
Liebste! der Tumult des Herzens
Schwieg vor diesem Talismane.
Liebste! der Tumult der Wogen
Schwand vor diesem Zauberstabe.
Und hin fuhr ich trotzig sicher,
Wie Neptun im Muschelwagen,
Mit den mähnumtriesten Rossen,
Welche gleich Delphinen schwammen.
Als sie mit dem ersten Griffe
Der beerzten Hufe aber
Aus dem fremden Elemente
Festen Grund nun drüben faßten;
Stand ein greiser Mann am Ufer,
Der gesehn die Schwimmfahrt hatte,
Und, am Trocknen jetzt uns sehend,
Seine Händ' andächtig faltend,
Von uns auf zum Himmel blickte,
Mit dem einen Blicke strafend
Unsre Kühnheit, und für unsre
Rettung dankend mit dem andern.
Aber lustig, sich im Sonnschein
Trocknend, ging die Fahrt; der Schwager

Stieß ins Horn wie triumphirend,
Gleichalsob wir über alle
Berge wären, da wir doch erst
Ueber alle Waffer waren.
Daß dich nicht die Berg' ermüden,
Liebſte! wie ſie mich es thaten:
Niemals hab' ich das erlitten,
Niemals hab' ich das erfahren,
Selbſt in rauher Apenninen
Mitte nicht, bei Pietra mala,
Holpernd über Stock und Steine,
Streifend Aeſt' und Wurzelfaſern,
Schlimm hinauf und schlimmer nieder,
Vorwärts, rückwärts, seitwärts hangend,
Pferde keuchend, Räder knirrend,
Kutſcher fluchend, Achſen krachend,
Eine Müh' auf jedem Schritte,
Ging es langſam, gings doch aber.
Wenn mir unſanft ſo gewiegtem,
So gerütteltem, der Faden
Der Geduld zerreißen wollte,
Liebſte! durft' ich nur mir ſagen:
Daß ich bei dir ausruhn ſollte
Ueber heut in vierzehn Tagen!
Liebſte! dieſe mag'ſche Formel
Zauberte vor die Gedanken
Mir ſogleich das traute Stübchen
Mit dem Sopha, mit dem Platze,
Dem von mir einſt eingenommnen,
Dem für mich itzt leergelaffnen.
Weich darauf im Geiſt gebettet,
Ließ ich fort auf rauhen Straßen
Meinen Leib geduldig ſchleppen.
Liebſte! und im nahen Thale,
Hell vom Strahl der Abendſonne,
Wie mit goldbelegtem Dache,
Trat mir ſchon das Haus entgegen,
Das mich heut als Gaſt erwartet.

Da, von ferner Bergesveste,
Wo die Rittergeister manchmal,
Freud' an Hexenspuke findend,
Wetter brauen, Schnee und Hagel,
Kam ein finstrer Riesenpopanz,
Ein Gewölke regenschwanger,
Gegen mich daher gezogen,
Das die schönste Anstalt machte,
Mich von unten eingenetzten
Obenher nun auch zu baden.
Und ich hieß den Kutscher eilig
Unserm Obdach zuzujagen.
Doch eh' wir's erreichen konnten,
Kam die Eil' mit uns zu Falle.
Und kaum hatt' ich Zeit zu rufen,
Als ich fühlt' es sank der Wagen:
Gott kann dich nicht lassen sinken!
Ueber heut in vierzehn Tagen!
Freilich fand ich mich gesunken,
Aber ziemlich weich gelagert,
Auf dem feuchten Heidekraute,
Zwischen dem Gestrüpp des Angers.
Als ich nach dem Wagen schaute,
Fand ich schlimmer ihn behandelt,
Ganz gequetscht und ganz geschunden,
Aus den Fugen ganz gegangen,
Oberstes nach unten kehrend,
Und nach oben Rad und Achsen.
Da ihm nicht war aufzuhelfen,
Nahm ich meinen Regenmantel,
Ließ in Gottes und des Kutschers
Hut das Fuhrwerk, schritt als Wandrer
Meinem Ziel im Sturm entgegen,
Wo ich, zwar nicht so erwartet,
Doch auch so willkommen eintrat,
Meinen Unfall offenbarend.
Und die Leute meines Wirthes
Gingen hin mit starken Armen,

Ihn, der mich nicht tragen konnte,
Meinen Wagen heimzutragen.
Liebste! solche Fährlichkeiten
Hat dein flücht'ger Freund bestanden
Gleich auf diesem ersten Schritte,
Den er that, dich zu verlassen.
Soll mir das nicht eine Lehre,
Nicht ein Wink sein, der mich warne?
Liebste! beim vereinten Grausen
Der bestandenen Gefahren,
Schwör' ich es, in meinem Leben,
Nie dich wieder zu verlassen,
Keinen Schritt von dir zu thun,
Nicht zu Fuß und nicht im Wagen,
Wenn ich erst zu dir gekehrt bin
Ueber heut in vierzehn Tagen!

38.

Zu meinem Geburtstag,
  Dem sechzehnten Mai,
  Wünschte die Liebste
  Mir mancherlei.
Mit trunknem Wohlgefallen sog
Mein Ohr der Wünsche Schmeichelei.
Und als ihr Herz sich ausgewünscht,
Wünscht' ich mir selber dieß dabei:
Erhalte Gott mir dieß Gefühl
Der Lieb' im Busen wolkenfrei,
Daß hell in jedem Augenblick
Mein Glück mir gegenwärtig sei.
Wie ich sie lieb' und sie mich liebt,
  Wie ich ihr geb' und sie mir giebt,
  Wie mich beglückt, die ich beglücke,
  Wie mich entzückt, die ich entzücke,
  Wie sie mich fühlt, die ich empfinde,
  Wie sie mich hält, die ich umwinde,
  Wie ich sie trage, sie mich hebt,
  Wie ich ihr leb', und sie mir lebt.

39.

Jetzo blickt sie nach dem Abendrothe,
  Ob mit ihm erscheinen wird der Bote,
  Ihr des Liebsten ersten Brief zu bringen:
  „Hätteſt du doch meiner Sehnſucht Schwingen!"
  Und es ſinkt die Nacht, der Bote weilet;
  Und er kommt, dem ſie entgegeneilet.
  Und ſie hat des Liebſten Brief erhalten,
  Säumet, auseinander ihn zu falten,
  Muß die Aufſchrift, ihren Namen, leſen,
  Der ihr ſelber nie ſo ſchön geweſen.
  Und nun ruhen auf der Schrift die Augen,
  Alle Züge liebend einzuſaugen,
  Die für ſie des Liebſten Hand gezogen,
  Jede Zeil' ein Liebesregenbogen,
  Jedes Wort ein lichter Stern im Blaue,
  Jeder Buchſtab' eine Roſ' im Thaue.
  So verſchönt zu einer Liebesblüthe
  Sich das Blatt dem liebenden Gemüthe.
  Und nun ſitzt ſie gleich zu ſchreiben nieder.
  Gib, o Nacht, dein thauiges Gefieder
  Ihrem Blatt, daß mit dem Morgenrothe
  Mir zurück geflügelt ſei der Bote!
Herz! wie ſoll die Ungeduld ich nennen,
  Da von ihr dich nur zwei Tage trennen,
  Da von ihr dich trennen nur zwei Meilen,
  Daß von ihrer Hand nach zweien Zeilen
  Geizeſt ſo mit ungeſtümem Drange?
  Was ſie ſchreiben wird, du weißt es lange;
  Und ſie weiß es wohl, was du wirſt ſchreiben:
  Und ſo könnt' es billig unterbleiben.
  Freilich, Neues hat ſich nicht begeben;
  Doch, daß Alles ſteht beim Alten eben,
  Dieſes wiſſen, das ſich ſtets vom neuen
  Sagen, kann nur Liebende erfreuen.

Ja, es ist kein andrer Trost geblieben
Zweien, die sich fern sind und sich lieben,
Als, der Seele Jubel und die Klagen,
Was der Mund nicht kann dem Munde sagen,
Einem stummen Blatt es anvertrauen,
Schreiben es und es geschrieben schauen.

40.

Nur wo du bist, da will ich sein; wo bist du?
Nur wo du mein bist, bin ich mein; wo bist du?
Wo du mir fehlest, hab' ich mich verloren,
Und finde mich in dir allein; wo bist du?
Du bist bei mir, auch wo ich dich nicht schaue;
Und wo ich bin, da bin ich dein; wo bist du?
Du suchtest mich, als ich dich floh, du riefest
Der Seele nach mit Schmeichelei'n: wo bist du?
Und als ich liebend, suchend, mich gewendet,
Da hülltest du vor mir dich ein, wo bist du?
Ich suchte dich im Morgenroth, ich schaute
Nach dir mit Sehnsuchtsblick hinein: wo bist du?
Da trat mit Glanz daraus hervor die Sonne:
Sie bist du nicht, sie ist dein Schein; wo bist du?
Ich schaut' in's Meer, und sah darin mich selber:
Der Spiegel kann nicht deiner sein; wo bist du?
Ich schaut' in mich, und fand in mir mich wieder:
Ach, dieser Spiegel ist nicht rein; wo bist du?
Wo bist du? Nach der Rose fragt die Seele,
Die Nachtigall im Sinnenhain: wo bist du?
Wo bist du? hab' ich in's Gebirg gerufen,
Und Echo rief vom Felsgestein: wo bist du?
O tritt hervor in Wesenheit, vernichte
Der Sinnenbilder Gaukelei'n! Wo bist du?
Verdurstet ist die Seel' im Durst der Liebe;
O Schenkin mit dem Seelenwein, wo bist du?

41.

Der Lenz ist ohne Blumen, wo du flohst,
Und ohne Stern' der Himmel, so du flohst.
Aus Wolken kamst du mir, ein Strahl des Lichts;
Nicht deines Lächelns ward ich froh, du flohst.
Du fliehst dahin, und alles flieht dir nach;
Die Jugend schied, das Leben floh, du flohst.
Die Lieder Freimunds säuselnd sterbend: Ach!
Und seine Seufzer hauchen: O! du flohst.

42.

Mich fühl' ich nicht, wenn ich nicht dich empfinde;
Mich faß' ich nicht, wenn ich nicht dich umwinde,
Wenn deine Lieb' aus meinem Herzen weichet,
So ist's, als ob der Welt die Sonne schwinde.
In meinem Herzen such' ich dich, und klage,
Daß ich mein eignes trübes Ich nur finde.
Und bist du in die Welt hinausgegangen,
Und hauchest durch die Welt im Abendwinde?
Und sendest keinen Hauch aus deinem Munde,
Daß er dein Kind beschwichtige gelinde!
Kind ist mein Herz, und deine Lieb' ist Mutter;
O Mutter! komm' und sei bei deinem Kinde!
Was bist du in die Welt hinausgegangen,
Und ließest mich allein bei dem Gesinde!

43.

An des Abendsternes Brennen
    Ach erkennen
    Kann ich nun,
Daß die Liebste läßt mit Grüßen
    Drauf die süßen
    Augen ruhn.
Denn wo wär' ein Licht entglommen,
Das, nicht ihrem Blick entnommen,
Wohl mir könnt' im Auge thun?

An des Mondes stillem Leuchten
  Aus dem feuchten
  Thränenduft,
  Soll sie sehn, wie meine bangen
  Wünsche langen
  In die Luft.
  Denn was blieb in Höh' und Tiefe,
  Das ihr „Mein Gedenke!" riefe,
  Wenn es nicht der Mond ihr ruft?
Als ich aus der Liebsten Armen
  Auf zum warmen
  Himmel sah,
  Als des Mondes Spielgeselle
  Stand der helle
  Stern auch da.
  Nun bin ich von ihr geschieden,
  Und die beiden stehn in Frieden
  Sich noch dort am Himmel nah.
Damals hat sie mir versprochen
  An dem Pochen
  Meiner Brust,
  Und ich hab' ihr schwören müssen
  Unter Küssen
  Unsrer Lust,
  Daß, ob einst die hellen beiden
  Sich auf ewig würden scheiden,
  Scheiden sollt' uns kein Verlust.
Ihr zwei lichten Blüthentriebe
  An der Liebe
  Himmelsbaum!
  Weiter hält, als uns hienieden,
  Euch geschieden
  Sphärenraum;
  Doch vor unserm Angesichte
  Seid ihr still euch nah im Lichte,
  Und wir uns im Liebestraum.

44.

Wie sie jetzt im Garten wallt,
  Und des fernen Freundes denket,
  Bei der Rose, die nun bald
  In den Staub die Krone senket! —
Und die Lilie sproßt heran,
  Und sie wird der Freund nicht pflücken:
  Was ich dir nicht opfern kann,
  Soll nicht dienen mich zu schmücken.
Und so geht der Sommer hin,
  Eine Blüthe nach der andern.
  Daß ich fern dem Freunde bin,
  Und nicht kann mit Wolken wandern!
Diese Blumen dauern mich,
  Die hier welken ungebrochen,
  Diese Stunden, welche sich
  Dehnen Tage=durch zu Wochen.
Blätter von des Lebens Baum
  Sind sie nutzlos abgefallen,
  Und mein Leben wird ein Traum
  Ohne dich vorüber wallen.
Komm! die Lieb' in dieser Brust,
  Und die Jugend auf den Wangen,
  Schwillt entgegen dir mit Lust,
  Komm! eh' sie dahin gegangen.

45.

Blaue Blüthen, die zur Gabe
  Er beim Abschied mir gebrochen,
  Die ich nun bewahret habe
  Sorgsam über Tag und Wochen!
Wenn der Abend mild gefächelt,
  Tränk' ich euch aus frischem Bronnen;
  Und ich hab' euch angelächelt,
  Wann die Luft nicht wollte sonnen.

Hier in euren Augen stehn
　　Seh' ich meine Perlentropfen.
　　Wie ich still euch angesehn,
　　Fühlet ihr mein Herz nicht klopfen?
Meiner Hoffnung Wassergarten,
　　Blühe blühe blühe doch!
　　Meinen Liebsten zu erwarten,
　　Daure daure daure noch!
Fallen sah ich doch mit Schaudern
　　Eine Blüthe nach der andern.
　　Will der Liebste länger zaudern,
　　Müßt ihr aus dem Fenster wandern.
Zu der Mutter sprach ich heute:
　　Wenn der Freund mir heut nicht kommt,
　　Welken meine Wiesenbräute,
　　Daß nicht mehr die Pflege frommt.
Und ich sah die Blumen an,
　　Und es klopfte stark am Thor.
　　Als die Mutter aufgethan,
　　Trat mein Liebster rasch hervor.
Laßt euch nun zum Abschied grüßen,
　　Welke Blumen, geht hinaus!
　　Dieser bringt mir mit von Küssen
　　Einen frisch erblühten Strauß.

46.

Hast du gestern Abend dich,
　　Liebster, nicht nach mir gesehnt,
　　Wie ich gestern Abend mich,
　　Liebster, mich nach dir gesehnt?
Liebste! nein, ich habe mich
　　Nicht gesehnt beim Abendschein,
　　Liebste! denn man sehnet sich
　　Nach Abwesenden allein.
Und abwesend warst du nicht,
　　Sondern nah in Liebesmacht;
　　Weißt du's nicht? mein süßes Licht,
　　Bei mir warst du all' die Nacht.

47.

Jene Stunden,
  Die geschwunden
  Mir entfernt von dir, mein Glück,
  Muß mit Zagen
  Ich beklagen,
  Und sie bringt kein Gott zurück.
Ich will bleiben!
  Mich vertreiben
  Soll von dir allein der Tod.
  Wo sie haben
  Mich begraben,
  Streu' auf's Grab mir Rosen roth!
Mir auf Erden
  Untreu werden
  Und im Himmel kannst du nicht;
  Doch allein nur
  Bist du mein nur
  Da wo dich mein Arm umflicht.

48.

Ueber'm Berge, wo die Sonne
  Heut so roth emporgeklommen,
  Wird, die meines Lebens Wonne,
  Morgen hergefahren kommen.
Heut, o Sonne, mußt du dort
  Glanzlos mir am Himmel steigen;
  Dürftest dich nur allsofort
  Gleich gen Westen wieder neigen!
Morgen fahr' in voller Zier
  Dort herauf, mir anzusagen,
  Daß die Liebe hinter dir
  Kommt im offnen Siegeswagen.

49.

Wunderbar ist mir geschehn,
   Als ich ging die Welt besehn,
   Fragt' ich mich bei jedem Ort,
   Ob ich möchte wohnen dort,
   Ich mit meinem Liebchen.
Durch kein Dörfchen konnt' ich gehn,
   Ohne drum es anzusehn;
   Ja, ich dacht' an jedem Haus,
   Ob ich möchte schau'n heraus,
   Ich mit meinem Liebchen.
Wunderbar ist mir geschehn,
   Kaum ein Fleckchen mocht' ich sehn
   So gering und noch so klein,
   Wollte drin zufrieden sein,
   Ich mit meinem Liebchen.

50.

Wie erworben ohne gleichen
   Hat Verdienste sich die Hand,
   Die zuerst geschriebne Zeichen
   Für des Mundes Hauch erfand.
Nicht daß man für Ewigkeiten
   Schlachten schreib' in Stein und Erz,
   Sondern daß sich geb' aus Weiten
   Einem Herzen kund ein Herz.
Wo zwei Liebe nicht sich sehen
   Mit den Augen, der und die,
   Müssen sie vor Leid vergehen,
   Oder schreiben müssen sie.
Und wenn so sich still begegnen
   Die Gedanken durch die Schrift,
   Müssen sie die Asche segnen
   Dessen, der erfand den Stift,

Der nun dienet zum Piloten,
    Der durch's Meer der Liebe führt,
Dienet zum verschwieg'nen Boten,
    Der nur spricht, wo sich's gebührt.
Eine glänzend weiße Taube
    Nimmt in ihren Schooß dein Wort,
Trägt es, ohne daß es raube
    Fremder Vorwitz, ruhig fort.
Wenn sie dort ist angekommen,
    Oeffnet sich die treue Brust;
Und das Wort, herausgenommen,
    Ist der Liebsten stille Lust.
Wunder! durch der Meere Tosen,
    Durch der Städte lauten Drang,
Nimmt der Liebe leises Kosen
    Seinen ungestörten Gang.
Wie mein Stift hier schreibt mit Beben:
    Liebste! Leben! Ewig mein!
Durch die Räume laß ich's schweben,
    Und du dort vernimmst's allein.

51.

Komm, nun will ich ganz dich lieben,
    Wo ich nur dich halb geliebt,
Da es nun in meinen Trieben
    Weiter keine Theilung gibt.
Diese Hälfte meines Herzen,
    Die ich auf die Welt gewandt,
Reiß' ich aus dem Band der Schmerzen;
    Nimm mich ganz in deine Hand!
Welt ist weiter nicht zu lieben,
    Sich verfinstert hat sie ganz,
Und nur du bist hell geblieben;
    Nimm mich hin in deinen Glanz!
Lieben will ich dich, und haffen
    Was da sein will außer dir.
Laß mich Gottes Blitze faffen,
    Und die Welt dir opfern hier. —

„O wie haßt und liebt ein Dichter,
  Wie er eben liebt und haßt;
Paßt doch nicht zum Weltenrichter,
  Wenn er sonst zu allem paßt.
Wer in Krieg geht, muß doch wissen,
  Welchen Feind er denn bekriegt.
Zürne du den Finsternissen,
  Nicht der Welt, die drunter liegt!
Komm, mit stillen Liebesmächten,
  Blieb uns anders keine Macht,
Helfen wir der armen fechten
  In dem Kampf mit kalter Nacht.
Mach' die Stirn' dir frei von Wettern,
  Fühle wer im Arm dich hält!
Wolle nicht die Welt zerschmettern,
  Denn ich bin ein Theil der Welt."

52.

Schöne gibt es gar so viel,
  Schwer ist's über alle sein,
Sicher ist man nie am Ziel,
  And're kommen hinterdrein.
O wie leicht ist Selbbetrug,
  O wie fährlich der Gewinn!
Liebster, mir ist das genug,
  Daß ich dir die schönste bin.

53.

Dein Bild, Geliebter, möcht' ich haben,
  Gemalt in meiner Kammer,
Mich jeden Augenblick zu laben
  Daran in meinem Jammer.
Sie wollen mich mit Reden irren,
  Sie wollen dich mir rauben,
Sie wollen mir den Sinn verwirren.
  Geliebter, kannst du's glauben?

Ich fühl' es so durch's Haupt mir schwanken,
   Daß ich das Bild, das helle,
Das ich von dir trag' im Gedanken,
   Oft finde kaum zur Stelle.
Ja wie sie reden, wie sie flüstern,
   Ich glaube nicht dem Luge,
Und fühle doch, wie sie verdüstern
   Dein Bild in jedem Zuge.
O hätt' ich dich gemalt in Farben,
   So könnt' ich mit den Augen
Die Züge, die sie mir verdarben,
   Rein wieder in mich saugen.

54.

Des Himmels Hoffnungsauge blaut, du kommst zurück!
Der Wolke Sehnsuchtswimper thaut, du kommst zurück!
Am Strauch der Lust die Knospe der Erwartung bebt,
Die schwellend dir entgegen schaut, du kommst zurück!
Der Frühling kommt, die Blume des Genusses sprießt
Aus der Entsagung bitterm Kraut, du kommst zurück!
Nur um zu prüfen mein Vertrau'n, entflohst du mir;
O sieh', ich habe dir vertraut, du kommst zurück!
Den Gast der Liebe zu empfahn, hat sich das Herz
Als duft'ges Brautgemach erbaut, du kommst zurück!
Du ziehest durch das offne Thor des Auges ein,
Dich grüßt des Mundes Jubellaut: du kommst zurück!
Du ziehst zu allen Sinnen ein, als Duft, als Glanz,
Und bist im Herzen meine Braut, du kommst zurück!

55.

„Wie konntest du, da du mir bist gegeben
   Als Herz in meinem Busen vom Geschick,
Wie konntest du von mir so fern entschweben?
   Wer mißt sein Herz nur einen Augenblick?
„Wie durftest du, da du mir bist verliehen
   Als Hauch des Lebens, der die Brust mir hebt,
Wie durftest du so lang dich mir entziehen?
   Wie kann ich leben, wo mein Hauch entschwebt?“

56.

Nicht mit Wahrheit könnt' ich sagen,
    Daß in diesem fremden Land
    Ich in gar so vielen Tagen
    Niemals eine Freude fand.
Ja, ich hab' in manchen Stunden,
    Und in manchem Augenblick,
    Manche schöne Lust empfunden,
    Die ich danke dem Geschick.
Aber wenn ich frei und offen
    Drüber sollte Rechnung thun:
    Daß dich solches Glück betroffen,
    Liebes Herz, wann war das nun?
Fänd' ich wohl: Auf's allermeiste
    War es doch, wann ich dahier
    Mit dem Leib war, und im Geiste,
    O Irene! heim bei dir.

57.

Ich möchte nur wissen, wohin ich sollt' sehn,
    Daß ich dich nicht sähe, o Liebe,
    Und wissen möcht' ich, wohin ich sollt' gehn,
    Daß ich nicht bei dir bliebe.
    Du bist überall, überall,
    Wo Windeshauch und Wogenschall,
    Und wo sie nicht sind, da bist du.
Und wollte gehn in den grünen Wald,
    Und wollte die Vögelein fragen;
    Sie konnten mit Stimmen tausendfalt
    Von nichts doch, als Liebe, mir sagen.
    Die Nachtigall statt aller sprach,
    Aber ihr Sprechen war nichts als ein Ach,
    Das Ach war nichts als Liebe.
Drauf wollt' ich gehn an des Flusses Rand,
    Und sehn die stürmende Welle;
    Aber die Liebe auch dorthin sich fand,
    Sie machte den Sturm so helle;

Sie rief die Blumen an's Ufer hinan,
Die schauten den Strom mit Liebe an,
Und tauchten sich unter in Liebe.
Dann wollt' ich mich wenden zum Himmelsblau,
Um der Liebe dort zu entfliehen;
Da fühlt' ich ihren Odem lau
Von dort entgegen mir ziehen;
Ein Liebesblick die Sonne war,
Und als sie versank, zersprühte sie gar
In tausend liebfunkelnde Sterne.
Da sah ich wieder zum Erdenrund,
Da sah ich die Liebe wieder;
Still auf der Erde ein Mägdlein stund,
Zog alle Himmel hernieder.
All Liebesleben im Busen ihr schlug,
Alle Liebessonnen im Auge sie trug,
Die schlugen in meines flammend.
Da mußt' ich das Auge schließen vor Lust,
Um nicht vor Lieb' zu erblinden;
Da staunt' ich, inwendig in meiner Brust
Nicht minder die Liebe zu finden;
Ja was ich sonst einzeln von Liebe nur sah
In Erd' und Himmel hie und da,
Sah ich hier liebend beisammen.
Drum möcht' ich wissen, wohin ich sollt' sehn,
Daß ich dich nicht sähe, o Liebe;
Und wissen möcht' ich, wohin ich sollt' gehn,
Daß ich nicht bei dir bliebe,
Da wohnend in meines Busens Haus
Ich dich mittrag' in die Welt hinaus,
Dich trag' ich zu Grab und zu Himmel.

58.

Die ihr mit dem Odem linde
    Jedes Blümchen küßt und grüßt,
Sagt mir, laue Abendwinde,
    Wo ihr jetzt mein Mädchen küßt?

Ob im Spiegel eines Quelles
  Sich ihr klares Bildniß malt,
Oder ob das Antlitz helles
  Abendroth ihr überstrahlt?
Ob sie Nachtigallen grüßen,
  Wo sie froh durch Büsche eilt,
Oder neue Blumen sprießen,
  Wo ihr sanfter Fußtritt weilt?

Flattert zu ihr, laue Winde,
  Sagt ihr, daß ich harre schon;
Ihr zum Führer tragt geschwinde
  Mit euch meines Liedes Ton.
Durch die blauen Lüfte webet
  Abenddämmrung ruhig mild,
Und vom Stern der Liebe bebet
  Sanfter Schimmer auf's Gefild.
Nur wo mich ihr Arm umfasset,
  Lächelt mir der schöne Stern,
Und sein hellster Glanz erblasset,
  O Geliebte, bist du fern.

59.

Wieviel Lüftlein auf den Höhn,
  Wieviel Bächlein im Thale gehn
Ueber die grünen Heiden;
  Wieviel Sternlein am Himmel flittern,
  Wieviel Blättlein an Bäumen zittern;
Soviel Wünsche send' ich nach dir
  In Schmerzen und zitternden Freuden.
Wär' ich der gold'ne Sonnenschein,
  Jeder Strahl ein Gedanke mein,
Und jeder Schimmer ein Sehnen,
  Wollt' ich mit einem Flammenkranz
Dir umflechten die Locken ganz,
  Daß du strahltest als meine Braut,
  Die schönste von allen Schönen.

O wenn ich dürfte die Hütte sein,
  Die sich über dich senkt herein,
  Dich enge zu umfassen!
  Wie dein Leib in der stillen Hütte,
  Wohnt dein Geist mir in Herzens Mitte;
  Thür' und Thore verschlossen sind,
  Du kannst dein Haus nicht verlassen.
Wenn der Durst mich drückt auf den Wegen,
  Springt ein kühler Quell mir entgegen,
  Deine Liebe, da trink' ich;
  Wenn ich wandre in finstrer Nacht,
  Ist die Fackel mir angefacht,
  Seh' ich voraus mir die Fackel ziehn,
  Nimmer matt' ich noch sink' ich.
Wenn ich wär' in der neuen Welt,
  Vor mir die endlose Meerfluth geschwellt,
  Rief' ich hinaus in das Grausen,
  Daß sie es sagte zu fernen Klippen,
  Und die es sagten mit steinernen Lippen
  Ueber Berge, Wälder und Thal,
  Bis du es vernähmest mit Brausen.
Rufen will ich in Frühlingshainen
  Meinen Namen und den deinen,
  Daß ihn die Vögelein lernen;
  Fliegen sie hin auf ferner Bahn,
  Wo ich ihnen nicht folgen kann,
  Wenn sie dir bringen den Gruß von mir,
  Rufe mir Dank in die Fernen!
Wenn du nicht weißt, was die Bächlein sagen,
  Denke nur, sie wollen klagen,
  Daß wir uns mußten scheiden;
  Wenn ein Busch seine Zweige senkt,
  Denke nur, daß er sich kränkt,
  Daß er nimmer auf grünem Moos
  Schatten kann streu'n uns beiden.
Wenn der Herbst die Lilien bricht,
  Denk' und weine, so zu nicht
  Ist uns worden die Liebe;

Wenn der Frühling aus Schnee und Eis
Wieder rufet das grüne Reis,
Denke, so aus der Trennung soll
Wieder uns blühn die Liebe.
Wenn du die glühende Rose pflückst,
Und sie warm an den Busen drückst,
Gedenke, wie ich dich liebe!
Hundert Blätter die Rose hat,
Und es steht auf jedem Blatt
Geschrieben mit Herzblut und Morgenroth:
Liebst du mich, wie ich dich liebe?
O ihr Blumen, du stille Schaar,
Hütet die Liebste mir immerdar
Mit euern Engelsaugen;
Nehmet von ihr den Liebesblick,
Und gebet eueren ihr zurück;
Laßt bald wieder aus euch und aus ihr
Neu seliges Leben mich saugen!

Dritter Strauß.

Gemieden.

———

1.

Die Liebe saß im Mittelpunkt
  Und blickte rings in's Ferne;
Und wo von ihr ein Blick hin funkt,
  Erblühn am Himmel Sterne.
Hier ist ein neuer Strahl ersprüht,
  Und dort erlischt ein Schimmer.
  Der Kranz der Welt ist unverblüht,
  Die Liebe blickt noch immer.

2.

Die Liebste hat mit Schweigen
  Das Fenster aufgethan,
Sich lächelnd vorzuneigen,
  Daß meine Blick' es sahn.
Wie mit dem wolkenlosen
  Blick einen Gruß sie beut,
Da hat sie lauter Rosen
  Auf mich herabgestreut.
Sie lächelt mit dem Munde,
  Und mit den Wangen auch;
Da blüht die Welt zur Stunde
  Mir wie ein Rosenstrauch.

Sie lächelt Rosen nieder,
 Sie lächelt über mich,
Und schließt das Fenster wieder,
 Und lächelt still in sich.
Sie lächelt in die Kammer
 Mit ihrem Rosenschein;
Ich aber darf, o Jammer,
 Darin bei ihr nicht sein.
O dürft' ich mit ihr kosen
 Im Kämmerchen ein Jahr!
Sie hat es wohl voll Rosen
 Gelächelt ganz und gar.

3.

Ach, nach einem Blumenbeet,
 Das mit stillem Prangen
Vor der Liebsten Fenster steht,
 Blick' ich mit Verlangen.
Wenn der Ost vorübergeht,
 Bleibt er schwebend hangen,
Allen Duft vom Blumenbeet
 Durstig aufzufangen.
Wenn die Sonn' am Himmel steht,
 Schaut sie mit Verlangen
Nach den Blumen, die im Beet
 Nicht durch sie entsprangen.
Wenn die Liebst' an's Fenster geht,
 Mit den Rosenwangen,
Sind die Rosen in dem Beet
 Lächelnd aufgegangen.
Wenn sie von dem Fenster geht,
 Ist der Tag vergangen,
Und es schließt das Blumenbeet
 Jedes Aug' mit Bangen.
Rosen, die ihr nur euch dreht
 Nach den Rosenwangen,
Lasset still in eurem Beet
 Mitblühn mein Verlangen.

Von der Liebsten Hauch umweht,
Und von ihren Wangen
Angestrahlt, ein Rosenbeet
Bin ich aufgegangen.

4.

Komm, verhüllte Schöne!
  Komm! aus deinem Haus
Locken stille Töne
  Dich zur Nacht heraus.
Komm, und schlag' den Schleier
  Dir vom Angesicht.
Zeige dich nur freier,
  Süßes Mondenlicht!
Unter ist die Sonne,
  Deren Blick so scharf
Deine milde Wonne
  Nicht verletzen darf.
Abendgluthumröthet,
  Starb der Lerche Schall;
Und aus Büschen flötet
  Nun die Nachtigall.
Tag mit seinem Tosen
  Ist zur Ruhe hier.
Liebchen! alle Rosen
  Schlafen, außer dir.
Alle kecken Lüfte
  Sind zur Ruh' im Laub;
Nachtviolendüfte
  Fürchten keinen Raub.
Lüstern keine Biene
  Trägt mehr Honig ein;
Und an deiner Miene
  Saugt mein Blick allein.
Laß dich's nicht verdrießen,
  Küsse mich in Ruh.
Alle Knospen schließen
  Ihre Augen zu.

Und vor'm Abendsterne
   Wirst du dich nicht scheu'n,
   Dessen Blick sich gerne
   Mag an Küssen freu'n.

5.

Dunkel ist die Nacht,
   Und die Liebe ferne,
   Meine Sehnsucht wacht,
   Sucht nach einem Sterne.
Leben ist verstummt
   In den öden Straßen,
   Drüben schwarz vermummt
   Steht das Schloß verlassen.
Ausgestorben ganz
   Das Gebäu mir deuchtet,
   Eines Fensters Glanz
   Ist allein beleuchtet.
Und da ist ein Stern
   Schimmernd aufgegangen,
   An dem Strahle gern
   Täusch' ich mein Verlangen:
Sitzt ein Frauenbild
   Hinter hellen Scheiben,
   Schaffet ruhig mild,
   Was sie hat zu treiben.
Liest sie ein Gedicht?
   Wirkt sie zart Gesticke?
   Einer Kerze Licht
   Spielt mit ihrem Blicke.
Harret sie vielleicht
   Eines Freund's, und lauschet,
   Ob's im Gäßlein schleicht
   Und am Pförtchen rauschet?
Doch ich seh' es ja
   An den stillen Mienen,
   Daß sie nur ist da
   Mir zum Stern zu dienen.

6.

Wenn die lieben zarten Blätter
　Liegen unter meinem Stift,
　Der in Liebesmaienwetter
　Webt auf ihnen Blumenschrift;
Und der stillen Lampe Schimmer
　Auf das Blatt als Sonne scheint,
　Wo die Phantasie im Zimmer
　Alle Himmel hat vereint:
O wie liegt der wilde Lärmen
　Der bewegten Faschingszeit,
　O wie liegt das laute Schwärmen
　Meinen Sinnen, o wie weit!
Draußen rollen die Karossen,
　Und die Masken wogen nach;
　Doch mein Ohr, der Welt verschlossen,
　Ist dem innern Lied nur wach.
Hab' ich etwas zu versäumen
　Im gedrängten Maskensaal?
　Von phantastisch bunten Träumen
　Lebt's um mich hier allzumal.
Wenn ich dort ein Liebchen wüßte,
　Dem ich fehlt' im vollen Raum;
　Ich es freilich suchen müßte,
　Und hier lassen meinen Traum.
Aber weil ich muß verzichten
　Heut mein Liebchen dort zu sehn;
　Soll sie vor mir in Gedichten
　Wie in tausend Masken stehn.

7.

Wo ein Härchen deines Hauptes
　Unter'm Kämmen niederfiel,
　Nimmt's ein Amor auf vom Boden,
　Macht ein Schlingchen draus zum Spiel.

Vom Rubin des Monds ein Lächeln
Dient an rother Beerchen Statt,
Und ein Sprenkelchen ist fertig,
Wie mich eins gefangen hat.

8.

An der Wange meiner Liebsten
Steht ein kleiner Fleck.
Amor hat ihn hingestellet,
Darum steht er da so keck.
Art'gen Schreck um sich verbreitend
Hier im Garten steht der Mohr,
Daß er vor Beraubung schirme
Amors zarten Lilienflor.

9.

Nie in schön'rem Stübchen
Saß gefangen ein hold'rer Dieb,
Als das Lächeln im Grübchen
Auf der Wange von meinem Lieb.

10.

Die Liebste nahm mit Lächeln
Den Fächer in die Hand,
Sie wollte Kühlung fächeln
Auf meiner Wange Brand.
Wie sie mich angelächelt,
Wie sie mich angelacht!
Da ward, so angefächelt,
Der Brand erst angefacht.

11.

Meine Töne, still und heiter,
Zu der Liebsten steigt hinan!
O daß ich auf eurer Leiter
Zu ihr auf nicht steigen kann.

Leget, o ihr süßen Töne,
  An die Brust ihr meinen Schmerz,
  Weil nicht will die strenge Schöne,
  Daß ich ihr mich leg' ans Herz.

12.

Eine hab' ich singen hören,
  Daß ich's nun mir denken kann,
  Wie mich einst mit Engelchören
  Wird der Himmel sprechen an.
Von den Abendglockenlauten
  Sang sie mir ein Lied ins Herz,
  Daß die Augen Sehnsucht thauten,
  Und mir Wonne ward zum Schmerz.
Und die Abendglockenklänge
  Klingen so mir nach im Ohr,
  Daß die eigenen Gesänge
  Mir wie tonlos kommen vor.
Süßres wüßt' ich nicht zur Stunde,
  Als daß ich, in Klang zerthaut,
  Werden dürft' in ihrem Munde
  Solch ein Abendglockenlaut.

13.

Vor deinen hellen Augen
  Wird Niemand trüb erscheinen ohne Grund,
  Zu deinen hellen Augen
  Komm' ich mit trüben, und du weißt den Grund.
  Du kannst mir blicken auf der Seele Grund
  Mit deinen hellen Augen:
  Dort liegt ein Weh, gesogen aus dem Grund
  Von deinen hellen Augen.

14.

Der Groll, den alle Leute haffen,
  Hat liebenswürdig wollen werden;
  Er hat von meiner Liebsten laffen
  Sich in ihr schönes Auge faffen,
  Und holdres gibts nun nichts auf Erden.

15.

Kein Wörtchen geht verloren,
  Das deinem leifen Mund entkam,
  Und fei's fo ftill geboren,
  Daß es fich felber kaum vernahm.
  Oft zürnen meine Ohren,
  Daß es durch fie den Weg nicht nahm;
  Weiß nicht, zu welchen Thoren
  Es ein zur Stadt des Herzens kam!

16.

Geh', mein Herz, zum Liebchen heute!
  Weißt du ob du's morgen kannst?
  Nimm der Liebe Glück zur Beute,
  Rasch, und ftirb, wann du's gewannst.
  Warum willft du fern ihr fäumen
  Einen einz'gen Augenblick?
  Laß dich nicht in leeren Träumen
  Ueberrafchen vom Geschick.
  Sondern wann es ohn' Erbarmen
  Führen will auf dich den Streich,
  Treff' es dich in ihren Armen,
  Ihr am Bufen ftirbt fich's weich.
  Zähle nicht die künft'gen Stunden,
  Die du weihen willft der Luft.
  Eine, traurig hingefchwunden,
  Ift ein ficherer Verluft.

Ob dir tausend Tage blieben,
  Gib umsonst nicht Einen Tag.
  Warum willst auf morgen schieben,
  Was dir heute werden mag?
Unerschöpflich ist der Becher,
  Den die Liebe dar dir beut;
  Nie ihn enden wirst du, Zecher,
  Doch beginnen mußt du heut.

17.

Zweie gegen Einen
    Ist unritterlich.
  Amor! vor den Steinen
    Schämen solltest dich.
  Hast aus Ritterzeiten
    Bess'res nicht gelernt?
  Wo sich Zweie streiten,
    Steht der Dritt' entfernt.
  Wie denn meiner Dame
    Stehst du also bei?
  Amor! ich erlahme,
    Ein Mann gegen zwei.
  Lächelnd sprach der Kleine:
    Schäme dich! es sind
  Ja zwei Mann nicht eine
    Dame und ein Kind.

18.

Deinen Namen hab' ich, wie in meine Brust,
  Eingegraben in des Baumes Rinden,
  Daß ein Theil von meinen Schmerzen mitbewußt
  Würde dem fühllosen Stamm der Linden.
Liebe! wenn du mich mit Stürmen brechen mußt,
  Wiege jeden Stamm mit sanften Winden,
  Daß der Name blühe dort noch lang in Luft,
  Wenn er mit dem Herzen hier muß schwinden.

19.

Ach, ein Nam', ein neuer,
　　Ohne Klang sonst meinem Ohr,
Ist mir worden theuer,
　　Kommt mir wie ein Zauber vor.
Wo ein Mund ihn raunet,
　　O wie laut mein Herz erschrickt!
Und mein Auge staunet,
　　Wo's geschrieben ihn erblickt.

20.

Ein Schmetterling umtanzte meine Kerze,
Und taumelte, versengt, ins Tintenfaß.
Was Wunder nun, wenn bunte Liebesscherze
Bei Kerzenschein hier blühn aus dunklem Naß!

21.

Sie gab mir Feder und Papier,
　　Daß ich ihr Lieder schriebe;
Und auf die Blätter hab' ich hier
　　Geschrieben ihre Liebe.
So ist der ganze Stoff von ihr,
　　Die Liebe wie das Schreibpapier;
Was bliebe mein, wenn nicht die Form es bliebe?

22.

Die drei Göttinnen kamen zu mir,
　　Um den goldenen Apfel zu streiten;
Ein trojanischer Krieg steht hier
　　Uns bevor wie in alten Zeiten.
Doch so lehrte mich Gott Merkur
　　Vorzubeugen dem greuelhaften:
Gehet, sprach ich, ihr seid ja nur
　　Von der Liebsten drei Eigenschaften.

Juno, du bist ihr stolzer Gang,
  Pallas, du bist ihr Geistesfeuer,
Venus, du bist ein Lächeln der Wang',
  Und der Apfel ist ihr, nicht euer.

23.

Das Verlangen saß in seiner
  Gluth auf meiner Lippe,
Und die Weig'rung saß auf deiner
  Wie auf einer Klippe.
Sich hervor Verlangen wagte,
  Weigerung entflohe
Lippenein, Verlangen jagte
  Nach mit süßer Drohe.
Und wielang auch dem Verlangen
  Weigerung sich sträubte,
Endlich mußte sich gefangen
  Geben die betäubte.

24.

Du, o Lippe, von dem Kusse
  Der Geliebten eingeweiht,
Nun vom Paradiesesflusse
  Eingenetzt auf Ewigkeit!
Von den reinen Himmelsfluthen
  Sind die Sünden weggespült,
Und die trüben Sinnesgluthen
  Leicht in Aetherhauch gekühlt.
Nicht mehr träge Erdenspeise
  Komme deinem Kelche nah,
Sondern, nach der Götter Weise,
  Nektar und Ambrosia!
Nicht mehr über deine Schwelle
  Wandle dumpfes irb'sches Wort,
Sondern des Gesanges helle
  Opferlohe fort und fort!

25.

Es wacht der stille Mond am Himmel,
Zum Wächter ist er dir bestellt,
Wo er ein glänzendes Gewimmel
In deinem Dienste munter hält.
Du hast vor deines Auges Schließen
Zum Lohn ihm einmal noch gelacht;
Wie dürft' es seines nun verdrießen,
Sich nicht zu schließen diese Nacht?
Als pflichtvergessen sollt' ihn strafen
Dies Aug' auf meinem Angesicht;
Dies Aug', es darf, gleich ihm, nicht schlafen,
Doch lohnst du so sein Wachen nicht!

26.

Warum sind deine Augen so naß?
Ich habe der Liebsten in's Auge geschaut,
So lange, bis mir die meinen sind übergegangen.
Warum sind denn deine Wangen so blaß?
Es sind die Rosen, die ich gebaut;
Vor Sehnsucht hinübergewandert auf ihre Wangen.

27.

Wo ich mit dir weilen soll, ich bin bereit!
Und bereit, wo ich mit dir soll wandern.
Mit dir leben hier ist eine Seeligkeit,
Und der Tod ein Uebergang zur andern.

28.

An meiner Liebsten goldenen Nadel
Ritz' ich mich jüngst auf's Blut;
Es war von gutem Freund ein scharfer Tadel,
Der einem doch nicht wehe thut.

29.

Liebste! wer mit einem Blick
    Gießt in Herzen Wonne,
Hat der nicht ein schönes Glück
    Wie des Himmels Sonne?
Die du kannst mit einem Gruß
    Heben tausend Leiden;
Wahrlich, um dies Vorrecht muß
    Dich der König neiden.

30.

Mein Liebster ist ein sprudelnder Quell,
    Ich bin die sinnige Blum' am Rande.
O Sonne, die du uns scheinest so hell,
    Thu' uns nicht schaden mit deinem Brande!
Mein Quell sagt, daß er vor Leid versiege,
    Wenn mich, die Blume, versehrt dein Strahl;
Und wenn du den Quell vertrocknest im Thal,
    So weiß ich, daß ich in Staub zerfliege.

31.

Ich sah mit dem Blick der Liebe sie an,
    So schön da ist sie mir vorgekommen,
Das Herz hat die Augen mir aufgethan,
    Ich hatt' es solange nicht wahrgenommen.
Wie wenn der Freund mit wankender Hand
    Mit irrenden Zügen ein Blatt mir schriebe,
Mein Herz doch hätte darin erkannt
    Den himmlischen Sinn, die Seele, die Liebe;
So hat dies Angesicht die Natur
    Beschrieben mit unvollkommenen Zügen,
Doch Liebe les' ich in jedem nur,
    Wie sollte die schöne Schrift nicht genügen?

32.

Ich sah das Paradies mir offen,
  Doch nur im Traume;
  Denn wachend ist das nicht zu hoffen
  Im Erdenraume.
Das Paradies wird nicht erworben,
  Eh' man gestorben.
  O Herz, wenn du es willst erwerben,
  So laß uns sterben.

33.

Sie ist schön wie der Frühlingstag,
  In Liebestrahlen zerflossen.
  Sie ist schön wie der Rosenhag,
  In Düfte der Lieb' ergossen.
Sie ist schön, wie in Eden mag
  Der Baum des Lebens ersprossen.
  Sie ist schön, wie die Schöpfung lag
  Im Geist des Schöpfers beschlossen.
Sie ist schön, wie die Liebesklag',
  Aus Freimunds Lippen geflossen.
  Schöner als alles, was ich sag',
  Ist, was ich im Herzen verschlossen.

34.

Laß die Erde unter dir,
  Dein Gemüth zum Himmel hebend!
  Sprach die Lilie zu mir,
  Auf dem schlanken Stengel schwebend.
Durch der Wünsche Dornenland
  Wandle leicht geschürzten Saumes,
  Und vom flatternden Gewand
  Schüttle dir den Staub des Raumes.
Unter den aus Himmelsschein
  In des Lebens Nacht gesunknen
  Sind die glücklichen allein
  Die von ew'ger Liebe trunknen.

35.

Die mich hat am Fädchen,
　Stehet auf der Grenze still
Zwischen Kind und Mädchen,
　Und ist Beides, was sie will.

Wie es eben dienen
　Mag am besten ihrem Plan,
Legt sie sich die Mienen
　Von dem ein' und andern an.

Aus dem einen immer
　Leis in's andere Gebiet
Spielt sie, wie ein Schimmer
　Durch bewegte Zweige flieht.

Mädchenhaft und kindlich,
　Wie sie mir sich zeigen mag,
Mir unüberwindlich
　Blieb sie bis auf diesen Tag.

Kindischer Geberde
　Dich zu necken scheint sie dort;
Dann den Muth zur Erde
　Schlägt sie mit erwachs'nem Wort.

Wenn du sie willst nehmen
　Für ein Kind, wie sie sich giebt,
Wird sie dich beschämen,
　Wenn's ihr klug zu sein beliebt.

Wenn du sie zu fassen
　Nun beim Ernste denkst mit Glück,
Zieht sie sich gelassen
　In den kind'schen Scherz zurück.

36.

Wie sind deine Töne,
　Menschenbrust, so dumpf!
Wie für's Geistig-Schöne,
　Worte, seid ihr stumpf!

Wie sind eure Glieder
Ungeschmeidig streng,
Eure Formen, Lieder,
Dem Gefühl zu eng.
Was ich hatt' empfunden
In der Brust so warm,
Wie sich's losgewunden,
Steht es da so arm.
Vor dem Klang der Flöten
Schämt sich Dichters Wort,
Vor der Ros' erröthen
Muß es fort und fort.
Kannst du wohl dich messen,
Lied, mit Nachtigall,
Flüsternden Cypressen,
Silberwogenfall?
Daß die Rede flösse
Wie des Quelles Fluth,
Oder sich ergösse
Wie des Feuers Gluth!
Daß die Worte sproßten
Wie die Ros' im Thau,
Wie die Röth' im Osten
Aus dem feuchten Blau!
Meine Lieder schienen
Immer herb mir nur,
Wenn ich ab von ihnen
Sah in die Natur.
Lieblich will mir scheinen
Nur das Liebeslied,
Liebste, das aus deinen
Augen an mich sieht.

37.

Seufzend sprach ich zu der Liebe,
Als ich sie entschleiert sah:
Ach daß so dein Antlitz bliebe
Meinen Blicken ewig nah!

Doch wie dich die Sehnsucht freier
  Schauet einen Augenblick,
Senket wieder sich der Schleier,
  Und verdüstert mein Geschick.
Liebe sprach: In ewig reinem
  Lichte strahl' ich, o du Thor,
Nicht vor meinem, sondern deinem
  Angesichte hängt der Flor.

38.

Vor dem Angesicht der Braut
  Hing der dunkle Schleier;
An den Falten lieb und traut
  Tändelte der Freier.
Von der Sehnsucht Odemzug
  Ward die Hüll' enthoben;
Als der Liebe Glanz ihn schlug,
  War sein Spiel zerstoben.
Laß vor deinem Angesicht
  Nur die Decke nieder!
  Dir am Schleier, Himmelslicht,
  Will ich tändeln wieder.

39.

Ich seh's an allen Zeichen,
  Daß meine Sonne kommt.
Die lichten Stern' erbleichen,
  Weil nur die Demuth frommt
Den Dienern, wo erschienen
  Der Herr ist, dem sie dienen,
Ich seh's an allen Zeichen,
  Daß meine Sonne naht.
Der Mond muß scheu entweichen,
  Der ihren Platz vertrat,
Nun sie will sein im Aether
  Ihr eigner Stellvertreter.

Ich seh's an allen Zeichen,
　　Daß meine Sonn' erwacht.
Die Schatten furchtsam streichen
　　Durch die erregte Nacht;
Sie faßt des Lichtes Schauern,
　　Vor dem nicht Schatten dauern.

Ich seh's an allen Zeichen,
　　Daß meine Sonn' erblüht.
Die Wolken sind mit reichen
　　Dufträthen angesprüht;
Sie wollen's noch umfloren
　　Das Licht, das schon geboren.

Ich seh's an allen Zeichen,
　　Daß meine Sonn' erscheint.
Der Morgen hat die weichen
　　Thauperlen schon geweint,
Sein schmelzendes Entzücken
　　Den Fluren auszudrücken.

Ich seh's an allen Zeichen,
　　Du bist die Sonne mein.
Die Morgenlüfte schleichen
　　Sich mir in's Herz hinein,
Und Ahnungslichter schweben,
　　Der Seele Flor zu heben.

Ich seh's an allen Zeichen,
　　Du bist die Sonne mir.
Des Herzens Triebe reichen
　　Wie Blumen auf zu dir,
Und wie ein Baum in Blüthe
　　Aufgeht dir das Gemüthe.

Ich seh's an allen Zeichen,
　　Du bist die Sonn' allein;
Denn du bist ohne gleichen,
　　Und du bist einzig mein;
Mir unter ging die ganze
　　Natur in deinem Glanze.

40.

Komm, meine jüngste Sonne,
Betritt dein strahlend Feld!
Rasch sei von deiner Wonne
Mein kurzer Tag erhellt.

Gegangen sind der Sonnen
Hin über mich wieviel,
Seit ich zu blühn begonnen
In ihrer Strahlen Spiel.

Als aus der Kindheit Träumen
Zuerst mein Herz erwacht,
Sah ich ein Frühroth säumen
Den Horizont der Nacht.

Es war der Himmelsbogen
Entbrannt von Ungeduld,
Von Ahnung überflogen
Annah'nder Sonnenhuld.

Da stieg die erste Sonne,
Da schwoll mein erster Trieb,
Das war die erste Wonne,
Das war mein erstes Lieb.

Da kam die erste Klage,
Als mir die Sonn' erblich,
Nach Einem Frühlingstage
Mir in die Nacht entwich.

Da kamen, Licht-erneuend,
Wohl andre schön und klar,
Doch keine so erfreuend,
Wie nur die erste war.

Da wuchs ich im Gefilde,
Und richtete mit Lust
Je nach dem Sonnenbilde
Den stillen Trieb der Brust.

Ich wuchs und blühte weiter
In Sonnenlieb' allein,
Ob trüber mich, ob heiter
Berühren mocht' ihr Schein.

Von Morgenthau besprenget,
　Von Frühroth angehaucht,
　Von Mittagsgluth versenget,
　In Abendroth getaucht.
Der Frühling ist geschwunden,
　Und auch der Sommer schwand,
　Und immer kürzre Stunden
　Das Licht am Himmel stand.
Die Liebe blickte streifend,
　Von schiefer Sonnenbahn,
　Mit Gluthen nicht ergreifend,
　Mich matten Auges an.
Wie ist mir denn geworden,
　Was ich noch hoffte kaum,
　Im herbstumwölkten Norden,
　Ein neuer Frühlingstraum!
Daß sich zum Licht erheben
　Der Trieb noch einmal mag!
　Das hast du mir gegeben,
　Du letzter Sonnentag.
Du letzter Gruß der Wonne,
　Du letzter Blick der Qual,
　Du jüngste Liebessonne,
　Du schöner Todesstrahl.
O neige schönheitstrunken
　Dein Haupt am Himmel schief,
　Und schleudre Blitzesfunken
　Mir in die Seele tief.
Die blaue Luft des Auges
　Erheitre mit dem Schein
　Des Lächelns, und ich saug' es
　Mit durst'gen Fasern ein.
Laß alle Schleier fallen
　Von deinem Angesicht,
　Und es allein umwallen
　Der Locken goldnes Licht.
Laß deinen Blick mir kosen,
　Laß deinen Hauch mir wehn,

Bis alle Sehnsuchtrosen
An mir in Blüthe stehn.
Du sollst mich heiß nicht küssen,
Wie Sommersonnenbrand,
Nur leise niedergrüßen
Von deinem Himmelsrand.
In deinen Strahlen färben
Will ich mein letztes Grün,
Und, Sonnenopfer, sterben
An deiner Blicke Sprühn.

41.

Tausend Nachtigallen
Sind in meiner Brust,
Durcheinander schallen
Hör' ich sie mit Lust.
Tausend Frühlingsrosen
Blühn in meinem Thau,
Und mit jeder kosen
Will ein Ostwind schlau.
Tausend Liebessterne
Stehn in meiner Luft,
Und ich lauschte gerne,
Wie mir jeder ruft.
Tausend Edelsteine
Sprühn in meinem Schacht,
Hell vom bunten Scheine
Flimmt des Herzens Nacht.
Und das Sprühn und Flimmen
Hält den Blick umflirrt,
Im Gewühl der Stimmen
Ist das Ohr verirrt.
Traumgefühle schweifen
Um im Meer von Glanz,
Können nicht ergreifen
Der Gestalten Tanz.

Aus den Einzelheiten
　　Keiner Einheit Chor,
Aus den Farben schreiten
　　Will kein Bild hervor.
Komm mit leisem Tritte,
　　Liebe, Schöpfungsgeist,
In des Herzens Mitte,
　　Wo die Schöpfung kreist!
Wie du vorgetreten,
　　Sonne, sichtbarlich,
Müssen die Planeten
　　Alle drehn um dich.
Wie du stehst alleine,
　　Fürstin im Harem,
Reihn sich Edelsteine
　　Dir zum Diadem.
Alle Frühlingsrosen
　　Werden dir ein Kranz,
Buntes Farbentosen
　　Schmilzt in deinen Glanz.
Aller Lieder Schallen
　　Untergeht in dir,
Und die Nachtigallen
　　Freimunds schweigen hier.

42.

Gib den Kuß mir nur heute;
　　Ob du morgen es kannst, wer weiß?
O wie manche der Bräute
　　Hat gefreiet der Tod, der Greis.
Laß, o laß mich nur trinken;
　　Ob ich taumle, den Becher noch!
Laß zu Boden mich sinken;
　　Einmal sinken, ich muß es doch.
Laß uns leben und lieben!
　　Lieben, Leben, wie schnell verweht's.
Was der Dichter geschrieben
　　Auf die Blätter, wie lang besteht's!

Enkel lesen mit Beben
Freimunds Lieder, und sprechen dann:
Laßt uns lieben und leben,
Wie uns dieser es vorgethan!

43.

Der Frühling fährt hernieder
Vom Himmel, um auf Triften
Neu aufzuschlagen wieder
Des Korans heil'ge Schriften.
O kommet anzubeten,
Ihr frommen Muselmanen,
Und laßt von den Propheten
Zum rechten Dienst euch mahnen.
O sehet, wie er leise
Thut Wunder unbemühet,
Er spricht zum dürren Reise:
Erblüh'! und es erblühet.
Andächtiges Gemüthe,
O komm, und lies die Suren
Von Gottes Mild' und Güte
Im grünen Buch der Fluren.
Da ist kein Blatt so kleines,
Es spricht ein Wort vom Lichte.
Komm, Herz, und lies hier eines
Von Liebchens Angesichte.
Im Wangenmorgenrothe
Steht das Gebot zu lieben,
Und von des Weins Verbote
Steht nichts dabei geschrieben.

44.

Ich fuhr auf schwankem Kahne,
Mit ungewissem Sinn,
Im Lebensozeane
Geworfen her und hin.

Alswie Odysseus weiland,
  Doch nicht mit seinem Muth.
  Da war vor mir ein Eiland
  Gestiegen aus der Fluth.
Das Eiland der Sirenen
  Erkannt' ich am Gesang,
  Der so mit süßem Sehnen
  Zu mir herüber klang:
O Schiffer komm, und lege
  Den müden Nachen bei!
  Komm, und in stiller Pflege
  Werd' eitler Arbeit frei.
Wie lange willst du steuern
  Durch Müh' und Noth dein Schiff?
  Im Meer, dem ungeheuern,
  Befahren Klipp' und Riff?
Wie lange willst du schweifen
  Die Wogen auf und ab,
  Bis dich wird ein' ergreifen
  Und ziehn in's kalte Grab?
O gib des Lebens Kürze
  Nicht allen Winden preis!
  Komm, und den Becher würze
  Des Daseins dir mit Fleiß.
Hier winkt, dem lauten Tosen
  Entrückt der Menschenfluth,
  Das Eiland, wo auf Rosen
  Der ew'ge Friede ruht.
Hier brechen sich die Wogen
  Am sanften Borde kaum.
  Und haben nie betrogen
  Den Schläfer um den Traum.
Hier sind die kühlen Schatten,
  Wo leise Lüfte wehn:
  Hier sind die grünen Matten,
  Wo süße Quellen gehn.
Hier sind die Blüthenlauben,
  Hier ist der Baum mit Frucht,

Des Herbstes reife Trauben,
Des Frühlings Rosenzucht.
Der Frühling, den kein kalter
Hauch eines Winters neckt;
Die Jugend, die kein Alter
Aus ihren Spielen schreckt.
Was wohnen strenge Musen
Am steilen Helikon?
Am weichen Meeresbusen
Ist unser Liebesthron.
Wo Amor ist der Schenke,
Und Grazien Huris,
Schlürft Seligkeitsgetränke
Anakreon-Hafis.

45.

Nur ein einz'ger Schleier noch
Hüllt der Liebsten Schönheitslicht.
Könnt' ich heben diesen doch,
Und ich säh' ihr Angesicht!
Von dem Himmel trennet mich
Eine morsche Schrank' allein.
Höbe diese Schranke sich,
Und ich würde selig sein!
Nur ein bunter Vorhang schwebt
Vor dem Harem, wo sie ruht;
Wie der Lüfte Spiel ihn hebt,
Weht mich an die Rosengluth.
Auf der Liebsten Augen drinn
Liegt ein Zauberschlummerduft,
Und es hört mein leiser Sinn,
Wie sie mich im Traume ruft.
Komm! so tönt der Liebeslaut,
Komm und brich den Zauberstab,
Weck' in's Leben deine Braut,
Oder sink' zu ihr in's Grab.

Ja ich muß, nicht läßt es mich:
Liebend mir am Busen warm
Mußt du werden, oder ich,
Liebste, kalt in deinem Arm.

46.

Sieh', Herz! wie sich die Menge
Treibt ohne Ruh' und Rast,
Sag', ob du in's Gedränge
Dich Lust zu stürzen hast?
Nein! gehe du beiseiten
Und trinke deinen Wein;
Es muß in tollen Zeiten
Auch einer weise sein.
Verlaß des Marktes Lärmen,
Geh' mit dem Lenz ins Feld;
Und willst du, Herz! dich härmen,
So sei's nicht um die Welt.
O klage, daß sich neige
Die Liebe deinem Fleh'n,
Solang im Saft die Zweige
Der flücht'gen Neigung stehn.

47.

Das Entzücken, der Freude Schauer,
Erschüttern wie Schmerz die kranke Brust.
Fern vom Jauchzen, wie von der Trauer,
Ist der Seligen stille Lust.

48.

Die Liebste steht mir vor den Gedanken, wie schön, o wie schön!
Daß mir betäubt die Sinne wanken, wie schön, o wie schön!
Sie hat mit Mienen mich angelächelt, wie hold, o wie hold!
Daß durch das Herz mir die Strahlen schwanken, wie schön, o wie schön!
Die hellen Fluren der Rosenwange, sie winken zur Lust,
Und dunkel flattern die Lockenranken, wie schön, o wie schön!
Des Aug's Narzissen, wie lieblich, wann sie erwachen im Thau,

Und wann sie trunken in Schlummer sanken, wie schön, o wie schön!
Die Palm' aus Eden, die ich in Träumen wie lange gesucht,
Hab' ich gefunden im Wuchs, dem schlanken, wie schön, o wie schön!
Der Quell des Lebens, dem ich gedurstet, er hat mich gelabt,
Als meine Lippen aus deinen tranken, wie schön! o wie schön!
Des Geistes Hoffen, der Seele Wähnen, dein Traum, Phantasie,
Ist hier getreten in Körperschranken, wie schön, o wie schön!
Des Frühlings Blumen, des Himmels Sterne, du bringst sie im Kranz
Mir dar vereinigt, wie soll ich danken? wie schön, o wie schön!
Die höchste Schönheit halt' ich in deiner gedrückt an mein Herz;
Es muß erliegen, es muß erkranken, wie schön, o wie schön!
Du stirbst, o Freimund, und dich zu Grabe zu tragen, o sieh',
Wie sich die Rosen mit Lilien zanken, wie schön, o wie schön!

49.

Wie aus Frühlingshimmeln reiner
    Regen sprüht und Sonne scheint,
Lächelt mild ein Auge meiner
    Liebsten, und das andre weint.
Ros' und Lilien in Verbindung
    Auf der Wang' und auf der Flur.
Von den Quellen der Empfindung
    Schwillt das Herz und die Natur.
Schönes Glück von kurzer Dauer,
    Flücht'ger Lenz der Menschenbrust,
Sonnenblicke, Thränenschauer,
    Frühlingswehmuth, Liebeslust.

50.

Komm in deiner Gluthgewalt,
    Komm zu Semelen,
Die in eigenster Gestalt
    Dich verlangt zu sehn.
Donnerer! nur duftumhüllt
    Hast du sie umarmt;
Mild von deiner Lieb' erfüllt
    Ist die Braut erwarmt.

Nicht erwarmen, brennen nun
  Will sie und vergehn,
  Komm, den Willen ihr zu thun,
  Komm zu Semelen!

51.

Weil mich wohlfeil wegzugeben,
  Hätte meinen Stolz gekränkt,
  Lieber drum mit Leib und Leben
  Hab' der Lieb' ich mich geschenkt.
Der Liebe bracht' ich dar mein Herz;
  Sie nahm's, und nahm heraus den Schmerz,
  Goß drein die Füllen ihrer Lust,
  Und gab's zurück in meine Brust.
Es ist nicht meins, das Herz in dieser Brust,
  Die Liebe schuf es um in das der Welten.
  Ich fühl' in mir der Menschheit Weh und Lust;
  Was könnten mir die kleinen eignen gelten?
Ich wünscht' ein Lied zu singen heute,
  Das jeden auf der Welt erfreute,
  Und daß man mir die Freude gönnte,
  Daß ich die Welt erfreuen könnte.
Und sollt' es Einen nur erfreu'n,
  So sollte nicht das Lied mich reu'n.
  Gott nehme jedem seinen Schmerz,
  Wer hier erfreut ein einzig Herz.

52.

In der Welt der Körper wird gezogen
  Eines, und das and're zieht;
  Doch zwei Herzen fühlen, gegenseits gewogen,
  Nicht des Thuns und Leidens Unterschied.
Ich bin deine Erde,
  Und bin auch deine Sonne;
  Ich strahle dich an, und werde
  Von dir bestrahlt mit Wonne.

Du bist mein Ich, ich bin dein Du,
　Du bist mein Du, ich bin dein Ich geworden;
Und jedes kehrt sich seinem Andern zu,
　Als wie die Nadel ihrem Norden.

53.

Den Inbegriff der Schönheit hab' ich
　Geseh'n in einer Blume.
　Mein Leben und mein Lieben gab ich
　Ihr still zum Eigenthume.
Die Phantasien aller Himmel
　Hab' ich auf sie geträufet,
Und der Empfindungen Gewimmel
　Als Duft um sie gehäufet.
Sie scherzte mit den Frühlingswinden
　In unbewußtem Triebe,
Ohn' ihre Schönheit zu empfinden
　Und ohne meine Liebe.

54.

Mit der Guten wollt' ich schmollen,
　Mich den Banden zu entzieh'n,
　Die mich so umstricken wollen,
　Daß es mir bedenklich schien.
Als ich rüttelt' an den Banden,
　Merkt' ich erst, wie fest sie sind.
　O wie ward der Trotz zu Schanden,
　Und der Groll verflog im Wind.
Lange liebe Angewöhnung
　Löst kein rascher Zank im Nu!
　Und am Ende die Versöhnung
　Schnürt den Knoten fester zu.

55.

Die Lieb' ist höher als was du liebst;
　Und wie sie dir irdisch erscheine,
　Und was du ihr da für Namen giebst,
　Sie selbst ist himmlisch nur Eine.

Wie wenn, in wechselnder Maske versteckt,
   Im Saal, wo die Kerzen brennen,
   Ein Liebchen in mancher Gestalt dich neckt,
   Und endlich sich gibt zu erkennen:
So lieb' ich wohl die nun, und jene jetzt,
   Sie wechselten mir und ich ihnen.
   Und alle waren nur Masken zuletzt,
   Worunter die Lieb' erschienen.

56.

Ein Paradies, ein verlorenes,
   Liegt rückwärts in der Vergangenheit.
Und ein wiedergeborenes
   Liegt vorwärts in der Zukunft weit.
Immer rückwärts nach jenem blickt
Und Blicke vorwärts nach diesem schickt
Wehmuth und Sehnsucht, dein Wegegeleit,
O Herz, durch die Spanne der öden Zeit.

57.

Herr! die Schönheit dieser Erde,
   Gib, daß sie die Sehkraft wecke
Meines Auges, nicht ihm werde
   Eine Blindheits-Zauberdecke.
Jeden Blumenstrahl der Auen
   Laß der Seele dazu dienen,
Neu gekräftigt aufzuschauen
   Dorthin, wo die Sonn' erschienen.

58.

Du freue dich, daß um die Stirn' der Erde
   Noch blüht der Rose Freudenroth.
Daß sie zum Kranz dir selber werde,
   Bescheide dich! das ist nicht noth.

59.

Wann mein Herz mit Freudenschauer
Nicht des Frühlings Nahn erfüllt,
Noch die Seel' in sanfte Trauer
Mir des Herbstes Scheiden hüllt;
Wann ich nicht mehr mich empfinde
Still mit jedem Blatt am Strauch,
Noch um jede Blume linde
Spielet meines Liedes Hauch:
Dann bin ich nicht mehr im Leben,
Sondern ruh' im kühlen Raum.
Und noch dann soll leise weben
Um mein Grab ein Blüthentraum.
Wie im Frühling mein Gemüthe,
Soll mein Grab in Rosen stehn;
Und im Herbste soll die Blüthe,
Wie mein Leben einst, verwehn.
Die Natur in steter Dauer,
Was sie selb mir flüchtig gab,
Frühlingswonne, Herbstestrauer,
Gibt sie ewig meinem Grab.

60.

Frühling, vollen! vollen
Liebesüberfluß!
Mehr als Herzen wollen,
Strömenden Genuß!
Wonnen mehr, als schwellen
Wünsche meine Brust,
Ungezählte Wellen,
Ungemeßne Lust!
Mir nicht Sonnestrahlen,
Sondern Sonnengluth,
Mir nicht Thaues Schalen,
Sondern Meeres Fluth!

Mir nicht ferne Grüße,
Mir nicht leisen Blick,
Sondern heiße Küsse,
Ketten um's Genick!
Nicht die halben Lippen,
Sondern vollen Tausch,
Nicht des Bechers Nippen,
Sondern ganzen Rausch!
Röthlich angeglommen
Sei nicht Luftazur,
Eine Gluth verschwommen
Morgenroth und Flur!
Nicht ein knospend Ringen,
Sondern voller Flor,
Nicht vereinzelt Klingen,
Sondern voller Chor!
Nicht verzagte Blätter,
Sondern buntes Grün,
Wechselreich Geschmetter,
Durcheinanderblühn!
Rosen an dem Stocke
Meiner Lust soviel,
Daß sich mag die Flocke
Nehmen Ost zum Spiel.
Immer neu beflissen
Knospen aufzugehn,
Daß wir nicht vermissen,
Die wir sterben sehn.
Immer neu Gefieder,
Immer neuen Schall,
Tausendfache Lieder,
Gleich der Nachtigall!
Daß die Rose lauschen
Mag mit halbem Ohr,
Eins sie muß berauschen,
Wenn sie eins verlor.

61.

Die alten Helden kamen zu mir,
　　Und wollten von mir besungen sein.
Ich sprach: Es ist kein Platz euch hier,
　　Genommen hat mich Einer ein:
Der Held vom Anbeginn der Welt,
　　Nur seine Schatten waret ihr;
Der lichte Himmel ist sein Zelt,
　　Und Sonn' und Mond ist sein Panier.
Was kämpft um eine Spanne Raum
　　Ein Held in seiner Spanne Zeit?
Der ew'ge König, Liebestraum,
　　Nennt sein Gebiet Unendlichkeit.
Wie wenig ist, was Blutes floß
　　Um welke Kränz' im ehrnen Feld,
Vor allem, das sich still ergoß
　　Durch jedes Herz, das Liebe schwellt.
Nichts mag vollbringen Menschenhand,
　　Das werth zu rühren wär' ein Herz.
Die ernste That ist Kindertand,
　　Und göttlich nur ist Liebescherz.
Hier schläft Amur in stummer Lust,
　　Und hält im Traum die Welt im Gang,
Sein Wiegenthron der Liebsten Brust,
　　Sein Siegeswiegenlied mein Sang.

62.

Götter! keine froſtige
　　Ewigkeit!
Eine freudenmoſtige
　　Jugendzeit,
Eine nie ſich trübende
Liebeswonnen übende
　　Seligkeit!

Nicht mit Lorbeerblatte mir
   Lohn’, o Welt!
Bleib’, o Myrtenschatte, mir
   Still gesellt,
Bis mir auf’s vergessene
Grab einst der cypressene
   Schatte fällt.

63.

Liebste! Nein, nicht lustberauscht,
   Sondern ruhig nüchtern,
Hat sich Herz um Herz getauscht,
   Innig stark und schüchtern.
Keine wilde schwärmende
   Sinnesübermeistrung,
Eine milde wärmende
   Haltende Begeistrung.
Wie mein Dichten von Natur,
   Liebste! so mein Lieben.
Niemals trunken hab’ ich nur
   Auch ein Wort geschrieben.

64.

Ein weißes Blüthenglöckchen,
   Unschuld’ger Neubegier,
Am lebensfrohen Stöckchen,
   Sah ich dich stehn vor mir.
Und wieder um ein Weilchen
   Verwandelt sah ich dich,
Ein schwermuthvolles Veilchen,
   Voll Duft gesenkt in sich.
Und um ein Weilchen wieder
   Da blühtest du so voll,
Daß unter’m knappen Mieder
   Die Rosenfülle schwoll.

Und Nachtigallgekose
    Und Ostwinds Schmeichelei,
    Sie sagten, daß die Rose
    In dir erstanden sei.
Wer ist die, der's gelungen,
    Die wunderbare Macht,
    Die die Verwandelungen
    Des Frühlings still vollbracht?
Daß Veilchenschwermuthsbläue
    Erst aus Schneeglöckchenmuth,
    Und dann aus Veilchenscheue
    Wuchs Rosenliebesgluth?

65.

Der Frühling war im Hauch der Lüfte,
    Und in der Sonne mildem Schein;
    Doch mischten keine Blumendüfte
    Sich, keine Blumenfarben, drein.
Wohl an der heitern Himmelsbühne
    Stand lächelnd das verklärte Blau,
    Doch wollte nicht das frische Grüne
    Hervor sich wagen auf der Au.
Da wandelte, im grünen Schleier,
    Sie ihren Garten auf und ab;
    Was gibt er ihr zur Frühlingsfeier,
    Der ihr so oft sein Schönstes gab?
Er hat ihr heute nichts zu geben,
    Er ist so arm, es kränkt ihn still,
    Er kann den Frühling nicht erstreben,
    Den er ihr gerne opfern will.
Und hast du nichts ihr darzubringen,
    O schmachte nicht in eitlem Harm!
    Versuch' ihr selbst es abzuringen;
    Sie ist so reich, als du bist arm.
Da langt als ein verwegner Freier
    Ein übermüth'ger Rosendorn
    Nach der Gebietrin grünem Schleier,
    Und hält ihn fest in süßem Zorn.

Er segnet seines Glückes Loose,
  Zu prangen mit geborgtem Grün,
Und sieht erstaunt die Frühlingsrose
  Des Angesichts im Grünen blühn.

66.

Durch des Waldes Frühlingsstille
  Mit der Liebsten ging ich heut',
Anemon' und Pulsatille
  Standen rings am Weg' verstreut.
  Pulsatill' und Anemone
  Flochten wir zur Blumenkrone.

Anemon' und Pulsatille,
  Erster Frühlingstrieb der Trift,
Sind, Natur! so ist's dein Wille,
  Auch das erste Blumengift.
  Doch wir flochten uns zur Krone
  Pulsatill' und Anemone.

O wie schlug mein Herz so stille!
  Deine Blumen, o Natur,
Macht zum Gift allein der Wille,
  Spiel der Unschuld sind sie nur.
  Giftlos bleib' uns eure Krone,
  Pulsatill' und Anemone.

Rings der Wald, er war so stille,
  Frühlingsmattheit lud zur Ruh'.
Anemon' und Pulsatille,
  Halfet ihr nicht auch dazu?
  Wie betäubt uns eure Krone,
  Pulsatill' und Anemone!

Anemon' und Pulsatille,
  Ihr seid schuldlos auf der Trift.
Ach, ihr Auge nur, so stille,
  Und so tief, ist lauter Gift.
  Das vergiftet eure Krone,
  Pulsatill' und Anemone!

67.

Liebster! Auf dem leichten Pfühl
  Morgens beim Erwachen
Will ein eigenes Gefühl
  Oft mir bange machen.
Sonst so still im Busen hier,
  Jetzt so süß beklommen.
Wie verwandelt bin ich mir
  Heute vorgekommen!
Schwer mir fiel es auf den Sinn,
  Daß ich einst mein eigen,
Und nun eines Andern bin;
  Kann ich mir's verschweigen?
Vater, Mutter war mir lieb,
  Und der Bruder theuer.
O wie drängt' ein andrer Trieb
  Sich darein, ein neuer!
Ja, ich fühl' es, alles kann
  Dieser Trieb verdrängen.
Alles geb' ich auf, o Mann,
  Um an dir zu hängen.
Wenn du wirst in treue Brust
  Stets mein Herz nur schließen,
Kann es weiter kein Verlust
  Auf der Welt verdrießen.
Aber wenn du brichst den Eid,
  Den du mir geschworen,
Hab' ich meine Heiterkeit
  Und mich selbst verloren.

68.

Ich, des mütterlichen Stammes Ranke,
  Mein Bedürfniß war und meine Lust,
Daß ich oben leis' in Lüften schwanke,
  Und des festen Stamms mir blieb bewußt.

Flatternd so in lieblichem Behagen,
   Kam ich nahe dir, zuerst im Scherz;
Eh' ich dachte Wurzel da zu schlagen,
   Schlug ich meine Wurzel in dein Herz.
Eines nun von beiden muß ich missen,
   Meinen Stamm dort, diese Wurzeln hier?
Sieh, vom Stamm hab' ich mich losgerissen,
   Und mein Leben wurzelt nun in dir.
Eingefallen ist durch dich die Brücke
   Zwischen mir und meinem Kindheitstraum.
Ach zu neuen Schmerzen, neuem Glücke
   Aufgewacht, noch fühl' ich ganz mich kaum.
Nur dies Eine hab' ich ganz empfunden:
   Was gewesen, kehrt mir nie zurück,
Liebster! und in dir ist mir gefunden
   Leid auf ewig oder ewig Glück.

69.

Dieses Saitenspiel der Brust,
   Das du hast so reich besaitet, —
Fassen lehre mich die Lust,
   Himmel! daß du's mir bereitet.
Diese Seele, rein gestimmt,
   Himmelsnachhall in den Tiefen;
Jeder leise Ton verschwimmt,
   Als ob Engel Engel riefen.
Freilich ist das ein Gesang,
   Aber keiner durch die Kehle,
Sondern Liebesüberschwang
   Aus dem Himmel, aus der Seele.
Diesem schweigenden Gesang
   Müssen Mienen und Geberden,
Blicke, Lächeln, Worte, Gang,
   Dienend lauter Töne werden.
Mach', o feuchter Hauch der Welt,
   Diese Saiten nie erschlaffen!
Doch die Seele, die sie schwellt,
   Hat auch Kraft, sie neu zu straffen.

Ja du bist so hell gestimmt,
  Wie des Abendsternes Laute,
Dem vorbei die Wolke schwimmt,
  Wie der Gram an dir zerthaute.
Diese Harfe Gottes, die
  Dies mein Herz mit sich versöhnet,
Ihm mit ew'ger Melodie
  Liebe Liebe Liebe tönet!
Dieses Psalter, das allein
  Vorbild sei für Freimunds Leier,
Alle Welt zu laden ein
  Zu der ew'gen Liebesfeier!
Himmel! gib mir das zum Lohn,
  Daß mein Lieben, daß mein Singen
Nie müss' einen falschen Ton
  In die reinen Saiten bringen.

70.

Tausendmal für dich zu sterben,
  O Geliebter, scheint mir leicht,
Schaudre nicht vor allem herben,
  Das des Schicksals Kelch mir reicht.
Dir zu sterben, dir zu leben,
  Bin ich völlig gleich bereit,
Liebster! nur dich aufzugeben,
  Ist mir die Unmöglichkeit.
Wann ich auf dich geben müßte?
  O Gedanke, der verzehrt!
Dann, Geliebter, wenn ich wüßte
  Dieser Liebe dich nicht werth. —
Dieser Liebe werth zu heißen,
  O Geliebte, hoff' ich nicht;
Dieses Werths mich zu befleißen,
  Das ist meine Zuversicht.
Laß mich das Gefühl nie missen,
  Den du liebst, daß ich es bin.
Und mein Herz, der Welt entrissen,
  Folgt dir ganz zum Himmel hin.

Ja, ich müßte selbst mich haffen,
  Hört' ich auf zu lieben dich.
  Kann ich jemals dich verlaffen,
  Laffe Gott auf ewig mich.

71.

Was ist es, das mir Bürgschaft gibt,
  Dich werd' ich sicher faffen?
  Du hast wohl viele schon geliebt,
  Und wieder sie verlaffen. —
  Wohl hab' ich manche schon geliebt,
  Nicht fest konnt' es mich faffen.
  Doch das ist, was mir Bürgschaft gibt,
  Dich werd' ich nie verlaffen:
Das Auge, deffen Glanz zerstiebt,
  Die Wangen, die erblaffen,
  Hab' ich an andern sonst geliebt;
  Wie konnt' es fest mich faffen?
An dir hab' ich das Herz geliebt;
  Wie könnt' ich das verlaffen,
  Was ewig neue Kraft dir gibt,
  Mich ewig fest zu faffen?

72.

Herz! nimm dir vor nur, treu zu sein,
  Laß jegliches Gefühl zerstieben,
  Als das: Sie liebet dich allein,
  Wie solltest nicht allein sie lieben?
  Wer, dem man räumt den Himmel ein,
  Verließe wohl ihn unvertrieben?
  Und will man dich vertreiben? Nein.
  So sei denn ewig drin geblieben!

73.

„Wer ist sie denn, von der du singest,
  Die du mit solchem Glanz umringest,
  Und mir, die du die deine nennest,
  Entgegen zur Beschämung bringest?
  Ihr Zauberreiz hat dich gefesselt;
  Ich dachte, daß an mir du hingest.“ —
O du, an der ich liebend hange
  So fest als du mich selbst umschlingest!
  Sie, die dich eifersüchtig machet,
  Bist du, wie du aus mir entspringest;
  Nein du, wie du im Himmel warest,
  Eh' du zur Erd' hernieder gingest.
Sie ist der Stern, den zum Geleite
  Du auf des Lebens Bahn empfingest;
  Sie ist das Licht, mit dessen Strahlen
  Du liebedurstig dich durchdringest;
  Sie ist das Bild, dem gleich zu werden,
  Du aus dir selber aufwärts ringest.
Die hohe Schönheit, unter deren
  Joch du mich sanft durch deine zwingest;
  Die Liebe, die in meine Liebe
  Zu dir du ewig einbedingest;
  Die Krone, die herabzuholen
  Von dort, nach dort du mich beschwingest;
  Und staunst, wie, durch dich selbst verwandelt,
  Du schön des Dichters Mund entklingest.

74.

Wenn du fragst nach jenen Liedern,
  Die ich einer Todten sang,
  Könnt' ich, Liebste, dir erwiedern:
  Macht dir eine Todte bang?
Jene Lieder sind ein Rahmen,
  Drein zu fassen einen Schmerz,
  Dem ich wußte keinen Namen,
  Und den doch gefühlt mein Herz.

Ach, das Glück war nicht gestorben,
  Es war ungeboren mir;
  Und nun ist's in dir erworben,
  Ewig unverloren mir.

75.

Sie sprach: Ich bin dir nicht mehr gut!
  Sie sprach es mit Geberden,
  Daß ich es fühlt' in Mark und Blut,
  Sie sei mir gut und sei mir gut,
  Wie Niemand sonst auf Erden.

76.

Ich steig' in meiner Liebsten Gunst,
  Und komme dann wieder zu Falle;
  Wie weiß sie mit gewandter Kunst
  Zu spielen mit ihrem Balle!
Ich bin noch nie so hoch gestiegen,
  Ich mußte wieder hernieder,
  Doch sah sie auch nie so ferne mich liegen,
  Aufheben ging sie mich wieder.

77.

Die Liebste sprach: Du gefällst mir heut.
  Nun denkt ihr, wie mich das Wort gefreut!
  Ja, wüßt' ich's nicht besser als Alle!
Um morgen zu mißfallen ihr,
  Genügt ein Grund von allen ihr:
  Daß man ihr heute gefalle.

78.

Gestern sah ich Liebchen sitzen,
  Die an Spitzen
  Seiner Flügel Amorn hielt,
Der sich, ohne zu entschlupfen,
  Gern ließ rupfen,
  Bis der Fittig war entkielt.

Armer Vogel! wie betrogen!
Einst geflogen
Bist du frei durch Hain und Flur,
Und nun wirst du künftig flattern
Zwischen Gattern
Dieses Rosengartens nur.

79.

Bist eine Göttin,
Von Himmelshöh'n
Herabgestiegen,
Wie bist du schön!
Doch hegen Götter
Im Busen Groll?
Wie blickst du, Göttin,
So unhuldvoll!
Anbeten lassen
Sich Götter gern;
Was hältst du deinen
Anbeter fern?

80.

Sie lächle oder erbose,
Mein Lieb ist immer die Rose:
Wenn sie lächelt voll Zier,
Die hundertblätt'rige mir;
Wenn sie grollet, die Zornige,
Ist sie die hundertdornige:
Mein Lieb ist immer die Rose,
Sie lächle oder erbose.

81.

Dichterlieb' hat eignes Unglück stets betroffen,
Hohe Götter, lasset mich das Beste hoffen!
Anders nicht gewinnen konnt' Apoll die Daphne,
Bis ihn kränzte die in Lorbeer Umgeschaff'ne

Syrinx auch, eh' sie dem Waldgott Lieb' entböte,
Mußte werden erst zur siebentön'gen Flöte.
Götter! wandelt die mir nicht, die mir erklärt,
Daß sie Liebe unverwandelt mir gewährt.

82.

Meine Liebste will mit steter
    Treue mein sein ewiglich,
    Wann einmal die Barometer
    Steh'n auf unveränderlich.

83.

Die Welt ist kalt und rauh,
    Ihr Anhauch schnürt zusammen,
    Der Liebe Odem lau
    Schmelzt Seel' und Leib in Flammen.
Das Leben ist ein Krampf,
    Ein feindlich Widerstreben,
    Die Lieb' ist ohne Kampf,
    Ein sich auf Gnad' Ergeben.
So herb' ist widerstehn,
    So lieblich ist erliegen;
    Ich will an dir vergehn,
    Und mit der Welt nicht kriegen.

84.

Wann wirst du dich enthüllen
    Vor meinen Blicken ganz,
    Ergießen deine Füllen,
    Daß ich vergeh' im Glanz?
Gesuchte mir gefundne
    In tausendfacher Spur,
    Und wieder mir entschwundne,
    Wo birgst du mir dich nur?
Ich hab' im Sternenlichte
    Nach deinem Blick gefragt,
    Von Morgens Angesichte
    Hast du mich angetagt.

Ich hab' auf Rosenwangen
  Von dir gesehn den Strahl,
  Dein Lächeln aufgegangen
  Sah ich im Rosenthal.
Im schlanken Wuchs, im Gange,
  Hab' ich dich dort geahnt;
  Hier hat mich mit dem Klange
  Die Stimm' an dich gemahnt.
Ich dachte, daß du zeigen,
  Ein lichtgewobner Leib,
  Dich müssest mir, und eigen
  Mir sein als liebend Weib.
Doch immer, eh' die Glieder
  Des Duftes zur Gestalt
  Geworden, bist du wieder
  Mir in den Duft zerwallt.
Und immer, eh' die Schimmer
  Zum festen Strahlenbild
  Geronnen, bist du immer
  Zerflossen im Gefild.
Des Lenzes Morgenröthen
  Verkünden dich mir nah,
  Und Nachtigallenflöten
  Dich mir unsichtbar da.
Es lächeln's alle Rosen,
  Daß du den Freund geneckt,
  Und alle Lüfte kosen,
  Daß du dich ihm versteckt.
In welcher dieser Lauben,
  Wodurch die Ahnung rauscht,
  Verrathet's, o ihr Tauben,
  Wo sie verborgen lauscht.
Sie will aus den Tapeten,
  Die ihr der Lenz geliehn,
  Sie will hervor nicht treten,
  Und mich hinein nicht ziehn.

85.

Steig' hernieder, Frühlingsregen,
  Löse die Gefangenschaft
  Der Natur, die still entgegen
  Dir sich sehnt aus ihrer Haft.
Brich die starken Eisesketten,
  Die um uns der Winter schlug,
  Schwelle Ström' in ihren Betten,
  Und der Nymphe füll' den Krug.
Säusle milder, rausche stärker,
  Goldner! brich das eh'rne Schloß.
  Danae ist hier im Kerker;
  Steig' herab in ihren Schooß!

86.

Wiegen= Wiegen= Wiegenlieder!
  Wiegenlieder meinem Schmerz!
  Alle Qualen wachen wieder,
  Und zerfleischen mir das Herz.
Was du gestern mir gesungen,
  Lied! was nützt es heute mir?
  Heut, von neuem Weh durchdrungen,
  Fordr' ich neuen Trost von dir.
Zwar mich trösten deine Stimmen,
  Doch nur einen Augenblick,
  Wie sie in die Welt verschwimmen,
  Faßt mich neu mein Mißgeschick.
Wie dem unmuthvollen Kön'ge
  Saul die Wolk' ins Antlitz stieg,
  Alsobald die wundertön'ge
  Harfe Davids vor ihm schwieg.
Wie der letzte Klang verstummet,
  Wacht vom Schlummer auf die Qual.
  Tausendmal mir eingesummet,
  Mir erwacht sie tausendmal.

Ach, was frommen diese Lieder,
   Die so kurz und flüchtig sind?
Immer, daß es ende wieder,
   Fürcht' ich schon, wie eins beginnt.
Laßt ein großes mich beginnen,
   Einen ew'gen Zauberbann,
Der mir nicht dürf' eh'r zerrinnen,
   Bis mein Leben drin zerrann.

87.

Flügel! Flügel! um zu fliegen
   Ueber Berg und Thal.
Flügel, um mein Herz zu wiegen
   Auf des Morgens Strahl.
Flügel, über's Meer zu schweben,
   Mit dem Morgenroth.
Flügel, Flügel über's Leben,
   Ueber Grab und Tod.
Flügel, wie die Jugend hatte,
   Da sie mir entflog,
Flügel, wie des Glückes Schatte,
   Der mein Herz betrog.
Flügel, nachzufliehn den Tagen,
   Die vorüber sind,
Flügel, Freuden einzujagen,
   Die entflohn im Wind.
Flügel, gleich den Nachtigallen,
   Wann die Rosen fliehn,
Aus dem Land, wo Nebel wallen,
   Ihnen nachzuziehn.
Ach von dem Verbannungstrande,
   Wo kein Nachen winkt,
Flügel nach dem Heimathlande,
   Wo die Krone blinkt.
Freiheit, wie zum Schmetterlinge
   Raupenleben reift,
   Wann sich dehnt des Geistes Schwinge
Und die Hüll' entstreift.

Oft in stillen Mitternächten
　Fühl' ich mich empor
　Flügeln von des Traumes Mächten
　Zu dem Sternenthor.
Doch gewachsenes Gefieder
　In der Nächte Duft,
　Mir entträufeln seh' ich's wieder
　An des Morgens Luft.
Sonnenbrand den Fittig schmelzet,
　Ikar stürzt in's Meer,
　Und der Sinne Brausen wälzet
　Ueber'n Geist sich her.

88.

Ich wünsche, daß der Frühling komme
　Mit seinem Kranz;
　Gar nicht, als hoff' ich, daß mir fromme
　Sein Blüthenglanz.
Ich will an seiner Lust nur weiden
　Mein eignes Leiden;
　Sehn will ich, wie die Rose glüht,
　Die mir nicht blüht.

89.

Warum ich, Liebste, mich von dir geschieden?
　O frag' mich nicht!
　Warum mein Aug' hat dich zu sehn vermieden?
　O frag' mich nicht!
Wer fragt, warum ohn' Heimath, Gut und Habe
　Ein Bettler geht?
　Warum von dir ich ging am Wanderstabe,
　O frag' mich nicht!
Geliebte! ob in dieses Busens Räumen
　Dein Blick noch lebt,
　Ob ich dich reden hör' in allen Träumen,
　O frag' mich nicht!

Der Morgensonne hab' ich vom Geschicke
 Und dir erzählt?
  Was ich dem Mond vertraut mit feuchtem Blicke,
 O frag' mich nicht!
Die Sterne alle sprechen vom Entsagen;
 So laß mich denn
  Entsagen, und wie ich es werd' ertragen,
 O frag' mich nicht!
Geliebte! Wann wir wiedersehn uns werden?
 Mein äußres Aug',
  Es hofft nicht wieder dich zu sehn auf Erden,
 O frag' mich nicht!
Wann dieser Erdentrauer dunkle Stoffe
 Der Tod gelöst,
  Ob droben ich im Licht zu sehn dich hoffe,
 O frag' mich nicht!
Ja, hoff' ich dort die Augen aufzuschlagen
 Frei gegen dich,
  Zu geben Antwort allen deinen Fragen,
 O frag' mich nicht!

90.

Ich will die Fluren meiden
 Mit meinem trüben Gram.
  Daß nicht der Lenz muß scheiden,
  Wo ich zu nahe kam;
  Daß nicht der Quell zu springen,
  Zu blühn der Blume Herz,
  Die Nachtigall zu singen
  Vergißt ob meinem Schmerz.

91.

So freudelos, so wonnebloß
 Ward ich geboren zur Erden;
  So freudelos, so wonnebloß
  Werd' ich begraben werden.

So freudelos, so wonnebloß
　Ging betteln ich bei der Liebe,
So freudelos, so wonnebloß
　Abwies sie meine Triebe.

So freudelos, so wonnebloß
　Ist mir der Lenz erblichen,
So freudelos, so wonnebloß
　Herbst ohne Frucht entwichen.

So freudelos, so wonnebloß
　Hab' ich den Leuten gesungen,
So freudelos, so wonnebloß,
　Kein Dank ist mir entsprungen.

So freudelos, so wonnebloß
　Werd' ich begraben werden,
So freudelos, so wonnebloß,
　O deckt mich zu mit Erden!

92.

Das Band ich riß, die Kett' ich brach,
　Ich floh, und war schon über Berg und Hügel;
Da kam von dir ein Blick mir nach,
　Und um den Nacken warf er mir den Zügel.
Er brachte mich zurück zu dir;
　Du sprachest: Was entflohst du mir?
Und weißt doch, meine Boten haben Flügel.

93.

Da zur Ruhe Himmel, Erd' und Fluthen gingen,
　Ungestüm, was pochst du nur?
Schämest du dich nicht, die Störung, Herz, zu bringen
　In den Frieden der Natur!

94.

Auf Dauer eines Augenblickes
　Hat sich die Himmelsblüth' in ihrem Glanz gezeigt,
Vom Hauch der Welt und des Geschickes
　Rauh angerührt, sodann ihr zartes Haupt geneigt.

Der Wind, der sie zum Spiel erlesen,
  Hat ihren Staub verweht, vertilget ihre Spur;
Und reizend, wie sie ist gewesen,
  Blüht sie im Himmel und in meinen Träumen nur.

95.

Einst warest du mein Augenlicht,
  Und offen durft' ich lenken
Den Blick nach dir; ich that Verzicht,
  In Nacht will ich mich senken.
Dies Auge soll dein Angesicht
  Mit keinem Blick mehr kränken;
Doch diesem Herzen kann ich's nicht
  Verwehren, dein zu denken.

96.

Der Sehnsucht Ostwind hob den Schleier
  Von meiner Liebe Angesicht,
Und aufgethan in stiller Feier
  War mir des Paradieses Licht.
Ich flog hinan auf Luftgesieder,
  Sie nahm den Schleier wieder vor,
Und trostlos irrt die Sehnsucht wieder
  Nun um's geschlossne Himmelsthor.

97.

Auf den Promenaden sang
  Heut die Nachtigall:
Schöne Welt im Müßiggang,
  Hörst du meinen Schall?
Von der Stadt, vom Markte her,
  Dringet ein Gebraus;
Was ich singe, hört sich schwer
  Aus dem Lärm heraus.

Raſſeln die Karoſſen nicht
   Straßen aus und ein?
     Und die Wachtparade bricht
     Mit den Wirbeln drein.

Edle Herrn und edle Frau'n,
   Die ihr hier ſo zieht,
     Seht ihr auch die Frühlingsau'n,
     Hört ihr auch mein Lied?

Denkt ihr noch an einen Ball,
   Oder ſchon daran,
     Wo man nicht zu meinem Schall
     Poliſch tanzen kann?

Habt die neuſte Mod' ihr an,
   Die ihr zeigt der Welt?
     Oder hat's zuvor gethan
     Euch ein andrer Held?

Ließ euch eure Dam' im Stich
   An der Pharobank?
     Ihr ſeht drein ſo feierlich!
     Iſt die Fürſtin krank?

Spukt das neuſte Stadtgeſchwätz
   Noch in euerm Hirn?
     Oder Frankreichs Wahlgeſetz,
     Krauſt es euch die Stirn?

Laſ't ihr eben, liebe Herrn,
   Zeitungen vielleicht?
     Das genügt dem Abendſtern,
     Daß er gleich erbleicht.

Seid ihr etwa gar gelehrt?
   Oder halbweg nur?
     Hat die Zeitung euch verheert
     Der Literatur?

Nagt am Converſations=
   Lexikon ihr noch?
     Bin ich dieſes Lexikons
     Kein Artikel doch!

Laſet ihr am Morgenblatt
   Trocken euch und taub,

Daß für euch am Abend hat
   Reiz kein grünes Laub?
Speis'tet ihr Romane nicht
   Diesen Vormittag?
   Dieser Zauber macht zunicht
   Nachtigallenschlag.
Blanke Ritter, Geisterspuk,
   Hexen, zarte Frau'n,
   Ach das ist ein andrer Schmuck,
   Als was hier zu schau'n.
Gegen Nordlands Reckenmacht,
   Heklas Schwefeldampf,
   Kann ein Hauch der Frühlingsnacht
   Nicht bestehn den Kampf.
Und so tragt ihr euern Wust
   In dem Haupt herum,
   Und es ist die Frühlingsluft
   Euern Ohren stumm.
Und mich hört' die Ros' allein,
   Ach und die ist heut
   Von des Ostwinds Schmeichelein
   Leider auch zerstreut.

98.

O ihr Nachtgestirn' am blauen Himmelszelt,
   Die ihr wandelt, ohn' euch zu verirren!
Nur dem Menschen ist's gegeben, Gottes Welt
   Liebend, hassend, strebend zu verwirren.

99.

Ein Glück, das du gehabt, es wird dir nicht entrissen,
   Im Angedenken hältst du's fest;
Und was du nie gekannt, das wirst du nicht vermissen:
   So kommt's daß es sich leben läßt.

100.

Sie sprach: O weh! und nimmt dein Lieben ab?
  Ja, sprach ich, enden muß ein jedes Leben.
  Sie sprach: O Gott, und dieses geht zu Grab!
  Ja, sprach ich: um zum Himmel sich zu heben.
  Sie sprach: O Gott! daß man ein Glück uns gab,
  Und nimmt es wieder! was nun ist es eben?
  Ich sprach: Es ist das Wasser dort im Borne,
  Stets fließt es ab und hebt stets an von vorne.

101.

Und hast du nicht, was du mir schworst, vergessen in der Nacht?
  Und was ich schwor, vergaßest du nicht dessen in der Nacht? —
  Nicht ging das Licht der Liebe mir im nächt'gen Dunkel aus;
  Die Sonne losch, die Kerze wacht indessen in der Nacht.
  Mir ging dein süßes Angesicht verloren mit dem Tag;
  Doch hab' ich deiner Blicke Traum besessen in der Nacht.
  Mich führt ein Traum an einer Hand und an der andern du,
  Mit euch hab' ich des Himmels Raum durchmessen in der Nacht.
  Du lächeltest ein Paradies, es glommen von dem Strahl
  Auf meinen Wangen rosig an die Blässen in der Nacht.
  Du hauchtest eine Frühlingsluft, sie küßte, wie den Thau
  Von Knospen, mir vom Auge weg die Nässen in der Nacht.
  Drum, wann ich einst zu längerm Traum gegangen werde sein
  Hinunter in die schweigenden Cypressen in der Nacht;
  Wie deine Lieb' im kurzen Traum ich hier an's Herz gepreßt,
  Werd' ich an's Herz im längern dort sie pressen in der Nacht;
  Und weckst du mich mit Morgenroth, und fragst: vergaßest du?
  So lächl' ich: Freimund hat dich nicht vergessen in der Nacht.

Vierter Strauß.

Entfremdet.

1.

Ein Geliebtes leiden laffen,
   Stiller Neigung widerstehn;
Was an's Herz du möchtest faffen,
   Dem mit Froft in's Auge fehn!
O der Qual, die ich empfunden,
   Die ich dich empfinden ließ,
Als ich mich dem Band entwunden,
   Das den Himmel mir verhieß.

2.

Spät noch in duftender Nacht kam schleichenden Trittes die Liebe,
   Weilte mir athmend im Arm, bis fie verscheuchte der Hahn.
Sieh nun, in goldner Frühe die lächelnde Muse besucht mich,
   Merkt unschuldig es nicht, wer ihr gekommen zuvor.
Aber am Ende der Stunde beginnt es ihr deutlich zu werden,
   Weil ich solange von nichts sprech' als von Liebe mit ihr.

3.

Der Dichter sprach: In Alles tausendfach,
   Was die umgibt, die meine Seele liebt,
Möcht' ich mich wandeln können;

Daß außer mir und meiner süßen Gier
Ich nicht den Dingen, welche sie umringen,
An ihr müßt' Antheil gönnen;
Daß sie nichts säh' und hört' und in der Näh'
Nichts hätte, das nicht ich,
Nichts träte, rührte, noch mit Sinnen spürte,
Als mich, als mich, als mich!
Die Liebste spricht: Verwandlung braucht es nicht;
Dir sei verkündet, wie in mir sich zündet
Ein Licht von solchem Scheine,
Durch dessen Kraft und Zaubereigenschaft
Mir aus den Sinnen muß die Welt zerrinnen,
Und du nur bleibst alleine.
Was angehaucht in dieses Licht sich taucht,
Verwandelt sich um mich,
Daß ich in allen Dingen mich umwallen
Nur fühle dich, dich, dich!

4.

Als ich von dir, Geliebte! mußte wanken,
Ließ ich zurück die Hälfte der Gedanken,
Die kleinre Hälfte nahm ich nur mit mir,
Die mir's nun gar nicht danken,
Daß sie nicht sind bei dir.
Sie mahnen mich in jedem Augenblicke,
Daß ich nach dir doch einmal Boten schicke,
Dann will der Liebesbote jeder sein;
Und wenn ich nicht gleich nicke,
So gehen sie allein.
Sie gehn zu dir und bringen kleine Lieder;
Sind sie erst dort, so kommen sie nicht wieder,
Und von Gedanken wird das Haus mir leer;
Bald hab' ich nur noch Glieder,
Und kein Gedänkchen mehr.

5.

O mögen mir den Tag die Götter schenken,
  Wo ich im Stand dich zu vergessen bin!
  Wann aber wird mir solches Glücks Gewinn?
  Wo meine Arme deinen sich verschrenken.
Wo ich von dir geschieden bin, da lenken
  Sich ewig die Gedanken nach dir hin;
  Nur deine Gegenwart vermag den Sinn
  In selige Vergessenheit zu senken.
Weil ich denn kann aufhören, dich zu denken,
  Nur wenn ich unaufhörlich bei dir bin;
  O mögen mir das Loos die Götter schenken,
  Daß ich im Stand dich zu vergessen bin!

6.

Ich wollte, daß der Frieden,
  Der von mir ist entflogen,
  Bei dir wär' eingezogen,
  Und ewig wohnt auf deinen Augenliden!
  Dann wollt' ich ja zufrieden
  Durch diese Stürme wogen,
  Wär' all die Wonne, die mir ist entzogen,
  Vom Glücke dir beschieden!
  O du, die mir hinieden
  Das Theuerste, was unter'm Himmelsbogen!

7.

Gott selber muß nicht wissen all die Qualen,
  Die ich erduld' in diesen Schmerzensthalen,
  In dieser Jammerwüste;
  Weil, wenn er darum wüßte,
  Wie groß ist meine Noth,
  Sich mein erbarmend er mich lösen müßte
  Durch einen sanften Tod.

8.

Dort wo ich bei ihr saß,
  Im Hain, am stillen Quelle,
  Und an der kühlen Welle
  Den wilden Brand im Busen fast vergaß;
  Dort hätt' ich in das Gras,
  Zur Blume werdend, hin mich mögen senken,
  Vergessend all mein Dichten und mein Denken.
Daß sie mit ihrer Hand
  Mich hätte dürfen pflücken,
  Und sorglos an sich drücken,
  Mich bergend in das duftige Gewand,
  Und ich am Busenrand
  Gefühlt nicht hätte weitere Begierde,
  Als ihr zu dienen stumm zu einer Zierde.

9.

  Könnt' ich denken, daß du meiner
    Je nicht würdest mehr gedenken;
  Jede Stunde, wo ich deiner
    Denke, würd' es neu mich kränken.
  In Vergessen will ich senken
    Alle Stunden außer einer,
  Wo du mir verhießest, meiner
    Immer selbst alsdann zu denken,
  Wenn ich nicht mehr dächte deiner.

10.

Die Sonne deckt mit Gold die Hügel,
  Der Abend senkt sich auf's Gefild,
  Und zu des Waldbachs klarem Spiegel
  Kommt aus dem Busch hervor das Wild.
Es rauscht hervor aus dichtem Haine,
  Und blickt nach mir mit leckem Muth,
  Wo neben mir am grünen Raine
  Mein Feuerrohr und Hündchen ruht.

Wer hat, o Reh, dir das geheißen,
Daß heut der Schütze dich nicht schreckt?
Sei unverzagt! hier ruht das Eisen,
Das mörderisch euch niederstreckt.
Heut soll durch mich kein Leben sterben,
Das noch wie ich sich freuen kann,
Heut soll kein Blut die Hände färben,
Die bald mein Mädchen hier umfahn.
Was blickst du scheu nach jenen Büschen,
Und reckst den schlanken Hals empor?
Sie ist's! sie ist's! aus jenen Büschen
Schwebt meiner Liebe Bild hervor.
Nun geh', den Freund dir aufzufinden,
Mit ihm des Spieles dich zu freu'n;
Spielt ihr in Waldes düstern Gründen,
Wir spielen hier im Abendschein.

11.

Von des Morgenrothes Pfaden
    Bis zu Abendrothes Schein
    Ziehet sich ein langer Faden
    Meiner Schmerzen, meiner Pein.
    Wann die Nacht den Müden labet,
    Reißt der Faden doch nicht ab,
    Weil ihr Träume, nie mir gabet,
    Was das Wachen nie mir gab.
Denn so hart ist deren Härte,
    Die mir wachend lächelt kaum,
    Daß ihr Antlitz, das verklärte,
    Sie mir auch nicht zeigt im Traum.
    Hofft' ich dich im Grab zu finden,
    In der Nacht dein Angesicht,
    Wollt ich gern in Tod erblinden,
    Aber ach, ich hoff' es nicht.
Droben in des Lichtes Reichen
    Werd' ich dich als einen Stern
    Strahlend sehen ohne gleichen;
    Will ich nahn, so ziehst du fern.

Ja, nur schöner wirst du werden,
Schöner nur zu meinem Leid,
Daß du mich, wie jetzt auf Erden,
Quälest fort in Ewigkeit.

12.

Fänd' ich doch auf irb'scher Flur,
Fänd' ich doch die Liebe nur,
Die ich liebend denke,
Daß in sie der irre Geist,
Der sich wild durch Welten reißt,
Liebevoll versänke.
Oder nur ein theures Bild,
Das aus Himmelshöhen mild
Mir sich nieder neigte,
Auf den Pfad, von ihm erhellt,
Aufwärts aus der dunklen Welt
Meinen Flug mir zeigte!

13.

Umringt von bunten Schmetterlingen,
Seh' ich dich wie die Rose stehn;
Dir will sein Opfer jeder bringen,
Dich dankend jeder nicken sehn.
Du nimmst mit kaltem Wohlgefallen
Die langgewohnte Huldigung,
Und lächelst flüchtig ihnen allen,
Und glaubst sie all belohnt genung.
Wirst du in deinem bunten Schwarme
Wohl auch den frommen Freund gewahr,
Der ferne steht in stillem Harme,
Nicht zugesellt der leichten Schaar?
Er kann nicht buhlen, kann nicht kosen,
Sein Blick ist scheu, und stumm sein Wort;
Doch streift er auch zu andern Rosen
Nicht mit den bunten Flattrern fort.

Er kehrt, in deinen Glanz versenket,
    Die Blicke schüchtern nach dir hin,
Und dein entfernter Schimmer tränket
    Mit Leben und mit Sehnsucht ihn.

Du ziehest hoch in deinen Lüften
    Als eine Sonne glänzend fort,
Und achtest nicht, ob in den Klüften
    Ein Pflänzchen blühet oder dorrt.

Doch strömt mir nur aus deiner Höhe
    In's Herz herab dein golden Licht,
Beseliget von deiner Nähe,
    Verschmacht' ich wohl, doch klag' ich nicht.

14.

Dir liegt mein Herz und all mein Wesen
    In meinen Augen klar am Tag;
Laß endlich mich in deinen lesen,
    Was meine Liebe hoffen mag.

Kann dich ein treuer Schäfer rühren,
    Der weiter nichts als lebt und liebt,
Den Liebesfesseln schöner zieren
    Als Orden, die ein Kaiser gibt!

Der nur beglückend und beglücket
    In einem treuen Arm will ruhn;
So zeige mir's, und hochentzücket
    Will ich dir Sklavendienste thun.

Wie, oder liebst in meinen Blicken
    Du deiner Schönheit Widerschein,
Liebst du im flammenden Entzücken
    Nur deine Huldigung allein?

Laß ab mich durch den Schein zu täuschen,
    Verschwinden muß er doch zuletzt;
Doch später wird mein Herz zerfleischen
    Was jetzt es ritzend nur verletzt.

So laß mich fliehn und ruhig bleiben,
    Und treue Liebe suchen mir;
Du aber, um dein Spiel zu treiben,
    Such' einen andern Thoren dir.

15.

Ich seh' dein Bild vor mir entfalten,
  Es haucht sich spielend, wie der Wind,
  In hundert wechselnde Gestalten,
  Die alle gleich an Schönheit sind.
Ich sehe dich im Strahlenglanze,
  Und du gebeutst als Königin;
  Ich sehe dich im Veilchenkranze,
  Du fühlst und spielst als Schäferin.
Ich seh' auf der Begeistrung Flügel
  Dich schweben über Tod und Grab,
  Und dann dein Bild dem treuen Spiegel
  Mit langem Tändeln fragen ab.
Ich sehe dich als üpp'ge Hebe,
  Die frohen Göttern Nektar schenkt,
  Dann in der Schwermuth Florgewebe,
  Wie Psyche, wenn sie Amorn denkt.
Und wie du Weib und Göttin scheinest,
  Gebeutst du Huldigung und Scherz,
  Und wie du lachest oder weinest,
  So weint und lachet jedes Herz.
O sprich, aus welchen Himmelszonen
  Beströmt der Gaben Füllhorn dich,
  Daß, die sonst abgeschieden wohnen,
  In dir sich einen schwesterlich?
Von allen, was dein Knecht bewundert,
  O sprich, was ist am meisten dein?
  Wie, oder ist von allen hundert
  Dein eigen nichts, als nur ihr Schein?
So sprich, aus welchen Zauberhöhlen
  Dein Geist die Schmeidigkeit sich nimmt,
  Die zur Bestrickung armer Seelen
  In tausend Windungen sich krümmt?

16.

Siehst du wie die Vögelein
  Nun im schönen Maien
  Rings im warmen Sonnenschein
  Sich der Liebe freuen?
Fröhlich zwitschernd überall
  Schwingen sie die Flügel
  Durch das grüne Maienthal,
  Und zum grünen Hügel.
Suchen emsig weit und breit
  Gras und dürre Reischen,
  Bauen mit Geschäftigkeit
  Ihre kleinen Häuschen.
Mädel, trautes Mädel sprich,
  Wollen wir im Maien
  Wie die Vöglein, du und ich
  Auch der Lieb' uns freuen?
Sieh zu jenem Platze dort,
  Siehst du in der Mitte
  Lang gefällt und ausgedorrt
  Stämme zu der Hütte!
Mädel, trautes Mädel sprich,
  Soll ich sie behauen
  Und daraus für dich und mich
  Auch ein Nestchen bauen?

17.

Gestern sah ich noch gefangen
  Dich als goldnes Püppchen hangen,
  Schlummernd in dem engen Haus.
Hat die Hülle sich gespaltet?
  Sich der Schmetterling entfaltet?
  Froh und frei und unbefangen
  Tanzt er in die Flur hinaus.

Schönes Sylphchen, dich zu haschen,
Spannen ihre seidnen Maschen
Liebesgötter lüstern schon;
Aber du, um Blumen fliegend,
Oder dich in Lüften wiegend,
Jetzt noch bist du mit den raschen
Windungen dem Netz entflohn.
Daß kein Roher dich ergreife,
Unzart dir vom Fittich streife
Deinen überzarten Duft!
Macht, ihr guten Liebesgötter,
Weich wie eure Myrtenblätter,
Macht die Hand, die sie ergreife,
Weich wie Sommerabendluft!

18.

Wenn ich durch die Fluren schweife,
Jene suchend her und hin,
Die mich schlug in goldne Reife,
Der ich ganz zu eigen bin:
Welch ein Wünschen, welch ein Wähnen
Hebt die Seele trunken auf;
In die Wolken trägt das Sehnen,
In die Himmel mich hinauf.
Mit dem Vogel möcht' ich fliegen,
Auf den Sternen möcht' ich stehn,
Mich auf Windesfittig wiegen,
Brausend über Wipfel gehn!
Bis ich komme zu dem Oertchen,
Wo aus Büschen tief heraus
Mit dem beigelehnten Pförtchen,
Winkt Ihr kleines Hüttenhaus.
Schnell verflogen, schnell zergangen
Sind die Wünsche groß und klein,
Und die Sehnsucht kehrt gefangen
Still in's stille Hüttchen ein.

19.

Deutschland in Europas Mitte,
    Und in Deutschlands Mitte Franken,
    In des schönen Frankenlandes
    Mitte liegt ein schöner Grund.
In des schönen Grundes Mitte
    Liegt ein schöner schöner Garten;
    In des schönen Gartens Mitte
    Liegt der Allerschönsten Haus.
Fragt ihr noch, warum ich immer
    Mich um dieses Häuschen drehe,
    Als um meines Vaterlandes
    Allerschönsten Mittelpunkt?

20.

Stets und immer, dort und da,
    Hüter spät und früh!
Wo man's Mädel gehen sah,
Warst auch du, ihr Hüter, nah,
Hüter, unbeweglich
    Hütetest du sie.
Heut zur guten Stund' einmal,
    Hüter spät und früh!
Da ich komm' herab ins Thal,
Hier zu suchen meine Qual,
Hüter unerträglich,
    Heut nicht hüte sie.
Morgen oder dann und wann,
    Hüter spät und früh!
Wann ich selbst nicht kommen kann,
Wann die andern kommen; dann,
Hüter, wo dir's möglich,
    Hüte zwiefach sie.

21.

Sproßte doch für jeden Kuß,
  Den dir raubt ein Geckchen,
Gleich der Sünde auf den Fuß,
  Dir ein Sommerfleckchen.
Weil die Mädchen eitel sind,
  Und die Fleckchen hassen;
Würdest du, mein schönes Kind,
  Fein das Küssen lassen.

22.

Scheuche doch mit deinem Pfeile,
  Scheuch' in Eile,
Sonne, mein geliebtes Kind,
  Daß sie flüchte in die Frische
  Dieser Büsche,
Wo die schönen Schatten sind.
Wenn wir dann zusammenruhend,
  Freundlich thuend,
Lauschen in der Waldesnacht;
  Sollst du durch den Busch mit Neide,
  Auf die Freude
Blicken, die du mir gebracht.

23.

Gehe zum Raine,
  Siehe die Blümlein,
  Laß sie dir sagen,
  Wie lieblich du blühst.
Gehe zum Haine,
  Höre die Vöglein,
  Laß sie dir klagen,
  Wie spröde du thust.

24.

Wärst du wie die Felsenklippe,
Die den Klagen meiner Lippe
Gibt zurück ein leises Ach!
Doch von deinem schönen Munde
Tönte nie bis diese Stunde
Mir der kleinste Seufzer nach.

25.

Hüttelein,
Still und klein,
Blinke sanft im Sternenschein.
Weißt du auch, was du verschließest?
Wenn du dir es stehlen ließest,
Könnt' ich nimmer gut dir sein.
Hüttelein,
Schließ dich fein,
Laß mir keinen Dieb hinein.

Hüttelein,
Still und klein,
Sprich, was meint dein Mägdelein?
Ob es hundert auch begehrten,
Kann's ja doch nur Einem werden;
Ach wer soll der Eine sein?
Hüttelein,
Schließ dich fein;
Kann ich nicht der Eine sein?

Hüttelein,
Still und klein,
Droben ist ihr Kämmerlein;
Wo sie ruht in süßem Schlummer,
Ferne von ihr Leid und Kummer!
Wieg' in sanften Traum sie ein.
Hüttelein,
Schließ dich fein,
Schlössest du doch mich auch ein.

26.

Hier bring' ich dir ein Blümchen,
  Das dein zu sein sich sehnt;
  Dir brachen's meine Hände,
  Doch haben sie's gebrochen
  Aus deines eignen Gartens
  Geschmücktem Ueberfluß.
Hier bring' ich dir ein Liedchen,
  Das dir sich opfern will;
  Dir sangen's meine Musen,
  Doch haben sie's gesogen
  Aus deines eignen Blickes
  Beseligendem Thau.
Was könnt' ich dir auch geben
  Und bieten zum Geschenk?
  Was könnt' ich dir auch geben,
  Das ich mir nicht genommen
  Aus deines Götterreiches
  Unendlichem Bezirk?

27.

Von zwei schönen Schwesterrosen
  Welche mir im Herzen steht?
  Da ihr mich mit leichtem Kosen
  Zwischen beiden flattern seht?
Forscht und späht ihr auszufinden?
  Spähet nur mit allem Fleiß!
  Schwerlich werdet ihr ergründen,
  Was ich selber fast nicht weiß.

28.

Nicht täglich darf ich es wohl wagen,
  Zu meinen Schwesterlein zu gehn;
  Was würden auch die Leute sagen,
  Wenn sie mich täglich kommen sähn?

So muß nach jedem Tag der Freuden
   Sich einen langen Trauertag
Mein Herzchen an Erinnrung weiden,
   Was es dazu auch sagen mag.
Doch daß es still sein Schicksal trage
   Hilft ihm der Himmel mitleidsvoll,
Und macht zu einem Regentage
   Den Tag, wo ich nicht gehen soll.
Ist dann der Freudentag gekehret,
   Schnell kehret auch der Sonnenschein,
Und führt von Lieb' und Lust verkläret,
   Mich nieder zu den Schwesterlein.

29.

Scherzend schöne lange Wochen,
   Spielt', o Amor, ich mit dir;
Doch nun hast du dich gerochen,
   Und nun spielest du mit mir;
Lässest durch zwei schöne Hände,
   Die das Spielchen wohlverstehn,
Mich wie einen Ball behende
   Wechselnd hin und wieder gehn.
Wie die hier mich aufgefangen,
   Harrt des Wurfes jene dort,
Kaum dort kann ich angelangen,
   Und schon wieder flieg' ich fort;
Flieg' und flieg' in ew'gem Bogen,
   Hiehin jetzt und dorthin jetzt,
Wechselsweise angezogen,
   Wie's der Mädchen Sinn ergetzt.
Sagt, wie lange wollt ihr's treiben?
   Sagt, zuletzt in welcher Hand
Soll ich armes Bällchen bleiben,
   Rastend von dem Unbestand?
Oder wann die Händ' ermüden,
   Wollt ihr gleich den Kindern thun?
Soll ich armer Ball in Frieden
   Dann wohl gar am Boden ruhn?

30.

Hier wo vom kühlen Schleier
   Des Ahorns überwebt,
Am grünumschilften Weiher
   Die Moosbank sich erhebt;
Wo aus des Weihers Spiegel
   Der Abendhimmel glüht,
Und still der Eichenhügel
   Aus Duft herüber sieht;
Hier sitz' ich und es wanken
   In Zephyrs leisem Wehn
Um mich die Blüthenranken
   Mit flüsterndem Getön.
O Schätzchen, dem verlangend
   Mein Herz entgegen schlägt,
O sieh, wie traut umfangend
   Mich dieses Oertchen hegt.
O komm, geliebtes Schätzchen,
   Und ruhe du bei mir,
So ist das schönste Plätzchen
   Des schönen Gartens hier.

31.

Schön bist du,
   Das weißt du
   Nur leider zu sehr;
   O wüßtest
   Du's minder,
   So wär'st du es mehr.
Schön bist du,
   Das läßt du
   Wohl leider uns sehn;
   O ließest
   Du's minder,
   Das ließe dir schön.

Schön bist du,
  Das glaubst du
  Mir leider zu leicht.
  O glaubtest
  Du's minder,
  So glaubt' ich's vielleicht.

32.

Schön bist du, doch der Schönen Braut,
  Wie dir so laut die Schmeichler sagten,
  Das wärest du, wenn nicht so laut
  Die Schmeichler dir's zu sagen wagten.

33.

Schön bist du, o Mädchen,
  Es sei dir geklagt,
  Daß dir es dein Spiegel
  Zu oft schon gesagt,
Weil dir es dein Spiegel
  Zu oft schon gesagt,
  Hat nie es mein Mund dir
  Zu sagen gewagt.
Nie hat es mein Mund dir
  Zu sagen gewagt,
  O Mädchen, wie um dich
  Mein Busen verzagt.
Wie um dich, o Mädchen,
  Mein Busen verzagt,
  O Mädchen, schön bist du,
  Es sei dir geklagt.

34.

Schön bist du,
  Und dazu —
  Muß das sein beisammen? —
  Bist du eitel auch.

Kann denn nicht
    Euer Licht,
    Süße Liebesflammen,
    Brennen ohne Rauch?

35.

Schön bist du, allein
    Noch bist du nicht mein;
    O küß mich,
    So sollst du
    Die schönste mir sein.

36.

O Nelke, die noch gestern
    Im Kreise schöner Schwestern,
    Gepflegt von Gärtners Hand,
    Als stille Knospe stand!
Schon aus der Knospe brachen
    Die Schimmer und versprachen,
    Es werd' aus dir entblühn
    Des Gartens Königin.
Du konntest kaum erwarten
    Zu prangen in dem Garten,
    Und drängtest dich mit Macht
    Hervor in Einer Nacht,
Da borst die zarte Hülle
    Von deines Stolzes Fülle;
    O Blumenkönigin,
    Dein Diadem ist hin.
Denn wenn nicht noch von Baste
    Ein Bändchen dich umfaßte,
    So hing dein stolzes Laub
    Herab in niedern Staub.
Was willst du nun bei Schwestern,
    Die deinem Stolze lästern?
    O schätze dich beglückt,
    Daß ich dich abgepflückt.

Und laß zu stillem Zeichen
  Dich jenem Kinde reichen,
  Dem eitles Stutzerlob
  Zu früh den Busen hob.
Ich selbst darf es nicht wagen,
  Ihr, was ich weiß, zu sagen;
  Belehrtes Blümchen du,
  O flüstre du's ihr zu!

37.

Es locket ein Spätzchen
  Sein flattriges Schätzchen,
  Mit Girren und Kirren
  Und Schwirren zu sich;
  Und wenn er's nicht locket,
  Und wenn sich's verstocket,
  So denket das Spätzchen:
  Sie ist nicht für dich!
Es locket ein Bübchen
  Sein schelmisches Liebchen,
  Mit Sagen und Fragen
  Und Klagen zu sich;
  Und wenn sie's nicht achtet,
  Und sieht, wie er schmachtet,
  So denket das Bübchen:
  Sie ist nicht für mich!

38.

Schmachtend vor Liebe
  Heute zu sterben,
  Heute vor Liebe
  Gleich zu verderben,
  Hab' ich nicht Muth
  In Adern und Blut.

Aber vor Liebe
Ewig zu Leben,
Ewiges Leben
Durch Liebe zu geben,
Hab' ich wohl Gluth
In Adern und Blut.

39.

Sie hat nicht Lust mich freizulassen,
 Noch Lust auch mich an's Herz zu fassen.
Dem Vogel gleich im Vogelbauer,
 Der Tag und Nacht von Liebe singt,
 Der, ob's ihr nicht zu Herzen bringt,
 Sie doch ergetzt mit seiner Trauer,
 Weil oft neugierig ein Beschauer
 Seintwegen stehn bleibt auf den Gassen;
 Hat sie nicht Lust mich freizulassen.
Dem Spiegel gleich, in dessen Glanze
 Sie ihre Reize gern beschaut,
 Der ihr muß sagen oft und laut,
 Unübertrefflich sei das Ganze;
 Doch wenn sie eben geht zum Tanze,
 Legt sie den Spiegel weg gelassen,
 Hat Lust nicht ihn an's Herz zu fassen.
Gleich einem Stückchen Putz, das eben
 Nachlässig aus der Hand ihr fällt,
 Wenn sie des Vorraths Musterung hält;
 Sie ist zu stolz es aufzuheben,
 Zu geizig doch es wegzugeben;
 So hat sie mich an's Herz zu fassen
 Nicht Lust, noch Lust mich freizulassen.

40.

Was singt ihr und sagt ihr mir, Vögelein,
 Von Liebe?
Was klingt ihr und klagt ihr in's Herz mir hinein
 Von Liebe?

Ihr habt mir gesagt und gesungen genug,
Ich hab' euch gehört und verstanden genug
Von Liebe,
Von Liebe, von Liebe.
O singt nun, o sagt nun dem Mägdelein
Von Liebe!
O klingt nun, o klagt nun in's Herz ihr hinein
Von Liebe!
Und wenn ihr des Mägdeleins Herz mir ersingt,
Dann ewig, o Vögelein, sagt mir und singt
Von Liebe,
Von Liebe, von Liebe!

41.

Am Rhein und am Main und am Neckar ist's schön,
Da hab' ich manch herrliches Oertchen gesehn;
Da hab' ich gesehen in Dörfchen und Städtchen
Manch reizendes Weibchen, manch reizendes Mädchen.
Nun laß ich den Neckar, den Rhein und den Main,
Ihr rauschenden Flüsse, euch laß ich nun sein;
Am friedlichsten Flüßchen, im traulichsten Gründchen
Hält itzt mich gefangen ein niedliches Kindchen.
Ein niedliches Kindchen, wie's keines mehr gibt,
Und wenn es nur wahr ist, und wenn sie mich liebt;
So sucht nur im heiligen römischen Reiche
Den glücklichen Mann, der an Glücke mir gleiche.

42.

Lang nun schon ist auf der Flur
Von den Blümlein keine Spur,
Denn der Herbst ist kalt und naß;
Lang schon ist von meinem Glück
Keine Spur in deinem Blick,
Denn du zürnst ohn' Unterlaß.

Dennoch, wie auch trüb der Tag,
Trüb dein Auge scheinen mag,
Muß ich heut nach Blumen gehn;
Denn, wie es sich eben trifft,
Seh' ich hier mit rother Schrift
Elsbeth im Kalender stehn.
All die andre Blumenschaar,
Unbeständig ganz und gar,
Dauert nicht in böser Zeit;
Wintergrün, das edle Kraut,
Dem es nicht vor'm Winter graut,
Das ist die Beständigkeit.
Wintergrün, so pflück' ich dich;
Geh' zu meinem Kind und sprich:
Wintergrün verwintert nicht;
Immergrün ist immer treu,
Kalter Winter macht's nicht scheu,
Und dein kalter Sinn auch nicht.
Traurig grün ist's jetzt und grau,
Aber Blüthen hell und blau
Treibt es um die Fastnacht einst.
Dann vielleicht aus blauem Aug
Gibst du hellen Blick mir auch,
Wenn du neu beim Tanz erscheinst.

43.

Sei bescheiden, nimm fürliebe,
Was zu geben ihr beliebt.
Gib dich immer ganz in Liebe,
Wenn sie auch nicht ganz sich gibt;
Wie die Blum' im Wiesenthale
An der Sonne sich erquickt,
Wenn auch sie nicht alle Strahle
Nur nach Einer Blume schickt.
Ihr ist reiche Macht gegeben,
Hohe Sonneneigenschaft,
Daß sie junges frisches Leben
In erstorbnen Busen schafft.

Ach, daß sie die Macht nur hegte,
Zu ertheilen auch den Tod,
Daß nicht stets der Wunsch sich regte,
Stets die Sehnsucht bliebe roth!
Dich an einem Blick zu sonnen,
Ist dir's nicht zum Leben gnug?
Willst du, Herz, die vollen Bronnen
Leeren gar auf Einen Zug?
Sitze doch beim Liebesmahle
Still an angewiesner Statt;
Bleib', o Durst, bei deiner Schaale,
Hunger, Hunger, werde satt!

44.

Sie. Eia, wie flattert der Kranz,
    Trauter, komm mit mir zum Tanz!
    Wollen uns schwingen,
    Rasch uns erspringen,
    Mitten im wonnigen Glanz,
    Trauter, komm mit mir zum Tanz!

Er. Wehe! wie pocht mir das Herz,
    Sage, was soll mir der Scherz!
    Laß dich umschließen,
    Laß mich zerfließen,
    Ruhend in seligem Schmerz;
    Sage, was soll mir der Scherz!

Sie. Eia, der Walzer erklingt,
    Pärchen an Pärchen sich schwingt,
    Mädchen und Bübchen,
    Schelmchen und Liebchen;
    Frisch, wo's am dichtesten springt,
    Pärchen an Pärchen sich schwingt!

Er. Wehe, mir sinket der Arm,
    Mitten im jauchzenden Schwarm,
    Wie sie dich fassen,
    Muß ich erblassen,
    Möchte vergehen in Harm
    Mitten im jauchzenden Schwarm.

Sie. Eia, wie flattert der Kranz,
　　　 Heute für alle im Tanz,
　　　 Flatterig heute,
　　　 Morgen gescheute,
　　　 Morgen, o Trauter, dein ganz,
　　　 Heute für alle im Tanz!

45.

Die Mühle wogt wohl Tag und Nacht,
　　Sie wogt in nichts als Liebe;
Lieb' hat die Räder in Schwung gefacht,
　　Die Lieb' ist ihr Getriebe;
Und in der Mühle die Müllerin,
Die Müllerin hat meinen Sinn
　　Bestrickt mit Liebesbanden.
O wenn ich doch das Rädlein wär,
　　So wollt' ich Lieb' ihr sausen;
Und wär' ich der Mühlbach unterher,
　　So wollt' ich Lieb' ihr brausen.
Und wär' ich im Wasser der Wassermann,
Mit starkem Arm faßt' ich sie an,
　　Und zög' sie in mich hinunter.
Dort droben blinket ihr Kämmerlein,
　　Das stille Lämpchen zittert,
Die Fledermaus umkreiset den Schein,
　　Mir ist der Laden vergittert.
Erschwinge dich, mein stiller Gedank,
Und schau' dich gesund, und schau' dich krank,
　　Schau', wie sie lächelnd entschlummert.
O küss' ihr sanft das Lächeln vom Mund
　　Mit deinen heißen Küssen,
Und flüster' ihr tief in den Herzensgrund,
　　Was sie denn doch muß wissen,
Daß mir's im Herzen ist voll und warm,
Und wenn ich nicht ruh' in der Müllerin Arm,
　　So ruh' ich in ihren Wassern.

46.

Komm, sprach das Mädchen, setze dich,
    Und nimm mich in die Lehre,
Verhöre deine Schülerin,
    Da hast du die Grammäre.
Gut, sprach ich, liebe Schülerin,
    Allein mir fehlt ein Rüthchen;
Wenn du den Lehrer zornig machst,
    Wie kühlt er sich das Müthchen?
Er soll, sprach sie, für jedes Wort
    Mich an dem Näschen zupfen,
Und wenn er härter strafen will,
    Mich an dem Härchen rupfen.
Wie? sprach ich, sollen für den Mund
    Die armen Härchen büßen?
Für jedes Wort, das du nicht weißt,
    Sollst du mich einmal küssen.
Sie lächelt', und ihr Lächeln schien
    Nicht ja, nicht nein zu sagen;
Ich aber ließ das Lächeln sein,
    Und hub sie an zu fragen.
Und alle Wörtchen fragt' ich sie,
    Die mir die schwersten schienen;
Allein verloren war die Müh,
    Und nichts war zu verdienen.
Es war alsob ein böser Geist
    Ihr jedes Wörtchen sagte,
Denn gleich war ihre Antwort da,
    Noch eh' ich recht sie fragte.
Bis endlich Amor meiner sich
    Erbarmt', und ich erstaunte,
Als er drei leichte Wörtchen nur
    Mir in die Ohren raunte.
Ich frug: Was heißt? Ich liebe dich!
    Das wollte sie nicht wissen,
Da mußte sie mir jedes Wort
    Mit einem Kusse büßen.

47.

Vier und zwanzig Mädchenbeine
　　In dem schönsten Mondenscheine
　　Durch einander hergeschlagen
　　Auf dem schlechtsten Leiterwagen.
Bei den Beinen Händ' und Arme,
　　Und der ganze Leib, der warme,
　　Doch an Beinen lag das Ganze,
　　Denn sie kamen von dem Tanze.
Und die vier und zwanzig Lippchen
　　Von den zwölf getanzten Püppchen
　　Hatten weiter nichts zu sagen,
　　Als den Beinen nachzufragen.
Sind das meine? sind das deine?
　　Meine? deine? deine? meine?
　　Meine haben sich verkrochen;
　　Meine scheinen abgebrochen.
Und ein Stummer saß dazwischen,
　　Ließ kein Wörtchen sich entwischen;
　　War bei'm Mond nicht viel zu sehen,
　　Aber alles zu verstehen.
Und er dacht' in dummen Sinnen:
　　Gibt vielleicht was zu gewinnen;
　　Wenn der Haufen abgestiegen,
　　Bleibt vielleicht ein Beinchen liegen.
Willst es in die Taschen packen,
　　Tragen heim im Busenlacken,
　　Und mit zierlichen Grimassen
　　In der Still' es tanzen lassen.
Aber als sie abgestiegen,
　　Blieb nun doch kein Beinchen liegen;
　　Jedes Kindchen nahm die seinen,
　　Ließen mir nichts als die meinen.
Hier ist nun nichts mitzunehmen,
　　Und du magst dich nur bequemen,
　　Auf den zweien, die dir eigen,
　　Hübsch allein nach Haus zu steigen.

48.

Wie war sonst der Wald mir so lieb,
Und die Büsche so traulich mir,
Waldesschatten mein liebstes Ziel,
Ach, ich liebte nur Sie, nur Sie!
Wie ist jetzt der Wald mir so düster,
Waldesschatten mir so trübe,
Mir verhaßt das Waldgebüsche;
Denn im Walde wohnt der Schütze.
Denn der Schütze wohnt im Walde,
Der das Reh mir abgefangen,
Das ich selbst zu fangen dachte;
Soll ich drum den Wald nicht hassen?
Jäger, welche Jägersprüche,
Welche Jägerzauberstücke
Brauchtest du, daß so in Güte
Dir mein Reh hat folgen müssen?
Schläfer seid ihr, Liebesgötter,
Und ein Spielwerk euer Köcher;
Nichts ist Amor, euer König,
Und wer ihm vertraut, ist thöricht.
Denn vertrauet hab' ich ihm,
Und er hat für mich gezielt,
Ihr habt auch gezielt für mich;
Doch ein Schütz kann mehr als ihr.
Seht den Glückesjäger ziehen,
Mit der Braut zieht er von hinnen;
Jetzt durchsonnt den Wald die Liebe,
Und um mich ist Wolkenhimmel.
Tretet, Rehe, aus den Büschen,
Eure Königin zu grüßen;
Schmücke dich mit neuen Blüthen,
Rasen, den ihr Fuß nicht drücket!
Jäger, Jäger, böser Jäger,
Pflanze nur die höchsten Stämme,
Ziehe nur des Buschgehäges
Sicherste geheimste Fächer

Um die Hütte, wo du sie
    Künftig dir verwahren willst;
    Durch die Wahrung, noch so dicht,
    Findet sie vielleicht ein Dieb.
Einen Vogel will ich lehren,
    Der sich ihr auf's Dach soll setzen,
    Der ihr einen Namen nenne,
    Daß sie mich nicht gar vergesse.
Einst am Abend, wann die Wolken
    Mit Erinnrung sich vergolden,
    Sitzet sie vor ihrem Hofe,
    Einen Knaben auf dem Schooße.
Wie es reg im Busche wird,
    Sieht sie auf, sieht und erschrickt;
    Denn es ist mein Schattenbild,
    Das ihr draus entgegen tritt.
Einen Blick wend' ich auf Sie,
    Einen zweiten auf ihr Kind,
    Dann zum Busche wend' ich mich
    Ab von ihr, und kehre nie.

49.

Hatt' ich ihr soviel gegeben,
    Sprach zu ihr zuletzt:
    Kannst mir, mein geliebtes Leben,
    Auch was schenken jetzt.
Kaufte sie mir eine Messe,
    Recht ein köstliches Geschmeide,
    Eine fingerlange Tresse,
    Golden oder Seide?
Sagt mir, was in aller Welt
    Soll ich mit dem Schnürchen machen?
    Kostet wohl ein rechtes Geld!
    Ist's zum Weinen oder Lachen?
Eins zu machen wußt' ich nur,
    Mir das Ding um Hals zu bosseln,
    Und mit der geliebten Schnur
    Kurz und gut mich zu erdrosseln.

Wie ich's um den Nagel schlang,
  War es doch zum Strick zu schwach,
Riß, und ich der Länge lang
  Stürzte hin mit einem Krach.
Welch ein Fleck im Fall ich traf,
  Weiß ich nicht, doch auferstanden
War ich wie aus tiefem Schlaf,
  Oder wie aus Todesbanden.
Ward die Lieb' auch nicht erhenkt,
  Nun so brach sie das Genicke;
Sei sie denn in's Grab gesenkt
  Hier an dem geliebten Stricke.

50.

Die schöne Sommerzeit ist hin,
  Der Winter ist nun da;
Wir müssen aus dem Garten fliehn,
  Der uns so fröhlich sah.
Der Busch ist kahl und abgelaubt,
  Der uns im Schatten barg;
Der alte kalte Nordwind schnaubt,
  Und macht es gar zu arg.
O Mädchen; komm, so weichen wir
  Und räumen ihm das Feld;
Ist nicht, o süßes Mägdlein, dir
  Ein Hüttelein bestellt?
Und bleibt mir fortan immer nur
  Das Hüttlein aufgethan;
So klag' ich nicht die öde Flur,
  Und nicht den Winter an.

51.

Du bist ein edles Ringelein,
  O Ringelein von Gold.
  Steck' ich dich ihr an's Fingerlein;
Um's Fingerlein von Elfenbein
  Ich selbst gern ringeln mich wollt.

Nun hüte du mir das Fingerlein,
  O Ringelein von Gold,
  Hüt' mir sammt Fingerlein 's Händelein,
  Hüt' mir sammt Händelein 's Mägdelein,
  So bleib' ich dir lieb und hold.
Und hütst du mir nicht das Fingerlein,
  O Ringelein von Gold,
  Mir nicht sammt Fingerlein 's Händelein,
  Mir nicht sammt Händelein 's Mägdelein;
  Von Blech du mir werden sollt!

52.

Es walten mancherlei Gebrechen,
  O Liebchen, zwischen dir und mir;
  Du spielst die spröde, ich den frechen,
  Und statt zu küssen, zanken wir:
  Ich habe dir was vorzuschlagen,
  Laß sehn, ob dir es wird behagen.
Laß uns das Band von freien Stücken
  Zertrennen, das ja doch nicht hält,
  Zum Abschied uns die Hände drücken,
  Und gehn wohin es uns gefällt;
  Wir wollen es mit andern wagen,
  Wie wir mit ihnen uns behagen.
Und sind dann viele viele Stunden,
  Und ist ein Monat dann vorbei,
  Und haben wir vielleicht gefunden,
  Daß es uns nirgend besser sei;
  Dann wollen wir uns wieder fragen,
  Ob wir einander eh'r behagen.

53.

O wenn ich doch nur rede könnt
  Gut fränkisch, wie mei Mädle,
  Daß sie besser mich verständ
  Des Nachts am Fensterlädle,

Red' ich noch so schöne Sachen,
 Fängt sie halt hell an zu lachen,
  Sagt: Sei still, i bitt,
  Ich versteh di ja nit.
Und wenn ich nur e Wämsle hätt,
 Und so e fränkisch Jäckle,
  Daß sie mich herzhaft drücke thät
  Beim Tanz an's Busefleckle.
 Dünk' ich mich gleich recht geputzt,
 Schaut sie quer mich an und stutzt,
  Sagt: das is mer e Schnitt;
  Geh', du gefällst mer nit.
Und wenn ich nur könnt Waffe führ'n
 Als wie e fränkischer Bauer;
  Wenn ich einmal was an will rühr'n,
  Sieht sie gleich drein so sauer.
 Greif' ich nur nach ihrem Rechen,
 Schreit sie: Ruh, du wirst dich stechen,
  Kennst mein'n Rechen nit,
  Sollst mir nit rechen damit.
O du hochdeutsch Vaterland,
 Wie bringst du Sorgen mir leider,
  Weil ich hab' hochdeutschen Verstand,
  Hochdeutsche Sprach' und Kleider.
 Hätt' ich Art wie 'n fränkisch Büble,
 Ließ mich's Mädle Nachts in Stüble,
  Schrie nit gleich immer nit! nit!
  Sobald ich sag', i bitt!

54.

Heut auf die Nacht
 Schüttl' ich meine Birn',
 Fallen's oder fallen's net.
Heut auf die Nacht
 Geh' ich zu meiner Dirn',
 Mag sie oder mag sie net.

55.

Heute nur noch und morgen
  Gebt mir schönen Sonnenschein,
  Dann über= und übermorgen
  Regnet, solang 's soll geregnet sein;
  Denn heute muß ich flechten
  Einen Kranz mit meiner Rechten,
  Und morgen muß ihn gar
  Tragen ein bloßes Haar. —
Kind, die Glocken läuten,
  Itzund muß 's zur Kirchen gehn;
  Wein' nicht! Allen Bräuten
  Ist's einmal so im Leben geschehn.
  Vor 's Priesters schwarzem Kragen
  Wirst du doch nicht zagen,
  Und im Schreck etwa
  Mir Nein sagen, statt Ja? —
Lasset nur die Geigen
  Klingen recht in Saus und Braus,
  Daß wir 'n Hochzeitreigen
  Tanzen, und daß es dann bald wird aus.
  Soll von einem zum andern
  Hier nur mein Schatz umwandern?
  Droben im Kämmerlein
  Hab' ich sie fein allein. —
In dem süßen Dunkel
  Bist du hold mir zugethan,
  Und das Sterngefunkel
  Sieht mit hellem Neid dich an.
  Morgen schau'n, o Jammer,
  Dir die Bäum' in die Kammer,
  Fragen spottend herein:
  Wo ist dein Kränzelein?
Laß du sie nur fragen,
  Hast's verloren ohne Schand;
  Im Häublein, kann ich dir sagen,
  Bist mir noch einmal so bekannt.

Sollst auch in die Wiegen
Ein Jungfräulein kriegen,
Das 's Kränzlein säuberlich
Künftig soll tragen für dich.

56.

Wenn eben auf der Wies' Eine Blume nur ständ;
 So wüßt' ich doch, was ich sollte pflücken;
Und wenn in der Welt nur Ein Mädchen sich fänd,
 So wüßt' ich, wonach ich sollte blicken.
Daß aber die Blumen zu tausenden stehn,
Und die schönen Mägdlein zu hunderten gehn,
 Das schafft mir Freuden und Leiden,
Daß, wenn ich zu einer mich wenden will,
 Ich auch immer von einer muß scheiden.
Wenn die Mägdlein nur wären nach Blumenart,
 Die ohne Neid sich zum Kranz lassen winden;
So wollt' ich etwa zehn Mägdlein zart
 Mir zu einem Kranze verbinden.
Daß aber jegliches Mägdelein
Ein Liebeskränzlein für sich will sein,
 Das macht mir Schmerzen im Herzen,
Daß eine allein mich will halten mit Ernst,
 Mir wehren mit den andern das Scherzen.

57.

Zwölf Freier möcht' ich haben, dann hätt' ich genug,
 Wenn alle schön wären und alle nicht klug.
Einen, um vor mir herzulaufen,
Einen, um hinter mir drein zu schnaufen;
Einen, um mir Spaß zu machen,
Und einen, um darüber zu lachen;
Einen traurigen, den wollt' ich schon fröhlich herzen,
Einen lustigen, ich wollt' ihm vertreiben das Scherzen.
Einem, dem reicht' ich die rechte Hand,
Einem, dem gäb' ich die linke zum Pfand;

Einem, dem schenkt' ich ein freundlich Nicken,
Einem, dem gäb' ich ein holdes Blicken;
Noch einem, dem gäb' ich vielleicht einen Kuß,
Und dem letzten mich selber aus Ueberdruß.

58.

Ohne Licht um Mitternacht,
  Wenn ich noch im Bett gewacht,
    Seh' ich oft
    Unverhofft
    Dorten in der Ecke,
    Daß ich davor erschrecke:
Liebchen, ganz so freundlich klar,
  Wie zur besten Zeit sie war,
    Ach sie sitzt
    Dorten itzt,
    Lächelt wie eine Rose,
    Und ein Kind ihr im Schoose.

59.

Ich wollte, daß du so häßlich würd'st,
  Daß ich käme zu Sinnen,
  Könnte dem Knoten, den du geschürzt,
  Entrinnen,
  Und könnte ohne Neid es sehn,
  Wenn die anderen zu dir gehn.
Ich wollte, daß du so häßlich würd'st,
  Daß alle es würden innen,
  Daß alle stutzten und wichen bestürzt
  Von hinnen,
  Und ich könnte mit Lust es sehn,
  Wie du müßtest verlassen stehn.
Ich wollte, daß du so häßlich würd'st,
  Daß du kämest von Sinnen,
  Und kämest auf mich zugestürzt
  Mit Minnen,
  Und würdest, wenn ich erhörte dein Flehn,
  So schön dann wieder, als wär nichts geschehn.

60.

Ach, daß ich so bescheiden bin,
　　Daß ich's gar nicht kann fassen,
　　Wie du, o schöne stolze, dich
　　Von mir kannst lieben lassen.
Ach, daß ich so bescheiden bin,
　　Daß hundert andre Knaben
　　Mir scheinen tüchtiger, als ich,
　　Um recht dich lieb zu haben.
Ach, daß ich so verschüchtert bin,
　　Daß ich sogleich muß glauben,
　　Wenn sich nur einer naht zu dir,
　　Daß er dich könne rauben.
Ach, daß du selbst so flattrig bist,
　　Daß jeder zehnte neue
　　Dir immer zehnmal lieber ist,
　　Als ich, der zehnfach treue.

61.

Hast du je in deinem Leben
　　Mir ein herzlich Wort gegeben,
　　Wie ein Mädchen irgend gibt
　　Einem, den sie wirklich liebt?
Ließest du aus deinen Augen
　　Je mich rechtes Leben saugen?
　　War je deiner Seele Kuß
　　In der Lippen äußrem Schluß? —
Ist sie Holz und todte Steine,
　　Zehr' um sie nicht Blut und Beine;
　　Oder ist sie dir nur Holz?
　　Laß sie andern und sei stolz!
Daß auch Eifersucht mich quälet,
　　Alle kleinen Blicke zählet,
　　Die sie ungezählet gibt
　　Jedem, der sie nur nicht liebt! —

Gib mir nur so viel wie andern,
  Oder wahrlich ich muß wandern;
Lassen muß ich dich, bei Gott,
  Denn ich bin mir selbst ein Spott.
O du fühlst im Herzen drinnen,
  Daß ich doch nicht kann entrinnen;
Schande mir, daß ich ein Mann,
  Und mich nicht ermannen kann.

62.

Welche buntbelebte Gegend,
  Welche zauberreiche Flur!
Liebesgötter rings sich regend,
  Jeglicher auf eigner Spur.
Ist der Himmel leer geblieben?
  Sind die Götter alle nah,
Menschliches Geschäft zu üben,
  Wie noch nie mein Auge sah!
Dort ein Amor mit der Angel,
  Sitzend an des Flusses Rand;
Nirgend ist an Fischen Mangel
  Für des fert'gen Fischers Hand.
Einen zieht er an den Schnüren,
  Einer liegt schon auf dem Grund,
Und es scheint ihn nicht zu rühren,
  Daß er lechzt mit offnem Mund.
Dort mit Hund und Jägertasche
  Zieht ein andrer waldhinein,
Daß er sich ein Wildpret hasche,
  Was wird das für Wildpret sein?
Trägt er nicht voll blut'ger Wunden,
  Schon in seiner Hand ein Herz?
Jetzo blickt er nach den Hunden,
  Wirft er's ihnen vor zum Scherz?
Du verschlagner Vogelsteller,
  Lauschend bei den Ruthen da,

Lustig pfeifend, daß nur schneller
Sich die Gimpel fangen ja!
Wie viel hast du eingefangen?
Wie gelehrig sind sie schon:
Alle, die sonst vielfach sangen,
Singen jetzt aus einem Ton.
Dort auf anderen Revieren,
Seh' ich, oder seh' ich Trug?
Ja, mit eingejochten Stieren
Geht ein Amor hinter'm Pflug,
Und ein andrer geht dahinter,
Welche Samen sät er wohl?
Schwerlich Körner für den Winter,
Schwerlich für die Schüssel Kohl.
Leichteres Geschäft zu treiben,
Dort die Zither spielet der,
Und die Birken, Buchen, Eiben,
Tanzen lustig um ihn her.
Seht, wie stockt der Tanz der Liebe,
Denn mit seiner Geißel Schwung
Führt ein Amor scharfe Hiebe
Auf die Tänzer alt und jung.
Wenn die Bäume tanzen müssen,
Werden Felsen sicher sein?
Mit der Ruth' aus Myrtenschüssen
Schlägt ein Amor das Gestein;
Und es schließt mit tiefem Ache
Sich des Felsens Busen auf,
Und daraus mit vollem Bache
Bricht hervor ein Thränenlauf.
Gegenstück den nassen Fluthen,
Heiße Fackeln seh' ich auch;
Amorn schütteln ihre Gluthen,
Schreiten halb verhüllt im Rauch.
Saget mir, wonach ihr gehet,
Saget mir, was ihr euch sucht?
Mich, den Wandrer, der hier stehet!
Wo ist Hülfe? wo ist Flucht?

Stürz' dich in die Fluth zu Fischen,
Und die Angel ist dein Theil;
Fliehe mit dem Wild in Büschen,
Horch, wie rauscht des Jägers Pfeil!
Willst du mit den Vögeln fliegen?
Du entgehst der Lockung nicht;
Willst du in die Erde kriechen,
Wenn der Pflug auch diese bricht?
Willst du dich zu Bäumen pflanzen,
Wurzeln in der Felsen Grund?
Wenn die Bäume müssen tanzen,
Und der Fels ist liebeswund!
Ueberall die Liebesjäger,
Und es ist nicht zu entgehn;
O so kommt, ihr Fackelträger,
Seht mein Herz in Flammen stehn!

63.

Hat dir nicht dein Ohr geklungen
Gestern um die Dämmerungen,
Als von nichts als dir mein Ach
Einsam mit den Lüften sprach?
Schlugen dir nicht süße Flammen
Um dein Angesicht zusammen,
Von dem meinen ausgesandt,
Das für dich in Gluthen stand?
Fühltest du kein Thränchen ringen,
Durch das Auge dir zu springen,
Als ich meines nicht verschloß,
Das für dich in Thränen floß?
So sag' ich, in Höhn und Tiefen
Daß die Liebesgötter schliefen,
Wach war keine Geisterhand,
Die sonst Herz an Herzen band!
So sag' ich, daß ihrer Rechte
Sind entsetzt des Himmels Mächte,
Amors Mutter herrschte nie,
Und ein Nichts ist Sympathie!

64.

Von Ostern sieben Wochen
Bis zu der Pfingstenzeit,
Die haben mir zerbrochen
Mein Herz in Herzeleid.
Zu Ostern als die Blüthe
Hell drang aus Busch und Baum,
Da floß um mein Gemüthe
Ein heller Liebestraum.
Und als es grün und grüner
Auf allen Fluren war;
Da ward mein Lieben kühner,
Da ward sie es gewahr.
Ich brach die ersten Veilchen,
Und gab sie ihr zum Strauß;
Sie sah sie an ein Weilchen,
Und lachte dann mich aus.
Die Schlüsselblumen schlossen
Sich freundlich auf im Thal;
Ihr Herz, das blieb verschlossen
Für meines Herzens Qual.
Es läuteten mit Glocken
Die Maienblumen auch;
Doch sie ließ sich nicht locken
Von meines Seufzers Hauch.
Der Buchfink war ein Sänger.
Die Sängrin Nachtigall;
Es rief der Müssiggänger
Der Kukuk drein mit Schall.
Und als des Mondes Sichel
Sich ließ zur Pfingstnacht schau'n;
Ging Hänschen oder Michel
Pfingstmaien abzuhau'n.
Und jeder trug die seinen
Vor seines Liebchens Haus;
So trug ich auch die meinen,
Feinsliebchen sah heraus.

Ich pflanzte wohl mit Schweigen
Die Maien vor die Thür,
Und ging davon mit Neigen,
Doch Niemand trat herfür.

Und morgens, da's zum Feste
Vom Thurm zusammenschlug,
Ging jeder schmuck auf's beste,
Und ich betrübt im Zug.

All ihre Maien standen
In Stübchen eingethan;
Nur meiner mir zu Schanden
Stand da, daß sie es sahn.

Sie kam herausgetreten,
Und ging vor ihm vorbei;
Und als sie kam vom Beten,
Da blieb es auch dabei.

Sie hat mit keinem Blicke
Ihn sonnig angelacht;
Sie hat ihn zu erquicken
Kein Tröpflein Wasser bracht.

Der arme Maie verdorrte,
Sein Dorren war ihr Scherz;
O dürftest so am Orte
Verdorren du mein Herz!

65.

Ein Liebchen hatt' ich, das auf einem Aug' schielte;
Weil sie mir schön schien, schien ihr Schielen auch Schönheit.
Eins hatt' ich, das beim Sprechen mit der Zung' anstieß;
Mir war's kein Anstoß, stieß sie an und sprach: Liebster!
Jetzt hab' ich eines, das auf einem Fuß hinket;
Ja freilich, sprech' ich, hinkt sie, doch sie hinkt zierlich.

66.

Die Fahnen flattern
Im Mitternachtsturm;
Die Schiefern knattern
Am Kirchenthurm;

Ein Windzug zischt,
Die Latern verlischt —
Es muß doch zur Liebsten gehn!
Die Todtenkapell
Mit dem Knochenhaus;
Der Mond guckt hell
Zum Fenster heraus;
Haußen jeder Tritt
Geht drinnen auch mit —
Es muß doch zur Liebsten gehn!

Der Judengottsacker
Am Berg dort herab;
Ein weißes Geflacker
Auf jedem Grab;
Ein Uhu ruft
Den andern: Schuft —
Es muß doch zur Liebsten gehn!

Drüben am Bach
Auf dem Wintereis,
Ein Geplatz, ein Gekrach,
Als ging dort, wer weiß;
Jetzt wieder ganz still;
Laß sein, was will —
Es muß doch zur Liebsten gehn!

Am Pachthof vorbei;
Aus dem Hundehaus
Fahren kohlschwarz zwei
Statt des einen heraus,
Gähnen mich an
Mit glührothem Zahn —
Es muß doch zur Liebsten gehn!

Dort vor dem Fenster,
Dahinter sie ruht,
Stehn zwei Gespenster
Und halten die Hut;
Drin schläft die Braut,
Aechzt im Traume laut —
Es muß doch zur Liebsten gehn!

67.

Jahr achtzehnhundert dreizehn
  Ward ich frei und mein Vaterland.
  Ich selbst von fremden Reizen,
  Es selbst von fremder Knechtschaft Band.
Jahr achtzehnhundert vierzehn
  Denk' ich in neue Knechtschaftsschmach
  Mich wiederum zu stürzen;
  Mein Vaterland, thu mir's nicht nach!

68.

Was vorzuziehn von beiden,
  Ob erst' oder letzte Liebe?
  Wenn dieser Streit mir zu entscheiden bliebe,
  So müßt' ich für die letzte mich entscheiden.
Ist Lieb' ein Himmelslicht,
  Das uns auf Erden leuchtet;
  So ist die erste Liebe, wie mich deuchtet,
  Der erste Strahl, der aus dem Dunkel bricht.
  Zur vollen Klarheit gnügt ein Fünkchen nicht;
  Und wer sich kann am Glanz des Mittags weiden,
  Der wird des Morgens Dämmrung nicht beneiden.
Ist Lieb' ein Frühlingsblühn
  Im Garten unsrer Herzen;
  So gleich die erste der Viol' im Märzen,
  Die zart uns lockt, doch wird die Flur nicht grün.
  Oft stirbt am Froste, was sich wagt zu kühn;
  Der Mai wird erst mit farbigen Geschmeiden
  Die süße Braut ganz dauerhaft bekleiden.
Wo Lieb' ein Faden heißt,
  Den Herz an Herze spinnet;
  So ist die Kunst noch schwach wann sie beginnet,
  Und hauchet Fädchen, die ein Hauch zerreißt.
  Gefühl der Meisterschaft macht erst sie dreist,
  Bis sie zuletzt den Faden dreht von Seiden,
  Den Parzenscheeren nur allein zerschneiden.

Drum, wenn der Streit mir zu entscheiden bliebe,
  Was vorzuziehn von beiden,
    Ob erst' ob letzte Liebe?
  So müßt' ich für die letzte mich entscheiden.

69.

Sind die Boten, die ich abgesendet habe,
  Richtig angekommen?
  Und wie hast du die an dich gesandte Gabe,
    Liebchen, aufgenommen?
Den geflügeltsten Gedanken meiner Seele
  Laß ich zu dir eilen,
  Dir zu melden, was dem kranken Herzen fehle,
    Und wie du's kannst heilen.
Auf des Morgens Pfaden mit bethauten Füßen,
  Auf des Abends Bahnen,
  Gehn zu dir aus diesem Herzen seiner süßen
    Wünsche Karawanen.
Ein verschwiegen Sehnen und ein laut Verlangen
  Gingen ab zusammen;
  Haben sie gedurft um deine Rosenwangen
    Hauchen ihre Flammen?
Ich befahl der Morgensonne, als ein stummer
  Bote dich zu wecken,
  Leis', um auf dem Augenlide nicht den Schlummer,
    Der es küßt, zu schrecken.
Morgenroth vor's Antlitz soll dir halten einen
  Spiegel meiner Gluthen,
  Und die Röth' am Abendhimmel soll dir scheinen
    Meiner Seele Bluten.
Alle Rosen soll der Lenz von diesen Fluren,
  Wo sie mich nicht freuen,
  Pflücken, und mit Lächeln dort sie auf die Spuren
    Deiner Schritte streuen.
Wo du wandelst, müssen alle Morgenwinde
  Am Gewand dir säuseln,
  Und, statt meines Athems, Abendlüfte linde
    Dir die Locken kräuseln.

70.

Wie seltne Sprachgewandtheit nicht
  Besitzt mein Lieb, das junge,
Das mit den Augen fert'ger spricht
  Als andre mit der Zunge.
O welch ein reicher Wörterschatz
  In diesem offnen Briefe!
Da ist ein Blick ein ganzer Satz
  Von unerforschter Tiefe.
Sie haben Liebe blind gemalt,
  Man sollte stumm sie malen;
Die Sprache, die dem Aug' entstrahlt,
  Ersetzt des Schweigens Qualen.
Das ist die Sprach', in der allein
  Die Seligen in Eden,
Die Sprach', in der im Frühlingshain
  Sich Blumen unterreden.
Das ist die Sprache, deren Schrift
  Im lichten Zug der Sterne
Geschrieben von der Liebe Stift,
  Durchblinkt die ew'ge Ferne.
Die Sprache, vom Verstande nicht,
  Nur vom Gefühl verstanden,
Darum in dieser sich bespricht
  Die Lieb' in allen Landen.

71.

Mein hochgebornes Schätzelein,
  Des Glockenthürmers Töchterlein,
Mahnt mich bei Nacht und Tage
  Mit jedem Glockenschlage:
Gedenke mein! gedenke mein!
Mein hochgebornes Schätzelein,
  Des Glockenthürmers Töchterlein,
Rufet zu jeder Stunde
  Mich mit der Glocken Munde:
Ich harre dein, ich harre dein.

Mein hochgebornes Schätzelein,
  Des Glockenthürmers Töchterlein,
  Es stellt die Uhr mit Glücke
  Bald vor und bald zurücke,
  Wie es uns mag gelegen sein.
Mein hochgebornes Schätzelein,
  Wie sollt' es nicht hochgeboren sein?
  Der Vater war hochgeboren,
  Die Mutter hocherkoren,
  Hat hoch geboren ihr Töchterlein.
Mein hochgebornes Schätzelein
  Ist nicht hochmüthig, und das ist fein;
  Es kommt wohl hin und wieder
  Von seiner Höh hernieder
  Zu mir gestiegen im Mondenschein.
Mein hochgebornes Schätzelein
  Sprach gestern: Der alte Thurm fällt ein,
  Man merkt es an seinem Wanken,
  Ich will in Lüften nicht schwanken,
  Will dein zu ebener Erde sein.

72.

Die Nymphä' ist im Wasser,
  Und am Himmel der Mond;
  Der ist mir stets vor Augen,
  Der mir im Herzen wohnt.
Wo vier Augen zusammen kommen,
  Freuen sich zwei Herzen.
  Der Gedanke hat mir benommen
  Alle Trennungsschmerzen.

73.

Komm, mein Lamm,
  Laß dich am
  Treuen Band
  Dieser Hand

Führen sanft
Hin am Ranft
Kühler Fluth,
Fern der Gluth,
Durch den Thau
Dieser Au,
Wo im Grün
Blumen blühn,
Und der Hauch
Spielt im Strauch.
Wohlgemuth
Meiner Hut
Gib dich hin!
Wo ich bin,
Ist kein Leid
Dir bereit,
Keine Noth
Dir gedroht.
Folge nur
Meiner Spur
Unverirrt!
Ich, dein Hirt,
Führe dich;
Freue mich,
Dir allein
Mich zu weihn;
Bin nur, wo
Du's bist, froh;
Ruhig, wann
Ich dich kann
Ruhig schaun,
Dir das Graun
Mit dem Stab
Wehrend ab.

74.

Locken, fliegende, trug ich, die wie Ranken
Mich umschatteten, um die Schläfe wallend,
Und sie waren zu eigen einem Weibe,
Das sie segnet', als ich von ihr den Abschied
Nahm, und ließ mich versprechen, ungeschoren
Sie zu tragen für sie. Die Locken ließ ich
Scheren, treulos, und gab mich einer andern.
Und die liebte hindurch den kahlen Winter
Mich unlockigen gleich den andern Bäumen.
Als der Frühling gekommen, und der Bäume
Haupt sich wieder belaubte, ging mir's eigen.
Unter'm spielenden Finger der Geliebten,
Wie von Rührungen linder Lenzeslüfte,
Wuchsen neu um die Schläfe mir die Locken,
Still mit ihnen erwuchs das Angedenken
An die vorige, der sie einst gehörten.
Und es war mir alsob sie aus der Ferne
Mit dem Arme nach ihrem Eigenthume
Griff' herüber und zöge, doch so stark nicht
Wie die Nahe, die, ein Verdächtchen schöpfend
Von dem Zug aus der Fern', entschlossen, krampfhaft
Sich anklammert', und hält mich fest gewaltig.

75.

Hoffnung wohnt bei Sterblichen hienieden,
Bei den Todten wohnt im Grabe Frieden.
Wohl dir, Herz, du sterbest oder lebest,
Immer ist dir, was du brauchst, beschieden.

76.

Meine Liebste, Sonne,
Eifersüchtig ganz,
Gönnt mir keine Wonne,
Als nur ihren Glanz.

Duft'ge Morgenröthen,
　　Die ich schaute gern,
　　Kommt ihr Blick zu tödten,
　　Und den Morgenstern.
Blumen, die in Nächten
　　Still vom Himmel blühn,
　　Bleich an Sonnen=Mächten
　　Müssen sie verglühn.
Und es soll kein Ahnen
　　Von dem Weltenall
　　Sich die Wege bahnen
　　Ueber'n Sonnenball.
Und ich soll im blauen
　　Ewigen Gefild
　　Andren Glanz nicht schauen
　　Außer deinem Bild.
Sehnendes Gefieder
　　Drückt dein starker Strahl
　　Aus den Höhen nieder
　　In das schwüle Thal.
Und mein Liebesmühen
　　Soll am Boden stehn,
　　Mit den Blumen blühen,
　　Und wie sie vergehn.

77.

Mein Sehnen!
　　Mein Ahnen!
　　Ihr Augen! in denen
　　Zum Lichte mir gezeichnet sind die Bahnen.
Mein Wachen!
　　Mein Träumen!
　　Ihr Augen! es lachen
　　Mir andre Sonnen nicht aus Zeit und Räumen.
Mein Hoffen!
　　Mein Glauben!
　　Ihr Augen! wo offen
　　Mein Himmel ist, den keine Welt kann rauben.

Mein Wissen!
  Mein Schauen!
  Ihr Augen! vermissen
  Muß ich mich selb, wollt ihr nicht Glanz mir thauen.
Mein Streben!
  Mein Zagen!
  Ihr Augen! es heben
  Sich meine nur, um nieder sich zu schlagen.
Mein Dichten!
  Mein Denken!
  Ihr Augen! im lichten
  Meer eurer Liebe will ich mich versenken.
Mein Sinnen!
  Mein Fühlen!
  Ihr Augen! worinnen
  Thau ist, um meiner Sinne Brand zu kühlen.
Mein Glühen!
  Mein Zünden!
  Ihr Augen! hier blühen
  Die Rosen euch aus des Gemüthes Gründen.
Mein Wollen!
  Mein Müssen!
  Ihr Augen! es sollen
  Euch ewig alle Lieder Freimunds grüßen.

78.

Mit dem Saum des Kleides streif' ich
  Immer an des Freundes Duft,
Aber mit den Blicken greif' ich
  Ach vergebens durch die Luft.
Mir so nah! und nicht begreif' ich,
  Wie er mir so fern her ruft!
Die Gedanken
Stehn und schwanken
An der ungeheuren Kluft.

79.

Geliebte, wenn du fremde Klänge
    Haft hier in deinem Lied entdeckt;
    Sie sollen schildern das Gedränge,
    Das mir im Busen war geweckt.
Gedränge gährender Gefühle,
    Geweckt von deinem Liebesblick,
    Wie ahnende Gewitterschwüle
    Vor höchstem nahendem Geschick.
In dunkle Ferne griff die Ahnung
    Nach tief ersehntem Herzbedarf,
    Und sah nicht, wie mit sich'rer Bahnung
    Das Glück dazu den Weg entwarf.
Noch einmal sollte sich die Dichtung
    In alles Dichtens Ueberschwang
    Erschöpfen, bis zur Selbstvernichtung
    Aus ihr die Wirklichkeit entsprang.
Nach Sonnen langt' ich und nach Sternen,
    Die ich erschuf in meinem Traum;
    Und was ich sucht' in Himmelsfernen,
    Stand lächelnd nah' im Erdenraum.
Du hattest tiefer nicht empfunden,
    Doch klarer, was ich auch empfand
    Und lächeltest, bis mir geschwunden
    Die Täuschung, die dich nie umwand.
Da sanken alle Nebel nieder,
    Und deutlich tratest du hervor;
    Und nun hör', o Geliebte, wieder
    Ganz deiner eig'nen Lieder Chor.
Laß auch das erste mich erneuen,
    Das dort im Garten mir entsprang,
    Als frühe Werbung nur den scheuen
    Flug noch um deinen Schleier schwang.

Derselbe Schleier ist's, der grüne,
  Der, längst entwandt dem Angesicht,
Als Vorhang einer andern Bühne
  Mir noch gefällt, und minder nicht.
Er flattert dort nun um die Wiege,
  Dem neugebornen Rosenblatt
Zu wehren ab die Stubenfliege,
  Und wehrt sie nicht, weil Riss' er hat.

Fünfter Strauß.

Wiedergewonnen.

1.

Entsteig, o Morgenroth, der Nacht, bring' östliche tröstliche Rosen!
 Der Welt, die dir entgegen wacht, bring' östliche tröstliche Rosen!
Dem armen Herzen, welchem nie der nackte Strauch des Lebens
 Genusses Rosen hat gebracht, bring' östliche tröstliche Rosen!
Der jungen Seele, die ein Hauch des Frühlings und der Liebe
 Zu Rosengluth hat angefacht, bring' östliche tröstliche Rosen!
Der Liebsten, die mit einem Strahl des Lächelns meinen Busen
 Gleich einer Ros' erblühen macht, bring' östliche tröstliche Rosen!
Der süßen Wange, deren Duft mir füllt den Raum der Welten
 Mit ew'ger Frühlingsrosenpracht, bring' östliche tröstliche Rosen!
Bring ihr zum Schmuck für jedes Glück, für jedes Leid zum Troste,
 Das ihr ein Dorn hat zugedacht, bring' östliche tröstliche Rosen!
O Morgenroth! der ganzen Welt, um meiner Liebsten willen,
 Weil sie die Welt mir lieb gemacht, bring' östliche tröstliche Rosen!

2.

Herr Gott! einen Engel
 In dem Lande der Mängel,
 Einen selig geschmückten,
 Doch zum Staube gedrückten,

Einen unerkannten
Himmelsabgesandten,
Den du herabgesendet,
Und der zu dir gewendet
Blickt auf zu allen Stunden,
Hab' ich allhier gefunden,
Habe mich ihm gesellet,
Mich ihm zu Dienst gestellet
Mit meiner Liedergabe,
Die auch von dir ich habe.
Ich hab' ihm mit Liebkosen
Gestreut auf die Pfade Rosen,
Ich habe mit meinen Tönen
Sein Leben wollen verschönen,
Mit freundlichen Himmelsbildern
Der Erde Rauhheit mildern.
Der Engel hat angenommen
Meine Dienste, die frommen,
Er schien sich zu erfreuen
An seines Dieners Treuen;
Vor meines Liedes Fächeln
Scheint ihm die Welt zu lächeln;
Es macht ihm still Entzücken,
Wie schön ich ihn kann schmücken.
Herr Gott! laß diesen Engel,
Diesen Lilienstengel,
Blühen in deinem Thaue,
Zum Schmuck der Erdenaue!
Gib ihm heitere Mienen,
Und mir gib, ihm zu dienen
Zu einem Frühlingshauche,
Dem er zu zittern nicht brauche,
Dem er mit leisem Schwanken
Das leise Spiel mag danken!
Nicht hab' ich gelebt vergebens,
Wenn dieses Engellebens
Gesenkte Blüthen nach oben
Durch meinen Hauch sich hoben.

Herr Gott! wenn diesen Engel
Aus dem Lande der Mängel
Du einst zum Himmel rufest,
Für welchen du ihn erschufest;
Laß um des Dienstes willen,
Den ich ihm weiht' im stillen,
O laß mich, um der stillen
Liebe des Engels willen,
O laß mich ohne Bangen
Mit ihm hinaufgelangen,
Vor deinem Thron vertreten
Von seinen Herzgebeten!

3.

Sie sprach: Versagt ist mir ein glänzend Glück;
  Doch wie mich jedes kleinste Flitterstück,
  Das mir zum Schmuck, zum Spiel fiel in die Hand,
  Freu'n kann, mein Freund! o wär' es dir bekannt!
Wie eine Erstlingsblum' im Garten heut,
Und morgen einer Freundin Gruß mich freut;
Der Vogel, der mir guten Morgen singt,
Der Bote, der von fern den Gruß mir bringt;
Ob Morgens mir ein Hausgeschäft gelang,
Und ob ich Abends that um's Thor den Gang;
Ob ich zur guten Stund' in gutem Buch
Fand einen meiner Seel' entschriebnen Spruch;
Und ob mein Innres sich in deinem Lied,
Wie in dem Spiegel, der verschönert, sieht —
Ein Wort, ein Blick, ein Hauch, ein Sonnenstrahl,
Die einzlen Freudenfunken ohne Zahl,
Sie alle samml' ich still an einem Platz,
Und stets im Wachsen ist mein kleiner Schatz.
Ich sprach, indem ich in den Arm sie schloß:
Du nennst die Schätze klein und fühlst sie groß.
Wer raubt dir das, was du so fühlest dein?
Wie freut es mich, davon ein Theil zu sein!

Nie sei von unzufriednem Weltgewühl
Gestört dein sichres Eigenthumsgefühl!
Wenn eitle Größ' in Schutt und Trümmer fällt,
Bau' ruhig dir aus Kleinem deine Welt,
Weil stillen Elementen nur, die nächst
Zusammentreten, jedes Ganz' entwächst!
So flicht der Himmel seinen ew'gen Kranz
Aus vieler unscheinbaren Sterne Glanz.
So sieht aus Demantsplittern wohl zuletzt
Ein Strahlenring zusammen sich gesetzt.
So webt aus einzlen kleinen Blumen nur
Auch ihren Frühlingsteppich die Natur.

4.

Die gute Nacht, die ich dir sage,
   Freund, hörest du;
   Ein Engel, der die Botschaft trage,
   Geht ab und zu.
Er bringt sie dir, und hat mir wieder
   Den Gruß gebracht:
   Dir sagen auch des Freundes Lieder
   Nun gute Nacht.

5.

Wenn ein Wort die Liebste spricht,
   Fühl' ich oft so tief es nicht;
   Oder auch im Lustgefühle
   Fühl' ich nicht, wie tief ich's fühle.
Aber wann ich bin allein,
   Stellt das stille Wort sich ein;
   Und wie es erblüht als Lied,
   Staunet mein Gemüth und sieht:
Daß sie tiefer fühlt und lichter,
   Dichterischer, als ihr Dichter;
   Nur das Wort ist Poesie,
   Das sie spricht, und andres nie.

6.

Die reichste möcht' ich sein,
Mein Freund, für dich allein,
Die schönste unter allen,
Mein Freund, dir zu gefallen.
Ich sprach: und liebst du mich?
Sie sprach: was fragst du? sprich!
Ich sprach: wenn du mich liebst,
Wie du zu sehn mir gibst,
So bist du schön und reich,
Daß keine dir ist gleich.
Dein liebendes Gemüthe
All eine Schönheitsblüthe,
Dein Herz an jedem Platz
Für mich ein ew'ger Schatz;
Du bist die reichstbegabte,
Ich bin der tiefstgelabte,
Du bist die schönstgeschmückte,
Ich bin der höchstbeglückte.

7.

Liebster! nur dich sehn, dich hören
Und dir schweigend angehören;
Nicht umstricken dich mit Armen,
Nicht am Busen dir erwarmen,
Nicht dich küssen, nicht dich fassen —
Dieses alles kann ich lassen,
Nur nicht das Gefühl vermissen,
Mein dich und mich dein zu wissen.

8.

Wenn du auch nicht mehr mich liebtest,
Doch dich lieben wollt' ich noch.
Wenn du eine andre liebtest,
Noch dich lieben wollt' ich doch.
Nur daß ich auch diese liebte,
Weil du sie, weil sie dich liebte,
Das ist meinem Sinn zu hoch.

9.

Abends wo im Zimmer
 Um uns Andre sind,
Still zum Fenster immer
 Folg' ich meinem Kind;
Und zum Himmel ferne
 Schau'n wir, wo die Sterne
 Helle Liebesaugen sind.
O wie sie erbaulich
 Auf in's Dunkel schaut,
Sich an mich vertraulich
 Lehnet ohne Laut. —
„Was ich ohne Grauen
 Dir nicht darf vertrauen,
 Sei von Sternen dir vertraut!
Sternenblicke sagen
 Dein und mein Geschick,
Und nicht niederschlagen
 Darfst du deinen Blick:
Ja! nicht mehr zu retten,
 Fühl' ich schon die Ketten
 Deiner Arm' um mein Genick.“

10.

Daß die Leute mein vergessen könnten,
 Wie ich ihrer rein vergessen habe,
Daß sie so mein stilles Glück mir gönnten,
 Wie ich ihnen jede Glückes Gabe!
Daß sie alle so von uns nichts wüßten,
 Wie wir nichts von ihnen wissen wollen,
Nach Gefallen so wie wir sich küßten,
 Oder schmollten, wenn sie lieber schmollen!

11.

Kommen sie dahinter nie,
　　Daß wir glücklich ohne sie!
　　Doch wenn sie dahinter kämen,
　　Wollen wir uns auch nicht grämen.
Mir gefällt's an deinem Kuß,
　　Daß ihn Niemand wissen muß;
　　Aber wenn sie's wissen müssen,
　　Wollen wir uns dennoch küssen.

12.

Ich bin dein Baum: o Gärtner, dessen Treue
　　Mich hält in Liebespfleg' und süßer Zucht,
　　Komm, daß ich in den Schooß dir dankbar streue
　　Die reife dir allein gewachsne Frucht.
Ich bin dein Gärtner, o du Baum der Treue!
　　Auf andres Glück fühl' ich nicht Eifersucht:
　　Die holden Aeste find' ich stets auf's neue
　　Geschmückt mit Frucht, wo ich gepflückt die Frucht.

13.

Am frühen Morgen aufgewacht,
　　Hab' ich den Tag geschrieben,
　　Dann mein Geschriebnes in der Nacht
　　Gelesen meiner Lieben.
Der Liebsten hat darauf das Lied
　　Im Schlummer nachgetönet,
　　Und jeder Traum des Dichters sieht
　　Durch ihren sich verschönet.
Dann hat sie mir am andern Tag
　　Den Traum erzählet wieder,
　　Den ich nun wieder fassen mag
　　Und schöner noch in Lieder.
Und diese Lieder wird sie dann
　　In neue Träume weben,
　　So daß uns Stoff nicht fehlen kann
　　Für Lied und Traum auf's Leben.

14.

Als ich die Augen schloß,
  Sich Schlaf auf mich ergoß,
  Da kam dein Augenpaar,
  Und sah mich an so klar.
Es sah mich an so tief;
  Ich schaut' hinein, und schlief.
  Es ging ein süßer Schmerz
  Mir mitten durch das Herz.
Mich schaut' ich ganz hinein,
  In Duft zerfloß der Schein,
  Da fühlt' ich deinen Hauch
  An meinen Wangen auch.
Ich streckte meinen Arm,
  Am Busen war mir's warm,
  Als lägest du daran;
  Wie durft' ich dich umfahn!
Wie ich dich an mich zog,
  Wie ich dich in mich sog!
  O warst du fern mir da?
  So nah warst du mir ja.
Trug dich der Traum zu mir?
  Trug mich der Traum zu dir?
  Wir haben diese Nacht
  Beisammen zugebracht.

15.

Ich sprach: Es ist nun Herbst für mich.
  Nein! sprach sie: es soll Frühling sein,
  Und als ich trüb in Nacht entwich,
  Da holt ihr heller Blick mich ein.
  Ich sprach: Der Wangen Ros' erblich.
  Sie sprach: Ich will dir meine leih'n.
  Bist du so alt? so jung bin ich;
  Und ist nicht meine Jugend dein?

16.

Was ist alle Phantasie
  Gegen Liebeswirklichkeit?
Was sind alle Lieder, die
  Ich gesungen vor der Zeit?
Ein verlornes halbes Streben,
  Was nicht lebte, zu beleben;
Diese Lieder leben nur,
  Weil ich sie an mir erfuhr.
Nicht in ferne Himmelsräume
  Braucht' ich dichtend auszufliegen,
Nicht in wesenlose Träume
  Eigensinnig mich zu wiegen.
Still daheim, in Liebe wach,
  Unter meines Liebchens Dach,
Schrieb ich unbemüht nur nach,
  Was mein Herz mit ihrem sprach.

17.

Wie sie alle Lieder lobt,
  Die hier meinem Kiel entthauen,
Hab' ich freilich wohl erprobt,
  Daß der Richt'rin nicht zu trauen.
Welchen Theil der Eigennuß
  Hat am Lob, muß ein mir leuchten:
Diese Lieder sind ihr Puß;
  Sollt' ihr Puß nicht schön ihr däuchten?
Und so darf ich mir gestehn,
  Und sie soll mir's nicht verneinen,
Daß sie manches mit läßt gehn,
  Weil es eben ist vom meinen.
Wäre das mir zum Verdruß?
  Nicht doch! Was vom Kunsturtheile
Ich dem Lied entziehen muß,
  Wird dadurch mir selb zu Theile.

Welch ein reizender Gewinn
Wäget allen Schaden nieder!
Weil ich doch mir näher bin
Als die liebsten meiner Lieder.

18.

Alle Liebeslieder, die
Ich geschrieben je im Leben,
Sieht auf meinem Antlitz hie
Meiner Liebsten Auge schweben.
Sie verschönen es für sie,
Wie den Anger Frühlings Weben;
Und die Jugendblüthe nie
Darf ich zu verlieren beben.

19.

Auf des Freundes edle Kunst
Bin ich eifersüchtig.
Wie ist Dichterworte = Dunst
Gegen Farben flüchtig!
Phantasie auf Wolkenflor
Malt mit duft'gem Scheine
Mir ihr Bild, wie blaß ist's vor
Dem auf Elfenbeine!
Wie in voller Wahrheit ganz
Durft' er sie erfassen,
Doch des Ideales Glanz
Um sie spielen lassen.
Wenn in seinem Bilde sie
Nun sich lieber sähe
Als in meinem Lied, o wie
Mir da Recht geschähe!

20.

Der Freund, der mir die Liebſte malen ſollte,
Zuerſt hier mußt' er dieſe Lieder leſen,
Weil er die Augen ſich eröffnen wollte
Für ſeines Gegenſtandes innres Weſen.
Da ſprach er, als er ſie geleſen hatte:
Wie könnte ſo die Braut ein Maler malen,
Wie hier der Dichter that? Von jedem Blatte
Seh' ich die Züge eines Engels ſtrahlen.
Er ſprach, mit Rührungsthau an Augenliden:
Ein Goldſchmidt iſt der Vater mein geweſen,
Doch hat er ſolchen Schmuck nicht können ſchmieden,
Wie hier der Dichter ſeiner Braut erleſen.

21.

Nun ich zweimal ſo in's Schöne
Mich gemalt, o Liebſter, ſah,
Einmal hier durch deine Töne,
Und einmal in Farben da:
Laß uns in die Bilder theilen,
Wozu braucht' ich alle zwei?
Laß mich ſchau'n in deine Zeilen,
Und mich ſchau' im Konterfei.
Was des Freundes Kunſt gemalet,
Beſſer ſchätzeſt du's als ich.
Was aus deinen Liedern ſtrahlet,
Mehr entzückt es mich als dich.
Denn du haſt es mir geſtanden,
Daß ein Lied, das dir entrann,
Kommt es wieder dir zu Handen,
Dir nicht mehr gefallen kann.
Wie es doch mich kränken ſollte,
Wenn einmal auch dieſes Lied
Dir nicht mehr gefallen wollte,
Das mir ſelber ähnlich ſieht.

Darum gib du's mir! Auf Erden
Sei mein Streben, mein Beruf,
Aehnlich diesem Bild zu werden,
Das dein Lied von mir erschuf.

22.

Maler Traum hat diese Nacht
Meine Liebste mir gewiesen.
Nie an ihr noch hab' ich diesen
Glanz gesehn, wann ich gewacht.
Hat der Maler das erdacht?
Nein, er sah in Paradiesen
Meine Ros', eh sie zu diesen
Rauhen Lüften ward gebracht,
Die sich feindlich ihr bewiesen,
Daß mit holder Liebesmacht
Zwar sie, doch so hell nicht lacht,
Wie vordem in Paradiesen.

23.

Ich lag von sanftem Traum umflossen,
Und fühlte selig mich in dir.
Als ich die Augen aufgeschlossen,
Da hingst du lächelnd über mir.
Wie gerne mag dein Traum zerstieben,
Von deinem Kuß hinweg geflößt,
Wie hast du schön dich selb vertrieben,
Wie schön dich selbst hier abgelöst!

24.

Ja, die Liebe kann die Welt vereinen;
Seh' ich doch des Großen Bild im Kleinen!
Wie Familien, zwei, durch alle Glieder,
Von den Häuptern bis zum Kleinsten nieder,
Die sich sonst nicht kannten, schnell sich kennen,
Wechselnd sich mit Liebesnamen nennen,

Ineinander sich verschmolzen finden,
Sich in einen Kranz zusammen winden
Um ein Paar, das sich zuerst gefunden,
Still die andern hält um sich verbunden.

25.

Schüre du, Sommer, die feurige Gluth!
  Veilchen ist lange geschieden,
  Rose verbirgt sich und Lilie ruht,
  Nachtigall schweiget zufrieden.
  Sing', o Cicade, im sonnigen Glanz,
  Lade die Aehren, die Sichel zum Tanz!
  Ab ist die Blüthe gestreifet,
  Aber die Frucht ist gereifet.
Liebchen, und siehst du nach Blüthen dich um,
  Sieh nur die blauen im Korne!
  Schöner die grannigen Aehren herum
  Stehn, als um Rosen die Dorne.
  Sieh, wie die Reb' um die Hütte sich schlingt,
  Die zu den Aehren die Trauben uns bringt!
  Komm, und bei Most und bei Garben
  Wird auch die Liebe nicht darben.

26.

Seltsam! aber wahr empfunden
  Hab' ich es in meiner Brust:
  Leichter als in trüben Stunden
  Stirbt es sich in froher Lust.
Denn im Unglück mußt du hoffen,
  Daß dein Glück dir komme doch;
  Aber ist es eingetroffen,
  Worauf hoffen willst du noch?
Jetzo kann's das Leben denken,
  Ohne Schauder vor dem Tod,
  Wie die Sonne sich zu senken
  In ein Liebesabendroth:

Wie die Augen froh begnüget
　　Schließt der Greis von Kanaan,
Als der Himmel es gefüget,
　　Daß sie Joseph wiedersahn.

27.

Wann ich dich nicht zu küssen habe,
　　Dann will ich singen von dem Kuß.
O wie ich diese Liedergabe
　　Dann segne, die mich trösten muß.
Entweder küssen oder dichten,
　　Am schönsten beides allzugleich.
Doch muß ich schon auf's eins verzichten,
　　So macht mich auch das andre reich.
Nur wann er kommt, uns zu umringen,
　　Der ungelegne Menschenschwarm,
Daß ich nicht küssen darf noch singen,
　　Dann fühl' ich mich verwirrt und arm.

28.

Neuste Weltbegebenheiten
　　Machten oft das Herz mir schwer;
Und die Kunden alter Zeiten
　　Sahn mich an so groß und hehr.
Soll ich die zur Lust auftischen
　　Neu für's alte Lesekind?
Oder mich in jene mischen,
　　Die so unerfreulich sind?
Liebe sprach: In Zweifeln schwebst du,
　　Schwankend zwischen Jetzt und Einst.
Dich des Zwiespalt überhebst du,
　　Wenn du allezwei verneinst.
Nichts besagen die Geschichten,
　　Als daß Menschen stets gelebt.
Soll man außen dir berichten,
　　Was in deinem Busen bebt?

Auf! mit Liebe dich erdreiste!
In dir selb' ist Ewigkeit.
Liebe ist die ältest neuste
Einz'ge Weltbegebenheit.

29.

Ich bin der Welt abhanden gekommen,
  Mit der ich sonst viele Zeit verdorben.
Sie hat solange von mir nichts vernommen,
  Sie mag wohl glauben, ich sei gestorben.
Es ist mir auch gar nichts daran gelegen,
  Ob sie mich für gestorben hält.
Ich kann auch gar nichts sagen dagegen,
  Denn wirklich bin ich gestorben der Welt.
Ich bin gestorben dem Weltgewimmel,
  Und ruh' in einem stillen Gebiet.
Ich leb' in mir und meinem Himmel,
  In meinem Lieben, in meinem Lied.

30.

Ach, hinunter in die Tiefen
  Dieser sel'gen Augen schau'n!
Die von Himmelsfrieden triefen,
  Die von Frühlingswonnen thau'n;
Ist es doch alsob sie riefen:
  Faß, o blödes Herz, Vertrau'n!
Steig herunter ohne Grau'n
  Zu den stillen Friedensgau'n;
Hier auf Paradiesesau'n,
  Wo nur Unschuldsträume schliefen,
Sollst du nun dir Hütten bau'n,
  Unter'm Schatten der Oliven.

31.

Himmel! eh ich nun dies Auge schließe,
Das am Tag der Anblick der Geliebten
Hat beseligt, falt' ich diese Hände,
Die sich heut um ihren Nacken schlangen,
Falt' ich sie zum Nachtgebet und bitte:
Heil und Segen, Freude, reine Wonne,
Jugendfülle, Lebensmuth, Gesundheit,
Heiterkeit und Frohsinn, Ruh' und Frieden,
Ungestörtes Seelenglück: das alles
Bitt' ich nicht für mich, für die Geliebte.
Denn ich weiß, in diesem Augenblicke,
Fern von mir die holden Augen schließend,
Bittet sie für ihren Freund dasselbe.

32.

Liebster! Liebster! wie ich bange!
  Wie ich so dich halt' im Arm,
  Werd' ich so dich halten lange?
  Wie du liebest, macht mir Harm.
Wie du liebest, wie du dichtest,
  Wie du tausend Lieder schreibst;
  Sag', ob du dich nicht vernichtest?
  Sag', ob du nicht auf dich reibst? —
Hab' ich doch schon lang geschrieben,
  Immer war's mir eine Lust.
  Seit ich schreibe, wie wir lieben,
  Quillt ein Strom in meiner Brust.
Liebste! das sind keine Mühen,
  Ist kein Werk, das kämpft und ringt.
  Das ist, wie die Blumen blühen,
  Das ist, wie der Vogel singt.
Laß mich singen, laß mich küssen,
  Schenk mir beide Becher voll,
  Weil ich nach des Himmels Schlüssen
  Nichts als dieses kann und soll!

Schlagt, ihr Flammen, in einander!
Selig, wer in euch verschwebt!
Doch ich bin ein Salamander,
Der in Doppelgluthen lebt.

33.

Wenn ich früh in den Garten geh'
In meinem grünen Hut,
Ist mein erster Gedanke,
Was nun mein Liebster thut?

34.

Am Himmel ist kein Stern,
Den ich dem Freund nicht gönnte.
Mein Herz gäb' ich ihm gern,
Wenn ich's heraus thun könnte.

35.

Die Liebste fragt, warum ich liebe?
Wie wenn, o schöne Fragerin,
Ich dir die Antwort schuldig bliebe,
Warum ich athme, leb' und bin?
Die Liebste fragt mich, was ich liebe?
Dich lieb' ich und die Welt in dir,
Ich lieb' in dir des Schöpfers Liebe,
Und seiner Schöpfung Zier an dir.

36.

Solang ich werde: „Liebst du mich,
O Liebster?" dich fragen;
Solange sollst: „Ich liebe dich,
O Liebste!" mir sagen.

Werd' ich mit Blicken: „Liebst du mich,
　　O Liebster?" dich fragen;
　　Mit Küssen sollst: „Ich liebe dich,
　　O Liebste!" mir sagen.
Und wird ein Seufzer: „Liebst du mich,
　　O Liebster?" dich fragen;
　　Ein Lächeln soll: „Ich liebe dich,
　　O Liebste!" mir sagen.

37.

Liebster! zürne nicht den Fragen:
　　Liebster! liebst du mich?
　　Mußt mir immer wieder sagen:
　　Ja ich liebe dich.
Nicht alsob ich es vergessen,
　　Was du mir gelobt;
　　Nicht alsob ich's nicht indessen
　　Tausendmal erprobt;
Sondern weil ich's nie kann fassen,
　　Wie ich's denk' in mir,
　　Muß ich mir es sagen lassen
　　Immer neu von dir.
Immer muß ich mir erregen
　　Zweifel neuer Pein,
　　Aber immer widerlegen
　　Mußt du sie mir fein.
Immer muß ich dich empfinden
　　Inner = äußerlich,
　　Immer muß ich dich umwinden,
　　Sehen, hören dich.
Mußt mir nur nicht müde werden!
　　Willst du schweigen still?
　　Gib mir Antwort mit Geberden,
　　Was ich fragen will.
Sag' in jedem Augenblicke,
　　Was ich wissen muß,
　　Sag' es mir mit einem Blicke,
　　Oder einem Kuß!

38.

Immer drängt es mich, zu sagen, wie ich liebe!
Und ich weiß es nie zu klagen, wie ich liebe.
Meinst du wohl, daß auf den Fluren Morgenlüfte
So nach Rosendüften jagen, wie ich liebe?
Meinst du wohl, daß so aus nächt'gem Schooß der Wolke
Rothe Morgenlichter tagen, wie ich liebe?
Meinest du, daß Adler streben, wie ich fliege?
Oder hohe Cedern ragen, wie ich liebe?
Sieh', es sagt die stille Knospe, die am Herzen
Fühlt den Wurm des Grames nagen, wie ich liebe.
Rose mit Erröthen, Lilie mit Erblassen,
Wollen dir's zu sagen wagen, wie ich liebe.
Und die kleinen unbemerkten blauen Blumen
Wollen's sagen, und verzagen, wie ich liebe.
Wenn der Sonne Strahl sie küsset, Thau sie tränket,
Sagt's ihr trunk'nes Wohlbehagen, wie ich liebe.
Und es sagt's ihr Todesschauern, wenn am letzten
Blick des Tages sie erlagen, wie ich liebe.
Alle Abendlüfte seufzen, wie ich leide,
Und die Nachtigallen schlagen, wie ich liebe.
Schatten flüstern, und die nächt'gen Bronnen rauschen,
Dir's im Traume vorzutragen, wie ich liebe.
Jeder Mund der Schöpfung redet Freimunds Liebe;
Warum willst du mich erst fragen, wie ich liebe?

39.

Ich liebe dich, weil ich dich lieben muß;
Ich liebe dich, weil ich nicht anders kann;
Ich liebe dich nach einem Himmelschluß;
Ich liebe dich durch einen Zauberbann.
Dich lieb' ich, wie die Rose ihren Strauch;
Dich lieb' ich, wie die Sonne ihren Schein;
Dich lieb' ich, weil du bist mein Lebenshauch;
Dich lieb' ich, weil dich lieben ist mein Sein.

40.

Warum willst du And're fragen,
  Die's nicht meinen treu mit dir?
  Glaube nichts, als was dir sagen
  Diese beiden Augen hier.
Glaube nicht den fremden Leuten,
  Gaube nicht dem eig'nen Wahn;
  Nicht mein Thun auch sollst du deuten,
  Sondern sieh' die Augen an.
Schweigt die Lippe deinen Fragen,
  Oder zeugt sie gegen mich?
  Was auch meine Lippen sagen,
  Sieh' mein Aug' — ich liebe dich.

41.

Liebst du um Schönheit,
  O nicht mich liebe!
Liebe die Sonne,
  Sie trägt ein gold'nes Haar.
Liebst du um Jugend,
  O nicht mich liebe!
Liebe den Frühling,
  Der jung ist jedes Jahr.
Liebst du um Schätze,
  O nicht mich liebe!
Liebe die Meerfrau,
  Die hat viel Perlen klar.
Liebst du um Liebe,
  O ja mich liebe!
Liebe mich immer,
  Dich lieb' ich immerdar.

42.

Wer in der Liebsten Auge blickt,
    Der hat die Welt vergessen.
    Der kann nicht, wen ihr Arm umstrickt,
    Was draußen liegt, ermessen.
Ich halt' in meinem Arm ein Glück;
    Wer kann es mir entziehen?
    Und nähm' es morgen Gott zurück,
    War's heut mir doch geliehen.
Verlangen kann ein Menschenherz
    Nichts Besseres auf Erden,
    Als fühlen Liebeslust und Schmerz,
    Und dann begraben werden.

43.

Der Schöpfung ew'ger Mittelpunkt
    Ist in des Menschen Herzen,
    Aus welchem durch die Welten funkt
    Ein Strahl von Lust und Schmerzen.
Des Menschen Seel' erwärmt allein
    Der Erde starre Glieder,
    Und gießt durch's eherne Gebein
    Des Fühlens Schauer nieder.
Es füllt allein des Menschen Geist
    Mit Leben aus die Räume,
    Bis wo die letzte Sphäre kreist,
    Aussendend Liebesträume.
Die Bälle, die, im Kreis geführt,
    Dem Bann der Schwere fröhnen,
    Wie sie der Liebe Blick berührt,
    So leuchten sie und tönen.
Zum unbewußten Kind der Au'
    Die Liebe spricht: Erwache!
    Im Auge der Empfindung Thau,
    Der Sonn' entgegen lache!

Der ew'gen Hoffnung Morgenröth'
  Im Osten angeflogen,
Und in den Wolken steht erhöht
  Des Glaubens Regenbogen.
Die Perle naht, der Edelstein,
  Aus Schacht und Meeresgründen,
Zum Dienst der Liebe sich am Schein
  Der Sonne zu verbünden.
Ich möcht' ein Stern nicht sein, wenn ich
  Kein liebend Aug' entzückte,
Und keine Blume, wenn nicht mich
  Der Liebsten Finger pflückte.
Die Geister alle der Natur
  Mit sehnsuchtsvollen Mienen,
Sie drängen sich heran, um nur
  Zum Gleichniß dir zu dienen.
Ich greif' in's glänzende Gewühl,
  Und such' in tausend Bildern
Ein unaussprechliches Gefühl,
  Mein Lieben, dir zu schildern.

44.

Ich dachte, daß ich wäre,
  Ein Ganzes wohl,
Gerundet eine Sphäre
  Von Pol zu Pol.
Wie halb ich war, empfunden
  Hab' ich durch dich:
Nun haben erst gefunden
  Zwei Hälften sich.

45.

Geliebte! Groß ist die Natur,
  Doch ist das Höchste nicht in ihr.
Sie ist ein Kleid der Gottheit nur,
  Der Gottheit Glieder sind nur wir.

Du siehst in ihr der Liebe Spur,
　　Die Liebe selbst ist nur in dir,
　　In dir der Treue Himmelschwur,
　　In ihr der Trieb und die Begier.
Sie ist ein trüber Spiegel nur
　　Für Gottes ew'ge Liebeszier;
　　Der rechte Spiegel rein und pur
　　Ist nur in deinen Augen hier.
Die Sterne drehn sich im Azur,
　　Und auf der Erde Pflanz' und Thier,
　　Sie drehn sich um die Liebe nur,
　　Und kommen selber nicht zu ihr.
Darum, als Gott herniederfuhr,
　　Ward er nicht Pflanze, Stern noch Thier,
　　Er ward ein Mensch auf ird'scher Flur,
　　Und sein durch Liebe wurden wir.

46.

Ich wohn' in meiner Liebsten Brust,
　　In ihren stillen Träumen.
　　Was ist die Welt und ihre Lust?
　　Ich will sie gern versäumen.
Was ist des Paradieses Lust
　　Mit grünen Lebensbäumen?
　　Ich wohn' in meiner Liebsten Brust,
　　In ihren stillen Träumen.
Ich wohn' in meiner Liebsten Brust,
　　In ihren stillen Träumen.
　　Ich neide keines Sternes Lust
　　In kalten Himmelsräumen.
Was ist die Welt und ihre Lust?
　　Ich will sie gern versäumen.
　　Ich wohn' in meiner Liebsten Brust,
　　In ihren stillen Träumen.

47.

Sagt mir nichts vom Paradiese,
   Es ist mir zu weit;
   Vorgezogen hab' ich diese
   Engre Seligkeit.

Sagt mir nichts vom Paradiese,
   Es liegt mir zu weit;
   Vorgezogen hab' ich diese
   Näh're Seligkeit.

Meiner Liebsten Kammer, diese
   Nahe Seligkeit,
   Liegt mit ihrem Paradiese
   Nachts mir nicht zu weit.

Meiner Liebsten Kammer, diese
   Enge Seligkeit,
   Schließt für mich neun Paradiese
   In sich, himmlisch-weit.

48.

Ich war am indischen Ocean
   Einst eine Palm' entsprungen,
   Du warst die blühende Lian'
   Um meinen Schaft geschlungen.

Ich war einmal ein Blüthenast
   In Edens schönster Laube,
   Da hattest du auf mir die Rast
   Gewählt als girrende Taube.

Du wareft einst ein Morgenduft
   Um Schiras Gartenbeete,
   Da war ich eine Morgenluft,
   Die spielend dich verwehte.

Du warst auf Sinas Moschusflur
   Die einsame Gazelle,
   Ich fand im Thaue deine Spur
   Und ward dein Spielgeselle.

Ich war ein lichter Tropfen Thau,
  Und als ich nieder sprühte,
  Warst du ein Blumenkelch der Au,
  Und nahmst mich in's Gemüthe.
Ich war ein klarer Frühlingsquell,
  Ich hab' es nicht vergessen,
  Du standst, und trankest meine Well',
  Als schlankste der Cypressen.
Ich war ein Funken Gold im Schacht,
  Da hab' ich ganz alleine
  Zum Ringe mich, und dich gemacht
  Zu meinem Edelsteine.
Ich war einmal ein Mondenstrahl,
  Du Abendsternes Blinken,
  Da sahest du viel tausendmal
  Mich dir von ferne winken.
Du wareft vor mir auf der Flucht,
  Vor meinem Blick geschwunden.
  Ich habe damals dich gesucht,
  Nun hab' ich dich gefunden.

49.

Seit das Paradies verloren,
  Ist die Arbeit Menschen-Loos,
  Und die Ruhe wird geboren
  Nur aus der Beschäft'gung Schooß.
Mag's den fleiß'gen Meister freuen,
  Eh' ein Werk zu Ende läuft,
  Heute schon zu sehn den neuen
  Stoff auf morgen angehäuft.
So mich freut es, ohne Schranken
  Meine Arbeit wachsen sehn,
  In der Werkstatt der Gedanken,
  Wo des Liedes Formen stehn.
Von des Tages erster Hellung
  Bis zum letzten Abendstrahl,
  Niemals endet die Bestellung,
  Nie des Schaffens süße Qual.

Und so schaff' ich meine Wochen,
    Und ein Feiertages Licht
    Ist mir hoffend angebrochen
    Auf der Liebsten Angesicht.
Wie sie mild dem Goldarbeiter
    Ihres Schmucks ein Lächeln schenkt,
    Stärkt den Geist es, daß er heiter
    Fort auf neue Arbeit denkt.
Doch die rechten Feierstunden
    Des Gemüthes träum' ich dann,
    Wann, von ihrem Arm umwunden,
    Mir des Schaffens Drang zerrann.

50.

Wie die Engel möcht' ich sein
    Ohne Körperschranke;
    Deren Unterredung ein
    Tönender Gedanke.
Oder wie die Blum' im Thal,
    Wie der Stern in Lüften,
    Dessen Liebesruf ein Strahl,
    Deren Sprach' ein Düften.
Oder wie der Morgenwind,
    Der um seine Rose
    Aufgelöset ganz zerrinnt
    In ein Liebgekose.
Aermer ist die Nachtigall,
    Die nicht kann zerfließen,
    Sondern nur der Sehnsucht Hall
    Lässet sich ergießen.
Eine Nachtigall bin ich,
    Aber stumm geboren;
    Meine Feder spricht für mich,
    Doch nicht zu den Ohren.
Leuchtendes Gedankenbild
    Ist des Griffels Schreiben;
    Doch wo du nicht lächlest mild,
    Muß es tonlos bleiben.

Wie dein Blick das Blatt berührt,
   Fängt es an zu singen,
Und den Preis, der ihr gebührt,
   Hört' die Lieb' erklingen.
Jeder Buchstab ist zumal
   Memnonsäule worden,
Die geküßt vom Morgenstrahl
   Aufwacht in Akkorden.

51.

Wie der Vollmond
   Aus den Wolken der Nacht,
   Ist das Antlitz der Liebsten
   Aus den Schleiern
   Mir entgegen getreten
   Sanft mit Glanzblick
   Die Verwirrungen lösend
   Am dunklen Himmel der Seele.
Durch Wogenaufruhr,
   Stürmische See,
   Vom Heimathland
   Hinausgewiesen,
   Von Leitsternen verlassen,
   Trug mich einsamen
   Schiffer der Liebe
   Mein verlorener Nachen.
Aber von leisen
   Liebestrahlen
   Meines Mondes berühret,
   Hat die Wellenempörung,
   Der gähnende Abgrund
   Unter mir,
   Sich zum freundlichen
   Spiegel des Himmels geglättet.
Ein Schmetterling
   Mit entfalteten Schwingen,
   Schwebt der bewimpelte Nachen,

Mit Mondenlichtern
Und Lüften spielend,
Durch gekräuselte
Blumen des Schaumes
Ueber der grünen Meerflur.

Woher? wohin?
Dort hinten, woher
Die Fahrt mich trug,
Dort hallet, im Zug des Nachtwinds,
Gedämpftes Tosen
Der Brandung nach,
Die gegen den Strand
Des Lebens sich bricht.

Heil dir, mein Nachen,
Daß du entronnen
Den Wirbeln bist!
Und dort, wohin du strebest,
Dort liegt das Land der Hoffnungen,
Das Paradies der Wünsche,
Der Hesperidengarten,
Der Inselhain der Seligen.

Gewürzte Lüfte
Tragen die Liebes-
Grüß' herüber
Von nachtduftenden
Wunderblumen,
Und Nachtigallen flöten
Schlummerlieder
Dem müden Schiffer entgegen.

Komm o müder
Schiffer der Liebe,
Sucher des Schönen,
Sehnendes Herz!
Aus dem schwankenden Nachen
Komm an's Eiland der Ruh',
Unter die wehenden
Palmen des Friedens komm!

Ruhe dich aus, entschlummre!
  Und jener Mond,
  Deß Liebesantliz
  Du sahst im Spiegel der Waffer,
  Als Glanzgestalt
  Der Liebsten tret' er
  Im sterngestickten
  Gewand der Nacht dir entgegen.

52.

Wann die Rosen aufgeblüht,
  Geht der Lenz zu Ende;
  Wann die Sonn' am höchsten glüht,
  Naht die Sonnenwende.
Alles Leben muß hinab,
  Das nicht mehr kann steigen:
  Und so will ich in mein Grab
  Mich, o Liebchen, neigen.
Da die Lieb' ich fand, um was
  Könnt' ich hier noch werben?
  Thu' den Arm mir auf und laß
  Mich im Kuffe sterben!

53.

Ich schaudr', in meiner jungen Bruft,
  Nach weggenommner Hülle,
  Zu finden ungeahnter Luft
  Solch eine tiefe Fülle.
Ein solches Meer, solch einen Schacht
  Von Regungen und Trieben,
  Solch eine Himmelsübermacht,
  Zu fühlen und zu lieben.
Wo kam das her, was hier nun quillt,
  Das wunderbare Leben,
  Das auf den Liebsten überschwillt,
  Und auf die Welt daneben?

Mein Liebster sagt: der Ueberfluß
  Hab' in mir, still bedecket,
Geschlafen lang', und nur sein Kuß
  Hab' ihn hier aufgewecket.

54.

Ich weiß auf Erden einen Spiegel klein,
  Der größer mir als Meer und Himmel gilt;
Denn weder Meer noch Himmel ist so rein
  Wie jenes Licht, das seiner Tief' entquillt.
In diesen Spiegel schau' ich mich hinein,
  Die Lust mich drin zu sehn ist nie gestillt,
So ungetrübt sein Glanz mög' ewig sein,
  Wie er nie liebres spiegelt als mein Bild!

55.

In deinem Auge seh' ich einen Jüngling stehn,
  Er thut alswie ein Bräutigam entzücket.
O wolle doch einmal auch mir in's Auge sehn,
  Ob drin ein Mädchen steht als Braut geschmücket!

56.

Glücklich, wer von Jugendlenz umroset,
  Mit dem Becher, mit dem Liebchen, koset;
Wer in des Gemüthes heil'ger Stille
  Nicht vernimmt, wie Welt und Leben toset;
Wer sich über's Trübe nicht betrübet,
  Und sich über's Böse nicht erboset;
Keine Klage kennet, als die süße,
  Daß sich schnell der Liebe Lenz entroset!
Trinke! tränke mich, eh' sich mit Schweigen
  Ueber unsern Durst die Gruft bemooset.
Geht! wo man im Lottospiel des Lebens
  Den Gewinn und den Verlust verlooset.
Freimund, ohne mitgespielt zu haben,
  Hat das große Loos für dich erlooset.

57.

Als ich singen wollte zu der Liebe Preise,
Statt in eig'ner, auch einmal in fremder Weise,
War die Weise fremd im Anfang, aber wurde
Eigen endlich auch im Liebeszauberkreise. —
Geh' in der Nacht im Garten an die Fluth,
Wo schon der Lotos unter'm Wasser ruht.
Entschleire dich! er taucht empor, und hält
Für Sonnenaufgang deiner Wangen Gluth. —
Alswie das Käferchen im Schooß der Rose,
Alswie das Mückchen in der Zuckerdose,
Hält mich die Lieb' in Luft gefangen; soll ich
Beklagen oder segnen meine Loose? —
Ich trage deinen Traum in meinem Busen;
Für andres ist kein Raum in meinem Busen,
Mein Blut ist hin, ich trage wie der Becher
Nur süßen Liebesschaum in meinem Busen. —
Wenn ich dein Süßes durft' erwerben nicht,
O kargtest du mit deinem Herben nicht;
Wenn mir, durch dich zu leben, wehrt das Glück,
Mißgönnte mir's, von dir zu sterben, nicht! —
Ich lieg' in eines bittern Meeres Grab;
Nur Einen süßen Tropfen träuf' herab!
Du weißt es, die bescheidne Muschel macht
Zur Perl' ein Tröpflein, das die Wolf' ihr gab. —
Gestern war ich Atlas, der den Himmel trug,
Als der Liebsten Herz auf meinem Busen schlug;
Ihrer Augen Sonnen kreisten über mir,
Und wie Aether spielt um mich ihr Athemzug. —
O zieh' den Liebesknoten fester zu noch!
So lang' ich athme, fand ich keine Ruh noch.
Laß mich in dir ausathmen! Mir fehlt etwas.
Solang ich etwas andres bin als du noch. —
Mir ist dein Kuß je länger je lieber,
Dein Arm ist mir je enger je lieber.
Zwar macht dein Kuß, der lange, mir bange,
Mir aber ist je bänger je lieber. —

Meine Thränen fließen ohne Minderung,
 Meine Wunden bluten ohne Linderung.
  Mich am Sterben hindern könnte nur dein Blick,
  Doch er läßt mich sterben ohne Hinderung. —
Die Wund' ist mein, wozu den Pfeil du hast;
 Das Weh ist mein, wozu das Heil du hast.
  Ich suche dich, o sieh! die Hälfte Herz
  Ist mein, wozu das andre Theil du hast. —
Der Hauch auf meinen Lippen ist nicht meiner,
 Ich hab' ihn dir entathmet, er ist deiner.
  Dein Liebesodem und mein Sehnsuchtsathem,
  Zwei Hauche waren es, und sind nun einer. —
Die Liebe sprach: Gib mir dein Herz, es soll genesen.
 Entfaltet wie ein Blatt hat sie mein ganzes Wesen.
  Mit einem Gruß an dich hat sie das Blatt beschrieben;
  O möchtest du einmal wie einen Brief mich lesen! —
Du bist mein Tag, was könnte trüb mich machen?
 So oft du lächelst, muß die Welt mir lachen.
  Du bist mein Tag, o lächle, daß ich sterbe!
  Und lächle dann, ich will vom Tod erwachen. —
Mein Tag! du mußt dich auch geberden heiter,
 Wenn es mir soll im Herzen werden heiter.
  Wenn um die klare Stirn du Wolken ziehest,
  Mein Tag! alsdann ist's nicht auf Erden heiter. —
Wenn du deine Augen schließest, welche meine Sonnen sind;
 Weiß ich nicht, ob du mir vorkommst blind, ob ich mir selber blind!
  Wie ein Kind dann möcht' ich weinen, wie du mit geschlossenen
  Augen seltsam hold mir vorkommst, hülfsbedürftig wie ein Kind. —
Liebster! daß vor mir du sterbest, siehst du wohl, es geht nicht an,
 Da ich weinen muß sobald du deine Augen zugethan.
  Da ich jezo trocknen Auges sie nicht kann sich schließen sehn,
  Meinst du, daß ich ungebrochnen Herzens brechen sehn sie kann?

58.

  Süßer ist, als Thun, viel süßer, Leiden;
   Darum, Liebste, muß ich dich beneiden:
    Weil das Lamm du bist und ich der Hirte,
    Du darfst folgen und ich dich muß weiden;

Weil du bist die Au' und ich dein Frühling,
Ich dich schmück', und du dich lässest kleiden;
Rose du, und ich der Dorn, dein Hüter,
Der dir abwehrt, was dir frommt zu meiden;
Rebe du, die Freudenthränen weinet,
Wenn ihr Winzer, ich, sie muß beschneiden.
Wenn du Trauben mir versprichst zu tragen,
Soll mir nichts die Winzermüh verleiden.
O du Bild, das meine Liebe malet,
Sollte je von dir mein Fleiß sich scheiden!
Du bist Marmor und ich bin der Meißel,
Dich zu bilden, muß ich mich bescheiden.
Du mein edler Stein, ich bin dein Künstler,
Der in's Herz dir sein Gepräg will schneiden.
Prägen will ich dich nach meinem Herzen,
Bis du nicht von mir zu unterscheiden.
Alle deine Eigenschaften will ich
Bilden aus zu köstlichen Geschmeiden.
Alle deiner Seele Fäden will ich
Weben aus in ein Geweb von Seiden.
Wie du in Geschmeid und Seide prangest,
Will ich dann den Blick an dir auch weiden.
Sieh! mein Glück ist, deines zu gestalten;
Solltest du nicht gern dein Glück erleiden?

59.

Schwing' dich, Adler! ich erlaube deine Lust;
Schwing' mit Kreischen dich, und raube deine Lust!
Turteltaub'! im Nest nicht girre, wo er kreischt;
Birg' mit Schweigen unterm Laube deine Lust!
Heut' erwähl' ich mir des Adlers Sonnenschwung,
Morgen mir, o Turteltaube, deine Lust.
Freuden pflücke, wann der Frühling Rosen bringt;
Koste, bringt der Herbst die Traube, deine Lust!
Lilie! des Silberhelmes freue dich!
Ros'! es sei die Scharlachhaube deine Lust!

Ostwind! hauch' in Blüthenflocken säuselnd hin!
Komm' auch, Nordwind, und verschnaube deine Lust!
Laß sich deine Sprossen drängen, Sommerhain,
Eh' der Winter dir entlaube deine Lust!
Blicke, wenn die Erde leer ist, himmelan,
Schmerz! dir zeiget dort der Glaube deine Lust.
Ist ein Wissen dir gegeben, liebes Herz,
Sorge, daß es nicht verstaube deine Lust!
Wie das Huhn, das Körner picket, Freimund komm
Und der Spreu der Welt entklaube deine Lust!

60.

O des stillen Flusses Najade,
  Der die Wohnung der Liebsten bespült,
Und hinunter auf leisem Pfade
  An den Wurzeln des Gartens wühlt;
Gib die Wogen zum lauen Bade,
  Das ihr die zarten Glieder kühlt!

O des stillen Flusses Najade,
  Der die Wohnung der Liebsten bespült;
So du wünschest, daß nie dir schade
  Gluth des Sommers, der drückend schwült:
Gib die Wogen zum lauen Bade,
  Das ihr die zarten Glieder kühlt!

O des stillen Flusses Najade,
  Der die Wohnung der Liebsten bespült;
Du erflehtest dir selb es zur Gnade,
  Hast durch das Amt geehrt dich gefühlt:
Gib die Wogen zum lauen Bade,
  Das ihr die zarten Glieder kühlt!

61.

Freund! o wie mir's bringt zu Herzen,
  Was dein Lied von Liebe spricht!
Nur so oft's von süßen Schmerzen
  Redet, so begreif' ich's nicht.

Ist es um des Klanges willen
  Nur weil Schmerz auf Herz sich reimt?
  Denn ich fühle wie im stillen
  Busen gar kein Schmerz mir keimt.
Hier sind lauter Himmelswonnen,
  Ist es so nicht auch in dir? —
  Freundin! ja so hat's begonnen,
  Doch solang war's anders hier.
Nur im reinsten Engelherzen
  Kann der Liebe Himmelslicht
  Zünden reine Freudenkerzen,
  Und die Flammen fühlst du nicht.
Und ich fühle, wie herüber
  Schon von dir die Kraft mir dringt,
  Tretend in den Kampf mit trüber
  Nacht, und sie zu Boden ringt.
Nur das Schmerzenswort zu brauchen
  Klebt dem Lied noch an ein Hang.
  Komm, in Wonnen untertauchen,
  Freundin, soll der leere Klang!

62.

Scheinen will es zwar ein Traum;
  Was ich fühle, glaub' ich kaum.
  Doch du stehest mir zur Seiten,
  Lieblichste der Wirklichkeiten!
Tages trägt mich das Gefühl,
  Aber Nachts auf meinem Pfühl
  Hab' ich oft im Traum verloren
  Dich, und was du mir geschworen.
Soll mir das ein Zeichen sein,
  Eine Vorbedeutung? Nein!
  Abgesagt sei allen Zeichen,
  Allem schauer=ahnungsreichen.
Wie das Leben hell bewußt
  Fühl' ich dich in meiner Brust,
  Und die Nacht mit ihrem Flüstern
  Soll mir nicht das Licht verdüstern.

Ja, die finstere Gewalt,
  Die am Tag hat keinen Halt,
  Kann sich tückisch nur befleißen,
  Dich im Traum mir zu entreißen.
Komm, o Liebste, Morgenlicht,
  Mach' die Finsterniß zu nicht.
  Deine Lieb' ist helles Wachen,
  Sollte bang ein Traum mir machen?

63.

Dieser Liebe Freudenschauer,
  Der dich, Liebster, mir gewann,
  O wie sorg' ich, auf die Dauer,
  Ob er mir dich halten kann.
Mit dem Raub des Himmels schmücken
  Und der Erde möcht' ich mich,
  Immer neu dich zu beglücken,
  Zu entzücken, Liebster, dich.
Ja ich wollte selbst nicht schaudern,
  Auch für dich gelehrt zu sein.
  Führe mich nur ohne Zaudern
  In das Reich des Wissens ein.
All dein Dichten, all dein Denken,
  Durch der Liebe Zauberhauch
  Könntest du in mich es senken,
  Dich in mir zu finden auch!
Daß dich's freute, die Entfaltung
  Deiner Träum' in mir zu schau'n,
  Und mit schöpfrischer Gestaltung
  Deine Welt in mir zu bau'n.
Daß du jeder deiner Fragen
  Hier die Antwort fändest all,
  Jede Saite angeschlagen
  Dir gäb' einen Widerhall.
Daß ich wie ein reiner Spiegel
  Gegenüber dir gestellt,
  Löste unter'm Liebessiegel
  Die Geheimnisse der Welt.

64.

Liebster! o wie träumt' ich einst
   Dir soviel zu sein.
   Wie du größer mir erscheinst,
   Werd' ich mir so klein.
Ja, ich fürchte, daß ich dir
   Immer minder gar
   Werden müsse, wie du mir
   Mehr wirst immerdar.
Hast du mich so nöthig auch,
   Als ich habe dich?
   Laß in einen Seufzerhauch,
   Liebster, schwinden mich.
Nanntest Engel mich und Stern;
   Bin ich beides noch?
   Stehe dir dazu nicht fern,
   Steh' dazu nicht hoch.
Wie du völlig mich gewannst,
   Seh' ich gar nicht ein,
   Was du an mir haben kannst,
   Als ein Weib allein.

65.

Wenn ihr fragt, wer hier nun spricht,
   Ich der Dichter, oder Sie?
   Sag' ich euch: ich weiß es nicht,
   Sondert ihr's! ich sondr' es nie.
Hier sind zwei in Liebeslust
   Eins, und thun's einander kund;
   Ich empfind' aus ihrer Brust,
   Und sie spricht durch meinen Mund.

66.

Von Cyanen laß den linden
   Kranz dir winden,
   Von Cyanen laß den rechten
   Kranz dir flechten.
Schön mit deinen dunklen Haaren
   Wird das dunkle Blau sich paaren.
   Ceres selbst im Götterschimmer
   Kränzt mit anderm Schmuck sich nimmer.
Du bist meines Lebens Ceres;
   Ohne dich, mein Sein, was wär' es?
   Dorn und Distel würden stehen,
   Wo jetzt goldne Saaten wehen.
Du bist meine Segens-Ernte,
   Meine blumenmilddurchsternte.
   Deine Lieb' ist meine Garbe,
   Daß mein Herz nicht Nahrung darbe.
Ewig sich von deinen Aehren
   Müssen meine Wünsche nähren,
   Und mit deiner stillen Blüthe
   Muß sich schmücken mein Gemüthe.
Blaue Blüthe, Bild der Treue,
   Blauer als des Himmels Bläue,
   Dich, mir ewig treu geblieben,
   Müss' ich ewig, ewig lieben.

67.

Ich frage meine Herzgeliebte,
   Wie mancher wohl vor mir sie liebte,
   Wie manchen sie vor mir geliebt;
   Worauf sie mir zur Antwort gibt:
   Wenn das, wie du mich liebst, ist Liebe,
   Wenn Lieb' ist das, wie ich dich liebe,
   So hab' ich keinen noch geliebt,
   So hat mich keiner noch geliebt.

68.

Meine Liebste hat ein einziges Geschmeide,
  Das sie ewig tragen will, der Welt zum Neide,
  Sich zum Stolz, und mir zur Herzenaugenweide.
Meine Liebste hat ein einziges Geschmeide:
  Meine Lieb' und meine Dichtkunst halfen beide,
  Es zu weben aus Juwelen, Gold und Seide.
Meine Liebste hat ein einziges Geschmeide,
  Das sie immer, ohne daß von ihm sie scheide,
  Tragen will in Lust, und wenn es kommt, im Leide.
Meine Liebste hat ein einziges Geschmeide,
  Und sie hat verordnet, daß zum Sterbekleide
  Einst ihr biene, was jetzt dient zum Brautgeschmeide.

———

Sechster Strauß.

Verbunden.

———

1.

Immer dacht' ich, Liebste, daß
　Deines Dichters Lieben
Völlig von des Liedes Maß
　Sollte sein umschrieben;
Daß du nichts so tief, und nichts
　Ich so hoch empfände,
Was in Schranken des Gedichts
　Seinen Platz nicht fände.
Liebste! heut' erkenn' ich doch
　Daß ein Lied nicht reichet
An die Liebe, die ihm hoch
　Himmelein entweichet.
Was ich heut, der Welt geheim,
　Dir vor Gott geschworen,
Schwören könnt' ich's nicht im Reim,
　Noch vor Menschenohren.
Darum fürchte nun auch nicht
　Zaubertrug und Welle!
Treten kann nicht ein Gedicht
　An der Liebe Stelle.
Nicht, die Liebe selb zu sein,
　Mag dem Liede glücken,
Sondern sein Beruf allein
　Bleibt, ihr Kleid zu schmücken.

2.

Herr! der du alles wohl gemacht!
  Ich will nichts, was nicht du willst schenken.
  Du machst es nicht, wie wir's gedacht;
  Du machst es besser, als wir's denken.
Mich geb' ich hier in deine Hand,
  Daß du mich meiner Liebsten gebest.
  Du hast geschlungen dieses Band,
  O daß du's immer fester webest.
O ziehe nicht die Hand zurück,
  Die du zum Heil mir ausgestrecket!
  Du leitest mich zu meinem Glück;
  Gib, daß dazu kein Weg mich schrecket.
Soll ich mit ihr auf Rosen gehn?
  Den Dornenpfad? Ich geh' in Frieden.
  Und sollen wir getrennt hier stehn,
  Laß uns im Himmel ungeschieden.

3.

Meine Augen, hier an deine Wangen
Angeschmiegt, in Wonne zugegangen,
Sehen dich nicht, doch im Herzen immer
Fühl' ich dich wie einen Gottesschimmer.
Sind wir hier durch etwas noch geschieden?
Was ist zwischen uns? Des Himmels Frieden!
Ihn, das fühl' ich, wie ich dich umwinde,
Fühlest du, wie ich ihn selbst empfinde.

4.

Nun wünsch' ich, daß die ganze Welt
  In Himmelsluft erwarme,
  Wenn jeder das im Arme hält,
  Was ich in meinem Arme;
Daß alle Blumen mögen blühn,
  Und grünen alle Bäume,
  Wie mir aus Hoffnungs Immergrün
  Der Zukunft Rosenträume!

5.

Ihr Engel, die ihr tretet,
  Wie Morgenlüfte lind,
  Heran, wo brünstig betet
  Zu Gott ein Menschenkind.
Habt ihr zur Kirch' euch nieder,
  Der ländlichen, geneigt,
  Wo Opferrauch der Lieder
  Aus hundert Herzen steigt?
Das heil'ge Fest der Pfingsten
  Versammelt dort vor'm Herrn
  Die größten und geringsten
  Aus Hütten nah und fern.
Ihr Engel, nehmt die Stimmen,
  Und laßt den vollen Chor
  Wie Blumendüfte schwimmen
  Zu Gottes Thron empor.
Doch von den Stimmen eine,
  Die meiner Liebsten ist,
  Die nehme du alleine,
  Der du ihr Engel bist;
Und leg' am Thron sie nieder.
  Dort soll für mich sie flehn,
  So wie hier Freimunds Lieder
  Für sie zum Himmel gehn.

6.

Aus nicht kann ich hier dich lieben
  In der Erdenspanne Zeit,
  Uebrig ist das beste blieben,
  Uebrig für die Ewigkeit.
Wie ein Brautstand nur auf Erden
  Soll um dich mein Werben sein,
  Bis, auf ewig Eins zu werden,
  Gott uns führt im Himmel ein.

7.

Liebe ward von Gott der Welt verliehen,
Um zu Gott die Seele zu erziehen.
In die Schule bin ich früh gegangen,
Habe nicht die rechte Lehr' empfangen.
Unerzogen ist das Seelchen blieben,
Bis du ihm zum Meister wardst verschrieben.
Mußt Geduld nur haben! will ja gerne
Lernen, erst ist Noth, daß ich verlerne;
Denn es blieb an mir das Falsche hangen.
Schlimmer als von vornen anzufangen!
Mußt mich Alles erst vergessen lassen,
Soll ich rein die neue Lehre fassen.

8.

Ich lade dich, Geliebter,
    Heut Abends auf ein Schach.
    Leicht wirst du matt mich machen,
    Ich fühle schon mich schwach.
Wie hat es mich, Geliebter,
    Das erste Mal ergötzt,
    Da mir ein Zug gelungen,
    Und ich dich matt gesetzt!
Es ward mir fast zu lange,
    Mich stets zu sehn besiegt;
    Du hast auch gar zu ernstlich
    Die Schülerin bekriegt.
Drum fühlt' ich seit der Stunde
    Ein süßes Obgewicht:
    Du warst mir überwunden,
    Ich war es fürder nicht.
Jetzt brauch' ich mich mit Stolze
    Zu waffnen gar nicht mehr;
    Besiegt mich zu bekennen,
    Fällt, Liebster, mir nicht schwer.

9.

Liebchen! meine Freunde rathen,
 Edlem Lehrstand mich zu weihn,
Auszustreuen goldne Saaten
 In der Jugend frische Reihn.
Ob in mir ich solche Körner
 Heg', ist wenig mir bewußt;
Sie zu säen zwischen Dörner
 Hab' ich völlig keine Lust.
Bin ich selbst doch in der Wilde
 Aufgewachsen ohne Zucht.
 Ohne daß ich andre bilde,
 Will ich tragen meine Frucht.
Bin geworden, was ich konnte;
 Werd' ein jeder, was er kann!
 Wie ich mich an keinem sonnte,
 Biet' ich Licht auch keinem an.
Sollt' ich ernst gelehrte Sachen
 Pred'gen? Mir ein schlechter Spaß.
 Oder lehren Verse machen?
 Selber kann ein jeder das.
Liebchen! Ab vom Lehrerstuhle
 Wendet sich zu dir mein Sinn.
 Wo ich halten soll die Schule,
 Mußt du sein die Schülerin.
Meine Weisheit will ich träufen
 Dir mit Küssen in die Brust,
Alle Geistesblüthen häufen
 Um dich her zu Schmuck und Lust.
Warum sollt' ich meine Saaten
 Fremden Feldern anvertrau'n,
 Da mich Gott so wohl berathen,
 Daß ich darf mein eignes bau'n?
Pflanzen will ich stets vom frischen,
 Und mich meiner Ernten freu'n,
 Und kein Fremder soll mir zwischen
 Meinen Weizen Unkraut streu'n.

10.

Wenn die Böglein sich gepaart,
  Dürfen sie gleich nisten,
Ohne Sorg', auf welche Art
  Sie sich werden fristen.
Ach daß auch der Menschen zwei
  Also könnten wohnen,
Wie die Vögel frank und frei
  In den Laubeskronen.

11.

O ihr Herren, o ihr werthen
  Großen reichen Herren all!
Braucht in euren schönen Gärten
  Ihr denn keine Nachtigall?
Hier ist eine, die ein stilles
  Plätzchen sucht die Welt entlang.
Räumt mir eines ein, ich will es
  Euch bezahlen mit Gesang.

12.

O wie macht's dem Lehrer Freude,
  Sieht er seines Schülers Fleiß,
Wie er in sein Lehrgebäude
  Sich geschickt zu finden weiß.
Welche Freud' an meinem Kinde,
  Die sich fleißet ernst und still,
Weil sie ganz, wie ich empfinde,
  Mich auswendig lernen will.

13.

Liebchen hat zum Eigenthum
  Einen kleinen Garten,
Und ich bin der Gärtner, um
  Fleißig ihn zu warten.

Mag auf weiter Gartenflur
　　Jemand Früchte ziehen!
Blumen sind in meinem nur,
　　Rosen nur, gediehen.

Zwar die Blätter duften frisch,
　　Und die Knospen hauchen,
Aber für den Mittagstisch
　　Sind sie nicht zu brauchen.

Drum zu Zeiten muß ich wohl
　　Von den Blumen nehmen,
Sie vertauschen gegen Kohl,
　　Darf mich deß nicht schämen.

Sehet hier die köstlichen
　　Rosen, die ich biete.
Gebt mir euren tröstlichen
　　Kohl dafür zur Miethe.

14.

Es ist kein Stand auf Erden,
　　Er reizt des Dichters Neid:
Der Schäfer bei den Herden
　　Ist eine Herrlichkeit.

Der Jäger in den Wäldern
　　Ist vollens eine Lust;
Den Landmann in den Feldern
　　Trag' ich in meiner Brust.

Der Schnitter, der die Halmen
　　Vom Feld nach Hause bringt;
Der Priester, der die Psalmen
　　Für die Gemeinde singt.

Der Bergmann mit der Zitter
　　Bewegt das Gold im Schacht;
Zu Roß der kühne Ritter
　　Bewegt sich in der Schlacht.

Der Schiffer in dem Nachen
　　Schwebt auf der klaren Fluth;
Der Wächter hat zu wachen
　　Vom Thurm, wann alles ruht.

Im Walde der Einsiedler
    Ist sich genug allein;
Beim Erntefest der Fiedler
    Erregt den bunten Reihn.
Ich möchte meinen Garben
    Die Scheuer selber bau'n,
Mein Haus mit eignen Farben
    Möcht' ich bemalet schau'n.
Ich möchte meine Reben
    Als Winzer ziehn für mich,
Auf eignem Webstuhl weben
    Das Kleid für mich und dich.
O Liebste, so gefallen
    Mir alle Stände wohl.
Daß ich nicht weiß, von allen
    Was ich erwählen soll.
Sie sprach: Erwählet hast du
    Den besten Stand bereits.
Laß anderen die Last du,
    Und nimm für dich den Reiz!
Du kannst dich zum Ergötzen,
    Und mich an deiner Hand,
Im Augenblick versetzen
    In den und jenen Stand;
Als Schäferin mich kleiden,
    Und dich als Jäger grün;
Mich lässest Lämmer weiden,
    Und tödtest Hirsche kühn.
Du pflanzest einen Garten,
    Wo Lenz zu jeder Frist,
Die Blumen aller Arten,
    Und nirgend Unkraut ist.
Wir wohnen heut auf Almen
    Im luft'gen Schweizerland,
Und morgen unter Palmen
    An Ganga's heil'gem Strand.
Du tauchest in die Schachten
    Und bringst den Edelstein,

Und deine Lieder brachten
Mir tausend Perlen ein.
Du rühreſt ja die Saiten
Und drehſt die Stern' im Tanz,
Und deine Farben breiten
Um's Herz mir Himmelsglanz.
Aus Strahlen und aus Tönen
Haſt du erbaut dein Haus;
Komm, ruh' mir nun im ſchönen
Gemach des Buſens aus!

15.

Eines Weges ſo oft bin ich zur Liebſten gegangen,
Daß aufmerkſam geworden die Leut' in der Näh' und die Hunde.
Doch mir haben die Hunde bereits als einem Bekannten
Auf zu bellen gehört, die Leute nur bellen noch immer.

16.

Wolle nur dein offnes Herz mir zeigen,
Deinem Arzte mußt du nichts verſchweigen.
Jede wunde Stelle muß ich ſchauen,
Wenn ich drauf ſoll meinen Balſam thauen.
Wo das Weh der Welt in dich geſchnitten,
Und was du durch deine Schuld erlitten.
Iſt es arg? es wird ſich laſſen heilen,
Und wo nicht, ſo will ich mit dir theilen.
Haſt dich mir nicht für geſund gegeben;
Laß dich pflegen, liebes krankes Leben!

17.

Komm, und in die Welt tritt ohne Zagen,
Denn ich bin mit dir im Bund.
Heben will ich dich, ich will dich tragen,
Und nicht wanken ſoll der Grund,
Freund, Geliebter, Bruder, Bräut'gam, Gatte,
Stolz Gefühl! was bin ich dir!
Was dein Herz in Traumeshimmeln hatte,
Haſt du wachend nun in mir.

18.

Laß, geliebtes Angesicht,
  Laß uns nicht verzagen,
Daß der Liebe Jugendlicht
  Lischt in kurzen Tagen.
Ew'ge Jugend ist durch dich
  Auf in mir gegangen;
Mag denn nur die irb'sche sich
  Stehlen von den Wangen!
Dieses Leben, das du mir
  Liebend haft gegeben,
Liebend wieder geb' ich dir,
  Und verschönt, das Leben.
Jeder Blitz aus deinem Licht,
  Jeder Schönheitsfunken,
In das Dunkel ist er nicht,
  Sondern hier versunken;
In die frühlingshelle Brust
  Stieg er leis' hernieder,
Ward ein stiller Keim der Luft
  An dem Baum der Lieder.
Liebste! dieses Frühlings Glanz,
  Den ich dir verdanke,
Freudig deinem Haupt zum Kranz
  Opfr' er jede Ranke.
Wann in meines Auges Glanz
  Du nicht mehr mein Lieben
Lesen kannst, so lies es ganz
  Noch im Lied geschrieben.
Wann kein andrer Spiegel dir
  Will die Jugend zeigen,
In des Liedes Spiegel hier
  Ist sie noch dein eigen.

19.

Wärst du krank, daß ich dich könnte pflegen,
  Wärst du nackt, daß ich dich könnte kleiden,

Ohne Stätt', an's Herz wollt' ich dich legen,
Ohne Freund, von dir wollt' ich nicht scheiden!
Wärst du blind, daß, um die Welt zu sehen,
Ich dir meine Augen müßte leihen.
Wollt ich doch, daß dir ein Weh geschehen,
Daß ich könnte dich davon befreien!
Sieh dein thöricht stolzes Weib! es könnte
Wünschen, daß dem liebsten Mann auf Erden
Alles fehlte, nur damit mir gönnte
Das Geschick, ihm alles dann zu werden.

20.

Wärst du minder mir ergeben,
  Ging' es dir wie andern hin
Auch einmal zu widerstreben,
  Jeder Kopf hat seinen Sinn.
Doch du stehst mir in Gedanken
  Wie du dich zuerst gezeigt:
All mit deiner Wünsche Ranken
  Nur in meinen Sinn verzweigt.
Soll mein Herz nicht zornig beben,
  An den Wurzeln tief verletzt,
Wenn mein eignes innres Leben
  Mir sich feindlich widersetzt?

21.

Weißt du noch, mein süßes Täubchen,
  Wie ich früh dir schon gesagt,
Daß an dir ein Spitzenhäubchen,
  Mir vor anderm Putz behagt?
Thue nur, mein holdes Sträubchen,
  Hut und Schleier thu' von dir,
Zeige dich im Spitzenhäubchen,
  Wenn du willst gefallen mir.
Süßer Hoffnung Düftestäubchen
  Wehn mich an mit stiller Lust,
Wenn dein Haupt im Spitzenhäubchen
  So sich schmiegt an meine Brust.

Einmal soll von Myrtenläubchen
   Noch ein Kranz dein dunkles Haar
Schmücken, dann das Spitzenhäubchen
   Immer immer immerdar.

22.

Ich segne diese Tropfen,
   Die an das Fenster klopfen,
   Und sprechen: Wer zu Haus,
   Der geh' itzt nicht hinaus.
Vom Himmel strömt im Regen
   Den Fluren duft'ger Segen,
   Daß neue Blumen blühn
   Aus dem erfrischten Grün.
Mir aber strömen nieder
   Im Regen Lieb' und Lieder,
   In meiner Liebsten Haus,
   Wo ich nicht kann heraus.
Ich hätt' im Strahl der Sonnen
   Verlassen meine Wonnen,
   Ich hätt' im Sternenschein
   Fort müssen ziehn allein.
Der Regen heißt mich bleiben,
   Sie kann mich nicht vertreiben;
   Und wie ihr Auge spricht,
   Vertreibt sie auch mich nicht.

23.

Daß in diesem jungfräulichen
   Zimmer, wo noch nimmer
Sich ein Mann hat eingeschlichen,
   Nun sich wie auf immer
   Nieder hat der Freund gelassen;
   Kann ich den Gedanken fassen?
Und warum nicht in der Kammer
   Soll er wohnen, schreiben,
   Den ich doch nicht kann, o Jammer,

Aus dem Herzen treiben!
Freund, in meinem schönsten Zimmer,
Hier im Herzen wohnst du immer.
Ach es war nicht wohl verwahret
Meines Herzens Pforte;
Und der Freund hat nicht gesparet
Seine starken Worte.
Daß ich ihn herein genommen,
Macht mir wohl und doch beklommen.
Wann die kurzen Tage schwinden,
Und der Freund geschieden;
Wo dann einsam werd' ich finden
Wieder meinen Frieden?
Ihn im Herzen find' ich nimmer,
Ihn nicht mehr in meinem Zimmer.
Tages werd' ich still im Herzen
Dich verborgen tragen,
Nacht im Zimmer bei den Kerzen
Wird das Herzchen schlagen;
Wie ich öffne die Gardinen,
Schaut der Freund mich an aus ihnen.
Hast dich wollen malen lassen,
Um, wenn du gegangen,
An der Wand vor meinem nassen
Blick als Bild zu hangen;
Doch nun wird ein Bild mir strahlen,
Das kein Maler braucht zu malen.
Daß dich dieser Pfühl gewieget,
Kann ich das verdrängen?
Wo mein Haupt im Schlummer lieget,
Wird dein Bildniß hängen.
Und nicht brauch' ich zu erschrecken,
Niemand wird das Bild entdecken.

24.

Liebster! einst geliebt hat mich ein Mann,
Deß ich noch mit Haß nicht denken kann,
Aber deß ich nie mit Liebe dachte.

Wunder nimmt mich's, wenn ich's jetzt betrachte,
Wie ich stets geblieben ihm so kalt,
Und vor dir geschmolzen bin so bald.
Will mich Reue nun zu spät durchschauern?
Jetzo fang' ich an, ihn zu bedauern.
Jetzo, da ich, Liebster, liebe dich,
Fühl' ich, wie er einst geliebt hat mich;
Liebend erst kann ich es ganz empfinden,
Was es heißt, nicht Gegenliebe finden.

25.

Ich liebe dich aus Eigennutz,
   Sprach ich zu ihr, sprach sie zu mir,
   Ich liebe dich, weil du mein Putz.
   Dich lieb' ich, weil du meine Zier.
Ich liebe dich aus Eigennutz,
   Sprach sie zu mir, sprach ich zu ihr.
   Ich liebe mich als deinen Putz,
   Ich liebe mich als deine Zier.
Und lieben wir uns so zum Putz,
   Und lieben wir uns so zur Zier,
   Und ist das Lieb aus Eigennutz,
   Aus Eigennutz so lieben wir.

26.

Scheint es dir nicht seltsam, Liebchen,
   Wie wir sprachen zweierlei
   Reden, ob wir sind mit andern,
   Oder ob wir sind zu zwei.
So geredet doppelzüngig
   Hab' ich einst auf Welschlands Flur,
   Welsches mit den Welschen sprechend,
   Mit den Deutschen Deutsches nur.
Liebchen! laß nun fremde Zungen,
   Denn die Fremden sind zur Ruh.
   O wie traulich ist erklungen
   Unser landsmannschaftlich Du.

27.

Eifersüchtig, Liebchen, ich?
    Auf wen könnt ich's sein, als mich?
    Könnt' ich's auf die Morgenluft,
    Oder auf den Blumenduft?
    Als ich kargt' um Wort und Blick,
    War es mir ein Mißgeschick,
    Wenn sich einen Blick, ein Wort,
    Trug von dir ein andrer fort.
    Seit du mir dein süßes Leben
    Ewig innig hast gegeben,
    Weiß ich doch, du kannst es keinem
    Weiter geben als mir einem.

28.

Ich will nicht eifersüchtig sein,
    Weil das mir ist bewußt geblieben,
    Daß ich dich liebe so allein,
    Wie dich kann keine andre lieben.
Ich bitte nur von Gott allein,
    Der mir die Lieb' in's Herz geschrieben,
    Das dir die Schrift sei lesbar rein
    In jedem Augenblick geblieben.
Wenn das Gefühl, wie ich bin dein,
    Dir wird im Busen nie zerstieben,
    So wirst du, (kann es anders sein?)
    Wie ich dich liebe, mich auch lieben.

29.

Ich dachte nicht dich selb zu haben,
    Ich sah in deinem Kreis mich um;
    Wem ich dies Herz mit seinen Gaben
    Wohl gönnen möcht' als Eigenthum.
Ich habe keinen wahrgenommen,
    Dem ich dich hätte dürfen frei'n;
    Es war mir noch nicht eingekommen,
    Daß ich es selber könnte sein.

Ich fühlte wohl mich hingezogen,
  Zu deiner stillen Herzlichkeit,
Ich sah dich freundlich mir gewogen,
  Doch glaubt' ich noch die Liebe weit.
Und als ich sah, wie nah sie stünde,
  Fiel schwer auf's Herz mir ihr Gewicht.
Ein Scherz an diesem Ort war Sünde,
  Und Ernst, den Ernst den hofft' ich nicht.
Da wollt' ich leise mich entziehen,
  Und näher kam ich dir zurück.
Den Tod im Herzen, wollt' ich fliehen,
  Und mir im Arme lag mein Glück.
Ich weiß nicht wie mir's zugekommen?
  Doch wenn's der Himmel mir bestimmt.
So sei's mit Dank in Arm genommen,
  Bis mir daraus der Tod es nimmt.

30.

Ich hätte deine Schwester
  Zu heißen mich begnügt,
Du hast die Bande fester
  Um mich als Braut gefügt.
Wenn du sie wieder rissest,
  Ich trüge nicht den Schmerz;
Ja Liebster, daß du's wissest,
  Das bräche mir das Herz.
Ich konnt' ein Glück entbehren,
  Als ich es nicht gekannt;
Nun muß es ewig währen,
  Da ich's in dir empfand.
Ich bin nicht mehr die meine,
  Seit ich in dich ging ein;
Und sein muß ich die deine,
  Wenn ich soll irgend sein.

31.

Ich bitte dich, o Mutter, bei den Brüsten,
  Die ich gesogen hab' als Kind,
Daß du nicht weckest den von mir geküßten,
  Der mir am Busen schlummert lind.
Ich bitte dich, daß du ihn auf nicht weckest,
  Bevor er selber hier erwacht,
Und aus dem Traume mir ihn auf nicht schreckest,
  Darein ich küssend ihn gebracht.

32.

  Sieh, o Liebster, ob ich mich
    Nicht auch überwinden kann!
  Ja ich überwand, und ich
    Triumphire wie ein Mann.
  Als du dort im Zimmer saßest,
    Schreibend, und ich hier allein;
  Wie du mich solang vergaßest,
    Stellte sich die Sehnsucht ein.
  Mutter war hinausgegangen,
    Meine Arbeit kam in Stocken,
  Und es wollte ein Verlangen
    Mich nach deinem Zimmer locken.
  Doch ich sprach im Herzen: Wenn
    Dich der Freund so leicht kann missen,
  Soll er, daß es schwerer denn
    Dir geworden, auch nicht wissen.
  Und ich habe widerstanden,
    Und dem Siege ward sein Lohn:
  Denn zu meiner Arme Banden,
    Liebster! eben kommst du schon.

33.

  Mutter, Mutter! glaube nicht,
    Weil ich ihn lieb' also sehr,
  Daß nun Liebe mir gebricht,
    Dich zu lieben, wie vorher.

Mutter, Mutter! seit ich ihn
　Liebe, lieb' ich erst dich sehr.
Laß mich an mein Herz dich ziehn,
　Und dich küssen, wie mich er.
Mutter, Mutter! seit ich ihn
　Liebe, lieb' ich erst dich ganz,
Daß du mir das Sein verliehn,
　Das mir ward zu solchem Glanz.

34.

Liebster! wenn an deinen Küssen
　Ich nun eben stürbe;
Sag', ob unter Thränengüssen
　Ich ein Grab erwürbe? —
Hast du solchen Tod erworben,
　Sollt' ich wohl erschrecken?
Die an Küssen ist gestorben,
　Wird ein Kuß erwecken

35.

Wahrlich nicht durch Zärtlichkeit,
　Freund, in meiner Nähe
Kommst du in Verlegenheit,
　Ob ein Falk auch spähe.
Aber das ist mir kein Trost;
　Kann doch zum Verräther
Werden auch so gut der Frost,
　Wie der Liebesäther.
Du mußt weder kalt noch warm
　Mir genüber scheinen,
Wenn uns soll der laue Schwarm
　Glauben von den seinen.

36.

Laß mich ihm am Busen hangen,
　Mutter, Mutter! laß das Bangen.
Frage nicht: wie soll sichs wenden?

Frage nicht: wie soll das enden?
Enden? enden soll sich's nie,
Wenden, noch nicht weiß ich, wie!

37.

Liebster! ich begreife nicht,
　Wie die Mutter ist,
　Die mich sonst aus dem Gesicht
　Ließ zu keiner Frist.
Da es mir nicht nöthig war,
　Uebte sie die Hut,
　Und vergißt sie ganz und gar,
　Nun es wäre gut.
Mußt ein Engel scheinen ihr,
　Daß sie so dir traut.
　Ich erröthe, wie sie mir
　In die Augen schaut.

38.

Liebster! Als du neulich uns verlassen,
　Und mein Aug' um dich begann zu nassen;
Als ich bei des Abends stillem Scheine
　Mit dem guten Vater ging alleine;
Richtet' er an mich besorgt die Frage,
　Wie ich meines Freundes Abschied trage?
Ich bin ruhig, sprach ich: denn es wollte
　Unser Freund, daß ruhig sein ich sollte.
Mißlich wollte das dem Vater scheinen,
　Und er sprach: wie will der Mann das meinen?
Alsob eine Neigung, die wir hegen,
　Sei alswie ein Handschuh wegzulegen.
Und der gute Vater, mit Erwarmen,
　Sprach, mich haltend in den treuen Armen:
Gott! was hätte dieser angerichtet,
　Hätt' er meines Kindes Ruh' vernichtet,
　Hätt' er dieses Herzens Glück gestöret,

Deſſen Pflege mir durch Gott gehöret.
Liebſter! wie des Greiſes Thränen rannen,
Fühlte faſt mein Herz ſich übermannen,
Ihm am Buſen alles zu bekennen,
Wie ich nicht mehr bin von dir zu trennen;
Ihm mein ganzes ſüßes Leid zu zeigen,
Wie ich ganz unnennbar bin dein eigen,
In den Abgrund meiner Liebe ſchauen
Ihn zu laſſen, der erfüllt mit Grauen
Ihn würd' haben, und allein mit Wonne
Mich erfüllt im Strahl der Gottesſonne.

39.

Daß du ruhig wäreſt, wie mein Vater!
Der, ein immer liebender Berather,
Freudig fördert, ordnet und beſchließet,
Wenig braucht und dieſes ganz genießet.
Wie im Haus er feſt und ſicher handelt,
Friedlich dann durch ſeine Gärten wandelt,
Sich der Frucht erfreut und ihrer Blüthe,
Immer heitern Himmel im Gemüthe.
Tägliche Zerſtreuung kann nicht fehlen,
Tauſend Knoſpen hat er ja zu zählen;
Vieler Pflanzen hat er auch zu warten,
Und mich zieht er wie die Roſ' im Garten.
Möcht' er doch mit ſeinen treuen Händen
Jeden rauhen Anhauch von mir wenden.
Welche Pflege hat er mir bewieſen!
Seiner Sorgfalt nur verdank' ich dieſen
Schmuck des Geiſtes, wenn mich etwas ſchmücket,
Was dich mehr als Sinnenreiz beglücket.
Sieh, mein Freund, wie er in dieſen Räumen
Zu den alten väterlichen Bäumen
Junge pflanzet, ſchon mit grauen Haaren;
Wird er ihre Früchte wohl erfahren?
Doch ſein Leben ſoll mit ihm nicht ſchließen,
Andre ſollen es nach ihm genießen.

Und so pflanzt er in der Tochter Herzen,
Bald mit Ernste, bald mit heitern Scherzen,
Stille Reiser, die nicht seinen Tagen,
Sondern dir nur werden Früchte tragen.

40.

Liebste! welche süße Last
   Meine Brust empfunden,
Seit du dich auf ewig hast
   Meinem Sein verbunden!
Auch nicht einen Augenblick
   Kann ich mir's entschlagen,
Daß ich dich und dein Geschick
   Muß im Arme tragen.
O der reizenden Begier,
   Wie nach mir du sehnest!
Immer ist, als ob du mir
   Auf der Schulter lehnest.

41.

Liebster! o wie fürchte ich,
   Daß du statt als Flügel
Künftighin empfinden mich
   Mögest nur als Zügel.
Da ich sollte himmelan
   Heben das Gefieder,
Zieh' ich von der Sternenbahn
   Dich zur Erde nieder. —
Liebste! ja ein Zügel mir
   Bist du, laß dir's danken,
Daß die zügellose Gier
   Trat durch dich in Schranken.
Du hast still den Trieb gelenkt
   Auf das Ziel, das feste.
Sieh, der Vogel hat gesenkt
   Seinen Flug zum Neste.

Ja herab, herab in dich,
　Haft du mich gezogen;
　Warum flügeln sollt' ich mich
　Auf zum Himmelsbogen?
Sieh, dir nach auf Erdgefild
　Steigt der Himmel nieder;
　Wo dein Bronn der Liebe quillt,
　Rauscht mein Strom der Lieder.

42.

O wie vieles liebt ein Mann,
　Wieviel hat die Welt zu lieben!
　Aber seit ich dich gewann,
　Ift mir weiter nichts geblieben.
Welt, ich kannte niemals fie,
　Bis ich fie in dir gefunden.
　Du liebft deine Poefie,
　Schenkeft ihr die beften Stunden.
Und so willft du von der Welt
　Haben, weiß nicht was für Gaben,
　Da mich nur die Sehnfucht hält, —
　Deine Lieb' allein zu haben. —
Und du haft fie ja allein,
　Träume dir nicht Unterfchiede!
　Kannft du eiferfüchtig fein
　Deinem eignen Schmuck, dem Liede?
Wie des Liedes Thau ich will
　Nur auf dich, die Rofe, träufen,
　Könnt' ich Erd' und Himmel ftill
　So um dich zu Schätzen häufen!
Und des Ruhmes goldnen Kranz
　Will ich aus der Hand nicht laffen;
　Denn es ziemt, in eblen Glanz
　Meinen Edelftein zu faffen.

43.

Ist es Demuth oder Stolz,
  Daß die Liebste denkt und spricht,
  Wie ihr Herz in Liebe schmolz,
  Also könn' es meines nicht?
Glaub' es nur, mein süßer Leib,
  Jedes liebt hier, wie es kann.
  Ja, du liebst mich wie ein Weib,
  Und dich lieb' ich wie ein Mann.

44.

Ich und meine Liebste sind im Streite,
  Ob mein Kind sie sei, ob ich das ihre?
Jedes will zu seinem Kind das andre
Darum machen, um es so zu pflegen.
Dann hinwieder will das Kind des andern
Jedes sein, sich pflegen so zu lassen.
Und die Mutter, die den Streit mit ansah,
Sprach: Das End' ist, daß ihr alle beide,
Sonst vernünft'ge Leute, nun zu Kindern
Wieder seid geworden. Nun so wartet!
Eure Mutter wird zur Ruthe greifen,
Wenn ihr nicht mit Küssen euch versöhnet.

45.

Meine Liebste, mit den frommen treuen
  Braunen Rehesaugen, sagt, sie habe
Blaue einst als Kind gehabt. Ich glaub' es.
Neulich da ich, seliges Vergessen
Trinkend, hing an ihren süßen Lippen;
Meine Augen unterm langen Kusse
Oeffnend, schaut' ich in die nahen ihren,
Und sie kamen mir in solcher Nähe
Tiefblau wie ein Himmel vor. Was ist das?
Wer gibt dir der Kindheit Augen wieder?
Deine Liebe, sprach sie, deine Liebe,
Die mich hat zum Kind gemacht, die alle

Liebesunschuldsträume meiner Kindheit
Hat gereift zu seliger Erfüllung.
Soll der Himmel nicht, der mir im Herzen
Steht durch dich, mir blau durchs Auge blicken?

46.

Wie mir's steht im Herzensgrunde
   Kannst du sehn an meinem Munde.
Hat ein andrer schlimme Launen,
   Furcht er wohl die Augenbraunen.
Aber was mir ist zuwider,
   Zieht mir gleich die Lippen nieder.
Und sie wieder aufzubringen,
   Kann nur deinem Kuß gelingen.

47.

Hier, Geliebte, nimm es wieder,
   Was von Schulter und Gewand,
Süßen Raub der süßen Glieder,
   Ich dir spielend einst entwand.
Nimm den Tand zurück mit Schweigen,
   Er ist mir nicht weiter nutz.
Nun du selber bist mein eigen,
   Wozu braucht' ich deinen Putz?

48.

Ich lag in stummer Lust
   An meiner Liebsten Brust,
Und meine Augenlide
   Geschlossen hielt der Friede.
Ich fühlte mich in ihr,
   Und fühlte sie in mir,
Ich fühlte nur das Leben,
   Das wir einander geben.

Da blickt' ich auf nach ihr,
  Und wieder sie nach mir,
  Es kamen auf den Wegen
  Die Blicke sich entgegen.
Was wollt' ihr Augen hier?
  Ihr seid nur Neubegier.
  Wir wissen im Vertrauen,
  Was ihr nicht braucht zu schauen.
Mein Auge schaute doch,
  Und ihres schaute noch,
  Alsob das meine fragte,
  Und ihres Antwort sagte.
Es fragte: Liebst du mich?
  Es sagte: Frage dich!
  Und beide schlossen wieder
  Begnügt die Augenlieder.

49.

Eines hat mich oft erstaunet,
  Liebste! wenn die Fremden nahn,
Wie du scherzen frohgelaunet
  Kannst, als sei dir nichts gethan.
Durch die tausend Nichtigkeiten
  Förmlicher Geselligkeit
  Weißt du heiter hinzugleiten,
  Rechts und links Aufmerksamkeit.
Ist dir nicht, seit du empfangen
  Diesen Himmel in der Brust,
  Für die Welt der Sinn vergangen,
  Und für ihren Tand die Lust?
Liebste! mir, seit ich getrunken
  Habe deinen heil'gen Kuß,
  Ist das Irdische versunken,
  Und die Welt ein Ueberfluß.
Sie zu sehen, sie zu hören,
  Ihr gesehn, gehört zu sein,
  Kann nur das Bewußtsein stören,
  Daß ich lebe dir allein.

Laß mich diese Last nicht tragen,
  Mit den andern umzugehn,
Denen ich doch nicht darf sagen,
  Wie durch dich mir ist geschehn.
Aber du vermagst im Herzen
  Tief zu bergen dies Gefühl,
Außen munter fort zu scherzen
  In dem muntern Weltgewühl.

50.

Liebster! nun ich dich gefunden,
  Der mich ewig ganz bewegt,
Denk' ich, wie einst kurze Stunden
  Mich der erste Mann erregt.
Noch am Fuß die Kinderschuhe,
  Sah ich ihn, der mir gefiel.
Wie ich jetzt es kund dir thue,
  Fühl' ich nur, es war ein Spiel.
Soll es nicht ein Mädchen reizen,
  Das sich selber kaum gewahrt,
Und nun sieht, daß man kann geizen
  Nach den Blicken, die es spart?
Selber wichtig vorgekommen
  Bin ich damals mir zuerst,
Und es war mein Stolz entglommen,
  Dem du nun die Demuth lehrst.
Jener hat mir wie von ferne
  Angekündigt dein Geschlecht.
O wie gibt ein Mädchen gerne
  Sich ins reizende Gefecht.
Liebster! vielfach angefochten,
  Doch kein einzigmal besiegt,
Wie sie auch sich stellen mochten,
  Hab' ich mich hindurch geschmiegt.
Jeden Angriff abgeschlagen
  Hab' ich bis zum letzten Mann.
Ach dem letzten muß ich sagen,
  Daß er ganz mein Herz gewann.

51.

Sie haben mir den Liebsten ganz
   Ermüdet durch Gespräch und Schmaus;
In seinem Auge starb der Glanz;
   Verstört, unliebend, sah er aus.
Ich nahm ihn heimlich bei der Hand,
   Und führt' ihn fort zur Mittagsruh';
Ich sah, indem ich vor ihm stand,
   Ihm leise beim Entschlafen zu.
Die Liebe kehrt' in sein Gesicht,
   Und Fried' und Lust, indem er schlief;
Den Blick des Auges sah ich nicht,
   Doch fühlt' ich ihn im Busen tief.

52.

Was ich je als Putz besaß
   Pflegte stets mir lang zu dienen;
Meine Freunde sagten, daß
   Meine Sachen ewig schienen.
Sollte das ein Tadel sein,
   Hab' ich's doch als Lob genommen;
Und nun soll, was dort war klein,
   Größerem zu Statten kommen:
Da ich unter meinen Sachen
   Nun, o Freund, dein Lieben habe,
Werd' ich's wissen so zu machen,
   Daß mir's halte bis zum Grabe.

53.

Sie sagen wohl, ein Kuß sei Scherz,
   Sie sagen wohl, ein Kuß sei Spiel.
O wie ein Kuß mir fiel auf's Herz,
   O wie ein Kuß auf's Herz mir fiel!
Ich küsse nicht zum Scherze dich,
   Ich küsse dich aus vollem Ernst.
Und wenn du anders küssest mich,
   So bitt' ich, daß du's besser lernst.

Ich sage dir mit diesem Kuß,
　Daß ich die deine bin und bleib',
Ich sage dir, daß ewig muß
　Ich mich bekennen als dein Weib.
Du hast dasselbe mir gesagt,
　Du liebst im Ernst und nicht im Scherz.
Und wenn mein Mund dich zweifelnd fragt,
　So küß es wieder mir in's Herz.

54.

Diesen Spiegel deiner Lieder
　Nahm ich zitternd in die Hand,
Legt' ihn hin und nahm ihn wieder,
　Und die Liebe überwand.
Fühl' nur meine Wangen brennen,
　Ob du malest, wie du liebst!
Soll ich mich zum Bild bekennen,
　Das du mir als meines giebst?
Wie du mir mich giebst zu lesen,
　Bin ich's oder bin ich's nicht?
Weiß nicht, was ich sonst gewesen,
　Jetzo bin ich dein Gedicht.
Magst mich immer weiter dichten
　Immer reiner, himmelsrein;
Und ich will ja gern verzichten,
　Etwas auf der Welt zu sein.

55.

Dies Verleugnen kann nicht taugen!
　Wie mich so dein Mund verschwor,
Komm' ich mir in deinen Augen
　Selbst im Werth gesunken vor.
Da sie's uns nicht wollen gönnen,
　Unser ohne sie zu sein;
Laß sie sehen, was sie können!
　Sehn sie Aeußres doch allein.

Laß dir nicht die Wangen brennen,
Tilge mit dem Stolz die Scham,
Woll' es kühn der Welt bekennen;
Dieser ist mein Bräutigam.

56.

Auf des Taschenbuches Blättern
Schrieb ich mit arab'schen Lettern
Meiner Liebsten Namenszug.
Weißt du auch, was das bedeute?
Nicht Arabisch wissen Bräute,
Doch errieth sie's schnell genug.
Las sie's wohl in meinen Mienen?
Immer liest sie recht in ihnen.
Oder meint sie, auch zum Scherz
Könn' ich eben anders keinen
Namen schreiben, als den einen,
Den ich ewig schreib' in's Herz?

57.

Freilich, wenn mein Herz ich frage,
Das verschämt mit Antwort säumt,
Hör' ich, daß vom ersten Tage
Es hat nichts als das geträumt.
Doch nie hab' ich mir's gestanden,
Selbst als Herz an Herz gepocht,
Selbst nicht, als zu kühnren Banden
Ich um dich die Arme flocht.
Ob dein Mund es mochte schwören,
Mir unglaublich kam es vor,
Daß mir hier sollt' angehören,
Was ich mir für dort erkor.
Weißt du noch, wie von Entsagen
Ich mir wob ein Traumgespinnst?
Durft' ich denn zu greifen wagen
Nach des Lebens Hauptgewinnst?

Ja, ich wäre dein geblieben,
  Hätteft du des Jahrs einmal
  Mich gesehn nur, mir geschrieben,
  Mir gesendet einen Strahl.
Und nun doch für dieses Leben,
  Und nun übers Grab hinaus,
  Ist mir doch das Glück gegeben;
  Denk' ich das und fühl' ich's aus?
O ihr ew'gen Himmelslichter,
  Goldne Sommerauen, seht,
  Wie mein Liebestraum, mein Dichter,
  Mir zur Seit' als Gatte steht.

58.

Eins, Geliebte, muß ich rügen,
  Das dich mit dir selb entzweit,
  Das den milden Engelszügen
  Stört die sichre Heiterkeit.
In der Seele tiefstem Grunde
  Fühlest du so stark wie ich,
  Daß wir sind im ew'gen Bunde,
  Und nichts trennet dich und mich.
Doch oft kann ein Nichts genügen,
  Eine Kleinigkeit, ein Scherz,
  Um's Gefühl dich zu betrügen,
  Das doch ganz erfüllt dein Herz.
Das Bewußtsein aller Stunden,
  Aller Liebesschwüre Kraft,
  Sind sie denn im Nu geschwunden,
  Hat ein Hauch sie hingerafft?
Alle sel'gen Liebesfüllen,
  Aller Himmel Sonnenschein,
  Konnte sie in Schatten hüllen
  Eines Augenblickes Pein?
Lieb' ist das, doch ist sie bänglich,
  Wenn sie nicht kann widerstehn,
  Was sie fühlt als unvergänglich,
  Für vergänglich anzusehn.

Kann ein Wort aus fremdem Munde
  So dich kälten, süßes Herz?
Aber sieh, zu dieser Stunde
  That's des eignen Freundes Scherz.
Was du ja mußt besser wissen,
  Glaub' es doch nicht einem Scherz!
Drücke dir nicht wehbeflissen
  Selbst den Rosendorn an's Herz!
Drücke nicht, o meine Rose,
  Selbst an's Herz den Rosenstift!
Sauge nicht, erbarmungslose
  Bien', aus Redeblumen Gift!
Warum willst du selb dich tödten,
  Tödten mein Gefühl in dir?
Welt genügt mit ihren Nöthen,
  Ihr nicht helfen wollen wir.
Zwar, was eben dich beklommen,
  Was dich flüchtig hat verstimmt,
Ist verschwunden und verschwommen,
  Wie der Freund in Arm dich nimmt.
Doch wenn einst die Zweifel kämen,
  Sei's durch andre, sei's durch mich,
Und sogleich in Arm nicht nehmen
  Könnt' ich, liebe Seele, dich:
Wolltest du denn lassen walten
  Diese fremde Kraft in dir,
Blutig dein Gefühl zerspalten,
  Und dich fühlen außer mir? —
Liebster! nein, bei meinen Zähren!
  Meiner Liebe Sonnenschein
Würd' aus der Umwölkung klären
  Sich auch durch sich selbst allein.
Aber Pein würd' ich empfinden,
  Bis ich neu mich fänd' in dir.
Sollst mich künftig stärker finden,
  Heut verzeih' die Schwäche mir. —
Liebste! Seele meiner Seele,
  Du verzeih' die rauhe Qual!

Daß dich fürder Scherz nicht quäle,
Abschied hab' er allzumal!
Mit der Welt nur will ich scherzen,
Weisen sie mit Scherz zurück,
Aber nicht mit deinem Herzen,
Aber nicht mit meinem Glück.
Doch, soleicht du zu verwunden,
Bist du auch zu heilen leicht;
Und ich hab' es tief empfunden,
Daß dich Liebe schnell erweicht.
Und so ist es denn gekommen,
Wie die Mutter dir gesagt,
Neulich, als sie wahrgenommen,
Daß wir zwistig uns genagt:
Soll ich's loben, soll ich's klagen?
Immer wenn ihr euch entzweit,
Seh' ich nur in nächsten Tagen
Wachsen eure Innigkeit.

59.

Ich war mir selb ein Traum
Bis mich die Liebe weckte;
O wie ich da den Raum
Der Welt um mich entdeckte.
Ich wies dich nicht zurück,
Weil du so fromm gebeten;
Nun ist durch dich mein Glück
Auf irb'schen Grund getreten.
Gott! wenn er könnte wanken,
Der Grund, wenn er versänke!
Mir schwindeln die Gedanken,
Geliebter, wann ich's denke.

60.

Neulich beim Verlobungsfeste,
Liebster, als auf's allerbeste
Du mit deinem Glas

Gegen meines angeklungen,
Ist das meinige zersprungen;
Was bedeutet das?
Hör', o Liebste, wie ich's meine:
Nur zersprungen ist das eine,
Ganz ist eins noch hier.
Folgen wir des Himmels Winken:
Zwei aus Einem Glase trinken
Künftig sollen wir.

61.

Du meinst, o liebe Mutter,
    Wenn ich beim Liebsten bin,
    Es käm' uns gar nichts andres
    Als küssen in den Sinn.
Du irrst, o liebe Mutter!
    Ich darf den Liebsten ja,
    Auch wenn du's siehest, küssen,
    Sieh her, ich küss' ihn da.
Doch wenn allein wir sitzen
    In stiller Traulichkeit,
    Wie ernstliche Gedanken
    Verkürzen uns die Zeit!
Wie hat mir wicht'ge Dinge
    Der Liebste zu vertrau'n!
    Er gibt sein Herz, sein Leben,
    Von Grund aus mir zu schau'n.
Er will mir nichts verhehlen,
    Und ihm verhehl' ich nichts.
    Wir kennen unsre Seelen,
    Wie Züge des Gesichts.
Denn Alles muß auf Erden
    Sein zwischen uns ganz klar,
    Bevor wir können werden
    Ein wohlverständig Paar.

62.

Horch nur, Mutter, horch, wie schön
Draußen mein Geliebter schilt.
Weiß nicht, wem und was es gilt,
Doch mir ist's ein Wohlgetön.
Sprach die Mutter: Das ist selten,
Kann die Liebe so erblinden?
Wird er einst als Ehmann schelten,
Mögest du's so schön auch finden.

63.

Mit der Freundin meiner Lieben
Durchs bethaute Kleegefild
Wandelnd, bückt' ich mich vom Wege
Nach dem grünen Teppich hin,
Ob ich bei den dreigetheilten
Blättchen, draus er war gewirkt,
Nicht ein viergetheiltes fände,
Welches für ein Glücksblatt gilt.
Da ich keines finden konnte,
Bei dem Glück beklagt' ich mich;
Als die Freundin meiner Lieben
Lächelnd so zurecht mich wies:
Ist der Freund nicht unbegnügsam,
Wie nur immer Männer sind!
Doppelt Glück an Einem Tage
Findet man im Leben nie.
Aber seht den Unzufriednen,
Der in diesem Augenblick
Eben ein vierblättrig Kleeblatt,
Welches meine Freundin ist,
Diesen seltnen Schmuck der Fluren,
Dieses Frühlingswunderkind,
Seines Lebens Glücks- und Herzblatt,

(Ohne Würden und Verdienst,
Nur weil es das Glück gewollt hat
Und der Himmel es bestimmt)
Hat gefunden und an seine
Brust gepflückt, und eben itzt
Noch will auf der Wiese suchen,
Was er schon so schön besitzt.

64.

Liebe! Jenes Briefchen, das du schriebest
Meiner Mutter, die als deine liebest;
Schön und einfach, stille Liebestiefe,
Ja es war dein ganzes Bild im Briefe;
Und sie sieht nun, ohne noch gesehen
Dich zu haben, dich vor Augen stehen.
Soll ich sagen, wie du sie gerühret?
Ja, das Plätzchen, das dir nun gebühret,
Hast an ihrem Herzen eingenommen,
Nah, so nah, nicht näher konnt' ich kommen.
Höre, was zu mir sie sprach: Dein Schätzchen,
Sprach sie, ist ein rechtes Schmeichelkätzchen.
Hat sie doch bei mir sich eingeschmieget,
Daß mir ist, als hätt' ich sie gewieget.
Hüte dich! Sie wird gewiß mit Streicheln
Aus dem Busen einst das Herz dir schmeicheln.

65.

Jüngst in der Liebsten Vaterhause,
Bewegt von lautem Freudenbrause,
Begegnete ein schlimmes Zeichen,
Das jede Wange macht' erbleichen:
Ein Bienenschwarm, den sie gezogen,
War über Nacht davon geflogen.

Heut da zu meiner Mutter Haufe
  Die Liebfte kommt zu Feft und Schmaufe,
  Begegnet hier ein gutes Zeichen,
  Um jenes schlimme auszugleichen:
Ein Bienenschwarm ift angeflogen,
Und hat ein neues Haus bezogen.
Geliebte, ja! im Vaterhaufe
  Bald räumeft du die Mädchenklaufe,
  Und wirft in meinen Arm entweichen;
  Das deutete das Doppelzeichen:
Der Bienenschwarm ift ausgeflogen,
Und hat ein neues Haus bezogen.

66.

Liebfter! Da fo viele Lieder
  Du gefungen haft für mich,
  Meine Augen schlag' ich nieder,
  Noch um eines bitt' ich dich.
Der Geburtstag meiner lieben
  Mutter, blieb' er unbefungen?
  Selbft ift er das nicht geblieben,
  Eh ich, Liebfter, dich errungen.
Haft mich oft genug genedt,
  Weil ich's thöricht dir verrieth,
  Daß ich mich als Kind erkedt
  Selb zu machen folch ein Lied,
Das der Mutter Lieblingshunde
  An den fteifen Hals ich hing,
  Als fie ihn zur Morgenftunde
  Bei fich zum Befuch empfing.
Doch es ift mir vorgekommen,
  Daß mir Verfe schlecht gelingen;
  Darum hab' ich dich genommen,
  Daß du's follft für mich vollbringen. —
Liebfte! wie foll der ich danken,
  Die dich mir geboren hat!

Liebfte! Meine Liederranken
　　Nimm fie alle, Blatt für Blatt.
Was ich habe dir gefungen,
　　Sang ich's all nicht ihr zugleich?
Denn mir wär' es nicht entfprungen,
　　Wär' ich durch ihr Kind nicht reich.
Nimm den reichen Kranz und fchling' ihn,
　　Um des Tages Feftaltar,
Sag' du bringeft ihn, ich bring' ihn,
　　Deiner, meiner Mutter dar.
Sieh das reiche Brautgefchmeide
　　Mutter! das der Liebfte mir
Umgehangen hat, zum Neide
　　Aller Welt, zum Stolze dir.
Diefe Zauberketten binden
　　Ganz mich an den liebften Mann,
Die mich doch nicht dir entwinden,
　　Schöner dir gehör' ich an.
Wie vor meinem Blick die Liebe
　　Hat die ganze Welt verklärt,
Fühl' ich auch mit reinrem Triebe,
　　Was mir Gott in dir gewährt.
Zum Geburtstag nicht verloren
　　Haft du heut dein Kind in mir;
Wie mich felber neu geboren
　　Fühl' ich auch die Mutter mir.

67.

Haft nicht diefe armen Augen
　　Deine Sonne oft genannt?
Sollen fie nun Thränen faugen,
　　Wie die dort am Himmelsrand?
Mögen fie wohl Sonnen heißen,
　　Die mit ihrer Blicke Gluth
Können nicht den Flor zerreißen,
　　Der auf dir wie Nebel ruht?

Weil der Himmel uns will zeigen
Heut ein finster Angesicht,
Hüllst du dich in dumpfes Schweigen,
Und mein Lächeln siehst du nicht.

Hast du doch nicht wahrgenommen
Manchen Tag, der hell verging,
Und bist eben hergekommen,
Da es an zu regnen fing.

Ach die hellen Tage gingen
Ohne dich mir trüb vorbei.
Nun dich meine Arm' umfingen,
Bist du selb nicht wolkenfrei.

Freilich durch den Garten gehen
Möcht' ich nun an deiner Hand,
Wo die hellen Lilien stehen,
Weil die Rosen abgebrannt.

Wollten in die Laube schlüpfen,
Wo das stille Vogelpaar
Einst genistet, dort nun hüpfen
Auf dem Zweig die jungen gar.

Wenn der Himmel das uns wehret,
Denk' ich doch im Zimmer daß
Ein Liebhaber nichts entbehret,
Wo er warm beim Liebchen saß.

Weißt du, was der Himmel denket?
Daß er seinen Sonnenschein
Nicht vergebens denen schenket,
Die sich selbst das sollen sein.

Doch du blickest ungeduldig,
Wie sich Wolk' an Wolke treibt;
Findst wohl meine Blicke schuldig,
Daß in dir es finster bleibt!

Zürn' ich, klag' ich oder staun' ich,
Wie den Sinn der Wind dir dreht?
Soll ich sagen: wetterlaunig?
Nein, ich sage nur: Poet!

68.

Prüfe noch sich wohl mein Dichter!
   Halbgeflochten, noch ist Zeit,
Geht der Knoten zu, so flicht er
   Ganz sich für die Ewigkeit.
Frage nicht, wie ich's ertrage,
   Sage nichts, und gehe fort.
Wie ich meinem Glück entsage,
   Bleibt mir noch ein Zufluchtsort.
„Und was wär' es, das dir bliebe,
   Fielen diese Blüthen ab?
O ich kenne deine Liebe,
   Und dir bliebe nur ein Grab."
Sich eröffnen diese Stätte
   Soll der Mensch nicht freventlich;
Wo ich dich verloren hätte,
   Nähme auf ein Kloster mich.
Nicht der Nonne dumpfe Zelle,
   Dieses Herzens Einsamkeit,
Liebster! sei die heil'ge Schwelle,
   Ew'gem Liebeschmerz geweiht.
„Nicht der Nonne dumpfe Zelle,
   Dieses Herzens Innigkeit,
Schwester, sei die heil'ge Schwelle,
   Ew'gem Liebesglück geweiht."

69.

Liebste! Wer vom Anfang ist Vertrauter
Unsres Bunds gewesen? Gott allein.
Und als ew'ger Bundeszeuge schaut er
Noch von dort in unser Herz herein,
Liebste! Niemand kann so rein, so lauter
Der Vermittler unsrer Liebe sein.
Liebste! Nie ein anderer Vertrauter
Stehe zwischen uns, als Gott allein.

70.

Ich bin mit meiner Liebe
  Vor Gott gestanden,
Ich stellte diese Triebe
  Zu seinen Handen.
Ich bin von diesen Trieben
  Nun unbetreten:
Ich kann dich, Liebster, lieben
  Zugleich und beten.

71.

O Gott, wie dank' ich dir,
  Daß du mir gabst das Leben,
Da du die Liebe mir
  Nun hast dazu gegeben.
Das ew'ge Morgenroth
  Ist in mir aufgegangen:
Ich brauche nicht vor'm Tod,
  Vor'm Leben nicht zu bangen.
Du bist im Leben mein,
  Und mein im Tod geblieben.
Ich sah, wie Gott uns ein
  Hat in sein Buch geschrieben.

72.

Mir ist, nun ich dich habe,
  Als müßt' ich sterben.
Was könnt' ich, das mich labe,
  Noch sonst erwerben?
Mir ist, nun ich dich habe,
  Ich sei gestorben.
Mir ist zum stillen Grabe
  Dein Herz erworben.

73.

Ich weiß, daß mich der Himmel liebt,
  Weil du mich liebst, mein Leben!
Daß er mir meine Schuld vergibt,
  Weil er dich mir gegeben.
Ja, weil du schwörst, daß ohne mich
  Kein Glück dir könne lachen,
Muß, um zu machen glücklich dich,
  Der Herr mich glücklich machen.

74.

Sie sprach: Erschrick nicht! sie ist dein,
  Ist dein auf Tod und Leben.
Ich sprach: Und bist du, bist du mein?
  Wie sollt' ich denn nicht leben?
Wie sollt' ich die Unendlichkeit
  Der Lieb' am Busen tragen,
Und von der neuen Seligkeit
  Nicht überwältigt zagen!

75.

Liebste! Neulich, als die Vorbereitung
  Dieses Festes, das nun (Gott gedankt sei's)
  Glücklich überstanden ist, im Hause
  Dich von mir entfernt hielt manche Stunden;
  Schlich ich nach dir in die Speisekammer,
  Und du weißt: wir hatten kaum zu kosen
  Angefangen, als der Vater draußen,
  (Eben aus der Stadt kehrt' er zurücke)
  Auf dem Vorplatz eilig rief nach seinem
  Töchterchen. Du sprangst hinaus und ließest
  Eingeschlossen mich zurück. Da ward ich,
  Ungesehn, ein Zeuge seiner Liebe,
  Dieser Liebe, die ich längst schon kannte,
  Doch die nie so nah mir trat zum Herzen.

Wie er dich mit süßen Schmeichelnamen
Nannte, angelegentlichst nach deinem
Wohlsein forschte, ob du froh seist, fragte;
Liebste! nicht verstand ich alle Worte,
Doch es rührte mich der Ton der Stimme.
Und ich sprach: dem willst du sie entreißen?
Sündlich ist's da fast mir vorgekommen.
Doch ich habe mir das Wort gegeben,
Alle Kraft der Liebe, die im Busen
Eines Manns kann wohnen, aufzubieten,
Um dir die des Vaters zu ersetzen,
Zu ersetzen den Verlust dem Vater
Durchs Gefühl, daß er dich glücklich wisse.

76.

Lade die Welt zum Feste der Lust, o Flötengetön!
  Wecke das Herz und schwelle die Brust, o Flötengetön!
Irdisches Rohr! zu schwellen beginnt dich himmlischer Hauch;
  Trage die Seel' empor aus dem Dunst, o Flötengetön!
Winter und Gram hat Welt und Gemüth umzogen mit Eis;
  Löse das Band und sprenge die Kruft, o Flötengetön!
Rauschte das Meer, und brauf'te der Sturm? du hobest die Stimm',
  Und die der Welt hat schweigen gemußt, o Flötengetön!
Nicht in der Nacht der Wälder hat Pan dich hauchend geweckt,
  Sondern dich spielt die Still' in der Brust, o Flötengetön!
Droben die Stern' am Reihen, sie steh'n, es führet zum Tanz
  Niemand sie auf, wenn du es nicht thust, o Flötengetön!
Siehe, da tönt der Reigen, und horch die Laut' Anahid's
  Spielet, so oft aufathmend du ruh'st, o Flötengetön!
Sage, wo schwebt, im Glanze verhüllt, die Liebe dahin?
  Sag', ob sie auf Milchstraßen dort fußt, o Flötengetön!
Seit mir einmal gezogen durch's Herz, ihr lächelnder Duft,
  Athm' ich nur sie, dir ist es bewußt, o Flötengetön!
Ob sie mich liebt? und wie ich sie lieb', ob das ihr geliebt?
  Sag' du es mir, weil wissen du's mußt, o Flötengetön!
Seit ich gewann die Hoffnung zu ihr, verlor ich die Welt;
  Sag' ihr mein Glück und meinen Verlust, o Flötengetön!

Hier aus dem Schrein, den ihr ich gebaut, aus hab' ich gekehrt
Willen, den Staub, und Wissen, den Wust, o Flötengetön!
Sag' es ihr, wirb, und ziehe sie her, mir wieder an's Herz,
Goldengelockt und silbergebus't, o Flötengetön!
Siehe, sie kommt, die Perle des Meer's, die glänzende Braut,
Füllend mit Glanz die Muschel der Brust, o Flötengetön!
Wölbe zum Dach den Himmel, zum Pfühl die Erde, und stirb,
Säuselnd in Freimunds bräutliche Luft, o Flötengetön!

77.

Nun komme, was liebet, nun komm' es zu zweier
Verliebten, Verlobten vermählender Feier!
Die Schöpfung, die sonst sich um Liebe gedrehet,
Sie dreh' sich in Lieb' um die Braut und den Freier!
Das Zimmer, sich wandl' es in Gärten des Himmels;
Der Winter, verzaubert zum Frühlinge sei er!
Der Odem der Liebe, statt Ostwindes dien' er,
Den stockenden Lüften die Regung verleih' er!
Der Blick der Geliebten ersetze die Sonne,
Aus drängenden Knospen die Rosen befrei' er!
Komm', Nachtigall, sing' uns ein Lied hier, wie jenes,
Wodurch dir im Nest sich beleben die Eier!
Ihr Tauben in Lauben, o girret und schwirret!
Lahm sei, euch zu schrecken, der Flügel dem Geier.
Schwing', Falke der Luft, dich, und hol' mir aus Lüften
Die Beute des Glückes, den glänzenden Reiher!
Zieh' magische Kreise auf feuchten Krystallen,
O Schwan, mit Gesängen berud're den Weiher!
O Dichtergenosse, prophetischer Vogel,
Sei heute dem Dichter ein Heilprophezeier!
Wir pflanzen im Garten zum Baum der Erkenntniß
Den Baum des Genusses; still wurzelnd gedeih' er!
Sanft schwelle der Apfel, und winke vom Zweige,
Und seinen Genießer der Sünde nicht zeih' er!
Die Unschuld ist wieder durch Liebe gewonnen;
Der Geist fühlt im Bande der Sünde sich freier.

Profane! wir wollen die Weihe beginnen;
Hinweg, Ungeweihte, den Blick, den Entweiher!
Nacht, heilige Göttin, Allmutter des Lebens,
Zieh' um uns den Himmel, den bräutlichen Schleier!
Wir ruhen im Dufte des Schleiers der Liebe;
Hell tönet vom Himmel die mystische Leier.

78.

Mein Lieben blicket an das Lied,
   Und mein Gesang die Lieb' ansieht.
   Sie blicken stets einander an,
   Als wär' es ihnen angethan.
   Sie sehen sich so wonnereich,
   Das eine schön dem andern gleich;
   Sie können ab davon nicht stehn,
   Einander immer anzusehn.

Rückblicke auf den Liebesfrühling.

1833.

Darf verliebt der eigne Vater
In die eigne Tochter sein?
Heute bin ich es in später
Abendzeit bei Kerzenschein
Gewesen in mein eignes kleines Töchterlein.

Aus verkühlter Arbeitstuben
In das Kinderzimmer warm
Flüchtet' ich, und von den Buben
Haust' im Freien noch der Schwarm,
Und ungestört mein Kindchen nahm ich auf den Arm.

Wie ich so mit stätem Gange
Auf und ab das Zimmer schritt,
Legt' ich mein' an ihre Wange,
Die es ganz geduldig litt,
Sie schien zu fühlen, etwas sei gemeint damit.

Und wir machten auf und nieder
Immer schweigend unsern Gang;
Da erwachten alte Lieder,
Die in mir geschlummert lang,
Die Liebeslieder, die ich ihrer Mutter sang.

Niemals hab' ich die gelesen,
Seit sie aufgeschrieben ruhn,
Weil es nie mein Brauch gewesen
Abgethanes neuzuthun;
Und auch die Mutter hat nicht Zeit zu lesen nun.

„Darum also" — unter'm Gehen
Sprach ich dieses ohne Wort;
Und sie schien es zu verstehen,
Denn sie lauschte heimlich fort —
„Sei dir geweiht der elterliche Liebeshort!

Deine Mutter wird nicht schelten,
Weil sie gern sieht, was mich freut,
Daß, die galten ihr, dir gelten,
Die in dir sich selbst erneut;
So nimm sie, die du zwar noch nicht kannst lesen heut!

Soviel kann ich mich entsinnen,
Ob ich nie zur Hand sie nahm:
Nichts geschrieben steht darinnen,
Was nicht aus dem Herzen kam,
Und du als Jungfrau lesen einst kannst ohne Scham.

Wann du in des Brautbekröners
Reigen eintrittst säuberlich,
Sing' ein Bräut'gam dir ein schöners
Lied, als deiner Mutter ich!
Und neiden werd' ich ihm sowenig das als dich."

1834.

In des Brautbekröners Reigen
Sollt' ich dich nicht eingehn sehn.
Wird mein Geist zum Himmel steigen,
Wirst du ihm entgegen wehn;
Denn dorthin mußt' ich sehn mein Kind voran mir gehn.

In des Brautbekröners Reigen,
Lieder, die kein Bräutigam
Dir wird singen, weil das Schweigen
Dich der Nacht hinunternahm,
Die singe droben dir ein Engel ohne Gram!

Aber droben anvermählet
Wird dir doch kein Engel sein;
Einen hast du selbst erwählet,
Mitgenommen schön und fein,
Mit dir genommen hast du uns dein Brüderlein.

Daß der Bund, den ich gesungen,
Heilig sei, ist offenbar,
Da aus ihm uns ist entsprungen
Solch ein lichtes Engelpaar;
Und daß es aufflog, macht den Bund noch heil'ger gar.

Mit der Harf' und mit der Flöte,
Die beleben jedes Wort,
Ruhn am Saum der Abendröthe
Meine beiden Engel dort,
Und singen ihres Vaters Lieder fort und fort.

Laßt den Ton herniederklingen,
Der nicht sei der Welt bewußt,
Meinem Herzen Muth zu bringen,
Einen Trost der Mutterbrust,
Und euern nachgelaßnen Brüdern Jugendlust!

1835.

Und nun nehm' ich diese Lieder
In die Hand zum letztenmal,
Und im klaren Spiegel wieder
Seh' ich meiner Jugend Strahl,
Die Blumen meines Liebefrühlings ohne Zahl.

Aller Glanz darin vereinigt,
Auch die Schatten fehlen nicht;
Doch die äußer'n Trüben reinigt
Ein im Innern wirksam Licht,
Der Wirkung überlaff' ich Leben und Gedicht.

Ein Vollendetes hinieden
Wird nie dem Vollendungsdrang,
Doch die Seel' ist nur zufrieden
Wenn sie nach Vollendung rang;
Ich bin mit dem zufrieden, was ich lebt' und sang.

26. Dezember 1846.

Dir schenk' ich, was du mir geschenkt;
Was ich dir schenkte, schenk' ich wieder:
Mein Herz wird jung, so oft es denkt
Der dir gesung'nen Jugendlieder.
Wir alterten, sie blieben jung,
Und werden jung auf ewig bleiben:
Erfreue dich der Huldigung,
Daß sie von dir, von dir sich schreiben.
Merk' auf ihr schmeichelndes Getön,
Blick' in den Spiegel dieser Lieder!
Du siehst dich ewig jung und schön
Und schlägst beschämt die Augen nieder.

27. Dezember 1846.

Hätt' ich heut' vor fünf und zwanzig Jahren
So viel Grau gehabt in meinen Haaren,
Nicht genommen hätt'st du mich, ich wette;
Und wenn Rosen damals auf der Wange
Du nicht hättest mehr gehabt, ich bange,
Ob ich selber dich genommen hätte.
Dennoch ist es glücklich so gekommen,
Und nicht reut mich's, daß ich dich genommen,
Und am Ende darf dich's auch nicht reuen.
Danken wir's den Lockungen der Rosen
Und der Locken, ohn' uns zu erbosen,
Daß sie Winterreife jetzt bestreuen.
O Natur, Allmutter deiner Kinder,
Weise lockest du durch solchen Flinder
Zweie, die du für einander freiest,
Die, wenn fein sie miteinander wallen,
Merken, wenn die äußern Flitter fallen,
Daß du sie für Höh'res, Inn'res weihest.